la vallée des chevaux

JEAN M. AUEL	*ŒUVRES*
AYLA, L'ENFANT DE LA TERRE	*J'ai Lu* 1383****
LA VALLÉE DES CHEVAUX	*J'ai Lu* 1655*****

JEAN M. AUEL

la vallée des chevaux

traduit de l'américain par Sabine Boulongne

Éditions J'ai Lu

Ce roman a paru sous le titre original :

THE VALLEY OF HORSES

1

Elle avait été maudite. Le Clan l'avait chassée à jamais. Une pluie glaciale lui cinglait le visage mais qu'importe! Elle scruta l'horizon avant de rabattre sa peau de blaireau sur son front. Une violente rafale de vent lui fouetta les jambes.

Allait-elle bien dans la direction des arbres qu'elle avait aperçus plus tôt? Elle regretta de ne pas avoir fait plus attention. Si seulement sa mémoire était aussi bonne que celle des autres membres du Clan! Elle se considérait toujours comme une des leurs alors qu'elle ne l'avait jamais été. Et maintenant, elle n'était plus qu'un esprit!

Elle baissa la tête et reprit sa marche. La tempête s'était levée brusquement, déchaînée par des vents venus du nord. Il lui fallait à tout prix trouver un abri. Elle était déjà très loin de la caverne et les paysages qui l'entouraient lui étaient inconnus. La lune avait passé par toutes ses phases depuis qu'elle était partie, mais elle ne savait toujours pas où elle allait.

Vers le nord, au-delà de la péninsule, vers le continent sans doute. Avant de mourir, Iza lui avait conseillé de partir, la mettant en garde contre les agissements de Broud, une fois qu'il deviendrait le chef du Clan. Iza avait eu raison. Broud lui avait fait mal, beaucoup plus mal qu'elle n'aurait pu se l'imaginer. Broud n'avait aucune raison de lui prendre Durc. C'était son enfant. Aucune raison non plus de la maudire. C'est lui qui avait provoqué la colère des Esprits protecteurs. C'était de sa faute s'il y avait eu un tremblement de terre.

La nuit commençait à tomber. Ses pieds étaient tout engourdis par l'humidité glaciale qui avait imprégné les peaux tannées, bourrées d'herbes, dontelle s'était chaussée. A la vue d'un petit sapin rabougri et tordu par la violence de la tempête, elle poussa un soupir de soulagement.

Les arbres étaient rares sur la steppe aride. Une rangée de pins, de bouleaux ou de saules, aux formes minces et asymétriques sculptées par le vent, était en général synonyme d'un point d'eau, d'un regain de vie dans l'immense prairie desséchée. Et lorsqu'un orage descendait des grands glaciers du Nord sur la steppe battue par les vents, ces arbres offraient une certaine protection.

Quelques pas plus loin, Ayla atteignit un petit cours d'eau à demi pris par les glaces. Elle décida de marcher le long de la rive dans l'espoir d'y trouver un endroit plus abrité. Elle avançait péniblement, courbée en deux. Soudain, il y eut une accalmie. Elle leva les yeux : de l'autre côté de la rivière, une petite falaise formait une barrière contre le vent. Elle brava l'eau glacée et se retrouva sur l'autre rive, heureuse d'être enfin à l'abri de la tempête. Bientôt elle découvrit, au pied de la paroi escarpée, une sorte de niche couverte par un enchevêtrement de racines en surplomb. Le sol était pratiquement sec.

Elle défit avec les dents les lanières détrempées de sa besace et en vida le contenu à terre. Elle déplia une grande peau d'aurochs qu'elle étendit sur le toit de racines sur lequel elle disposa ensuite quelques grosses pierres. Elle retira les poches de fourrure resserrées aux poignets qui protégeaient ses mains contre le froid. Elle eut du mal à délacer les bandes de cuir enroulées autour de ses chevilles.

Quand elle se fut finalement débarrassée de toutes ses enveloppes raidies par le froid et l'humidité, elle les étendit sur le sol et se glissa en dessous. Elle frotta ses pieds l'un contre l'autre et dès que son nid de fourrure commença à se réchauffer, elle se pelotonna et ferma les yeux.

La saison froide tirait à sa fin, cédant le pas comme à contrecœur à la renaissance de la Nature, encore mutine et capricieuse. De brèves bouffées de chaleur annonçaient la saison chaude.

A son réveil, Ayla fut éblouie par les mille feux du soleil réfléchis dans les pans de neige verglacée qui couvraient encore les abords de la rivière. Elle plongea son regard dans un ciel bleu d'une grande pureté. Au sud, un pan de nuages mouchetés fuyait comme poussé par une force invisible. Elle sortit de son abri en rampant et courut pieds nus jusqu'au cours d'eau, son outre à la main. Elle emplit d'eau glacée la vessie de cerf gainée de cuir, et en avala une grande goulée avant de retourner à son campement, où elle s'emmitoufla dans sa couverture de fourrure pour se réchauffer.

Impatiente de se mettre en route, maintenant que le danger de l'orage avait disparu et que les minces rayons du soleil attiédissaient l'atmosphère, elle se releva bientôt. Elle revêtit à nouveau toutes ses enveloppes que la chaleur de son corps avait séchées pendant la nuit; puis elle endossa la peau d'ours sur laquelle elle avait dormi avant de nouer par-dessus sa couverture de fourrure. Elle sortit un morceau de viande séchée de sa besace, y rangea sa tente de peaux et ses protège-mains et se mit en marche en mâchonnant la viande racornie.

Le cours d'eau suivait la pente douce. Ayla avançait allègrement en chantonnant; la marche était aisée. Par endroits, le soleil avait libéré de grosses touffes d'herbe de l'emprise de la glace. Çà et là, de petites fleurs audacieuses glissaient bravement leur minuscule visage à travers la neige à demi fondue.

Des piaillements rauques attirèrent son attention. Elle leva les yeux et vit un vol de sternes planant au-dessus d'elle, portées par le vent, leurs ailes déployées. La Grande Eau ne doit pas être bien loin, songea-t-elle. Et c'était l'époque de la couvaison. Ce qui signifiait qu'il devait y avoir des œufs.

Elle accéléra l'allure. Peut-être trouverait-elle aussi des moules cramponnées aux rochers et des clams et des patelles et ces petites cuvettes naturelles remplies d'anémones que la mer laisse en se retirant.

Le soleil approchait de son zénith lorsqu'elle atteignit une baie blottie entre la côte sud du continent et le flanc nord-ouest de la péninsule.

Ayla fit glisser sa besace à terre d'un haussement d'épaules et escalada un promontoire escarpé et rocailleux en surplomb sur la mer. Le ressac avait creusé de profondes brèches dans le roc. Un groupe de sternes et de mouettes manifestèrent leur mécontentement en poussant des cris stridents lorsqu'elle leur déroba quelques œufs. Elle en cassa plusieurs et les goba encore tout tièdes de la chaleur du nid. Avant de redescendre, elle en glissa quelques-uns dans un repli de son vêtement. Elle pataugea dans l'eau, le temps de dessabler les quelques moules qu'elle avait arrachées au rocher un peu à contrecœur. Elle tenta en vain d'attraper des anémones de mer qui repliaient moqueusement leurs corolles lorsqu'elle tendait la main. Leurs formes et leurs couleurs l'intriguaient. Elle jugea préférable de compléter son repas avec quelques palourdes, dont elle devinait la cachette grâce à une petite incurvation du sable. Inutile d'allumer du feu! Elle dégusta crues ces offrandes de la Grande Eau. Rassasiée, elle se reposa quelques instants au pied d'un rocher avant de se hisser à nouveau en haut de la falaise pour examiner les environs.

La côte sud du continent formait un arc doucement arrondi du côté ouest. Au-delà d'une étroite rangée d'arbres, une immense steppe s'étendait à perte de vue, semblable à celle qu'elle venait de traverser. Pas un signe de vie!

« Voilà donc le Grand Continent, songea-t-elle. Où dois-je aller maintenant, Iza? Tu m'as dit qu'ici je retrouverais les Autres mais je ne vois personne. » Tandis qu'elle laissait son regard errer sur ce paysage plutôt hostile, elle repensa à la terrible nuit où Iza était morte.

– Tu ne fait pas partie de notre Clan, Ayla. Tu es née chez les Autres. Tu es des leurs. Tu dois partir retrouver les tiens.

– Partir! Mais où irais-je, Iza? Je ne connais pas les Autres. Je ne sais pas où ils sont.

– Au nord, Ayla, au nord. Ils sont nombreux sur le Grand Continent, au-delà de la péninsule. Tu ne peux pas rester ici. Broud te fera du mal. Va, mon enfant. Rejoins tes semblables.

Elle n'avait pas écouté Iza, et Broud l'avait chassée. Maintenant, elle n'avait plus le choix. Elle ne pouvait pas retourner en arrière. Jamais elle ne reverrait son enfant.

Des larmes coulèrent le long de ses joues. Elle n'avait pas pleuré depuis qu'elle était partie. Elle n'en avait pas eu le loisir : sa survie était en jeu.

Elle pleura son fils et le Clan qu'elle avait à jamais abandonnés. Elle pleura Iza, la seule mère dont elle pût se souvenir, sa solitude et sa peur devant ce monde inconnu qui l'attendait. Lorsque ses larmes se tarirent, elle se perdit dans l'observation des tourbillons de vagues qui venaient s'anéantir contre les rochers en contrebas, en un jet d'écume. Un étrange sentiment l'envahit : elle eut envie de s'y jeter.

NON! Elle secoua la tête et se redressa. « Je lui ai dit qu'il pouvait me prendre mon fils, me chasser, me maudire mais qu'il ne pouvait pas me faire mourir. »

Elle goûta une larme salée et esquissa un sourire en pensant au trouble d'Iza et de Creb lorsqu'elle pleurait autrefois. Les yeux des membres du Clan ne coulaient jamais, pas même ceux de Durc. Il lui ressemblait beaucoup; il pouvait émettre les mêmes sons qu'elle, mais ses grands yeux bruns étaient semblables aux leurs.

Ayla dévala l'escarpement. En hissant son sac sur ses épaules, elle se demanda si ses yeux étaient vraiment faibles ou si les Autres pleuraient eux aussi. Les Autres, ses semblables, où étaient-ils? Il fallait à tout prix qu'elle les trouve.

Elle partit vers l'ouest, en longeant la côte. Elle traversa à gué de nombreuses rivières et cours d'eau qui allaient se jeter dans une mer intérieure. Puis elle atteignit une rivière plus large. Elle décida de poursuivre son chemin le long de la rive jusqu'à ce qu'elle trouve un endroit pour passer. Elle pénétra dans une forêt côtière de pins et de mélèzes avant d'arriver aux steppes continentales où saules, bouleaux et trembles succédaient aux conifères.

A mesure que les jours passaient, son anxiété allait croissant. Le fleuve qu'elle était obligée de suivre la ramenait vers l'orient. Elle ne pouvait prendre cette direction car elle risquait de se retrouver nez à nez avec des membres du Clan qui chassaient par là. Parce qu'elle était maudite, sa vie serait en danger. Il fallait absolument qu'elle passe sur l'autre rive.

Peu à peu, le fleuve s'élargissait, jusqu'à un endroit où il se divisait en deux bras séparés par un îlot pierreux. Là, elle décida de tenter sa chance. Quelques gros rochers qui émergeaient des eaux tumultueuses de l'autre côté de l'îlot l'incitèrent à penser qu'elle pourrait traverser sans danger. Elle était bonne nageuse mais elle ne voulait pas mouiller ses vêtements ou sa besace. Ils mettraient trop longtemps à sécher et les nuits étaient encore froides.

Lorsqu'elle trouva enfin l'endroit qui lui paraissait le plus sûr, elle retira ce qu'elle avait sur elle et mit le tout dans sa besace avant d'entrer dans l'eau précautionneusement. Les pierres étaient glissantes et le courant puissant menaçait sans cesse de lui faire perdre l'équilibre. L'eau lui arriva bientôt jusqu'à la taille mais elle réussit à atteindre l'îlot sans encombre. L'autre bras du fleuve était pluslarge. Mais il n'était plus question de retourner en arrière.

A mi-chemin, la rivière était si profonde qu'elle dut marcher sur la pointe des pieds en tenant sa besace sur sa tête.

Bientôt elle sentit des galets sous ses pieds. Quelques instants plus tard, elle atteignait la rive.

Chaque jour il faisait un peu plus chaud. De petites feuilles vert tendre étaient nées des bourgeons et de longues aiguilles douces rajeunissaient les branches des conifères. Elle en cueillait quelquefois sur son passage, pour les mâchonner en route. Elle aimait cette saveur épicée.

La steppe s'animait d'une multitude de fleurs blanches, jaunes et violettes – ou plus rarement d'un bleu vif ou d'un rouge brillant – qui de loin se fondaient dans le vert doux de l'herbe jeune.

A mesure que la plaine reprenait vie, Ayla avait de moins en moins recours à la viande séchée qu'elle transportait avec elle. Elle finit par se nourrir exclusivement de ce qu'elle cueillait sur son passage, ce qui la retardait à peine. Toutes les femmes du Clan savaient glaner feuilles, fleurs, bourgeons et baies tout en continuant leur chemin, presque sans s'arrêter. Elle dépouilla une solide branche, et en aiguisa l'extrémité avec un silex pour dénicher racines et bulbes.

A la différence des femmes du Clan, Ayla savait aussi chasser à la fronde. Tous les hommes étaient d'accord pour dire qu'elle était le meilleur chasseur du groupe. Certes, ils n'avaient pas accepté facilement qu'une femme s'acquitte de cette tâche qui leur était strictement réservée jusque-là. Mais il leur avait bien fallu se rendre à l'évidence.

Tentés par les herbes tendres et encore courtes de la prairie, écureuils, hamsters géants, grandes gerboises, lièvres et lapins qui abondaient dans la steppe étaient pour elle des cibles faciles.

Lorsqu'elle trouvait de petites branches mortes ou des fientes d'animaux, elle les ramassait pour alimenter le feu. Les nuits étaient encore fraîches. Pourtant, certains soirs, elle se couchait sans faire de feu parce qu'elle était trop fatiguée, ou parce qu'elle n'avait pas pu collecter suffisamment de petit bois dans la journée. Elle redoutait ces nuits-là. Le feu était une sécurité contre les nombreux carnassiers qui hantaient la steppe. Elle songeait souvent avec effroi au lion qui l'avait attaquée quand elle était encore tout enfant et qui avait laissé sur sa cuisse l'empreinte indélébile de ses griffes.

La lune avait de nouveau passé à travers toutes ses phases et l'été s'annonçait chaud. Ayla poursuivait sa route à travers la grande plaine côtière qui descendait en pente douce vers la mer intérieure. Du limon charrié par les crues saisonnières formait çà et là de longs estuaires, partiellement obstrués par des bancs de sable.

Au milieu de la matinée, Ayla fit halte près d'une petite mare. L'eau stagnante n'était pas très claire mais son outre était presque vide. Elle prit dans sa bouche une gorgée qu'elle recracha aussitôt.

En relevant les yeux, elle aperçut le squelette d'un aurochs de l'autre côté de la petite mare. Elle détourna bientôt son regard de ce spectre de la mort, mais la vision de ces os blanchis, de ce crâne aux cornes effilées continua à la hanter alors même qu'elle avait repris sa marche. Ce crâne blanc, ces longues cornes creuses. Ces cornes creuses.

Elle s'arrêta à nouveau auprès d'un ruisseau un peu plus tard, et décida de faire un feu pour cuire le lièvre qu'elle avait tué. Assise en plein soleil, elle faisait rouler le bâton de feu entre ses paumes, contre le bois, lorsqu'elle se prit à songer à Grod, Grod qui transportait la braise dans...

Elle se leva d'un bond, remit dans sa besace tout ce qu'elle avait dispersé autour d'elle et reprit le chemin qu'elle venait de parcourir. Quand elle arriva à la mare, elle se rua sur le crâne. Grod portait toujours la braise enveloppée de mousse sèche ou de lichen dans une corne d'aurochs. Désormais, elle pouvait elle aussi emporter le feu avec elle.

Il pleuvait encore beaucoup et les branchages étaient souvent trop mouillés. Grâce à cette découverte, ses problèmes étaient enfin résolus.

Tandis qu'elle tirait sur la corne de toutes ses forces, elle se rappela soudain que les femmes du Clan n'étaient pas autorisées à porter le feu. Elle hésita puis se résigna. Qui d'autre que moi peut le porter à présent? Mais elle partit vite dès que la corne eut cédé comme si elle sentait peser sur elle le regard désapprobateur d'un esprit caché dans le crâne qui gisait devant elle.

Autrefois sa survie dépendait de sa capacité à se conformer à une manière de vivre qui lui était étrangère. A présent, seule son ingéniosité comptait. Elle ne pouvait plus se permettre de s'embarrasser des lois et coutumes d'un Clan dont elle ne faisait plus partie. La corne d'aurochs n'était qu'un commencement, un présage favorable.

Depuis plusieurs jours déjà, elle suivait un large fleuve et désespérait de trouver un moyen de passer sur l'autre rive. Son itinéraire la ramenait à nouveau vers l'orient.

Il fallait donc qu'elle traverse. Il n'y avait pas d'autre solution. Mais cette fois-ci, elle ne pourrait éviter de mouiller sa besace et ses peaux de bêtes. C'était là le problème.

Elle était assise auprès du feu, à l'abri d'un petit

arbre dont les branches dénudées traînaient dans l'eau. Le soleil se reflétait dans les flots tumultueux du fleuve. Des débris de bois flottaient à la dérive. Elle songea au ruisseau près de la caverne où elle pêchait autrefois le saumon et l'esturgeon. Elle aimait tant y nager, bien que cela inquiétât Iza. Ayla ne se souvenait pas d'avoir appris à nager. Il lui semblait qu'elle avait toujours su.

« Je me demande pourquoi personne d'autre n'aimait nager, pensa-t-elle. Ils me trouvaient bizarre parce que j'aimais aller au large... » Jusqu'au jour où Ona avait failli se noyer. Ils s'étaient tous montrés reconnaissants envers elle pour avoir sauvé l'enfant. Ce jour-là, pour la première fois elle s'était vraiment sentie acceptée par le Clan. Malgré ses longues jambes droites, son corps trop mince, ses cheveux blonds et ses yeux bleus, en dépit de son front droit, ils avaient enfin consenti à ce qu'elle soit des leurs. Par la suite, certains membres du Clan avaient essayé de nager mais ils flottaient mal et les eaux profondes les terrifiaient.

Durc saura-t-il nager un jour? Il n'était ni aussi lourd, ni aussi trapu que les autres enfants. Mais qui lui apprendrait?

Etait-ce possible que Broud ait fait venir Durc en elle en assouvissant ses désirs avec elle? Elle frissonna au souvenir de cet épisode terrifiant. Iza lui avait dit que les hommes n'exigeaient cela que des femmes qu'ils trouvaient attirantes. Broud l'avait forcée parce qu'il la haïssait. Tout le monde disait qu'une femme avait un enfant quand son totem était vaincu. Pourtant aucun homme n'avait un totem assez puissant pour battre son Lion des Cavernes. « Durc a grandi en moi après que Broud m'a prise et tout le Clan était étonné. Personne ne pensait que je pouvais avoir un enfant...

« Si seulement je pouvais le voir quand il sera un homme. Il est déjà grand pour son âge, comme moi. Il sera le plus grand du Clan, j'en suis sûre...

« Il ne faut plus que je pense à lui », se dit-elle. Elle se leva en étouffant un sanglot et s'approcha de la rivière.

Elle avait été tellement absorbée dans ses pensées qu'elle n'avait pas même remarqué le tronc d'arbre fourchu qui dérivait au fil du courant tout près de la rive et dont une grosse branche s'était fait prendre au piège tendu par les lianes bordant le rivage. Soudain, elle prit conscience de sa présence et des possibilités qui s'offraient ainsi à elle.

Elle se précipita au bord de l'eau, agrippa le tronc d'arbre et le traîna sur le talus. Avec une hache de silex qu'elle portait attachée à une lanière en cuir autour de son cou, elle tailla la plus longue des deux branches pour les ramener à la même longueur puis elle les émonda. Après quoi, elle étendit sa tente de peaux sur le sol et y déversa le contenu de sa besace. Il était temps de se débarrasser de tout ce qui n'était pas indispensable. Elle mit ses couvre-jambes et ses couvre-mains de fourrure au fond du sac ainsi que la peau qu'elle portait pendant la saison froide. L'espace d'un instant, elle se demanda où elle serait l'hiver prochain, mais elle chassa cette pensée de son esprit. Elle marqua un temps d'arrêt à la vue de la poche de cuir souple dans laquelle elle portait Durc sur sa hanche lorsqu'il était petit.

Ce n'était pas nécessaire à sa survie, mais elle ne pouvait se résigner à s'en séparer. Elle la plia soigneusement pour la ranger dans la besace. Pardessus, elle déposa ses peaux tannées puisque, en cette saison, elle marchait pieds nus.

Ensuite, elle vérifia ses provisions. Il lui restait un

petit morceau de sucre d'érable. Elle y mordit en se demandant si elle en mangerait à nouveau un jour.

Elle avait encore quelques galettes semblables à celles que les hommes emportaient avec eux lorsqu'ils allaient chasser, faites de graisse rance, de viande coupée en petits morceaux et de fruits séchés. A la pensée de la graisse riche, l'eau lui vint à la bouche. Tout le petit gibier qu'elle tuait avec sa fronde était si maigre dans l'ensemble! Jugeant préférable de les conserver en cas de nécessité, elle les rangea dans sa besace, avec quelques portions de viande séchée, coriace comme du cuir mais nourrissante, deux ou trois pommes sèches, des noisettes et quelques sacs de grain qu'elle avait ramassé avant de partir, près de la caverne. Avant de resserrer les lanières de cuir de sa besace, elle ajouta son bol en bois et sa peau de blaireau.

Elle délia le sac de guérisseuse qui pendait à sa taille et frotta sa main contre la fine peau de loutre à l'épreuve de l'eau, contre l'étrange face aplatie de l'animal qui formait le rabat. Iza l'avait confectionné pour elle, lorsqu'elle avait été élevée au rang de guérisseuse du Clan, en accord avec la coutume qui voulait que cet honneur se transmette de mère en fille.

Et pour la première fois depuis son départ, elle songea à Creb.

Elle avait refoulé le vieux sorcier dans sa mémoire, tant sa mort récente lui causait de peine. Elle avait aimé comme un père cet homme infirme, au visage abominablement défiguré, qui n'avait jamais pu chasser, mais qui inspirait respect et terreur au chasseur le plus intrépide. Elle se souvint de la bonté qui brillait dans son œil unique, lorsque son regard se posait sur elle.

Il l'avait aimée, il l'avait protégée comme l'enfant d'une compagne qu'il n'avait jamais eue.

– Creb, oh! Creb, s'exclama-t-elle en éclatant en sanglots, pourquoi fallait-il que tu meures?

Elle sanglota longtemps, en se balançant, les bras serrés autour de la poitrine, pour tâcher d'apaiser son angoisse. Il n'y avait personne pour partager son malheur et sa tristesse.

Quand ses larmes se tarirent, elle se leva, les jambes flageolantes, pour aller se laver le visage dans l'eau du fleuve. Puis elle prit une profonde inspiration et retourna achever ses préparatifs, d'un pas décidé. Le chagrin avait fait place à une détermination farouche. « Tu ne me feras pas mourir, Broud! » Elle délia la longue corde de cuir qui resserrait sa peau de chamois à la taille et se déshabilla. Elle hésita longuement avant de dénouer la lanière à laquelle était accrochée la bourse contenant ses amulettes. Elle frissonna maisle contact des petits objets durs la rassura quelque peu.

C'était là tout ce qu'elle possédait, tout ce dont elle avait besoin pour survivre – cela ainsi que son savoir, son habileté, son expérience, sa détermination et son courage.

Prestement, elle enroula sa poche à amulettes, ses outils et sa fronde dans sa tunique et plaça le tout dans sa besace qu'elle enveloppa à son tour dans la peau d'ours liée par une longue lanière de cuir, puis dans la tente de peau d'aurochs. Avant de fixer solidement ce fardeau encombrant sur le tronc d'arbre entre les deux branches fourchues, elle laissa son regard errer quelques instants sur le fleuve impétueux, en songeant à son totem.

Elle poussa le radeau improvisé dans l'eau et plongea. L'eau glacée par la fonte des neiges lui coupa le souffle. Haletante, à demi engourdie, elle luttait contre le courant pour tenter d'atteindre l'autre rive le plus vite possible.

A chaque fois qu'elle levait les yeux, son lieu de destination semblait s'éloigner d'elle. Bientôt, elle ne sentit plus son corps, secoué de tremblements convulsifs. Il lui semblait qu'une force étrange l'attirait inexorablement vers le fond. Pourtant elle avait déjà traversé plus de la moitié du fleuve.

Cramponnée au tronc d'arbre, rassemblant toute son énergie, elle se concentra sur le mouvement de ses jambes. Soudain, après une brève secousse, le tronc racla le fond et s'immobilisa. A demi consciente, incapable de se mouvoir, Ayla resta longtemps couchée là au bord de la rive, s'agrippant des deux mains au radeau de fortune qui venait de lui sauver la vie. Une sorte d'instinct de conservation la tira de sa torpeur. D'une main tremblante, elle délia les lanières de son fardeau, et s'enveloppa dans la peau d'ours. Un profond sommeil la gagna aussitôt.

Après cette périlleuse traversée, Ayla reprit la direction du nord. Il faisait à présent une chaleur torride et les herbes de la steppe lui arrivaient presque à la taille. Toujours aucun signe de vie alentour.

Elle se nourrissait de luzerne, de trèfle et d'arachides dont elle déterrait les racines, et de vesces aux gousses enflées de petits pois ovales qu'elle avait appris à distinguer des variétés non comestibles. Une fois la saison des bourgeons de lis passée, leurs racines étaient encore très tendres. Certains groseilliers rampants d'une variété précoce commençaient à mûrir et il y avait toujours quelques feuilles tendres de moutarde, d'ortie ou de chiendent à glaner. Le petit gibier abondait dans la steppe : marmottes, gerboises, gloutons, lièvres auxquels la saison chaude avait rendu un pelage gris-brun, mulots, campagnols, belettes et loirs. Quelquefois elle parvenait même à terrasser un hamster géant, grand amateur de souris, un grouse ou une gelinotte. Ces deux variétés d'oiseaux aux pattes couvertes de plumes, qui volaient toujours en rasant la terre, étaient des proies faciles pour un chasseur aussi habile qu'elle. D'autres bêtes plus impressionnantes croisaient son chemin : des cerfs, des rennes, des élans, des orignaux géants aux ramures majestueuses, parfois seuls, parfois en bande, des chevaux des steppes, des ânes, des onagres qui ressemblaient autant aux premiers qu'aux seconds. Un jour, elle vit un énorme bison, puis peu après une troupe de saïgas. A la vue de petits veaux pendus aux mamelles généreuses d'une mère aurochs, l'eau lui venait à la bouche. Mais sa fronde n'était pas une arme suffisamment puissante contre les mâles colossaux qui rôdaient autour du troupeau. Un matin, elle dut faire un large détour pour ne pas se faire repérer par un groupe de mammouths en migration.

Elle assista à un combat serré entre un troupeau de bœufs musqués déterminés à protéger leur progéniture et une harde de loups, et évita soigneusement une famille de rhinocéros hargneux.

Tandis qu'elle poursuivait sa route vers le nord, les paysages environnants se modifiaient insensiblement. Le terrain était de plus en plus sec et désolé. Elle avait fini par atteindre les limites supérieures des steppes continentales. Au-delà, jusqu'aux parois abruptes de l'immense glacier septentrional, s'étendaient des plaines argileuses et arides. Près d'un quart de la surface terrestre était prisonnière de cette colossale chaîne glaciaire. L'eau ainsi cristallisée avait provoqué une baisse du niveau des océans, élargissant par là même les plaines côtières et modifiant la structure de l'écorce terrestre. Tout le globe avait été marqué par cette période de glaciation. Les régions équatoriales étaient très humides et les déserts s'étaient considérablement rétrécis. Mais dans la région proche des glaciers, les transformations étaient plus profondes encore.

Au-dessus de l'immense plaque de glace, l'air était si froid que l'humidité se condensait et retombait sous forme de neige. Au centre, où la pression était stabilisée à un très haut niveau, il faisait un froid si intense que les neiges étaient repoussées vers l'extérieur, de sorte que la masse glaciaire croissait sans cesse.

Juste au sud de cette zone, pourtant, la terre était sèche – sèche mais gelée. Le niveau constant de hautes pressions s'accompagnait d'une chute atmosphérique, compressant l'air froid et sec vers les basses pressions. Ainsi, le vent du nord soufflait-il sans discontinuer sur les steppes. Seule son intensité variait. Sur son chemin, il soulevait des particules rocheuses agglutinées au pied du glacier, qu'il déposait plus loin sur des milliers de kilomètres, et qui formèrent, beaucoup plus tard, un épais banc de lœss, puis de terre.

En hiver, des vents mugissants jetaient une mince couche de neige sur la vaste plaine. Au printemps, elle fondait et, sous l'effet de la chaleur, le glacier perdait une fine pellicule de son épaisse cuirasse. La steppe ainsi irriguée reprenait vie, tout du moins en surface. L'herbe poussait vite, comme si elle se doutait que sa vie serait de courte durée. Au cœur de l'été, le continent tout entier n'était plus qu'une immense étendue d'herbes desséchées entrecoupée çà et là, au bord de l'océan, d'une forêt boréale ou de toundra.

La faune qui survivait dans ces régions s'était adaptée à ces rudes conditions. Aussi pouvait-on voir un mammouth ou un cheval au poil laineux paître au pied d'une paroi bleuâtre de glace de plusieurs milliers de mètres de hauteur.

Les cours d'eau nourris par la fonte du glacier entamaient profondément la couche de lœss, et parfois aussi la roche sédimentaire sous-jacente jusqu'au granite cristallin. La steppe se creusait ainsi de gorges profondes et de ravins à pic, abrités du vent et généreusement irrigués, qui cachaient de vertes vallées.

Ayla commençait à être fatiguée de cette éternelle migration, de la monotonie des steppes, de l'ardeur du soleil et de ce vent insatiable, qui lui desséchaient la peau et lui faisaient mal aux yeux. Elle s'était attardée quelque temps dans une vallée encaissée, verte et accueillante, dans l'espoir d'y trouver ses semblables. En vain! Aussi avait-elle repris sa route.

Elle était partie depuis le début du printemps et c'était bientôt la fin de l'été. Une profonde inquiétude grandissait en elle. Elle devait commencer à faire des provisions pour l'hiver et trouver un abri pour passer la longue saison glaciale.

Les jours se succédaient, identiques. Ce soir-là, elle avait mangé crue la marmotte qu'elle avait capturée dans la journée, car la braise s'était éteinte et elle n'avait pas eu le courage de refaire du feu. Elle avait de plus en plus de difficultés à trouver de quoi se nourrir. Le petit gibier commençait à se faire rare – ou peut-être son attention se relâchait-elle –, et la steppe était maintenant tapissée d'une épaisse couche d'herbes sèches aplaties par le vent du nord. Elle dormit mal et repartit au matin à contrecœur, l'estomac tiraillé par la faim.

Quand le soleil fut haut dans le ciel, elle trouva un ruisseau et en profita pour remplir son outre d'une eau âcre. Elle déterra quelques racines de renoncules filandreuses et insipides qu'elle mâchonna en poursuivant son chemin. Elle n'avait aucune envie de continuer, mais il n'y avait pas d'autre solution. Découragée, indifférente à ce qui l'entourait, elle progressait dans la grande steppe comme une feuille à la dérive.

Elle ne remarqua les grands lions paresseusement allongés dans la chaleur du soleil que lorsque l'un d'eux jugea bon de l'avertir de leur présence.

La peur ranima ses sens. Elle recula silencieusement de quelques pas puis prit la direction de l'ouest pour contourner le territoire des félins. Elle avait donc atteint son but. Ce ne pouvait être qu'un signe de son totem, le Lion des Cavernes, qui lui signifiait, par la présence de ces fauves, qu'il la protégeait. Elle se souvint d'avoir rêvé de ce lion la nuit précédente.

Rompue de fatigue, elle s'arrêta au coucher du soleil.

2

– Pourquoi as-tu décidé de m'accompagner, Jondalar? demanda le jeune homme brun tandis qu'ils commençaient à démonter la tente faite de plusieurs peaux de bêtes cousues les unes aux autres. Tu as dit à Marona que tu t'en allais saluer Dalanar et me montrer le chemin. Tu désirais faire un court voyage avant d'entamer ta vie d'homme, lui as-tu dit. N'as-tu pas promis de te rendre au Grand Rassemblement de l'Eté avec les Lanzadoni et d'y arriver à temps pour la Cérémonie de l'Union? Marona va être furieuse et s'il est une femme de notre Clan dont il faut redouter le courroux, c'est bien elle. Es-tu certain de ne pas être en train de te dérober à ta promesse?

Thonolan avait parlé sur un ton détaché mais son regard trahissait une profonde inquiétude.

– Petit frère, t'imaginais-tu que tu étais le seul de notre famille à vouloir voyager? Croyais-tu vraiment que j'allais te laisser partir seul? Et te vanter de tes aventures, une fois revenu au foyer de notre famille? Quelqu'un doit t'accompagner pour t'aider à raconter les péripéties de ton voyage et pour te prêter main-forte en cas de danger, lui répondit le grand jeune homme blond en se baissant pour pénétrer sous la tente.

Soutenue par trois pieux centraux de taille inégale, la tente était suffisamment grande pour qu'ils puissent y dormir tous les deux côte à côte sans se gêner et y mettre tout leur équipement de voyage à l'abri. Près du plus grand pieu, une ouverture à rabat avait été pratiquée dans le toit de peaux afin de faciliter l'évacuation de la fumée s'ils désiraient faire un feu à l'intérieur de la tente. Lorsqu'il pleuvait, il suffisait de rabattre le carré de fourrure et de passer un cordon de cuir dans les trous prévus à cet effet. Jondalar déterra les trois piquets et sortit de la tente à reculons.

– Me prêter main-forte en cas de danger! s'exclama Thonolan. Bien au contraire, il va me falloir redoubler de prudence en ta compagnie. Attends que Marona apprenne que tu n'as pas rejoint Dalanar et les Lanzadoni au moment du Grand Rassemblement. Il y a de fortes chances pour qu'elle se métamorphose en doni pour survoler le glacier que nous venons de franchir et te retrouver. (Ils plièrent ensemble le toit de peaux.) Depuis longtemps déjà, elle t'a élu. Juste au moment où elle pense te tenir, tu décides qu'il est temps d'entreprendre un voyage. Mon grand frère craindrait-il les contraintes de l'Union? (Ils rangèrent la tente dans un sac de cordes tressées.) A ton âge, la plupart des hommes ont déjà une ou plusieurs compagnes dans leur foyer, ajouta Thonolan en baissant la tête pour esquiver le coup que son aîné feignait de lui assener.

L'amusement pétillait dans ses yeux gris.

– La plupart des hommes de mon âge! Mais je n'ai que trois années de plus que toi! renchérit Jondalar en simulant la colère.

Puis il éclata d'un grand rire franc, d'autant plus surprenant qu'il était tout à fait inhabituel.

Les deux frères étaient aussi différents que le jour et la nuit. Thonolan, le plus petit et le plus sombre de peau, était aussi celui qui avait le cœur le plus léger. Sa nature douce et généreuse, sa bonne humeur, ses éclats de rire spontanés et communicatifs faisaient qu'il était toujours le bienvenu où qu'il aille. Jondalar était plus sérieux. Il fronçait souvent les sourcils, rongé par l'inquiétude ou en proie à des pensées profondes et il était rare de le voir rire ainsi à gorge déployée, bien qu'il sourît souvent, surtout en présence de son frère. Ce dernier le dévisagea avec stupéfaction.

– Peut-être Marona aura-t-elle déjà choisi un compagnon lorsque nous rentrerons! reprit Jondalar tandis qu'ils roulaient la peau de bête sur laquelle ils avaient dormi.

– Peut-être estime-t-elle que mon insaisissable

frère est le seul homme digne de ses charmes bien connus! Marona sait si bien assouvir les désirs de l'homme, lorsqu'elle en a décidé ainsi. Mais quel caractère... Tu es le seul à pouvoir la mater, Jondalar, bien que beaucoup la prissent volontiers en dépit de son tempérament. Doni le sait fort bien. (Thonolan marqua une pause.) Pourquoi ne l'as-tu pas prise pour compagne, Jondalar? Tous s'y attendent depuis longtemps déjà.

La question avait été posée avec sérieux. Une ombre passa dans les yeux bleus de Jondalar. Il se rembrunit.

– Peut-être précisément parce que je sais que tous s'y attendent, dit-il enfin. Je ne sais pas, Thonolan, à dire vrai... je pense aussi qu'elle deviendra ma compagne un jour. Qui d'autre?

– Qui? Oh! mais le choix t'appartient. Il n'est pas une femme sans compagnon, dans toutes les cavernes qui nous entourent, qui ne souhaite entrer au foyer de Jondalar, du Clan des Zelandoni, frère de Joharran, chef de la Neuvième Caverne et lié par le sang à Thonolan, aventurier intrépide et courageux, ne l'omettons pas!

– Oublierais-tu qu'il est aussi fils de Marthona, ancien chef de la Deuxième Caverne des Zelandoni et frère de Folara, aimée et vénérée pour sa beauté, poursuivit Jondalar, le sourire aux lèvres. Si tu veux parler des liens qui m'unissent à notre Clan, évoque aussi Doni dont la parenté m'honore.

– Comment l'oublierais-je? s'exclama Thonolan tout en commençant à rouler le sac dans lequel il s'était enveloppé pendant la nuit.

Fait de deux peaux de bêtes assemblées l'une à l'autre sur trois côtés, ce sac avait été astucieusement doté, autour de l'ouverture, d'un cordon coulissant confectionné avec un tendon afin de mieux protéger le dormeur contre le froid.

– Joplaya elle-même serait disposée à devenir ta compagne!

– Tu sais fort bien qu'elle ne peut pas devenir ma compagne! Joplaya est la fille de Dalanar qui est le frère de notre père! Tu ne devrais pas la prendre au sérieux. Elle aime à attiser la flamme des hommes. Quand je suis allé vivre chez Dalanar, elle et moi sommes devenus bons amis. Nous avons appris ensemble à tailler la pierre. Elle est plus douée que quiconque dans ce domaine. Ne lui répète jamais ce que je viens de dire. Elle en serait trop fière.

Dans le sac fait de cuir rigide tendu sur deux lattes de bois, qu'il portait sur ses épaules grâce à des lanières de cuir ajustables munies d'attaches d'ivoire sculpté, Jondalar rangea soigneusement ses outils et les quelques pierres taillées qu'il transportait. Il songeait à Dalanar et à la Caverne qu'il avait fondée. Le Clan s'accroissait sans cesse. Bientôt, il faudrait lui adjoindre une seconde caverne pour abriter les nouveaux venus. Après avoir ajouté la nourriture qui leur restait, leurs bols et le reste de l'équipement dans le sac, il roula sa couverture de fourrure autour de deux des piliers et plaça le tout par-dessus avant d'attacher l'ensemble avec des lanières. Thonolan portait la tente et le troisième pilier. Dans une poche spécialement prévue à cet effet sur le côté du sac, ils transportaient des épieux.

Thonolan remplit son outre de neige. C'était un estomac de daim entouré d'une enveloppe de fourrure. Quand il faisait très froid, comme sur les hauts plateaux pris par la glace qu'ils venaient de traverser, ils portaient leur outre sous leurs fourrures près de la peau pour que la neige fonde à la température du corps. Il n'y avait pas de petit bois sur les hauteurs pour faire du feu. Et depuis longtemps déjà, tous les cours d'eau qu'ils rencontraient sur leur chemin étaient pris par la glace.

– Je t'assure, Jondalar, reprit Thonolan en levant les yeux vers lui. Je suis content que Joplaya ne soit pas une de mes proches. J'abandonnerais volontiers mon voyage pour la prendre pour compagne. Tu ne m'avais jamais dit qu'elle était si rayonnante. Jamais je n'avais vu quelqu'un d'aussi attirant. Je remercie les Esprits d'être né de Marthona après qu'elle fut devenue la compagne de Willomar, et non pas quand elle était encore au foyer de Dalamar. Je peux espérer.

– Tu dis la vérité. Je crois qu'elle est belle. Mais je ne l'ai pas vue depuis trois étés. Elle a dû prendre un compagnon. Je me réjouis de ce que Dalanar ait décidé de conduire les Lanzadoni au Grand Rassemblement des Zelandoni cet été. Elle pourra y trouver un compagnon à son goût si aucun des hommes de sa Caverne ne lui convient.

– Et Marona ne sera pas la seule en lice. En un sens, j'aimerais être là quand les deux femmes seront face à face. Marona est habituée à être la plus séduisante. Elle n'éprouvera que de la haine envers elle. Et comme tu ne seras pas là, j'ai dans l'idée que Marona ne va pas beaucoup se divertir lors du Grand Rassemblement de cet été.

– Ton Esprit ne te trompe pas, Thonolan. Elle va être blessée et fâchée contre moi et je ne peux l'en blâmer. C'est une femme difficile à manier mais elle est complaisante. Elle a besoin d'un compagnon solide. Elle sait satisfaire un homme. Quand je suis en sa présence, je suis prêt à lui demander de devenir ma compagne, mais quand je m'éloigne... je ne sais pas, Thonolan, acheva-t-il en fronçant les sourcils tout en resserrant la bande de cuir qu'il venait de se passer autour de la taille.

– Parle-moi, Jondalar. Quel sentiment aurais-tu si elle se décidait à prendre pour compagnon un autre homme, pendant notre Voyage? Cela peut arriver.

– Je serais blessé dans ma fierté. Mais c'est son droit. J'estime qu'elle mérite un homme plus honorable que moi, qui ne l'abandonne pas au dernier moment pour entreprendre un voyage. Et si elle est comblée ainsi, je le serai aussi.

– Je ne m'étais pas égaré dans mon jugement, répondit son jeune frère. Eh bien, Grand Frère, si nous voulons échapper à ce doni qui nous poursuit, nous devons partir à présent.

Thonolan enfila son vêtement de fourrure composé de deux pans rectangulaires cousus l'un à l'autre sur les côtés et sur les épaules, et de deux autres pièces plus petites pliées et jointes par une fine cordelette, pour couvrir les bras. Il comportait aussi un capuchon bordé d'une bande de peau de blaireau et richement décoré de coquillages, de dents d'animaux, d'ivoire et d'os, ainsi que de queues d'hermines blanches à bout noir. A son tour, il s'entoura la taille d'une lanière de cuir. En dessous, il portait une peau de chamois, plus fine et plus douce, et ses jambes étaient protégées par d'autres pièces de fourrure, cousues les unes aux autres comme le reste, et maintenues à la taille par une corde de cuir.

Des poches doublées d'hermine pendues à une longue lanière qu'il passa autour de son cou – et dans lesquelles il réchauffait ses mains pendant la marche – complétaient son équipement. Il portait déjà aux pieds des peaux épaisses, assouplies par la marche au niveau de la cheville, et fourrées de laine de mouflon. Il n'avait pas jugé nécessaire de les recouvrir d'enveloppes à l'épreuve de l'eau, confectionnées à partir d'intestins d'animaux, comme il le faisait lorsqu'il pleuvait beaucoup.

– Thonolan, souhaites-tu vraiment que nous allions jusqu'au bout de la Grande Rivière? demanda Jondalar en glissant dans la lanière de cuir qui lui enserrait la taille une hache en silex munie d'une courte poignée en os.

Prêt à hisser son sac sur ses épaules, Thonolan se redressa.

– Jondalar, je le souhaite, répondit-il, une lueur malicieuse dans les yeux.

– Nous ne serons peut-être pas de retour pour le prochain Grand Rassemblement!

– Tu n'es pas déterminé? Rien ne t'oblige à m'accompagner, Frère. Tu peux retourner chez les nôtres. Tu sais aussi bien que moi que nous risquons de ne jamais revenir. Si tu veux me suivre, nous devons partir maintenant ou nous n'aurons jamais traversé ce glacier avant l'hiver prochain.

– Depuis longtemps déjà, ma décision était prise de faire le Grand Voyage et le moment est bien choisi, reprit Jondalar d'un ton résolu bien qu'un peu amer.

Comme s'il voulait chasser certaines pensées de son esprit, il poursuivit, d'une voix enjouée :

– Je n'ai pour ainsi dire jamais quitté notre Caverne. C'est maintenant ou jamais. Petit frère, nous partons.

Les rayons du soleil reflétés dans l'épaisse couche de neige qui couvrait tout le paysage environnant étaient éblouissants. La saison chaude avait commencé dans la plaine mais sur les hauteurs, rien ne le laissait paraître. Ils descendirent d'un pas pesant le versant enneigé en direction d'un bois. Loin devant eux, la montagne dressait ses pics majestueux de blancheur dans le bleu du ciel. Les hautes terres qu'ils avaient traversées s'apparentaient à de simples collines par comparaison. En réalité, elles faisaient partie d'un massif érodé, beaucoup plus ancien que les cimes grandioses trônant à l'horizon. Pourtant, elles étaient suffisamment proches de la chaîne dentelée et de ses glaciers pour être couvertes elles aussi de neiges éternelles.

Un peu plus tard, ils découvrirent un petit ruisseau d'eau claire. Surgissant du sol après s'être glissée dans des fissures rocheuses, l'eau filtrée par la pierre jaillissait en une source pure entre deux bancs de neige.

– Qu'en penses-tu? demanda Thonolan, en désignant le cours d'eau. Dalanar a dit que nous la trouverions par ici.

– Si c'est Donau, nous le saurons. Trois petites rivières qui se rejoignent et coulent dans la direction de l'orient doivent nous mener à la Grande Rivière. C'est ce que Dalanar nous a dit. Nous sommes donc sur la bonne route.

– Marchons quelque temps vers la plaine car plus nous la trouverons rapidement et plus elle sera facile à traverser.

– C'est vrai, mais le Clan des Losadunai est établi dans la direction opposée et nous pourrions nous arrêter dans une de leurs cavernes pour reprendre des forces. En allant vers la plaine, nous risquons de pénétrer dans le territoire des Têtes-Plates.

– Jondalar, ne faisons pas halte dans le Clan des Losadunai. Tu sais qu'ils nous demanderont de rester et nous nous sommes déjà trop attardés chez les Lanzadoni.

« Les Têtes-Plates sont plus au nord, et quand bien même nous en rencontrerions, il n'y a pas de quoi avoir peur. On dit que tuer une Tête-Plate n'est pas plus difficile que d'abattre un ours.

– Je ne sais pas, répondit son frère en plissant le front. J'ai entendu dire que les Têtes-Plates étaient très intelligents. Certains disent même qu'ils nous ressemblent beaucoup.

– Peut-être, mais ils n'ont pas de langage. Ce sont des animaux.

– Ce ne sont pas les Têtes-Plates qui m'inquiètent, petit frère. Les Losadunai connaissent cette région. Ils peuvent nous montrer le chemin, nous indiquer des points de repère. Nous ne demeurerons pas longtemps parmi eux. Si tu acceptes de t'arrêter dans leur Clan, les prochaines Cavernes, nous n'y ferons pas halte.

– Je me soumets à ta volonté.

Les deux hommes cherchèrent un endroit pour traverser le ruisseau, déjà bien élargi. Un peu en contrebas, ils trouvèrent un mélèze tombé en travers du cours d'eau. Jondalar passa le premier. Il empoigna une branche de l'arbre et posa précautionneusement son pied sur le tronc verglacé. Thonolan qui attendait son tour jeta un coup d'œil à la ronde.

– Jondalar! Attention! s'écria-t-il soudain.

A ce cri, Jondalar se coucha instinctivement sur le sol. La pierre qui lui était destinée passa en sifflant à deux doigts de son front.

Dissimulés derrière les branches vertes du mélèze, les deux frères attendaient, une lance à la main, en scrutant le paysage dans la direction d'où la pierre était venue. Quelque chose bougea derrière l'enchevêtrement de branchages d'un gros buisson.

La sagaie de Thonolan partit avec la rapidité de l'éclair. Déjà, il en saisissait une autre lorsque six silhouettes surgirent soudain de broussailles toutes proches. Ils étaient cernés.

– Des Têtes-Plates! hurla Thonolan en reculant pour mieux viser.

– Attends! Ils sont trop nombreux pour nous.

– Le plus grand doit être le chef. Si je l'abats, les autres s'enfuiront peut-être, reprit Thonolan, prêt à lancer son arme.

– Non! Ils risquent de se ruer sur nous avant que nous ayons le temps de prendre une autre lance. Pour le moment, nous les tenons à distance – ils ne bronchent pas. (Lentement, Jondalar se redressa, la lance sur l'épaule.) Ne bouge pas, Thonolan. Laissons-les faire les premiers pas. Mais ne quitte pas des yeux le chef de la harde. Il saura que c'est lui que tu vises.

Jondalar examina le plus grand de leurs adversaires. Il eut l'étrange impression que ses grands yeux bruns lui rendaient son regard. Jamais il n'en avait approché un d'aussi près, et il s'était attendu à tout autre chose.

Leurs yeux profondément enfoncés dans les orbites étaient protégés par une arcade sourcilière saillante, soulignée par des sourcils broussailleux. Ils avaient un gros nez crochu, semblable à un bec. Pour ainsi dire, tout le reste de leur visage était dissimulé par une barbe brune épaisse et frisée. Observant les plus jeunes qui n'avaient pas encore de barbe, il vit qu'ils n'avaient pas de menton mais une mâchoire supérieure protubérante, formant comme un museau. Ils portaient des peaux de bêtes qui ne couvraient pourtant ni leurs jambes, ni leurs bras malgré le froid. Plus que le duvet qui assombrissait encore leur peau cuivrée, le fait même qu'ils étaient vêtus et qu'ils avaient des armes le surprit. Chacun tenait un long épieu de bois; certains portaient sur l'épaule des massues en os.

« Leurs mâchoires, leurs nez ne sont pas si différents des nôtres, songea-t-il. C'est ce front fuyant sur un crâne long et large et ce cou épais qui les distinguent de nous. »

Les Têtes-Plates étaient d'assez petite taille mais d'ossature lourde, et puissamment musclés. Leurs jambes torses leur donnaient une silhouette trapue. Leurs bras, fort longs par comparaison avec leur taille, étaient également arqués.

Jondalar et son frère étaient beaucoup plus grands que leurs rivaux. Il semblait évident, néanmoins, que même d'égal à égal, le combat ne tournerait pas à leur avantage.

Pendant un long moment qui leur parut une éternité, personne ne broncha. Accroupi, tous les muscles du corps bandés, Thonolan attendait. Debout près de lui, Jondalar tenait fermement sa sagaie sur son épaule, prêt à l'attaque. Les six Têtes-Plates qui les encerclaient attendaient eux aussi, immobiles comme des pierres. Sans les quitter des yeux un seul instant, Jondalar cherchait le moyen de se sortir de cette impasse.

Soudain, le chef de la bande émit un grondement sourd en agitant le bras. Au moment précis où il allait lancer son arme, Thonolan aperçut son frère du coin de l'œil qui répondait au geste de leur adversaire. Le plus jeune de la bande courut vers le buisson derrière lequel ils s'étaient dissimulés quelques instants plus tôt. Il en émergea, portant la lance que Thonolan leur avait adressée et, à sa grande surprise, il la lui rapporta. Puis il alla repêcher dans l'eau de la rivière la pierre avec laquelle il avait provoqué l'incident. Avant de disparaître silencieusement avec sa troupe dans les broussailles, le chef se retourna une dernière fois vers les deux hommes qu'il parut saluer d'un signe de tête.

Thonolan poussa un soupir de soulagement quand il comprit enfin qu'ils ne reviendraient pas.

– J'étais convaincu que nous n'échapperions pas à cette embuscade.

– Sans doute le plus jeune avait-il agi sans l'ordre du chef!

– Je ne crois pas qu'il ait eu peur de nous. Il faut être brave pour affronter ainsi ta lance sans broncher et faire le geste qu'il nous a adressé.

– Peut-être n'a-t-il pas compris.

– Il t'a vu lancer la première sagaie. Sinon il n'aurait pas dit au plus jeune de te la rapporter.

– Lui dire? Mais comment? Ils n'ont pas de langage.

– Je ne sais pas. Ce grognement... Il voulait... arranger les choses. Ces Têtes-Plates sont-ils vraiment des animaux? C'était une décision sensée. Et ils portent des peaux de bêtes et des armes et marchent tout comme nous.

– En tout cas, j'ai compris pourquoi on les appelle les Têtes-Plates. Ils n'ont pas l'air doux. Je n'aimerais pas avoir à lutter seul au corps à corps avec l'un d'entre eux.

– Ils auraient pu nous briser comme des brindilles sèches. J'ai toujours cru qu'ils étaient de petite taille.

– Petits mais puissants. Très puissants. Grand frère, je dois l'admettre, tu étais sur le bon chemin. Allons rendre visite au Clan des Losadunai. Ils vivent près d'ici et doivent être familiarisés avec les Têtes-Plates. J'ai le sentiment que la Grande Rivière délimite leur territoire.

Pendant plusieurs jours, les deux hommes poursuivirent leur route en suivant les points de repère que Dalanar leur avait donnés. Ils traversèrent d'autres ruisseaux qui tous dévalaient le versant pour aller se jeter plus loin dans la Grande Rivière, alimentant à son tour une mer intérieure.

Ils pénétrèrent bientôt dans une région de steppes entrecoupées de toundra et de taïga. Les hauteurs escarpées étaient le royaume des bouquetins, des chamois et des mouflons. Dans les régions boisées, les daims régnaient en maîtres. Les tarpans affectionnaient tout particulièrement les basses terres abritées et les vallées encaissées. Loups, lynx et léopards des neiges déambulaient furtivement, comme des ombres dans la nature renaissante. A peine sortis de leur hibernation, quelques ours bruns les regardèrent passer d'un œil hagard. Les ours des cavernes, moins volumineux mais carnivores, n'apparaîtraient que plus tard. Çà et là, de petits mammifères pointèrent leur museau hors de leur terrier.

Les versants étaient boisés de pins, mêlés d'épicéas, de sapins et de mélèzes. Les aulnes abondaient près de la rivière où ils cohabitaient avec des saules et des peupliers et quelquefois des chênes ou des hêtres tout jeunes, nanifiés à l'état d'arbrisseaux prostrés.

Après avoir traversé une nouvelle rivière, Jondalar et Thonolan grimpèrent au sommet d'une colline pour examiner les environs. D'en haut, la vue était saisissante. Quelques affleurements blanchâtres adoucissaient les coteaux plissés et sauvages qui s'étendaient devant eux à perte de vue. Pourtant, ni l'un ni l'autre n'étaient d'humeur à jouir de cette magnifique perspective. D'après les explications de Dalanar, ils avaient déjà parcouru une bonne partie du territoire des Losadunai sans qu'ils en aient rencontré un seul. Jondalar commençait à penser qu'ils les avaient manqués.

– Vois, mon frère, s'exclama soudain Thonolan.

Regardant dans la direction qu'il indiquait, Jondalar aperçut un ruban de fumée qui s'élevait haut dans le ciel derrière des taillis. Ils partirent précipitamment, mus par un regain d'énergie, et tombèrent bientôt sur un groupe d'hommes rassemblés autour d'un feu. Les deux frères firent irruption au milieu de la petite bande, les deux mains tendues devant eux, paumes ouvertes, comme le voulait la coutume, en signe d'amitié.

– L'homme qui se tient devant vous est Thonolan du Clan des Zelandoni. Et son compagnon est son frère, Jondalar Nous avons entrepris ensemble un Grand Voyage. Quelqu'un parmi vous parle-t-il notre langage?

Un homme d'âge moyen s'approcha alors d'eux en leur rendant leur salut.

– L'homme qui se tient devant vous est Laduni du Clan des Losadunai. Au nom de Duna, Notre Mère Terre, soyez les bienvenus. (Il saisit les deux mains de Thonolan dans les siennes puis accueillit Jondalar de la même manière.) Venez vous asseoir près du feu. Bientôt nous mangerons. Voulez-vous partager notre repas?

– Votre générosité nous touche, répondit Jondalar.

– J'ai parcouru les terres de l'Ouest lors de mon Grand Voyage et j'ai pu me reposer dans une caverne de Zelandoni. Il y a de cela beaucoup de saisons, mais les Zelandoni sont toujours les bienvenus dans mon Clan.

Il les mena jusqu'à un tronc d'arbre près du feu,

abrité du vent par une fourrure tendue entre deux pieux.

– Reposez-vous. Défaites vos sacs. Vous venez sans doute de traverser le glacier. Il était temps, car bientôt le vent de printemps va se lever. C'est un vent chaud et sec qui souffle si fort qu'il déracine les arbres, et fait fondre la neige si vite qu'en quelques jours, toute la nature renaît. S'il vous avait surpris dans le glacier, vos jours étaient comptés. Il ouvre de profondes crevasses, et les corniches s'effondrent soudain sous vos pieds.

– Et puis il est porteur du Malaise, ajouta une jeune femme en frissonnant.

– Le Malaise? l'interrogea Thonolan.

– Ce sont les Esprits Maléfiques que transporte le vent, répondit le chef du Clan à sa place. Tout le monde devient irritable. Les plus doux se battent entre eux. Les plus gais se morfondent tout le jour. Les Esprits Maléfiques peuvent vous rendre malades ou, si vous l'êtes déjà, ils peuvent vous donner envie de mourir.

– Où as-tu appris notre langage? demanda Thonolan à la séduisante jeune femme.

Elle lui rendit son regard mais, au lieu de répondre, elle se tourna vers Laduni.

– Cette femme est Filonia du Clan des Losadunai, et elle est la fille de mon foyer, dit Laduni, comprenant qu'elle souhaitait être présentée selon la coutume.

Thonolan sut ainsi qu'elle était d'un rang élevé et qu'elle n'était donc pas autorisée à s'adresser librement à des étrangers. Thonolan tendit ses deux mains vers les siennes pour la saluer. Elle hésita avant de répondre à son geste. Les yeux brillants de convoitise, il l'attira vers lui.

– Filonia, Thonolan est honoré de ce que la

Grande Terre Mère ait bien voulu lui faire don de ta présence en cet instant.

Ce compliment hardi et son geste firent rougir Filonia de plaisir. Parce qu'il avait fait allusion au Don de la Terre Mère, elle savait que ses mots avaient une grande portée. Au contact de ses mains, elle avait senti une vague d'excitation monter en elle et dans ses yeux elle avait vu briller la lueur de désir qu'elle connaissait pour l'avoir perçue dans le regard de tant d'autres hommes.

– Réponds-moi, poursuivit Thonolan. Qui t'a enseigné notre langage ?

– Il y a déjà plusieurs étés, j'ai moi-même entrepris un Grand Voyage de l'autre côté du Glacier avec le fils du vénéré frère de mon père. Nous aussi avons séjourné dans une caverne des Zelandoni. Laduni nous avait déjà appris quelques mots avant notre départ. Quelquefois l'été, il traverse la grande Montagne blanche pour échanger des biens avec d'autres Clans. Il nous parlait souvent dans leur langage pour que nous apprenions.

– Il est rare qu'une femme fasse un long voyage si périlleux. Et si Doni t'avait favorisée pendant le trajet ?

– Nous ne sommes pas restés si longtemps éloignés de notre Clan. J'aurais su assez tôt pour revenir à temps, reprit-elle sur un ton enjoué, ravie de l'admiration qu'il manifestait à son égard.

Jondalar, qui avait suivi cet échange en souriant, se tourna vers Laduni :

– Mon frère repère toujours les femmes les plus attirantes et a le don de les charmer dès le premier contact.

Laduni gloussa.

– Filonia est jeune encore. Elle a connu les Premiers Rites de l'Union l'été dernier seulement et tant d'hommes la désirent que la tête lui tourne. (Puis il ajouta :) Nous sommes un groupe de chasseurs et nous n'avons pas emmené beaucoup de femmes avec nous, mais j'espère que vous en trouverez une favorisée par Duna pour partager le Don de l'Union. Sinon, de toute façon, nous retournerons bientôt à la Caverne et nous organiserons un Rassemblement pour honorer la Terre Mère et célébrer votre venue.

– Je crains que nous ne restions pas longtemps parmi vous. Nous sommes en route pour un Grand Voyage. Peut-être nous arrêterons-nous au retour.

– Je suis désolé que vous ne restiez pas plus longtemps parmi nous. Les visiteurs sont rares. Jusqu'où irez-vous ?

– Thonolan parle de suivre Donau jusqu'à la Grande Eau.

– Les Zelandoni n'habitent-ils pas près de la Grande Eau ? Lorsque je leur ai rendu visite, j'ai voyagé longtemps vers l'ouest puis vers le sud. Et vous dites que vous entamez à peine votre voyage ?

– Tu ne te trompes pas : notre Caverne n'est qu'à quelques jours de la Grande Eau. Mais j'ai appris à tailler la pierre au foyer de Dalanar. Ma mère, qui avait été sa compagne, m'y avait envoyé.

– Dalanar, bien sûr. Tu dois être un enfant de son Esprit. Tes traits sont si semblables aux siens. Et tu es tailleur de silex aussi, comme lui. Il est le meilleur de tous ceux que je connais. Je pensais me rendre dans la Caverne des Zelandoni à la prochaine saison chaude pour me procurer du silex. Il n'y en a pas de tel ailleurs.

Tout le monde s'était rapproché du feu, un bol à la main. Humant le fumet délicieux de la viande cuite, Jondalar réalisa à quel point il avait faim. Il souleva son sac pour aller le poser un peu plus loin. Soudain, une idée lui traversa l'esprit.

– Laduni, j'ai avec moi quelques outils de pierre dont je n'ai pas vraiment besoin et qui sont très lourds. Veux-tu que je te les donne? En réalité, je serais ravi de m'en décharger.

Les yeux brillants de plaisir, Laduni lui répondit

– J'en serais très heureux mais je souhaite te donner quelque chose en retour. Je ne voudrais pas abuser du fils du foyer de Dalanar.

– Tu te proposes déjà de me soulager d'un grand poids et de m'offrir un repas succulent.

– A côté d'un silex taillé dans la Caverne de Dalanar, ce n'est rien. Notre échange doit être équitable, Jondalar. Tu me blesses dans ma fierté.

Jondalar éclata de rire, puis il ajouta :

– Bien, Laduni. Mais aujourd'hui, je ne souhaite rien de plus. Un jour futur, peut-être tu pourras satisfaire un de mes désirs. Cet arrangement te convient-il?

– Parle-moi. Quel est-il?

– Comment pourrais-je te le dire? Nous verrons cela à mon retour. Objectes-tu?

– Non, mais comment savoir si tu trouveras vraiment ici ce que tu souhaites?

– Je ne te demanderai pas quelque chose que tu n'es pas en mesure de me donner.

– Ces termes sont difficiles, Jondalar, mais j'accepte.

Le jeune homme ouvrit son sac, et finit par en extirper deux noyaux de silex parfaitement taillés.

– Dalanar les a choisis et préparés lui-même.

Rayonnant de joie, Laduni s'en saisit, en bougonnant :

– J'échange probablement ma vie contre ces deux cailloux.

– Avez-vous fini de palabrer ? s'exclama Thonolan en se tournant vers eux. Cette venaison sent si bon !

– Oui, la viande est prête, ajouta Filonia qui se tenait à ses côtés. La chasse a été si bonne que nous n'avons pratiquement pas entamé nos provisions de viande séchée. Puisque ton sac est plus léger à présent, Jondalar, tu peux en emporter.

– Nous ne refuserons pas, répondit-il avant de se tourner vers Laduni. Je n'ai toujours pas été présenté à la fille de ton foyer.

– C'est un jour terrible quand la fille de ton foyer s'immisce dans tes affaires, ironisa Laduni, visiblement très fier.

« Jondalar du Clan des Zelandoni, Filonia du Clan des Losadunai.

Filonia plongea son regard dans des yeux d'un bleu intense qui semblaient vouloir l'engloutir. Elle rougit de confusion à la pensée qu'à présent, cet autre étranger l'attirait tout autant que son frère et s'empressa de baisser la tête pour cacher son émotion.

– Jondalar ! Ne crois pas que cette lueur dans tes yeux m'ait échappé. Souviens-toi ! Je l'ai vue en premier, plaisanta Thonolan. Filonia, méfie-toi de mon frère. (Puis s'adressant à Laduni :) Chaque fois c'est la même chose. Un seul regard suffit.

Filonia se tourna à nouveau vers Thonolan et parut soulagée de le trouver aussi séduisant qu'au début. Comme il l'entraînait vers le feu, elle fit face à Jondalar :

– Nous organisons toujours une cérémonie en l'honneur de Duna quand des visiteurs viennent à la Caverne.

– Ils ne viendront pas à la Caverne, Filonia, lui dit Laduni.

La jeune femme parut déçue.

– Comme j'aimerais être jeune encore, reprit-il en regardant la fille de son foyer s'éloigner avec Thonolan. Les femmes qui honorent le mieux Duna semblent être favorisées plus souvent par des hommes jeunes. La Grande Terre Mère sourit à ceux qui apprécient Ses Dons.

Ensemble, Jondalar et Laduni se rapprochèrent du feu. Un chevreuil entier mijotait dans un grand récipient de peau tannée, soutenu par un châssis d'os entrelacés suspendu directement au-dessus des flammes. La température d'ébullition du liquide étant bien inférieure à celle de combustion du cuir, la viande cuisait sans que l'ustensile risque de prendre feu.

Une femme tendit à Jondalar un bol fumant avant de prendre place auprès de lui sur un tronc d'arbre. Il sortit sa lame de silex pour découper les morceaux de viande et les racines séchées et but le liquide à même le bol. Quand il eut achevé son repas, la femme lui apporta une infusion d'herbes. Il la remercia d'un signe de tête. Elle paraissait un peu plus âgée que lui, suffisamment pour jouir de la beauté de la maturité. Elle se rassit à ses côtés.

– Parles-tu notre langue? lui demanda-t-il.

– Parle peu, comprends, lui répondit-elle.

– Dois-je demander à Laduni de nous présenter ou puis-je te demander ton nom?

– Femmes plus jeunes présentées. Femme devant toi, Lanalia. Homme, Jondalar?

– Tu dis bien, acquiesça-t-il.

Il sentit la chaleur de sa cuisse contre la sienne et une lueur de désir passa dans ses yeux. Elle lui jeta un coup d'œil d'encouragement. Il posa sa main sur son genou. Aussitôt, elle se rapprocha de lui. Ils échangèrent un regard complice et il hocha la tête pour lui signifier qu'il acceptait son invitation, bien que ce ne fût pas nécessaire. A cet instant, ils virent Laduni qui s'avançait vers eux. Lanalia s'appuya nonchalamment contre son épaule.

Thonolan les rejoignit avec Filonia, et bientôt, tout un groupe fut réuni autour des deux étrangers. On plaisanta, on échangea des idées, ceux qui ne parlaient pas la langue s'exprimant par gestes. Finalement Jondalar aborda un sujet plus sérieux.

– Que savez-vous de la tribu qui vit plus bas sur la rivière, Laduni?

– Autrefois, des Sarmunai passaient par notre territoire en route pour leur Grand Voyage. Aujourd'hui, on n'en voit plus. Sans doute cette région leur est-elle bien connue à présent et les jeunes préfèrent-ils explorer des terres ignorées.

Désireux de ramener la conversation à des propos plus pratiques, Jondalar demanda :

– Parle-moi de leurs coutumes. Connais-tu leur langue? Leur mode de salutation?

– Je sais fort peu de choses. Un homme est venu, il y a deux étés. Il est reparti vers l'orient mais on ne l'a jamais revu. On dit qu'ils fabriquent leurs dunai avec de la boue, mais je ne vois pas pourquoi ils auraient eu cette idée, car la boue s'effrite en séchant.

Tout en l'écoutant parler, Jondalar tâtait instinctivement la petite bourse, contenant une figurine de pierre aux formes rondes, qui pendait à la corde enroulée autour de sa taille. Sous son pouce, il sentit ces formes qu'il connaissait si bien, ses seins énormes, son estomac protubérant, ses cuisses, sa croupe rebondie. Les bras et les jambes en revanche n'étaient que suggérés. L'aspect maternel de cette représentation de la Terre Mère seul importait. Le visage était sans traits, bien qu'entouré d'une masse de cheveux stylisés.

Personne n'était autorisé à regarder la face de Doni, la Grande Terre Mère, Ancêtre des Ancêtres, Première Mère, Créatrice de toute vie, qui favorisait toutes les femmes en leur faisant don du Pouvoir de Procréation. Aucune des figurines qui représentaient son Esprit, le doni, n'avait de visage. Même lorsqu'elle se révélait aux hommes dans des visions nocturnes, ses traits étaient flous. Certaines femmes prétendaient pouvoir adopter la forme de son Esprit pour flotter dans les airs et répandre la joie ou assouvir leur vengeance. Bafouée, ou courroucée, elle était capable de bien des maux, le plus redouté étant le retrait de ce Don du Plaisir qu'elle donnait depuis la nuit des temps quand une femme acceptait de s'offrir à un homme.

D'une main distraite, Jondalar continuait à palper la petite figurine en songeant à leur Grand Voyage, aux risques qu'ils encouraient. C'était vrai, certains ne revenaient pas, mais cela ne faisait-il pas partie de l'aventure ?

Thonolan posa alors à Laduni une question qui le tira de ses pensées :

– Connaissez-vous les Têtes-Plates qui circulent dans la région ? Nous en avons rencontré quelques-uns il y a deux ou trois jours et j'ai bien cru que notre expédition s'arrêtait là.

Tous les regards s'étaient tournés vers Thonolan.

– Que s'est-il passé ? demanda Laduni, visiblement tendu. Thonolan raconta alors l'épisode.

– Charoli ! cracha Laduni.

– Qui est Charoli ? demanda Jondalar.

– Un homme jeune de la Caverne de Tomasi. Le

meneur d'une horde de pilleurs qui ont décidé de tourner les Têtes-Plates en ridicule. Nous n'avons jamais eu de problèmes avec eux. Ils respectent notre territoire. Nous respectons le leur. S'il nous arrive de traverser la rivière, ils nous laissent le champ libre à moins que nous ne nous attardions trop. Ils nous surveillent ostensiblement et cela suffit à nous faire rebrousser chemin au plus vite.

– Tu dis la vérité, reprit Thonolan. Mais pourquoi narguer les Têtes-Plates? On n'a guère envie de les provoquer.

– Au début, c'était par jeu. Ils se défiaient les uns les autres de toucher un Tête-Plate. Puis ils se sont mis à attaquer tous ceux qu'ils trouvaient seuls. La tension est montée entre les deux groupes. Même en étant plusieurs contre un, la bande de Charoli ne s'en tirait jamais sans dommages...

– Par la suite, les choses se sont encore aggravées, l'interrompit Filonia.

– Filonia, le père de ton foyer t'interdit de parler de ces atrocités! rétorqua Laduni, soudain fou de rage.

– Puisque nous allons devoir traverser leur territoire, nous devons tout savoir, intervint Jondalar.

– Tu dis la vérité, Jondalar. Mais je n'aime pas raconter tout cela en présence de Filonia. (Il marqua une pause puis reprit :) Les Têtes-Plates mâles ne chassèrent bientôt plus qu'en groupe. Charoli et sa horde s'en prirent alors aux femelles. Or les femelles Têtes-Plates ne se battent pas, elles fuient. Je ne sais pas comment... qui... a commencé à...

– A quoi faire?

– A forcer les femelles Têtes-Plates, à..., bredouilla Laduni sans parvenir à achever sa phrase. (D'un bond, il se leva, trépignant de fureur.) Ils ont déshonoré notre Terre Mère, abusé de son Don.

Des bêtes. Pire que des bêtes. Pire que les Têtes-Plates.

– Tu veux dire qu'ils ont forcé ces femelles à assouvir leurs désirs avec eux?

– Jamais je ne laisserai un de ces hommes s'approcher de moi! s'écria Filonia.

– Filonia! hurla Ladoni.

Ses yeux lançaient des éclairs.

– Je te demande ton pardon, murmura-t-elle en baissant la tête.

– C'est sans doute pour cela que l'homme jeune m'a attaqué. Ils doivent être hors d'eux. On dit qu'ils sont presque humains...

– Ces gens-là ne disent pas la vérité.

– Ils marchent comme nous, et leur regard n'est pas celui d'un animal.

– Les ours aussi marchent sur leurs pattes de derrière. Ce sont des animaux, des animaux inoffensifs tant qu'on les laisse tranquilles, reprit Laduni en faisant des efforts désespérés pour recouvrer son calme.

– Charoli ne facilite pas notre Voyage. Nous voulions traverser la rivière maintenant avant qu'elle devienne la Grande Rivière Mère.

– La Grande Rivière Mère a des affluents très larges. Si vous êtes décidés à la suivre jusqu'au bout, il va falloir vous habituer à traverser des cours d'eau. Suivez mon conseil, demeurez sur cette rive jusqu'au Grand Tourbillon. Plus loin le terrain s'aplanit et elle se divise en petits ruisseaux.

– Combien de jours nous faudra-t-il pour parvenir au Grand Tourbillon?

– Je vais tracer le chemin, reprit Laduni en prenant sa lame de silex. Lanalia, donne-moi ce morceau d'écorce. Si tout va bien, vous y arriverez à la saison chaude.

– La saison chaude! Je suis las de la neige et du froid. Il est temps que nous ayons un peu de chaleur, murmura Jondalar.

Il sentit la jambe de Lanalia contre la sienne et posa la main sur sa cuisse.

3

Les premières étoiles perçaient la toile noire du ciel tandis qu'Ayla descendait la paroi escarpée du ravin. Une rivière, blottie au creux de la vallée encaissée, brillait dans le clair de lune, comme un serpent argenté. Dès qu'elle avait enjambé la bordure du plateau, le vent était brusquement tombé; elle s'était immobilisée quelques instants pour savourer son absence. Lorsqu'elle eut atteint le fond de la gorge, les broussailles qui bordaient la berge n'étaient plus qu'un enchevêtrement obscur profilé sur une myriade de points brillants.

Elle alla se rafraîchir au bord de la rivière avant de s'enfoncer à tâtons dans l'obscurité au pied de la paroi. Elle découvrit un méplat entre deux taillis, y étendit sa fourrure, s'en enveloppa, rassurée, comme elle ne l'avait pas été depuis de longs jours, par la présence de l'escarpement. Avant de s'endormir, elle admira la face presque pleine de la lune se profilant au-dessus des broussailles.

Ses propres cris la tirèrent brusquement de son sommeil. Elle se dressa sur son séant, le cœur battant, tremblante d'effroi, et fouilla frénétiquement des yeux le vide ténébreux qui l'entourait. Un craquement sinistre s'éleva dans la nuit. Elle se leva précipitamment au moment où un éclair de lumière sillonnait le ciel. Terrorisée, elle vit l'immense pin frappé par la foudre se fendre en deux par le milieu et s'effondrer dans un fracas formidable. Incrédule, elle assista muette à la mort de l'arbre en flammes qui se reflétait en une silhouette grotesque sur la paroi du ravin.

Le feu, grésillant et sifflant comme un monstre en furie, résista longtemps à l'averse violente. Recroquevillée au pied de l'escarpement, ne sentant ni les larmes chaudes qui coulaient sur ses joues, ni les grosses gouttes d'eau glacée qui lui éclaboussaient le visage, Ayla revivait une fois de plus un horrible cauchemar resurgi des cendres de sa mémoire. Le premier coup de tonnerre retentit au loin, si semblable aux grondements de la terre. Un bref éclair suivi d'un autre grondement plus proche emplit momentanément l'obscurité d'une lueur étrange. Elle eut le temps d'apercevoir l'arbre terrassé par le puissant doigt de lumière venu du ciel, comme une simple brindille foulée aux pieds. Frissonnant de peur et de froid, elle serra dans sa main son amulette. Sa réaction n'était que partiellement due à l'orage. Elle n'aimait pas beaucoup le tonnerre, mais elle en avait l'habitude. Cette manifestation de la colère des cieux évoquait pour elle le terrible tremblement de terre qui l'avait arrachée à son foyer, et celui qui avait causé la mort de Creb. Ils avaient toujours correspondu à des périodes de changement brutal dans sa vie et c'était ce qu'elle craignait le plus au monde.

Finalement, elle déploya sa tente de peaux et l'étendit par-dessus la couverture en fourrure. Elle se glissa sous la couverture et y enfouit son visage. Longtemps après, elle tremblait encore bien qu'elle se fût réchauffée. L'orage finit par s'éloigner mais elle ne s'endormit qu'au petit matin.

Les oiseaux remplissaient l'air matinal de leurs piaillements. Ayla repoussa la couverture et regarda avec ravissement la nature qui l'entourait. Une végétation luxuriante encore tout humide de pluie étincelait dans la clarté du soleil. Une large plage de galets suivait fidèlement la rivière sur toute sa longueur jusqu'à une boucle un peu plus bas.

Sur l'autre rive, un rideau de sapins vert foncé couvrait l'escarpement du ravin. Tous ceux qui avaient tenté de dépasser le rebord du plateau qui les surplombait s'étaient trouvés arrêtés dans leur élan par la violence du vent, ce qui expliquait qu'ils étaient tous d'égale hauteur, et bizarrement trapus. La bande de terre séparant la rivière de la paroi était si étroite que quelques arbres courageux avaient poussé presque dans l'eau, découvrant ainsi leurs racines luisantes.

Au-delà de la plage, des saules pleureurs trempaient leurs longues branches souples et majestueuses chargées d'une multitude de larmes vert pâle dans l'eau bleue. Les feuilles des grands trembles aux branches aplaties frissonnaient dans la douce brise. Des bouleaux à l'écorce blanche dominaient de leur haute taille leurs cousins les aulnes, serrés les uns contre les autres comme en un gros buisson. Une foule de lianes s'agrippaient aux arbres et aux taillis de diverses familles qui envahissaient tout l'espace laissé libre.

Ayla avait cheminé si longtemps à travers le désert d'herbes sèches qu'elle en avait oublié à quel point la nature pouvait être belle. La petite rivière étincelante semblait l'inviter et toute rassérénée par la richesse du paysage qui l'entourait, elle courut jusqu'à la plage, délaça instinctivement le cordon qui retenait son amulette et plongea dans l'eau fraîche. Elle atteignit l'autre rive, sans émerger une seule fois.

En un instant, l'eau avait effacé toutes les traces laissées sur son corps et dans son esprit par sa longue expédition à travers la steppe. Elle remonta le courant, de plus en plus fort à mesure qu'elle approchait de l'endroit où les deux parois rocheuses se rejoignaient presque, ne livrant plus passage qu'à un mince ruban d'eaux tumultueuses. Elle se mit sur le dos et se laissa bercer par les flots, plongeant son regard dans l'azur enceint entre les deux falaises. Soudain elle remarqua un trou noir creusé dans le flanc de l'escarpement qu'elle avait franchi la nuit précédente. « Peut-être est-ce une caverne », songea-t-elle.

Elle regagna la plage en quelques brasses et s'assit sur les galets chauds pour se sécher au soleil. Elle suivit du regard la danse sautillante d'oiseaux occupés à picoter des vers attirés à la surface de la terre par la pluie récente ou à voltiger de branche en branche sur des buissons chargés de baies.

« Comme ces framboises sont grosses ! » Un bruissement d'ailes accueillit son approche. Elle ingurgita des poignées entières de framboises. Quand elle fut rassasiée, elle alla se laver les mains dans la rivière, remit son amulette et se revêtit. A nouveau, il lui fallait penser à sa survie. La découverte de la vallée avait conjuré son désespoir de la veille. Plutôt que de la satisfaire, les délicieuses baies rosées lui avaient ouvert l'appétit. Elle avait besoin de quelque chose de plus consistant. Aussi alla-t-elle chercher sa fronde. Avant de s'éloigner, elle étendit la tente de peaux et la couverture au soleil. Puis elle partit à la recherche de galets bien ronds. La plage de galets était jonchée de bois flotté d'un gris passé et d'ossements blanchis, pour la plupart empilés en un énorme monticule près de la paroi. Les violentes crues printanières avaient déraciné des arbres et balayé une faune imprudente sur leur passage, les catapultant à travers l'étroite échancrure entre les deux parois rocheuses et les écrasant contre elles, les eaux impétueuses se précipitant dans le fond du cul-de-sac en un gigantesque tourbillon. Ayla vit là des andouillers géants, de longues cornes de bison, et plusieurs défenses d'ivoire recourbées. Les grands mammouths eux-mêmes ne résistaient pas à la force de la vague. Elle remarqua aussi de gros cailloux ronds qui conviendraient très bien pour la chasse à la fronde.

Son cœur tressaillit à la vue de plusieurs pierres grises et crayeuses de taille moyenne. « Du silex! s'exclama-t-elle après s'en être approchée pour s'assurer qu'elle ne s'était pas trompée. Il me faut un caillou pour en faire sauter un éclat. » Sautillant de joie, elle repartit en sens inverse à la recherche d'une pierre ovale et polie qu'elle pourrait tenir aisément dans la main. Dès qu'elle en eut trouvé une, elle se mit en devoir de frapper l'enveloppe crayeuse qui recouvrait le noyau. Un morceau s'en détacha immédiatement, dévoilant une surface plane et grisâtre.

Du silex! Aucun doute. Elle en était sûre. Elle passa en revue mentalement tous les outils qu'elle pouvait fabriquer. Elle traîna quelques grosses pierres supplémentaires jusqu'à l'endroit où elle s'était assise. Ces rognons de silex, arrachés aux roches crayeuses beaucoup plus en amont, avaient été transportés à la dérive jusqu'à ce qu'ils viennent s'échouer au creux de la petite vallée. Cette découverte l'encouragea à poursuivre son exploration.

Elle longea la rivière jusqu'à l'endroit où elle

formait un coude. Au-delà, la perspective qu'elle avait à peine entrevue la nuit précédente, en descendant l'escarpement rocheux, lui coupa le souffle.

Plus large, la rivière devenue aussi moins profonde cheminait gaiement entre les rochers. Protégés par l'écran rocheux, les arbres qui ornaient la berge avaient eu tout loisir de se développer et formaient une masse compacte de verdure luxuriante. De part et d'autre, la vallée s'évasait à mesure que les parois du ravin s'adoucissaient. Vers le nord et l'est, l'immense champ de blé doré qu'était devenue la vallée se fondait avec la steppe. Dans le vent du nord, les épis de blé s'agitaient en vagues désordonnées. Elle aperçut au loin un petit troupeau de chevaux des steppes qui broutaient tranquillement.

Ayla n'arrivait pas à croire qu'une enclave aussi belle et paisible ait pu surgir ainsi au milieu de la prairie desséchée par le vent. La vallée était une véritable oasis cachée dans une fissure de la plaine aride, une terre d'abondance, comme si la nature, réprimée dans les steppes, avait prodigué ses dons sans mesure dès que l'occasion s'était présentée.

Elle étudia les chevaux à distance, intriguée par leur apparence. C'étaient de petites bêtes trapues, courtes sur jambes, à l'encolure large, à la tête épaisse et aux narines saillantes. Ils étaient couverts d'une épaisse toison rude et n'arboraient qu'une petite crinière toute raide. Certains étaient gris, d'autres de la couleur de la peau de chamois, d'un beige poussiéreux ou semblable aux épis de blé mûr. Un peu à l'écart se tenait un magnifique étalon couleur de blé. Ayla remarqua plusieurs poulains de la même teinte. L'étalon leva la tête et agita sa courte crinière en hennissant.

– Tu es fier de ton Clan! murmura-t-elle, en souriant.

Elle commença à descendre la pente douce à la recherche de végétaux comestibles. Elle nota la présence d'une multitude de plantes soignantes. Iza lui avait appris à les reconnaître et à les cueillir lorsqu'elle avait été élevée au rang de guérisseuse. Rares étaient celles qu'elle ne savait pas identifier. Mais avant tout, il s'agissait de trouver de quoi se nourrir.

Les feuilles et les tiges de fleurs d'ombelle desséchées révélant la présence de carottes sauvages n'échappèrent pas à son regard perspicace, mais elle passa sans s'arrêter. Elle se souviendrait de l'endroit aussi précisément que si elle y avait laissé une marque. Elle venait d'apercevoir un lièvre dans les fourrés et avait décidé de se lancer à sa poursuite.

Marchant à pas feutrés, en chasseur expérimenté qu'elle était, elle suivit les traces de l'animal. Des fientes fraîches, une légère empreinte dans la terre, soudain elle le vit au loin, à demi dissimulé sous un taillis. Sans perdre de temps, elle sortit sa fronde et deux cailloux ronds d'un repli de sa tunique. Au moment où l'animal jaillissait de l'ombre en un bond, elle lui décocha une pierre, puis une autre. Les deux projectiles atteignirent leur but.

Sur le chemin du retour, elle arracha une branche à un arbre et en affila l'extrémité pour déterrer les carottes plus facilement. Elle les glissa dans un des replis de son vêtement et coupa deux autres branchettes fourchues avant de retourner sur la plage. Elle ramassa du petit bois, à l'abri de la pluie sous un tas d'ossements. Avec sa lame de silex, munie d'une encoche en forme de V du côté tranchant, elle fit des copeaux à partir d'une brindille de bois sec. Puis elle arracha quelques fragments d'écorce villeuse à un arbre à sauge et recueillit une poignée d'herbes séchées.

Elle s'assit confortablement pour préparer le feu. Elle commença par trier le bois par taille. Puis elle examina un morceau de bois de clématite sec, y fit une petite entaille avec son perçoir. Elle vérifia que la tige de bambou sèche s'adaptait bien dans l'orifice. Ensuite, elle disposa de la mousse sur un nid d'écorce, sous l'encoche pratiquée dans le bois de clématite, et stabilisa le tout entre ses deux pieds. Elle remit l'extrémité de la tige de bambou dans la petite couverture et prit une profonde inspiration.

Les paumes l'une contre l'autre, la tige entre les deux, elle se mit à la faire tourner aussi vite que possible en exerçant une pression vers le bas, telle que bientôt ses mains furent en contact avec la surface du bois. Si il y avait eu quelqu'un pour l'aider, il aurait pu reprendre le relais en haut de la tige. Mais seule, elle devait lâcher prise à la base et reprendre en haut en tâchant de ne pas interrompre le rythme de son mouvement, ni la pression, plus d'un court instant, de peur que la chaleur générée par la friction ne se dissipe.

Ignorant les gouttes de sueur qui perlaient sur son front, Ayla réussit à maintenir la cadence de son geste. Au fur et à mesure, l'orifice se creusait et de la sciure s'accumulait à la base de la tige. Elle huma une odeur de fumée et vit noircir l'encoche avant que ne s'élève un mince filet de fumée, qui l'encouragea à continuer bien que ses bras lui fissent atrocement mal. Finalement une petite braise rouge se détacha et tomba dans le nid de mousse. Cet instant était encore plus critique. Si le tison mourait, tout était à refaire.

Elle se pencha et se mit à souffler tout doucement sur la braise. Elle la regardait scintiller à chaque fois qu'elle l'attisait et s'évanouir dès qu'elle inspirait à nouveau. Elle jeta bientôt une pincée de copeaux qui prirent feu immédiatement et noircirent aussi vite. Puis une petite flamme apparut. Elle souffla plus fort, ajouta des copeaux; dès que le feu fut assez vigoureux, elle y mit quelques brindilles, puis des branches.

Elle attendit que les branches se soient enflammées à leur tour pour prendre un peu de repos. Au bout d'un moment, elle se leva pour aller chercher du bois qu'elle empila près du feu. Ensuite, elle dénuda les branches de bois vert qu'elle avait utilisées pour déterrer les carottes et les planta verticalement de chaque côté du feu. A présent, il s'agissait de dépecer le lièvre.

Quand le feu fut réduit à un tas de braises rougeoyantes, elle embrocha l'animal avec une autre branche.

Elle lava les carottes terreuses dans la rivière et les enveloppa dans des feuilles de plantain, avant de les déposer près des braises.

Pendant que la viande cuisait, elle décida d'apprêter la peau du lièvre. Avec sa lame de silex, elle gratta les membranes intérieures, les follicules pileux et les vaisseaux sanguins. Tout en travaillant, elle réfléchissait : « Peut-être devrais-je rester ici quelque temps pour me fabriquer des outils. Cette caverne creusée dans le flanc de l'escarpement est-elle accessible? Je pourrais m'y abriter s'il pleut. »

Elle se leva pour tourner la broche. Comme ce lièvre sentait bon!

« Mais je ne peux pas m'attarder trop longtemps. Il faut que je trouve les Autres avant l'hiver. » Elle s'arrêta de gratter, toute son attention soudain concentrée sur cette pensée qui la tourmentait depuis si longtemps. « Où sont-ils? Iza m'avait dit qu'ils étaient nombreux sur le continent. Pourquoi ne les ai-je pas rencontrés? Que vais-je faire, Iza? » Soudain, son visage s'inonda de larmes. « Iza, tu me manques tant. Creb, Uba, oh! Durc, mon bébé... mon bébé. Je donnerais tant pour te voir, Durc, je t'ai tant désiré. Comme cela a été difficile de te donner la vie. Et pourtant, tu n'es pas déformé, simplement un peu différent. Comme moi... Non, non, pas comme moi. Tu es pareil à ceux du Clan. Mais tu seras plus grand qu'eux. Un jour, tu seras un grand chasseur; tu sauras si bien manier la fronde et tu courras plus vite que tous les autres. C'est toi qui gagneras toutes les courses au Grand Rassemblement de l'Eté. Tu ne seras peut-être pas vainqueur à la lutte. Tu seras un homme fort, pourtant...

Il faut que je cesse de penser à tout cela, se dit-elle en s'essuyant les yeux du revers de la main. Je devrais me réjouir au contraire de ce qu'il y a là-bas des gens qui t'aiment. Quand tu seras grand, Ura deviendra ta compagne. Oda m'a promis d'en faire une femme bonne et complaisante pour toi. Ura non plus n'est pas déformée. Elle est différente, comme toi. Et moi, trouverai-je un jour un compagnon?

Elle se leva pour faire pivoter la broche, dans l'espoir de chasser ces pensées noires de son esprit. La viande n'était pas tout à fait cuite, mais elle décida de manger. En cuisant les carottes avaient pâli. Elles étaient tendres, et légèrement épicées.

Le soleil était déjà haut dans le ciel quand elle partit explorer le trou qu'elle avait repéré dans le flanc du ravin de l'autre côté de la rivière. Elle se dévêtit et traversa la rivière à la nage. La paroi était si abrupte qu'elle se demanda si cela valait vraiment la peine de l'escalader, même si elle trouvait une caverne. Elle s'y résolut malgré tout. Sa déception fut grande de n'y trouver qu'une étroite corniche s'ouvrant sur un trou sombre à peine assez grand pour qu'un petit animal puisse s'y faufiler. Dans un coin sombre, elle aperçut pourtant la couche d'une hyène : il devait y avoir une autre entrée plus accessible du côté de la steppe. Quoi qu'il en soit, l'espace était trop réduit pour elle.

En se retournant pour redescendre, elle vit une saillie rocheuse en surplomb sur l'autre rive, donnant sur une cavité apparemment beaucoup plus vaste. Si la caverne était assez grande, elle pourrait passer la nuit à l'abri. Elle dévala la paroi rocheuse en sautant de pierre en pierre et plongea dans la rivière, tout excitée par sa découverte.

« J'ai dû la dépasser hier soir sans la voir. Il faisait déjà sombre. » Se souvenant qu'il était périlleux de pénétrer dans une caverne sans prendre de précautions, elle retourna chercher sa fronde et quelques cailloux.

En pleine lumière, la paroi était moins difficile à escalader qu'il ne lui avait semblé la veille. Quand elle parvint à la hauteur de la corniche, elle ajusta sa fronde et commença à progresser sur la pointe des pieds.

Tous ses sens étaient en alerte. Elle tendit l'oreille à l'affût de menus piétinements ou de respirations animales, fouilla les alentours à la recherche de traces d'habitation récente, huma l'air pour détecter d'éventuelles odeurs de carnivores, de fientes fraîches ou de viande. Un instant, elle crut ressentir une sensation de chaleur sur sa peau, venant de l'intérieur de la caverne. Guidée par son intuition, elle s'approchait aussi silencieusement que possible de l'entrée. Le dos contre la paroi, elle se pencha et regarda à l'intérieur. Rien!

La caverne était petite. En levant les bras, elle atteignait facilement le plafond. A l'entrée, le sol était légèrement en pente puis il s'aplanissait, se couvrant d'une couche de plus en plus épaisse de lœss transporté par le vent au fil du temps et de débris laissés par les animaux qui avaient vécu là par le passé.

Elle explora du regard les alentours de la caverne et en vint à la conclusion qu'elle n'avait pas été habitée depuis longtemps. Elle se glissa à l'intérieur sur la pointe des pieds.

La fraîcheur de la grotte était saisissante comparée à la chaleur du soleil. Elle dut attendre que ses yeux s'habituent à l'obscurité. Il y faisait plus clair qu'elle ne le pensait. En s'avançant, elle aperçut une ouverture creusée dans le plafond, juste assez large pour laisser passer quelques rayons de soleil. Elle songea tout de suite à un autre avantage, celui de pouvoir faire du feu à l'intérieur de la caverne sans l'enfumer.

Assez rapprochées à l'entrée, les parois s'écartaient peu à peu; la grotte formait une sorte de triangle irrégulier. Elle décida d'explorer d'abord le coin le plus sombre.

Elle rampa précautionneusement le long de la paroi orientale, attentive à la moindre faille susceptible de déboucher sur des renfoncements plus profonds abritant des menaces cachées. Bientôt, elle escalada un monticule de pierres qui semblaient provenir d'un éboulement de la paroi. Arrivée en haut, elle sentit le vide devant elle, mais l'obscurité était totale; en vain, elle tenta de discerner des ombres.

Elle eut l'idée d'aller se confectionner une torche

puis changea d'avis. Aucun signe de vie! Elle n'avait sans doute rien à craindre. Tenant toujours sa fronde et quelques silex d'une main, elle se glissa à plat ventre dans l'étroit passage. Elle regretta de ne pas avoir pris le temps d'enfiler sa peau de chamois pour y glisser son arme, qui la gênait dans sa progression.

Ce n'était finalement qu'un renfoncement qui se terminait à l'intersection du plafond et de la paroi du fond. Elle y découvrit un tas d'os, en prit un puis rebroussa chemin à reculons pour aller explorer le reste de la caverne. Elle ne trouva aucune autre niche, pas un tunnel. L'endroit était sûr et bien abrité.

En sortant de la caverne, elle se protégea les yeux du revers de la main et examina l'os qu'elle avait emporté. C'était un tibia de cerf géant, long et desséché, marqué des empreintes de dents d'un félin et visiblement rongé pour en extirper la moelle. Elle connaissait les carnivores mieux que quiconque dans le Clan. Elle s'était exercée sur eux à la fronde, surtout sur les plus petits d'entre eux. Ces marques avaient été faites par... un lion. Elle fit volte-face et posa à nouveau son regard sur la caverne.

Un lion des cavernes! Cette caverne avait été l'antre d'un lion des cavernes. « Cette niche était idéale pour abriter une lionne et ses petits, pensa-t-elle. Peut-être ferais-je mieux de ne pas y passer la nuit. On ne sait jamais. Mais cet os est si vieux, et il est évident que la grotte n'a pas été habitée depuis des années. Au fond, il suffit que je fasse un feu près de l'entrée pour éloigner tout intrus. »

Elle partit chercher sa besace et sa peau de chamois qu'elle avait laissées sur la plage et les porta dans la caverne. Puis elle retourna prendre la tente et sur le chemin du retour, elle ramassa du bois. Elle songea à rapporter aussi des pierres pour abriter le feu, mais elle se ravisa. Elle ne resterait là que quelques jours. Il fallait qu'elle continue son voyage; elle devait à tout prix trouver les Autres avant l'hiver...

« Et si je ne les trouvais pas! » Cette pensée la hantait depuis longtemps déjà, mais elle l'avait à chaque fois repoussée. Une telle éventualité était par trop effrayante. « Que faire si je suis encore seule quand l'hiver viendra? Pas de réserves de nourriture, pas de refuge sec et chaud à l'abri du vent et de la neige. Pas de caverne pour... »

Une nouvelle fois, elle considéra la caverne puis elle laissa son regard errer sur la magnifique vallée encaissée, sur les chevaux au loin. « Combien de jours passeront avant que je retrouve un endroit comme celui-là? Il y a de l'eau, assez de nourriture pour pouvoir faire des réserves pour plusieurs hivers, un endroit abrité, du silex même. Et puis pas de vent. Tout ce qu'il me faut, excepté que je suis seule.

« Pourrai-je supporter de passer l'hiver ici sans personne? Mais la belle saison est déjà si avancée. Il me faut commencer dès à présent à faire des réserves.

« Les Autres, qui sont-ils? Si je les trouve un jour, accepteront-ils que je vive avec eux? Je ne les connais pas. Ils sont peut-être aussi méchants que Broud. » Elle songea à Oda. C'étaient les Autres qui l'avaient forcée à accepter qu'ils assouvissent leurs désirs avec elle. « Elle disait qu'ils me ressemblaient. Et s'ils étaient tous aussi brutaux? »

Elle marcha de long en large sur la corniche devant la caverne, regarda les chevaux, puis donna un coup de pied dans une pierre qui se détacha du rebord.

– Des chevaux, murmura-t-elle. Je vais passer l'hiver ici. Au printemps, je repartirai à la recherche des Autres.

Une fois sa décision prise, elle se sentit soulagée. Elle redoutait d'avoir à abandonner cette vallée si accueillante, à affronter une fois de plus des jours et des jours de marche à travers la savane desséchée et venteuse. Elle courut jusqu'à la plage. En se penchant pour ramasser son amulette, elle remarqua un petit morceau de glace étincelant parmi les cailloux.

Comment pouvait-il y avoir de la glace alors qu'il faisait si chaud? se demanda-t-elle en le ramassant. Il n'était pas froid et composé de plusieurs facettes lisses et planes à angles tranchants. Elle le fit tourner dans sa main, pour le voir briller de mille feux au soleil. Soudain, la lumière qui s'en dégageait se divisa en un extraordinaire arc-en-ciel. Elle en eut le souffle coupé et, prise de peur, elle jeta la pierre sur le sol. Jamais auparavant elle n'avait vu pareille chose.

Comme les silex et nombre d'autres pierres sur cette plage, ce cristal de quartz avait été arraché à son lieu de formation par cet élément beaucoup plus fort que lui, auquel il ressemblait, la glace, une masse de glace fondue qui l'avait transporté jusque-là.

Tout à coup, Ayla frissonna. Toute tremblante, elle s'assit sur une grosse pierre pour méditer sur la signification de sa découverte. Elle venait de se souvenir de quelque chose que Creb lui avait révélé, alors qu'elle était encore toute petite...

C'était l'hiver et le vieux Dorv racontait des histoires. La légende qu'il venait de conter la troublait beaucoup et elle s'en était allée demander des explications à Creb. C'est alors qu'il lui avait parlé des Totems :

« Les Totems aiment avoir un foyer. Si un jour tu erres longtemps sans t'arrêter, ton Totem te désertera. Tu ne voudrais pas que cela t'arrive, je dis la vérité ? »

Ayla avait porté la main à son amulette.

– Alors même que j'étais seule et que je n'avais pas de foyer, mon Totem ne m'a pas abandonnée. Pourquoi, Creb ?

– Parce qu'il t'a mise à l'épreuve. Mais il t'a trouvé un foyer, non ? Le Lion des Cavernes est un Totem puissant. Il t'a choisie. Peut-être te protégera-t-il toujours, quoi qu'il arrive, mais tous les Totems préfèrent avoir un foyer. Si tu fais attention à Lui, il t'aidera et te guidera.

– Comment le savoir, Creb ? avait demandé Ayla. Jamais je n'ai vu l'esprit du Lion des Cavernes.

– Tu ne peux le voir car il est en toi, il fait partie de toi. Pourtant, il s'adressera à toi. Tu dois apprendre à le comprendre, à interpréter ses signes...

– Quel genre de signes ?

– C'est difficile à expliquer. En général quelque chose de particulier, d'inhabituel. Une pierre que tu n'as jamais vue auparavant, une racine ayant une forme étrange et significative. Tu dois apprendre à comprendre avec ton cœur et ton esprit, et non pas avec tes oreilles et tes yeux. Quand le temps viendra, recueille l'objet du présage, si tu le peux, et mets-le dans ta bourse à amulettes. Il te portera chance. »

« Lion des Cavernes, me protèges-tu encore ? Est-ce là un signe ? Ai-je pris la décision qu'il fallait ? Tu me conseilles donc de rester dans cette vallée. »

Tenant le cristal étincelant entre ses deux mains serrées, les yeux fermés, Ayla essayait de méditer sur ce que Creb lui avait dit ce jour-là, d'écouter avec son cœur et son esprit. Elle songea à tout le chemin qu'elle avait parcouru depuis qu'elle avait quitté le Clan, à tous ces jours sans foyer pour son Totem, le Lion des Cavernes...

Les Lions des Cavernes! C'est eux qui lui avaient fait changer de direction. Elle marchait vers le nord; ils l'avaient déviée vers l'ouest. Son Totem voulait qu'elle découvre cette vallée. « Il ne m'a pas abandonnée! »

Immensément soulagée, les larmes aux yeux, elle enleva sa bourse à amulettes et en déversa le contenu sur le sable avant de ramasser ces objets un à un. Le morceau d'ocre rouge qu'elle avait reçu le jour où Mog-ur lui avait révélé son Totem, le jour où le Clan l'avait finalement acceptée; le fossile marin, le premier signe que son totem lui avait donné pour lui signifier qu'il l'autorisait à chasser des prédateurs et non pas du gibier; et puis l'ivoire ovale taché d'ocre que Brun lui-même lui avait remis le jour de la cérémonie où elle était devenue aux yeux de tous la Femme Chasseresse. Du bout des doigts, elle toucha la petite cicatrice laissée par l'entaille que lui avait faite Creb pour que coule le sang du sacrifice aux Anciens; et puis encore la pierre que son Totem avait mise sur son chemin pour lui montrer que son fils vivrait et celle que Mog-ur lui avait remise quand elle avait été élevée au rang de guérisseuse, celle qui contenait une partie de l'esprit de chaque membre du Clan. Elle frissonna soudain à la pensée de ce que sa propre mort pourrait signifier pour le Clan. Lorsque Iza était morte, Creb lui avait pris ses esprits pour qu'elle ne les emporte pas avec elle.

Ayla s'efforça de chasser cette horrible idée de ses pensées. Elle remit toutes ces amulettes dans la petite bourse de cuir souple, y ajouta le morceau de quartz et vérifia que le lacet n'était pas trop usé. Creb lui avait dit un jour qu'elle mourrait si elle perdait ces précieux objets.

Assise sur la plage, elle réfléchissait, essayant de se souvenir de ce qui s'était passé avant qu'elle ait été recueillie par le Clan. Elle était si différente d'eux, plus grande, plus pâle. Elle avait vu son reflet dans une mare un jour et savait combien elle était laide. Broud le lui avait assez souvent répété. Aucun homme ne voudrait d'elle. Rien ne prouvait que, parmi les Autres, elle trouverait un compagnon. Sa décision était prise : elle passerait l'hiver dans la vallée.

4

A plat ventre dans les herbages penchés sous le poids des graines encore vertes, Jondalar guettait le troupeau. Un vent chaud et sec lui caressait le visage par rafales. Pour dissimuler son odeur, au cas où le vent tournerait, il s'était enduit le corps de crottin, dont la senteur puissante lui chatouillait les narines.

Ses épaules luisantes de sueur brillaient comme du bronze dans la lumière du soleil. Une longue mèche de cheveux échappée du cordon de cuir qui les retenait sur sa nuque lui balayait la joue. Un nuage de mouches tourbillonnait autour de lui, se posant occasionnellement sur sa peau odorante et il commençait à avoir une crampe à la cuisse gauche.

Ces désagréments mineurs le troublaient à peine. Toute son attention était concentrée sur le magnifique étalon piaffant et hennissant nerveusement à quelques pas de lui, mystérieusement conscient de la menace imminente qui planait sur lui et sur ses juments. Celles-ci continuaient à paître placidement. Pourtant, instinctivement, elles s'étaient placées entre les mâles et leurs petits.

La sagaie à la main, dans une posture à peu de chose près identique à celle de son frère, Thonolan attendait lui aussi. Ils échangèrent un regard. Jondalar leva la tête et fit un signe en direction d'une jument gris foncé. Thonolan acquiesça, rajusta sa lance sur son épaule, prêt à bondir.

Avec un ensemble parfait, ils se ruèrent sur le troupeau. L'étalon se cabra, hennit un avertissement. Thonolan jeta son javelot sur la jument tandis que Jondalar fondait sur le mâle en poussant des cris stridents pour lui faire peur. De fait, accoutumé aux attaques de prédateurs silencieux, l'animal ne réagit pas tout de suite. Il émit une sorte de gémissement, fit quelques pas vers l'homme avant de se raviser : il partit au galop à la suite de son troupeau. Les deux frères se précipitèrent à sa suite. Pourtant, voyant la jument blessée prête à s'effondrer, le puissant étalon lui mordilla le flanc pour l'encourager à poursuivre sa fuite. Les hommes continuaient à hurler tout en agitant les bras, mais cette fois-ci, la bête resta sur ses positions, caracolant, hennissant à pleines narines entre l'animal blessé et les deux hommes, pour les empêcher de s'en approcher. La jument fit encore quelques pas tremblants, puis s'immobilisa, la tête pendante. Simultanément, les deux frères dirigèrent sur elle le dard de leur sagaie. Elle tressaillit sous le double choc et très vite s'effondra lourdement. L'étalon vint à elle au petit galop, et flaira gentiment la robe grise de l'animal, tachée de rouge écarlate; puis il se cabra avec un hennissement de défi et partit à la suite du troupeau pour protéger les vivants.

– Quand tu retourneras à la Grande Terre Mère, remercie-la, dit Jondalar en s'adressant au cheval mort. (D'un geste involontaire, il caressa la figurine de pierre qui pendait autour de son cou.) Zelandoni dit la vérité, si nous oublions, nous les enfants de la Terre, Celle qui subvient à nos besoins, nous risquons de nous trouver un jour sans foyer.

Puis il sortit sa lame de silex pour prendre sa part de l'offrande que Doni venait de leur faire.

– J'ai vu une hyène aux alentours, lui dit Thonolan.

– Nous ne serons pas les seuls à profiter de ce don de la Grande Terre Mère.

– Elle n'aime pas que les choses se perdent, répondit Jondalar.

– Plusieurs phases de lune s'écouleront encore avant l'hiver, reprit Thonolan en jetant quelques brindilles dans le feu. Nous finirons bien par rencontrer d'autres hommes.

– Si nous rebroussons chemin maintenant, nous sommes sûrs d'atteindre la caverne des Losadunai avant que revienne le grand froid, poursuivit son frère en se tournant vers lui. De ce côté-ci de la montagne, l'hiver est sans doute plus rigoureux. Les abris sont rares et il y a peu de bois pour faire du feu. Peut-être aurions-nous mieux fait de chercher les Sarmunai.

– Tu peux t'en retourner si tu le désires, Jondalar.

Je devais faire ce Grand Voyage seul de toute façon... ta compagnie m'est pourtant agréable.

– Je ne sais pas... je ne m'étais pas rendu compte à quel point cette rivière était longue. Regarde-la, dit-il en désignant le ruban de perles argentées étincelant dans le clair de lune. Elle est si capricieuse. Au début, elle allait vers l'est; à présent, elle va droit au sud. Et puis, elle s'est subdivisée en de si nombreux bras que je ne suis pas même sûr que nous suivions toujours la direction qui convient. (Il marqua une pause et ajouta :) En outre, si nous rencontrons des gens, rien ne prouve qu'ils accepteront notre présence.

– Ecoute, grand frère, tous ces risques font partie du Voyage. Mais si tu désires rentrer, libre à toi.

Le regard perdu dans les flammes, Jondalar réfléchissait tout en se tapotant la paume de la main avec une brindille. Soudain il se leva d'un bond et parcourut à grandes enjambées la distance qui le séparait de la corde de fibres entrelacées sur laquelle ils avaient pendu de fines lamelles de viande pour les faire sécher. Son frère le suivit des yeux. Il revint s'asseoir auprès du feu, sans avoir jeté un seul coup d'œil à la viande.

– Pourquoi retournerais-je? Rien ni personne ne m'y oblige. Mais qu'ai-je à attendre du Grand Voyage?

– Le prochain coude de la rivière, le prochain lever du soleil, une autre femme pour assouvir tes désirs, murmura Thonolan.

– Est-ce tout? N'as-tu pas d'autre aspiration?

– Je ne sais pas. Pour le moment, j'attends le lever du soleil, répondit Thonolan en bâillant. Mais l'un d'entre nous devrait rester éveillé, à moins que nous ne fassions d'autres feux pour éloigner les bêtes sauvages avides de viande fraîche.

– Couche-toi. Je ne dormirai pas.
– Tu t'inquiètes trop, grand frère. Tire-moi de mon sommeil quand tu seras fatigué.

Le soleil était déjà haut dans le ciel quand Thonolan s'extirpa à grand-peine de sa couverture de fourrure.
– Je t'avais dit de me réveiller, reprocha-t-il à son frère. Tu n'as pas dormi de la nuit.
– Je n'en avais pas envie et j'ai beaucoup réfléchi. Veux-tu de l'eau de sauge chaude?
Thonolan prit le bol fumant que lui tendait son frère et le remercia d'un signe de tête. L'air était encore frais, l'herbe humide de rosée. Il se rapprocha du feu. Un vol de grues passa au-dessus d'eux comme un nuage et disparut derrière les arbrisseaux longeant la rivière, pour aller se poser en un ensemble parfait sur un îlot planté de saules, à mi-chemin entre les deux rives. Les deux frères demeurèrent silencieux un long moment.
– Je ne comprends vraiment pas pourquoi tu es resté éveillé toute la nuit, dit Thonolan, rompant soudain la paix du matin. S'il y avait une femme avec nous, certes, poursuivit-il en riant... Peut-être en caches-tu une à mon insu, derrière ce bosquet là-bas?
– Si c'était le cas, je ne te le dirais pas, répondit Jondalar en ricanant. Inutile d'essayer d'être drôle pour alléger mon cœur, petit frère. Je vais avec toi, jusqu'au bout de la rivière.
– Je me réjouis de ta décision. J'avais fini par m'habituer à ta présence, à tes sautes d'humeur même.
– Il te faut quelqu'un pour te seconder en cas de danger.
– Un peu de danger ne nous ferait pas de mal, en

ce moment. Plutôt que d'attendre ainsi bêtement que la viande sèche.

– Si le temps ne se gâte pas, nous pourrons partir dans quelques jours. Mais, je dois te dire, j'ai vu quelque chose... la nuit dernière, mais au fond, c'est inutile à présent...

– Allons, mon frère, tu sais bien que tu finiras par m'en parler de toute façon...

– Dans cette rivière, Thonolan, il y a un esturgeon géant, mais il est si grand qu'ensemble, nous n'arriverions pas à le tirer hors de l'eau.

– C'est impossible! s'écria Thonolan en tendant le cou vers la rivière.

– Je vais te montrer où je l'ai vu, répondit Jondalar en entraînant son frère vers la rive.

A peine arrivés au bord de l'eau, ils virent une ombre se glisser sous un large tronc d'arbre à demi couché dans le lit de la rivière. Comme pour les tenter ou leur prouver que leur imagination ne leur jouait pas de tour, la queue du poisson ondulait imperceptiblement à contre-courant.

– Ce doit être la mère des mères de tous les poissons! murmura Thonolan. Si nous réussissons à l'attraper, nous aurons de quoi nourrir toute une caverne. Qu'en ferons-nous, toi et moi?

– Hyènes, blaireaux et autres rongeurs pourront prendre part au festin. Rien ne se perd dans la nature. Allons chercher nos sagaies, conclut Jondalar, impatient de tenter l'expérience.

– Nous avons besoin de harpons.

– Notre proie s'en ira avant que nous ayons eu le temps d'en confectionner.

– Sans harpons, pas d'esturgeon. Il nous faut un crochet. C'est facile; il suffit d'élaguer une solide branche fourchue et d'en effiler les extrémités et...

Tout émoustillé, Thonolan parlait en faisant de grands gestes.

– A quoi bon tous ces préparatifs si le poisson s'enfuit? l'interrompit son frère.

– Deux fois tu l'as vu au même endroit. Il reviendra sans doute. Cela nous prendra peut-être beaucoup de temps, mais qu'avons-nous de mieux à faire?

– Tu dis la vérité. Allons fabriquer des harpons.

Ensemble ils firent volte-face pour s'en retourner près du bosquet. Stupéfaits, ils s'arrêtèrent net. Plusieurs hommes aux visages franchement inquiétants les avaient encerclés à leur insu tandis qu'ils discutaient pêche et harpons.

– D'où sortent-ils, ceux-là? marmonna Thonolan d'une voix rauque.

– Ils ont dû voir notre feu et attendre que nous fassions une imprudence – nous séparer de nos sagaies, par exemple. Essayons de leur faire le signe de bienvenue.

Adoptant une posture aussi assurée que possible, Thonolan fit un pas en avant vers le groupe en tendant devant lui ses deux mains, paumes tournées vers le ciel.

– L'homme qui est devant vous est Thonolan...

Sa phrase et son geste furent brusquement interrompus par le jet d'une lance qui atterrit à ses pieds.

– Pas d'autre suggestion, Jondalar?

Un des hommes exécuta quelques gestes incompréhensibles. Immédiatement deux de ses compagnons fondirent sur eux, la sagaie pointée en avant. Arrivés à leur hauteur, ils leur firent signe de prendre la direction du bosquet où ils avaient passé la nuit. En poussant des cris rauques, ils les forcèrent à s'asseoir près du feu tandis que les autres hommes de la petite troupe fouillaient le contenu de leurs besaces, jetant sur le sol tout ce qu'ils trouvaient. Seules les lances semblaient les intéresser.

– Mais que font-ils? s'écria Thonolan en essayant en vain de se relever.

On le fit rasseoir brutalement; un filet de sang coulait le long de son bras.

– Calme-toi, l'avertit Jondalar. Ils n'ont pas l'air de plaisanter.

– Quelle étrange manière d'accueillir des visiteurs! Et les droits de passage des Grands Voyageurs? Qu'en font-ils?

A cet instant, celui qui devait être le chef du Clan émit quelques grognements accompagnés de gestes étranges et les deux frères se retrouvèrent bientôt debout dos à dos. Un homme s'empara de la lame de silex à manche d'os que Jondalar portait toujours pendue à une lanière autour de la taille avec une bourse contenant d'autres pierres. Lorsqu'il essaya de se saisir de cette dernière, Jondalar s'y opposa. Plus fort que son adversaire, il réussit à lui faire lâcher prise. L'instant d'après, une douleur aiguë lui paralysa la nuque; les jambes coupées, il s'effondra sur le sol.

Quand il rouvrit les yeux, son regard se posa sur le visage inquiet de Thonolan penché sur lui.

– Que vont-ils faire de nous? murmura-t-il, anéanti par un violent mal de tête.

– S'ils avaient voulu nous tuer, nous ne serions déjà plus de ce monde.

– Ils nous réservent sans doute un sort particulier.

Couchés dans l'herbe, pieds et mains liés, les deux frères attendaient que l'on décide de ce sort. Des bruits de voix leur parvenaient confusément. D'un œil las, ils regardaient leurs agresseurs s'activer autour du feu. De temps à autre, un fumet de viande grillée venait leur chatouiller les narines, faisant gronder leur estomac de plus belle. Plus le soleil montait haut dans le ciel, plus la soif devenait insurmontable. Vers la fin de l'après-midi, Jondalar, épuisé par sa nuit de veille, sombra dans un sommeil agité. Un regain d'activité alentour le tira soudain de son repos. Quelqu'un venait d'arriver.

On les tira par les pieds jusqu'aux abords du feu. Les yeux écarquillés par la surprise, ils virent s'approcher une vieille femme aux cheveux blancs et au visage parcheminé, à califourchon sur une corpulente monture humaine. A quelques pas d'eux, l'homme à quatre pattes s'arrêta et l'on aida la femme à mettre pied à terre avec des précautions infinies et force déférence.

– Ce doit être un personnage important du Clan, dit Jondalar.

Un puissant coup de poing dans les côtes le dissuada d'exprimer sa pensée plus avant.

Elle marcha vers eux en s'appuyant sur un bâton richement sculpté. Jamais ils n'avaient vu quelqu'un d'aussi vieux. Ratatinée par l'âge, à demi chauve, elle avait un visage si ridé qu'elle semblait à peine humaine. Mais son regard n'avait rien de sénile. Brillants d'intelligence, ses yeux étaient l'émanation d'une force et d'une souveraineté sans égales. Toute sa petite personne inspirait un respect inconditionnel et une considération craintive. Il était évident qu'elle ne se déplaçait que dans des cas d'une extrême importance.

D'une voix étonnamment puissante bien que brisée par l'âge, elle s'adressa à eux. Le chef désigna Jondalar et elle lui posa une question.

– Ta langue m'est inconnue. Je ne peux te répondre, lui répondit-il.

Elle reprit la parole, frappant du poing sa poitrine aussi noueuse que son bâton.

– Haduma, Haduma! cria-t-elle en pointant sur lui un doigt sec et menaçant.

– L'homme qui est devant toi est Jondalar du Clan des Zelandoni, dit-il en prononçant distinctement dans l'espoir de se faire comprendre.

Elle redressa la tête comme si elle avait compris quelque chose.

– Zelan-do-neeee? répéta-t-elle lentement.

Jondalar hocha la tête tout en léchant nerveusement ses lèvres desséchées par la soif et la peur.

Elle le dévisagea un moment avant de s'adresser au chef du Clan, visiblement contrarié. Elle lâcha un ordre et s'éloigna d'une démarche lourde. L'un de leurs gardes sortit une lame tranchante d'un des replis de son vêtement. Jondalar jeta un bref coup d'œil à son frère et vit peinte sur son visage une frayeur égale à la sienne. En tentant de se ressaisir, il adressa une imploration muette à la Grande Terre Mère et ferma les yeux.

Il les rouvrit lorsqu'il sentit les lianes qui lui endolorissaient les poignets céder sous la pression de la lame.

Quelqu'un s'approcha de lui, un bol rempli d'eau à la main. Il en but une longue gorgée avant de passer le récipient à son frère, lui aussi libéré. Il ouvrit la bouche pour parler, et la referma bien vite au souvenir du coup qu'on lui avait assené la dernière fois qu'il avait adressé la parole à son frère.

Ils furent escortés jusqu'au feu par un groupe d'hommes rôdant autour d'eux comme des vautours, leur sagaie pointée sur eux. L'homme-monture qui avait transporté la vieille femme apporta une grosse bûche qu'il recouvrit d'une peau de bête.

Elle s'y assit majestueusement; il se planta à ses côtés, la main posée sur sa lame de silex. On fit asseoir les deux frères aux pieds de la femme. L'un et l'autre s'efforcèrent de ne faire aucun mouvement qui pût être interprété comme une éventuelle menace à son égard. La moindre erreur de ce genre risquait de leur être fatale.

Elle fixa Jondalar à nouveau un long moment, sans prononcer une parole. Leurs regards se croisèrent, mais comme le silence se prolongeait, il se sentait de plus en plus mal à l'aise. Soudain, sa petite main disparut dans un repli de sa peau de fourrure. Les yeux brillants de colère, déversant un torrent de paroles acrimonieuses, suffisamment explicites même s'ils ne comprenaient pas un traître mot de ce qu'elle disait, elle tendit vers Jondalar un objet qu'il reconnut tout de suite. Stupéfait, il regarda bouche bée la petite figurine de pierre, son doni, représentation de la Mère que la vieille femme lui brandissait sous le nez de façon menaçante.

Du coin de l'œil, il aperçut le geste de recul du garde debout à ses côtés. Involontairement, Jondalar bondit lorsque la femme jeta l'objet sur le sol. Sa fureur se lisait sur son visage. Comment pouvait-elle profaner ainsi cet objet sacré? Ignorant l'aiguillon planté dans son flanc, il le ramassa. Une courte interjection. Immédiatement la douleur cuisante de la pointe plantée dans sa chair disparut. Jondalar leva les yeux sur la vieille femme. A sa grande surprise, il constata qu'une lueur d'amusement brillait dans son regard gris. Etait-ce vraiment de l'amusement ou de la méchanceté?

Elle se leva péniblement pour s'approcher de lui. Debout, elle faisait pratiquement la même taille que lui assis. Elle se campa devant lui, lui tourna la tête de droite, de gauche, palpa les muscles de ses épaules et de ses bras avant de reculer de quelques pas pour jauger l'ensemble. Puis elle lui fit signe de se lever. Comme il ne semblait pas comprendre, le garde qui s'était rapproché le força à se lever sans ménagement. Elle tourna autour de lui plusieurs fois, comme s'il devait faire l'objet d'un échange. Puis il en fut de même pour Thonolan; mais très vite, elle porta à nouveau son attention sur le plus grand des deux hommes. Quand elle lui fit signe de retirer les peaux qu'il portait, il crut ne pas avoir compris. Elle répéta son geste. Cela ne faisait aucun doute. Gêné, il s'exécuta. La vieille femme l'examina attentivement. Incapable de se contenir plus longtemps devant cette étrange scène, Thonolan gloussait silencieusement. Bientôt, ses yeux se remplirent de larmes, tant il riait.

– Tu t'amuseras sans doute moins quand ce sera ton tour, grommela Jondalar entre ses dents.

La femme interpella alors le chef du Clan. Une discussion animée s'ensuivit, dans laquelle le mot Zelandoni, le seul qu'ils pouvaient comprendre, revenait souvent. A un moment, elle désigna avec insistance la viande que les deux frères avaient mise à sécher. Pour finir, la femme jeta un ordre impérieux à un des hommes du Clan qui partit en courant, non sans avoir lancé un regard noir de rage sur Jondalar, occupé à rajuster sa peau de bête.

On les reconduisit jusqu'à la tente et on leur rendit leur besace mais pas leurs armes. Deux hommes se campèrent à quelques pas de là pour les surveiller. Quelqu'un leur apporta de la nourriture. Dès que la nuit tomba, ils s'allongèrent sur leur couverture de fourrure, dans l'espoir de trouver le sommeil.

Ils se réveillèrent au petit matin. Tout leur entourage paraissait être dans l'attente. Quand les rayons du soleil commencèrent à chauffer la terre, un groupe important arriva sur les lieux. Autour de leur propre tente de peaux, d'autres furent construites; femmes et enfants couraient dans tous les sens. On se serait cru à un Rassemblement d'Eté. Médusés, Jondalar et Thonolan assistèrent à l'édification d'une grande hutte circulaire à parois verticales couvertes de peaux de bêtes et chapeautée par un toit de paille arrondi. Lorsque le moment fut venu de préparer la nourriture, l'agitation s'accrut encore dans le camp en effervescence. Tout le monde s'affairait autour de la grande hutte.

Dès que la vieille femme réapparut, un silence impressionnant tomba sur la foule qui forma un cercle autour d'elle, à distance respectueuse. Bientôt elle s'adressa à un homme en pointant son index vers eux. L'homme leur fit signe d'approcher.

– Il semble qu'elle ait de nouveau envie de te voir, marmonna Thonolan en riant sous cape.

Jondalar lui jeta un regard sombre avant de s'avancer vers le centre du groupe d'une démarche digne.

A nouveau, elle les fit asseoir à ses pieds.

– Zelandoneee? dit la vieille femme en s'adressant à Jondalar.

Il hocha la tête.

– Je suis Jondalar, du Clan des Zelandoni.

Elle tapota le bras du vieil homme qui avait pris place à ses côtés.

– Cet homme... Tamen, balbutia-t-il. (Puis il ajouta quelques mots qu'il ne comprit pas.)... Hadumai... Longtemps... Tamen... (D'autres paroles incompréhensibles encore et puis :) Ouest... Zelandoni.

Jondalar mit un certain temps à se rendre compte qu'il connaissait certains des mots prononcés par l'homme. Il s'efforça alors d'interpréter ses propos.

– Tamen, c'est ton nom. (L'homme hocha la tête, ravi.) Hadumai... Longtemps, ouest... Tu as fait un Grand Voyage vers l'ouest. Tu as séjourné au Clan des Zelandoni. J'y suis.

– Grand Voyage, oui, dit l'homme. Parler... petit.

La vieille femme le saisit par le bras et lui donna le message à transmettre. Quand elle eut fini, il se retourna vers les deux frères.

– Haduma, dit-il en la désignant... Mère...

Tamen hésita, puis il fit un geste pour indiquer l'ensemble de la foule réunie autour d'eux.

– Haduma... Mère, répéta-t-il.

Comme Jondalar ne comprenait toujours pas, il héla quelques personnes qui formèrent bientôt une colonne à côté de lui.

– Haduma... Mère, Mère, Mère, répétait-il inlassablement en pointant son index sur elle, sur lui-même puis sur chacun des autres.

Jondalar fronça les sourcils. Qu'essayait-il de lui faire comprendre? Tamen était vieux, mais pas autant qu'Haduma. L'homme debout à côté de lui était plus jeune; la femme qui venait ensuite presque une enfant. Elle tenait par la main une petite fille. Soudain, tout fut clair.

– Haduma est la mère de cinq générations de mères. Je dis la vérité?

Il se pencha et dessina cinq bâtons de plus en plus petits dans la poussière.

Le vieil homme hocha la tête en trépignant de joie.

– Te rends-tu compte combien de lunes elle a dû voir passer? s'exclama Jondalar à l'adresse de son frère.

Puis il tourna vers Haduma un regard empreint de respect et d'admiration, avant de considérer la foule qui les entourait. Près d'une cinquantaine de personnes étaient réunies là.

– Enfants de son Esprit... nombreux, reprit le vieil homme, en se penchant à son tour pour imprimer sa main trois fois dans la poussière. (A côté, il laissa encore l'empreinte de deux doigts...) Vivants... tous.

Jondalar secoua la tête, incrédule. Tamen le toisa avec fierté et poursuivit :

– Cavernes... Haduma...

Il posa une main et un doigt sur le sol.

– On comprend qu'ils la protègent à ce point. Elle est leur Mère à tous, intervint Thonolan.

Très impressionné, Jondalar arrivait encore moins à saisir la raison de leur captivité.

– Je suis honoré d'être en présence d'Haduma... Mais pourquoi sommes-nous prisonniers? demanda-t-il en faisant des gestes précis pour se faire comprendre.

Quand il eut déchiffré sa question, le vieil homme désigna la viande mise à sécher, puis l'homme qu'ils avaient pris pour le chef du Clan.

– Cet homme... chasse.

Il dessina sur le sol un cercle surmonté d'un V en poussant une sorte de hennissement.

– Zelandoni... hennissement... courir.

– Tout est clair. Ils avaient encerclé le troupeau de chevaux pour les capturer et nous avons fait fuir leurs proies, expliqua Thonolan.

– Leur colère est compréhensible. Nous étions sur leur territoire de chasse. Aussi nous resterons quelque temps et nous leur rapporterons le cheval qu'ils convoitaient. Mais ce n'est pas une raison pour traiter des visiteurs de cette façon. Des hommes en route pour le Grand Voyage ont droit au passage. L'ont-ils oublié? s'exclama-t-il en laissant libre cours à sa propre colère.

Il se ressaisit pourtant, de peur que sa réaction n'offense le Clan. Il ajouta :

– La vieille femme qui est devant nous n'aurait pas dû entreprendre un aussi long voyage à son âge! Pourquoi l'avoir fait venir jusqu'ici?

Tamen hocha la tête :

– Dumai... Jeren trouve dumai. Malheur!

– Dumai... tu parles de mon doni! s'exclama Jondalar en extirpant de sa petite bourse la figurine de pierre.

Des clameurs s'élevèrent dans la foule qui recula instinctivement à la vue de l'objet. Haduma les harangua et les protestations se turent peu à peu.

– Mais ce doni protège des mauvais esprits, protesta Jondalar.

– Femme. Homme, malheur!

– Alors, pourquoi l'a-t-elle jetée puisqu'elle est bénéfique à la femme? demanda Jondalar, éberlué, en faisant mine de la lancer à son tour pour se faire comprendre. Son geste fut suivi d'un cri d'inquiétude unanime. Haduma s'adressa alors au vieil homme.

– Haduma veut dire... longue vie... chance. Zelandoni... pas avoir Hadumai. Zelandoni mauvais, conclut-il en faisant la moue.

Jondalar secoua la tête en signe de désapprobation. A nouveau, Thonolan intervint :

– Je crois qu'elle voulait t'éprouver, grand frère. Elle sait que nos rites diffèrent des leurs, et souhaitait voir ta réaction si elle déshonorait...

– Zelandoni homme bon, reprit le vieil homme,

interrompant Thonolan. Longue vie... Chance... Haduma sait... Haduma veut homme Zelandoni...

Jondalar sursauta et fronça les sourcils en voyant le rictus amusé qui déforma la bouche de son frère.

– Enfant de ton Esprit, yeux bleus... poursuivit l'homme.

– Voilà ce que c'est d'être aussi beau, grand frère, marmonna Thonolan, en gloussant de rire. Cette femme te désire. Quelle aventure! Veux-tu toujours rebrousser chemin? Je suis prêt à abandonner la suite de ce Grand Voyage pour raconter cela au reste du Clan. Jondalar, l'homme avec lequel toutes les femmes, sans exception, veulent assouvir leurs désirs. Comme c'est drôle!

Il tenta en vain de se contenir pour ne pas offenser la foule qui le regardait curieusement. La bouche sèche, Jondalar considéra tour à tour son frère, la très vieille femme, puis l'homme qui venait de lui transmettre cet incroyable message. Il avala sa salive à grand-peine.

– Haduma, euh, Haduma pense-t-elle que la Terre Mère... peut encore l'honorer... euh, lui donner un enfant?

Perplexe, le vieil homme dévisagea Jondalar, puis Thonolan toujours secoué par les spasmes du rire. Soudain, ses yeux s'illuminèrent d'une lueur d'amusement. Il s'adressa à Haduma et le Clan tout entier partit d'un immense éclat de rire rauque, la vieille femme gloussant plus fort encore que tous les autres. Tous semblaient secoués de violentes convulsions, tous sauf Jondalar qui était visiblement le seul à ne pas trouver ça drôle du tout.

Quand il fut enfin calmé, le vieil homme fit signe à quelqu'un d'approcher.

– Noria, Noria...

Une très jeune fille à peine formée se détacha du groupe et marcha vers Jondalar à petits pas mesurés, les yeux baissés. Les rires se turent brusquement.

– Noria, enfant de ton esprit... yeux bleus... Haduma. (Courbé en deux, il imprima une nouvelle fois sa main dans la poussière avec un doigt de l'autre main...) Zelandoni honore Mère... Premiers rites...

Le visage de Jondalar se radoucit. Il se tourna vers Thonolan qui avait retrouvé tout son sérieux à la vue de la femme offerte à son frère. Profondément soulagé et amusé de la mine dépitée de Thonolan, Jondalar éclata de rire à son tour. Puis il s'adressa à Haduma par l'intermédiaire de Tamen.

– Femme vénérée qui es devant moi, j'honorerai comme tu le souhaites la Terre Mère en partageant avec Noria les Premiers Rites de l'Union.

Lorsqu'il plongea son regard bleu dans les yeux de la femme qui lui était ainsi offerte, il y lut un mélange de crainte et de désir.

A ce moment, Haduma se leva et partit dans la grande tente circulaire en s'appuyant sur son bâton. La foule se dispersa et les conversations reprirent de plus belle.

– Pauvre petit frère! Tant de femmes autour de toi et tu n'as personne pour assouvir tes désirs.

Ils éclatèrent de rire.

– Les Esprits me favoriseront une autre fois, répondit Thonolan. En attendant, pendant que tu honores notre Mère comme Haduma te l'a demandé, je crois que je vais trouver moyen d'apaiser le courroux du jeune chasseur.

Il toucha l'épaule de Tamen pour attirer son attention, puis dessina sur le sol une sagaie et une lame de silex, en frappant sa poitrine du poing.

Le soir même et le lendemain, Jondalar et Thonolan ne se virent guère, le premier étant trop absorbé par les rites de purification. Seul avec de vieilles femmes aux visages renfrognés, il dut se laisser manipuler sans broncher. La présence occasionnelle d'Haduma le rassurait quelque peu.

Elle n'était visiblement pas le chef du Clan mais tous lui obéissaient. On la traitait avec déférence et infiniment de respect. Qu'elle ait vécu si longtemps en conservant ses capacités mentales ne pouvait tenir que de la magie. Sa grande clairvoyance impressionnait Jondalar. Lorsqu'il brisa par maladresse un objet sacré qui lui avait été confié avec force cérémonie, elle surgit mystérieusement pour chasser à coups de bâton les femmes aux yeux brillants de colère qui fondaient sur lui comme des vautours sur leur proie. Elle était prête à le défendre coûte que coûte : la sixième génération de son Clan aurait les yeux bleus.

A la tombée de la nuit, on le conduisit dans la grande tente circulaire. En pénétrant seul à l'intérieur, il comprit que le moment était venu. Deux immenses récipients en pierre remplis de graisse dans laquelle trempaient des mèches de mousse sèche éclairaient le centre de l'abri. Le sol était couvert d'une épaisse couche de peaux de bêtes et les parois étaient tendues d'écorce et de cuir finement tressés. Une peau de cheval albinos décorée de têtes de pics tachetés tracées à l'ocre pendait face à l'entrée. Les yeux baissés, les mains serrées contre son ventre, Noria l'attendait, assise par terre.

Lorsque ses yeux se furent habitués à la pénombre, il distingua dans un angle une tenture constituée de peaux marquées d'étranges symboles. L'une de ces peaux avait été lacérée en fines lamelles étroites. Quelqu'un était dissimulé derrière cet écran. Une main bougea et il entrevit le visage ridé d'Haduma. Il poussa un soupir de soulagement. Il fallait toujours au moins un témoin à l'accomplissement de ce rite au cours duquel une jeune fille devenait une femme, notamment pour être sûr que tout avait lieu sans brutalité. Il avait craint la présence d'un essaim d'hommes réprobateurs. Rasséréné, il hésita à saluer la vieille femme. Comme le rideau se refermait, il jugea préférable de l'ignorer.

Quand Noria l'aperçut, elle se leva. Il marcha vers elle. Elle était plutôt petite, et assez ronde en dépit de fines attaches. Elle semblait très nerveuse; il passa à côté d'elle sans la regarder et s'assit sur le sol. Elle s'approcha mais s'assit à une petite distance de lui.

« Dommage que nous ne parlions pas le même langage, songea-t-il. Elle a l'air d'avoir si peur. »

Sa frayeur même l'attirait. Elle lui tendit un bol rempli d'un liquide couleur d'ambre. En le prenant, sa main frôla la sienne. Elle sursauta. Il but une gorgée de la boisson fermentée, puis hocha la tête pour la remercier.

Il posa délicatement la main sur son épaule. Elle recula brusquement. Tranquillement, il délaça le cordon qui retenait sa peau de bête sur l'épaule. Ce n'était pas la première fois qu'il initiait une femme aux premiers rites. Il connaissait la peur qu'il lisait dans les yeux de Noria. La crainte de l'inconnu, du mystérieux. Il fallait qu'elle s'habitue peu à peu à lui.

Quand il eut repris son souffle, il se mit sur son séant et couvrit Noria d'une couverture en fourrure. Elle ouvrit les yeux et lui adressa un regard empreint de gratitude. Les femmes du Clan l'avaient avertie de la douleur qui accompagnait les

Premiers Rites et elle s'était attendue à bien pire. Instinctivement, elle avait compris qu'en dépit de sa haute stature, l'étranger était un homme d'une extrême douceur.

Il s'étendit auprès d'elle sous la couverture et la serra contre lui. A cet instant, une ombre passa devant la lampe. Haduma s'approchait de leur couche. Elle toucha le visage de Jondalar et hocha la tête en signe d'approbation. Noria parut contente de voir la vieille femme. En fredonnant une étrange mélodie, celle-ci posa ses mains sur le ventre de la jeune femme, puis elle s'éloigna en emportant avec elle la fourrure blanche tachée de sang. Car ce sang des Premiers Rites était doté de pouvoirs magiques.

A l'heure où Jondalar se leva, l'esturgeon géant avait déjà été hissé sur la plage. Noria n'était plus auprès de lui. En sortant de la tente, il vit un groupe d'hommes assemblés autour de son frère, sur la rive. Dès qu'il l'aperçut, Thonolan lui fit signe. Il courut jusqu'à lui.

– Pendant que tu t'occupais de Noria, nous nous sommes chargés de ce Haduma géant, s'écria-t-il fièrement.

– Haduma, haduma s'exclama un des hommes en désignant l'énorme poisson.

Face à la tête grotesque de l'animal, aux dents usées et indéniablement inoffensives, il se mit à exécuter d'évocateurs mouvements du bassin. Le reste de l'assistance se tordit de rire; Jondalar sourit. Bientôt, ils dansaient tous autour du poisson luisant en agitant leurs hanches frénétiquement, se poussant les uns les autres pour gagner la meilleure place devant la tête de l'esturgeon. L'un d'entre eux tomba dans la rivière, ressortit de l'eau pour agripper le plus proche et l'entraîner dans l'eau avec lui. Très vite, ils se retrouvèrent tous dans la rivière, s'éclaboussant les uns les autres dans la plus grande gaieté, Thonolan au fort de la bagarre.

Il sortit de l'eau, ruisselant, voyant son frère assis sur la plage, bien au sec.

– Tu ne crois pas que tu vas t'en tirer à si bon compte lui dit-il en riant, puis il l'empoigna par les épaules. Jondalar résista. Il poussa alors des cris stridents pour attirer l'attention des autres. Dès qu'ils comprirent ce qui se passait, ils le rejoignirent. Tous ensemble, ils réussirent à l'entraîner jusqu'à la rivière et à le précipiter dans l'eau glacée.

Soudain, l'un d'entre eux remarqua la présence d'Haduma sur la rive, près du poisson.

Son regard sévère les alarma.

– Haduma, haduma? fit-elle dès qu'ils furent auprès d'elle, en désignant le poisson.

Ils baissèrent le nez, penauds, non sans s'étudier les uns les autres subrepticement. Ravie, elle gloussa de rire et se mit à danser autour de l'animal comme ils l'avaient tous fait auparavant, avec une invraisemblable souplesse. Quand elle s'assit sur l'herbe, épuisée, tous les hommes du Clan présents se mirent à quatre pattes, la suppliant de monter sur leur dos pour retourner à sa tente. Non seulement ils vénéraient leur ancêtre si âgée, mais ils l'aimaient profondément.

Elle jeta un regard circulaire autour d'elle. Dès qu'elle aperçut Jondalar et Thonolan, elle leur fit signe d'approcher puis de joindre leurs mains croisées entre eux. Les autres la hissèrent sur ce siège improvisé avec une grande douceur et elle passa un bras plus que vigoureux au cou des deux jeunes hommes. Elle ne pesait pour ainsi dire rien.

– Quelle incroyable vieille femme! Plus de quinze enfants, tant de foyers nés de son foyer. Et elle est si forte. Elle verra sans doute l'enfant de Noria.

– Haduma voir, Haduma mourir.

Jondalar tourna légèrement la tête et aperçut Tamen. Il n'avait pas remarqué sa présence, jusque-là.

– Quel est le sens de tes paroles?

– Haduma dire, enfant yeux bleus, Esprit de Zelandoni, voir et mourir. Enfant Jondalar Haduma.

Jondalar fut surpris par cette réponse. Haduma savait ainsi qu'elle mourrait peu de temps après que l'enfant de son Esprit serait né de Noria.

Soudain, il eut envie de revoir Noria. Les rites l'autorisaient-ils? Comme il s'apprêtait à poser la question à Tamen, celui-ci le devança.

– Jondalar voir Noria. Partir bientôt.

– Comment sais-tu?

– Haduma dit.

L'après-midi, tout le monde s'affaira à couper la chair de l'esturgeon en fines lamelles pour la faire sécher et à préparer la nourriture du soir. A un moment donné, Jondalar aperçut Noria au loin, escortée par deux femmes qui l'emmenaient à la rivière. Il faisait déjà nuit lorsqu'on la conduisit à lui.

Ils s'écartèrent quelque peu du groupe, discrètement suivis par les deux femmes. Qu'ils se voient à présent était aller à l'encontre des rites. Il était hors de question qu'ils soient laissés seuls en tête-à-tête.

Appuyée contre un arbre, les yeux baissés, elle semblait attendre. Il désirait lui faire comprendre combien elle était séduisante et à quel point il sentait son cœur proche du sien. Il prononça son nom à voix basse; elle leva vers lui des yeux suppliants et remplis de larmes. Ne sachant que faire, il posa sa main sur son ventre. Elle rit, à la fois gênée et ravie.

– Jondal... Hadumai, murmura-t-elle.

Il hocha la tête. Brusquement, il plongea la main dans un des replis de sa fourrure et en sortit quelque chose qu'il tint serré au creux de sa main.

– Je veux te donner cette chose, Noria, lui dit-il en déposant la petite figurine de pierre dans la main de la femme.

Il eût voulu lui expliquer ce que cet objet représentait pour lui. Une idée lui vint à l'esprit.

– Ce doni, Haduma de Jondalar, s'exclama-t-il. Maintenant, Haduma de Noria.

Perplexe, elle examina l'objet avant de replonger son regard dans les eaux limpides des yeux de Jondalar. Comprenant soudain le geste qu'il venait de faire, elle répéta ses paroles : « Haduma Jondalar. Haduma Noria », avant de s'enfuir en courant vers les tentes, les épaules secouées de sanglots, tenant serré contre sa poitrine le gage d'amour que Jondalar venait de lui remettre. Hagarde, la vue troublée par les larmes, elle courut longtemps en zigzag, au hasard, avant de retrouver son chemin.

Au moment de leur départ, tout le Clan était réuni autour d'Haduma, assise sur une souche d'arbre. Jondalar et Thonolan se présentèrent devant elle et elle prit leurs mains dans les siennes en signe d'adieu. Puis Jondalar s'approcha de Noria qui se tenait debout près de la vieille femme et il la serra contre lui.

Avant de se retourner pour partir, il eut le temps d'apercevoir les regards de convoitise posés sur Noria.

Elle était femme maintenant, honorée par Haduma, et assurée d'apporter un enfant au foyer d'un homme. Tout le Clan savait qu'elle avait connu le Don de Plaisir dès les Premiers Rites, ce qui la rendait encore plus séduisante. Si désirable, elle ne tarderait pas à trouver un compagnon digne d'elle.

– Crois-tu vraiment que Noria porte l'enfant de ton Esprit? demanda Thonolan quand ils eurent parcouru une certaine distance dans le mutisme le plus complet.

– Nous ne le saurons jamais, mais Haduma est une vieille femme dotée d'une grande sagesse. Elle possède sans aucun doute des pouvoirs magiques.

Ils marchèrent encore longtemps sans échanger une parole.

Brusquement, Thonolan rompit le silence :

– Je souhaiterais te poser une question, grand frère!

– Pose-moi cette question.

– As-tu toi aussi des pouvoirs magiques? Beaucoup d'hommes craignent d'être élus pour partager les Premiers Rites d'une femme. Certains même s'y refusent. Jondalar, toujours tu es choisi et jamais tu ne déclines cette offre. Et à chaque fois, les yeux de la femme brillent de désir et de gratitude à ton égard. Comment cela se peut-il? Lors du dernier Grand Rassemblement, je t'ai regardé assouvir tes désirs; il ne m'a pas semblé que tu t'y prenais autrement que moi ou les autres hommes.

Un peu gêné, Jondalar détourna le regard.

– Je ne sais pas, Thonolan. J'essaie simplement d'être attentif.

– Tu n'es pas le seul, répondit Thonolan en se renfrognant. Je voudrais tant que les femmes séduisantes souhaitent assouvir leurs désirs avec moi autant qu'avec toi! ajouta-t-il en soupirant.

Jondalar ralentit l'allure et plongea son regard bleu dans les yeux de son frère.

– Pour échapper à cela, j'ai promis à Marona de la prendre pour compagne dès notre retour. Les femmes jeunes sont difficiles car dès qu'elles ont connu les premiers rites, elles veulent être prises comme compagnes. Parce que je sais cela, je peux leur expliquer la différence. Mais, par le Grand Doni, ce n'est pas aisé! Je ne veux pas les blesser, mais une nuit passée avec une femme ne suffit pas pour que l'on s'y attache à jamais.

– Mais tu ne t'attaches pas à la femme, Jondalar.

– Pourquoi dis-tu cela? T'es-tu attaché à une femme?

– Quelquefois. Pas très longtemps, je te l'accorde, mais je sais faire la différence, reprit Thonolan en accélérant le pas pour rejoindre son frère qui marchait à présent à petits pas rapides et nerveux. Ecoute, Jondalar, quelquefois, tes humeurs sombres m'inquiètent. Et ce n'est pas la peine de courir. Si tu veux que je cesse de parler ainsi, je me tairai.

Jondalar régla son allure sur celle de son frère.

– Tu dis probablement la vérité, reconnut-il humblement. Aucune femme n'a jamais pris mon cœur entre ses mains. Peut-être ne connaîtrai-je jamais la vraie Union, ajouta-t-il d'une voix triste.

– Ne parle pas ainsi!

– Tu comprends, je voudrais que la femme reste toujours comme elle est la nuit des Premiers Rites. Chaque fois, je m'attache à elle l'espace de cette nuit. Mais je souhaite en même temps une compagne solide, dotée d'un Totem puissant et indépendant. Je la veux tout à la fois jeune et vieille, sage et pure.

– C'est beaucoup demander aux Esprits.

Sur ces mots, ils se plongèrent à nouveau dans leurs propres réflexions.

– Penses-tu que Zelandoni a connu beaucoup de lunes? demanda soudain Thonolan. Un peu moins que la mère de ton Esprit?

Jondalar se raidit :

– Pourquoi cette question?

– On dit qu'elle était vraiment séduisante, il n'y a pas si longtemps. Certains anciens disent qu'aucune femme ne pouvait espérer rivaliser avec elle. On dit qu'elle est encore jeune pour être la Première parmi Celles qui Servent la Mère. Dis-moi Jondalar, est-ce vrai ce que l'on dit à propos de toi et de Zelandoni?

Jondalar s'arrêta brusquement et se tourna lentement pour faire face à son frère.

– Que dit-on à ce propos? demanda-t-il, les dents serrées.

– Je te demande ton pardon. Ma langue a dépassé ma pensée. Oublie ce que je viens de dire.

5

Ayla sortit de la caverne en s'étirant et en se frottant les yeux. Le soleil encore proche de l'horizon était déjà très éblouissant. Elle avait pris l'habitude de repérer les chevaux dès son réveil, comme si la présence de ces animaux dans la vallée la rassurait.

Elle avait appris à connaître leurs petites migrations de la journée, l'endroit où ils allaient boire le matin, les feuillages qu'ils préféraient et elle savait les différencier les uns des autres, même de loin, de par leurs attitudes, les nuances de leur robe.

– Bonjour, Clan des chevaux! s'exclama-t-elle en joignant les mains en un geste de salutation. J'ai dormi tard ce matin. Je vois que vous avez déjà été vous désaltérer à la rivière. Je vais y aller à mon tour.

Pieds nus, elle courut jusqu'à la rive. Elle but une longue goulée avant de plonger dans l'eau. Puis elle décida de laver sa tunique qu'elle entreprit ensuite de gratter avec une lame de silex pour en adoucir le cuir.

En passant ses mains dans sa tignasse blonde, elle se rendit compte à quel point elle était sale. Elle alla chercher de l'argile qu'elle déposa dans le creux d'un rocher. Après s'être mouillé les cheveux, elle se frotta la tête avec cette pâte grisâtre... Comme il en restait encore un peu, elle s'en enduisit les bras et les jambes avant de plonger la tête la première. Elle sortit bientôt de l'eau, frissonnante, et alla s'étendre sur un rocher plat pour se sécher au soleil.

Les paupières à demi closes, elle rêvassait lorsqu'elle entendit un petit clapotement tout près d'elle. Elle se redressa vivement, juste à temps pour apercevoir l'ombre d'une grosse truite se faufiler sous un rocher. « Je n'ai pas mangé de poisson depuis que j'ai quitté la caverne du Clan », songeat-elle en se souvenant par la même occasion qu'elle n'avait encore rien mangé ce matin-là.

Elle se glissa silencieusement dans l'eau de l'autre côté du rocher et s'approcha précautionneusement de la pierre où la truite croyait avoir trouvé refuge. Elle mit la main dans l'eau et lentement, lentement, avec une patience infinie, elle l'approcha. Face au courant, le poisson terré sous le rocher demeurait immobile, comme s'il cherchait à se confondre avec la pierre. Seul le mouvement ondulatoire de sa queue qui lui permettait de résister au courant révélait sa présence.

Les yeux brillants de joie, Ayla suivait la lente progression de sa main vers sa proie. Elle la glissa au-dessous de l'animal, puis le saisit brusquement, d'un geste sûr, le sortit de l'eau sur-le-champ et le jeta sur la rive. La truite sautilla plusieurs fois, puis, vaincue, s'immobilisa.

Ayla était contente d'elle. Elle avait eu du mal à apprendre à pêcher quand elle était petite; et à chaque fois qu'elle réussissait à attraper un poisson, elle en était très fière.

Pendant que la truite cuisait, elle s'occupa à tisser un panier avec les longues herbes desséchées de la steppe. En y mettant des pierres chaudes, elle pourrait l'utiliser pour faire cuire certains aliments, mais elle comptait plutôt s'en servir pour conserver ses réserves d'hiver.

Les airelles que j'ai ramassées seront sèches dans quelques jours, pensa-t-elle, en jetant un coup d'œil aux baies rouges étalées sur des nattes d'herbes. En revanche, je ne tirerai pas grand-chose de ce petit pommier rabougri. Les merises sont presque trop mûres pour bien se conserver. Peut-être que si j'y vais aujourd'hui... Il serait bon aussi que je recueille des graines de tournesol, à condition que les oiseaux m'en aient laissé. Je crois bien que ce sont des noisetiers là-bas près du pommier mais ils sont si petits par rapport à ceux qui longeaient la Caverne du Clan que je n'en suis pas sûre.

« Je devrais commencer à faire sécher du lichen et des champignons et puis aussi des racines. Certaines se garderont longtemps au fond de la caverne. Du grain peut-être aussi. Oui, cela en vaut la peine. J'irai donc chercher des merises et du grain aujourd'hui. Mais il me faudra encore des récipients. Peut-être pourrais-je en confectionner d'autres avec de l'écorce de saule. Si seulement j'avais des peaux de bêtes pour fabriquer de grandes besaces !

« Au Clan, il y avait toujours des peaux en trop. Maintenant je voudrais tant avoir une fourrure de plus pour l'hiver ! Les lièvres et les hamsters sont de trop petits animaux pour faire une peau bien chaude, et ils sont si maigres ! Si j'attrapais un mammouth, rêva-t-elle, j'aurais beaucoup de graisse à ma disposition, assez pour des lampes. Et puis la viande de mammouth est si succulente. »

Elle piqua le poisson avec une brindille. Presque cuit. Elle ajouta quelques herbes.

« Et si je tombais malade ! Je devrais aussi collecter des herbes soignantes mais il me faudrait les faire sécher aussi. Pendues entre deux branches reliées par des lianes, elles devraient se conserver. J'apporterai aussi du bois à la caverne. Mieux vaudrait d'ailleurs commencer tout de suite. Et puis il me faudrait encore quelques outils. Quelle chance j'ai eue de trouver du silex ! »

Elle mangea la truite à même la pierre, et vida le contenu de son outre en pensant qu'il lui en faudrait une plus grande ; un estomac de carnassier serait l'idéal.

L'idée d'avoir à se préparer pour l'hiver ne lui déplaisait pas. Elle était ravie d'avoir de quoi remplir ses journées ; elle n'aurait pas le temps de penser à sa solitude. Elle n'aurait pas besoin de beaucoup de réserves pour elle seule, mais elle n'avait personne pour l'aider. En outre l'été touchait à sa fin. Elle s'inquiétait de savoir s'il lui restait assez de temps pour tout faire. Quelque chose d'autre la préoccupait aussi. En buvant à petites gorgées du thé de pétales de roses sauvages, elle réfléchissait : « Il me faudrait une autre couverture de fourrure pour mon lit. De la viande, bien sûr. Et de la graisse. Mais comment la conserver? »

Les yeux perdus dans l'espace, elle tentait de résoudre mentalement tous ces problèmes qui allaient se poser à elle. Soudain, une idée lui traversa l'esprit. Si elle parvenait à tuer un grand carnassier... De fait... c'était la solution. Mais comment s'y prendre?

Rapidement, elle acheva la confection du petit panier et se l'attacha sur l'épaule, puis elle glissa ses outils dans le repli de son vêtement, prit son bâton et sa fronde et s'en fut vers le pré.

Elle commença par cueillir autant de merises qu'elle put en attraper avant de grimper sur l'arbre pour en ramasser d'autres encore. Elles étaient si mûres, si aigres-douces qu'elle ne put résister à l'envie d'en engloutir un grand nombre.

Lorsqu'elle remit pied à terre, elle eut l'idée de collecter un peu d'écorce de merisier dont elle connaissait les propriétés calmantes pour la gorge. Avec sa petite hache de silex, elle en arracha un morceau puis elle gratta la couche de cambium intérieure avec une lame. Elle se souvint du jour où Iza l'avait emmenée avec elle chercher des plantes soignantes dans la forêt. Tout en écoutant les conseils de sa mère adoptive, elle avait espionné les hommes qui s'exerçaient avec leurs armes dans la clairière. Elle avait eu si peur qu'ils ne la voient partir qu'elle était restée là, immobile, dissimulée derrière quelques buissons, bien qu'elle n'ignorât pas la gravité de la faute qu'elle commettait.

Elle savait aussi qu'une femme ne devait en aucun cas toucher à une arme; mais lorsqu'ils étaient partis en oubliant une fronde derrière eux, elle n'avait pu résister à l'envie de la voir, de la toucher, de s'y exercer, de la garder. « Serais-je en vie aujourd'hui, pensa-t-elle, si je ne l'avais pas ramassée? Broud m'aurait-il haïe autant si je n'avais pas appris à m'en servir? Peut-être ne m'aurait-il pas obligée à quitter le clan? Mais s'il ne m'avait pas autant détestée, il n'aurait pas souhaité me forcer à assouvir ses désirs et Durc ne serait peut-être pas venu. »

Mécontente d'elle-même, elle s'efforça de penser à autre chose. A quoi bon remuer tous ces souvenirs! « Pour capturer un grand carnassier, cette fronde ne suffira pas. Il me faut une sagaie. » Elle se fraya un chemin parmi les branchages dans le petit bosquet de trembles. Pour une raison qu'elle ne parvenait pas à s'expliquer, ces jeunes arbustes retinrent son attention. Elle passa sa main sur un tronc rugueux...

Ce tronc ferait une lance parfaite.

Pourtant, elle hésita un moment. Brun serait hors de lui, s'il savait! « Lorsqu'il m'avait autorisée à chasser, il m'avait fait promettre de ne jamais utiliser autre chose qu'une fronde. Il... » Quelle importance! Elle avait été maudite. Pour tous les autres, elle était morte. Il n'y avait personne ici pour juger de ses actes.

« Je suis seule à décider... Je suis seule! »

Comme une corde trop tendue, quelque chose se rompit en elle à ce moment. Elle s'effondra soudain, sanglotante, à genoux. « Si seulement il y avait quelqu'un près de moi, ne serait-ce qu'un instant. Même si c'était Broud! Je lui promettrais de ne plus jamais toucher à une fronde pour qu'il me laisse regagner le Clan, revoir Durc. »

Les petites créatures de la prairie ne prêtèrent pas même l'oreille à cette étrange complainte. Il n'y avait personne pour l'entendre. Tout le temps qu'elle avait marché, elle avait conservé l'espoir de retrouver les Autres. A présent, elle devait se résigner. La nécessité de subvenir seule à ses besoins, dans cet endroit inconnu dont elle ignorait le climat, ajoutait encore à l'inquiétude qui la tenaillait. Ses larmes la soulagèrent quelque peu.

Elle finit par se relever péniblement, tremblant encore; elle saisit sa hache à deux mains et trancha hargneusement la base d'un jeune arbre, puis d'un autre. Elle avait assez souvent observé les hommes lorsqu'ils fabriquaient des sagaies pour les imiter sans difficulté. D'abord, elle émonda les arbres. La tâche lui sembla aisée. Elle décida de les laisser là puis elle alla ramasser des épis de froment et de seigle tout le reste du jour, avant de rentrer à la caverne, les bras lourdement chargés, traînant derrière elle les jeunes troncs.

En arrivant, elle commença par étaler les merises pour les faire sécher; ensuite, elle se mit en devoir d'apprêter l'écorce puis de couper quelques branchettes. Elle ne s'arrêta que pour préparer un peu de grain qu'elle avala rapidement avec le reste du poisson. Une fois la nuit tombée, elle entra dans la caverne. En se souvenant des gestes que les hommes accomplissaient, elle coupa un des troncs à une hauteur légèrement supérieure à sa propre taille. Ensuite, elle en plongea l'extrémité dans les braises pour la carboniser; elle gratta toute la partie noircie avec une lame. Elle répéta plusieurs fois ces deux opérations jusqu'à l'obtention d'une pointe bien affilée et durcie par le feu. Elle fit de même pour l'autre tronc.

Quand elle eut achevé cette tâche délicate, elle rechargea le feu avant de s'enrouler dans sa couverture de fourrure et de s'étendre dans le fossé jonché de feuillage qu'elle s'était creusé pour dormir plus à son aise. Attentive au silence, elle regarda danser les flammes languissantes pendant quelque temps avant de fermer les yeux.

L'absence d'échos à sa propre respiration avait quelque chose d'angoissant. Comme pour se rassurer, elle tendit la main vers le sac dans lequel elle portait son fils alors qu'il était encore tout enfant et le glissa sous sa joue. Lorsque, enfin, elle s'endormit, la poche de cuir était imprégnée de larmes.

Il faisait déjà moins chaud. Elle se demandait si la saison n'était pas plus avancée qu'elle ne le croyait. Depuis combien de jours était-elle dans la vallée? Elle essaya de se souvenir, mais les jours semblaient se confondre les uns avec les autres. Il lui restait encore tant à faire avant le froid. Soudain, elle prit peur. L'idée que la neige ne commencerait pas à tomber avant que les arbres perdent leurs feuilles la rassura quelque peu. Elle devait pourtant trouver le moyen de marquer le passage du temps.

Elle se souvint du jour où Creb lui avait appris à compter les jours en pratiquant des entailles parallèles dans un bâton. Il avait même été surpris de la rapidité avec laquelle elle avait saisi cette ruse. En réalité, en la lui expliquant, il avait eu conscience d'enfeindre la loi, mais elle l'avait harcelé de questions tant et tant qu'à la fin, il n'avait pas pu résister à l'envie de partager avec elle ce secret qui était jusque-là l'apanage des sorciers. Il l'avait ensuite mise en garde contre les risques qu'ils encouraient l'un et l'autre si elle venait à le répéter.

– Creb, si tu me regardes du monde des Esprits, je t'en prie, ne te fâche pas, murmura-t-elle. Tu dois bien savoir qu'il ne m'est pas possible de faire autrement.

Elle trouva une branchette et y fit une entaille avec sa lame de silex. Après réflexion, elle en rajouta deux autres. Elle plaça alors un doigt sur chacune des marques. « Je crois que cela fait plus que ça. Mais c'est au moins trois jours. A la nuit, je ferai une autre encoche. Et chaque soir encore. »

La lune avait déjà passé par la moitié de ses phases depuis qu'elle avait confectionné ses sagaies et elle ne savait toujours pas comment s'y prendre pour tuer le grand carnassier. Assise à l'entrée de la caverne, elle observait le ciel parsemé d'étoiles. Il avait fait très chaud et elle savourait à présent la fraîcheur du soir.

Au nord de la vallée, l'escarpement qui menait aux steppes, à l'orient de la rivière, n'était pas difficile à franchir. Elle avait pris l'habitude de s'y rendre chaque jour. Cette terre hospitalière était animée de nombreux troupeaux qui y déambulaient tout l'été : cerfs, bisons, chevaux. Un matin, elle avait même aperçu un troupeau de saïgas. Pourtant, elle ne rapportait jamais rien d'autre qu'un couple de lagopèdes ou une grande gerboise, car elle n'arrivait jamais à s'approcher suffisamment pour atteindre quoi que ce soit d'autre avec ses lances.

Elle avait si souvent regardé les hommes du Clan mimer leurs chasses ! Mais ils partaient toujours en groupe. De préférence, ils imitaient la tactique du loup qui consistait à séparer un animal du reste du troupeau puis à se relayer pour lui courir après, jusqu'à ce qu'il s'écroule d'épuisement. Ils pouvaient alors s'approcher sans crainte pour lui porter le coup fatal. Mais Ayla, elle, était seule.

Elle n'avait ni la rapidité, ni les griffes puissantes des félins. En réalité, elle maniait la sagaie avec fort peu d'aisance. Il fallait pourtant bien qu'elle trouvât un moyen.

Un soir de pleine lune, elle découvrit enfin une solution possible. Avant de s'endormir, elle pensait souvent au Grand Rassemblement des Clans, lorsque la lune tourne le dos à la terre et baigne les horizons lointains de ses éclats réfléchis. La fête de l'Ours des Cavernes avait toujours lieu quand l'astre reprenait vie.

Elle songeait aux reconstitutions de chasse organisées par les différents clans. Un jour Broud avait fait gagner le sien en recréant sous les regards fascinés de tous la capture d'un mammouth acculé dans un ravin par la terreur du feu. Le Clan qui était passé juste après le sien avait failli remporter l'épreuve, elle s'en souvenait. Ils avaient eu l'idée ingénieuse de creuser une fosse recouverte de branchages sur la piste d'un énorme rhinocéros. L'animal n'avait pu s'extirper du trou boueux et les chasseurs l'avaient ainsi terrassé sur place. Or, les rhinocéros avaient la réputation d'être imprenables et particulièrement dangereux.

Le jour suivant, elle fouilla la vallée du regard à la recherche des chevaux, mais elle n'osa pas les saluer. Leur présence lui était devenue étrangement indispensable. Ses seuls compagnons. Mais elle était déterminée : elle devait en sacrifier un. C'était son unique chance de survie.

Elle connaissait leurs habitudes. Petit à petit un plan précis se dessina dans son esprit. Désireuse de ne rien laisser au hasard, elle en réexamina maintes fois toutes les étapes et finalement, elle se mit au travail.

Il lui fallut une journée entière pour amasser suffisamment de branchages et pour les traîner, à travers la prairie, jusqu'au bord de la rivière, où elle les entassa. Elle recueillit aussi des morceaux d'écorce, des branches de sapin et de pin, creusa de vieilles souches pourries pour y dénicher des morceaux de bois encore durs qui prendraient feu facilement et arracha des touffes d'herbes sèches. La nuit venue, elle lia ensemble bois et écorces avec les herbes sèches. Elle disposait ainsi de torches qui brûleraient vite en dégageant un épais nuage de fumée.

Le matin suivant, elle sortit sa tente de peaux et sa corne d'aurochs. Puis elle fureta au fond de la caverne à la recherche d'un os plat et solide dont elle aiguisa une des extrémités. Elle rassembla toutes les cordes et lanières en sa possession, auxquelles elle ajouta quelques lianes bien vertes, en souhaitant de tout son cœur d'en avoir besoin. Elle porta le tout sur la plage. Il lui fallait encore de quoi faire du feu. Courageusement, elle traîna encore près de l'endroit qu'elle avait choisi du bois flotté et du bois mort.

Quand le ciel s'assombrit, tout était prêt. Impatiente, Ayla faisait les cent pas tout en épiant les chevaux. Anxieuse, elle regarda les gros nuages s'amonceler vers l'orient. S'ils venaient à occulter la lune, tout était perdu. Elle n'aurait plus aucune visibilité. L'estomac noué, elle se contenta de grignoter quelques baies. Sans cesse, elle agrippait une de ses sagaies, faisait mine de la lancer puis la reposait nerveusement.

Au dernier moment, elle fouilla fébrilement dans les différentes piles qu'elle avait constituées. Elle finit par trouver un long humérus de cerf, à l'extrémité très arrondie, qu'elle écrasa de toutes ses forces contre un ivoire de mammouth. Le contrecoup du choc la fit grimacer de douleur. L'os était intact; elle disposait ainsi d'une solide massue.

La lune monta dans le ciel à la rencontre du soleil. Ayla aurait tant voulu en savoir plus sur les cérémonies de chasse! Mais les femmes n'y participaient jamais, car leur présence portait malheur.

« Jamais il ne m'est arrivé malheur en chassant, se dit-elle; il est vrai que c'est la première fois que je m'attaque à un grand carnassier. Si seulement je savais comment m'attirer la chance! » Elle porta la main à son amulette et songea à son Totem. Le Lion des Cavernes. Après tout, c'est ce qui l'avait incitée à chasser. N'était-ce pas ce que Creb lui disait? Pour quelle autre raison serait-elle plus habile à la fronde que tous les hommes? Broud trouvait que ce Totem était trop puissant pour elle. Peut-être qu'une fois encore, il l'aiderait dans sa tâche.

Lorsque la nuit fut tombée, elle longea la rivière jusqu'à son coude pour s'assurer que les chevaux s'étaient finalement installés pour dormir. Puis elle courut à travers les hautes herbes jusqu'aux abords de l'endroit où les chevaux se désaltéraient le matin, sa massue et la tente de peau sous le bras. Dans le clair de lune, les feuillages étaient teintés de gris. Au loin, les silhouettes noires des arbres qui longeaient la rivière se détachaient contre le ciel irisé. En espérant que les nuages ne cacheraient pas la lune, elle coucha la tente sur le sol et commença à creuser.

La surface était dure, mais bientôt il lui fut plus aisé de creuser avec sa pelle en os. Quand elle eut accumulé un bon tas de terre dans la tente, elle la tira jusqu'aux arbres, pour la décharger. Dès que le trou fut suffisamment profond, elle y étendit la tente et extirpa ainsi directement la terre. Elle voyait mal et creusait à tâtons. Sa tâche n'était pas facile.

Elle avait déjà creusé jusqu'à la hauteur de sa taille lorsqu'elle sentit de l'eau sous ses doigts. Elle comprit alors qu'elle avait commis l'erreur de creuser trop près de la rivière. Le fond s'emplissait rapidement. Elle avait déjà de l'eau jusqu'aux chevilles et décida d'abandonner. Elle se hissa hors du trou et tira sur la tente. Le bord s'éboula un peu.

« J'espère que cela suffira, se dit-elle. Il le faudra bien. Plus je creuse et plus l'eau monte. » Elle jeta un coup d'œil à la lune. La nuit était déjà bien avancée. Elle devait se hâter si elle voulait finir à temps. Elle n'aurait pas le temps de se reposer un peu comme elle l'avait escompté.

Comme elle courait vers l'endroit où elle avait entassé les branchages, elle se prit le pied dans une racine et s'étala de tout son long. « Ce n'est pas le moment d'être tête en l'air », se dit-elle, en se frottant le tibia. Ses genoux, les paumes de ses mains la picotaient férocement. Elle ne voyait pas très bien, mais elle devait s'être copieusement écorchée.

Avec une sorte d'instinct profond, elle prit soudain conscience de sa vulnérabilité et eut un moment de panique. « Et si je me brisais un os? Il n'y a personne pour me porter secours, s'il m'arrivait quelque chose. Que fais-je ici cette nuit, sans feu? Et si un animal m'attaquait! » Elle porta vivement la main à sa fronde. Sa présence la rassura. « Il n'est plus temps de laisser errer mes pensées. Si je ne m'active pas, il fera jour avant que tout soit prêt. »

Elle se hâta donc de couvrir la fosse de branchages. Puisqu'elle ne pouvait encercler à elle seule le troupeau de chevaux, elle avait conçu cette alternative, sans se rendre compte qu'en réalité, elle s'était souvenue de la reconstitution de chasse qu'elle avait revécue en pensée quelques nuits auparavant. Ainsi elle était peut-être sur le point de terrasser à elle seule un animal qu'aucun chasseur n'aurait imaginé pouvoir tuer de la sorte. D'un besoin impérieux était née une grande invention.

En jetant de fréquents coups d'œil vers le ciel qui commençait déjà à pâlir, elle construisit une palissade de branches tressées tendue au-dessus du trou béant. Pour finir, elle combla les derniers espaces ouverts avec de la mousse. Déjà, les étoiles clignotaient faiblement à l'orient. Des oiseaux lève-tôt gazouillaient tandis que le ciel bleuissait. Enfin, elle put s'asseoir un instant et contempler son œuvre.

Bientôt, son attention fut attirée par un léger mouvement à une certaine distance derrière un bosquet d'arbres. Elle se retourna vivement: les chevaux commençaient à bouger. Elle attrapa la tente et la pelle en os au vol et retourna en courant sur la plage. Le feu était sur le point de mourir : elle y ajouta rapidement quelques brindilles, saisit une braise entre deux bâtons et la logea dans le creux de la corne d'aurochs. Il lui fallait aussi emporter les torches, les deux sagaies et la massue.

Elle déposa les sagaies de chaque côté de la fosse, la massue près de l'une d'entre elles. Puis elle décrivit une large boucle pour contourner l'endroit où se trouvaient les chevaux sans qu'ils s'aperçoivent de sa présence.

Il ne lui restait plus qu'à attendre.

Ce moment s'avéra plus difficile que la longue nuit de labeur. Rongée par l'anxiété, elle se demandait tour à tour si elle avait bien tout prévu, si la braise n'allait pas s'éteindre, si les torches prendraient feu... Elle vérifia plusieurs fois tout son équipement. Elle pensa à d'innombrables stratagèmes qui auraient peut-être mieux convenu. Elle eut l'idée d'aller réveiller les chevaux pour précipiter l'action et les pousser dans la bonne direction. Mais elle n'en fit rien et attendit.

Lorsque enfin ils se relevèrent, les chevaux lui parurent plus nerveux qu'à l'accoutumée. Elle ne les avait jamais approchés de si près auparavant. Finalement, après s'être prélassée un petit moment dans la chaleur des premiers rayons du soleil, une des juments prit le chemin de la rivière, bientôt suivie par le reste du troupeau. Ayla leur emboîta le pas. Souvent, ils s'arrêtaient sur le bord du chemin pour arracher quelques touffes d'herbe au passage. A mesure qu'ils se rapprochaient du trou qu'elle avait creusé, ils devenaient manifestement de plus en plus agités. Leur odorat tellement plus subtil que le sien devait leur transmettre l'odeur de la terre fraîchement retournée. La jument de tête parut changer de direction. Ayla décida qu'il était temps.

Avec la braise, elle alluma une torche; avec celle-ci, elle en enflamma une autre. Dès qu'elles lui semblèrent assez vives, elle laissa tomber la corne d'aurochs et se précipita à la poursuite des chevaux, en agitant ses torches, mais elle était encore trop loin d'eux. L'odeur de la fumée évoquant sans doute les incendies de forêt, si fréquents à la fin de l'été quand les orages éclataient nombreux, les bêtes furent prises d'une peur panique, accélérèrent vivement l'allure et la distancèrent. Elles continuèrent pourtant leur chemin vers la rivière, mais comme averties du danger, certaines prirent des voies détournées.

Lorsque Ayla arriva enfin à la hauteur du piège, elle vit que la plupart des chevaux faisaient un écart pour éviter cet obstacle imprévu. Elle se précipita au milieu de ceux qui hésitaient encore en poussant de grands cris. Beaucoup l'esquivèrent : oreilles rabattues, narines dilatées, ils passèrent de part et d'autre tandis qu'elle restait là, immobile, hurlant de peur et de confusion.

Paniquée à l'idée qu'ils seraient bientôt tous partis, elle se tourna vers une grande jument louvette. Déterminée à tenter sa chance pendant qu'il était encore temps, elle se précipita au-devant de l'animal sans se rendre compte qu'elle venait de passer elle-même à une coudée à peine de la fosse. Sans cesser de crier, elle agita ses torches dans tous les sens. Prise d'une sorte d'ivresse, elle continua à courir vers l'animal. Bientôt la collision parut fatale, mais au dernier moment, la jument l'esquiva et la dépassa, filant droit sur le trou dissimulé sous les branchages. Prestement, Ayla se retourna pour se lancer à ses trousses. Haletante, elle avait l'impression que sa poitrine était sur le point d'éclater.

La jument vit le piège tendu devant elle, mais il était trop tard. Elle ramassa ses jambes avant sous elle pour tenter de franchir l'obstacle mais ses sabots glissèrent dans la boue. Elle s'effondra dans la fosse, une jambe arrière cassée.

Sans perdre de temps, Ayla se précipita sur une des lances. Un court instant, elle observa l'animal aux yeux fous qui poussait de puissants hennissements plaintifs en agitant sa crinière, sans cesser de se débattre pour tenter de s'extirper du trou. Ayla saisit la lance à deux mains, serra les jambes et plongea littéralement sur l'animal. La pointe avait pénétré dans le flanc. La blessure était douloureuse mais loin d'être mortelle.

Elle courut dans la boue pour prendre l'autre lance et faillit glisser. Cette fois-ci, il s'agissait de viser juste. La jument gémissait de douleur et de confusion. Le second coup porta à l'encolure. Dans un ultime effort, la bête tenta de se relever. En vain. Elle retomba avec un hennissement aussi faible qu'un murmure. Ayla lui assena un coup de massue puissant sur le crâne. Sans qu'elle pût se l'expliquer, quelque chose dans la douleur de l'animal lui était insupportable.

Quand tout fut fini, Ayla resta là, les bras ballants au bord de la fosse, trop hébétée pour comprendre ce qu'elle venait de réaliser. Pantelante, elle regardait fixement le flanc gris maculé de boue d'où s'écoulait un flot continu de sang. Le flanc ne bougeait plus, le cheval ne bougeait plus.

Petit à petit, la réalité s'imposa à elle. Un invincible besoin de crier comme elle n'en avait jamais connu auparavant monta en elle, des profondeurs de son être, emplit sa gorge : elle poussa un immense hurlement de victoire. Elle avait réussi.

A cet instant, au cœur d'une vallée solitaire au beau milieu d'un vaste continent, quelque part près de l'indéfinie limite entre les steppes de lœss désolées au nord et les prairies plus continentales et plus humides au sud, la femme venait de comprendre sa puissance. Elle pouvait survivre désormais. Elle survivrait.

Mais sa joie fut de courte durée. Jamais elle ne pourrait sortir le cheval entier de la fosse. Elle allait donc devoir le découper sur place au milieu du trou boueux. Très vite, l'odeur du sang attirerait des prédateurs. Elle devrait donc se hâter de tout porter sur la plage, d'y allumer de grands feux. Puis il faudrait tailler de fines tranches de viande, récupérer les autres morceaux qu'elle souhaitait garder.

Sa longue nuit de veille avait eu raison d'elle. Et pourtant, il fallait continuer. En définitive, sa tâche venait à peine de commencer. En soupirant, elle fouilla dans le repli de sa tunique à la recherche de sa lame en silex et sauta dans la fosse, auprès de sa proie, dont elle se résigna enfin à trancher la gorge d'un coup sec.

Elle courut jusqu'à la plage chercher sa tente et d'autres outils de silex. Au retour, elle remarqua que la horde déambulait encore à l'autre bout de la vallée. Couverte de boue et de sang, elle s'affaira tout le jour au fond de la fosse, arrachant certains morceaux de viande pour aller plus vite.

Des charognards rôdaient déjà autour de la carcasse. Au fur et à mesure, elle rapportait la viande sur la plage dans la tente, sans trop la charger pour qu'elle ne se déchire pas. Chaque fois, elle rajoutait du bois dans le feu et déposait son nouveau fardeau aussi près que possible. Puis elle repartait en courant. Elle avait oublié sa fatigue. Elle devait finir avant que la nuit tombe. La fronde à la main, tirant derrière elle la tente vide, elle approchait à nouveau de la fosse. Le renard ne la vit pas. Elle l'eût tué si elle avait eu deux pierres. Il fit un bond géant et disparut dans les fourrés. Alors elle descendit sur la rive pour collecter quelques galets ronds et en profita pour se rafraîchir un peu. L'un de ces galets fut fatal au glouton qui avait eu le toupet de braver la chaleur du feu pour s'emparer d'un gros morceau de viande. Elle rapprocha encore la viande du feu, puis alla chercher la dépouille du glouton, avec l'espoir d'avoir le temps de le dépecer aussi. Sa fourrure chaude lui serait très utile pour l'hiver.

Avant de s'en retourner, elle ajouta encore du bois dans le feu.

De retour auprès du cheval mort, elle eut moins de chance. Une hyène réussit à lui échapper en emportant un jarret entier. Elle n'avait guère vu de carnivores depuis le jour où elle était arrivée dans la vallée. Renards, hyènes, gloutons, tous vinrent lui voler une partie de son butin. Peureux, les renards ne s'approchaient guère du cheval : leurs cousins, les dholes, se montraient plus téméraires, de même que les faucons et les milans qui se contentaient d'agiter leurs ailes à son approche. A tout instant, elle s'attendait à voir surgir un lynx, un léopard ou un lion des cavernes.

Quand elle eut rapporté à grand-peine le dernier chargement jusqu'à la plage, elle s'effondra sur le sol, brisée de fatigue. Elle n'avait pas dormi depuis longtemps et rien avalé de la journée. Elle s'étendit à même le sol pour tâcher de prendre un peu de repos. Mais une nuée de mouches attirées par l'odeur du sang sur ses mains et ses jambes tournoyaient autour d'elle.

Elle dut se relever pour aller se tremper dans la rivière, sans prendre la peine de retirer sa tunique de peau. L'eau fraîche lui fit du bien.

Soudain, elle se souvint qu'elle avait laissé ses sagaies près de la carcasse du cheval. Elle hésita à aller les chercher. A l'idée d'avoir à en fabriquer d'autres alors qu'il lui restait si peu de temps pour achever ses préparatifs avant l'arrivée de l'hiver, elle se résigna à refaire le chemin une fois encore. Avant de se mettre en route, elle prit le temps de descendre sa couverture de fourrure sur la plage, et de reprendre sa fronde. Arrivée près du trou béant creusé dans le sol comme une immense plaie, elle fut frappée par la laideur de la scène. Des os et des morceaux de chair gisaient ici et là dans une mare de sang. Des loups se partageaient hargneusement les restes de la tête de la jument. Des renardeaux sautillaient autour d'une jambe à demi déchiquetée, sous le regard intéressé d'une hyène. Un vol de milans s'éleva dans les airs à son approche. Un glouton la regarda sans broncher.

« Il me faut faire vite, pensa-t-elle, en lançant une pierre pour éloigner le glouton. Je dois entretenir les feux, pour empêcher ces rapaces de tout piller. » L'hyène cracha une sorte de sifflement avant de s'éloigner.

En se penchant pour ramasser les deux sagaies, elle fut attirée par d'étranges mouvements saccadés derrière les fourrés. Elle s'en approcha précautionneusement; une petite pouliche aux prises avec deux hyènes se défendait en ruant tant bien que mal, bien qu'il tînt à peine debout sur ses petites jambes maigrichonnes.

L'animal avait dû rester terré là depuis que sa mère avait été prise au piège. Ayla n'éprouva aucun sentiment de culpabilité. Dans ce monde féroce, chacun était à la merci d'un prédateur. Mais elle n'ignorait rien du sort qui attendait le petit cheval privé de sa mère. Quand elle vivait avec le Clan, elle avait l'habitude de rapporter à Iza toutes les bêtes blessées qu'elle rencontrait sur son chemin pour que cette dernière les soigne, à la consternation du reste du groupe, de Brun en particulier.

Les yeux écarquillés par la peur, la pouliche fut bientôt impuissante face aux hyènes de plus en plus nombreuses qui l'encerclaient. Puisqu'il n'y avait plus personne pour prendre soin du fragile animal, peut-être valait-il mieux qu'il meure dès à présent, se raisonna Ayla. A la vue d'une hyène prête à sauter à la gorge de la bête, elle réagit sans réfléchir. L'hyène s'écroula terrassée par le tir précis de sa fronde; les autres prirent la fuite. Elle n'avait pas l'intention de les tuer. Leur fourrure tachetée d'apparence rugueuse ne l'intéressait pas le moins du monde. Elle cherchait seulement à protéger la pouliche sans défense. Cette dernière battit en retraite aussi mais sans trop s'éloigner. Les hyènes la terrorisaient beaucoup plus qu'un humain.

Ayla s'approcha d'elle à pas feutrés, la main tendue, en marmonnant doucement comme elle le faisait toujours pour calmer une bête apeurée. Bientôt, elle sentit les narines chaudes et humides du petit cheval contre ses doigts. Elle fit encore un pas en avant et passa sa main dans la crinière hirsute. Elle décida alors de le ramener avec elle sur la plage. « J'aviserai quand j'aurai dormi un peu », se dit-elle.

Près des feux mourants, un lynx était sur le point de s'enfuir, un demi-jarret dans la gueule. Prestement, elle sortit sa fronde et deux galets. Comme la pouliche, terrorisée, s'enfuyait en hennissant, le félin leva vers elle son regard menaçant. Elle lança les deux pierres l'une après l'autre avec force. Ce n'était pas la première fois qu'elle s'attaquait à un lynx, mais elle n'ignorait pas que ce faisant, elle prenait un risque.

Elle récupéra la viande et tira le félin par les pattes. A la vue de la quantité de viande et de peaux de bêtes accumulées autour du feu, elle éclata de rire. Il y a si peu de temps, elle s'inquiétait encore de ne pas avoir assez de réserves pour les grands froids, de peaux pour se couvrir. A présent, elle en avait plus qu'il ne lui en fallait.

A cause des feux, la pouliche restait à l'écart. Ayla prit une lanière et la lui accrocha autour du cou; puis elle attacha l'autre extrémité à un tronc de tremble. Elle se souvint alors qu'elle avait encore oublié de rapporter ses sagaies et repartit les chercher. Quand elle revint, le petit cheval affamé hennit lamentablement à son approche.

Elle tenta sans succès de lui faire avaler quelques touffes d'herbe tendre. L'animal n'était pas encore sevré. Elle songea alors à lui donner de la bouillie de graines, comme elle le faisait pour Durc quand il était petit. Elle ajouta de l'eau aux graines déjà cuites qui lui restaient et posa le récipient aux pieds de la pouliche. Celle-ci en vida le contenu en un rien de temps.

Depuis longtemps déjà, la faim lui tenaillait l'estomac. Elle découpa un gros morceau de viande et le fit griller dans les flammes en le tenant avec une branchette de bois vert. Dès qu'elle fut rassasiée, elle se remit au travail.

La lune était apparue derrière les couronnes d'arbres. Le ciel brillait de milliers d'étoiles scintillantes. Assise au beau milieu de la plage, encerclée de feux, Ayla avait passé une bonne partie de la nuit à couper la viande en fines lamelles. Des morceaux de viande séchaient déjà, accrochés avec des lianes sur des lanières de cuir pendues entre deux bâtonnets. Les peaux attendaient encore d'être apprêtées. Elle avait juste pris le temps de les tremper dans l'eau. En revanche, elle avait nettoyé l'estomac du cheval et l'avait rempli d'eau pour qu'il s'assouplisse. Des bandes de tendons, des monceaux d'intestins, un tas de sabots et d'ossements, un autre de graisse – qu'elle liquéfierait et qu'elle coulerait dans les boyaux pour les conserver – elle avait même réussi à garder un peu de graisse de lynx pour faire des lampes et isoler ses peaux tannées du froid et de l'humidité.

Elle tendit la main pour prendre encore un

morceau de viande. Puis elle se ravisa. Jamais elle n'avait été aussi fatiguée. Elle rajouta du bois dans les feux, étendit sa peau d'ours sur le sol et s'en enveloppa.

La pouliche mal attachée s'était libérée toute seule. Au lieu de s'enfuir, elle se rapprocha d'Ayla, bravant le feu, et se coucha non loin d'elle. Presque endormie, Ayla se rendit pourtant compte de cette présence chaleureuse si proche d'elle.

Elle ne songea même pas qu'en cas de danger, les réactions de sa nouvelle compagne l'avertiraient à temps.

6

Une brusque rafale de vent agita les branches desséchées du vieux pin coiffé de lichen. La bourrasque entrouvrit la tente qui se gonfla d'air, tira violemment sur les lanières auxquelles pendaient les lamelles de viande séchée.

– La saison froide approche à grands pas, remarqua Thonolan en arrivant.

Jondalar qui ne l'avait pas vu venir sursauta. Ils s'assirent ensemble près du feu et offrirent leurs mains à la caresse des flammes.

– J'ai vu un rhinocéros ce matin, en route pour le nord.

– Il me semblait bien que cela sentait la neige.

– Il ne neigera pas tant que d'autres rhinocéros et les mammouths rôderont encore par ici. Ils aiment le froid, mais pas la neige. Ils sentent l'approche d'un orage et se ruent alors vers le Grand Glacier.

– Il n'a guère plu pendant l'été. Si la saison froide est aussi sèche, mammouths et rhinocéros ne s'éloigneront sans doute pas. Si nous rencontrons un Clan dans ces montagnes, ses hommes sauront nous dire à quoi nous en tenir. Peut-être aurions-nous mieux fait de rester avec ces hommes qui nous ont aidés à passer la Grande Rivière en radeau. A présent, il nous faut trouver rapidement un abri pour l'hiver.

– Je voudrais tant qu'une caverne peuplée de femmes désirables nous offre l'hospitalité, murmura Thonolan, rêveur.

– Il serait heureux déjà que nous dénichions une caverne.

– Allons, grand frère. Pas plus que moi, tu ne souhaites passer toute la saison froide sans femme pour réchauffer ta couche.

Jondalar haussa les épaules.

– Ce n'est pas ici que nous trouverons des femmes ou une caverne, dit-il en se levant. Nous devons reprendre notre chemin.

– Tu dis la vérité! s'exclama Thonolan, plein d'enthousiasme.

Il tourna le dos au feu pour se mettre debout à son tour et se figea.

– Jondalar! marmonna-t-il, le souffle coupé. Retourne-toi très lentement et jette un coup d'œil de l'autre côté de la tente. Il y a là quelqu'un que tu connais.

Il pivota doucement sur ses talons et regarda dans la direction que Thonolan venait de lui indiquer. Juste derrière la tente, se balançant d'un pied sur l'autre comme s'il ne savait que faire de son incroyable poids, se tenait un énorme rhinocéros à deux cornes. La tête tournée de côté – de face, il était presque aveugle –, il semblait mesurer Thonolan du regard. Son ouïe fine et l'acuité de son odorat compensaient largement sa faible vision. De toute évidence, c'était un animal habitué au froid. Son épaisse peau rugueuse était recouverte d'une dense couche de poils hirsutes brun rougeâtre. Sans compter un solide manteau de graisse épais comme la main sous le cuir de sa peau. Il déambulait, la tête très enfoncée entre les épaules, de sorte que sa longue corne frontale égratignait la terre sur son passage. Il s'en servait notamment pour dégager la neige devant lui en oscillant la tête pesamment, si la couche n'était pas trop profonde, car ses petites pattes courtes s'embourbaient aisément. Il ne visitait les prairies du Sud que brièvement avant la saison froide, avant les neiges, pour se repaître de leur riche verdure et accumuler encore un peu de graisse. Il supportait aussi mal la neige profonde que la chaleur. Les glaciers étaient son domaine, tout comme la toundra mangée par le froid et la sécheresse.

Mais la longue corne recourbée pouvait avoir un usage bien plus dangereux que celui de déblayer la neige sur son passage, et entre Thonolan et lui, il n'y avait rien pour l'arrêter.

– Ne bouge pas! siffla Jondalar entre ses dents.

Il plongea sous la tente et en sortit une poignée de sagaies.

– Ces lances n'auront guère d'effet contre ce monstre, lui dit Thonolan bien qu'il lui tournât le dos. (Jondalar hésita un instant, se demandant comment il avait pu deviner son geste.) Tu devras l'atteindre à un endroit vulnérable, l'œil par exemple, et tu n'y parviendras pas. Il est trop loin. Il te faut quelque chose de plus épais.

– Ne parle pas tant. Tu vas finir par attirer son attention, l'avertit Jondalar. Je n'ai peut-être qu'une lance, mais toi tu n'as rien pour te défendre. Je vais faire le tour de la tente et tenter de le surprendre par-derrière.

– Attends, Jondalar. En le blessant, tu le rendras fou furieux. Souviens-toi, quand nous étions petits à la caverne, nous nous amusions à les harceler. L'un d'entre nous se mettait à courir pour inciter le rhinocéros à le pourchasser. Quand il était fatigué, un autre attirait l'attention de l'animal et prenait le relais. Tiens-toi prêt à me remplacer. Je vais courir pour qu'il me charge.

Jondalar cria pour le dissuader d'une telle tactique, mais il était trop tard. Déjà, Thonolan avait pris son élan.

Il était toujours impossible de prévoir les réactions de l'énorme mammifère. Au lieu de s'élancer à la poursuite de l'homme, il se rua sur la tente claquant au vent, la piétina et se prit les pattes dans les lanières de cuir qui la retenaient au sol. Quand enfin il eut réussi à se dégager, il décida qu'il était inutile d'insister et s'éloigna de son pas pesant à travers le bois, sans demander son reste.

– Pourquoi tenter ainsi les Mauvais Esprits? hurla Jondalar, fou de rage, à l'adresse de son frère qui revenait à présent près de lui, haletant et suant.

En un geste de colère, il lança de toutes ses forces la sagaie qu'il tenait encore à la main et qui se brisa net, juste au-dessus de la pointe en os.

– Cherchais-tu à te faire massacrer? Deux hommes ne suffisent pas à terrasser un rhinocéros, tu le sais aussi bien que moi. Qu'aurais-tu fait s'il s'était lancé à ta poursuite? Par le Grand Doni! que deviendrais-je si tu étais blessé?

Une lueur de colère passa dans les yeux de Thonolan. Puis ses traits se détendirent.

– Tu as eu peur pour moi, vraiment! Peut-être ai-je eu tort, mais je ne pouvais te laisser prendre un tel risque. Si une de tes lances avait atteint la peau presque invulnérable du rhinocéros nous étions perdus. Par notre Grande Terre Mère! que deviendrais-je si tu étais blessé? ajouta-t-il, ironique. Il ne m'a pas suivi, après tout.

Jondalar le dévisagea quelques instants sans parler. Son geste de colère tenait plus du soulagement que d'une fureur réelle, mais il lui fallait un peu de temps pour reprendre contenance.

– Nous avons bénéficié de l'aide des Esprits, dit-il enfin d'une voix encore tremblante. En attendant, je suggère que nous fabriquions quelques sagaies plus solides.

– Je n'ai pas vu d'ifs sur notre chemin. Mais en route, nous chercherons du frêne ou de l'aulne, renchérit Thonolan en s'agenouillant pour démonter la tente ou ce qui en restait.

– Du bois de saule devrait convenir. Mettons-nous au travail sur-le-champ.

– Jondalar, quittons cet endroit. Nous devons atteindre les montagnes.

– Les rhinocéros rôdent encore en masse dans cette région. Nous ne pouvons voyager sans armes...

– Nous n'irons pas très loin. Il nous faudra réparer la tente avant la nuit, souviens-toi. En route, nous trouverons du bois, un endroit plus à l'abri pour la nuit prochaine. Ce rhinocéros risque de revenir à la charge.

– Il peut aussi nous suivre. (Puis, résigné, il ajouta :) Tâchons d'atteindre les montagnes.

Les deux frères marchaient à grands pas le long de la rivière. Depuis longtemps, ils s'étaient habitués à l'allure, au silence l'un de l'autre. Ils étaient proches, instinctivement; chacun connaissait les forces et les faiblesses de l'autre. Lorsqu'un danger les menaçait, leur survie dépendait de leurs réactions coordonnées; ils effectuaient tous deux les tâches qui leur convenaient le mieux, ou qui correspondaient le moins bien à l'autre. Sûrs d'eux-mêmes, sûrs de l'autre, ils progressaient sans crainte.

Leurs oreilles étaient si bien exercées à saisir tous les sons qu'ils tressaillaient au moindre bruit suspect, et se mettaient sur leurs gardes. En harmonie avec leur environnement, ils étaient pourtant à peine conscients des rayons du soleil défiant le vent froid qui susurrait dans les branches dénudées; des nuages obscurs couronnant les cimes enneigées de la montagne; du chant joyeux de la Grande Rivière à leurs pieds. Les chaînes montagneuses du continent orientaient le cours de la Grande Rivière. Née dans les hauteurs septentrionales du glacier, elle filait vers l'orient. Au-delà du premier massif montagneux s'étendait une longue plaine qui n'était autre que l'ancien bassin d'une mer intérieure. Plus loin encore, vers l'est, un autre bouclier montagneux imitait la courbe du premier. Au point d'intersection des deux chaînes, la rivière impétueuse se frayait un chemin à travers la barrière rocheuse avant de mettre le cap sur le sud.

– Je doute que nous atteignions la boucle de la Grande Rivière avant l'hiver, remarqua Jondalar. Je commence à me demander si elle en a une.

– Ne perds pas courage, mon frère. Nous y arriverons bientôt. Vois comme elle est large à présent. Nous devons approcher du terme de notre voyage.

– Mais nous n'avons pas encore rencontré la Sœur de la Grande Rivière. Tamen disait qu'elles étaient aussi grandes l'une que l'autre.

– Les voyageurs qui le lui ont dit exagéraient sans doute. Comment croire qu'il puisse y avoir une autre rivière aussi large dans cette plaine !

– Tous les points de repère qu'il nous avait indiqués se sont avérés justes, souviens-toi. Dommage que le Clan qui nous a aidés à traverser le grand bras ne parlait pas notre langage. Ils auraient pu nous le dire.

– Je suis sûr que la Sœur de la Grande Rivière n'est en réalité qu'un modeste cours d'eau.

– Que les Esprits te donnent raison ! Sinon, nous devrons la traverser avant d'atteindre ces montagnes, qui sont notre seule chance de trouver un abri pour la saison froide.

Un mouvement en désaccord avec la tranquillité du petit matin attira brusquement l'attention de Jondalar. Au son, il identifia le nuage noir parfaitement symétrique qui venait d'apparaître à l'horizon au-delà des cimes enneigées. Au mépris des vents dominants, une nuée d'oies sauvages venaient à leur rencontre. Soudain elles virèrent et s'abattirent en masse, comme un gigantesque faucon fondant sur sa proie. Plus près du sol, elles se dispersèrent et disparurent bientôt une par une derrière une colline que la rivière contournait. Les deux frères s'étaient arrêtés pour suivre les gracieuses ondulations des oiseaux.

– Jondalar, s'exclama Thonolan, ces oies n'auraient pas interrompu leur vol s'il n'y avait pas eu là un marais, un lac ou une mer intérieure. Sans doute est-ce là l'aboutissement de la Grande Rivière !

– Escaladons cette colline, pour nous en assurer, lui répondit Jondalar qui essayait tant bien que mal de contenir sa joie.

L'ascension fut rapide. Haletants, ils arrivèrent au sommet d'où ils découvrirent une perspective qui acheva de leur couper le souffle. Au-delà de la boucle, la Grande Rivière s'élargissait; ses eaux tumultueuses prises d'une vigueur folle allaient à la rencontre d'une vaste masse d'eau boueuse charriant des monceaux de débris – branchages, cadavres d'animaux, arbres entiers surgissant brutalement épisodiquement à la surface avant d'être à nouveau engloutis par les flots impétueux. A la jonction des deux courants en conflit, on eût dit deux monstres cherchant à se dévorer l'un l'autre.

Ils n'étaient pas parvenus à l'embouchure de la Grande Rivière. Ici, c'était le lieu de rencontre de la Sœur de la Grande Rivière et de cette dernière.

L'affluent, de force égale au fleuve, se jetait en lui avec violence, luttant férocement contre le courant contraire. Il disparaissait, surgissait à nouveau comme s'il s'en était allé reprendre des forces et lançait encore droit sur la Grande Rivière une explosion de cours d'eau à contre-courant qui s'y jetaient en puissants tourbillons. La confluence s'épanouissait en un lac beaucoup trop étendu pour qu'ils puissent en apercevoir l'autre rive.

La saison des pluies venait de s'achever. La crue s'était retirée, laissant derrière elle de vastes marécages boueux et d'énormes fondrières sur les rives dévastées, jonchées d'arbres déracinés, leurs racines tournées vers le ciel, de monceaux de troncs verdis et de branches arrachées. Des carcasses d'animaux et des amas de poissons morts s'étaient échoués dans de petites mares d'eau saumâtre. Des milliers d'oiseaux festoyaient sur les berges, animant le paysage d'une vie houleuse. Près de là, une hyène s'affairait sur un cerf géant sans se préoccuper des battements d'ailes saccadés d'une nuée de cigognes noires.

– Par notre Grande Terre Mère! s'exclama Thonolan.

– La Sœur de la Grande Rivière!

Jondalar était trop ému pour demander à son frère s'il le croyait à présent.

– Comment faire pour traverser une telle masse d'eau?

– Je ne sais pas. Nous devrons peut-être remonter en amont.

– Mais jusqu'où? Elle est aussi large que la Grande Rivière.

Jondalar se contenta de hocher la tête et fronça les sourcils.

– Nous aurions dû suivre le conseil de Tamen. Il risque de neiger aujourd'hui. Nous n'avons guère le temps de rebrousser chemin. Si une tempête éclate alors que nous sommes encore à découvert dans la plaine, nous sommes sûrs de rejoindre sans tarder le monde des Esprits...

Comme pour lui donner raison, une brusque rafale de vent s'abattit sur eux et faillit lui faire perdre l'équilibre. Il frissonna. Pour la première fois depuis qu'ils avaient entrepris ce Grand Voyage, il craignit de ne pouvoir survivre aux rigueurs de la saison froide.

– Que faire à présent, Jondalar?

– Nous devons trouver un abri pour la nuit, répondit le plus grand des deux hommes, en balayant la région du regard. Là-bas, un peu en aval, près de l'escarpement bordé d'une rangée d'aulnes, vois-tu ce petit ruisseau qui rejoint la Sœur de la

Grande Rivière? C'est là que nous tenterons de traverser.

– Si nous attachions nos deux besaces à un tronc d'arbre et si nous liions une même lanière de cuir autour de nos deux tailles, nous pourrions nager sans encombre et sans risquer d'être séparés.

– Je sais combien tu es courageux, Thonolan, et combien tu es fort. Mais je ne suis pas sûr que nous puissions traverser ce grand bras même sans aucune charge. En tirant un énorme tronc d'arbre, transportant tous nos biens, nous encourrons un très grand risque. L'eau est glacée. Le courant seul empêche le froid de la solidifier. Ce matin, la surface était gelée sur les bords.

– Te souviens-tu de ce Clan qui vivait près de la Grande Eau? Ces hommes creusaient l'intérieur de grands troncs d'arbres qu'ils utilisaient pour traverser les rivières. Peut-être pourrions-nous...

– Jamais nous ne trouverons par ici un tronc assez large, répondit Jondalar en faisant un geste circulaire dans la direction de la vaste prairie herbeuse, parsemée de rares arbustes tout rabougris.

Thonolan laissa son regard errer aux environs dans l'espoir d'y trouver une autre solution ayant échappé à la logique implacable de son frère. A la vue de la haute rangée d'aulnes si droits qui barraient le paysage, il sursauta.

– Nous pourrions lier ensemble un bon nombre de ces aulnes et nous hisser dessus. Avec un autre tronc assez long et plutôt mince, nous pourrions nous guider; la rivière n'est sans doute pas si profonde.

– Les flots sont bien trop impétueux par ici. Mais ce n'est pas une mauvaise idée, ajouta Jondalar après une pause. Si nous remontons suffisamment loin en amont, nous trouverons un endroit où la rivière plus large est moins profonde et moins tourmentée. Il faut espérer que le temps se maintiendra.

– Partons sur-le-champ. La tente est réparée.

– Je vais jeter un coup d'œil au-delà de ces aulnes. Il faut quelques solides sagaies avant de nous remettre en route. Nous aurions dû y penser avant de dormir.

– Crains-tu encore le rhinocéros? Il est loin derrière nous à présent. Partons.

– Je vais au moins couper un tronc ou deux.

– Pendant ce temps, j'achèverai les préparatifs.

Jondalar prit sa hache de silex et en examina la tranche d'un air pensif avant de s'éloigner à grands pas vers la colline surmontée d'une couronne d'aulnes. Il choisit soigneusement un jeune plant vigoureux. Puis il s'assit à terre et entreprit de l'émonder pour en faciliter le port. La journée s'annonçait rude. Il se penchait pour couper à la base un autre tronc lorsqu'une violente commotion le fit tressaillir. Il y eut d'atroces grognements, des reniflements sordides suivis d'un cri déchirant, comme jamais il n'en avait entendu de sa vie, un insupportable hurlement de douleur. Puis ce fut le silence, plus terrifiant encore que la plainte qui l'avait précédé.

– Thonolan! Thonolan!

Il dévala la colline à toutes jambes, tenant toujours à la main l'ébauche de sagaie. Une sueur froide l'avait envahi et son cœur se mit à battre à tout rompre lorsqu'il vit l'énorme rhinocéros, rudoyant du bout de sa corne une forme humaine. Inerte. L'animal semblait ne plus savoir que faire de sa victime maintenant qu'il l'avait terrassée. Mû par la peur et une colère sans nom, Jondalar réagit sans réfléchir.

En agitant son bâton dans les airs comme une massue, il chargea la bête au mépris de sa vie. Un premier coup atterrit sur le museau de l'animal, juste à la naissance d'une corne, puis un second. Le rhinocéros recula, indécis face à cette attaque imprévue autant que brutale et douloureuse. Prêt à fondre à nouveau sur le monstre, Jondalar prit son élan, mais sa cible fit volte-face. Il sentit sans doute à peine le coup porté sur sa croupe. Pourtant, il préféra lâcher prise et détaler, l'homme à ses trousses.

Jondalar courut longtemps derrière lui en poussant des cris stridents et sans cesser de faire tournoyer le mince tronc d'arbre au-dessus de sa tête. Il ne s'arrêta que lorsque la bête l'eut largement distancé. Alors, il lâcha son arme de fortune et reprit sa course en sens inverse.

Thonolan gisait toujours face contre terre, tel que le rhinocéros l'avait laissé.

– Thonolan? Thonolan! murmura Jondalar en le retournant précautionneusement sur le dos.

Le cuir de sa tunique était maculé de sang près de l'aine, et la tache grandissait à vue d'œil.

– Thonolan! Oh! par Doni! Comment savoir si tu es encore vivant?

Comme pour le rassurer, Thonolan gémit.

– Que faire? Oh! que faut-il faire? marmonna-t-il, bouleversé, en soulevant son frère dans ses bras, ployant sous l'effort. Oh! Doni, ne le prends pas encore avec toi. Oh! Grande Terre Mère, laisse-le vivre encore un peu. (Sa voix se brisa et un profond sanglot jaillit de sa poitrine.) Mère, je t'en prie... laisse-le vivre...

Pendant quelques instants, il se laissa aller au chagrin et à l'angoisse, la tête penchée sur l'épaule inerte de son frère, puis il le porta jusqu'à la tente, où il l'étendit sur sa couche avec précaution. Avec sa lame à poignée d'os, il découpa le cuir et découvrit une vilaine plaie profonde à la cuisse gauche. Poursuivant son examen, il s'aperçut que Thonolan devait aussi avoir plusieurs côtes cassées, car sa poitrine avait pris une coloration rougeâtre, de mauvais augure, et tout son côté gauche était enflé et décoloré.

Le sang coulait par jets puissants. La fourrure sur laquelle gisait Thonolan en était déjà imprégnée. Au bord du désespoir, Jondalar fouilla nerveusement dans sa besace à la recherche d'une peau douce pour l'absorber. Dès qu'il en trouva une, il essuya la blessure d'une main tremblante puis il décida qu'il valait mieux ne pas trop y toucher.

– Doni, Doni, je ne sais que faire. Je ne suis pas un zelandoni, supplia-t-il en s'asseyant sur ses talons et en se passant la main dans les cheveux, laissant des traces de sang sur son front. De l'écorce de saule! Il faut que j'en trouve.

Prestement, il mit de l'eau à chauffer sur le feu mourant. Il n'était pas nécessaire d'être un zelandoni pour connaître les propriétés calmantes de l'écorce de saule. Il n'était pas certain que cela suffirait, mais il ne savait que faire d'autre. Quand il eut déniché un morceau d'écorce de saule, enfoui dans sa besace, il fit les cent pas devant le feu en attendant que l'eau bouille, non sans avoir ajouté du bois sec pour raviver la flamme.

A chaque instant, il glissait la tête sous la tente pour s'assurer que Thonolan respirait encore. Le sang semblait couler de plus en plus fort. Il extirpa une peau de glouton de la besace de son frère et la posa sur la plaie suintante à la place du cuir déjà imbibé.

Pendant ce temps, l'eau bouillait. Lorsque, enfin,

il s'approcha du feu, un bol à la main, il n'en restait pour ainsi dire plus au fond du récipient de cuir. Il la versa dans le bol, en en perdant la moitié, et retourna à la tente. Thonolan gémissait.

Déjà la peau de glouton était imprégnée de sang. Il chercha frénétiquement un endroit où poser le bol brûlant.

– Il perd trop de sang! murmura-t-il. Oh! Doni. Il lui faut un zelandoni. (La panique le gagnait. Il se sentait totalement impuissant. Seul, si seul.) Je dois aller chercher de l'aide. Mais où? Où trouver un sorcier? Je ne peux le laisser seul. Il serait à la merci des hyènes et des loups qui rôdent par ici. Il n'aurait aucune chance. Tout ce sang va les attirer. Cette peau de glouton! Il faut que je m'en débarrasse. (A demi fou de fureur et de chagrin, il la jeta devant la tente.) Non, cela ne change rien.

Il sortit précipitamment, ramassa la fourrure ensanglantée et lança des regards hagards autour de lui pour trouver un endroit où la cacher, loin de la tente, loin de son frère.

Sous le choc, accablé de douleur et de tristesse, il s'effondra à terre. Dans son for intérieur, il savait qu'il n'y avait plus aucun espoir. Son frère avait besoin de soins qu'il ne pouvait lui dispenser. Même s'il avait su où trouver de l'aide, il ne pouvait s'éloigner. Il était insensé de penser qu'une peau imprégnée de sang attirerait un carnassier avide de chair fraîche plus que Thonolan lui-même. Mais il se refusait simplement à voir la vérité en face. En proie à un accès de déraison, il se releva précipitamment, courut d'une traite jusqu'au sommet de la colline et étendit la peau trempée de sang sur une haute branche. De retour à la tente, il s'assit auprès de Thonolan, comme si par sa seule volonté, il pouvait lui insuffler un nouveau courant de vie.

A ce moment, Thonolan s'agita sur sa couche, gémit et ouvrit les yeux péniblement. Jondalar s'approcha de lui. Il lut la douleur intense qui emplissait son regard.

– Tu disais la vérité, mon frère. Tu te trompes rarement. Le rhinocéros n'était pas si loin derrière nous.

– Comment te sens-tu, Thonolan?

– Tu veux une réponse franche? J'ai mal. Est-ce très grave? demanda-t-il, en tentant de se relever.

Une horrible grimace de douleur déforma son visage.

– Ne bouge pas. Tiens, je t'ai préparé une infusion d'écorce de saule, murmura Jondalar en lui soutenant la tête pour l'aider à boire.

Thonolan but une petite gorgée avant de s'étendre à nouveau sur sa couche, sans force. Dans ses yeux, la peur s'était alliée à la douleur.

– Dis-moi la vérité, Jondalar. Est-ce si grave?

Jondalar ferma les yeux et retint son souffle.

– Ce n'est pas très beau à voir, dit-il enfin.

– Je m'en doute. Mais réponds à ma question. (Son regard se posa fortuitement sur les mains de son frère et il écarquilla les yeux d'effroi.) Tu es couvert de sang. De mon sang! Allons, Jondalar, parle-moi ouvertement.

– Je ne sais que te dire, mon frère. Le monstre t'a encorné la cuisse et tu as perdu beaucoup de sang. Il a dû te piétiner aussi car tu as quelques côtes cassées... C'est tout ce que je vois. Je ne suis pas un zelandoni...

– Et notre seule chance d'en trouver un serait de traverser cette rivière, ce qui est impossible.

Jondalar resta muet. Il n'y avait rien à ajouter.

– Aide-moi à m'asseoir, Jondalar. Je veux voir cette plaie.

Jondalar fut sur le point de protester mais il céda, à contrecœur. Il le regretta immédiatement. Dès qu'il se fut un peu soulevé, Thonolan se mit à hurler de douleur avant de perdre connaissance.

– Thonolan! cria-t-il.

Le flot de sang s'était ralenti; l'effort l'avait à nouveau accru. Jondalar changea une fois encore le pansement de fortune et sortit de la tente. Le feu était presque éteint. Il l'alimenta plus soigneusement cette fois-ci, remit de l'eau à chauffer et retourna auprès de son frère. Il grimaça en se souvenant de sa course frénétique au sommet de la colline pour se débarrasser de la fourrure imprégnée de sang. Thonolan gisait immobile dans une mare de sang. Sa panique initiale s'était envolée; la réalité lui parvenait avec d'autant plus de force. Avec des gestes pondérés, il chercha un autre morceau de fourrure et l'appliqua sur la blessure. Ensuite, il couvrit Thonolan avant d'aller jeter dans l'eau de la rivière la bande de peau souillée. Puis il se lava les mains. Se sentant désœuvré, si totalement désarmé face à la situation, il éprouva le besoin de faire quelque chose. Alors, il retourna chercher le mince tronc d'aulne et bien que cela lui parût totalement vain, il entreprit d'en affiler une des extrémités à coups de lame, par gestes brusques et hargneux.

La journée suivante fut un véritable cauchemar pour Jondalar. Tout le côté gauche de Thonolan, meurtri, était sensible au moindre contact. Jondalar avait très peu dormi. Son frère avait geint la nuit entière. Il ne pouvait lui offrir que de la tisane d'écorce de saule pour soulager ses peines. Le matin, il s'était forcé à préparer de la bouillie de graines, mais ni l'un ni l'autre n'avait pu avaler quoi que ce soit. Le soir venu, la plaie était brûlante et le front de Thonolan bouillant de fièvre. Il surgit soudain d'un sommeil agité et plongea son regard fatigué dans les yeux troublés de son frère, penché sur lui. Le soleil était sur le point de disparaître à l'horizon. Dans la tente, il faisait déjà très sombre, mais Jondalar remarqua malgré tout l'éclat fébrile qui brillait dans ces yeux rivés sur lui.

– Comment te sens-tu? lui demanda-t-il en essayant de prendre un ton léger.

Un accès de douleur empêcha Thonolan de répondre tout de suite. L'inquiétude qu'il lisait sur le visage de son frère n'était pas faite pour le rassurer.

– Je ne suis pas d'humeur à chasser le rhinocéros, répondit-il enfin.

Ils restèrent silencieux un long moment, ni l'un ni l'autre ne sachant que dire. Puis Thonolan ferma les yeux et soupira. Il en avait assez de lutter contre la souffrance. A chaque respiration, sa poitrine semblait en feu et il avait l'impression que la douleur cuisante de sa blessure s'était étendue à tout son corps. S'il avait pensé qu'il y avait encore de l'espoir, il l'eût enduré. Mais plus ils attendaient et moins Jondalar aurait de chances de traverser la rivière sain et sauf avant la tempête. Il allait mourir, mais il fallait que Jondalar vive. A grand-peine, il rouvrit les yeux.

– Jondalar, nous savons l'un et l'autre que sans aide, je n'ai... plus aucune chance de m'en tirer...

– Tu es jeune, mon frère. Tu survivras.

– Le temps nous manque. Pars, Jondalar, trouve un abri pour l'hiver.

– Tu délires!

– Ecoute-moi, mon frère!

– Economise tes forces. Et laisse-moi m'occuper

de nous deux. Nous survivrons l'un et l'autre. J'ai une idée.

– Dis-la-moi.

– Je t'en parlerai quand tu te seras reposé. Veux-tu quelque chose à manger?

Thonolan sut alors que son frère ne partirait pas tant qu'il serait encore vivant.

– Je n'ai pas faim. (Mais il sut lire dans le regard de Jondalar.) Apporte-moi de l'eau.

– Je vais en chercher, dit-il en sortant de la tente.

Il voulait une excuse pour sortir de la tente. Il ne lui avait pas dit la vérité en parlant d'une idée. Il n'avait plus d'espoir. « Il faut que je trouve moyen de passer de l'autre côté de la Grande Rivière. »

Il escalada la petite colline et resta là un long moment à regarder une branche d'arbre bloquée dans son élan par un gros rocher. Instinctivement, il descendit jusqu'à la rive pour la dégager de cette emprise. Il la suivit des yeux tandis qu'elle s'en allait, portée par le courant, et il se demanda jusqu'où elle irait avant de rencontrer un autre obstacle. Puis il décida d'aller chercher un peu d'écorce de saule.

Finalement, il retourna au bord de l'eau pour remplir son outre. Sans aucune raison, il regarda vers l'amont de la rivière avant de repartir. Ce qu'il vit le laissa bouche bée.

Là-bas au loin quelque chose approchait. Une sorte d'oiseau avec un long cou incurvé supportant une tête huppée, très fière. Deux grands yeux immobiles semblaient fixés sur lui. Sur le dos de cette monstrueuse créature, quelque chose – quelqu'un – bougea. Une tête, puis deux, puis trois. Une main s'agita dans le ciel. C'était le plus beau geste humain qu'il eût jamais vu.

7

Ayla s'essuya le front du revers de la main et tapota le flanc de la petite jument jaune. Depuis qu'elle l'avait découverte, blottie dans les fourrés, la pouliche la suivait partout où elle allait. Ainsi, elles se tenaient compagnie l'une l'autre.

– Il faudrait que je ramasse du grain pour toi, marmonna-t-elle.

L'animal dressa ses oreilles pointues, comme si elle comprenait. Maintenant qu'elle n'était plus tout à fait seule, Ayla s'était remise à parler. Le langage de son Clan comprenait bon nombre de sons, à la différence de celui d'autres Clans qui s'exprimaient uniquement avec les mains.

– Tu sembles comprendre mon langage, petite jument! Je dois donc te donner un nom.

Pensive, elle passa sa main dans la masse hirsute et touffue qui garnissait le cou de la pouliche. Apparemment ravie de son geste, celle-ci secoua fièrement sa belle crinière cuivrée.

– Crinière! Tel sera ton nom!

L'animal s'ébroua à nouveau en poussant un hennissement retentissant.

Lorsque Ayla jouait avec la petite pouliche, elle pensait souvent à Durc, parce qu'elle s'adressait à elle un peu comme elle parlait à son fils quand il était petit. Mais Durc bien sûr lui répondait. Il réagissait même à des sons qu'elle seule connaissait. Creb lui avait raconté qu'à l'époque où le Clan l'avait recueillie, toute petite, elle disait des mots que personne ne pouvait prononcer. Elle avait été si contente quand elle s'était aperçue que son enfant les savait aussi!

« Crinière! C'est un beau nom pour une jument, se dit-elle en se penchant pour ramasser le tas d'épis de froment qu'elle venait de cueillir. Ils me trouveraient bien étrange s'ils savaient que je vis avec un cheval, que je lui donne un nom. » Elle pensait au Clan, aux cérémonies auxquelles donnait lieu l'attribution d'un nom à un nouveau-né. Crinière batifolait autour d'elle, ravie sans doute que l'on s'occupe de sa nourriture.

Le disque du soleil commençait à décliner vers l'horizon, dans le grand vide azuré. Pas un nuage pour arrêter le regard sur la voie de l'infini. Mesurant d'un seul coup d'œil la distance entre le cercle incandescent et le sommet de la falaise, Ayla estima qu'il était temps de retourner vers la plage.

Instinctivement, la jument s'était rapprochée d'elle, prête à partir. Ayla passa le bras autour de son cou, et enfouit la tête dans sa crinière.

Près de la rivière, au pied de l'escarpement, tout un univers de feuillages marquait le passage du temps et des saisons. Ils s'étaient ornés à l'occasion de l'automne de riches couleurs chaudes – des ors lumineux, des jaunes plus pâles, des bruns plus ternes, des rouges éclatants. La vallée abritée était comme un point multicolore au milieu des steppes uniformément beiges et le soleil trompeur réchauffait ses coteaux protégés par d'amples parois rocheuses. On se serait cru en plein été bien que la saison froide approchât à grands pas.

En chemin vers la rivière, Ayla fit un détour pour éviter l'endroit où elle avait creusé le piège. Elle l'avait remblayé mais à chaque fois qu'elle passait par là, la jeune jument errait lamentablement autour de la terre fraîche qu'elle grattait de son sabot en reniflant. Depuis le jour où Ayla les avait mis en fuite en les menaçant de ses torches enflammées et de ses cris perçants, les chevaux n'avaient pas réapparu dans la vallée.

Elle entraîna la pouliche au bord de la rivière plus près de la caverne. Le cours d'eau boueux avait baissé à cet endroit, dégageant sur la rive une épaisse couche d'argile brun-rouge qui gargouillait sous ses pas. Les traces que la boue laissa sur sa peau lui rappelèrent cette bouillie rougeâtre que Mog-ur le sorcier utilisait pour les cérémonies, celles de l'attribution du nom notamment. Elle plongea un doigt dans cette boue et fit une marque sur sa jambe. Puis elle se pencha pour en prendre une pleine poignée.

En fermant les yeux, elle essaya de se souvenir du jour où Creb avait choisi un nom pour son fils. Le visage du vieux sorcier ravagé par la difformité et l'âge lui apparut soudain avec une clarté qui la fit tressauter. Cette excroissance de peau là où il aurait dû y avoir un œil, ce grand nez, ce front large, ces arcades sourcilières en surplomb. Elle avait tant aimé ce vieil homme si bon, si puissant en dépit de sa laideur.

Soudain un torrent d'émotions afflua dans sa poitrine. Elle se souvint de la peur qu'elle avait éprouvée alors de perdre son fils, cette angoisse inexprimable mêlée à la joie de le voir accueilli au sein du Clan par cette cérémonie. En vain, elle tenta d'avaler sa salive. A genoux dans la boue ocre, elle appuya la tête contre le flanc tiède et réconfortant de la jeune jument. Puis d'un geste machinal, comme elle avait vu Creb le faire tant de fois, elle prit une autre poignée d'argile et dessina une longue traînée rougeâtre sur le front du cheval, sans oser toutefois invoquer les esprits du Clan, ne sachant pas si cela convenait ou non dans le cas d'un cheval.

– Tu auras pour nom Crinière, murmura-t-elle.

L'animal secoua la tête pour tenter de se débarrasser de cette terre détrempée qui lui dégoulinait dans les narines. Cette réaction apporta un peu de joie dans le cœur d'Ayla. Elle se releva, ajusta le panier de grain sur son dos et s'en fut à pas lents vers la caverne. Cette ébauche de cérémonie avait donné un nouveau poids à sa solitude. Crinière était certes une compagne agréable mais l'absence d'autres humains lui était quelquefois insupportable.

Arrivée dans la caverne, elle ranima le feu avant de mettre du froment à cuire dans un peu d'eau. Puis elle s'assit sur une pierre devant la caverne pour dépecer le lapin qu'elle avait attrapé le matin même. A sa grande surprise, Crinière apparut tout à coup en haut de l'étroit sentier de pierres escarpé qui menait à son refuge. Elle se leva précipitamment, lâchant lapin et silex, et courut vers la pouliche.

– La cérémonie t'a donné des ailes, Crinière? Ou bien te prends-tu pour une antilope ou un bouquetin?

La petite pouliche s'ébroua, puis se dirigea tout droit vers la caverne. Elle hésita avant d'y entrer et disparut dans l'obscurité. Ravie à l'idée de pouvoir l'avoir dorénavant à tout instant à ses côtés, Ayla se replongea dans sa tâche avec plus d'entrain. Une fois le lièvre dépecé, elle étendit la peau sur une pierre plate. Elle l'apprêterait plus tard. Elle avait déjà préparé bon nombre de peaux : lièvres, hamsters géants, gloutons, sans compter la dépouille du lynx et celle du cheval. Elle n'aurait sans doute pas besoin d'autant de fourrures, mais mieux valait être prévoyante. Si l'hiver était très rigoureux, elle s'en couvrirait, à l'abri dans la caverne.

A mesure que les jours raccourcissaient, elle pensait de plus en plus à l'hiver. Sans cesse, elle vérifiait ses réserves bien qu'elle sût parfaitement ce qu'elle possédait. L'idée de passer tant de lunes seule dans cette région inconnue, dans cette caverne étroite la tourmentait. Ses provisionsseraient suffisantes, elle n'en doutait pas. Des piles de viande, de légumes et fruits séchés, de graines, noisettes, racines étaient entassées au fond de l'abri ainsi que des monceaux de bois, de crottin de cheval et d'herbes sèches pour le feu. Elle avait même pris soin de faire des réserves pour Crinière. Si la neige venait à tomber, la pouliche ne pourrait guère compter que sur elle pour survivre.

Les plantes aromatiques et soignantes n'étaient pas encore sèches. Elle les avait pendues sur une corde de cuir à une petite distance du feu pour qu'elles bénéficient de la chaleur de la flambée. Là encore, elle en avait conservé plus qu'il n'en fallait pour elle seule, parce qu'elle avait préféré occuper ses journées plutôt que de rester inactive, et parce qu'elle avait l'habitude de collecter des plantes soignantes en même temps que sa nourriture. Il y avait aussi des branchages et des brindilles, des écorces, des pierres de diverses dimensions et même un récipient rempli de sable qu'elle avait rapporté à grand-peine de la plage.

Et pourtant, elle appréhendait la saison froide, même si elle n'avait plus aucune raison de craindre pour sa survie. Car il n'y aurait ni cérémonies, ni fêtes, ni récits, pas d'enfants à naître, ni Iza, ni Uba pour lui tenir compagnie et lui apprendre de nouveaux remèdes et de nouvelles manières d'apprêter la nourriture. Elle avait déjà envisagé de passer cette période d'hibernation à tresser des paniers pour s'occuper les mains et l'esprit, à confectionner des bols bien polis au sable, à se fabriquer des peaux tannées pour se couvrir les pieds, les mains. Elle ferait aussi des cordes de cuir et de tendons étroitement tressées. Pourquoi ne pas utiliser pour ce faire les crins du cheval mort qu'elle avait conservés, des longues herbes sèches? Elle pensa à fabriquer des lampes en faisant fondre de la graisse qu'elle coulerait ensuite dans une pierre creuse. Il lui suffirait alors d'y faire brûler de la mousse séchée. Ainsi ses journées seraient plus longues.

La préparation d'outils occuperait sans doute le plus clair de son temps. Elle ne savait guère comment s'y prendre. Cette tâche était réservée aux hommes. Elle devrait faire appel à sa mémoire pour tenter de se souvenir de leurs gestes. Elle songea à tailler des sagaies, des massues, de nouvelles frondes. Elle envisagea même de confectionner des bolas bien qu'elle ne sût point s'en servir, en songeant à Brun dont c'était l'arme de prédilection. Il excellait dans l'art de les utiliser mais aussi dans celui non moindre de les fabriquer. Il fallait façonner trois boules de pierre à coups de hache, les polir puis les attacher ensemble avec une lanière de cuir d'une longueur suffisante pour équilibrer le tout.

La nuit tombait et le feu était sur le point de s'éteindre. Le grain avait absorbé toute l'eau. Elle en emplit un bol puis ajouta de l'eau et prépara le reste pour Crinière.

Ayla se réveilla en sursaut. Elle s'assit sur son séant, les yeux écarquillés, et tendit l'oreille. Il se passait quelque chose.

Elle sentit un courant d'air froid et retint sa respiration. Elle crut avoir perçu une sorte de reniflement. Ou était-ce seulement la respiration de Crinière qui dormait près d'elle, couchée le long de la paroi de la caverne? Le bruit venait-il du fond de l'abri ou de l'extérieur? Il faisait si sombre. Elle ne voyait rien.

Si sombre... Mais bien sûr. La lueur rougeoyante du feu avait disparu. Et elle s'orientait mal dans la pénombre. Ce courant d'air. A nouveau ce reniflement, tout près d'elle. Des bruits de pas. Imperceptibles. « Mais que fais-je si près de l'entrée? J'ai dû m'endormir et le feu s'est éteint. » Plus de feu. C'était la première fois qu'elle perdait le feu depuis qu'elle avait découvert la vallée.

Elle frissonna et sentit ses cheveux se dresser sur sa tête. Elle eût été incapable d'exprimer le pressentiment qui venait de l'envahir, mais elle savait qu'il allait se passer quelque chose. Immobile, tous les muscles du corps tendus, prête à bondir, elle attendait, tapie dans l'obscurité. La mort du feu était à l'origine du danger qui la menaçait.

Elle avait déjà éprouvé cette angoisse à plusieurs reprises depuis le jour où elle avait suivi Creb et les autres sorciers dans la petite grotte au fond de la Caverne où les Clans s'étaient réunis à l'occasion du Grand Rassemblement. Creb l'avait alors découverte, non pas parce qu'il l'avait vue, mais parce qu'il avait senti sa présence. Et elle en avait été informée par quelque étrange phénomène comme si le sorcier avait pu communiquer directement avec elle, sans l'intermédiaire des yeux, des mains ou de la bouche. Elle avait vu des choses inexplicables. Depuis ce jour, elle disposait de certains pouvoirs incompréhensibles. Elle devinait par exemple le regard de Broud posé sur elle, quand bien même elle lui tournait le dos. Elle sentait avec force la haine qui consumait son cœur à son égard. Et avant même qu'éclate le tremblement de terre, elle avait eu l'intuition de la mort et de la destruction qui s'étaient abattues sur la caverne du Clan comme d'horribles oiseaux de proie. Mais jamais elle n'avait éprouvé un tel sentiment d'anxiété auparavant. Une peur profonde grandissait en elle à chaque instant. Curieusement, elle sentait qu'elle-même n'était pas en jeu.

Elle finit par se lever silencieusement et marcha jusqu'à l'emplacement du feu, à l'aveuglette, avec l'espoir de découvrir sous les cendres une petite braise qu'elle pourrait ranimer. En vain. Il fallait qu'elle aille voir ce qui se passait. Il ferait peut-être suffisamment clair dehors. A tâtons, elle suivit le mur de la caverne jusqu'à l'entrée. Une bouffée d'air frais l'accueillit sur le seuil. Elle tressaillit.

D'un pas hésitant, elle s'avança jusqu'au bord de la petite corniche en surplomb sur la plage. Pas une étoile ne brillait dans le ciel. Un épais tapis de nuages diffusait le clair de lune en une lueur grise et uniforme. De nouveaux reniflements doublés de halètements distincts l'avertirent de l'imminence du danger.

Elle se retourna prestement. Dans la pénombre, une forme se faufila furtivement dans le trou noir de la caverne. Elle porta la main à sa ceinture pour prendre sa fronde. Elle n'y était pas. Elle avait agi avec une totale imprudence en laissant le feu s'éteindre et en se séparant de la seule arme de défense dont elle disposait. Crinière était à la merci des prédateurs sans la protection des flammes.

Soudain, un caquètement lugubre s'éleva dans la nuit, immédiatement suivi d'un hennissement craintif. Enfermée dans la caverne obscure, cernée par les hyènes avides d'une proie facile, la jeune pouliche n'avait plus guère de chances de s'en sortir. Pétrifiée par l'effroi, Ayla ne réagit pas tout de suite. L'image d'Oda regardant, impuissante, une hyène vorace emporter son fils dans son horrible gueule garnie de petites dents pointues se figea dans son esprit. Elle haïssait ces bêtes au pelage tacheté, au rire narquois, aux petites pattes épaisses, aux dos fuyant qui leur donnait une allure poltronne. Cette fois-ci, c'était à Crinière qu'elles s'en prenaient.

Avec ou sans fronde, il fallait faire quelque chose. Ce n'était pas la première fois qu'Ayla se portait au secours d'un autre être au mépris de sa propre vie. Le poing levé, elle se rua dans la caverne en hurlant :

– Sortez de là! Dehors! Dehors!

Les animaux détalèrent. Ce fut sans doute l'assurance d'Ayla qui provoqua cette débandade ainsi que l'odeur du feu éteint qui planait encore dans la caverne. Un autre élément joua également en sa faveur. Les hyènes n'étaient pas familiarisées avec son odeur à elle, mais elles la connaissaient cependant et la dernière fois qu'elles l'avaient reniflée, une pluie de pierres s'était abattue sur elles quelques instants plus tard.

Ayla chercha sa fronde à tâtons dans la caverne, furieuse de ne pas se souvenir où elle l'avait posée. Lorsqu'une hyène se profila contre le ciel gris sombre à l'entrée de la caverne, elle ne l'avait toujours pas dénichée. Sans hésiter, elle prit une pierre et la lança à toute volée dans la direction de l'intruse, qui s'évanouit dans la nuit. Après deux ou trois autres tentatives, la harde de carnassiers, estimant sans doute que la jeune jument n'était peut-être pas une proie si facile, quitta les lieux.

Ayla chercha d'autres pierres à tâtons et, ne trouvant que celles qui encerclaient le feu, elle les porta auprès de Crinière. A défaut d'autre chose, elle prit aussi quelques-uns des bâtons qu'elle utilisait pour marquer le passage du temps. Elle passa le reste de la nuit auprès de la jument, prête à la défendre, avec un bâton s'il le fallait.

En réalité, elle eut du mal à lutter contre le sommeil. Au petit matin, elle s'assoupit quelques instants, mais les premiers rayons du soleil la trouvèrent juchée sur la corniche devant la caverne, la fronde à la main. Pas une seule hyène aux alentours. Elle rentra rapidement dans la caverne pour enfiler ses peaux tannées et son enveloppe de fourrure. Le vent s'était levé pendant la nuit et l'air s'était considérablement rafraîchi. De violentes bourrasques soufflant du nord-est s'engouffraient dans l'étroite vallée et arrivaient jusqu'à la caverne par rafales.

Puis elle courut jusqu'à la rivière. Il lui fallut briser la fine couche de glace transparente qui s'était formée près de la rive. Une subtile odeur de neige flottait dans l'air. En plongeant la main dans l'eau glacée, elle se demanda comment il pouvait faire si froid alors que le jour précédent avait été si doux. Elle songea à tout ce qu'elle avait encore à accomplir. « Iza m'en aurait voulu de m'être endormie sans avoir ranimé le feu. Tout est à recommencer. Jamais je n'aurais pensé que le vent pénétrerait dans la caverne. Jusqu'à présent, il venait du nord. C'est sans doute pour cette raison que le feu s'est éteint. Mais le bois sec chauffe trop en se consumant. Peut-être devrais-je couper du bois vert. Il prend mal mais brûle plus lentement. Je devrais aussi élever un écran de bambous à l'entrée de la caverne. Et puis collecter encore du bois, avant la venue de la neige. C'est décidé. Je vais chercher des bambous avant de faire du feu. Sinon, le vent l'anéantira. »

Sur le chemin de la caverne, elle ramassa du bois mort. Debout à l'entrée, Crinière semblait l'attendre. Elle lui donna un peu d'eau et le reste de la bouillie, avala rapidement un peu de lièvre froid. Puis elle sortit examiner la lame de sa hache à la lumière du jour, regrettant de ne pas avoir pris le temps d'en fabriquer d'autres depuis son arrivée dans la vallée. Mais elle avait eu tant à faire. Maniée avec soin, une hache restait aiguisée d'elle-même. A l'usage, de minuscules fragments se détachaient de la lame, de sorte qu'elle était toujours affûtée. Mais c'était malgré tout une pierre fragile qui se brisait facilement.

Elle n'entendit pas l'approche furtive de Crinière tant elle était absorbée par l'étude de son outil. Soudain, l'animal posa sa tête un peu brutalement sur son épaule.

– Ho! Crinière! s'exclama-t-elle. (L'outil précieux tomba sur le rebord de pierre et se brisa en éclats.) Ma seule hache! J'en ai besoin pour tailler du bois vert et des bambous. Que m'arrive-t-il? Mon feu s'éteint alors qu'un vent glacial se lève. Des hyènes nous attaquent, comme si elles avaient pu se douter... Et à présent, je n'ai plus de hache.

Elle commençait à s'inquiéter. Tout cela était de fort mauvais augure. « Je passerai donc tout le jour à façonner une nouvelle hache », se dit-elle.

Elle ramassa les débris de l'outil – elle saurait leur trouver un autre usage – et les porta près du feu. Honteuse sans doute, Crinière était partie gambader dans la vallée. De dessous sa couche, Ayla extirpa une petite poche de peau de hamster géant serrée par un cordon de cuir. Puis elle retourna s'asseoir devant la caverne. Elle déballa le contenu de la poche avec soin et vénération, comme elle avait toujours vu Droog, le faiseur d'outils du Clan, accomplir ce rituel. La bourse renfermait un assortiment d'objets. Elle saisit une pierre ovale, celle qui lui servait à apprêter les silex. Contrairement à celle de Droog, qui portait les multiples marques d'usages fréquents, la sienne était à peine endommagée. La préparation de silex était à la portée de tous, mais seul un faiseur d'outils expérimenté sachant traiter sa pierre ovale avec soin pour en préserver l'Esprit fabriquait véritablement des outils porteurs de chance. Pour la première fois, Ayla s'inquiéta de l'Esprit de sa pierre ovale. Tout cela était tellement plus essentiel encore maintenant qu'elle était seule. Des rites devaient être exécutés lorsqu'une lame se brisait, pour conjurer le mauvais sort, apaiser l'Esprit de la pierre et l'inciter à se loger dans une autre pierre. Elle le savait, mais elle en ignorait le déroulement.

Elle avait appris à tailler la pierre en regardant Droog. Il avait fini par accepter de lui montrer comment il s'y prenait, malgré quelques réticences initiales. Elle s'était avérée très habile et elle avait compris que son talent faisait l'admiration de l'homme. Mais il avait gardé pour lui une partie de ses secrets. Elle n'était qu'une femme et l'éventail d'outils que la loi du Clan l'autorisait à fabriquer de ses mains était limité. Toutes les lames qui servaient à la chasse et à la confection d'armes étaient l'apanage des hommes. Toutefois, elle avait découvert par elle-même que les outils utilisés par les femmes n'étaient somme toute pas si différents.

Pièce par pièce, elle examina tout son petit attirail. Elle prit un rognon de silex, le reposa. Elle venait de se souvenir que Droog serrait toujours un os de pied de mammouth entre ses jambes en guise d'enclume. En réalité, il ne s'en servait pas pour fabriquer une hachette, mais seulement lorsqu'il avait affaire à des silex d'une grande finesse de grain qu'il réservait à la confection d'outils de chasse. Mais elle s'était rendu compte qu'avec un tel support, il obtenait de meilleurs résultats.

Elle escalada donc le tas d'ossements accumulés au fond de la caverne et chercha à tâtons un os de pied de mammouth ou quelque chose d'approchant. En se servant d'une solide branche à la manière d'un levier, elle finit par trouver ce qui lui convenait. Elle dut faire plusieurs voyages pour descendre tout ce dont elle avait besoin sur la plage. Il y faisait moins froid et elle risquait moins d'avoir les doigts engourdis. Elle coucha une peau de hamster géant sur ses genoux, cala l'os de mammouth entre ses genoux et examina à nouveau le silex avec attention. Elle tourna plusieurs fois la pierre dans tous les sens pour essayer de déterminer l'endroit où devait porter la première entaille. Mais elle n'arrivait pas à se concentrer. Elle remonta à la caverne pour chercher de quoi faire du feu. Le soleil était déjà haut dans le ciel et il faisait toujours aussi froid, même sur la plage plus abritée du vent. Elle songea qu'elle devrait peut-être faire du feu tout de suite puis se ravisa. Mieux valait commencer par fabriquer une hachette. Elle s'installa à nouveau et pour la troisième fois, elle examina la pierre. « Pourquoi suis-je si agitée ? Droog invoquait toujours les Esprits avant de se mettre au travail. Voilà sans doute d'où vient mon trouble. Mon Totem se rappelle à moi. »

Elle ferma les yeux, prit son amulette entre ses mains et respira lentement pour apaiser son Totem. Elle ne lui demanda aucune grâce particulière – elle chercha simplement à se mettre en communication avec le Lion des Cavernes. Le sorcier lui avait expliqué que l'esprit qui la protégeait était en elle, qu'il faisait partie d'elle.

Plus calme, elle rouvrit les yeux et commença sa tâche sans attendre. A petits coups vifs et mesurés, elle fit sauter la gangue de calcaire qui recouvrait le silex. Puis elle s'arrêta un instant pour examiner la pierre d'un œil critique. La couleur était convenable – un gris profond – mais le grain n'était pas des plus fins. Toutefois la texture ne comportait aucune inclusion. Pour une hachette, cela suffisait amplement. Elle prit soin de mettre de côté quelques-uns des éclats tranchants qui volaient à chaque impact et dont elle saurait faire un bon usage.

Lorsqu'elle eut obtenu approximativement la forme souhaitée, elle prit un morceau d'os avec lequel elle affûta délicatement le bord acéré du silex. Celui-ci, plus souple et d'un maniement plus délicat que le précédent, lui permettait d'enlever des éclats plus longs et plus fins, sans risquer d'émousser l'arête tranchante du futur outil. En beaucoup moins de temps qu'il ne lui en avait fallu pour se préparer, elle avait achevé l'objet.

La hachette avait un peu la forme d'une poire, longue et pointue d'un côté, mais plate. Elle eût été parfaitement lisse sur ses deux faces sans les légères dépressions laissées par les éclats. Sa base arrondie tenait aisément dans la main. Elle pouvait s'en servir pour couper du bois, pour évider un bol dans un billot, ou encore pour tailler une défense de mammouth ou briser des os. Ragaillardie par sa réussite, elle décida de se lancer dans la confection d'une nouvelle lame plus fine. Elle prit un autre rognon de silex et en brisa l'enveloppe de calcaire d'un coup sec. Immédiatement, elle vit que la pierre était défectueuse. La substance crayeuse pénétrait jusqu'au cœur du silex, en une longue traînée blanche. Cette inclusion la rendait inutilisable. Tout son enthousiasme s'envola en un instant. Elle reposa la pierre sur l'os de mammouth, d'un geste las.

La malchance, encore! Etait-ce un autre signe? Elle refusait de le croire. Elle ne voulait pas l'admettre. Elle décida d'essayer tout au moins de tirer quelques bons éclats de ce silex. Tout en étudiant l'inclusion de plus près, elle tendit la main vers le marteau de pierre dont elle s'était servie plus tôt. Il se produisit alors un événement qui allait changer sa vie.

Le hasard voulut qu'elle se trompât d'outil ou plus précisément qu'au lieu du marteau de pierre, ce fût une autre pierre, une pierre brute de la plage qu'elle ramassa. Lorsqu'elle frappa la parcelle de silex exposée avec ce qu'elle croyait être son marteau, une étincelle jaillit qui retomba précisément sur quelques herbes sèches qu'elle avait apportées plus tôt sur la plage pour faire du feu, s'il venait à faire trop froid. Le hasard voulut aussi qu'à cet instant précis où naquit cette étincelle le regard d'Ayla fût posé sur le silex défectueux, de sorte qu'elle vit la minuscule colonne de fumée s'élever avant de mourir. Son instinct lui fournit l'explication de cet étrange phénomène et l'usage inouï qu'elle pourrait en faire. Elle sut que désormais il lui serait aisé de faire du feu. Elle avait froid. Elle n'avait pas peur d'expérimenter quelque chose de nouveau. Il lui fallut pourtant un certain temps pour se rendre compte de l'importance de sa découverte. Au premier abord, la fumée la troubla. Elle ne comprit pas tout de suite le rapport entre l'étincelle et la fumée, la fumée et le feu. L'étincelle la troublait plus encore. D'où sortait-elle?

C'est alors qu'elle vit qu'elle s'était trompée de pierre. Mais les pierres ne brûlaient jamais. Elle examina la petite balle d'herbes séchées. Peut-être n'y avait-il pas eu d'étincelle après tout? Mais le minuscule trou noir qui laissa une trace sur ses doigts était là pour en témoigner. Alors, elle heurta à nouveau les deux pierres l'une contre l'autre. Incrédule, elle les frappa encore une fois, plus fort. Une étincelle jaillit. Soudain une idée qui avait germé peu à peu dans son esprit prit corps. Une idée étrange, bouleversante, effrayante aussi.

Tremblante d'émotion, elle posa les deux pierres sur la peau de hamster et amassa autour brindilles, herbes sèches et branchages. Quand tout fut prêt, elle frappa les deux pierres l'une contre l'autre, tout près de la peau. L'étincelle atterrit sur une pierre. Elle changea de position et réessaya. Le bruit du choc lui fit fermer les yeux, l'espace d'un instant. De quelques brindilles roussies surgit un mince filet de fumée qui s'évanouit tout de suite. Elle s'acharna longtemps sans plus de résultat, jusqu'au moment où le vent souffla sur la plage. Alors, à l'étincelle suivante, les brindilles prirent feu.

– Mais bien sûr! Il faut que je souffle dessus.

Elle changea encore une fois de position pour rapprocher son visage du nid d'herbes sèches. Dès qu'une étincelle atterrit au bon endroit, elle se mit à souffler. Bientôt, elle sentit la chaleur produite par les flammes. Elle rajouta du petit bois et avant qu'elle ait eu le temps de se rendre compte de ce qui s'était passé, le feu flambait joyeusement, attisé par de nouvelles rafales de vent.

Bouleversée par sa découverte, elle s'assit sur ses talons et demeura un long moment immobile, le regard perdu dans les méandres des flammes. Toujours incrédule, elle remettait sans cesse du bois dans le feu. Une immense joie mêlée de peur, de respect, de vénération éclata bientôt dans sa poitrine.

Attirée par l'odeur du feu, qu'elle ne craignait plus à présent et dont elle comprenait instinctivement l'importance, Crinière revint en trottant sur la plage.

Sa présence tira Ayla de sa torpeur.

– Crinière! s'exclama-t-elle en courant vers la jeune jument.

Elle éprouvait soudain un immense besoin de partager sa découverte même si c'était avec un cheval. Elle la prit par le cou et l'attira jusqu'au feu.

– Regarde ce feu! Je l'ai fait avec des pierres. Des pierres, tu comprends?

Le soleil perça les nuages, et toute la plage parut s'éclairer de mille feux.

Elle se pencha pour ramasser sa nouvelle pierre. Dans la lumière resplendissante, elle crut voir de petites flammes étinceler en elle. Soudain pensive, elle se rassit auprès du feu. Cette pierre était toute semblable à celle que son Totem lui avait donnée un jour pour lui dire que Durc vivrait, et qu'elle portait dans sa trousse à amulettes. Cela ne faisait aucun doute. Elle n'éprouva même pas le besoin de vérifier. Etait-ce à nouveau un signe? Comment fallait-il l'interpréter? Elle frissonna et se rapprocha des flammes. Pourtant, elle se sentait immensément soulagée. L'émotion et la fatigue de sa nuit de veille finirent par avoir raison d'elle et elle sombra bientôt dans un profond sommeil.

8

Jondalar courait sur la berge en agitant les bras. Jamais de sa vie il n'avait ressenti un tel soulagement. Alors qu'il avait perdu tout espoir de sauver son frère, le son d'une voix humaine vibrant dans l'air venait de lui redonner confiance. Il ne lui était pas même venu à l'esprit qu'il risquait peut-être sa propre vie en approchant ces inconnus. Il ne pouvait rien y avoir de pire que cet horrible sentiment d'impuissance qu'il avait éprouvé. L'homme qui lui avait fait signe tenait à la main une corde à laquelle était attaché l'étrange oiseau monstrueux. De plus près, Jondalar vit qu'il ne s'agissait pas d'une créature vivante, mais d'une construction faite de main d'homme. L'inconnu lui lança la corde qui lui échappa. Il pénétra dans l'eau jusqu'à mi-cuisses pour s'en saisir. D'autres hommes qui tiraient également une corde semblable plongèrent dans l'eau à leur tour. Il lut l'amusement qui brillait dans leurs yeux. Ils comprirent l'espoir, le soulagement et la perplexité qui planaient sur son visage.

Un homme plus jeune lui prit la haussière des mains. Il tira l'étrange oiseau plus près de la rive et l'attacha à un arbre. Un autre occupant de cette invraisemblable embarcation le hissa sur une sorte de radeau avec l'assistance de deux femmes qui le traînèrent ainsi jusqu'à la berge. Elles repartirent ensuite chercher une femme puis un autre personnage. Une fois réunis sur la terre ferme, les trois humains se mirent à converser calmement, sans se préoccuper de sa présence.

Jondalar ne parvenait pas à détacher son regard de celui qui était arrivé en dernier. Visiblement respecté par les autres, il avait une allure fière, presque léonine et il émanait de lui une sensation insaisissable, ambiguë, qu'il n'arrivait pas à définir. Le vent se prit dans ses longs cheveux blancs et découvrit son visage imberbe et lumineux.

On fit signe à Jondalar de s'approcher. Il s'exécuta. Il s'arrêta pourtant à une petite distance du groupe sans oser lever les yeux vers eux. Une force indescriptible le poussa cependant à plonger son regard dans celui de l'étonnante apparition qui attendait patiemment devant lui.

Trop massif pour être une femme, trop fin pour être un homme. D'amples drapés de fourrure interdisaient toute identification hâtive. La démarche en elle-même n'était pas suffisamment explicite. Son soulagement grandissait à la mesure de sa confusion. Il avait entendu dire qu'il existait des humains qui n'étaient ni homme ni femme mais les deux à la fois. En général, ils rejoignaient les rangs des Grands Serviteurs de la Terre Mère. Dotés des pouvoirs consentis à l'homme doublés de ceux de la femme, ils avaient la réputation d'être d'excellents guérisseurs.

Jondalar était loin de son Clan et il ignorait tout des coutumes de ces humains. Pourtant, pas un instant il ne douta que l'homme qui se tenait devant lui était un guérisseur. La seule chance qu'avait Thonolan de survivre à ses blessures était de recevoir les soins d'un guérisseur. Il en était venu un. Mais comment ces hommes avaient-ils su? Qui les avait envoyés?

Jondalar jeta une autre branche dans le feu et regarda l'éclatement des étincelles chasser la fumée dans la nuit. Puis il se glissa dans sa couverture de fourrure et appuya sa tête contre le tronc d'arbre, pour contempler le firmament. Une forme s'interposa dans son champ visuel, occultant un pan du ciel étoilé. Son regard ne s'ajusta pas tout de suite à la transition, des profondeurs de l'univers au visage de la jeune femme qui lui tendait en silence un bol fumant.

Prestement il se mit sur son séant, découvrant ses longues jambes nues. L'amusement détendit les traits plutôt crispés de la femme.

– Tu es belle, remarqua-t-il après l'avoir regardée quelques instants.

Elle haussa les épaules et répondit – probablement qu'elle ne comprenait pas – dans un langage inconnu.

– Je sais que tu ne me comprends pas mais je veux te dire ma reconnaissance.

Elle le considéra attentivement et il eut le sentiment qu'elle désirait communiquer avec lui, autant que lui avec elle. Il continua à lui parler pour qu'elle ne parte pas.

– C'est merveilleux d'avoir de la compagnie, reprit-il en buvant son infusion à petites gorgées. Très bonne cette infusion! Il y a de la camomille, non?

Elle s'assit près du feu et lui répondit dans un langage qu'il était agréable d'écouter. Quand elle se tut, il ajouta:

– Je ne sais ce que j'aurais fait sans vous. Comment avez-vous su que nous étions là? Comment votre zelandoni – j'ignore quel nom vous donnez à vos guérisseurs – a-t-il senti que sa présence était nécessaire?

En guise de réponse, elle fit un geste en direction de la tente de Thonolan tout près de là. Il fronça les sourcils et secoua la tête, déçu.

– Qu'importe! Je voudrais pourtant que votre guérisseur admette ma présence dans la tente. Bien qu'il n'ait rien dit, il était clair qu'il ne s'occuperait pas de lui avant que j'aie quitté les lieux. Ne crois pas que je mette ses capacités en doute. Je souhaitais rester à ses côtés, voilà tout.

L'inflexion de sa voix avait dû l'émouvoir. Elle posa alors sur son bras une main rassurante. Il allait la lui saisir lorsque, du coin de l'œil, il aperçut une vieille femme s'extraire à grand-peine de la tente adjacente.

– Jetamio! cria-t-elle d'une voix cassée en se tournant vers eux.

Puis elle ajouta quelques mots.

La femme près de lui se leva prestement. Il la retint par l'épaule avant qu'elle ne s'échappe.

– Jetamio? demanda-t-il en pointant un doigt sur elle.

Elle hocha la tête, puis d'un mouvement du torse, elle se dégagea et courut jusqu'à la vieille femme. Il remarqua qu'elle boitait légèrement.

– Ils doivent venir de loin, dit la vieille femme quand Jetamio arriva auprès d'elle. C'est la première fois que je vois des tuniques ainsi taillées et leur langage est incompréhensible. La plupart des Voyageurs ont au moins quelques mots en commun avec nous. J'ai essayé de répéter certaines de leurs paroles. Ma bouche refuse.

– Tu es dans le vrai. En tout cas, jamais je n'ai vu un humain aussi heureux de nous voir arriver.

– Cela se comprend aisément.

– Comment se porte l'autre? Que dit le Shamud, Rosh?

– L'enflure est moindre et son front est moins chaud. A présent, il dort paisiblement. Le Shamud pense qu'il a dû se faire encorner par un rhinocéros. Je me demande comment il a réussi à s'en tirer.

Mais il aurait déjà rejoint le Monde des Esprits si l'autre n'avait pas eu la bonne idée de nous signaler leur présence. Bien que ce soit la chance qui nous ait placés sur leur chemin, Mudo doit les protéger. Elle favorise toujours les hommes jeunes et téméraires.

– Pas suffisamment pour les mettre à l'abri des attaques d'un rhinocéros en furie. Quelle vilaine plaie! Crois-tu qu'il remarchera?

Rosh la dévisagea avec bonté.

– S'il est aussi courageux que tu l'as été, il remarchera, Jetamio.

Gênée, Jetamio baissa les yeux.

– Je vais demander au Shamud s'il a besoin de quelque chose, marmonna-t-elle en pénétrant sous la tente.

– Porte les deux sacs sous l'arbre. Nous aurons ainsi plus de place sous la tente, lui dit encore la vieille femme.

Jetamio répondit d'un hochement de tête.

– Si nous demeurons ici quelque temps, Dolando devra organiser une chasse. Nous ne transportons avec nous que fort peu de réserves. Les flots sont trop agités pour que les Ramudoi puissent pêcher, bien qu'ils seraient sans doute ravis de ne jamais avoir à mettre un pied sur la terre ferme, commenta la vieille femme. Moi en revanche, je n'aime guère leurs îles mouvantes.

– Oh! Rosh, si tu étais la compagne d'un homme Ramudoi et non pas celle de Dolando, tu ne parlerais pas ainsi.

– Un des Ramudoi t'aurait-il séduite? demanda Rosh sur un ton léger en fixant sur elle son regard perçant. Ces hommes de la Rivière ne m'inspirent aucune confiance.

– Que ton cœur ne soit pas lourd, Rosh. Je n'ai

pas l'intention de quitter notre Clan... pour l'instant.

Le Shamud leur fit signe de parler moins fort.

– Que le Shamud et l'homme blessé me pardonnent...

– Suis-je déjà dans le monde des Esprits ? Ou bien es-tu une doni venue me chercher pour m'y conduire ? Aucune femme de notre monde n'est aussi belle. Et je ne comprends pas un mot de ce que tu dis.

Simultanément, Jetamio et le guérisseur tournèrent la tête vers Thonolan. Elle s'agenouilla auprès de lui à côté du Shamud.

– Je l'ai dérangé. Honte à moi.

– Oui, tu l'as dérangé. Tu aurais dû le faire plus tôt.

Elle dévisagea le guérisseur, tout à fait déconcertée.

– Je suis venue te demander si je pouvais faire quelque chose pour t'aider.

– Ce que tu viens de faire n'est déjà pas si mal.

Plus perplexe encore, elle essaya en vain de comprendre la signification des paroles du Shamud. Quelquefois, elle avait l'impression qu'il parlait un langage qui lui était aussi inconnu que celui des deux voyageurs. Une lueur d'ironie passa dans les yeux du guérisseur.

– Pour ma part, j'ai fait tout ce qui était en mon pouvoir pour lui. Le reste dépend de lui et de la volonté qu'il a de vivre. C'est en cela que tu l'aideras.

Elle l'écoutait, mais son regard s'était déjà perdu dans la profondeur grise des yeux de l'étranger.

Le guérisseur toussota, rompant ainsi la magie de leur échange.

– Puisqu'il est réveillé, essayons de lui faire avaler quelque nourriture. Va voir s'il y a de la bouillie de grain.

Sans un mot, elle se leva et sortit précipitamment de la tente, ravie de ce prétexte pour cacher son trouble. Mais très vite, elle fut de retour un bol à la main.

– Quand sera-t-il transportable? s'enquit-elle après une longue pause.

– Dans un jour ou deux. Dis-le à Rosh. Pour le moment, il n'est pas en mesure de supporter la traversée de la rivière dans notre embarcation. Les flots sont trop agités.

Quand il eut mangé tout le contenu du bol, elle partit, courbée en deux sous le poids de leurs deux besaces. Thonolan la suivit du regard. Il sursauta à la vue du guérisseur si près de lui dont il n'avait pourtant pas encore remarqué la présence. A la dérobée, il étudia son visage félin, sage, rusé, avec quelque chose de rapace. Ses lèvres remuèrent lentement et des sons incompréhensibles sortirent de sa bouche. Thonolan l'examina de plus près, entre ses paupières à demi closes. Il fut incapable de déterminer s'il s'agissait d'un homme ou d'une femme. Sans savoir pourquoi, il se sentit soulagé, instinctivement prévenu qu'il était en de bonnes mains.

En dépit du respect mêlé d'effroi que le guérisseur lui inspirait, Jondalar s'était résigné à pénétrer sous la tente. Comment savoir autrement si ce zelandoni avait réellement des pouvoirs soignants? si son frère allait mieux? De quel droit l'empêchaient-ils de le voir?

En entrant, il faillit heurter le vieux Shamud, sur le point de sortir. Celui-ci le toisa du regard, puis finalement, il s'écarta pour le laisser passer. Jondalar sentit alors qu'à l'instar des autres guérisseurs, l'individu qui se tenait devant lui pouvait s'avérer un allié puissant autant qu'un formidable ennemi.

Jondalar hocha la tête en signe de reconnaissance, un peu comme s'il réservait son jugement pour plus tard, puis il s'approcha de la couche de Thonolan. Il fut surpris d'y trouver Jetamio, qui tenait un bol en os fumant d'une main, tandis que de l'autre, elle soutenait la tête du blessé.

– J'aurais dû m'en douter, dit-il d'un ton faussement grincheux car rien ne pouvait assombrir la joie qu'il éprouvait à voir son frère éveillé et visiblement un peu remis. Ton charme a de nouveau frappé.

Tous deux levèrent les yeux vers lui.

– A peine ouvres-tu les yeux, elle succombe à tes attraits.

– Tu dis vrai. Mais cette doni m'a, je le crains, ensorcelé. (Après une pause, il ajouta :) Que fais-tu dans le monde des Esprits? Qui t'y a conduit? As-tu toi aussi ta doni?

Jondalar le considéra quelques instants, se demandant s'il délirait ou s'il était possible qu'en si peu de temps, il soit suffisamment remis de ses blessures pour reprendre goût à la vie à ce point.

Thonolan interrompit ses pensées en lui fournissant lui-même la réponse qu'il souhaitait :

– Imagine-toi : je reviens du royaume des morts et mon premier regard tombe sur ce visage rayonnant de beauté.

Incrédule, Jondalar les dévisagea l'un et l'autre. Que se passait-il? Thonolan venait à peine de s'éveiller et il aurait juré que déjà des liens s'étaient tissés entre eux. Il se souvint combien elle lui avait paru tendue à leur première rencontre. Elle était méconnaissable tant son visage rayonnait de joie, comme Thonolan le lui avait fait remarquer.

Totalement décontenancé par la scène qu'il venait de surprendre, ne sachant que dire, il sortit de la tente, lentement, à reculons, sans quitter Thonolan des yeux. Thonolan qui, après lui avoir jeté un rapide coup d'œil, comme pour le rassurer, avait à nouveau reporté toute son attention sur la femme qui prenait soin de lui.

La fine lanière de cuir qui permettait de lacer le rabat du trou à fumée de la tente était effilée. Jondalar la regardait fixement sans la voir. Etendu sur sa couche, parfaitement éveillé, il se demandait ce qui avait bien pu le tirer si brusquement des profondeurs du sommeil. Immobile, tous ses sens en alerte, il attendait un autre indice lui permettant de déterminer d'où venait le danger. Finalement, il se leva et passa sa tête par l'ouverture de la tente. Il ne vit rien qui pût justifier son pressentiment.

Un petit groupe était réuni autour du feu. Il s'en approcha. Son trouble ne l'avait pas quitté. Que se passait-il? Thonolan? Entre l'habileté du Shamud et les soins attentifs de Jetamio, il allait de mieux en mieux. Ce n'était pas lui qui était concerné. En joignant les mains, il salua la femme qui venait de sortir de la tente, comme la coutume le voulait. Leur sollicitude commune pour Thonolan les avait considérablement rapprochés en si peu de jours, et ceci malgré la faiblesse de leurs moyens de communication, limités à des gestes simples et à quelques mots qu'il avait glanés çà et là. Il but la bouillie qu'elle lui apporta, étonné de ne pas y trouver quelques morceaux de viande, comme à l'accoutumée. Son odorat subtil lui en donna la raison : l'eau qui mijotait sur le feu ne contenait que des racines et du grain. Il n'y avait plus de viande. Personne n'était allé chasser.

Il vida son bol d'un trait, le posa sur une pierre et retourna à sa tente à grands pas. Pendant que son frère se rétablissait, il avait eu le temps de finir les sagaies d'aulne qu'il avait dégrossies le jour de l'accident. Elles étaient là, le long de sa couche. Il s'en saisit, prit aussi quelques lances plus légères et retourna près du feu. Par gestes, il leur fit comprendre quelle était son intention. Bientôt un petit groupe s'était réuni autour de lui, prêt à le suivre.

Jetamio était visiblement partagée entre le désir de rester auprès de l'étranger blessé dont le regard la comblait et celui de chasser. Dans la mesure du possible, jamais elle ne refusait d'accompagner les chasseurs depuis qu'ils l'avaient acceptée parmi eux. Rosh l'encouragea à se joindre à eux.

– Ne t'inquiète pas pour l'étranger. Le Shamud prendra soin de lui pendant ton absence. Et je suis là.

La petite troupe s'était déjà mise en branle lorsque, enfin, elle se décida. Quand il avait compris qu'elle hésitait, Jondalar s'était demandé si elle chassait. C'était chose courante chez les jeunes Zelandoni. Mais les coutumes de chaque Clan étaient déterminantes en la matière. En général, les mères restaient au foyer, excepté si une battue était organisée, auquel cas tous les membres valides du Clan participaient à la chasse.

Jondalar aimait les femmes qui chassaient – c'était le cas de la plupart des femmes de son Clan, bien qu'il sût qu'ailleurs, elles étaient considérées avec méfiance ou mépris. On disait souvent que les chasseresses étaient des compagnes plus compréhensives parce qu'elles avaient été confrontées aux difficultés que les hommes connaissaient tous les jours. Il songea à sa mère, connue pour ses prouesses, de dépistage notamment. Même après l'avoir mis au monde, il lui était souvent arrivé de se joindre aux chasseurs.

Ils partirent d'un bon pas. L'air s'était beaucoup rafraîchi mais la cadence de leur marche les empêcha de souffrir du froid. Ils s'arrêtèrent au bord d'un ruisseau sinueux qui se frayait un passage parmi les rochers pointus au beau milieu de la grande steppe. Près de la rive, les eaux étaient prises par la glace qu'il dut rompre pour emplir son outre. Bientôt, ils découvrirent qu'un peu en amont, la berge avait été foulée par un troupeau d'animaux de grande taille. Jondalar se pencha pour examiner les traces. Les autres s'agglutinèrent autour de lui. Une harde de rhinocéros s'était arrêtée là pour boire, il n'y avait pas si longtemps. Sur le sable humide de la rive, Jondalar traça un plan d'attaque. Dolando posa une question en dessinant un plan légèrement modifié. Jondalar lui répondit en développant son esquisse. Dès qu'ils furent tombés d'accord, tous se remirent en route.

Ils suivirent la piste fraîche, en accélérant leur allure. Il leur fallut plus de temps qu'ils ne pensaient pour rattraper le troupeau. Lorsque, enfin, ils aperçurent les croupes rousses se balançant à une petite distance d'eux, ils en comprirent la raison. Les gros mammifères fonçaient vers le nord à une vitesse tout à fait inhabituelle.

Jondalar jeta un regard inquiet sur le ciel. Son azur limpide et profond n'était guère troublé que par quelques petits nuages clairsemés dans le lointain. Rien n'indiquait qu'une tempête se préparait. Rien si ce n'est le comportement caractéristique des rhinocéros. Mais maintenant qu'ils étaient si près du but, les autres n'étaient certainement pas disposés à abandonner la partie. De toute évidence, ils n'avaient jamais fait le rapprochement entre la venue d'une tourmente et la fuite vers le nord des rhinocéros, car à en juger par leurs visages, aucun d'eux ne semblait s'en inquiéter. Jondalar, quant à lui, ne désirait plus qu'une chose : retourner auprès de Thonolan, le charger sur son dos et partir. Partir le plus vite possible.

Pourtant, l'initiative de cette chasse venait de lui. Il leur était difficile de rebrousser chemin bredouilles. Et comment leur faire comprendre qu'une tempête de neige menaçait d'éclater alors qu'il n'y avait pas un nuage dans le ciel? Il secoua la tête. Sa décision était prise : ils tueraient un rhinocéros avant de prendre le chemin du retour.

Ils se lancèrent donc à toutes jambes à la poursuite du troupeau en fuite. Lorsqu'ils furent suffisamment proches, Jondalar fila à toute allure pour tenter de rattraper un des retardataires – un jeune rhinocéros qui n'avait pas encore atteint la taille adulte et qui semblait éprouver des difficultés à suivre le gros de la bande. Dès qu'il l'eut dépassé, il se mit à hurler en agitant les bras pour essayer d'attirer son attention et l'inciter à changer de direction ou à ralentir. Mais le petit rhinocéros, chargeant vers le nord avec une détermination égale à celle de ses semblables, ignora l'homme. Les chasseurs allaient avoir des difficultés à distraire les bêtes de leur objectif désormais unique et cela l'inquiétait. La tempête était plus proche encore qu'il ne le pensait.

Du coin de l'œil, il aperçut Jetamio, sur le point de le rattraper. Il en fut surpris. Elle boitait plus fort en courant, mais elle était très rapide. Sans s'en rendre compte, il hocha la tête en signe d'approbation. Le reste des hommes de la troupe s'étaient lancés à la poursuite d'un autre animal qu'ils tentaient d'encercler tout en jetant la panique parmi le troupeau. Mais les rhinocéros n'étaient pas habitués à se déplacer en harde, ils n'étaient pas faciles à mener, encore moins à dérouter. C'étaient des créatures essentiellement indépendantes, querelleuses et dangereusement imprévisibles.

Par une sorte d'accord tacite, les chasseurs concentrèrent finalement leur attention sur le retardataire. En dépit des cris et des trépignements qui le suivaient de plus en plus près, il ne modifia en rien son allure. Tout à coup, Jetamio réussit pourtant à attirer son attention en agitant une des fourrures qu'elle portait et qu'elle avait failli perdre pendant la course. Alors, il ralentit, tourna la tête, parut indécis.

Les chasseurs en profitèrent pour rattraper leur retard. Ils se déployèrent autour de la bête, devant, ceux qui portaient de lourdes sagaies, derrière, ceux qui étaient moins bien armés, prêts à intervenir pour se porter au secours des premiers si nécessaire. Soudain, la bête s'immobilisa. Elle ignora le groupe d'hommes qui la dépassait, et reprit sa course en fonçant droit sur Jetamio. Jondalar se rapprocha d'elle; il vit Dolando en faire autant.

Mais un autre homme les dépassa en trombe, se dirigeant droit sur l'animal. Surpris, celui-ci ralentit, hésita un instant puis fonça sur le nouveau venu. Avec une vision limitée, cette cible plus proche et plus volumineuse était plus facile à suivre. La présence de tant d'hommes trompait son odorat pourtant si puissant. Au moment précis où il atteignait l'homme, une autre silhouette s'interposa entre eux. Il s'arrêta à nouveau, indécis. Une fois encore, il vira et se lança aux trousses de celui qui venait de lui passer... sous la corne, pratiquement. Mais un autre chasseur intervint. Furieux, dangereusement furieux, le rhinocéros gronda, gratta la terre du pied et dès qu'il entrevit un de ses poursuivants, il le chargea à toute allure.

L'homme avait du mal à maintenir son avance sur le monstre; lorsqu'il fit un écart, l'animal le suivit. Mais il commençait à se fatiguer. Il avait pourchassé tour à tour plusieurs chasseurs, sans succès. Lorsqu'un nouvel intrus fila devant lui, il fit halte brusquement, baissa la tête jusqu'à ce que sa corne touche le sol et concentra toute son attention sur la silhouette qui passait et repassait juste au-delà de sa portée.

Jondalar se rua sur lui, la lance à la main. Il devait le tuer avant que le rhinocéros ait le temps de reprendre son souffle. Dolando, venant d'une autre direction, l'avait imité ainsi qu'un petit groupe d'hommes. Jetamio agita sa fourrure, en s'approchant imprudemment pour attirer son attention. Jondalar espérait que la bête était aussi épuisée qu'elle le paraissait.

Tous les regards étaient posés sur Jetamio et le rhinocéros. Sans raison apparente, Jondalar tourna soudain son attention vers le nord.

– Attention! hurla-t-il en bondissant. Au nord, un rhinocéros!

Mais les autres ne comprenaient ni ses paroles ni ses gestes. Et aucun d'entre eux ne voyait l'énorme femelle enragée qui fonçait droit sur eux.

– Jetamio! Jetamio! Nord! brailla-t-il encore en agitant sa sagaie.

Enfin, elle se tourna dans la direction qu'il lui indiquait et hurla un avertissement à l'intention de l'homme que la bête chargeait. Tous les autres se ruèrent à son secours, oubliant l'autre rhinocéros.

Peut-être parce qu'il s'était remis de sa course ou parce que l'odeur de la femme si près de lui attisait sa colère, le jeune mâle fonça sur elle.

Jetamio avait la chance de se trouver très près de lui. Il n'eut pas le temps de prendre trop d'élan et ses grondements attirèrent tout de suite son attention, et celle de Jondalar. Elle se jeta en arrière, évitant de justesse la corne menaçante.

L'animal ralentit, chercha la cible qui lui avait échappé puis se concentra sur l'homme qui arrivait sur lui à toute allure. Et puis tout fut fini. Jondalar visa un des deux petits orifices vulnérables et y enfonça son épieu profondément. Jetamio en fit de même dans l'autre œil. L'animal parut surpris. Puis il chancela, tomba à genoux et s'effondra lourdement sur le sol, quand la vie le quitta.

Il y eut un cri. Les deux chasseurs levèrent la tête et prirent la fuite à toute allure dans deux directions opposées. La femelle rhinocéros fonçait droit sur eux. Mais en arrivant à proximité du jeune mâle, elle ralentit, courut encore un peu, puis s'arrêta et revint sur ses pas. Elle le poussa du bout de sa corne pour l'encourager à se remettre debout. Puis, tournant la tête de côté, elle se balança d'un pied sur l'autre, comme si elle n'arrivait pas à se décider.

Certains des hommes essayèrent d'attirer son attention. En vain. Une dernière fois, elle poussa le petit. Puis répondant à son instinct profond, elle repartit vers le nord.

– Je t'assure que nous l'avons échappé belle, Thonolan. Mais cette femelle était déterminée à aller vers le nord.

– Une tempête de neige nous menace donc, admit Thonolan en jetant un coup d'œil attristé au cataplasme qui couvrait sa poitrine.

Jondalar hocha la tête.

– Je ne sais comment le faire comprendre à Dolando quand il n'y a pas un seul nuage dans le ciel. Même si je parlais son langage...

– Depuis longtemps déjà, l'air est imprégné d'une odeur de neige. Les Esprits vont déchaîner sur nous une violente tempête, j'en suis convaincu.

S'il n'avait pas deviné l'imminente menace qu'ils représentaient, Jondalar eût été presque soulagé lorsqu'il vit d'épais nuages gris s'amonceler au-dessus des montagnes.

Immédiatement, Dolando donna le signal du départ. Quand il vint à la rencontre de Jondalar pour l'emmener à la rivière, il paraissait nerveux; ses yeux reflétaient une profonde inquiétude. L'appréhension de Jondalar s'accrut à la vue de la rivière aux eaux tourbillonnantes. L'embarcation du Clan bondissait à la surface comme du liège, frappée par les ondes.

Les Ramudoi semblaient plus calmes. Jondalar n'en fut pas rassuré pour autant. Il posa sa besace et celle de Thonolan près de la carcasse du rhinocéros. Puis il remonta jusqu'au pied de la colline, pour aider les autres à transporter Thonolan. En chemin, il croisa plusieurs membres du Clan qui étaient visiblement prêts à partir. Il s'étonna de ne pas avoir remarqué plus tôt ce qui différenciait les Shamudoi, qui avaient bâti leurs tentes autour des leurs, et les Ramudoi, qui ne quittaient pour ainsi dire pas la curieuse embarcation. Les deux groupes portaient en réalité des peaux tout à fait distinctes. Mais ils parlaient la même langue, se montraient très courtois l'un envers l'autre. Souvent ils partageaient leurs repas. Il ne pouvait s'agir de deux Clans différents. Pourtant Jondalar avait remarqué que chaque groupe avait son chef.

Deux hommes portant Thonolan sur une large souche d'arbre, ingénieusement tronquée pour en faire une sorte de siège, lui apparurent à un détour du chemin. Jondalar courut vers eux. Rosh les suivait en jetant sans cesse des regards nerveux dans la direction des montagnes. Il en conclut qu'elle appréhendait autant que lui la traversée de la rivière.

– Les nuages lourds de neige cachent déjà les cimes des montagnes, mon frère, lui fit remarquer Thonolan dès qu'ils en furent à proximité. Peut-être est-elle déjà blanche au nord.

Bientôt les énormes masses nébuleuses eurent envahi tout le ciel, se chevauchant les unes les autres comme d'énormes monstres rendus furieux par une force formidable.

Les deux hommes hissèrent Thonolan sur le dos de l'étrange oiseau. La rivière reflétait les humeurs du ciel. Déjà l'humidité accrue des montagnes avoisinantes se faisait sentir en amont.

Une à une, les haussières furent jetées sur le cou de la créature. Quelques flocons de neige tombaient déjà. L'embarcation s'ébranla brutalement dès que fut lâchée la dernière amarre. Elle partit à la dérive dans les eaux tumultueuses. Puis les hommes parvinrent à en reprendre le contrôle en plongeant de longues rames dans la rivière déchaînée.

Jondalar s'agrippa à une des cordes pendues au cou de l'oiseau. La tempête approchait rapidement et les gros flocons qui commençaient à tomber réduisaient la visibilité. La rivière charriait d'énormes troncs d'arbres, des branches, des carcasses qui venaient frapper la coque de l'embarcation à toute volée. Jondalar jeta un coup d'œil sur la rive pour se situer. Il distingua bientôt le bosquet d'aulnes au sommet de la colline dans une trouée. Quelque chose battait dans le vent, entre deux arbres. Il se souvint alors d'y avoir accroché une des fourrures qu'il avait lavées dans la rivière, un peu avant l'arrivée du rhinocéros. Une violente rafale de vent arracha la couverture et la propulsa dans l'air jusqu'à la rivière où elle disparut bientôt dans les eaux furieuses.

Assis auprès de lui, Thonolan était pâle de douleur et d'angoisse. Jetamio lui tenait la main. Jondalar les observa quelque temps à la dérobée. Il songea à l'indescriptible joie qu'il avait éprouvée à l'approche de l'étrange embarcation. Etait-ce la peau souillée de sang qui avait attiré leur attention? Quelle force les avait poussés dans cette direction? Le saurait-il un jour? Pour tâcher d'apaiser son trouble, il se plongea dans l'observation du bâtiment sur lequel il voguait. Il se composait de rangées de troncs d'arbres se chevauchant les uns les autres et solidement attachés ensemble par un jeu de lanières de cuir épaisses. Il se pencha pour examiner la structure sous-jacente, en proue. Son cœur fit un immense bond dans sa poitrine. Juste au-dessous de lui, parmi un enchevêtrement de branchages assurant une certaine étanchéité à l'embarcation, il venait d'apercevoir une tunique de cuir encore imbibée de sang.

9

– Ne sois pas si gourmande, Crinière! s'exclama Ayla en regardant la jument laper les dernières gouttes d'eau au fond du bol de bois, si tu bois tout, je devrai à nouveau faire fondre de la glace.

L'animal hennit en secouant la tête et replongea ses naseaux dans le récipient.

– J'irai donc chercher de la glace, dit Ayla.

Elle avait pris l'habitude de communiquer avec la jeune jument, quelquefois par gestes, en adoptant certaines poses ou expressions, souvent par sons puisque Crinière réagissait quand elle lui parlait. Elle imitait aussi les bruits des animaux, inventait de nouveaux mots en combinant les sons. Comme il n'y avait plus personne pour lui reprocher d'émettre des sons étranges, son vocabulaire s'était considérablement élargi, mais elle parlait un langage qu'elle était seule à comprendre, avec Crinière.

Elle s'enveloppa les jambes de peaux de cheval, enfila une poche de blaireau sur sa tête et ses couvre-mains. Elle s'assura de la présence de sa fronde sous la lanière qui lui entourait la taille, à laquelle elle attacha un panier tressé. Puis elle prit un long os d'antérieur de cheval épointé qui lui servait à casser la glace, écarta la peau d'aurochs attachée à des épieux qui bloquait le souffle du vent à l'entrée de la caverne et sortit.

Une bourrasque l'enveloppa dès qu'elle arriva sur la plage. Elle marcha sur la rivière d'un pas mal assuré, trouva bientôt un endroit où la glace semblait facile à rompre, et se mit au travail.

« C'est tellement mieux quand il y a de la neige! se dit-elle en remplissant son panier de glace. Ici l'hiver est trop sec, trop froid aussi... »

Sur le chemin du retour, elle ramassa un peu de bois mort qu'elle empila au milieu de la caverne. Dans un récipient de peau, elle fit fondre la glace sur le feu.

Puis, comme elle se sentait agitée, elle décida

d'aller chasser. Elle hésita à prendre les sagaies qu'elle avait confectionnées peu de temps auparavant, et choisit de n'emporter que sa fronde, avec une bonne réserve de pierres rondes qu'elle avait accumulées dans la caverne, pour le cas où les hyènes reviendraient. Elle ajouta du bois dans le feu et quitta la caverne.

Crinière tenta de la suivre lorsqu'elle partit escalader la paroi escarpée qui menait à la steppe. L'animal semblait nerveux.

– Ne t'inquiète pas, Crinière. Je ne pars pas longtemps. Tout ira bien.

Dans la steppe, le vent était si fort qu'elle avait du mal à rester debout. Les herbages desséchés et jaunis s'étendaient à perte de vue, et craquaient sous ses pieds. Un hululement plaintif et dissonant résonna dans ses oreilles, se transformant bientôt en un cri strident avant de mourir en un grondement creux et étouffé, pour renaître ensuite. Le vent fouettait la terre rase, soulevant des nuages de poussière gelée qui lui cinglaient le visage. Elle se pencha en avant et poursuivit son chemin. Son nez se pinçait tout seul et sa gorge la brûlait, tant elle était sèche. Une violente rafale s'empara d'elle par surprise. Elle perdit le souffle, toussa, cracha. Sa respiration était sifflante, pénible.

« Que fais-je ici? se dit-elle. Jamais je n'aurais pensé qu'il ferait aussi froid. Je rentre à la caverne. »

Elle se retourna péniblement, gênée par le vent, et s'immobilisa. De l'autre côté du ravin, elle venait d'apercevoir un troupeau de mammouths laineux qui avançaient à pas pesants, énormes monticules vivants brun-roux aux colossales défenses incurvées. Ces terres rases étaient leur domaine; l'herbe qui crissait sous ses pieds était leur nourriture. Mais en s'adaptant à un tel environnement, ils avaient perdu toute chance d'en supporter un autre. Leurs jours étaient comptés. Ils ne survivraient pas au glacier.

Ayla les suivit des yeux, médusée, jusqu'à ce qu'ils disparaissent dans le brouillard blanc et glacial de la neige qui avait commencé à tourbillonner autour d'elle. Dès qu'elle eut dépassé le rebord de la falaise, le vent tomba. Elle se souvint alors d'avoir éprouvé un même soulagement la première fois qu'elle avait pénétré dans la vallée. Elle songea à la chance qu'elle avait eue de trouver la vallée, sa caverne. Jamais elle n'aurait survécu autrement à un pareil hiver! Un hurlement de loup lui parvint, suivi de l'aboiement aigu d'une hyène. Elle sortit sa fronde instinctivement et fouilla les environs du regard. A cette saison, les prédateurs étaient difficiles à repérer car ils s'adaptaient à leur environnement. Même les lions des cavernes devenaient presque blancs dans le froid pour confondre leurs victimes. Ayla et ceux de son espèce adaptaient au contraire l'environnement à eux.

Elle était au chaud sous ses nombreuses fourrures et suivait des yeux les contours familiers des roches en surplomb au-dessus de sa tête. Il ne faisait pas encore jour; pourtant elle était complètement réveillée. Elle se tourna vers Crinière et vit le feu qui se reflétait dans les yeux de la bête. Bien que l'animal ne parût pas nerveux, Ayla était certaine qu'il se passait quelque chose d'inhabituel. Elle s'emmitoufla à nouveau dans ses couvertures, mais la faim finit par avoir raison d'elle. Elle se leva, presque à contrecœur, et enfila rapidement plusieurs peaux, en songeant à ce qu'elle allait préparer pour elle et pour Crinière. De la viande séchée dans un peu d'eau, de la graisse de cheval, des herbes, peut-être quelques graines et des raisins secs. Avant de se mettre au travail, elle sortit pour se soulager. La vision qu'elle découvrit alors lui coupa le souffle. Les pourtours angulaires des rochers alentour avaient été adoucis par une épaisse couche de neige tombée furtivement pendant la nuit. Le blanc tapis brillait uniformément, reflétant le bleu transparent du ciel. Plus surprenant encore, elle ne s'en aperçut pas tout de suite, le vent était tombé. L'air était totalement immobile. Ravie, Ayla appela Crinière pour qu'elle vienne partager sa joie. La jeune jument fit ses premiers pas dans la neige précautionneusement, reniflant cette étrange substance immatérielle et si froide. Terrifiée, elle recula. Ayla éclata de rire et l'encouragea à s'approcher d'elle. Crinière obéit et regarda son sabot disparaître dans la couche immaculée avec une sorte d'horreur. Mais bientôt rassurée, elle s'aventura plus avant.

Tremblante de froid, Ayla retourna dans la caverne préparer une décoction d'herbes bouillante. Toute joyeuse, elle alla chercher de la neige à l'entrée de la caverne pour la faire fondre. Elle n'aurait plus besoin de descendre à la rivière pour chercher de la glace.

Avant d'aller se frotter de neige pour se laver, elle ajouta du bois dans le feu. « Dommage que je ne puisse pas emmagasiner de la neige comme pour le bois, se dit-elle. Car si le vent se remet à souffler... Mais pourquoi ne pourrais-je pas empiler de la neige et la conserver ainsi?... Je me demande... »

L'idée l'enthousiasma et elle eut tôt fait d'entasser une bonne masse de neige près de la paroi à l'entrée de la caverne. Puis elle dégagea le chemin menant à la plage. Crinière en profita pour descendre jusqu'aux abords de la rivière. Les joues en feu, les yeux brillants, Ayla ne s'arrêta que lorsqu'elle fut totalement épuisée, et sourit de satisfaction à la vue de l'énorme monticule qu'elle avait réussi à construire. Elle descendit alors sur la plage rejoindre Crinière qui marchait sur la glace à pas menus.

De loin, elle jeta encore un coup d'œil à la petite montagne de neige, faite d'une multitude de boules rondes et bosselées. Elle sursauta. On eût dit un visage humain. Elle remonta prestement, ajouta une boule ici, une boule là, et recula pour juger de l'effet.

Si le nez était un peu plus long... Cet étrange personnage figé ressemblait étonnamment à Brun. Elle allongea le nez, creusa un peu la masse blanchâtre ici et là et fit quelques pas en arrière pour avoir une impression générale.

Elle émit un ricanement d'aise, et joignit les mains en un geste de salutation :

– Bonjour, Brun.

Puis elle eut un peu honte. Le vrai Brun ne serait pas très content s'il savait qu'elle avait donné son nom à une masse de neige. Les mots-noms étaient trop importants pour être attribués ainsi sans discrimination. « Peut-être devrais-je être plus polie, se dit-elle en se prenant au jeu. Une femme ne peut s'adresser au chef du Clan comme si elle était son égale. Je devrais lui demander la permission de lui adresser la parole. »

Elle s'assit alors devant le tas de neige, les yeux baissés comme il convenait à une femme du Clan souhaitant s'entretenir avec un homme.

Comme si elle s'attendait vraiment à sentir bientôt une petite tape sur son épaule lui signifiant qu'elle avait la parole. Le silence se fit lourd. Le sol était dur et froid. Soudain, sa bonne humeur s'évapora. Elle se leva précipitamment et se jeta sur le monticule, arrachant à pleins bras les parties qu'elle avait soigneusement ajoutées pour intensifier la ressemblance avec Brun.

– Tu n'es pas Brun! s'écria-t-elle, folle de rage et de douleur. Jamais je ne reverrai Brun ni Durc. Ni personne. Je suis seule. Seule! (Un sanglot déchirant s'échappa de ses lèvres.) Pourquoi, pourquoi suis-je si seule?

Elle tomba à genoux, s'affala dans la neige, le visage inondé de larmes chaudes. Elle se roula dans la poudre blanche et glacée, s'en enveloppant, heureuse de l'engourdissement qu'elle lui procurait. Elle eût voulu s'y enfouir pour geler sa peine, sa colère, sa solitude. Un violent tremblement la secouait. Elle ferma les yeux et tenta d'oublier le froid qui la pénétrait jusqu'à la moelle. Tout à coup, elle sentit quelque chose de chaud et d'humide sur son visage et prit conscience du souffle tiède de Crinière qui lui caressait la joue. Elle tenta de l'ignorer. La jeune jument la bouscula doucement. Elle leva finalement les bras et s'accrocha au long cou de l'animal qui leva alors la tête, comme s'il voulait la forcer à se lever. Ayla se laissa aller et enfouit sa tête dans l'épaisse crinière. Puis elle lâcha prise brutalement; la bête se mit à hennir doucement.

– Tu tiens vraiment à ce que je me lève, hein Crinière?

La jument la fixa de ses yeux doux comme si elle voulait qu'Ayla y lise une réponse. Toute sa vie, elle avait lutté pour survivre. La solitude ne pouvait avoir raison d'elle. Alors même qu'elle vivait avec le Clan de Brun, elle était déjà seule, parce que différente. Ce qu'elle éprouvait pour les autres était sa principale force. Qu'ils aient besoin d'elle – Iza quand elle était malade, Creb quand il était vieux, son fils –, telle était sa raison de vivre.

– Tu fais bien, Crinière, murmura-t-elle enfin. Je ne peux pas te laisser seule.

Ayla assistait silencieuse au combat de deux renards arctiques qui se mordillaient l'un l'autre par à-coups en grondant furieusement, sous les yeux de la renarde. L'odeur puissante des mâles en rut parvenait jusqu'à la corniche. « Ils sont plus jolis en hiver; en été, leur pelage prend une couleur brunâtre et terne. Maintenant, leur épaisse fourrure blanche est si belle et serait si chaude », se dit-elle. Mais elle ne fit pas un geste pour prendre sa fronde. Un des mâles venait de remporter la bataille et réclamait son dû. La renarde annonça sa reddition d'un grand cri rauque.

« Je me demande si c'est un cri de douleur ou un cri de plaisir, se demanda Ayla. Moi-même, j'ai toujours été malheureuse lorsque Broud voulait assouvir ses désirs avec moi, même lorsque je n'avais plus mal. Mais les autres femmes du Clan en parlaient comme d'un plaisir. Pourquoi était-ce différent pour moi? Simplement parce que je n'aimais pas Broud? Quelle importance! Cette renarde aime-t-elle le mâle qui vient de la monter? Pourquoi ne s'enfuit-elle pas? »

Ce n'était pas la première fois qu'Ayla observait le comportement des carnivores qui rôdaient autour de la caverne. Elle avait souvent passé des journées entières à étudier leurs habitudes, comme elle l'avait fait pour les chevaux. Les hommes du Clan apprenaient à chasser en s'exerçant sur des herbivores; ils ne s'attaquaient aux carnivores que s'ils avaient besoin d'une fourrure chaude. Ils n'avaient pas avec ces bêtes la relation privilégiée dont jouissait Ayla.

Elle les connaissait bien, ces animaux rapides dont les habitudes différaient tant des siennes. Mais l'attitude présente des deux bêtes l'incitait à penser à autre chose qu'à la chasse. Chaque année, à la fin de l'hiver, ils s'accouplaient ainsi. Et le printemps venu, alors que son pelage brunissait, la femelle donnait naissance à une portée de renardeaux. Se creuserait-elle une tanière sous la pile d'ossements et de bois mort ou irait-elle s'installer ailleurs? Secrètement, Ayla espérait qu'elle resterait. Elle pourrait ainsi voir grandir les petits, à mesure que leur mère leur rapporterait des proies de plus en plus grandes – souris, oiseaux, taupes, lièvres. Et puis, elle leur apprendrait à chasser et dès l'automne suivant, ils seraient assez grands pour se débrouiller tout seuls. Et à la fin de l'hiver prochain, les jeunes femelles hurleraient comme leur future mère était en train de le faire.

Pourquoi s'accouplaient-ils ainsi? S'il suffisait qu'elle avale un Esprit, comme Creb le lui avait expliqué, pour que des petits grandissent en elle, à quoi servait donc ce rituel?

« Tout le monde au Clan disait que jamais je n'aurais d'enfant. Ils disaient que mon Totem était trop puissant. Et pourtant... Durc est né. Après que Broud eut assouvi ses désirs avec moi. Peut-être mon Totem n'était-il pas si fort après tout?

« Mais les humains et les renards, ce n'est pas pareil. Eux n'ont des petits qu'au printemps. Les femelles humaines peuvent en avoir toute l'année. Les hommes et les femmes peuvent s'accoupler à tout moment, sans que cela donne systématiquement lieu à une naissance. Peut-être Creb disait-il la vérité. Peut-être que l'esprit du Totem de l'homme entre dans la femme, mais elle ne l'avale pas. Quelquefois le Totem de la femme se bat; d'autres fois, il est vaincu, et une nouvelle vie commence. »

Elle résolut de ne pas tuer de renard, pour ne pas faire fuir la femelle. Elle avait encore assez de peaux et de fourrures pour tenir jusqu'à la fin de l'hiver. Sans qu'elle en soit pleinement consciente, la scène à laquelle elle venait d'assister l'avait profondément troublée. Au lieu d'aller chasser, comme elle en avait eu l'intention, elle passa le reste du jour à évider un billot, tout en pensant aux nouvelles créatures qui gambaderaient aux alentours pendant l'été. Il ne lui vint pas à l'esprit qu'elle ne les verrait sans doute pas, puisqu'elle avait décidé de quitter la vallée au printemps pour continuer vers le nord. Elle s'était habituée à sa solitude qui ne lui pesait pas, sauf lorsqu'elle ajoutait une encoche au bâton long et fin qui lui servait à mesurer le passage du temps.

Ayla repoussa la mèche de cheveux qui lui tombait sur le nez, d'un geste agacé. A l'aide d'une lame tranchante, elle découpait en fines lamelles les racines d'un arbuste qu'elle avait déterré. Depuis le début de l'hiver, elle avait passé le plus clair de son temps à expérimenter de nouvelles façons de tisser, en combinant des matériaux très divers pour accroître l'étanchéité des récipients qu'elle fabriquait, ou les rendre plus solides. Quelquefois, les résultats étaient décevants mais, le plus souvent, ses innovations s'avéraient fort judicieuses, l'incitant à continuer sans relâche. Petit à petit, elle en était venue à utiliser presque tout ce qui lui tombait sous la main.

Lorsqu'elle leva enfin le nez de son ouvrage, elle vit qu'il commençait déjà à faire sombre. Elle s'étira et repoussa une nouvelle fois la masse de cheveux qui lui tombait sur le visage. Au contact de cette masse fibreuse, si semblable au toucher aux racines qu'elle avait manipulées toute la journée, elle eut tout à coup une idée lumineuse. Elle s'empressa de séparer à grand-peine ses longues mèches blondes emmêlées en deux parts égales et les tressa grossièrement avant d'enrouler une mince lanière de cuir autour de l'ensemble. « Pourquoi n'y ai-je pas pensé plus tôt? », se dit-elle, tout étonnée. Elle n'avait guère auparavant prêté attention à ses cheveux, qui pourtant la gênaient souvent beaucoup. Elle s'était contentée de les lisser derrière ses oreilles, mais en général quelques mèches rebelles retombaient aussitôt.

Ravie de sa nouvelle invention, elle descendit à la rivière. Ses réserves d'eau étaient épuisées et la neige avait presque totalement disparu. Au lieu d'aller à l'endroit habituel, elle pénétra plus avant dans la gorge, poussée par la curiosité. Elle n'avait jamais nagé aussi loin pendant la saison chaude. Le courant était trop fort. Maintenant que la rivière était recouverte d'une épaisse couche de glace, pourquoi ne pas s'y aventurer? Les parois de la gorge étaient enduites d'un fin manteau de givre qui étincelait de mille feux dans le soleil couchant. Et puis tout à coup, à un détour du chemin, elle découvrit un spectacle magique qui emplit son cœur de vénération. Au-delà de la boucle, les parois du ravin se rejoignaient autour d'une immense cascade figée en une magnifique chute de chandelles de glace, incendiée par le brasier du soleil. Dure comme de la pierre, froide et d'un blanc lumineux à l'ombre, orange comme le feu par endroits, la cascade ressemblait à une gigantesque caverne convexe.

Elle en eut le souffle coupé. Toute la force de l'eau retenue ainsi par la main de l'hiver semblait prête à bondir sur elle. Incapable de bouger, elle resta plantée là, prise d'un étrange vertige, tremblant de tout son corps. Une goutte d'eau glissa le long d'une des langues de glace, juste au moment où elle s'apprêtait finalement à rebrousser chemin. Bouleversée par cette vision de grandeur, elle s'éloigna quand elle fut en mesure de détacher son regard de ce spectacle saisissant. Longtemps, elle frissonna.

La peau d'aurochs qui faisait écran contre le vent à l'entrée de la caverne battait contre les épieux. Elle s'éveilla en sursaut et alla la fixer plus solidement. Puis elle s'attarda quelque temps sur le seuil de son foyer.

– L'air est moins froid, Crinière! J'en suis sûre.

La jument dressa les oreilles, comme si elle cherchait à comprendre. Ayla épiait les premières lueurs de l'aube à l'horizon, en se demandant ce qu'elle ferait de la journée qui commençait. Soudain, elle sentit quelque chose d'humide lui chatouiller l'épaule.

– Crinière, arrête!

Elle se retourna prestement. Sa fidèle compagne n'avait pas bougé. Juste à ce moment-là, une autre goutte d'eau se détacha de la paroi. Surprise, Ayla regarda autour d'elle, leva les yeux au moment où une troisième goutte tombait. Elle s'écrasa sur son front. Alors, elle comprit.

– Crinière, Crinière! C'est le printemps. La glace fond.

Elle courut se jeter au cou de l'animal, apeuré par l'étrange comportement de la femme.

– Oh! Crinière, bientôt les arbres bourgeonneront et l'herbe reverdira. Tu n'as jamais connu les premières herbes de la saison chaude. Tu verras, c'est délicieux.

Elle se précipita dehors, comme si elle s'attendait à ce qu'une seule nuit ait suffi à tout transformer. Le vent glacial eut tôt fait de mettre fin à son enthousiasme. Sa déception fut plus grande encore lorsque, quelques jours plus tard, des rafales de vent comme jamais elle n'en avait connu s'engouffrèrent dans la vallée; le printemps reprenait sa promesse. Mais bientôt, en dépit du manteau de glace qui uniformisait le paysage, le printemps pointa à nouveau son nez, comme s'il signifiait au froid qu'il était temps de déguerpir, et le souffle tiède du soleil fit fondre l'écorce givrée de la terre. Ayla ne s'était pas trompée : les premières gouttes d'eau présageaient bien que la glace céderait sa place à l'eau. Oh! combien! Beaucoup plus qu'Ayla n'aurait pu se l'imaginer.

Les petites gouttes tièdes de la fonte se perdirent bientôt dans un flot de pluies torrentielles qui lavèrent la glace et la neige restantes en un clin d'œil. La rivière monta dangereusement, s'attribuant une multitude d'affluents ici et là, et emportant sur son passage animaux pris par surprise, arbres et broussailles déracinés par la violence des flots, pierres et rochers. L'étroit passage à la sortie de la gorge gênait considérablement l'évacuation des trombes d'eau que la cascade déversait avec fracas. A la source de la rivière, il y avait un glacier qui alimentait chaque jour davantage le bras d'eau qu'Ayla avait connu si tranquille. Inquiète, elle surveillait la montée des eaux tumultueuses, écumantes, qui semblaient venir à l'assaut de la falaise avec toujours plus d'impétuosité, la falaise qui chaque fois s'effritait un peu plus. Elle comprit alors comment s'étaient formés les monticules d'ossements, de pierres et de bois mort au pied de la paroi et se réjouit d'avoir trouvé une caverne aussi haute.

Lorsqu'un gros roc ou un tronc d'arbre s'écrasait contre la falaise, il lui semblait toujours qu'elle allait s'effondrer. Elle en sentait les vibrations dans son corps même. Elle avait peur souvent mais elle était déterminée à ne pas quitter son abri tant que le danger ne serait pas imminent. Elle savait que des forces plus puissantes encore contrôlaient son destin et cette violence insouciante de la nature exerçait sur elle une véritable fascination.

Chaque jour, le paysage environnant était différent. Un matin, un des grands arbres qui longeaient la paroi de l'autre côté de la rivière céda à la puissance des flots et s'effondra, arrêté de justesse par la corniche, devant la caverne. Bientôt, il fut emporté par la rivière en furie. Ayla le regarda s'éloigner jusqu'au coude de la rivière qui avait envahi toute la prairie, inondant la vallée sur presque toute sa largeur. Depuis longtemps déjà, l'eau avait englouti les broussailles qui marquaient les rives à l'époque où la rivière était encore dans son lit. Des branches s'accrochèrent à la paroi rocheuse et ralentirent la fuite de l'énorme tronc d'arbre. Résistance vaine. D'un ultime élan, les eaux arrachèrent le tronc géant qui disparut de sa vue.

Un autre jour, la chute figée par le gel céda d'un seul bloc comme si la main de l'hiver lâchait prise tout à coup. Un fracas épouvantable retentit par échos dans la vallée encaissée. L'avalanche de glace vint encore grossir les flots, s'amenuisant petit à petit.

Quand finalement les eaux se retirèrent, la petite plage n'avait plus du tout la même apparence. Les monticules de débris amoncelés au pied de la paroi s'étaient encore accrus. De nouvelles carcasses, une masse de branchages et de broussailles surmontaient les tas d'ossements et de bois blanchis par le soleil de nombreux étés. La langue de terre rocheuse qui longeait la rivière avait changé de forme et beaucoup d'arbres qui lui étaient devenus familiers avaient été emportés par les eaux. Bon nombre d'entre eux pourtant avaient résisté à la violence du courant. Habituée à ces inondations annuelles, la végétation de la vallée semblait se cramponner à la terre.

Lorsque les premières baies vertes commencèrent à apparaître, Ayla se mit à rêver aux délicieux fruits rouges que l'été lui donnerait. Pourtant, si elle voulait continuer sa route vers les Autres, il était temps de partir. Les premiers frémissements du printemps semblaient lui signifier qu'elle devait s'en aller sans s'attarder. Mais cette décision s'avérait plus difficile à prendre qu'elle ne l'aurait pensé.

Assise au bord de la corniche, le regard perdu dans les méandres de la rivière tranquille, comme si rien ne s'était passé, Ayla réfléchissait. Elle suivait des yeux la jument qui gambadait sur la plage. Elle avait presque atteint sa taille adulte et son pelage s'était clairsemé avec la venue de la saison chaude.

« Je ne peux pas partir maintenant, se raisonnait-elle. Il faut que je chasse. Les fruits seront mûrs bientôt. Devrai-je me séparer de Crinière quand je partirai ? Si je rencontre les Autres... Peut-être voudront-ils la tuer ? Elle est si habituée à ma présence qu'elle ne sentirait même pas le danger ! Ils sont sans doute cruels puisqu'ils ont tué l'enfant d'Oda. Je veux les retrouver malgré tout. Ce sont les miens.

Mais pourquoi ne pas rester ici encore un peu pour chasser et pour récolter des racines? C'est décidé. Je reste jusqu'à ce que les racines soient assez grandes. »

Elle se sentit soulagée. Elle se leva et pénétra dans la caverne. Une hyène était en train de s'attaquer à ses provisions de viande. Une forte odeur de viande pourrie régnait dans l'abri depuis quelques jours. Pour une fois, elle laissa l'animal dévorer tranquillement la patte de cerf dont elle était en train de faire un festin, puisque, en définitive, il lui rendait service. Tôt ou tard, elle devrait évacuer toutes ces chairs animales putréfiées, si elle logeait encore quelque temps dans la caverne. Bientôt d'autres carnassiers rejoignirent la jeune hyène effrontée qui s'était aventurée la première – gloutons, putois, fouines et belettes. Les morsures de tous ces petits prédateurs aussi nauséabonds que le genre de nourriture qu'ils affectionnaient étaient en général fatales. Elle sortit de la caverne; il était inutile de prendre des risques.

Elle suivit des yeux le vol d'un couple de milans, étalant leurs longues ailes rougeâtres dans le ciel. Comme tous les autres oiseaux de proie, ils se nourrissaient essentiellement de charogne, bien qu'ils ne rechignassent pas à avaler de petits mammifères ou des reptiles vivants.

En dépit de leur vilaine tête chauve et de leur puanteur, Ayla aimait bien ces oiseaux qui volaient avec majesté. Ils avaient un bec crochu, pointu et puissant, construit pour démanteler et déchiqueter leur proie. Le couple de milans s'abattit à une petite distance de l'entrée de la caverne et y pénétra bientôt à son tour. Ayla était ravie de se débarrasser si aisément de toute cette viande dont elle ne pouvait plus faire aucun usage.

Elle descendit sur la plage. Crinière lui emboîta le pas, visiblement satisfaite de s'éloigner de la caverne. Elles marchèrent le long de la rivière, s'arrêtant ici pour observer un pic-vert évidant un tronc d'arbre à petits coups secs saccadés, là pour constater que la fosse qu'elle avait creusée à grand-peine pour capturer la mère de Crinière juste avant l'hiver avait totalement disparu, comblée par le limon charrié par les inondations printanières. Les abords de la rivière étaient animés de joyeux chants d'oiseaux. Bergeronnettes, cincles plongeurs, troglodytes piaillaient gaiement comme pour saluer les premiers rayons chauds du soleil. Crinière s'était éloignée pour aller brouter les herbes tendres de la prairie.

Après l'odeur nauséabonde de la caverne, Ayla ressentait le besoin de respirer l'air à pleins poumons. Elle se mit soudain à courir aussi vite qu'elle le put. Instinctivement, Crinière se lança à sa poursuite. Longtemps, elles coururent ainsi. Et puis Ayla s'arrêta, haletante, et se pendit au cou de Crinière.

L'animal était à peine fatigué par la course. Soudain, Ayla eut une idée. Une idée qui ne lui serait jamais venue à l'esprit si elle n'avait pas passé tout l'hiver avec Crinière, si elle ne l'avait pas considérée comme une compagne de sa vie solitaire. Une idée qui ne lui serait pas venue à l'esprit si elle n'avait pas vécu seule, loin du Clan.

Crinière se laisserait-elle faire? Elle la mena près d'un tronc d'arbre couché sur le sol, y grimpa, mit ses bras autour du cou de la jeune jument et se hissa sur son dos.

– Cours, Crinière, cours! Va!

La bête n'était pas habituée à porter un poids sur son dos. Elle aplatit les oreilles et piaffa nerveusement. Mais elle connaissait Ayla; ses bras passés autour de son cou lui redonnèrent confiance. Elle rua un peu pour tenter de se dégager de cette charge qui la gênait dans ses mouvements, et comme elle n'y arrivait pas, elle partit soudain au galop.

Mais elle avait déjà couru longtemps et menait une existence plutôt sédentaire depuis qu'elle ne vivait plus avec le troupeau. De plus, elle était encore jeune. Bientôt elle ralentit l'allure et s'immobilisa, les flancs palpitants, la tête pendante. Ayla sauta à terre.

– Crinière, c'était magnifique! s'écria-t-elle, les yeux brillants de joie.

Elle lui caressa le front et logea la tête de l'animal sous son bras en signe d'affection. Elle avait du mal à contenir sa joie. L'idée de pouvoir dorénavant galoper sur le dos de la jeune jument remplissait son cœur de bonheur. Jamais elle n'aurait pensé que c'était possible. Personne d'autre non plus d'ailleurs.

10

Ayla chevauchait presque tout le jour. Elle n'avait jamais rien connu d'aussi exaltant. Elle aimait galoper à grande allure et Crinière s'était vite habituée à la porter sur son dos. Bientôt, la vallée devint trop petite pour leurs cavalcades, et elles allèrent galoper à travers les steppes de l'autre côté de la rivière.

Au début, Ayla se laissait simplement mener; elle ne pensait pas à diriger la jument. Les signes que Crinière connaissait étaient avant tout visuels. Mais au fil des chevauchées, Ayla percevait de plus en plus finement le jeu des muscles de la jument et s'y adaptait. Crinière aussi sentait ses crispations et ses détentes. Une compréhension mutuelle se développait. Quand Ayla voulait changer de direction, elle se penchait dans ce sens, la tension de ses muscles communiquant de nouvelles directives à l'animal.

Ce fut une période d'apprentissage réciproque, puis, peu à peu, sans s'en rendre compte, Ayla prit le contrôle de la jument. Instinctivement, Crinière la comprenait si bien qu'Ayla n'avait qu'à penser à la direction qu'elle voulait prendre pour que sa monture lui obéisse, captant les signes imperceptibles accompagnant ses pensées. Ayla n'avait pas prévu de dresser la jeune jument. Ce fut en réalité le fruit de l'intelligence et de la bonne mémoire de Crinière, et des différences innées qui distinguent l'humain du cheval.

Les chevaux ne vivaient pas solitaires, mais en horde; ils aimaient la présence et la chaleur de leurs compagnons. D'elle-même, la jeune pouliche avait suivi les migrations des autres chevaux, se laissant guider par eux. Quand un danger les surprenait, ils fuyaient tous ensemble, des meneurs aux jeunes poulains.

De l'intuition, de la prévoyance et de l'expérience dépendait la survie d'Ayla. Sa vulnérabilité, encore accrue par sa solitude, appelait des réflexes aigus et une vigilance constante; et ceci l'avait beaucoup aidée à la découverte de la jument.

Un beau matin de printemps, elle chevauchait paisiblement Crinière, quand elle aperçut soudain un hamster géant. Pressant le cheval à sa poursuite, elle saisit sa fronde. Quand la proie fut toute proche, elle se tendit, prête à sauter. Crinière s'arrêta. Elle mit pied à terre prestement et lança un jet de pierres.

« Qu'il sera bon de manger de la viande fraîche ce soir! songeait-elle en rejoignant la jument, je devrais chasser plus souvent, mais c'est si amusant de galoper avec Crinière... Mais j'étais avec Crinière! Elle a poursuivi ce hamster. Et s'est arrêtée quand il le fallait! »

Les pensées d'Ayla remontèrent jusqu'au premier jour où elle s'était hissée sur le dos de la jeune jument et avait passé ses bras autour de son cou. En l'attendant, Crinière s'était mise à déguster une touffe d'herbe tendre.

– Crinière! cria Ayla. Le cheval redressa sa tête et pointa les oreilles.

Abasourdie, Ayla ne savait que penser. La simple idée de la chevaucher était déjà si merveilleuse, mais qu'elle puisse la diriger lui paraissait tout à fait incompréhensible. La jument vint vers elle.

– Oh! Crinière, murmura-t-elle en étouffant un sanglot d'émotion et en serrant la tête hirsute dans ses bras.

La jument souffla très fort, arqua son grand cou et posa doucement la tête sur son épaule.

Quand elle voulut remonter sur le cheval, Ayla se sentit maladroite. Elle se dirigea vers un rocher, bien que, depuis longtemps, elle ne s'en aidât plus. Puis, reprenant confiance, elle s'élança et sauta sur le dos de la jeune pouliche.

Après quelques hésitations, Crinière prit le chemin de la caverne. Quand Ayla tentait volontairement de la diriger, ses signes manquaient de justesse comme les réactions de la jument le manifestaient. Ayla ne savait pas comment elle l'avait maîtrisée.

Elle apprit à compter à nouveau sur ses gestes spontanés.

Comme le printemps avançait, elle chassait plus

souvent. Au début, elle arrêtait le cheval et sautait à terre avant de sortir sa fronde. Bientôt, elle sut viser sa cible du haut de sa monture. Atteindre ainsi sa proie était un nouveau défi. Elle s'était entraînée seule à l'usage de son arme. Après avoir été attaquée par un lynx parce qu'elle l'avait manqué de son premier jet, elle s'était exercée à lancer deux pierres successivement. Elle maniait si habilement sa fronde que ce lui fut un jeu d'apprendre à viser aussi précisément assise à cheval que debout à terre.

Pour porter ses premières prises, elle sanglait sa besace sur son dos. Mais assez vite, elle jugea plus commode de les installer devant elle, sur Crinière. Elle imagina par la suite de fixer un sac sur chaque flanc de la jument; petit à petit, elle entrevit les possibilités inattendues que lui offrait sa puissante compagne. Dorénavant, elle pouvait ramener à la caverne une charge trop lourde pour ses propres forces.

Une nouvelle manière de vivre s'organisa. Elle partait plus longuement, s'éloignait plus de la caverne et revenait avec de nouvelles provisions : bois, végétaux, feuillages ou petites proies.

Un jour, à la saison des fraises sauvages, elle partit en cueillir tant et tant qu'elle reprit le chemin du retour à la nuit tombante. Dans la pénombre, elle distinguait encore vaguement les repères de sa route, mais avant qu'elle n'atteignît la vallée, il faisait déjà nuit noire.

L'instinct de Crinière fut leur guide; elle sut alors que quoi qu'il arrivât, la jument pouvait les reconduire à la caverne.

Un soir, elle décida de dormir sous le grand ciel étoilé de la steppe. Elle alluma un feu et se blottit près de Crinière dans sa fourrure. Les carnassiers qui rôdaient dans la steppe redoutaient le feu qui pouvait les poursuivre des jours entiers, noircissant tout sur son passage.

Après cette première nuit, elle n'eut plus peur. Ayla commença alors à explorer les régions orientales au-delà de la vallée. En réalité, qu'elle le voulût ou non, elle recherchait les Autres avec autant d'espoir que d'appréhension de les rencontrer vraiment. S'il y avait des gens à proximité de la vallée, elle pourrait peut-être les observer prudemment avant de se montrer à eux.

Les Autres étaient les siens autrefois, mais elle ne se souvenait de rien avant sa vie avec le Clan. Elle savait qu'Iza l'avait trouvée près d'une rivière, mourant de faim et se consumant des blessures brûlantes causées par les griffes d'un lion des cavernes. Chaque fois qu'elle essayait de se souvenir de ce qui s'était passé avant, une frayeur nauséeuse l'envahissait avec la sensation affreuse que la terre basculait sous ses pieds.

Comme le printemps indécis, avec ses pluies glacées suivies de chauds soleils, la vie d'Ayla variait d'un jour à l'autre.

Quand elle vivait encore avec le Clan, elle rôdait souvent autour de la caverne à la recherche d'herbes pour Iza, et plus tard, elle chassa. Ainsi, elle s'était habituée à la solitude. Pendant tout le jour, elle ne pensait à rien en gambadant avec Crinière dans la vallée. Mais la nuit, dans sa petite caverne, avec pour seule compagnie un feu et une jument, elle souffrait de l'absence de tout être humain.

Elle songeait au Clan, à ceux qu'elle aimait, à son fils.

Chaque soir, elle décidait de préparer son départ dès le lendemain, et au matin elle le repoussait à plus tard, et partait en galopant vers les plaines de l'Est.

Des troupeaux de ruminants commençaient à migrer dans la vaste prairie. Bientôt il serait temps de chasser du gros gibier. Elle vit des chevaux, mais aucun n'était revenu dans la vallée. Quoi qu'il en soit, elle ne les chasserait plus.

Ayla prit l'habitude d'emporter ses sagaies, une dans chacun des sacs aux flancs de la jument. Un jour, elle vit au loin un groupe de jeunes rennes. Un plan de chasse naquit dans son esprit. A première vue, elle pensa que les rennes à bois courts étaient de jeunes adultes mâles. Puis elle remarqua la présence de petits et se souvint que parmi tous les animaux à bois, seules les femelles des rennes portaient des andouillers. Elle se remémorait les conversations des chasseurs du Clan, et n'avait pas oublié le goût très fort de cette viande.

Les hommes disaient qu'en migrant vers le nord au printemps, les rennes se déplaçaient par petits groupes, en suivant tous un même chemin imperceptiblement tracé dans la steppe.

Les femelles et leurs petits avançaient en tête, puis venait la horde des jeunes mâles; plus tard dans la saison, les vieux mâles défilaient en petits groupes.

Ayla et la jument suivaient tranquillement un des premiers troupeaux de femelles. Des nuées de mouches et de moustiques commençaient à tourbillonner autour des rennes, près de leurs yeux, de leurs oreilles, les incitant à accélérer le pas vers les régions fraîches où les insectes étaient moins nombreux. Une brume matinale planait encore au fond des vallons. Le soleil ascendant dissipa ces poches blanchâtres et diffusa sur la steppe une humidité inhabituelle.

Daims, rennes et chevaux se côtoyaient sans crainte. La harde ignora Crinière et sa compagne humaine, restées à quelque distance. Ayla pensait à son plan de chasse. Si les mâles suivaient effectivement les femelles, ils passeraient bientôt sur cette même piste. « Il faudrait être très près pour pouvoir utiliser une sagaie, mais si je creuse à nouveau une fosse, s'ils conservent la même direction... un renne y tombera bien. Mais ensuite, comment rapporter mon butin jusqu'à la caverne? »

La femme et la jument suivirent la horde toute la journée, très loin vers le nord.

Une masse d'épais buissons se dessinait dans le ciel flamboyant du couchant. Ces fourrés touffus longeaient une rivière. Pour atteindre le bord de l'eau, les rennes passèrent en file sous les branchages. Puis dans le crépuscule, ils s'éparpillèrent sur la rive, pour boire et brouter des lichens.

Les rennes avaient choisi de s'arrêter pour la nuit, de l'autre côté de la rivière. Ayla décida alors de s'installer près du rivage, la route du retour étant bien trop longue. Elle mit pied à terre et déchargea Crinière de ses sacs. Elle s'occupa ensuite d'allumer du feu, et bientôt, un petit amas de branchages craquait sous la flamme.

Quelques tubercules farineux calmèrent sa faim. Puis elle s'installa une couche avec les quelques peaux qu'elle avait emportées, et s'étendit.

Enroulée dans les fourrures, elle contempla le ciel. Longtemps. La lumière des étoiles était si intense, qu'elles semblaient avoir crevé la noirceur du ciel. Creb disait que les feux du ciel étaient les foyers des Esprits du monde et des Totems. Des yeux, elle chercha leurs visages. Là Ursus, et plus loin son Totem, le Lion des Cavernes. Quel étrange mouvement les animait ainsi dans le ciel?

Soudain Crinière trépigna et s'approcha d'elle en renâclant.

– Qu'y a-t-il, Crinière?

Ayla se releva pour ajouter du bois dans le feu. Un prédateur devait rôder aux alentours. Passant le bras autour de l'encolure de la jument, elle la sentit très nerveuse. « Je dois rester éveillée pour entretenir le feu, pensa-t-elle. Le fauve a probablement senti les rennes qui feront de meilleures proies que nous. » Plus tard, elle sut, par les bruits qui lui parvinrent de l'autre côté de la rivière, qu'une bête ou deux étaient tombées sous les griffes du félin.

Quand Crinière fut plus tranquille, Ayla retourna se coucher, l'esprit toujours aussi préoccupé par ses projets de chasse. Au matin, ayant traversé la rivière, elle constata que les rennes étaient déjà partis. Il était temps pour elle de préparer la chasse, et elle s'en retourna au galop vers la vallée.

– Allez, Crinière, ce n'est pas si lourd.

La jument harnachée de lanières de cuir tirait une lourde pièce de bois.

Auparavant, Ayla plaçait des lanières au front de Crinière, comme elle le faisait au sien propre pour porter quelque chose de très pesant. Mais elle se rendit vite compte que la jument avait beaucoup plus de force dans le poitrail et les épaules. Les lanières la gênaient dans ses mouvements, mais Ayla était décidée. Il devait en être ainsi pour que son plan réussisse. La puissance de Crinière allait sûrement permettre de remonter un renne tombé dans un piège...

Puis elle songea à la préparation de la viande. Si elle achevait l'animal dans la steppe, l'odeur du sang attirerait d'inévitables carnivores. Peut-être n'était-ce pas un lion des cavernes qu'elle avait entendu la veille, mais, même si les tigres, les panthères et les léopards étaient beaucoup moins imposants qu'un lion, elle n'en restait pas moins quasiment sans défense s'ils venaient à l'attaquer à découvert.

Elle était capable de terrasser un lynx d'un double jet de pierres, mais pour les grands fauves c'était tout différent. Près de sa caverne, les repousser était chose possible. Si Crinière pouvait tirer un renne de la fosse, pourquoi ne le ferait-elle pas jusqu'à la vallée?

Ayla réajusta les lanières. Il ne lui vint même pas à l'esprit que Crinière pourrait se dérober. Tout en regardant la jument tirer le tronc d'arbre, elle pensait au Clan. Que diraient les chasseurs s'ils la voyaient à présent? Ils partaient chasser si nombreux, accompagnés des femmes qui apprêtaient la viande et la rapportaient à la caverne. Aucun d'eux n'avait jamais essayé de s'attaquer seul à une telle proie. D'un élan, elle se serra contre Crinière; prenant le grand cou dans ses bras, elle blottit son visage dans la longue crinière.

– Que ferais-je sans toi? Tu m'aides tant! Et si les Autres sont comme Broud? Personne ne te fera du mal. Je te protégerai toujours.

Réprimant la vague d'émotion qui montait en elle, Ayla délia les sangles.

– Maintenant je sais ce qu'il nous reste à faire. Nous irons dès demain guetter cette horde de jeunes rennes mâles.

Les mâles suivaient les femelles à quelques jours près. Ils migraient à une cadence paisible. Quand elle les eut repérés, il lui fut facile de s'assurer qu'ils empruntaient bien la même piste. Au galop, elle partit en avant vers le passage de la rivière. Deux larges chemins et deux sentiers plus étroits sillonnaient les taillis. Elle choisit de creuser son piège dans l'un des chemins, assez près de la rivière. A cet endroit, les rennes devaient avancer un par un. Elle se mit à l'œuvre : à l'aide d'un grand bâton épointé, elle ameublit la terre qu'elle creusa ensuite avec un os de hanche taillé.

Lorsqu'elle eut achevé sa tâche, elle réalisa que le soleil plongeait déjà sur l'horizon. Enfourchant Crinière, elle s'en alla voir où étaient les rennes. Ils feraient encore une halte avant de traverser la rivière.

De retour sur la rive, dans la lumière déclinante du couchant, le grand trou lui apparut comme une immense plaie au milieu du chemin. « Ils le verront tout de suite et l'éviteront », se dit-elle. Le découragement l'envahit. La nuit arrivait trop vite, il fallait attendre le matin.

Une grosse goutte de pluie venue s'écraser sur son visage la réveilla. L'aube triste diffusait une lumière pâle et l'humidité avait pénétré les peaux de sa couche. Un immense éclair fendit soudain le ciel au-dessus de la steppe, illuminant la terre jusqu'à l'horizon; puis le tonnerre gronda comme un avertissement lointain. En réponse à ce signal, les nuages déversèrent brusquement leur trop-plein d'eau. Ayla s'enroula dans ses fourrures. D'énormes gouttes d'eau tombaient dans la grande tache noire à l'emplacement de son feu. Elle les regardait creuser des cratères qui s'ouvraient en anneaux. Une humidité glaciale s'infiltrait peu à peu dans les peaux tannées protégeant ses pieds.

Saturé, le sol absorbait difficilement les trombes d'eau s'abattant des nuages. De petites mares se formaient çà et là, s'étendant dangereusement, et des ruisseaux commençaient à courir dans les irrégularités du terrain.

Au milieu de ce bourbier, Ayla perdit bientôt tout enthousiasme pour la chasse. Quand les flaques débordèrent, venant grossir les rigoles d'eau boueuse, entraînant herbes, brindilles et vieilles feuilles, elle dut se réfugier sur une butte. « Pourquoi est-ce que je ne rentre pas? pensait-elle tandis qu'elle portait ses sacs sur une petite hauteur. Je devrais partir. Je n'ai aucune chance de capturer un renne. Et il ne va pas en tomber un dans ce piège parce que je le veux. Plus tard j'essayerai de prendre un des vieux mâles. Mais leur viande est coriace et leur peau toute balafrée, se dit-elle en soupirant profondément. Ce ne sera pas la première fois qu'un chasseur reviendra les mains vides. »

Elle grimpa sur un rocher, espérant apercevoir un pan de ciel bleu. Il n'y avait rien dans la plaine, ni grand arbre, ni falaise en surplomb, qui pût l'abriter. Debout sous la pluie torrentielle, la jument hirsute et ruisselante auprès d'elle, Ayla attendait en espérant que les rennes, eux aussi, se seraient arrêtés. Elle n'était pas prête. Au milieu de la matinée, elle était encore indécise. Finalement elle résolut de rester.

Soudain, comme le printemps était capricieux, la couche de nuages s'ouvrit, et un vent brusque la repoussa au loin. Bientôt, sous le ciel entièrement dégagé, les vives couleurs de la saison de la renaissance étincelaient au soleil.

Ayla retrouva sa détermination, mais pas sa confiance. Elle secoua la lourde peau d'aurochs gorgée d'eau et l'étala sur des buissons pour qu'elle sèche un peu. Tout était trempé.

De loin, elle ne put distinguer le trou. Arrivée plus près, elle s'aperçut qu'à la place du piège, il n'y avait plus qu'un bassin d'eaux troubles encombré de feuilles et de brindilles. Elle était lasse, découragée. En s'éloignant sur le chemin, elle se retourna plusieurs fois; elle devait regarder très attentivement pour situer l'endroit où elle s'était donné tant de mal à creuser une fosse. Soudain, son espoir se raviva. Si elle n'arrivait pas à reconnaître l'emplacement du trou, peut-être qu'un renne allant vite ne le verrait pas non plus. Une fois recouvert de branches de saule et des feuilles qui tapissaient le chemin, le trou d'eau deviendrait invisible. Un rire puissant jaillit de sa poitrine. La jument hennit en réponse et vint la rejoindre.

– Oh! Crinière! La pluie n'était pas si mauvaise après tout.

Camoufler le trou ne s'avéra pas très facile. Elle dut longer la rivière assez loin pour cueillir une brassée de longues tiges de saules rabougris. Elle ramassa aussi des roseaux, et quand le tout fut disposé, elle constata que le piège lui apparaissait toujours avec évidence. Ne sachant plus que faire, couverte de boue, elle s'avança près de la rivière et resta longtemps à observer les miroitements fugaces de la surface de l'eau. Les rennes étaient encore loin. Si la plaine avait été sèche, ils se seraient hâtés d'atteindre le large cours d'eau. Mais avec tant de flaques et de mares, ils ne se pressaient guère. Elle était sûre qu'ils ne rejoindraient pas le gué suivant avant le matin.

Ayla rassembla les peaux enduites de boue, et les rinça dans la rivière; en même temps, elle se lava dans l'eau fraîche. Elle étala ensuite les peaux sur les rochers du rivage chauffés par les rayons du soleil. Les branches basses des pins étaient encore sèches malgré la très grosse pluie et, bien que réduits à la taille d'arbustes, les pins abondaient près de la rivière. Elle résolut de faire du feu.

Après un repas frugal, sur le sol encore un peu humide, elle disposa la plus grande peau et s'installa auprès de la flamme. La nuit était tombée. Ayla était couchée, absolument immobile, enveloppée dans ses fourrures. Non loin d'elle, Crinière soufflait doucement, quand soudain, un son terrifiant traversa l'obscurité. Elle le reconnut immédiatement Ayla n'avait pas oublié le féroce rugissement du lion des cavernes. Elle bondit et s'empressa de rajouter du bois dans le feu.

– Calme-toi, Crinière. Ce lion est loin d'ici. C'était probablement le lion des cavernes que nous avons entendu la nuit où nous guettions le premier troupeau de rennes. Il doit habiter près de l'autre rive. Il attaquera d'autres rennes et sans doute aura-t-il le ventre plein quand nous passerons de l'autre côté. Je préfère m'aventurer sur son territoire pendant la journée.

L'horizon se teintait de rose quand elle eut fini de charger sa monture. Elle plaça une longue sagaie dans chaque sac et s'assit devant ces deux charges, entre les deux lances pointées vers le ciel.

Elle trotta rapidement dans la direction de la horde de rennes, décrivant une large courbe pour se placer derrière eux, puis, à courte distance, elle les suivit d'un pas tranquille. A l'approche de la rivière, juchée sur le dos de Crinière, Ayla vit le meneur du troupeau ralentir et renifler les feuillages et la boue remuée du chemin. Un courant de nervosité passa entre les animaux en alerte.

Le premier renne empruntait déjà un autre passage, plus étroit, quand Ayla décida d'agir. Elle se pencha en avant sur Crinière qui se lança immédiatement au galop. Alors, dans un grand souffle, elle poussa un hurlement.

Les rennes bondirent en avant, les derniers dépassant les animaux de tête. Comme le cheval les rattrapait, ce fut la débandade. Paniqués, les rennes se dispersèrent par tous les chemins. Le cœur d'Ayla se serra quand elle vit les premiers animaux, faisant un bond de côté, éviter l'endroit du piège. Puis, dans la confusion de la fuite, elle crut en voir un s'effondrer, pendant que d'autres détalaient, esquivant l'obstacle. Les sagaies à la main, elle sauta à terre et courut aussi vite qu'elle le put. Un puissant renne se débattait, enlisé dans le trou.

Elle lui plongea une sagaie dans la gorge. L'animal magnifique s'écroula au fond du piège. C'était fini. Terminé. Si vite, et tellement plus facilement qu'elle ne l'imaginait. Ayla respirait avec difficulté, elle n'était pas essoufflée mais envahie par toutes les émotions, tensions, inquiétudes, efforts de cette chasse.

– Crinière, nous avons réussi! Nous avons un renne!

Ayant déchargé la jument, elle l'enfourcha pour la pousser en un galop formidable à travers la plaine. L'œil fiévreux, les cheveux au vent, elle frémissait. Elle décrivit une grande boucle, cramponnée à Crinière, puis elle stoppa le cheval pour courir encore, sur ses propres jambes. Reprenant son souffle, elle s'en retourna ensuite vers le trou boueux. Ayla retira la sagaie du cou de l'animal. Crinière était nerveuse, il fallut la calmer, la caresser avant de lui remettre les sangles. Elle se laissa difficilement guider jusqu'au piège, où Ayla lia les bois du renne à de solides lanières.

– Allez, avance, tire maintenant. Comme pour la grosse pièce de bois.

La jument fit un pas, sentit la charge, et recula. L'aidant et l'encourageant par tous les moyens, Ayla soutenait Crinière dans son effort. Enfin, le renne fut hissé sur le chemin.

Ayla était transportée de joie, bien qu'il restât encore beaucoup à faire. Elle ne savait si Crinière aurait la force de tirer la bête jusqu'à la vallée. Elle mena d'abord la jeune jument au bord de la rivière, puis rassembla tous ses objets dans une seule besace qu'elle fixa sur son dos. Cette charge incommode ne l'empêchait pas de grimper sur la jument, en s'aidant d'un gros rocher.

Cette partie de la rivière était normalement peu profonde, mais les pluies torrentielles avaient gonflé le cours d'eau. Crinière avançait lentement dans le courant rapide, et une fois dans l'eau, le renne se laissait tirer facilement. Ce passage dans l'eau nettoyait la boue et le sang collés à sa fourrure.

Sur l'autre rive, Ayla descendit de cheval et aida Crinière à hisser le renne sur les cailloux, puis elle la libéra de ses attaches. A l'aide d'un silex très tranchant, elle fendit la peau du renne de l'anus à la gorge, et coupa ensuite plus profondément pour le vider de ses entrailles. Elle nettoya les parties utilisables – estomac, intestins, vessie – qu'elle déposa dans la cavité abdominale avec les morceaux comestibles. Pour la route du retour, elle enveloppa la carcasse dans des peaux fermement retenues par des lanières.

Une troisième fois elle descendit du cheval pour ôter les touffes d'herbe, les cailloux et les branchages qui s'amassaient devant la lourde charge. Elle continua alors à marcher à côté de Crinière. Jusqu'au moment où elle s'arrêta pour mettre aux pieds des peaux tannées, elle ne remarqua pas la petite troupe d'hyènes qui les suivait. Les premières pierres qu'elle lança repoussèrent les carnassiers à distance.

Le retour à la caverne se compliquait. Elle espérait surtout être arrivée avant la nuit.

A quelques pas devant elle, le sol était piétiné, l'herbe couchée, et les traces encore fraîches. Une grande agitation avait régné ici récemment. Examinant les traces de plus près, Ayla imagina graduellement les événements.

D'après les empreintes dans la boue sèche de la rivière toute proche, elle comprit que ce territoire était depuis longtemps celui du lion des cavernes. Une lionne avait donné le jour à deux lionceaux qui avaient pour aire de jeux favorite l'endroit où elle se trouvait. Ces fauves géants étaient les seigneurs de leur domaine, ils n'avaient rien à craindre.

L'arrivée inattendue d'une femme qui hurlait, juchée sur un cheval au galop, avait semé la panique dans le troupeau de rennes, qui, en d'autres circonstances, ne se serait pas précipité sur le territoire des carnassiers les plus redoutables. Ayla suivit les empreintes et comprit alors ce qui s'était passé. Trop lent pour éviter la multitude de sabots, un lionceau avait été piétiné par les rennes en fuite.

La femme s'agenouilla à côté du petit lion des cavernes et, grâce à son expérience de guérisseuse, elle reconnut les signes de la vie. Le petit corps était chaud; le lionceau avait probablement des côtes brisées. Il respirait très faiblement. Aux traces dans la poussière, Ayla vit que la lionne avait retrouvé son petit et essayé en vain de le remettre debout. Ensuite, à la manière de tous les animaux qui doivent laisser mourir le faible si les autres veulent survivre, la mère avait tourné son attention vers son autre rejeton et s'en était allée.

Tout émue par la petite créature mourante, Ayla pensa un moment la ramener à la caverne. Puis elle écarta vivement cette idée. Le lionceau avait déjà la taille d'un loup et, un jour, il serait presque aussi grand que Crinière.

Elle se releva et reprit sa marche à côté de la jument qui tirait toujours le lourd gibier. Les hyènes avaient cessé de les suivre. Elles s'étaient regroupées autour du lionceau.

– Laissez ce lionceau tranquille! Eloignez-vous, bêtes puantes!

Ayla courait en lançant des pierres. Un glapissement indiqua qu'elle avait touché son but. Les hyènes se replièrent encore une fois hors de portée des projectiles.

« Mais que suis-je en train de faire? Pourquoi ne pas les laisser avec ce lionceau qui va mourir de toute façon? Si elles s'occupent de lui, elles ne nous ennuieront plus. Et que m'a appris Iza? Creb disait que j'avais été placée sur son chemin par l'Esprit d'Ursus, ou peut-être du Lion des Cavernes, parce que personne d'autre ne se serait arrêté pour me recueillir. Jamais elle ne restait insensible devant un être blessé ou malade. C'est pourquoi elle était si bonne guérisseuse. Elle m'a transmis ses connaissances. Peut-être ce lionceau était-il là pour que je le trouve, je ne peux pas l'abandonner à ces hyènes. Mais comment le ramener? » Ayla appela Crinière. La jument était d'une nervosité extrême, elle n'aimait pas se sentir sur le territoire des grands fauves, et le fardeau qui l'encombrait, entravant ses mouvements, n'aidait en rien à l'apaiser. Ayla ne pensait qu'au petit lion, et sans réfléchir à la situation de Crinière, elle décida de le placer sur le dos de la jument.

C'était plus que celle-ci n'en pouvait supporter. Elle se cabra, paniquée, lançant des ruades, et jeta le lionceau à terre. Malgré le renne, elle s'élança dans la steppe. Malmenées par les violentes secousses, les lanières retenant le fardeau craquèrent. Les sacs avaient basculé et les sagaies traînaient pointes en bas de chaque côté de la jument furieuse. Ayla, bouche bée, la regardait galoper ainsi en tous sens. Elle comprit immédiatement comment rapporter le renne et le lionceau jusqu'à la caverne.

La jument, en nage, finit par revenir auprès d'elle. Elle lui ôta tout ce qui l'encombrait et l'examina pour s'assurer qu'elle n'était pas blessée. Crinière s'appuya contre Ayla, les jambes tremblantes. Elle frissonnait.

– Allons, calme-toi. Tu vas te reposer, dit-elle affectueusement.

Ayla comprenait qu'elle devait apprendre à mieux connaître la jument. Crinière lui était d'une grande aide, elle voulait savoir en prendre soin en retour.

La jeune femme ramassa ce qu'elle put retrouver du contenu des sacs renversés, puis elle renoua les lanières en disposant les deux sagaies inclinées pointe en bas. Après avoir solidement fixé la carcasse du renne, elle installa le lionceau inerte. Crinière restait tranquille et se laissa sangler. Lorsque tout fut en place, Ayla enfourcha sa monture et reprit la direction de la caverne. Comme les pointes des sagaies constituaient le seul contact avec le sol, la charge était beaucoup plus facile à tirer pour la jument.

Elle surveillait le petit lion. Il respirait toujours. Survivrait-il? Pourquoi les Esprits l'avaient-ils mis sur son chemin? Elle avait tout de suite pensé à son Totem en voyant le lionceau. L'Esprit du Lion des Cavernes voulait-il qu'elle prenne soin de ce petit?

Une autre pensée lui vint. Si elle n'avait pas décidé d'emporter le lionceau, elle n'aurait jamais pensé à utiliser ainsi les sagaies. Son Totem avait-il choisi ce moyen pour le lui indiquer? Etait-ce un don des Esprits? Quoi qu'il en soit, Ayla savait que le lionceau se trouvait là pour quelque chose, et elle ferait l'impossible pour lui sauver la vie.

11

– Ecoute-moi Jondalar, tu n'es pas obligé de rester ici à cause de moi! Pars, si tel est ton souhait!

– Pourquoi penses-tu que je reste pour toi? demanda son aîné sur un ton plus irrité qu'il ne l'eût voulu.

La remarque de Thonolan était plus judicieuse qu'il n'était prêt à l'admettre.

Il s'était attendu à cela. Depuis quelque temps déjà, il se doutait que Thonolan choisirait de rester pour prendre Jetamio pour compagne, mais il refusait d'y croire. Pourquoi ne resterait-il pas lui aussi avec les Sharamudoi? Il n'avait aucune envie de repartir seul. Il répugnait à entreprendre le long voyage du retour sans Thonolan.

– Tu n'aurais pas dû m'accompagner, murmura celui-ci, interrompant le cours de ses pensées. (Puis il ajouta :) J'avais le sentiment que je ne retournerais jamais à notre Caverne. Non pas que je m'attendais à trouver une compagne qui me satisfasse, mais il me semblait que le chemin s'arrêterait pour moi, loin de notre Clan. Les Sharamudoi m'adopteront. Mais toi, Jondalar, tu es un Zelandoni. Où que tu sois, tu seras toujours un Zelandoni. Tu appartiens à ton Clan. Retourne chez les tiens, prends une compagne, tu raconteras aux enfants de ton foyer le Grand Voyage et tu leur parleras de ton frère!

– Pourquoi suis-je plus un Zelandoni que toi? Peut-être serais-je aussi heureux que toi, parmi les Sharamudoi?

– Tu n'as pas trouvé de compagne ici, Jondalar! Et même si c'était le cas, tu ne resterais pas. Tu l'emmenerais avec toi.

– Pourquoi ne pas ramener Jetamio avec nous? Elle est assez forte et déterminée pour faire le voyage. Elle chasse et s'accorderait fort bien avec les femmes zelandoni, je n'en doute pas.

– Je ne veux pas perdre une année à voyager. Je désire rester et établir un foyer.

– Toi qui comptais aller jusqu'au bout de la Grande Rivière!

– Un jour peut-être! Je ne suis pas pressé. Ce n'est pas si loin. J'accompagnerai Dolando la prochaine fois qu'il ira chercher du sel et alors j'emmènerai Jetamio avec moi. Elle acceptera sans doute d'aller jusque-là, mais je sais qu'elle se refuserait à quitter pour longtemps ses semblables. Elle n'a jamais connu la femme qui lui a donné naissance et a elle-même vu la mort de très près. Elle a besoin de son Clan. Je la comprends. J'ai un frère qui lui ressemble beaucoup.

– Comment peux-tu être si sûr de dire la vérité? reprit Jondalar en évitant de croiser le regard de son frère. Et si je trouvais à mon goût cette femme, Serenio, qui a accepté de partager son foyer avec moi? (Ses traits se détendirent.) Et puis le petit Darvo a besoin d'un homme en son foyer. Sais-tu qu'il sera sans doute un jour un très bon tailleur de silex?

– Grand Frère, depuis longtemps tu partages mes jours. Vivre avec une femme et l'apprécier réellement sont deux choses différentes. Je sais que l'enfant du foyer de Serenio emplit ton cœur de joie, mais ce n'est pas une raison suffisante pour rester. Retourne d'où nous venons et trouve-toi une compagne plus avancée en âge dont le foyer grouille d'un essaim d'enfants si tel est ton souhait. Mais je t'en conjure, pars!

Avant que Jondalar ait le temps de répondre, un enfant dans sa dixième année ou sans doute un peu moins arriva sur eux comme une flèche et se planta devant Jondalar. Pantelant, il plongea son regard intelligent dans le sien et lui fit comprendre par gestes que Dolando et les hommes de la rivière étaient prêts et les attendaient. De la même manière, l'homme blond répondit à l'enfant qu'il avait compris et qu'ils arrivaient. Les deux frères avaient appris quelques mots du langage des Sharamudoi, mais avec Darvo, Jondalar communiquait presque uniquement par gestes, à la grande joie du petit que cela amusait beaucoup. Avant qu'ils se mettent en route, Jondalar se tourna vers son frère.

– Je connaissais toutes tes pensées, mon frère. Tu ne te débarrasseras pas de moi si facilement, sais-tu! Les Esprits t'ont envoyé la compagne qu'ils te destinaient. Cela n'arrive pas à chaque lever de soleil. Je ne manquerais pas le rituel de votre union... pour l'amour d'une doni!

– Une doni! Sais-tu que la première fois que j'ai vu Jetamio, je l'ai prise pour une doni venue m'accompagner pour l'Ultime Grand Voyage? J'y serais allé, crois-moi.

Jondalar se renfrogna. Comment son frère pouvait-il parler ainsi? Quelle idée de vouloir suivre une femme dans la mort!

Le raidillon zigzaguait dans l'épaisse forêt. A mesure qu'ils avançaient, pourtant, les bois étaient de plus en plus clairsemés. Ils arrivèrent bientôt aux abords d'une grande paroi rocheuse qui devait les mener jusqu'au sommet de la falaise. A la vue de la Grande Rivière, en contrebas, Thonolan sentit renaître l'écho de la douleur qui avait vibré en son corps il n'y avait pas si longtemps.

Ils avaient passé l'hiver dans la Caverne de Dolando, avec les Shamudoi. Tout le Clan ne vivait pas dans des cavernes. Certains s'étaient construit des huttes, mais la saison froide leur était souvent pénible. Alors, les moindres abris naturels étaient pris d'assaut dès les premières gelées. Une grotte, un rocher en surplomb, tout était bon à prendre. Pour s'assurer un abri permanent, les hommes surmontaient parfois des difficultés apparemment invincibles.

Les deux frères avaient déjà vécu dans des sites périlleux suspendus au flanc d'une falaise à pic, mais rien de comparable avec la corniche des Shamudoi.

Dans des temps beaucoup plus reculés, la croûte terrestre de grès, de calcaire et de schiste sédimentaire, soulevée par d'invincibles forces souterraines, avait formé des pics couronnés de glace. Mais des roches cristallines plus dures, crachées par des éruptions volcaniques provoquées par les mêmes bouleversements sismiques s'étaient amalgamées à ces pierres moins dures. De sorte que toute la plaine que les deux frères avaient parcourue l'été d'avant, jadis bassin d'une vaste mer intérieure, était cernée de montagnes. Au fil du temps, la grande mer intérieure s'était creusé un chemin à travers la chaîne rocheuse, d'où elle s'était évadée petit à petit.

Mais la montagne n'avait pas cédé facilement à la pression des flots. Les roches tendres s'étaient effritées en plusieurs endroits mais le reste de l'immense paroi avait tenu bon. La Grande Rivière et ses Sœurs s'étaient ainsi échappées par une série de quatre gorges profondes creusées patiemment par la mer prisonnière sur une distance de près de deux cents kilomètres. Quelquefois les parois de ces gorges s'éloignaient l'une de l'autre de plusieurs milliers de mètres; d'autres fois, elles étaient toutes proches. Tout au long du processus d'érosion qui avait présidé à leur libération, les eaux de la Grande Mer avaient conçu bras d'eau, cascades, lacs et mares dont beaucoup laisseraient plus tard leur empreinte. Tout en haut de la paroi, vers l'orient, tout près de l'entrée du second passage étroit, était né un large plateau rocheux en surplomb sur le vide, une corniche étonnamment plane. C'était une ancienne baie, l'anse d'un lac depuis longtemps asséché, une terrasse en forme de U, bien au-dessus du niveau de la Rivière, tellement élevée que même les inondations printanières qui haussaient considérablement le niveau des eaux n'y étaient pas à craindre.

Une herbe épaisse couvrait cette corniche aux contours abrupts, bien qu'en creusant le terrain de cratères pour préparer des feux à l'abri du vent, les hommes se fussent vite heurtés à la pierre. Un peu en retrait du rebord, broussailles et petits arbustes commençaient à faire tache, blottis contre les parois déchiquetées. Près de la paroi centrale, d'autres arbres avaient réussi à atteindre une taille respectable et d'épais buissons se cramponnaient à l'escarpement. Un gigantesque toit naturel s'ajoutait aux divers agréments de ce site. En dessous, plusieurs abris de bois avaient été édifiés, cloisonnant l'espace en différents foyers, autour d'une grande aire grossièrement circulaire où en hiver brûlaient en permanence une série de feux.

Autre avantage de ce lieu privilégié, une longue cascade mince qui jouait entre un amas de rochers dentelés avant de se jeter dans une petite mare joyeuse qui se suedivisait en une multitude de rigoles filant vers le nord de la plate-forme.

Dolando et plusieurs autres hommes attendaient Thonolan et Jondalar auprès de la cascade. En les voyant, Dolando les héla et marcha vers eux. Les autres se levèrent à leur tour. En tête, Jondalar s'engagea dans un étroit sentier, accroché au flanc de la falaise qui descendait à la rivière. Thonolan qui le suivait se cramponnait de toutes ses forces aux épaisses lanières de cuir tressées qui avaient été tendues le long du chemin exigu creusé de plusieurs rigoles. Sa jambe le gênait encore passablement. En outre, par endroits, le sentier était si abrupt qu'il fallut sculpter d'étroites marches pour le rendre praticable. L'eau de la cascade et les gouttelettes apportées par le vent imprégnaient le terrain d'une humidité constante. Même en été, il était très glissant. En hiver, il n'était plus qu'une épaisse couche de glace cristalline. Au printemps, bien que le chemin fût inondé par les eaux de fonte et encore givré par plaques, les Sharamudoi – autant les Shamudoi chasseurs de chamois que les Ramudoi de la Rivière – escaladaient l'étroit passage avec l'agilité des antilopes vivant dans la région. En regardant son frère gambader comme un jeune bouc sur la pierre glissante, Thonolan songea qu'une chose était sûre : si lui-même vivait là le reste de ses jours, il ne s'habituerait jamais à ce passage périlleux en surplomb sur la rivière. Il jeta un coup d'œil rapide sur les eaux turbulentes qui bouillonnaient au pied de la falaise et sentit la douleur lancinante si familière lui sillonner la cuisse. Il prit une profonde inspiration, serra les dents et parcourut rapidement la distance qu'il restait.

Plus d'une fois, il s'était rattrapé de justesse à la rampe improvisée ou à la paroi. Lorsque, enfin, il mit le pied sur la rive, il poussa un profond soupir de soulagement. Il grimpa sur la plate-forme de troncs liés ensemble qui faisait office d'embarcadère et qui par comparaison lui parut remarquablement stable.

Jondalar avait déjà pris place dans une des embarcations. Dès qu'il s'y fut hissé à son tour, la chaloupe quitta la rive et commença à remonter le courant, mue par les mouvements saccadés des rameurs. Un silence profond et respectueux régnait entre eux. La fonte des neiges précipitait le courant, rendant leur tâche plus difficile encore. Les hommes de Dolando avaient pour mission de surveiller l'approche d'éventuels obstacles. Jondalar songea avec admiration aux liens uniques qui unissaient ces deux Clans.

Dans les autres Clans qu'ils avaient appris à connaître au cours de leur Grand Voyage, la distribution des tâches suivait un schéma qui lui était familier. Les hommes accomplissaient certains travaux; les femmes d'autres. A moins que la répartition ne soit fondée sur l'âge. Les jeunes se chargeaient des besognes pénibles, fatigantes, et les vieux des tâches sédentaires. Dans certains groupes, les enfants étaient confiés aux hommes; dans d'autres, c'était aux vieux, hommes ou femmes, qu'incombait cette responsabilité.

Les Sharamudoi, eux, s'étaient instinctivement divisés en deux groupes : les Shamudoi qui chassaient le chamois et d'autres animaux dans les montagnes, et les Ramudoi qui pêchaient l'esturgeon géant – jusqu'à dix mètres de long – dans la Grande Rivière, où perches, brochets et carpes foisonnaient aussi. Ils auraient pu être rivaux; mais ils avaient besoin les uns des autres et maintenaient des rapports étroits.

Les Shamudoi savaient fabriquer des peaux d'une très grande douceur avec les dépouilles de chamois. Certaines tribus lointaines venaient jusque-là pour en échanger contre le produit de leurs chasses ou d'autres biens de valeur parce que des voyageurs leur en avaient vanté les mérites. Le traitement de ces peaux si particulières était un secret bien gardé. Jondalar savait seulement que certaines huiles de poisson entraient dans le processus préparatoire. C'était là une des raisons pour lesquelles les Shamudoi continuaient à entretenir d'aussi bonnes relations avec les Ramudoi. Réciproquement, ces derniers avaient besoin du Clan de la montagne qui leur fournissait le bois nécessaire à la fabrication de leurs embarcations.

Au sein de la tribu des Sharamudoi, à chaque foyer d'un Clan correspondait un autre foyer dans l'autre Clan; ils avaient certaines obligations l'un envers l'autre. Outre l'échange d'une partie du produit de la chasse ou de la pêche, il s'agissait essentiellement de démonstrations de respect et de déférence mutuels. Les liens qui unissaient les deux groupes étaient si forts que si l'espace réservé à un foyer s'avérait trop étroit parce que de nouveaux enfants étaient nés et que les membres de ce foyer décidaient d'aller créer une nouvelle Caverne, le foyer Ramudoi correspondant se voyait dans l'obligation d'en faire autant.

Toutefois, certains rites particuliers permettaient d'échanger ces liens si un groupe souhaitait partir et l'autre pas. En règle générale, pourtant, les Ramudoi avaient le droit d'insister, auquel cas les Shamudoi devaient suivre sans contestation, car tous les litiges concernant la terre relevaient de l'autorité des premiers. Les Shamudoi n'étaient pas sans pouvoir. Toutes les décisions relatives à la rivière, aux voyages, à un nouvel emplacement leur revenaient de plein droit. Dans la pratique, les questions importantes faisaient l'objet d'un Grand Rassemblement.

Jondalar était fasciné par la facilité avec laquelle l'embarcation glissait sur les flots impétueux. Jamais il n'avait vu pareille chose. Les Sharamudoi l'intriguaient décidément beaucoup. Quelle que soit son humeur, la Grande Rivière ne leur faisait pas peur. Ils étaient si téméraires, si ingénieux aussi. Il se souvint avec émoi de la manière dont ils avaient hissé Thonolan quand ils étaient arrivés pour la première fois à la Caverne sur la corniche. Plusieurs hommes avaient prestement escaladé l'étroit chemin; puis un immense panier d'herbes tressées avait été descendu le long de la falaise, pendu à d'épaisses cordes. C'est ainsi que Thonolan avait découvert ce monde qui allait donc devenir le sien.

De ce promontoire, ils avaient vu pour la première fois la Grande Rivière dans toute son étendue, jusqu'à l'horizon. Jamais ils n'auraient pu imaginer une telle perspective! Un immense sentiment de révérence à l'égard de la Grande Terre Mère,

Créatrice de ces eaux majestueuses, de ces pics aux bases arrondies par l'incessant passage de la rivière, l'avait alors envahi.

Déjà, l'embarcation se rapprochait de la rive. Tout un groupe les attendait sur la plage de sable gris en faisant de grands gestes aussi désordonnés qu'incompréhensibles.

– Jondalar, regarde! s'écria Thonolan en désignant un point en amont.

Un grand iceberg, pointu et vibrant de lumière au soleil, glissait avec majesté dans le sillage de leur embarcation. Les facettes de cristal réfléchissant de tous ses angles translucides auréolaient le monolithe d'une brillance insubstantielle. Ses profondeurs s'ombraient d'étranges reflets bleu-vert.

Habilement, les rameurs modifièrent leur cadence et le cap de l'embarcation. Puis ils s'interrompirent quelques instants pour regarder passer l'immense mur de glace scintillante, avec la plus totale indifférence.

– Ne jamais tourner le dos à la Grande Mère, commenta quelqu'un.

– La Sœur peut-être est en cause cette fois-ci... répondit l'homme qui était assis auprès de lui.

L'embarcation fut hissée sur l'étroite bande de sable gris. Lorsque tous les passagers eurent mis pied à terre, quelques hommes la soulevèrent à bout de bras et l'emmenèrent en haut d'une pente jusqu'au milieu d'une clairière dans la forêt de chênes.

Une grande agitation régnait en ce lieu où les Sharamudoi se réunissaient pour construire de nouvelles chaloupes quand le moment était venu. Parce qu'il était étranger et qu'il souhaitait prendre une des leurs pour compagne, Thonolan devait participer à ces travaux avant le rituel de l'Union.

De toute évidence, l'endroit faisait office de chantier naval depuis longtemps déjà : troncs, souches et bran jonchaient le sol – tous les débris alimentaient un grand feu qui flambait joyeusement sous une sorte d'appentis. Plusieurs groupes venus par les montagnes s'étaient déjà mis au travail, s'affairant ici ou là autour d'embarcations à différents stades de construction.

Les nouveaux arrivants se précipitèrent près du feu pour se réchauffer. Certains s'arrêtèrent de travailler et les rejoignirent.

Non loin de là, un tronc creusé rempli d'une décoction de plantes aromatiques dégageait une odeur alléchante. Chacun pouvait y plonger un bol et se désaltérer. Des galets ronds chauffés dans le feu étaient plongés régulièrement dans l'infusion pour en conserver la chaleur.

Quand ils se furent tous servis, le tronc était presque vide. Deux personnes le firent rouler pour en vider le contenu; on apporta de nouvelles pierres chaudes, des feuilles séchées et de l'eau.

Puis tout le monde se remit au travail. Comme le rituel de l'initiation l'exigeait, Thonolan partit avec un groupe d'hommes couper des arbres dans la forêt. Jondalar les suivit en compagnie de Carlono. En chemin, il interrogea le chef des Ramudoi sur l'art qu'ils maîtrisaient si bien. Ravi de l'intérêt de l'étranger, Carlono se lança dans de grandes explications. Jondalar, qui ne connaissait pas bien son langage, se vit dans l'obligation de lui faire répéter à plusieurs reprises.

– Le don des Esprits par excellence, c'est le chêne vert. Il est solide mais souple, résistant, pas trop lourd. En séchant, il perd de sa flexibilité. On le coupe en hiver et le bois trempe toute une année, ou même deux, dans la rivière ou un marécage. Pas plus, sinon, il s'alourdit et il devient impossible de le travailler, et l'embarcation est instable sur l'eau. Plus important, le choix de l'arbre, ajouta-t-il pour finir en prenant un air mystérieux.

– Il faut un arbre très grand? demanda Jondalar.

– Les dimensions ne sont pas importantes, reprit Carlono. Dans les bois denses, les arbres grandissent vite pour trouver le soleil...

– Jondalar!

La voix de Thonolan retentit soudain dans la forêt. Absorbés par leur conversation, Jondalar et Carlono avaient pris du retard sur le groupe. Lorsqu'ils arrivèrent à la hauteur, Jondalar vit son frère à genoux au pied d'un immense chêne entouré d'autres arbres si grands que les branches les plus hautes l'étaient trois fois plus que lui. Thonolan avait l'air complètement désespéré.

– Ecoute, Jondalar, tu dois m'aider. Sais-tu que je ne peux prendre Jetamio pour compagne avant qu'une nouvelle embarcation soit construite, et il faut que je commence par abattre ce mammouth. (D'un geste impatient, il désigna l'arbre gigantesque qui s'élevait majestueusement devant lui.) Jamais je n'aurais pensé qu'un arbre pouvait être aussi grand. Il me faudra toute ma vie pour en venir à bout. Je serai un vieil homme avant d'avoir achevé ma tâche.

Jondalar sourit et secoua la tête.

– Puisque tu souhaites entrer dans le clan des Sharamudoi, tu dois te plier à leurs coutumes.

– Je veux être un Shamudoi. La chasse aux chamois me convient très bien. Les mouflons, les bouquetins, j'en fais mon affaire. Les chaloupes, la rivière, je les laisse aux Ramudoi. Vas-tu m'aider? Je t'en prie, il le faut.

– Je t'aiderai, dit simplement Jondalar. (Puis il se tourna vers Carlono et ajouta, en langage sharamudoi :) Aider Thonolan. Parler plus tard.

Carlono acquiesça d'un hochement de tête et s'éloigna bientôt.

Le soleil avait depuis longtemps disparu à l'horizon lorsque, enfin, ils furent sur le point d'achever leur mission. Tout le monde s'était réuni autour de l'arbre géant. Les deux frères avaient œuvré sans relâche dans le silence, rompu seulement par le martèlement de leurs hachettes. Ils s'étaient attaqués au monstre à partir de deux endroits différents du tronc, de chaque côté, à la même hauteur. Les deux entailles symétriques descendaient à mesure qu'elles se rapprochaient du cœur de l'arbre en un V aux branches très inégales. Les lames de pierre mordaient mal le bois. La tranche devait être assez épaisse pour résister aux chocs des coups répétés et pénétrait mal dans la matière ligneuse. Quand ils eurent presque fini leur travail, ils échangèrent leurs hachettes grossières contre des lames de silex tranchantes. A ce point, on eût dit que l'arbre avait été attaqué par une multitude de rongeurs affamés. Sur une bonne hauteur, le tronc était tout déchiqueté.

Bientôt, Carlono signifia à Jondalar que son rôle était terminé. C'était à Thonolan qu'il appartenait de porter les derniers coups fatidiques.

Aux premiers craquements sinistres, la foule recula. Inquiet, Thonolan leva les yeux vers son adversaire géant, comme pour s'assurer qu'il n'était pas déjà en train de s'effondrer sur lui. Sur le fond noir du ciel, son épaisse couronne de feuilles se détachait à peine. D'une main tremblante, Thonolan frappa à nouveau.

Encore, encore, encore! Un craquement puissant.

Le tronc oscilla. Lentement d'abord, puis de plus en plus vite, l'arbre s'effondra dans un grondement de tonnerre, emportant sur son passage des branches d'arbres voisins. Il s'écroula à terre en tonnant sa colère, rebondit dans un ultime sursaut de vie et retomba inerte. Un silence pesant régnait dans la forêt. Même les oiseaux s'étaient tus, comme en proie à une profonde tristesse. Le grand chêne majestueux gisait là, amputé, si vulnérable et si noble à la fois. Et puis, avec une dignité tranquille, Dolando se mit à genoux devant la souche, dans la terre encore vibrante, et creusa de la main un petit trou dans lequel il déposa un gland.

– Que notre Vénéré Mudo accepte notre offrande et donne la vie à un autre arbre, dit-il d'une voix forte, puis il recouvrit le gland d'une poignée de terre et y versa un bol d'eau.

Ils retournèrent à la corniche. C'était un soir de pleine lune. Calme et presque rassurante pour une fois, la Grande Rivière étincelait au fond de la gorge. Jondalar s'était assis en haut du petit sentier escarpé. Fourbu, il s'était étendu à même la pierre pour prendre un peu de repos, mais tant de pensées s'agitaient dans son esprit qu'il n'avait pas pu trouver le sommeil. L'ombre des montagnes alentour, qui se détachaient sur le ciel bleui par le clair de lune, était si étrangement découpée qu'il s'amusait à y trouver des formes significatives : un visage, une tête de bison...

– Beau, hein ?

Il se tourna vers la femme qui venait d'arriver à ses côtés.

– Très beau, Serenio.

– Grande célébration cette nuit pour Jetamio et Thonolan. Ils attendent. Toi venir.

Comme elle s'apprêtait à repartir, il lui prit le bras. Elle s'assit docilement auprès de lui. Il regarda la pâleur de la lune se refléter dans ses yeux sombres.

Il y avait quelque chose de si doux, de si soumis dans cette femme à peine plus âgée que lui... Elle semblait ne rien demander, ne rien attendre. Il savait que sa vie avait été jalonnée de malheurs. La mort de son premier compagnon, d'un autre homme avant même qu'ait eu lieu la cérémonie de l'Union, d'un enfant né plusieurs étés après Darvo. Elle avait appris à vivre avec sa tristesse et à porter le fardeau de ceux qui souffraient autour d'elle. Face au chagrin, au désespoir, les autres membres du Clan se tournaient volontiers vers elle. Elle compatissait à leurs misères et soulageait leur cœur, sans qu'ils se sentent endettés envers elle. Parce qu'elle était si calme et si patiente, le Shamud avait fait d'elle son assistante. Quand ils étaient arrivés à la corniche, elle avait tout de suite remplacé le guérisseur au chevet de Thonolan, pour qu'il puisse se reposer, ainsi que Jetamio. Dès que Thonolan avait été assez bien pour aller vivre au foyer de Dolando et de Roshario, qu'ils partageaient également avec Jetamio, Jondalar s'était installé avec Serenio et son enfant, Darvo. Il ne lui avait rien demandé. Elle ne s'était pas attendue à ce qu'il le fasse.

Ils se levèrent à l'unisson, sans avoir échangé une parole, pour aller rejoindre les autres. Leurs regards se croisèrent. Celui de la femme était impénétrable, comme si ses yeux réfléchissaient la lumière. Confusément, il sentait qu'elle le connaissait beaucoup mieux qu'il ne se connaissait lui-même. Elle semblait avoir deviné son incapacité de se donner entièrement, comme l'avait fait Thonolan. Elle l'acceptait, de même que ses humeurs maussades, sans rancune, sans reproche.

Darvo parut soulagé de les voir arriver. Il les avait vus ensemble à l'écart des autres, et instinctivement, il avait compris qu'il ne devait pas les déranger. Dans les premiers temps, l'enfant s'était méfié de la présence de l'étranger dans son foyer. Mais peu à peu, Jondalar avait su gagner son affection. Il lui avait raconté, par gestes plus que par mots, tout ce qu'il avait vu au cours de son Voyage et l'avait initié à certaines techniques de taille, de sorte que Darvo avait fini par lui vouer une admiration sans mélange.

« Je pourrais être heureux avec eux, songeait Jondalar. Pourquoi ne pas lui demander? » (A cet instant, le doute qui avait plané dans son esprit toute la journée semblait s'être dissipé.)

– Serenio?

Elle leva la tête et plongea son regard dans ses yeux si bleus. Le désir, le besoin impérieux qu'elle lut dans ces yeux la désarçonnèrent. Confuse, désarmée, soudain privée de ce bouclier qu'elle avait soin d'ériger entre elle et les autres pour parer à la douleur, elle se jeta contre lui, presque involontairement. Si vulnérable, offerte.

– J'ai pensé beaucoup aujourd'hui.

Il ne trouvait pas ses mots.

– Thonolan... Long voyage... ensemble. Il veut Jetamio... rester Si tu... je peux...

– Allons, vous deux. La faim nous tenaille. Il est... (Thonolan s'interrompit dès qu'il les vit perdus dans les yeux l'un de l'autre.) Pardonne-moi, mon frère. Je crois bien que...

Ils s'écartèrent à contrecœur. La magie du moment était passée.

– Ne t'inquiète pas, Thonolan, dit Jondalar. (Puis

il se tourna vers la femme qui venait de lui tomber dans les bras :) Nous parlerons plus tard.

Elle semblait désemparée, comme si elle ne comprenait pas ce qui était arrivé, et luttait désespérément pour reprendre contenance.

Dès qu'ils apparurent dans la lueur du feu, tout le monde prit place autour de Thonolan et de Jetamio debout près des flammes orangées. La cérémonie de la Promesse marquait le début de la période des Rituels qui culminerait avec la Cérémonie de l'Union. Dans l'intervalle, les contacts entre les futurs compagnons seraient sévèrement surveillés.

Bientôt, le Shamud s'avança. Jetamio et Thonolan s'agenouillèrent pour permettre au guérisseur et maître spirituel de la communauté de placer sur leur tête des couronnes de boutons d'aubépine fraîchement tressées. Alors, main dans la main, ils firent trois fois le tour du feu puis de l'assemblée regroupée autour d'eux en un cercle parfait, avant de reprendre leur place, ayant partagé leur amour avec tout le Clan des Sharamudoi venu prendre part à leur bonheur.

A présent la fête pouvait commencer. On servit d'abord un breuvage fait de fleurs de pissenlit et de miel, fermenté depuis la dernière pleine lune. Les promis burent en premier. Puis chacun eut sa part.

Tous avaient travaillé dur tout le jour. Des fumets exquis se dégageaient des gigantesques plats de bois creusé qui furent apportés un à un près du feu. Markeno et Tholie, qui seraient bientôt le foyer correspondant à celui de Thonolan et Jetamio chez les Ramudoi, vinrent leur présenter des corégones, pêchés le matin même et cuits tout le jour à l'étuvée. Un plat d'oseille réduite en purée par une longue cuisson accompagnait ce mets délicieux.

Puis vinrent des faînes grillées – cueillies par ses soins l'automne dernier, précisa Jetamio, à l'adresse de Jondalar. Comme il s'étonnait de leur goût salé, elle lui expliqua qu'une fois bien rôties, les faînes, débarrassées de leur cupule triangulaire, étaient roulées dans du sel marin.

– C'est Tholie qui a apporté le sel, précisa Jetamio. Quand elle est devenue la compagne de Markeno.

Tholie avait grandi dans le Clan des Mamutoi – les chasseurs de mammouths – qui vivaient près de la mer. Markeno et elle s'étaient rencontrés lors d'une expédition qui avait conduit les Ramudoi jusqu'au delta de la Grande Rivière. C'était une des premières fois que les deux Clans se trouvaient en présence l'un de l'autre. Méfiants au début, ils avaient fini par passer outre à leur hostilité initiale. Mais le désir d'union des deux jeunes avait provoqué un véritable tollé dans les deux communautés. Aussi Markeno avait-il fini par recourir à la manière forte : il avait enlevé la femme qu'il convoitait et s'était enfui avec elle. A force d'échanges, de palabres, les choses avaient fini par s'arranger. A présent, les Sharamudoi et les Mamutoi étaient en bons termes. En définitive, l'union entre Markeno et Tholie s'était avérée bénéfique aux uns comme aux autres.

Une petite fille s'approcha du groupe, un nouveau-né dans les bras.

– Shamio s'est réveillée, Tholie. Je crois qu'elle a faim.

La mère de l'enfant hocha la tête en signe de remerciement et présenta son sein généreux à la petite bouche avide. Les conversations reprirent. Puis on servit à la ronde un mets plus délicieux encore : un chamois cuit dans son sang, arrosé d'un jus d'airelles fermenté.

– J'espère que notre Grande Mère m'honorera d'un enfant aussi sain et heureux que le tien, dit Jetamio en regardant avec amour l'enfant rassasié qui s'était blotti sur les genoux de sa mère.

Thonolan la prit dans ses bras. Dès qu'ils eurent vidé le contenu de leurs bols, les deux promis tentèrent de s'éclipser. A peine debout, ils se virent encerclés par plusieurs jeunes qui leur barraient le chemin.

La coutume voulait que les couples sur le point d'échanger les vœux de l'Union s'échappent assez tôt de la Grande Fête afin d'être un peu seuls avant la période de séparation réglementaire. Mais dans la mesure où ils étaient les invités d'honneur, ils ne pouvaient disparaître tant que quelqu'un dans l'assemblée s'entretenait encore avec l'un d'eux. Ils devaient s'esquiver à l'insu des regards. Cet usage n'était en définitive qu'un jeu, dans lequel chacun devait tenir son rôle. Ils étaient donc censés faire semblant de s'enfuir et s'excuser poliment dès qu'ils étaient pris sur le fait. Après quelques plaisanteries d'usage, ils seraient finalement autorisés à s'évader.

– Vous semblez bien pressés ! lança quelqu'un.

– Il est tard ! marmonna Thonolan, évasif.

– Mais non, il est encore tôt. Mange encore un peu, Jetamio !

– Je ne pourrais pas, dit-elle en riant.

– Un bol d'infusion alors, Thonolan ?

– Eh bien, un peu.

– Et pour toi, Jetamio ?

Elle se rapprocha de Thonolan et lui jeta un coup d'œil plein de sous-entendus par-dessus son épaule.

– Juste une gorgée, mais vous devez nous chercher des bols. Ils sont tous là-bas.

– Attendez ici. Nous vous les rapportons.

L'un d'eux partit dans la direction qu'elle leur avait indiquée tandis que les autres faisaient mine de les surveiller. Alors Jetamio et Thonolan prirent leurs jambes à leur cou et disparurent dans l'obscurité.

Assis auprès de Serenio, Jondalar observa la scène en riant. Il voulait s'éclipser lui aussi avec la femme pour continuer la conversation que Thonolan avait interrompue. S'il devait lui demander de devenir sa compagne, il fallait que ce soit tout de suite, avant que le doute qu'il sentait à nouveau monter en lui ne prenne trop d'ampleur.

Son entourage était d'humeur joyeuse. Tout le monde s'agitait, buvait, riait. Quelqu'un demanda qu'on réchauffe le plat de chamois. D'autres réclamaient de l'infusion. Trop excités pour dormir, les enfants couraient dans tous les sens.

Un enfant se jeta à toute volée contre un homme qui sous l'effet de la décoction de pissenlits fermentée tenait déjà mal sur ses jambes. Il chancela et se heurta à son tour à une femme portant un grand pot d'infusion bouillante juste au moment où un brouhaha saluait le départ du couple.

Personne n'entendit les premiers cris mais les longues plaintes du bébé finirent par attirer l'attention. Alors tout le monde se précipita dans la direction de Tholie.

– Mon enfant! Mon enfant! hurlait-elle. Elle est toute brûlée.

– Par le Grand Doni! s'exclama Jondalar, et il se rua à son tour vers la jeune mère éplorée.

Autour d'elle, la confusion était totale. Tout le monde voulait l'aider en même temps.

– Ecartez-vous! Laissez passer le Shamud! supplia Serenio, qui était visiblement la seule à avoir conservé son calme.

D'un geste rapide, le Shamud dénuda l'enfant.

– De l'eau froide, Serenio, vite! Non, attends. Darvo, va chercher de l'eau. Serenio, l'écorce de tilleul. Sais-tu où elle est? (Elle partit à toute allure.) Roshario, de l'eau chaude. Il faut faire une décoction de tilleul.

Dès que Darvo eut rapporté de l'eau froide de la cascade, le guérisseur en aspergea les brûlures qui commençaient déjà à se boursoufler.

– De la bardane pour calmer la douleur, murmura-t-il.

Quelqu'un partit en chercher.

Quand il eut appliqué les longues feuilles déchiquetées sur la peau violacée de l'enfant et de sa mère, les hurlements du petit se transformèrent en sanglots étouffés, parfois entrecoupés de spasmes. L'effet calmant des feuilles commençait à se faire sentir.

– Elle a moins mal, murmura Tholie.

C'est alors qu'elle s'aperçut qu'elle aussi était brûlée. Parce que le Shamud le lui fit remarquer. Décomposée, Jetamio s'agenouilla auprès d'elle.

– Oh! Tholie, je suis... désolée. Comment est-ce arrivé?... Je ne sais plus ce que je dis.

– Pourquoi Thonolan et toi êtes-vous encore ici? lui demanda Tholie, d'un ton mal assuré. C'est votre dernière nuit ensemble.

– Je ne veux pas partir. Je veux rester auprès de toi.

L'enfant recommençait à s'agiter.

– Serenio, la tisane est-elle prête? demanda le Shamud, tout en remplaçant les feuilles détrempées.

– L'écorce de tilleul a macéré assez longtemps, mais il faudra attendre un peu pour que le mélange refroidisse.

Soudain Thonolan écarta la foule qui se pressait derrière lui. Il revint bientôt avec un morceau de glace qu'il tendit au Shamud, sans une parole.

Celui-ci leva vers lui un regard surpris, comme si son ingéniosité l'étonnait, et plongea le glaçon dans la décoction fumante.

Epuisés par l'émotion, la douleur, la fatigue, la mère et l'enfant finirent par s'endormir. S'il calmait la douleur, le tilleul incitait aussi au sommeil. Thonolan et Jetamio s'étaient finalement laissé convaincre de s'échapper quelques instants. Mais l'accident avait mis fin à la bonne humeur de tous. Sans vraiment vouloir se l'avouer, chacun pensait qu'un tel événement jetait une ombre de mauvais augure sur la Promesse qui venait d'être échangée ce soir-là.

Jondalar, Serenio, Markeno et le Shamud étaient assis près du feu, profitant de la faible chaleur qui émanait des braises mourantes. Ils parlaient à voix basse car tous les autres dormaient. Serenio encourageait Markeno à aller se coucher :

– Tu ne peux plus rien faire, Markeno. Il est inutile que tu résistes ainsi au sommeil. Je reste auprès d'eux.

– Elle dit la vérité, renchérit le Shamud. Tout ira bien. Toi aussi, tu devrais prendre un peu de repos, Serenio.

Quand il fut seul avec l'énigmatique personnage dont il apercevait à peine le visage dans la pénombre, Jondalar se leva pour remplir leurs deux bols d'un sirupeux jus d'airelles fermenté. Le Shamud lui prit des mains le bol qu'il lui tendait, comprenant tacitement qu'ils avaient encore des choses à se dire. Puis Jondalar regroupa les quelques braises encore rougissantes près du bord du grand cercle noirci par le feu et ajouta des brindilles jusqu'à ce que de petites flammes s'élèvent joyeusement dans l'air. Ils burent leur breuvage à petites gorgées, en silence.

Lorsque Jondalar leva les yeux, il vit que le guérisseur l'observait à la dérobée. Leurs regards se croisèrent. Les flammes craquantes, sifflantes, jetaient des ombres mouvantes sur le visage buriné, estompant les traits déjà indéfinissables.

Le Shamud porta son bol à ses lèvres, interrompant ainsi leur échange de regards. Jondalar pensa qu'il s'agissait là d'un geste délibéré, destiné à mettre fin à la tension qui s'était établie entre eux. Il but une gorgée.

– Le Shamud est bon guérisseur, dit Jondalar, pour rompre le silence.

– C'est un don de Mudo.

Ce personnage l'intriguait de plus en plus. Jondalar se posait de nombreuses questions à son sujet. Sa voix, ses traits, sa vie solitaire, tout ce qu'il représentait attisaient sa curiosité.

– La vie du Shamud n'est pas facile, reprit-il. A-t-elle toujours été... solitaire?

L'espace d'un instant, le regard insondable du guérisseur se figea dans une expression de surprise. Puis il éclata d'un rire sardonique.

– Serais-tu tenté par mes charmes, Jondalar? Oh! si tu m'avais connu plus jeune, peut-être...

Il se tordait de rire à présent. Jondalar le regardait, incrédule. Quand les ricanements moqueurs du guérisseur se turent enfin, il n'y eut à nouveau que le silence.

Puis, d'une voix plus calme, le Shamud reprit :

– Un guérisseur n'a pas d'identité. Son statut lui

procure certains avantages. Le choix d'une compagne ou d'un compagnon n'en fait pas partie. Tel est mon destin. Celui qui porte en lui l'essence de l'homme et celle de la femme a une place de choix dans la communauté.

Dans la lueur du feu, le Shamud avait l'air aussi vieux que la Terre Elle-même, le regard rivé sur les flammes dansantes, perdu au loin dans un autre lieu, un autre temps. Jondalar se leva pour jeter de nouvelles brindilles dans le feu. Comme les flammes reprenaient vie, le guérisseur se redressa et un flamboiement d'ironie brilla dans ses yeux.

– Il y a si longtemps... Le statut que j'ai présentait nombre de... compensations, la découverte de son propre talent et du Grand Savoir n'étant pas des moindres. Lorsque la Mère demande que l'on se mette entièrement à son service, tout n'est pas sacrifice.

– Chez les Zelandoni, les serviteurs de la Mère, pas comme Shamud. Moi, je voulais. Tous ne sont pas appelés, expliqua péniblement Jondalar, et le Shamud songea que de tristes moments avaient dû noircir la vie de cet homme qui paraissait pourtant si favorisé des dieux.

– Tu dis la vérité, reprit-il. Tous ne sont pas élus. Avant d'être initié, une période d'isolement s'impose. Pour tester sa foi, sa volonté. Car si l'on ne peut vivre seul, jamais l'on ne pourra endurer les épreuves plus rudes!

– Quelles épreuves? demanda Jondalar, à la fois fasciné par les propos du Shamud, qui pour la première fois s'ouvrait à lui, et troublé par ses paroles.

– Des périodes d'abstinence où l'on doit refuser tout plaisir; des périodes de silence, de jeûne, ou des périodes où l'on doit refuser le sommeil. Et bien d'autres encore. C'est ainsi que nous devenons attentifs aux révélations de notre Mère. Après un temps, l'isolement n'est plus nécessaire car l'on sait de soi-même provoquer ces états de profonde méditation à tout moment.

Il y eut encore un long silence. Le Shamud avait réussi à faire porter la conversation sur la question que Jondalar brûlait de lui poser.

Le moment était venu.

– Le Shamud veut-il bien me dire... ce que signifie... tout cela? demanda Jondalar en étendant le bras en un grand geste circulaire.

– Je sais ce que tu veux. Après ce qui s'est passé ce soir, tu t'inquiètes du sort de ton frère, de Jetamio, et de ton propre avenir. (Jondalar acquiesça d'un signe de tête.) Rien n'est sûr, tu le sais.

Il marqua une pause, le regarda longuement, comme s'il cherchait à déterminer combien il devait lui révéler. Il tourna à nouveau son vieux visage vers la lueur du feu et ferma les yeux. Jondalar sentit qu'une distance s'établissait entre eux. Inexorable. Invincible.

– Les liens qui t'attachent à ton frère sont d'une grande puissance. (La voix profonde et vibrante du maître spirituel semblait venir d'un autre monde. Jondalar frissonna.) Tu crains de mener sa vie au lieu de la tienne. Tu es dans l'erreur. Il t'a conduit où tu devais aller, mais où tu ne voulais point aller seul. Tu suis ta propre destinée, pas la sienne. Pendant un temps, vos routes furent parallèles. Vos forces sont d'une nature différente. Ta puissance est grande quand tes besoins sont intenses. J'ai senti ton appel avant que nous ne trouvions la peau imbibée de sang, accrochée à l'avant de notre embarcation, que tu m'avais envoyée.

– Je n'ai rien envoyé. C'était la chance.

– J'ai entendu ton appel. D'autres l'ont senti. La Mère ne te refuse rien. C'est ça la chance. C'est un don qu'elle t'a fait. Mais méfie-toi des bienfaits de la Mère. Car elle exige d'être payée en retour. Parce qu'elle s'est montrée si généreuse à ton égard, elle te réserve sans doute un destin particulier. Elle ne donne rien sans qu'on lui ait une obligation dont il faut s'acquitter. Le Don du Plaisir lui-même n'est pas simple largesse. Il a une raison d'être, qu'on le sache ou pas...

« Souviens-toi : tu suis le chemin qu'a tracé pour toi la Mère. Elle a choisi pour toi une destinée parmi toutes les destinées. Elle t'enverra des épreuves pour s'assurer que tu la mérites. Tu feras souffrir... »

Incrédule, Jondalar écarquilla les yeux.

– Tu connaîtras toi aussi la souffrance. Trop de dons t'ont été dispensés. Trop de faveurs accordées. Les épreuves t'apprendront tout ce qu'il te faut savoir pour tirer parti de ces bienfaits. Souviens-toi aussi : servir la Mère n'est pas un sacrifice. Ce que tu cherches, tu le trouveras. Tel est ton Destin.

– Mais... et Thonolan ?

– Je vois une cassure. Vos destinées se séparent. Il doit suivre son propre chemin. Il est l'objet de la prédilection de Mudo.

Jondalar fronça les sourcils. Les Zelandoni avaient un adage semblable qui n'était pas toujours de très bon augure. La Grande Mère Terre était jalouse de ses Favoris et les appelait tôt auprès d'elle, disait-on. Il attendit. Le Shamud n'ajouta rien. Besoin, force, destin. De quoi s'agissait-il ? Il n'avait pas très bien compris. Ceux qui servent la Mère ont souvent une ombre sur la langue. Il se sentait mal à l'aise.

Quand le feu mourut, Jondalar se leva pour partir. Il fit quelques pas vers le foyer de Serenio. Alors le Shamud se remit à parler.

– Non, non, pas la mère et l'enfant... cria-t-il dans le noir sur un ton suppliant.

Surpris, Jondalar se retourna et tendit l'oreille. Silence. Un frisson lui parcourut l'échine. Peut-être Tholie et sa fille étaient-elles plus atteintes qu'il n'avait paru au premier abord. Pourquoi tremblait-il ainsi alors qu'il n'avait pas froid?

12

Carlono était plongé dans l'examen d'un grand arbre aux branches fourchues quand Jondalar et Markeno, le fils de son foyer, parvinrent à sa hauteur. Ils s'adressèrent les salutations d'usage.

– Ces ramures ne conviendront pas, dit-il en soupirant.

– Pour quelle raison? demanda Jondalar.

– Je ne vois pas l'embarcation dans cet arbre, répondit-il, énigmatique. Aucune des branches ne suit la courbe nécessaire.

– Comment le sais-tu? Ils sont loin d'avoir fini la structure de base.

– Il sait, protesta Markeno. Carlono trouve toujours le bois qu'il faut. Tu peux rester si tu le souhaites, ajouta-t-il. Je descends à la clairière.

Jondalar le regarda s'éloigner à grandes enjambées puis il se tourna à nouveau vers le chef des Ramudoi.

– Comment sais-tu reconnaître l'arbre qui fera une bonne embarcation?

– Il ne faut pas toujours des arbres longs et droits. Mes hommes savent faire bon usage des branches recourbées ou tordues. Je songe à la manière dont le bois une fois coupé reposera sur l'eau au centre, dont il doit se redresser à l'avant, à l'arrière. C'est une longue recherche. Les arbres qui sont éloignés de leurs semblables ont plus de place pour croître comme ils l'entendent. Mais comme les humains, certains grandissent mieux en compagnie, parce qu'ils cherchent à surpasser leurs voisins. D'autres poussent mieux par eux-mêmes, bien qu'ils se sentent parfois solitaires.

Carlono reprit sa marche en direction de la clairière. Jondalar lui emboîta le pas. D'une voix absente, le chef des Ramudoi n'en continua pas moins de lui prodiguer d'autres conseils.

– Quelquefois, les arbres vivent par deux, poursuivit-il, entremêlant leurs branches. Comme ceux-là. (Du doigt, il désigna deux chênes dont les branchages étaient si enchevêtrés qu'on parvenait à peine à les distinguer.) Nous les appelons des arbres-compagnons. Souvent, lorsque l'un est abattu, l'autre meurt.

Jondalar fronça les sourcils. Ils traversèrent la clairière et s'engagèrent dans un petit chemin baigné de soleil, escaladant une butte au sommet de laquelle trônait un gigantesque vieux chêne tout noueux et rugueux.

Jondalar s'en approcha de plus près et vit qu'une multitude d'objets – paniers finement tressés, petites poches de cuir brodées de coquillages, lanières entrelacées, long collier de vertèbres de poisson ouvragées si ancien qu'une végétation abondante l'avait recouvert – pendaient aux branches de l'arbre immense comme autant de décorations. Des guirlandes de queues d'écureuils, de dents effilées, de plumes colorées encerclaient le tronc massif. Jamais il n'avait vu chose pareille. En constatant sa réaction, Carlono eut un petit rire étouffé.

– C'est l'Arbre à Souhaits. Les femmes lui font des offrandes lorsqu'elles désirent être honorées par Mudo. Plus d'un homme pourtant est venu lui faire des dons, pour qu'il favorise la chasse, la construction d'une nouvelle embarcation. Cet arbre entre tous les arbres appartient à Mudo. Vois-tu comme ses branches sont incurvées? C'est pour cela que je t'ai amené jusqu'ici! C'est l'arbre de Mudo. On ne peut y toucher. Et puis il est trop grand. Mais ce sont des branches semblables qu'il me faut trouver.

Ils prirent un autre sentier pour retourner à la clairière. Markeno avait rejoint Thonolan et œuvrait avec lui sur un tronc presque aussi large que long. A l'aide d'herminettes, ils en creusaient péniblement l'intérieur. Pour l'heure, il ressemblait plus au bassin dans lequel on conservait les tisanes de plantes aromatiques qu'aux gracieuses embarcations. La forme était à peine esquissée. Dans un premier temps, il s'agissait d'évider l'énorme billot.

Totalement absorbé par sa tâche, Thonolan ne remarqua pas tout de suite la présence de son frère. Bientôt, il se redressa puis sauta hors du trou.

– Jondalar! Te voilà! Markeno me dit que l'art de construire ces embarcations de malheur te fascine. Alors, prends une hachette et viens m'aider. (Ils avaient les mains noires et le visage tout barbouillé de suie.) Tiens, je te prête volontiers ma hachette, ajouta-t-il en lançant l'objet dans la direction de son frère qui le rattrapa instinctivement.

L'épaisse lame de pierre montée à angle droit sur un manche lui charbonna la main.

Thonolan était accroupi auprès d'un feu voisin.

De petites langues de feu pointaient çà et là, parmi les braises rougeoyantes. Il prit un mince tronçon de bois sur lequel il déposa plusieurs braises ardentes à l'aide de branchettes. Puis il retourna vers le tronc et disposa son léger chargement à l'intérieur, à l'endroit où il avait creusé. Une nuée d'étincelles s'éleva dans un épais nuage de fumée. Markeno ajouta un peu de bois dans le feu naissant avant d'aller chercher de l'eau. Leur objectif était de s'allier la puissance du feu et non pas de lui laisser dévorer la future embarcation tout entière.

Thonolan déplaça légèrement le tas de charbons ardents et fit couler un filet d'eau dans un endroit stratégiquement choisi. Une forte odeur de bois brûlé, accompagnée d'un bref pétillement suivi d'un dégagement de vapeur sifflante présida à ce combat élémentaire entre le feu et l'eau. Dès que l'eau l'eut emporté, Thonolan grimpa à nouveau à l'intérieur du tronc, écopa l'eau dans laquelle nageaient encore les braises imprégnées avant d'entamer le bois noirci par le feu et amolli par sa chaleur.

– Laissez-moi prendre la relève, proposa Jondalar après avoir longtemps observé leur façon de procéder.

– Je me demandais si tu avais l'intention de passer tout le jour à me regarder travailler, remarqua Thonolan en grimaçant un sourire.

Au bout de quelques coups, Jondalar s'arrêta pour examiner la lame de son outil, essaya un angle différent, étudia à nouveau le tranchant, avant d'acquérir une cadence régulière. Les trois hommes travaillèrent longtemps, en silence. Plus tard, ils s'interrompirent pour reprendre des forces.

– Le feu est le meilleur outil que l'on puisse imaginer, remarqua Jondalar.

– Le chêne est un bois dur. Même pour le pin,

nous nous servons aussi de braises. Notre tâche en est largement facilitée.

– L'embarcation sera-t-elle achevée avant la prochaine pleine lune? s'enquit Thonolan, visiblement très anxieux de connaître la réponse.

Markeno sourit.

– Jamais je n'ai vu homme travailler aussi vite. Et tu encourages les autres à t'imiter. C'est bien ainsi. Le bois n'a pas le temps de sécher. Nous aurons fini à la prochaine lune, Thonolan. Surtout si Jondalar continue à nous assister.

– Il ne saurait en être autrement, répliqua Thonolan. Il soupira d'aise.

L'énorme chêne que Jondalar et Thonolan avaient abattu, tronqué de sa couronne de feuillage, avait été transporté de l'autre côté de la clairière. Tous les hommes valides des deux Clans avaient participé à cette opération; presque autant s'étaient réunis à présent autour de l'arbre pour le fendre.

Pour commencer, un jeu d'andouillers faisant office de coins à fendre furent placés en ligne droite le long du fil sur toute la longueur du tronc, puis enfoncés dans la matière à l'aide de maillets de pierre massifs. A force de coups repétés en maint endroit simultanément, le fût finit par s'entrouvrir avec un craquement sinistre. Les épaisses masses des andouillers triangulaires pénétrèrent plus profondément dans le cœur du bois, jusqu'au moment où le tronc se fendit en deux, avec une aisance prodigieuse. Jondalar n'en croyait pas ses yeux. Et pourtant, ce n'était qu'un début! Les coins à fendre furent disposés à nouveau au centre de chaque moitié et l'on répéta l'opération jusqu'à ce que chacune se coupe en deux. Et ainsi de suite. De sorte qu'à la fin du jour, l'énorme tronc était réduit en une pile de lattes épaisses plus effilées d'un côté que de l'autre. A cause des nœuds qui interrompaient ici et là la régularité de la matière ligneuse, certaines de ces lattes étaient plus courtes; mais l'on saurait leur trouver un usage. Les planches qui ne conviendraient pas à la construction de l'embarcation serviraient à construire un abri destiné aux nouveaux compagnons, suffisamment grand pour y accueillir Markeno, Tholie et Shamio pendant les grands froids. Le bois d'un même arbre servant à un abri et à une embarcation léguait, disait-on, sa force à la nouvelle union.

– Je ne crois pas que les pierres soient assez chaudes, Carlono, remarqua Markeno sur un ton anxieux.

– L'eau ne doit pas demeurer trop longtemps dans l'embarcation, car le bois risque de gonfler au lieu de s'assouplir. Thonolan, les planches d'écartement sont-elles à proximité? Nous n'allons pas tarder à nous en servir, dit Carlono, le front plissé d'inquiétude.

Thonolan hocha la tête en désignant un tas de troncs d'aulnes couchés au pied du grand canot rempli d'eau.

– Commençons, Markeno, en espérant que les pierres rempliront leur office.

Bien qu'il ait suivi toutes les étapes de la construction, Jondalar était stupéfait : le gigantesque tronc d'arbre n'était même plus reconnaissable. Après en avoir évidé l'intérieur, ils l'avaient poli patiemment pendant des jours et des jours, de sorte que la coque était à peine plus épaisse que la main. Le fond avait été aplani, les côtés de l'embarcation rabotés; l'avant et l'arrière de la structure étaient joliment fuselés. Rapidement, ils transférèrent les galets qui chauffaient depuis longtemps dans le feu dans la coque emplie d'eau. L'eau se mit à bouillonner et une épaisse vapeur voila leur vision. La méthode était la même que celle que les Sharamudoi utilisaient pour conserver leur chaleur aux infusions. Mais l'objectif était différent : il s'agissait cette fois-ci d'accroître la malléabilité du bois.

Face à face, de chaque côté de la longue embarcation, Markeno et Carlono éprouvaient déjà la flexibilité de la coque, en tirant précautionneusement pour élargir la carène sans briser le bois. S'il rompait maintenant, tout serait à recommencer. Visages crispés, mains nerveuses, bien qu'expertes. En réponse à un signe de tête, Thonolan et Jondalar s'emparèrent du plus long des troncs d'aulnes qu'ils interposèrent entre les deux flancs de la coque. Tout le monde retint son souffle. Rien ne bougea. Les pierres chaudes avaient bel et bien rempli leur office.

Puis des madriers de plus en plus courts furent disposés de la même manière de chaque côté du tronc d'aulne central. Ils écopèrent l'eau jusqu'à ce que l'embarcation soit suffisamment légère pour être renversée, retirèrent les pierres et la firent basculer pour que le reste de l'eau se déverse, avant de la poser à l'envers sur deux rochers afin qu'elle sèche.

L'étape la plus périlleuse venait de s'achever sans encombre. Ils purent enfin contempler leur œuvre sans retenue. L'élargissement de la coque avait encore modifié les lignes générales de l'embarcation. Comme la partie centrale avait pris de l'ampleur, l'avant et l'arrière s'étaient soulevés, conférant à l'ensemble une gracieuse allure incurvée. Cette opération était destinée non seulement à améliorer la stabilité et à accroître l'espace intérieur de la future chaloupe, mais encore à rehausser précisément la poupe et la proue afin d'amoindrir les risques de naufrage en cas de tempête.

A la différence du radeau dont la flottabilité dépend des matériaux qui le composent, les embarcations des Sharamudoi étaient élaborées à partir du principe d'un espace vide – une poche d'air – ménagé à l'intérieur de la coque en bois. Ce système ingénieux permettait d'en améliorer la maniabilité et d'accroître les charges transportées. Les lattes de bois rendues malléables par la chaleur et la vapeur d'eau étaient incurvées de manière à imiter les courbes de la coque initiale, interne, puis littéralement cousues, à l'aide de lianes ou de branches de saule, passées dans des trous préalablement creusés avec des os appointés, puis chevillées à l'avant et à l'arrière. Des supports verticaux intermédiaires, étaient ajoutés par la suite pour renforcer l'ensemble de la structure.

La préparation de ces planches, la perforation des trous notamment, prenait un temps infini. Les vrilles en os se rompaient facilement et devaient sans cesse être remplacées. Tout le monde participait à cette étape du travail.

Construites de la sorte, les embarcations duraient de nombreuses années en dépit des caprices de la Grande Rivière. Les lianes ou les branches de saule devaient être changées fréquemment. On remplaçait les planches défectueuses. Pour les plus petites embarcations, celles qui n'étaient destinées qu'à une ou deux personnes, les Sharamudoi se contentaient de creuser des troncs d'arbres. Mais ces petits canots ne pouvaient guère être utilisés que lorsque les eaux étaient calmes.

Le soir venu, ils prirent le chemin du retour vers

la haute corniche. Thonolan remarqua que son frère semblait absent.

– Où est ton esprit, Jondalar?

– Je pense aux embarcations. Jamais je n'ai vu des gens aussi habiles. Songes-y, mon frère. Mais leurs outils... (Thonolan vit une lueur d'enthousiasme briller dans les yeux de son frère.) Je les ai examinés. Il me semble que Carlono utilise une hachette trop épaisse. Plus arrondie, plus lisse, elle serait, je pense, plus facile à manipuler. Et ne crois-tu pas qu'avec du silex, ces trous si nombreux seraient plus vite faits?

– Par Doni! moi qui pensais que ces chaloupes avaient capturé ton esprit! J'aurais dû m'en douter. Ce sont les outils! Jondalar, tu seras toujours un tailleur de pierre.

Thonolan disait la vérité. Depuis qu'il partageait l'existence des Sharamudoi, Jondalar avait passé le plus clair de son temps à chercher le moyen d'améliorer les outils qu'ils utilisaient. Quelquefois, une petite modification suffisait. N'était-ce point là une façon fort judicieuse d'exprimer sa gratitude à ce Clan grâce auquel Thonolan avait survécu à ses blessures et qui allait devenir le sien?

Darvo vint leur annoncer que d'autres Clans venaient d'arriver. Il ressortit précipitamment de l'abri. Ce qui se passait à l'extérieur était bien trop fascinant.

– Tout le monde veut voir à quoi ressemblent les Zelandoni, commenta Serenio avec une certaine fierté.

La nouvelle de leur présence parmi les Sharamudoi s'était vite répandue dans la région, d'autant plus que les chasseurs étaient partis nombreux, puisqu'un grand festin se préparait. Par ailleurs,

Dolando avait envoyé un messager prévenir les Mamutoi. Jondalar n'arrivait pas à croire qu'une telle foule avait pu ainsi converger si vite sur la corniche. Sauf au Grand Rassemblement des Clans, jamais il n'avait vu autant d'hommes et de femmes réunis. Certains venaient de la Grande Rivière en amont, d'autres de la région près de la Grande Eau.

Le rituel de l'Union prenait une tournure tout à fait différente de ce à quoi il était habitué. Chez les Zelandoni, cette cérémonie avait également lieu au printemps, mais elle se déroulait dans un endroit préétabli, à égale distance de plusieurs cavernes, car plus d'un couple y était formé.

Interrompant le cours de ses pensées, Serenio vint se frotter contre Jondalar. Il sentit monter en lui un vif désir de la prendre. Le moment était mal choisi! Il la serra dans ses bras puis se dégagea.

– Jondalar est nerveux, lui dit-elle en posant la tête sur son épaule. Je vais te faire une infusion pour calmer ton agitation, ajouta-t-elle.

Il ne la retint pas et se mit à observer la foule entre deux planches mal ajustées. Serenio revint avec quelques feuilles; elle versa de l'eau dans un récipient rectangulaire orné de motifs adroitement tissés, et y ajouta quelques pierres chaudes.

Ainsi son frère allait faire son entrée véritable dans le Clan des Sharamudoi. Il eût tant voulu être à ses côtés à cet instant! Mais la coutume interdisait à qui que ce soit de s'approcher des futurs compagnons tant que la cérémonie n'était pas terminée. Il repassa dans son esprit tous les événements qui s'étaient déroulés depuis leur arrivée dans ce lieu. Il n'avait aucune raison de vouloir partir. Serenio était une compagne agréable. Le regard perdu dans les méandres des motifs qui ornaient la tunique richement décorée de coquillages et de plumes de la femme, il songea à son propre Clan, à Marona qui l'attendait peut-être encore.

Soucieux de chasser ces pensées de son esprit, il se leva brusquement au moment où Serenio lui tendait une tasse d'infusion fumante. L'incident lui rappela le triste épisode de la Fête de la Promesse. Tholie et Shamio s'étaient assez bien remises de leurs brûlures. Le Shamud leur avait assuré qu'il n'en resterait rien. Au souvenir de l'étrange conversation qu'il avait eue ce soir-là avec le guérisseur, il se sentit mal à l'aise.

– Jondalar, bois cette infusion. Cela t'aidera.

Il lui sourit, prit une gorgée. Il n'en reconnut pas le goût. L'effet calmant fut pour ainsi dire immédiat.

– Que me donnes-tu là, Serenio?

Elle lui décocha un regard énigmatique.

– Le Shamud m'a donné la recette, dit-elle simplement.

Il la prit à nouveau dans ses bras et fut tenté d'assouvir ses désirs tout de suite. A son tour, elle le repoussa.

– Ce soir? murmura-t-il.

– Ce soir, il y aura une cérémonie pour honorer notre Mère Terre, lui rappela-t-elle. Tu voudras peut-être prendre une autre femme. Moi je serai toujours là.

– J'avais oublié, répondit-il en hochant la tête.

Mais étrangement, il se sentit rejeté. Il n'avait jamais eu une telle sensation auparavant. Qu'elle lui ait elle-même proposé de trouver une autre compagne pour la nuit le troublait bizarrement.

– Jondalar! (C'était la voix de Darvo.) Ils m'ont envoyé te chercher. Tu dois venir.

L'enfant dansait d'impatience. Jondalar inspira une grande bouffée d'air et suivit Darvo.

Lorsqu'il apparut au milieu de l'assemblée, un murmure confus s'éleva. Il ne reconnaissait aucun visage. Il fut heureux de voir Roshario et Tholie venir à sa rencontre pour l'emmener en haut de la butte près de l'Arbre à Souhaits où tous les autres l'attendaient. Un personnage aux cheveux blancs dont le visage était partiellement dissimulé par un masque en bois orné de plumes d'oiseaux dominait la foule de sa haute taille. Il était sans doute plus grand que Jondalar lui-même.

Il aperçut Thonolan au côté de l'étrange individu. Il lui adressa un pâle sourire. Il s'étonna que son frère se soit si vite intégré à ce peuple dont ils ignoraient jusqu'à l'existence l'été précédent. Confusément, Jondalar sentit le fossé qui les séparait désormais. Ils ne suivaient plus la même route. Ils ne la suivraient plus jamais. Son cœur pesait lourd dans sa poitrine. Il ferma les yeux et serra les poings. Lorsqu'il posa à nouveau son regard sur son frère, il comprit que la tunique shamudoi, richement brodée de coquillages, qu'il portait comme tous les autres membres de la tribu Sharamudoi présents dans l'assistance, était une des raisons pour lesquelles il s'adaptait si bien à son entourage. Cette pensée le rasséréna quelque peu.

L'un après l'autre, chaque chef de Clan venait déposer ses présents aux pieds de Thonolan. Pendant ce temps, Jondalar fut invité à prendre place aux côtés de son frère. Jetamio n'était pas encore arrivée.

Une agitation soudaine incita tout le monde à tourner la tête dans la même direction. Bientôt, un groupe de femmes apparut au détour du chemin. Jetamio n'était pas parmi elles.

– Tu la vois? demanda Thonolan, sur la pointe des pieds.

– Non, mais elle viendra, tu le sais, répondit Jondalar, d'une voix mal assurée.

Lorsqu'elles arrivèrent devant Thonolan, les femmes s'écartèrent pour que soit révélé aux yeux de tous le trésor qu'elles cachaient. Prestement, Jetamio se redressa. De la tête aux pieds, elle était couverte de fleurs de printemps, habilement tressées les unes aux autres. Incapable de contenir sa joie et son désir, Thonolan se précipita vers elle. Comme la corolle d'une fleur aux multiples pétales, les femmes refermèrent le cercle autour de Jetamio et de Thonolan, qui disparurent tous deux aux regards de la foule. Alors, le Shamud entonna un air enjoué sur une petite flûte. Ces sifflements répétitifs et rythmiques furent repris sur un grand tambour tendu de peau par le grand personnage masqué. Un autre Shamud, devina Jondalar. Cette figure lui était étrangère et pourtant, il y avait quelque chose de familier chez elle – peut-être existait-il simplement une réelle similarité entre tous les Grands Serviteurs de la Terre Mère. Sans qu'il sût pourquoi, elle lui fit penser à son propre Clan.

Tandis que l'assemblée s'ébranlait en une danse d'abord lente, puis de plus en plus rapide, la musique prenait un accent obsédant. Deux groupes s'étaient formés et évoluaient symétriquement suivant des schémas qui semblaient compliqués bien qu'ils correspondissent en réalité à une variété de pas simples.

Les deux groupes finirent par se faire face, en deux files parallèles. Toutes les mains étant jointes, cela donnait une sorte d'arche. Alors Jetamio et Thonolan se faufilèrent sous cette haie d'honneur, suivis des premiers des rangées, puis des suivants, jusqu'à ce que cette double guirlande menée par le Shamud, jouant toujours de sa longue flûte alésée à la braise, une tête d'oiseau sculptée en guise de bec, retourne jusqu'à la corniche en un long ruban vibrant de gaieté. Jetamio et Thonolan dansaient derrière le flûtiste, suivis de Markeno et de Tholie; puis venaient Jondalar et Roshario. La longue procession tourna plusieurs fois autour du foyer des nouveaux compagnons. Puis le Shamud retourna d'où il était venu, et le défilé reprit en sens inverse. Ils dépassèrent la clairière et se regroupèrent autour de l'Arbre à Souhaits. Pendant que l'assemblée se déployait autour du large tronc, le Shamud s'adressa aux jeunes promis. Seuls ceux qui se tenaient à proximité purent prêter l'oreille à ce qu'il disait. Les autres parlèrent entre eux jusqu'à ce qu'ils remarquent que le maître spirituel des Sharamudoi s'était tu.

Bientôt, le silence se fit. Le chant d'une alouette des bois s'éleva soudain dans l'air pur. Comme s'il attendait ce signal, le personnage au visage masqué fit signe d'avancer aux deux amants. Du repli de sa tunique, il tira une corde dont il fit un nœud qu'il glissa autour de leurs mains jointes.

– Jetamio et Thonolan, je vous lie l'un à l'autre, dit-il en resserrant l'étreinte de la corde. Vous complétez ainsi le carré ébauché par Markeno et Tholie. (En entendant leurs noms, ces derniers s'avancèrent et posèrent leurs mains sur celles qui étaient déjà unies.) Comme les Shamudoi partagent les offrandes de la terre, comme les Ramudoi partagent les offrandes de l'eau, ensemble vous êtes Sharamudoi.

Jetamio et Thonolan entamèrent alors une lente ronde autour de l'Arbre à Souhaits. Recueillie, la foule se taisait. Puis au troisième tour, tous se joignirent à eux, dans une cascade de rires et de chants. La cérémonie était terminée. On apporta d'autres flûtes, d'autres tambours. Un des Mamutoi se mit à frapper sur un os d'épaule de mammouth avec un maillet de bois. Les résonances insolites attirèrent l'attention de l'assemblée. Selon l'emplacement de la percussion, des sons très variés s'échappaient de l'étrange instrument.

Sur cette toile de fond musicale, la procession reprit sa marche jusqu'à la rivière. A la vue de l'embarcation achevée, Jondalar fut ébloui. A la proue, une énorme tête d'oiseau, pareille à celle qu'il avait aperçue pour la première fois sur la rivière, se dressait fièrement, sur un long cou gracieux.

La pièce de bois en arc était peinte de multiples couleurs : ocre brun et rouge, noir et blanc. La nuque de l'animal était ornée de fleurs et de branchages divers qui ne faisaient qu'ajouter à la somptuosité de cette décoration inattendue.

Bas sur la coque, deux yeux avaient été dessinés, pour voir sous l'eau et étudier le danger. Toute la partie centrale était protégée des rayons du soleil par une tenture de peaux de chamois jaune pâle. Des couronnes de fleurs et de plumes d'oiseaux jonchaient l'intérieur de la coque.

Jondalar croyait avoir participé jusqu'au bout aux préparatifs de l'embarcation. Il ne s'attendait pas du tout à un tel spectacle. En réalité, bien qu'ils fussent en bons termes, les différents Clans de la région rivalisaient entre eux de diverses manières. La somptuosité de leurs cérémonies était un des plus grands prestiges des Sharamudoi. La présence des deux étrangers qui ne manqueraient pas d'attirer tous les chefs des Clans environnants, la nécessité impérieuse de construire une nouvelle embarcation et l'union d'une de leurs femmes avec un étranger s'étaient conjuguées pour faire de cette cérémonie quelque chose de tout à fait particulier. Le Clan tout comme les nouveaux compagnons y gagneraient en estime.

Maladroits à cause de leurs poignets toujours liés ensemble, ces derniers se hissèrent dans l'embarcation et prirent place au milieu des fleurs. Deux ou trois hommes du Clan y grimpèrent à leur suite pour diriger la chaloupe. Debout de chaque côté, ils s'emparèrent des rames. Bon nombre de ceux qui restaient sur la rive poussèrent le flanc de la chaloupe pour que le courant l'emporte. Il y eut un bref silence au moment où elle quitta la rive. Dès qu'ils virent qu'elle se comportait à ravir, tous poussèrent des cris de joie et se remirent à danser. L'embarcation devait retourner à l'embarcadère des Ramudoi après un court voyage.

Plusieurs canoës se lancèrent à sa poursuite. Mais le gros de la foule prenait déjà la direction du sentier escarpé qui conduisait à la haute corniche, dans l'espoir d'arriver en haut avant le jeune couple. Déjà, l'immense panier dans lequel Thonolan était parvenu jusqu'à la Caverne des Shamudoi le premier jour avait été balancé par-dessus le rebord. Cette fois-ci, c'était également pour Thonolan, pour lui et pour Jetamio. Ils y grimpèrent, les mains liées. Ils avaient accepté d'être unis; jusqu'au soir, en tout cas ils ne seraient pas séparés.

On servit du jus de pissenlit fermenté à profusion, d'étranges champignons apportés spécialement pour l'occasion par le Mamut des Mamutoi. Les Shamudoi distribuèrent des offrandes à la ronde, pour que les voyageurs repartent le cœur satisfait.

– Si tu veux un compagnon, Cherunio, dit la femme, il te faut choisir.

Elle éclata de rire et jeta un bref coup d'œil à Jondalar, appuyé contre un arbre non loin de là.

Cherunio était si petite que Jondalar ne l'avait pas encore vue. Mais cette fois-ci, il la remarqua. Bien que menue, elle était très femme. Elle était si vive, si enthousiaste qu'il eut envie de la connaître mieux. Il ne put s'empêcher de penser qu'elle était exactement l'opposé de Serenio. Elle lut l'intérêt qui brillait dans ses yeux. Et Cherunio tremblait déjà de plaisir car elle avait réussi à attirer son attention. Elle l'entraîna vers Thonolan et Jetamio et tous les quatre dansèrent au son des tambours.

Tout heureuse d'être en compagnie des étrangers, Cherunio regardait autour d'elle pour s'assurer que les autres femmes l'avaient remarquée.

Ils dansèrent longtemps. Sous l'effet des jus fermentés et des étonnants champignons, Jondalar avait oublié tous ses soucis. Soudain, il souleva la petite femme et la serra contre lui. Il avait remarqué que bon nombre de couples avaient déjà quitté l'assemblée pour disparaître dans les abris. Il songea à décamper sur-le-champ avec elle. Jetamio et Thonolan s'étaient déjà retirés. Plus personne ne prêtait attention à ce qui se passait. Mais quelque chose le retint. Pourquoi ne pouvait-il pas se résoudre à disparaître dans la pénombre? Comme il s'était enfin décidé, au moment où il s'apprêtait à la soulever dans ses bras, une femme s'interposa entre eux et l'embrassa à pleine bouche. Puis une autre. Une autre encore.

Dans un premier temps, il se laissa faire. Quand il sentit leurs mains le palper ici et là, il n'était plus très sûr de ce qu'il voulait. Déjà, elles tiraient sur sa tunique. C'en était trop. Il se dégagea sans douceur. Lorsqu'elles eurent finalement compris qu'il ne se laisserait décidément pas faire, elles reculèrent en minaudant. Soudain, il se rendit compte qu'il manquait quelqu'un.

– Où est Cherunio? demanda-t-il.

Elles ricanèrent.

– Tout le monde le veut, le grand Zelandoni! s'exclamèrent-elles en guise de réponse.

Il fit un pas vers l'une d'elles et la saisit brutalement par le bras.

– Tu veux le grand Zelandoni, dis-tu? Il est là.

Il la força à se mettre à genoux.

– Tu me fais mal! Aidez-moi!

Mais les autres prirent peur et n'osèrent approcher. Jondalar la tenait à présent par les épaules et l'obligea à poser son visage sur le sol, juste devant le feu. La musique s'était tue. Plusieurs groupes s'étaient agglutinés autour d'eux mais personne n'avait encore osé intervenir. Elle tenta de se débattre. Il la maintint fermement.

– Où est Cherunio?

– Je suis là, Jondalar. D'autres femmes me retenaient prisonnière dans un des abris. Elles voulaient se jouer de toi.

– Par Doni! bougonna-t-il.

Il se redressa et aida la femme à se relever. Son visage était inondé de larmes et elle se frottait le bras avec application. Soudain, il comprit que tout cela n'avait été qu'un jeu. La colère fit place à la honte.

– Je te demande de me pardonner, femme... Je...

– Tu ne lui as pas fait si mal, Jondalar. Et elle l'a bien cherché... Elle aime à troubler les esprits, dit un homme.

– Tu voudrais qu'elle cherche à te troubler, toi, renchérit une des jeunes femmes, prenant la défense de Radonio.

– Vous pensez peut-être que l'homme aime être la proie de plusieurs femmes, mais vous vous égarez!

– Tu ne dis pas la vérité, répliqua Radonio. Je vous ai surpris plus d'une fois dans vos conversations d'hommes...

A ce moment, une silhouette presque aussi large que haute se profila parmi les ombres projetées par les lueurs du feu. La foule s'écarta pour livrer passage à un être presque aussi grand que Jondalar. Il portait une tunique shamudoi mais ses traits et les tatouages qui dissimulaient une partie de son visage le différenciaient de tous les autres.

– Radonio! Pourquoi salir ta langue en ce soir de fête alors que nous honorons notre Terre Mère?

Alors Jondalar le reconnut et Radonio baissa la tête humblement. Il vit combien elle était jeune, tout comme ses compagnes. Il s'était comporté abominablement et il n'arrivait pas à comprendre pourquoi.

– On ne force personne à jouir des Plaisirs. C'est déshonorer notre Terre Mère. C'est abuser des Dons qu'elle nous a faits.

Ayant ainsi parlé, le Shamud s'éloigna. Jondalar prit Radonio par la main.

– Que Radonio me pardonne...

La première réaction de la femme fut de se dérober. Mais le regard de l'homme la retint. Il se pencha et baisa ses lèvres. Puis il se tourna pour partir.

– Jondalar! (Cherunio l'appelait. Il l'avait oubliée.) Où vas-tu?

– Cherunio, j'ai promis. Une autre fois.

Lorsqu'il pénétra dans l'abri de Serenio, il songea qu'il ne l'avait pas vue de toute la soirée. Peut-être était-elle en compagnie d'un autre homme ? Il hésita puis se résolut à s'approcher de la couche. Celle de Darvo était vide. Il gambadait encore. Il l'entendit respirer. Son cœur se mit à battre à tout rompre. Il ressortit précipitamment, prit une braise dans le feu et la rapporta sur une pièce de bois. Il incendia la mèche de mousse qui trempait dans la lampe de pierre. Il voulait la regarder dormir. Fallait-il la réveiller ?

Son corps lui fournit la réponse qu'il souhaitait. Prestement il se débarrassa de sa tunique et s'allongea tout contre elle. Elle geignit et se retourna. Il enfouit son visage dans sa chevelure tandis que sa main explorait les contours de son corps : ses bras jusqu'aux bouts des doigts, ses épaules ciselées, le dos arrondi, les fesses petites et fermes, les cuisses, le dos des mollets, les chevilles. Elle étira les jambes quand il passa sa main sous la plante des pieds. Il palpa son sein, sentit le mamelon durcir contre la paume de sa main. Sa bouche fouilla la courbe de son cou.

Il aimait tant la toucher, la découvrir une nouvelle fois... Il aimait ainsi toutes les femmes, songea-t-il.

– Jondalar ? dit-elle d'une voix endormie. (Elle roula sur elle-même et ouvrit les yeux.) C'est le matin ?

– Non. Je veux honorer notre Terre Mère avec toi.

Il la prit dans ses bras et s'empara de sa bouche chaude. Quand il la serra plus fort encore contre lui, elle sentit combien il avait envie d'elle. Une bouffée de chaleur lui monta au visage. Il eût voulu prolonger ce moment, se contrôler jusqu'à ce qu'elle le suppliât de continuer. Mais déjà, elle imprimait sur sa nuque une douce pression pour qu'il s'aventure au-delà de la courbe de son cou. Un petit cri s'échappa de ses lèvres lorsque ses doigts se perdirent dans la chaleur de son pubis. Elle s'arqua et pressa ses hanches contre les siennes.

Elle guida elle-même son organe en elle. Ils geignirent de plaisir à l'unisson. Il sentit sa chaleur l'envelopper. Il se retira et plongea en elle à nouveau pour recréer cette sensation unique. Comme la douce tension montait en elle, elle ne pouvait plus s'empêcher de pousser de petits cris rauques à chaque fois qu'il venait plus profondément en elle. Sa main continuait à masser doucement son clitoris. Des vagues de plaisir montèrent alors en elle, au rythme de ses reins. Plus fort, plus fort encore jusqu'à l'aboutissement.

Les jambes entrelacées, ils gisaient, immobiles, respirant fortement. Il ne voulait pas bouger – il aurait pu s'endormir ainsi, mais il ne voulait pas dormir. Finalement, il se retira et se blottit contre elle. Elle non plus ne bougeait pas. Mais il savait qu'elle ne dormait pas.

Il laissa son esprit vagabonder. Soudain, il se prit à penser à Cherunio, à Radonio et à toutes les autres femmes. Aurait-il eu autant de plaisir avec elles toutes? Sentir tous ces corps chauds autour de lui, ces cuisses humides et tièdes, ces petites fesses rebondies. Explorer de la bouche les seins d'une d'entre elles tandis que ses mains erraient sur le corps d'une autre. Un regain de désir le fit frissonner. Pourquoi les avait-il repoussées? Pourquoi ne s'était-il pas laissé faire?

Il regarda la femme couchée auprès de lui. Elle

lui sourit. Il eut envie de la prendre à nouveau. Lentement.

« Elle est si belle... si prévenante... Pourquoi vouloir autre chose? »

13

Ayla devait choisir. En atteignant la vallée, il faudrait découper la viande du renne sur la rive, ou bien commencer à soigner le petit lion. Elle avait la force de le porter à l'abri, mais la carcasse entière du renne était trop lourde pour qu'elle puisse la monter jusqu'à la caverne. Elle ne savait plus comment transporter son gibier tant convoité. Elle ne voulait pas le laisser sur la rive, car les hyènes rôdaient encore à courte distance.

Son inquiétude se confirma. Le temps d'emmener le lionceau à la caverne, les hyènes s'affairaient déjà autour de la carcasse enveloppée dans les peaux tannées, et ce, en dépit des violentes ruades de Crinière.

Dès qu'elle aperçut la scène, Ayla saisit sa fronde. La faisant tournoyer avec force, elle lança immédiatement une pierre fatale à l'un des carnassiers. Les autres se replièrent. Avant de revenir à Crinière, elle écarta avec dégoût l'animal qui puait encore de ses festins de cadavres. Crinière, tremblante, en sueur, fouettait nerveusement l'air de sa queue; elle était restée bloquée sur place à cause d'une des sagaies, coincée dans une fente du rocher.

Ayla détacha le renne. Lorsqu'une des sagaies put glisser latéralement, elle la rapprocha de l'autre. Ainsi la carcasse était maintenue plus souplement, mais assez solidement encore pour que Crinière la hisse sur l'étroit chemin. La charge, très instable, cahotait derrière la jument.

A l'entrée de la caverne, Ayla débarrassa Crinière, en la caressant et la flattant avec reconnaissance. Quand la femme voulut entrer dans l'antre sombre accompagnée de la jument, celle-ci hennit nerveusement.

– Qu'y a-t-il, Crinière?

« Le lionceau! pensa-t-elle. Crinière sent l'odeur du lionceau. »

Elle ressortit, passa son bras autour du cou vigoureux et, caressant le doux museau de la jument, elle l'entraîna doucement à l'intérieur. Le petit lion des cavernes reposait exactement où elle l'avait laissé. Tout d'abord Crinière recula, puis, l'ayant flairé une première fois avec défiance, elle baissa sa grande tête pour sentir encore le petit fauve immobile. Il dégageait bien l'odeur du carnassier redoutable, mais n'offrait là aucun danger. Elle le flaira encore et s'en alla brouter des feuillages.

Ayla observait le petit blessé. De légères taches fauves se perdaient dans la fourrure beige clair. Il semblait très jeune. Ayla connaissait peu de chose sur les lions des cavernes. Ces grands fauves habitaient les steppes, et elle n'avait côtoyé que les carnivores des régions boisées aux environs des cavernes du Clan. Les hommes avaient souvent dit aux femmes qu'il était difficile de voir les lions.

Ils se confondaient si bien avec les couleurs de l'herbe sèche du sol poussiéreux, qu'on ne les distinguait pas, le plus souvent. Une famille entière, dormant à l'ombre de buissons ou parmi les rocailles affleurant près de sa tanière, ressemblait dangereusement à de gros rochers arrondis.

Habilement, la jeune guérisseuse cherchait à

découvrir les blessures du lionceau. Des spasmes soudains et de petits miaulements indiquaient d'où il souffrait. Une côte était brisée. Mais il avait surtout une grande plaie sur la tête, sans doute causée par le dur sabot d'un renne en fuite.

Pendant que de l'eau chauffait, elle soigna le petit blessé. Elle enveloppa délicatement le thorax du lionceau dans une fine peau tannée. Comme elle pelait la peau brune des racines de consoude ramassées sur la route du retour, une pâte gluante suintait. Elle jeta des fleurs de souci dans l'eau bouillante; le liquide prit une couleur dorée; elle l'utilisa alors pour nettoyer la blessure. La plaie saignait encore. En appliquant directement la substance gommeuse de la racine, elle interrompit le saignement en un instant. Elle recouvrit alors la plaie avec de fines peaux.

« Brun serait bien surpris de me voir, songea-t-elle en souriant. Il ne m'autorisait pas à garder un petit loup dans la caverne. Et maintenant j'ai ramené un lionceau! »

Délaissant l'animal immobile, elle sortit pour dépecer le renne. Quand la première tranche de viande fut prête à accrocher, Ayla se trouva encore une fois embarrassée. Elle n'avait rien prévu pour suspendre la viande à sécher. Epuisée et confuse, le doute s'emparait d'elle. Qu'allait-elle faire avec ce lion dans la caverne? Etait-ce vraiment sage d'avoir agi ainsi?

Ayla regardait au loin, debout, le visage au vent. A quoi avait-elle pensé en ramenant un lionceau blessé alors qu'elle devait se préparer à partir et continuer à rechercher les Autres? De plus, elle n'était pas sûre de savoir le soigner. Et pour le nourrir? Que se passerait-il lorsqu'il serait rétabli?

Si elle le ramenait dans la steppe, il mourrait. Le garder l'obligeait à rester dans la vallée.

Ayla revint se pencher sur le lionceau. Il n'avait toujours pas bougé. Il était chaud et respirait, et sa fourrure duveteuse rappelait celle de Crinière encore petite. Mais ce joli petit fauve allait devenir un redoutable lion des cavernes.

« Tant pis. Je ne peux pas l'abandonner dans la prairie. Et il faut que je prépare des réserves de nourriture, si je reste dans la vallée pendant la saison des grands froids, surtout avec ce petit carnassier à nourrir. »

Sans attendre, elle tenta d'installer deux longs bâtons où tendre des cordes pour faire sécher la viande. Après quelques essais, Ayla réussit à maintenir les bâtons dressés entre de gros cailloux amoncelés, qu'elle rapportait du bord de la rivière. Ensuite, elle alluma un feu près de l'endroit où elle découpait le renne. Assise devant la flamme, elle se délectait enfin du fumet de la viande qui rôtissait. Elle savourait par avance le délicieux repas, acquis après tant d'efforts.

Que donner à manger au lionceau? Et comment avalerait-il les remèdes? Ce qu'elle avait fait pour Durc lui servirait de modèle. La nourriture des petits et des adultes est la même, elle doit seulement être plus tendre, plus facile à mâcher. Et elle cuirait la viande dans les infusions de plantes soignantes.

Soudain, elle entendit remuer dans la caverne. Le lionceau éveillé, miaulant doucement, essayait vainement de se dresser sur ses pattes. A son approche, il gronda, cracha et recula. Ayla, amusée, s'agenouilla près de lui. Petit animal effrayé... se réveiller tout endolori dans une étrange tanière... sans sa mère ou ses frères... Elle étendit la main.

– Là, je ne te veux pas de mal. Oh! quelles dents pointues! Allez, petit, flaire ma main, reconnais mon odeur. Tu t'habitueras mieux à moi. Maintenant, je vais te servir de mère. Je ne peux pas te donner de lait, mais j'espère que tu aimeras la bouillie et les petits morceaux de viande.

Ayla apporta l'épais liquide refroidi, et plaça le plat sous son museau. Il se tortillait en essayant toujours de se relever. Le claquement des sabots de Crinière se fit entendre sur le chemin qui montait à la caverne. L'instant suivant, Crinière entrait. Elle remarqua le lionceau, bien plus éveillé cette fois-ci. Elle s'approcha et elle se pencha prudemment pour le flairer. Le jeune lion des cavernes qui, adulte, emplissait de terreur tous les chevaux des steppes, était, tout au contraire, terrifié par le grand animal auprès de lui. Il cracha, gronda, et se replia jusqu'à se blottir contre Ayla, dont l'odeur lui était déjà un peu plus familière. Elle le caressait, lui parlait doucement. Crinière s'éloigna. Le lionceau n'avait rien d'effrayant dans les bras d'Ayla, même si son odeur évoquait le danger.

Le jeune animal appréciait les câlineries d'Ayla, il cherchait l'endroit où se nourrir.

– Tu as faim, Lionceau?

Elle attrapa le plat de bouillon épais et le lui présenta. Il flaira, ne sachant que faire. Ayla plongea alors deux doigts dans la nourriture et les tendit vers la gueule du petit. Comme tous les bébés, il suçait.

Le souvenir de son fils était si intense qu'elle ne sentait même pas les larmes ruisselant sur son visage jusqu'à se perdre dans la fourrure duveteuse. En peu de temps, un formidable lien s'était établi entre la femme solitaire et le lionceau. Les lionnes allaitaient leurs petits pendant quelques semaines et, dès qu'ils ouvraient les yeux, ils commençaient à recevoir de la viande. Chassant par groupes de trois ou quatre, les lionnes pouvaient tuer un grand cerf ou un jeune aurochs adulte. Elles ne chassaient pas pour leurs petits, mais pour le mâle. Le lion dévorait toujours la meilleure part de la bête tuée, et seulement après qu'il s'était rassasié, les femelles s'en régalaient, puis les jeunes adultes mâles et, enfin, les lionceaux pouvaient se disputer les restes. Si, poussé par la faim, un lionceau essayait de chiper un morceau avant son tour, son impatience pouvait lui être fatale car, d'un redoutable coup de patte, un aîné le rappelait à l'ordre.

Ayla n'était pas lionne, mais humaine. Lionceau, comme elle continuait à l'appeler, n'avait pas à disputer à ses frères les bribes d'une carcasse, ni à redouter ses aînés. Ayla veillait, elle chassait pour lui. Chaque fois qu'il le demandait, elle le laissait sucer ses doigts. La nuit, elle le gardait souvent près d'elle, sur sa couche. Ayla riait beaucoup de ses gambades. Il aimait guetter et s'amusait au-delà de tout quand, feignant de ne pas l'avoir vu, elle se montrait toute surprise lorsqu'il sautait sur son dos. Parfois, elle le surprenait aussi, en se retournant au dernier moment pour le recevoir dans ses bras.

Comme il grandissait, ces jeux devenaient parfois un peu dangereux. S'il l'égratignait dans son espièglerie turbulente, ou la renversait dans une attaque simulée, elle cessait immédiatement de jouer et, sèchement, lui signifiait « Arrête! » par le geste du Clan.

Lionceau était sensible à ses humeurs. Si elle refusait de jouer, il insistait, essayait de l'amuser et de l'attendrir. Ayla l'habitua à répondre au signal d'arrêt. Quand elle donnait cet ordre, il savait qu'elle n'aimait pas ce qu'il faisait. Sinon, il pouvait aller et venir aussi librement que la jument.

Ayla s'interrogeait parfois sur leur rencontre forcée; par nature ils étaient proie et prédateur.

Au début, Crinière tolérait simplement le lionceau blessé. Mais lorsqu'il fut rétabli, elle pouvait difficilement ignorer ce petit fauve qui furetait partout. Lionceau raffolait en particulier d'un jeu qui l'horripilait. Ce jeu, auquel il semblait ne pouvoir résister, consistait à attraper la queue de Crinière, épaisse et ondulante. Tapi à l'affût, il observait l'attrayant panache remuer et fouetter l'air par secousses. Très excité, il s'approchait alors furtivement et, d'un bond, pouvait se réjouir d'avoir la gueule pleine de crins...

Un autre jeu, moins éprouvant pour la jument, amusait Lionceau. Il jouait avec le crottin. Il ne s'intéressait pas aux déchets des animaux carnivores, mais se roulait dans ceux des herbivores. C'était sa manière de s'exercer à la chasse, car l'odeur du fauve pouvait être masquée par celle du crottin. Ayla s'amusait beaucoup de le voir en découvrir dans la steppe. Il appréciait particulièrement celui des mammouths. Il cassait les grosses boules végétales et s'étendait dessus. Cependant, rien n'égalait le crottin de Crinière. La première fois qu'il avait découvert les boules sèches qu'Ayla utilisait pour le feu, il avait tant joué avec que Crinière, flairant sa propre odeur sur lui, avait perdu toute nervosité, et se conduisait quasiment comme avec l'un des siens.

Entre la fidèle jument et le lionceau joueur, Ayla vivait le plus heureux des étés depuis qu'elle avait quitté le Clan. Par une belle journée ensoleillée, elle regardait les deux animaux se poursuivre en décrivant de larges cercles dans la prairie. Lionceau ralentissait juste assez pour que Crinière le rattrape, puis, bondissant en avant alors qu'elle trottait, il la rejoignait encore. La jument s'élançait à nouveau au galop et leur jeu se répétait, tandis qu'Ayla, adossée à un arbre, riait comme jamais elle n'avait ri.

Elle en prit soudain conscience, comme les sursauts du rire s'éteignaient. Quel était donc ce bruit assourdissant? Pourquoi cela surgissait-il quand elle se sentait très gaie? Elle n'arrivait pas à se souvenir de quelqu'un du Clan animé d'un rire ou d'un sourire, à l'exception de son fils. Dans le Clan, les situations amusantes n'occasionnaient qu'une joyeuse expression du regard. Ayla se souvenait bien d'une grimace proche du sourire. Mais l'on transmettait ainsi la peur, la menace, et non la joie qu'elle connaissait. Et les Autres? riaient-ils? Les Autres. Sa gaieté s'évanouit. Elle n'aimait pas penser aux Autres et réalisa, pleine d'émotions confuses, qu'elle avait cessé de les chercher.

En compagnie de Crinière et du lionceau, elle avait oublié la cruelle absence des siens. Sa vie s'organisait comme elle l'entendait, elle chassait, courait, riait, pleurait sans interdiction. Ayla se sentait peu enthousiaste à l'idée de quitter la vallée pour rencontrer des Autres aux coutumes et aux restrictions inconnues, des Autres qui lui ôteraient le rire. « Ils ne pourront pas, pensa-t-elle. Je ne vivrai jamais plus en compagnie de quelqu'un qui ne me laissera pas rire. »

Les animaux étaient fatigués de leur course. Crinière paissait et Lionceau se reposait tout près, la langue pendante, haletant.

La femme avait toujours évité d'approcher les lions qui rôdaient à l'orient de la vallée. Mais, un jour, elle les découvrit se reposant, nonchalamment allongés à l'ombre des pins rabougris. L'envie soudaine d'en apprendre plus sur son animal totémique s'éveilla en elle.

Tout au long de la journée, les lions dormaient ou se reposaient, mais s'ils chassaient, ces grands fauves alanguis retrouvaient alors leur violence et leur rapidité. Une bande de loups tuait un grand cerf qu'une lionne seule savait achever. Les lions chassaient poussés par la faim quelle que soit l'époque de l'année. Ils mangeaient en général à plusieurs jours d'intervalle. En été, la fraîcheur de la nuit annonçait le moment de la chasse. En hiver, leur fourrure s'épaississait et prenait une teinte ivoire, alors ils attaquaient leurs proies de jour.

S'en retournant à la caverne, Ayla tua d'une seule pierre un lièvre pour Lionceau; et elle l'imagina tout à coup en lion adulte dans la caverne. Son appréhension dura fort peu, le temps pour le lionceau d'arriver; impatient et heureux de la voir, il la léchait de sa langue râpeuse.

Saisissant les amulettes qu'elle portait autour du cou, dans le langage silencieux du Clan, Ayla s'adressa humblement à son Totem :

– La femme n'avait pas vu combien le Lion des Cavernes est puissant. Elle est reconnaissante que cela lui ait été montré. Sans savoir pourquoi elle a été choisie, elle remercie sincèrement d'avoir reçu le lionceau et la jument. (Après une pause, elle ajouta :) Un jour, ô Grand Lion des Cavernes, cette femme pourrait comprendre pourquoi le lion fut envoyé, si le Totem le lui disait.

Pendant tout l'été, Ayla prépara la venue de la saison froide. Il fallait maintenant compter avec le petit lion, purement carnivore. La chasse des petits animaux à la fronde pour amasser des réserves demandait beaucoup de temps. Elle voulait prendre du gros gibier, et pour cela, Crinière serait de la partie. Lionceau comprit qu'Ayla préparait quelque chose quand elle sortit chargée de toutes les lanières pour aller les ajuster à Crinière. Ainsi, la jument pouvait tirer deux solides bâtons derrière elle.

Ayla ne savait ce qui allait se passer avec Lionceau. Quand tout fut prêt, elle enfourcha Crinière, et se dirigea vers la steppe où vivaient les grands animaux. Le petit lion suivit docilement.

A force d'observer les hardes d'animaux qui vivaient dans les prairies, elle connaissait leurs périodes de migration, leurs pistes favorites, leurs lieux de passage des rivières. Cependant, elle devait toujours creuser des pièges le long de leur route pour les attraper, et la présence de Lionceau compliquait ce dur travail. Tout joyeux, il croyait qu'Ayla lui avait inventé un nouveau jeu. Il rampait jusqu'au piège, en faisant crouler les bords avec ses pattes, ou bien il bondissait au-dessus du trou, ou y sautait et en ressortait aussi aisément.

– Lionceau! Comment vais-je finir de creuser cette fosse? dit-elle, amusée et exaspérée à la fois. Attends, je vais te donner quelque chose.

Elle fouilla dans le chargement qu'avait porté Crinière et en sortit une peau de renne. Elle la lâcha par terre et la traîna pendant quelques pas. Immédiatement, Lionceau s'en saisit pour la tirer dans l'autre sens. Il jouait tout seul, et grognait en tiraillant la peau entre ses pattes.

Pendant ce temps, Ayla put terminer le piège. Elle recouvrit le trou de vieilles peaux dissimulées sous une fine couche de terre. Tout était quasiment en place quand Lionceau se précipita avec curiosité; il tomba dans le piège, en ressortit tout secoué et ne s'en approcha plus.

Ayla chevauchait Crinière afin de contourner une

horde d'onagres qu'elle avait remarquée. Elle ne voulait plus chasser de chevaux, et se sentait un peu gênée de poursuivre ces grands ânes.

Après les gambades de Lionceau autour du piège, elle était tout à fait convaincue qu'il empêcherait la réussite de la chasse. Pourtant, une fois sur les traces de la horde, il montra une autre contenance. Il pista silencieusement les onagres, tout comme il avait guetté la queue de Crinière. Il était chasseur de naissance; instinctivement il savait se déplacer rapidement à pas feutrés.

Ayla découvrait avec surprise qu'en fait, Lionceau allait l'aider. Quand les animaux, troublés par l'odeur diffuse de l'homme et du lion, se trouvèrent à proximité du piège, Ayla poussa Crinière au galop, en hurlant des sons stridents pour provoquer la débandade. A ce moment, le lionceau s'élança aussi à la poursuite des animaux.

La panique égarait les onagres. Certains fuyaient droit vers le piège.

Ayla sauta de Crinière, une sagaie à la main. Elle courait à toute vitesse vers l'animal brayant qui tentait de se hisser hors du trou. Lionceau la précédait. Il sauta sur le dos de la bête – ignorant la prise fatale du lion à la gorge de sa proie – et avec ses jeunes dents trop petites pour avoir grand effet, il mordilla le cou de l'onagre.

Parmi les siens, Lionceau n'aurait jamais pu chasser si jeune, un coup de patte meurtrier l'aurait immédiatement écarté. Les lions ne courent très vite que sur une brève distance, alors que leurs proies peuvent galoper bien plus longtemps. Ils doivent donc attraper leur gibier dans la première vague de vitesse, sinon leur chasse risque fort d'échouer.

Ayla arrivait, à bout de souffle; l'onagre terrorisé

était coincé dans le trou sous le lionceau menaçant.

D'un jet précis, elle acheva l'animal qui s'écroula au fond du piège. Elle lui enroula une lanière autour du cou, afin de le faire hisser hors du trou par Crinière. Le lionceau ne tenait pas en place, il sautait, allait, venait. Quand l'onagre fut sorti du piège, il bondit dessus, lui tourna plusieurs fois autour. Lionceau ne savait que faire. Ayla fendit l'abdomen de l'animal sur toute la longueur. Comme le lion de la tribu qui ouvre le festin, Lionceau plongea la tête dans les entrailles qu'il dévora goulûment tandis qu'Ayla continuait à préparer la bête.

A l'automne, le jeune lion était devenu plus grand qu'un loup. Son allure pataude s'effaçait, et sa silhouette prenait la puissance et la finesse de celle des grands fauves. Toujours joueur, ses taquineries envahissantes laissaient parfois quelques écorchures. Et Ayla devait le repousser, fatiguée d'être mordillée, léchée, bousculée. Il lui obéissait, restait soumis à son autorité comme à celle d'une lionne.

De ses quelques rencontres avec des lions de la steppe, il n'avait gardé qu'une cicatrice au museau, brève réponse à sa curiosité incongrue.

Ayla s'abstenait d'approcher le territoire des fauves quand Lionceau la suivait dans ses promenades. En revanche, si elle se savait seule, elle allait toujours les observer de plus près.

Après l'épisode des onagres, Lionceau accompagna Ayla, quel que soit le gibier. Il n'apprenait pas à chasser en jouant avec ses frères, mais en s'exerçant sur les proies que choisissait la femme. Un jour qu'il avait bondi prématurément à la poursuite d'une horde, les animaux encore trop loin du piège avaient pu s'éparpiller et s'enfuir sans se faire prendre. Ayla, découragée, s'était alors montrée si désappointée qu'il avait appris à attendre son signal avant d'agir. Bientôt, il saurait aussi tuer les proies qu'il aimait traîner entre ses dents.

Lorsqu'ils chassaient tous les deux du petit gibier, Lionceau guettait le moment où Ayla faisait tournoyer sa fronde pour s'élancer vers la proie. De plus en plus souvent, la femme se demandait ce qui, de sa pierre ou des crocs de Lionceau, avait achevé l'animal. Elle était restée plusieurs fois perplexe devant du gibier qu'elle pensait avoir tué de sa fronde, et qui portait les marques profondes de la morsure du jeune lion.

Le premier animal qu'il tua lui-même avec certitude fut un lièvre. Ayla, ayant mal ajusté sa pierre dans la fronde, vit le projectile retomber lourdement à quelques pas d'elle. Mais le jeune lion avait reçu le signal de la chasse. Quand elle le rejoignit, il éventrait sa proie.

– C'est très bien, Lionceau. Tu es un vrai lion à présent!

Elle le félicitait gaiement, alors qu'il se régalait en grognant de satisfaction.

Les premiers vents froids de l'hiver glacèrent bientôt la nature. Le bord des cours d'eau s'ornait de glace fragile. Et un sentiment d'inquiétude envahissait la femme. Elle avait amassé de grosses réserves de viande séchée, qui restaient cependant insuffisantes pour subvenir à ses besoins, surtout avec le lionceau, jusqu'au printemps.

Les prédateurs cherchaient, débusquaient, guettaient des proies, quelle que soit la saison. Mais le gibier se raréfiait considérablement à mesure qu'avançait l'hiver. De plus, la chasse aux grands animaux était impossible quand le sol gelé devenait dur comme pierre.

Malgré le froid, elle partait aussi souvent que le temps le lui permettait. Cependant, elle connaissait moins bien les mœurs des hordes l'hiver, et ses efforts n'aboutissaient souvent qu'à une profonde déception.

Elle cachait sous des monticules de pierres ses petits butins gelés. Lionceau s'efforçait toujours d'en saisir un morceau, et y réussissait parfois. Il aimait alors s'installer pour ronger sa carcasse à la même place que le lion qui avait autrefois occupé la caverne. Les réserves de viande s'amenuisaient inéluctablement, et Ayla, inquiète, se mit à surveiller le temps. A l'aube d'un jour froid et sans nuages, elle décida de préparer une grande chasse. Tandis qu'Ayla sanglait et chargeait Crinière, Lionceau tout excité s'agitait autour d'elle, entrant et sortant sans cesse de la caverne.

Le temps d'atteindre la vaste prairie glacée qui s'étendait sous un doux soleil, l'inquiétude d'Ayla s'était dissipée, laissant place à l'espoir et à la joie de la chasse.

La steppe, toute blanche, reposait sous une fine couche de neige, à peine effleurée par un vent léger, mais extrêmement froid. A chaque respiration, on soufflait des nuages de vapeur turbulents. Et par ce froid intense, Ayla appréciait pleinement les chaudes peaux qu'elle avait gardées.

Installée sur Crinière qui trottait vivement, Ayla admirait le beau félin qui se déplaçait à leur côté, silencieusement, avec grâce. Tout étonnée, elle constata que Lionceau était maintenant presque aussi long que Crinière, et allait bientôt la rejoindre en hauteur. Les premières touffes d'une crinière rougeoyante qu'Ayla n'avait jamais remarquée, couvraient la tête du jeune lion mâle.

Soudain en alerte, Lionceau frémit; des loups avaient laissé des traces fraîches dans la neige. Ayla les reconnut clairement, ni le vent ni le soleil ne les ayant encore effacées. Lionceau bondit en avant : ils étaient proches. Lorsque Crinière le rejoignit, la femme aperçut un vieux loup et sa horde qui suivaient un petit troupeau de saïgas.

Le jeune lion, ne retenant plus son excitation, se précipita sur eux, semant la confusion dans la bande de chasseurs. Ayla, très amusée, ne voulait pas encourager Lionceau, et quand il revint près d'elle, elle lui parla sévèrement. Les saïgas, pris de panique, bondissaient et galopaient en tous sens. Les loups, après s'être à nouveau regroupés derrière leur chef, avaient dû accélérer le pas pour franchir la nouvelle distance qui les séparait de leur gibier.

Ayla concevait peu à peu un plan. Elle n'était pas sûre de pouvoir tuer une antilope avec sa fronde, mais elle savait qu'elle abattrait un loup. Peu importait le goût de la viande, Lionceau s'en contenterait s'il était très affamé, et elle chassait pour le nourrir.

Les loups gardaient leur vive allure. Un vieux saïga mâle s'était laissé distancer par le troupeau; il ne soutenait plus le trot rapide des jeunes antilopes. Quelques instants plus tard, les loups l'encerclaient. Il tenta de les repousser par de violentes ruades et d'impétueux coups de cornes, mais les petits carnassiers, rusés, attendirent qu'il s'épuise.

Ayla, profitant de leur attention toute portée sur la proie, s'approcha. Deux jets de pierre suffirent. Le loup visé s'écroula. Elle crut d'abord être à l'origine de la grande agitation qui s'emparait des loups, puis elle en comprit très vite la véritable cause. Pour Lionceau, les tirs à la fronde donnaient le signal de la poursuite. Les loups ne l'intéressaient nullement, surtout quand de délicieuses antilopes étaient en vue.

Lionceau n'était pas un chasseur expérimenté – pas encore. Son attaque manquait de puissance et de finesse. Ayla mit un moment à comprendre la situation. « Non, Lionceau! Pas cet animal-là », pensa-t-elle. Elle changea vite d'avis. Bien sûr, il avait choisi la bonne proie. Lionceau s'efforçait d'agripper l'antilope en fuite. La femme saisit une sagaie. Crinière galopait après le saïga qui s'échappait dans un regain de vitesse. Cela ne dura pas. La jument se rapprochait. La sagaie levée, Ayla était prête à frapper, elle hurlait, animée d'une exubérance brutale. Arrivée à sa hauteur, elle précipita son arme sur l'animal.

Le temps que Crinière revienne au trot vers le saïga, le jeune lion des cavernes, tout excité, se dressait sur la proie. Pour la première fois, il proclama sa prouesse. Sans avoir la résonance terrible de celui d'un grand lion adulte, le rugissement triomphant de Lionceau fit se cabrer Crinière.

Afin de vider l'animal de ses entrailles, Ayla écarta le lionceau victorieux, sans même songer qu'il puisse s'y opposer. Elle le laisserait ensuite profiter de la chasse. La femme rechercha aussi le loup, pour sa belle fourrure qui protégeait si bien du froid.

Bien que l'antilope fût une lourde prise pour lui, Lionceau traînait le saïga, comme tout fauve qui emporte sa proie. Ayla se souvint alors que le Totem d'Iza était une antilope saïga. Elle n'en avait jamais chassé et voulut garder sa peau.

– Arrête, Lionceau! ordonna-t-elle.

Il hésita un moment avant de lui céder « sa » proie qu'elle installa derrière la jument pour le retour jusqu'à la caverne. Tout au long du chemin, le jeune lion tournait, veillait, retournait autour du chargement de Crinière. Il protégeait son gibier. Ayla songeait aux divers avantages de cette chasse. Qu'il gèle ou qu'il pleuve, grâce à Crinière et Lionceau, elle pourrait toujours attraper du gibier. La femme se sentit pleine de confiance, de force. Avec un très profond respect, elle remercia intérieurement les Esprits.

Réfugiée au fond de la caverne, Crinière se reposait, couchée. Ayla s'approcha doucement. Elle ne savait pas ce qui l'avait attirée, elle venait la caresser. Et dans un élan de tendresse, elle s'allongea auprès d'elle. Crinière s'ébroua, confiante, heureuse de la présence de la femme.

La chasse d'hiver était une nouvelle joie pour Ayla, elle n'avait plus à creuser péniblement des pièges. Rien ne la ravissait plus que de partir à l'aube avec ses deux compagnons. Ils repéraient un gibier, le suivaient jusqu'à ce que la femme puisse donner le signal de l'attaque. Lionceau, toujours impatient, s'élançait alors promptement après la bête. Il bondissait sur son dos. Par les griffes et les crocs, il s'efforçait de la terrasser dans une mortelle étreinte. En quelques instants, la jument au galop le rejoignait et Ayla achevait la bête convoitée.

Parfois, ils échouaient. L'animal était trop rapide, Lionceau tombait, ou Ayla ratait son but. Mais plus ils chassaient, plus leurs poursuites étaient fatales. Ils formaient un tel ensemble que lorsque Lionceau tua un daim à lui seul pour la première fois, ils en partagèrent la récompense et la fierté.

Mais Ayla savait maintenant que Lionceau, si

jeune fût-il, venait d'entrer parmi les adultes. De même que le Clan l'avait nommée la Femme Qui Chasse avant qu'elle ne soit devenue une femme, Lionceau était adulte avant d'avoir atteint sa pleine maturité.

Ayla ne releva d'abord aucune différence. Mais les poursuites en compagnie de Crinière et l'usage des sagaies devinrent vite superflus. Le jeune lion des cavernes savait tuer. Si la femme voulait la peau ou la viande du gibier, elle prélevait sa part puis laissait Lionceau se régaler de ses proies.

La saison froide touchait à sa fin, et Lionceau quittait la caverne de plus en plus souvent. Il ne partait cependant jamais très longtemps. Un jour, il revint avec une oreille blessée. Ayla supposa qu'il avait rencontré d'autres lions. Il devait chercher la compagnie des siens, et s'en irait peut-être bientôt les rejoindre. Ayla se souvint d'Iza : « Tu es jeune, tu as besoin des tiens, d'un homme comme toi. Recherche-les, trouve ta tribu. »

La dernière bourrasque de neige fut oubliée dès les premiers signes de la renaissance. Le soleil réchauffait l'air, la terre, les arbres. Les rivières débordaient, inondant les prairies. Et tous les animaux restés cachés durant l'hiver réapparaissaient au fil des jours. Par une belle matinée, Ayla aperçut avec étonnement Crinière lançant une petite ruade à Lionceau. La jument ne s'était jamais montrée impatiente ni brutale envers le jeune lion. Ayla soupçonna quelque chose d'inhabituel. S'approchant de la jument qui hennissait, elle fut soudain saisie par une très forte odeur, qu'elle sentait flotter vaguement depuis l'aube. Crinière, frémissante, poussa encore un hennissement quand Ayla voulut la caresser. La saison des accouplements était venue.

Un tourbillon de sensations confuses agitaient Ayla. Depuis qu'elle était enfant, ce phénomène mystérieux l'intriguait. Elle agaçait Creb par ses multiples questions et maintenant, elle se trouvait perplexe devant Crinière. En même temps, la femme avait la gorge serrée et sentait monter en elle une affreuse inquiétude. Ayla s'appuya contre la jument, comme Crinière le faisait parfois lorsqu'elle était effrayée.

Crinière allait la quitter! C'était tellement inattendu! La femme n'avait rien préparé pour cela. Elle avait bien imaginé le départ de Lionceau, mais non celui de Crinière. La pouliche avait besoin d'un étalon, d'un mâle.

Tourmentée par le chagrin, Ayla se résolut à accompagner Crinière dans la prairie. Lionceau fit mine de les suivre, mais Ayla lui indiqua de rester. Elle ne voulait pas que le jeune lion des cavernes vienne semer la terreur parmi les chevaux.

Il faisait un temps très doux, mais l'air de la steppe regorgeait encore d'humidité. Le soleil auréolé d'un halo émergeait dans le ciel bleu pâle. Ayla ne guidait pas la jument, elle se laissait porter, relevant simplement des marques sur le chemin. Peu importait où elle allait, les larmes embuaient le paysage, les souvenirs se bousculaient.

Un changement dans le pas de Crinière attira son attention. Une petite horde de chevaux broutait au loin. Les animaux savouraient les premières touffes d'herbe verte et tendre, clairsemées entre les pailles jaunies des saisons précédentes. Crinière s'arrêta quand les autres chevaux la regardèrent. Puis le hennissement puissant d'un étalon attira leurs regards. Sur une petite butte, se tenait un grand cheval brun foncé; sa longue crinière, sa queue étaient de couleur noire. L'étalon hennit encore, leva la tête et recourba sa lèvre supérieure. Il se cabra puis galopa vers elles.

Ayla glissa du dos de la jument, serra une dernière fois contre elle la grande tête ébouriffée de Crinière et s'éloigna.

– Va vers lui, Crinière, dit-elle. Tu as trouvé celui que tu cherches, rejoins-le.

Terriblement malheureuse, Ayla regardait, fascinée, la rencontre des deux chevaux. Quand elle vit Crinière partir confiante avec le bel étalon, elle se sentit effondrée. D'un mouvement brusque, elle se retourna pour s'élancer de toutes ses forces vers la vallée. Elle courut jusqu'à perdre le souffle, jusqu'à être pliée par une douleur au côté. Elle courait, espérant peut-être, si elle allait assez vite, laisser derrière elle sa peine et sa solitude.

Dans le chemin de la vallée, elle chuta, culbuta, roula et s'immobilisa, désespérée. Elle ne voulait plus bouger. Elle n'avait plus le goût de rien essayer, de rien faire, de rien vivre. Pourquoi donc? Elle voulait mourir. Pourquoi devait-elle toujours perdre ceux qu'elle aimait?

Un souffle chaud inonda son visage, une langue râpeuse lécha ses larmes salées, elle ouvrit les yeux sur un énorme lion des cavernes.

– Oh! Lionceau! cria-t-elle.

Peu à peu, elle retrouva la force de se lever. Elle était tout écorchée, son dos lui faisait mal. Lorsqu'elle atteignit enfin la caverne, le feu ne brûlait plus. Elle était lasse et meurtrie. Epuisée, Ayla s'étendit sur sa couche.

Quand elle se réveilla à la fin de la journée, Lionceau n'était plus là. Elle ralluma le feu pour faire une infusion. Très vite, la torpeur du sommeil l'enveloppa à nouveau. Elle songea à Crinière et à un magnifique cheval, et puis à un homme. Son image était un peu floue, comme dans l'ombre. Une seule chose était claire. Il avait une chevelure blonde comme le miel.

14

Plus proche des Ramudoi que des Shamudoi, de par sa nature, Jondalar passait le plus clair de son temps au bord de la rivière, en compagnie de Carlono qui appréciait beaucoup sa compagnie.

Il lui avait appris à manœuvrer un petit canoë et le jeune Zelandoni partait souvent à l'aventure sur la Grande Rivière.

– Retournons sur la rive, dit Jondalar. Je t'y déposerai et j'irai seul explorer les berges en aval.

Après lui avoir signifié son assentiment d'un hochement de tête, le chef des Ramudoi lui rappela quelques conseils.

– Quand tu suis le courant, tu progresses plus vite. Mais tu tournes le dos aux embûches. Des troncs d'arbres imprégnés d'eau se cachent au fond de la rivière et certains rochers descendent plus profond que la rivière elle-même. Si tu n'y prends pas garde, le courant aura tôt fait de te jeter contre eux. N'oublie pas qu'il ne faut jamais tourner le dos à la Grande Rivière. A tout instant, elle peut te surprendre et dérober ta vie.

Alors le vieil homme mit pied à terre et poussa le canoë pour lui donner de l'élan.

Jondalar avait été impatient de partir seul sur la rivière. Avant même de devenir des hommes, les enfants Ramudoi avaient leur propre canoë. Lui-même avait fait ses preuves très jeune parmi les

Zelandoni. A l'âge de Darvo, il avait déjà tué son premier cerf. Mais dans la tribu des Sharamudoi, les coutumes étaient différentes. Tant qu'il n'aurait pas rapporté à la caverne son premier esturgeon, son premier chamois, il continuerait à se sentir étranger.

Il avait décidé de ne pas prendre Serenio pour compagne tant qu'il ne s'estimerait pas à la hauteur. Pourtant la chasse au rhinocéros avait suffi à convaincre les hommes de sa témérité et de sa bravoure, car, il l'avait appris par la suite, aucun d'eux ne s'était jamais lancé à la poursuite d'un rhinocéros auparavant. Les plaines n'étaient pas leur territoire de chasse habituel.

Le Shamud avait parlé à Dolando et Carlono en privé et leur avait expliqué qu'il fallait encourager le jeune Zelandoni à mener à bien la tâche qu'il s'était fixée. Sans poser de questions, les deux chefs s'étaient pliés à cette énigmatique injonction.

Serenio continuait à maintenir entre Jondalar et elle une distance prudente. Elle non plus ne posait pas de questions. Mais souvent il surprenait son regard scrutateur posé sur lui.

Il vérifia que le harpon était bien à sa place au fond du canoë, sous la corde enroulée. Il en coinça la pointe d'os pointue et barbelée sous son pied nu. Puis il se saisit de la rame et orienta l'embarcation vers le large.

Sans le poids d'une autre personne assise en face de lui, le petit canoë était plus difficile à diriger. Dès qu'il se fut habitué au nouvel équilibre, il fila dans le courant, se servant de la rame comme d'un timon, près de la proue. Puis il décida de remonter le courant. Il serait plus aisé de lutter contre les eaux impétueuses tant qu'il n'était pas trop fatigué. Plus tard, il se laisserait porter en sens inverse.

Il s'était éloigné plus qu'il ne le pensait de l'embarcadère des Ramudoi. Lorsque, enfin, il le vit surgir derrière une touffe d'arbustes, il songea à virer de bord pour rejoindre la rive. Puis il se ravisa et le dépassa bientôt en pagayant péniblement. Il était déterminé à aller jusqu'au bout de son effort. Il sourit à Carlono qui le saluait au passage.

En amont, la rivière s'élargissait et le courant s'affaiblissait. Il put relâcher quelque peu sa tension. Mais bientôt, les forces commencèrent à lui manquer. Il aperçut une petite plage ombragée de saules de l'autre côté de la rivière et décida d'aller s'y reposer. Tout en s'approchant, il scrutait le fond. Il ne voulait pas risquer d'endommager l'embarcation en lui faisant racler un rocher. Tout à coup, une longue forme silencieuse et mouvante retint son attention.

Ce n'était pourtant pas encore la saison des esturgeons! En général, ils remontaient le courant à l'entrée de l'été. Certes, le printemps avait été précoce et étonnamment chaud et humide. Il se pencha. Pas de doute! Un banc d'esturgeons en pleine migration, dérangé par sa présence, se terrait dans les eaux boueuses près de la rive. La chance lui souriait. Peut-être pourrait-il rapporter la première prise de la saison?

Il borda la rame et tâtonna au fond du canoë pour trouver son harpon sans perdre de vue les poissons géants. Sans gouverne, le bateau tourna sur lui-même, précipité par le courant, avant de se mettre en travers. Lorsque Jondalar eut fixé la corde à l'arc, il reprit la rame d'une main et la maintint dans l'eau à contre-courant pour stabiliser l'embarcation. Il visa le premier esturgeon qui s'aventura à sa portée. Les Ramudoi lui avaient appris que l'eau qui le séparait de sa proie trompait sur sa position réelle. En vérité, le poisson n'était pas où il semblait être – c'était là une des ruses utilisées par la Grande Rivière pour dissimuler Ses créatures aux regards des humains. Dès que l'esturgeon fut assez proche, il se pencha par-dessus bord, attendit puis banda son arc. Son geste précipita le bateau avec une force égale dans la direction opposée, vers le milieu de la rivière. Mais le coup avait porté. La pointe du harpon avait profondément pénétré dans la chair de l'esturgeon géant – sans qu'il en soit incommodé outre mesure. A peine désemparé, le poisson voulut gagner des eaux plus profondes. Il fonça tout droit dans la direction qu'avait prise le bateau à la dérive.

Conscient de ce qui risquait de se passer, Jondalar attacha l'extrémité de la corde au bord du bateau. De fait la longueur de cordage qui restait se déroulait à vive allure.

Le canoë fut violemment projeté en avant. Jondalar faillit passer par-dessus bord. Comme il s'agrippait au rebord des deux mains, la rame rebondit, chancela et tomba à l'eau. Il lâcha prise pour tenter de la récupérer. Trop tard. Déjà, elle avait disparu dans les profondeurs. A ce moment-là, l'esturgeon trouva le courant et s'élança dans une course folle. Jondalar se cramponna à la corde dans l'espoir de récupérer le harpon. En vain. Tirée par l'énorme poisson, la petite embarcation filait au ras de l'eau à une vitesse que Jondalar n'avait encore jamais connue.

Les yeux écarquillés par la peur et l'émerveillement, il regarda la rive qui défilait à toute allure. Il tira à pleines mains sur la corde pour essayer une fois encore de déloger le harpon. La proue piqua du nez, le canoë faillit se retourner. L'esturgeon se débattait, jetant l'embarcation dans des bonds égaux aux siens.

Le regard rivé droit devant lui, les deux bras tendus, Jondalar ne remarqua même pas qu'il venait de dépasser l'embarcadère d'où une poignée d'hommes entourant Thonolan suivirent des yeux, bouche bée, le passage de ce curieux équipage.

– Regardez-moi ça! plaisanta Thonolan. Mon frère se prend pour un oiseau.

Il riait à gorge déployée en se claquant les cuisses.

– Il n'a pas attrapé de poisson! C'est le poisson qui l'a attrapé!

– Ne ris pas, Thonolan, l'interrompit Markeno bien qu'il eût lui-même du mal à garder son sérieux. Il est en mauvaise posture.

– Je sais, je sais. Mais regarde-le! Tiré par un poisson! Je n'ai jamais rien vu d'aussi drôle!

Secoué par un fou rire, Thonolan prêta pourtant main-forte aux autres pour mettre un autre canoë à l'eau. Markeno, Carolio et lui y prirent place et ils pagayèrent tous aussi vite qu'ils le purent dans le sillage de Jondalar et de son esturgeon. Thonolan ne riait plus. Au fond de lui, il savait que son frère était peut-être en danger.

L'énorme poisson commençait à faiblir. Le harpon, la charge du canoë et de l'homme qu'il entraînait dans sa fuite éperdue auraient raison de lui à plus ou moins longue échéance. Déjà, il ralentissait l'allure. Jondalar en profita pour réfléchir. Ils avaient parcouru une distance considérable. Sans rame, il ne pourrait sauver l'embarcation. Il lui faudrait revenir à pied. Alors, il eut l'idée de couper la corde. Il était inutile de se laisser tirer ainsi indéfiniment.

Tout en continuant à se cramponner à la corde

d'une main, il glissa l'autre dans sa tunique et en sortit une lame de pierre à manche d'andouiller. A cet instant précis, l'esturgeon fournit un nouvel effort pour tenter de se débarrasser de ce harpon qui lui meurtrissait le dos. Il plongea plusieurs fois, vite arrêté par la douleur. Comme lui, le canoë piqua du nez. Jondalar perdit l'équilibre. Comme du liège, le bateau rebondissait dans l'eau, ballotté de-ci de-là. En vain, Jondalar tenta de couper la corde, ne réussissant qu'à l'entamer légèrement. Il ne vit pas l'énorme tronc gonflé d'eau qui fonçait sur lui à la vitesse du courant. Le choc lui fit lâcher la lame de pierre. Vite remis de sa stupeur, il tira sur la corde pour la tendre afin d'éviter un dangereux à-coup. Une fois encore, l'esturgeon tenta de se libérer en virant vers la berge. Mais il était trop tard... L'énorme créature plongea au fond de la rivière puis remonta jusqu'à la surface, où elle resta suspendue, le ventre en l'air. Un ultime tressaillement de ses nageoires témoigna du prodigieux combat qu'elle venait de mener.

Dans un dernier soubresaut, elle alla s'échouer près de la rive à l'endroit où la rivière faisait un coude, entraînant une fois de plus le bateau à sa suite, dans le tourbillon des eaux accélérées par la courbe. Cahoté par les vaguelettes qui battaient le rivage, Jondalar comprit tout à coup combien il avait eu de chance. S'il avait réussi à couper la corde, sans rame, jamais il n'aurait pu manœuvrer l'embarcation, que le courant aurait emportée plus loin encore. A présent, il était tout proche de la terre ferme. En se penchant, il parvint à attraper une racine accrochée comme une griffe trempant sa pointe dans l'eau. Peut-être trouverait-il là quelque chose qui lui servirait de rame? Brusquement, la racine, moins solide qu'il ne le croyait, se rompit et lui resta dans les mains. Le bateau fit une autre embardée sous le choc et fut bientôt repris par le courant. Alors, sans hésiter, Jondalar prit une profonde inspiration et plongea dans l'eau froide.

Lorsqu'il atteignit la berge, il se heurta à la gigantesque masse de l'esturgeon. Engourdi par l'eau glacée, il se redressa péniblement et saisit l'animal par sa gueule ouverte pour le traîner jusqu'à la petite grève. Il n'était pas question de perdre sa précieuse proie. Il ne le tira pas très loin, car il était trop lourd. Comme il grelottait de froid, il décida d'aller chercher du petit bois pour faire du feu.

Il chercha sa lame de pierre. L'étui était vide. Il avait oublié qu'il l'avait perdue, et il n'en avait pas d'autre. Il fit le tour de la petite plage en courant, tout en réfléchissant à ce qu'il allait faire.

La seule solution était de retourner à pied jusqu'à la Caverne des Sharamudoi. Il jeta autour de lui un regard circulaire pour repérer les environs. Soudain, un bruissement de feuilles retint son attention. Quelque chose avait bougé dans les fourrés qui bordaient la grève. Sans doute un animal. Pas une branche sèche aux alentours. Toute la végétation printanière était gorgée de sève et de vie, et luisante d'humidité. Derrière les broussailles s'étendait une forêt de chênes, de hêtres et de charmes mêlés de saules. D'épais troncs bruns et rugueux, d'autres lisses et grisâtres, mais pas le moindre petit bois. Il claqua des dents, frotta ses mains l'une contre l'autre, se tapota les épaules. A nouveau ce frémissement dans les feuilles!

Brutalement, il prit conscience de la gravité de sa situation. Certes, les autres finiraient bien par se demander où il était passé et se lanceraient à sa recherche. Carlono savait qu'il était parti en bateau.

En bateau! Un frisson d'horreur lui parcourut l'échine. Pendant qu'il attendait là, à grelotter de froid, l'embarcation descendait le courant. Quand ils la trouveraient, ne penseraient-ils pas qu'il s'était noyé ?

Il recommença à courir pour se réchauffer. Puis, hors d'haleine, il se laissa tomber à terre et se roula en boule pour tenter de préserver la chaleur de son corps. Mais il claquait toujours des dents et il était secoué de tremblements de plus en plus violents. Quelque chose bougea à nouveau tout près de lui. Il ne leva même pas le nez. Alors deux pieds – nus, sales, humains – apparurent dans son champ visuel.

Il tressaillit et leva les yeux. Le choc faillit le renverser. Devant lui se tenait quelqu'un qui le regardait de ses grands yeux noirs, cachés sous d'épaisses arcades sourcilières. Un Tête-Plate! Un jeune Tête-Plate!

Médusés, ils s'examinèrent l'un l'autre. Jondalar s'attendait à ce qu'il disparaisse d'un instant à l'autre dans les fourrés. Mais il n'en fit rien. Il resta planté là, immobile. Puis il fit un pas en arrière en lui faisant un signe discret de la main.

« Que me veut-il? se demanda Jondalar. Désire-t-il que je le suive? »

Il se releva lentement. L'autre ne broncha pas. Puis il recula de nouveau. Jondalar fit un pas en avant, l'autre un pas un arrière, avant de se retourner. Alors le Zelandoni lui emboîta le pas. Ils se frayèrent un passage parmi les broussailles et débouchèrent dans une clairière, au milieu de laquelle brûlait un petit feu presque sans fumée. Une femelle était accroupie à quelques pas de là. En les voyant arriver, elle sursauta et battit en retraite dans les taillis. Sans hésiter, Jondalar alla s'asseoir tout près du feu. Les deux Têtes-Plates semblaient communiquer par grognements et par gestes.

Tout à coup, il sentit quelque chose lui tomber sur les épaules. Instinctivement, il le repoussa d'un geste brutal et se retourna.

A ses pieds, derrière lui, s'étalait une peau de bête. La femelle qui la lui avait apportée l'examina avec curiosité avant de s'éloigner. Il eut le temps de lire de la peur dans ses yeux. La chaleur du feu conjuguée à celle de la fourrure dont il s'enveloppa finirent par avoir raison de ses frissons. Alors seulement, il comprit qu'il devait se trouver dans un campement de Têtes-Plates. Soudain, il retira ses mains de la chaleur du feu comme s'il s'était brûlé.

Du feu! Les Têtes-Plates connaissaient le feu! Il tendit à nouveau une main hésitante au-dessus des faibles flammes, parce qu'il n'en croyait pas ses yeux et tenait à se prouver qu'il ne s'était pas trompé. Et puis il se souvint de la peau qu'on lui avait jetée sur les épaules. Il la tâta entre le pouce et l'index. Du loup, déclara-t-il et plutôt bien apprêté.

Finalement, il se retourna. Le jeune l'observait, avec moins de méfiance pourtant que la femelle. Jondalar se souvenait de ce que les Losadunai lui avaient dit : les femmes têtes-plates ne se défendent jamais.

Le mâle gronda et la femelle porta dans le feu quelques-unes des branches sèches amassées dans un coin de la clairière. Comme Jondalar la regardait s'approcher, elle avançait avec prudence. Le jeune mâle poussa un autre grognement qui ressemblait à un encouragement.

Un encouragement! Se pouvait-il que ces animaux communiquent entre eux? Pourtant il était sûr qu'en venant alimenter le feu, la femelle avait obéi à un ordre. Mais c'était impossible. Les Têtes-Plates ne parlaient pas.

Il porta à nouveau son attention sur le mâle qui le considérait maintenant avec hostilité. Il n'avait sans doute pas aimé la façon dont il avait observé la femelle. Il était certain que s'il faisait le moindre mouvement dans la direction de cette dernière, la réaction du mâle serait immédiate. Comme il ne bougeait pas, la tension du jeune Tête-Plate se relâcha. Alors, Jondalar se releva lentement. Les deux mâles – l'humain et le Tête-Plate – se mesurèrent du regard. D'homme à homme, songea Jondalar, troublé. Et pourtant cet être ne ressemblait à aucun des hommes qu'il avait rencontrés au cours du Grand Voyage. Au fond, il était aisé de reconnaître un humain d'un Tête-Plate. Seul, le premier avait un langage, des rites et vivait dans un abri.

Pourtant, ce n'était pas tout à fait un animal qui se tenait là devant lui. De près, son visage paraissait si humain, malgré les lourdes arcades sourcilières, l'absence de cou, la mâchoire inférieure volumineuse, ces narines épatées... Mais le feu! Ils connaissaient le feu. Et ils communiquaient ensemble. « Par le Grand Doni! Le mâle a même communiqué avec moi. Comment a-t-il su que j'avais besoin de me réchauffer? Pourquoi un Tête-Plate aiderait-il un humain? » Déconcerté, Jondalar songea que ce jeune mâle venait sans doute de lui sauver la vie.

La Tête-Plate lui fit un signe et reprit le chemin par lequel ils étaient venus un peu plus tôt entre les taillis. Il s'arrêta pour l'attendre et Jondalar le suivit. Il l'entraîna ainsi jusqu'au bord de la rivière.

Soudain le jeune mâle partit en courant, en agitant les bras et en poussant de grands cris rauques.

Jondalar eut juste le temps d'apercevoir un petit rongeur qui détalait dans les fourrés, non sans emporter une partie de son butin. Il avait déjà grignoté une bonne portion de l'esturgeon géant. Il était évident qu'abandonné ainsi, l'énorme poisson était une proie facile.

La réaction du jeune Tête-Plate avait fait germer une idée dans l'esprit de Jondalar. Etait-il possible qu'il l'ait aidé dans l'espoir de se voir attribuer une partie de sa prise ? Allait-il lui réclamer sa part ?

A ce moment, son compagnon sortit du repli de sa peau de bête une petite lame de silex mal dégrossie et se jeta littéralement sur l'esturgeon. Puis il se ravisa, se retourna vers Jondalar et lui adressa quelques signes pour lui faire comprendre qu'il n'en prendrait qu'une portion et qu'il lui laisserait le reste. Ses intentions étaient plus que claires. Jondalar ne s'était pas trompé. Un flot de questions affluaient dans son esprit.

Où avait-il trouvé cet outil ? Il aurait voulu l'examiner de plus près. Ce n'était certes pas une lame très fine, mais elle était tranchante. L'avait-il confectionnée lui-même ? Une autre chose l'intriguait plus encore. Le jeune mâle ne parlait pas, mais il lui avait communiqué sa résolution de manière tout à fait explicite. A présent, il attendait son assentiment. Jondalar hocha la tête, en se demandant si son geste serait compris. Sans hésiter, le Tête-Plate se mit au travail.

Troublé par tant d'interrogations auxquelles il ne pouvait trouver de réponses, Jondalar se sentit envahi par une étrange sensation de vertige qui ébranlait tous les acquis de sa mémoire. Etait-ce un animal ? Mais un animal mordrait à même le poisson cru sans se servir d'une lame et détalerait à l'approche de l'humain. Ou bien s'il en avait la force, il s'attaquerait à lui. Aucune bête ne se préoccuperait d'offrir à un homme de quoi se réchauffer. Les Têtes-Plates connaissaient le feu. Et celui-ci venait de lui demander la permission de prendre sa part de nourriture. Ce n'étaient pas des animaux, mais des HUMAINS.

Pourtant tout le monde disait que les Têtes-Plates étaient des bêtes! N'était-ce pas évident? Ils ne pouvaient pas parler. Mais quelle autre différence y avait-il entre lui et cet être qui découpait le poisson devant lui avec application?

Cela lui eût été égal qu'il le prenne en entier. Quoi qu'il en soit, il fallait qu'il soit coupé. Trois hommes n'auraient pas suffi à le porter. Jondalar était curieux de voir combien il en prendrait.

Soudain, le Tête-Plate dressa la tête et tendit l'oreille. Il sentait le danger. Avait-il entendu quelque chose?

– Jondalar? Jondalar?

La voix était lointaine. Au même moment, Jondalar et le jeune mâle entrevirent à travers les broussailles le canoë qui se dirigeait droit sur eux. Le Tête-Plate venait d'achever de couper l'énorme poisson en deux, dans le sens de la longueur. Sans se redresser, il retira prestement sa peau de bête, glissa dessus la moitié qu'il se destinait, saisit les coins de la peau et hissa le lourd fardeau sur son dos, avant de disparaître dans les bois.

– Attends!

Jondalar se lança à sa poursuite. Puis il se ravisa. Mieux valait d'abord avertir les autres de sa présence. Il se précipita sur la rive, écarta les branchages qui le cachaient et obstruaient la vue et fit de grands gestes. Quelqu'un sur le bateau lui répondit. Etait-ce Thonolan? Ils étaient encore trop loin pour qu'il puisse distinguer leurs silhouettes. Il les héla de nouveau. Puis il retourna vers le campement des Têtes-Plates. Ils avaient disparu l'un et l'autre. Il ne restait plus aucune trace de leur passage. Le feu avait même été piétiné. S'il ne s'était pas souvenu d'en avoir senti la chaleur, il aurait douté de ses sens.

Soudain, la femelle lui apparut dans l'ombre. Elle portait une grande besace. Elle marcha droit sur lui, lui arracha la peau de bête et partit en courant.

Il retourna au bord de la rivière, grelottant dans sa tunique humide. Les autres venaient d'arriver, Thonolan était parmi eux. Il courut à leur rencontre et se précipita dans les bras de son frère.

– Thonolan! Je suis si heureux de te voir! J'ai eu peur qu'en voyant mon bateau à la dérive, vous ne m'ayez cru mort!

– Grand frère! Nous avons traversé ensemble tant de rivières! Jamais je n'aurais cru une chose pareille!

– Qui a pris la moitié de l'esturgeon? demanda Dolando.

– Je l'ai donnée.

– Tu l'as donnée! A qui l'as-tu donnée? demanda Markeno, tout étonné.

– A qui pouvait-il la donner? ajouta Carolio.

– A un Tête-Plate.

– Un Tête-Plate? répétèrent plusieurs voix à l'unisson.

– Pourquoi donner à un Tête-Plate la moitié d'un esturgeon de cette taille? s'exclama Dolando.

– Parce qu'il m'est venu en aide et qu'il m'a demandé sa part.

– Tu divagues, Jondalar! Un Tête-Plate ne peut pas communiquer de la sorte, reprit Dolando.

Il était visiblement furieux, ce qui surprit Jondalar. Il était rare que le chef des Sharamudoi manifeste sa colère.

– Où est-il passé? lâcha-t-il encore.

– Il a pris la fuite dans les bois. J'étais trempé et je n'arrivais pas à me réchauffer. Soudain, il m'est apparu et il m'a conduit à un feu.

– Un feu? Depuis quand les Têtes-Plates connaissent-ils le feu? intervint Thonolan.

– J'en ai déjà vu regroupés autour d'un feu, commenta Barono.

– Moi aussi, dit Carolio... de loin.

– Je ne savais pas qu'ils étaient de retour. Combien sont-ils? demanda Dolando.

– Juste deux. Un jeune mâle et une femelle plus âgée, répondit Jondalar.

– Ils sont nombreux, s'ils ont emmené leurs femelles. (Il scruta les alentours.) Nous aurions peut-être intérêt à organiser une battue pour éliminer cette vermine.

Le ton menaçant de Dolando laissa Jondalar sans voix. Certes, il avait déjà remarqué auparavant, dans ses propos, certains indices de la haine que les Têtes-Plates lui inspiraient. Mais jamais il ne s'était exprimé avec une telle véhémence.

– Je grelottais de froid, objecta Jondalar, et le jeune m'a aidé. Ils avaient allumé un feu. Ils m'ont donné une peau de bête pour me couvrir. A dire vrai, je lui aurais volontiers donné le poisson tout entier, mais il n'en a pris que la moitié. Je refuse de participer à cette chasse aux Têtes-Plates.

– De fait, ils sont assez inoffensifs, remarqua Barono. Mais je préfère le savoir, s'ils sont dans les parages. Ils sont rusés. Il est préférable de ne pas se laisser surprendre par eux, surtout s'ils sont nombreux.

– Ils sont très dangereux et..., coupa Dolando.

– Tu as probablement eu de la chance qu'il n'y ait eu qu'un mâle et une femelle, poursuivit Barono, sans tenir compte de la remarque de Dolando. Les femelles ne se battent pas.

Sentant la tension qui montait, Thonolan jugea préférable d'intervenir, pour changer le cours de la conversation.

– Comment allons-nous rapporter cette superbe prise? (Puis il ajouta, avec un sourire, à l'adresse de son frère :) Après la peine que tu t'es donnée pour l'attraper, Jondalar, je suis surpris que tu aies accepté si facilement de te défaire d'une moitié de ton esturgeon.

Tous partirent d'un grand éclat de rire nerveux qui fit tomber quelque peu la tension ambiante.

– Cela signifie-t-il qu'il est à moitié ramudoi? plaisanta Markeno.

– Nous t'emmènerons chasser et tu rapporteras un demi-chamois, reprit Thonolan. Ainsi tu seras un authentique Sharamudoi.

– Je me demande quelle partie préférera Serenio, lança Barono en ricanant.

– Une moitié, c'est déjà beaucoup en ce qui le concerne, railla Carolio, et son expression prouvait qu'elle ne parlait pas de la taille du jeune Zelandoni.

Son abri était contigu à celui de Serenio et les exploits de Jondalar sous les fourrures ne lui étaient pas tout à fait inconnus. Gêné, Jondalar détourna le regard. Mais cette nouvelle plaisanterie avait achevé de détendre l'atmosphère. Ils allèrent chercher un filet dans le canoë et le déployèrent à côté du demi-esturgeon, qu'ensuite ils firent rouler. Bien enveloppé dans ce réseau de mailles fibreuses, le poisson fut accroché à la poupe de l'embarcation.

Tandis que les autres s'affairaient autour de l'esturgeon, Carolio prit Jondalar à l'écart :

– L'enfant du foyer de Roshario a été tué par des Têtes-Plates, alors qu'il était encore tout jeune, plein de vie. C'était la fierté de Dolando. Personne ne sait comment c'est arrivé. Dolando organisa alors une battue. Quelques-uns furent tués; les autres disparurent. Il ne les portait déjà pas particulièrement dans son cœur, mais depuis lors...

Jondalar hocha la tête. Tout était clair à présent.

– Comment le Tête-Plate a-t-il emporté son butin? lui demanda Thonolan comme ils se hissaient à bord du canoë.

– Il l'a juché sur son dos, répondit Jondalar.

– Il l'a... Il l'a juché sur son dos? A deux, nous avons eu du mal à le soulever.

– Et le jeune mâle n'avait pas même atteint la taille adulte!

Thonolan se dirigeait vers l'abri que son frère partageait avec Serenio et Darvo. On eût dit une tente de bois. Il était constitué de deux rangées de planches appuyées contre une poutre de faîte centrale plus élevée à l'avant qu'à l'arrière.

Les éléments étaient imbriqués les uns aux autres selon les procédés utilisés pour les bateaux, la tranche légèrement plus épaisse chevauchant la plus mince, le tout relié ensemble par des branches de saule entrelacées.

Très peu de jour entrait à l'intérieur de ces abris sauf si les structures étaient vieilles. Alors le bois jouait, devenant moins étanche. L'auvent naturel les protégeant du gros temps, ils n'avaient pas besoin d'être aussi bien entretenus que les embarcations.

Le jeune Zelandoni jeta un coup d'œil à l'intérieur pour voir si son frère dormait encore.

– Entre, dit Jondalar en reniflant.

Il était assis sur sa couche, à demi enseveli sous un monceau de fourrures, un bol fumant à la main.

– Comment te sens-tu? lui demanda Thonolan en s'asseyant sur le bord de la couche.

– Mieux.

– Avec tes vêtements humides et ce vent qui soufflait sur la rivière, ce n'est pas étonnant que tu aies pris froid.

– Je suis si content que vous m'ayez trouvé!

– Et moi, je suis content que tu ailles mieux.

Thonolan semblait étrangement à court de mots. Il ne tenait pas en place. Sans cesse, il se levait, se rasseyait. Il marcha jusqu'à l'entrée de l'abri, puis revint auprès de son frère.

– As-tu besoin de quelque chose, mon frère?

Jondalar secoua la tête et attendit. Quelque chose inquiétait Thonolan. Il avait envie de se confier à lui, mais il hésitait encore. Il fallait lui laisser le temps.

– Jondalar... commença-t-il, puis il marqua une pause. Tu vis avec Serenio et son fils depuis un moment.

L'espace d'un instant, Jondalar crut qu'il allait faire allusion à sa propre situation. Mais il se trompait.

– Rester au foyer te rend-il heureux, Jondalar? reprit-il.

– Tu as une compagne, Thonolan, pourquoi me poses-tu cette question?

– Tu dis la vérité, mon frère. Mais est-ce différent quand il y a un enfant? Vois-tu, Jetamio essaie si fort d'avoir un enfant, et maintenant... elle vient d'en perdre un autre, Jondalar.

– Mon cœur pleure, Thonolan.

– Cela m'est égal si elle n'a jamais d'enfant. J'ai eu si peur de la perdre, murmura-t-il. (Sa voix se brisa.) Je voudrais tant qu'elle cesse d'essayer.

– Je ne sais pas si elle a le choix. La Grande Terre Mère...

– Alors pourquoi ne la laisse-t-Elle pas en garder un? cria Thonolan en se ruant dehors.

Sur le seuil, il croisa Serenio qu'il faillit renverser au passage.

– Il t'a parlé à propos de Jetamio...? lui demanda Serenio. (Jondalar hocha la tête.) Celui-ci, elle a réussi à le garder plus longtemps. Ce fut d'autant plus difficile pour elle de le perdre. Elle est si heureuse avec Thonolan. Elle le mérite.

– Sa vie n'est pas en danger?

– Ce n'est pas la première fois qu'une femme perd un enfant, Jondalar. Ne t'inquiète pas pour elle – elle s'en tirera. Comment te sens-tu? Je suis simplement venue voir si tu étais réveillé.

– Ça va.

Il lui sourit pour la rassurer.

– Dans ce cas, je retourne tenir compagnie à Jetamio.

Quand elle fut partie, il posa le bol à terre et s'étendit à nouveau. Sa tête était si endolorie... Il ne savait pas vraiment comment se l'expliquer, mais il y avait quelque chose dans la réponse de Serenio qui le troublait. Il ne voulait plus y penser, car cette pensée ne faisait qu'ajouter à sa douleur.

« Ce doit être ce refroidissement », se dit-il.

15

L'été était venu, apportant son lot de fruits gorgés de soleil. Chaque jour, Ayla partait en cueillir un plein panier, plus par habitude que par nécessité. Elle aurait pu s'en passer, en réalité, car il lui restait des provisions en abondance de l'année précédente. En dépit du surcroît d'activités occasionné par ses chasses hivernales, elle avait fini par se lasser de cette saison froide qui s'éternisait. Elle avait pourtant apprêté toutes les peaux des animaux qu'elle avait abattus, confectionné une multitude de tuniques d'hiver en fourrure, d'été en cuir, des poches de toutes tailles, des tapis pour isoler sa couche de la pierre froide. Des piles de paniers tressés s'amoncelaient dans un coin de la caverne et elle avait façonné suffisamment d'outils et de bols en bois pour satisfaire aux besoins d'un clan entier. Aussi avait-elle attendu avec impatience cette période des cueillettes estivales.

Le lendemain du jour où Crinière était partie, Ayla avait pris la décision de quitter la vallée, mais pas cet été-là. Lionceau avait encore besoin d'elle. Il était trop jeune pour qu'elle le laisse seul. Aucune troupe de lions sauvages ne l'accepterait; les mâles le tueraient. Jusqu'à ce qu'il soit adulte et en mesure de créer son propre troupeau, il n'était pas question de l'abandonner.

Comme Iza le lui avait recommandé, elle irait à la recherche de ses semblables. Sans qu'elle sût pourquoi, cette idée la rassurait. Mais au fond d'elle-même, elle devait bien se l'avouer, il y avait une autre raison : elle était déterminée à ne pas partir avant d'être sûre que Crinière ne reviendrait pas. La jument lui manquait cruellement.

– Allons, paresseux! Viens chasser.

Elle lui tapota le flanc et sortit de la caverne pour qu'il la suive. Il leva la tête, eut un magistral bâillement qui découvrit ses crocs pointus et se mit finalement debout à contrecœur. Il n'avait pas plus faim qu'elle et n'aimait guère être dérangé dans son sommeil.

La veille, elle avait été cueillir des plantes soignantes et une foule de souvenirs avaient reflué en force dans son esprit. Durant ses plus jeunes années, cette activité lui avait permis d'échapper à la surveillance de ceux qui cherchaient toujours à la prendre en faute. En outre, elle avait eu tant de joie à acquérir ce savoir qu'Iza avait bien voulu partager avec elle et qui faisait maintenant partie de sa nature...

A ses yeux, le pouvoir curatif des plantes était si intimement lié aux plantes elles-mêmes qu'elle les distinguait autant par leur usage que par leur apparence. Elle avait cueilli les fleurs bleu violacé de l'hysope, qui guérit le rhume, des jusquiames aux fleurs jaunes en forme d'entonnoir, mauves au centre, des élécampanes aux feuilles ovales et pointues, des pas-d'âne qui soignaient la toux et l'asthme – il fallait faire brûler des feuilles séchées et respirer la fumée. A la vue des jolis soucis colorés, elle pensa tout de suite à leur effet sur les plaies ouvertes, ulcères et escarres. Mais elle en avait déjà assez emmagasiné. Un peu de camomille pour la digestion et la désinfection des plaies, des pétales de roses sauvages qu'elle mettait dans un bol d'eau au soleil – pour sa peau.

En réalité, Ayla faisait rarement usage de toutes

ces plantes aux vertus diverses. Quand elle rapporta à la caverne sa cueillette du jour, elle jeta une partie de ses provisions de fleurs, feuilles et racines séchées. Il fallait qu'elle ait une raison de retourner en chercher.

Elle flâna jusqu'à la plage, puis le long des épais massifs broussailleux qui longeaient la rive, l'énorme lion des cavernes sur ses talons. Tout en marchant, il grognait. Ayla songea qu'elle savait reconnaître de très loin les grognements et les rugissements de Lionceau.

Elle s'arrêta à l'endroit habituel pour se reposer – elle n'était pas sûre d'avoir envie de chasser, mais que faire d'autre? Désireux de caresses, Lionceau se frotta contre elle. Elle lui gratta le front. Son pelage était un ton plus foncé qu'en hiver, sa crinière avait pris une coloration proche de l'ocre rouge. Il leva la tête pour qu'elle lui chatouille le menton, en grognant d'aise. Soudain, elle fut frappée de voir à quel point il avait grandi. Il lui arrivait presque à l'épaule; il était de la taille de Crinière, mais plus massif.

Le lion des cavernes qui arpentait les grandes steppes froides entrecoupées de plateaux glaciaires était parfaitement adapté à son environnement. Dans ce vaste continent d'herbages, la faune pullulait : bisons et autres herbivores deux fois plus volumineux que leurs descendants, cerfs géants aux andouillers de trois mètres de haut, mammouths et rhinocéros aux pelages laineux. Les conditions se prêtaient à ce qu'un carnivore au moins atteigne avec le temps une taille suffisante pour faire de ces mammifères des proies aisées. Le lion des cavernes était le roi des rois des animaux, car il était le plus grand félin qui ait jamais existé depuis la nuit des temps.

Le contrôle qu'Ayla exerçait sur Lionceau – un des échantillons de cette race de prédateurs suprêmes – était inconscient. Si l'envie de l'attaquer lui était venue, elle eût été sans défense; et pourtant elle n'avait jamais songé qu'il pût être dangereux. Il baissa la tête pour qu'elle le gratte derrière les oreilles. Cette extase sensuelle le fit ronronner de plus belle. Elle grimpa sur un rocher pour atteindre plus facilement l'autre côté. Elle se penchait pardessus son dos, le visage enfoui dans sa crinière, lorsqu'une pensée curieuse lui traversa l'esprit. Elle ne prit même pas le temps de réfléchir : elle enjamba ses épaules puissantes et s'assit à califourchon sur son dos, comme elle l'avait fait si souvent avec Crinière.

Il connaissait son odeur; son poids était négligeable. Ils se figèrent l'un et l'autre. Elle l'encouragea à courir.

Lorsqu'elle sentit ses muscles se tendre sous elle, elle s'agrippa à la crinière. Le lion géant s'élança d'un bond, avec la grâce vigoureuse de son espèce. La femme juchée sur son dos, il courut jusqu'au bout de la vallée. Elle n'avait plus aucun contrôle sur lui. Transportée de joie, elle allait où il l'emmenait. Jamais elle n'avait connu pareille sensation.

Selon son habitude, même à l'attaque, le lion ralentit très vite son allure. Il décrivit alors un grand cercle, et reprit le chemin de la Caverne. Arrivée à la corniche, elle se laissa tomber à terre et serra la grosse tête du félin dans ses bras, car elle n'avait pas d'autre moyen d'exprimer la profonde émotion qui l'animait. Quand elle l'eut lâché, il partit d'un pas tranquille se coucher au fond de la caverne en battant l'air de sa queue. Il ne tarda pas à s'endormir.

Elle le regarda en souriant.

– Dors autant que tu veux, mon Lionceau, murmura-t-elle.

Vers la fin de l'été, les escapades de Lionceau commencèrent à se prolonger. La première fois il partit un jour entier. Ayla fut si inquiète qu'elle ne put trouver le sommeil. Quand il réapparut enfin le lendemain matin, il avait l'air aussi fourbu qu'elle et il était couvert de boue. Comme il n'avait rien rapporté, elle lui donna de la viande séchée qu'il dévora en un clin d'œil alors qu'en général, il faisait le difficile. Elle s'en alla chasser à la fronde et rapporta deux lièvres. Il émergea à grand-peine de son profond sommeil et un des lièvres connut rapidement le même sort que la viande séchée.

La deuxième fois, il resta absent plus de trois jours. Elle ne s'inquiéta pas autant, mais son cœur pesait lourd comme une pierre dans sa poitrine. Il revint, tout égratigné. Elle sut qu'il s'était battu avec d'autres lions, sans doute pour une femelle, car à la différence des chevaux, les lionnes pouvaient être en chaleur à n'importe quel moment de l'année.

Déjà la végétation luxuriante de la vallée s'ornait des couleurs chatoyantes de l'automne. Lionceau ne revenait plus que pour dormir. Elle était sûre qu'il dormait aussi ailleurs mais qu'il ne s'y sentait pas en sécurité. Il arrivait tout à coup, trottinant sur le sentier escarpé. Parfois, il sautait sur la corniche, d'un bond formidable, depuis les steppes qui surplombaient la caverne. Elle était toujours contente de le voir; il se montrait toujours aussi affectueux – quelquefois trop, et il la bousculait rudement.

En général, il restait quelques jours. Parfois, ils allaient chasser ensemble et de temps à autre, il rapportait ses proies à la caverne. Dès qu'il commençait à arpenter la corniche, elle savait qu'il ne tarderait plus à s'en aller. Elle se sentait si seule quand il n'était pas là qu'elle commença à craindre les longues journées de la saison froide qui approchait à grands pas.

Un matin, elle vit passer au loin une harde de chevaux. Comme elle avait décidé d'aller chasser pour occuper son temps, elle choisit de faire un détour pour les voir de plus près. Quand elle parvint au bord de la rivière où ils étaient venus se désaltérer, il était trop tard. Ils avaient déjà disparu. Elle examina les traces de leurs sabots pour déterminer la direction qu'ils avaient prise. Quelque chose attira son attention. Certaines de ces empreintes lui étaient familières. Pas de doute! Crinière était passée par là. La foulée de la jument lui était par trop connue pour qu'elle ait la moindre hésitation. Car de subtiles variations de forme et de pression rendent uniques tous les pas des animaux. Son cœur s'était mis à battre à tout rompre.

Elle n'eut aucune difficulté à suivre la piste des chevaux. Bouillant d'impatience, elle se lança à leur poursuite. Cela faisait si longtemps! Crinière la reconnaîtrait-elle? Mais la savoir en vie la comblait déjà de joie.

La harde était plus loin qu'elle ne le pensait. Les chevaux avaient dû être pris en chasse par un carnivore, car les traces se précipitaient, et ils s'étaient enfuis au galop vers les plaines. Soudain, elle perçut des grondements mêlés de piétinements. Lorsqu'elle arriva sur les lieux de l'attaque, le loup avait déjà entamé sa proie. Il n'était pas très raisonnable de s'approcher mais elle tenait à s'assurer que la victime n'était pas Crinière. Le pelage brun foncé de l'animal que le loup avait choisi pour cible la rassura. Tout en se frayant un passage parmi les broussailles touffues, elle songeait en frissonnant à la vulnérabilité des chevaux dans cette nature qui leur était si souvent hostile. Crinière était jeune et puissante, mais elle était malgré tout à la merci de bien des carnassiers. Elle eût tant voulu pouvoir la ramener avec elle à la caverne!

Le soleil était presque à son zénith lorsque finalement elle les repéra dans la grande plaine. Ils semblaient nerveux; la traque du loup avait rompu la quiétude de leur marche. Ayla était contre le vent. Dès qu'ils sentirent son odeur, ils s'ébranlèrent à nouveau. Elle dut décrire un grand cercle pour les contourner et se placer face au vent. Dès qu'elle fut assez proche pour les distinguer, elle reconnut Crinière, sans hésitation. Elle tressaillit d'émotion. Plusieurs fois elle avala sa salive pour tenter de retenir le flot de larmes qui inonda bientôt son visage.

« Elle a l'air de bien se porter, remarqua-t-elle. Elle est ronde. Pleine sans doute. Oh! comme c'est merveilleux. »

Elle avait du mal à contenir sa joie. Soudain, n'y tenant plus, elle siffla pour attirer son attention. Il fallait qu'elle sache si la jument la reconnaîtrait.

Instantanément, Crinière leva la tête et regarda dans la direction d'Ayla. Sans attendre, celle-ci courut à sa rencontre. Déjà la jument trottait vers elle mais un grand cheval brun s'interposa entre elles et alla mordiller les jarrets de Crinière, l'incitant à rejoindre le gros du troupeau. Puis, rassemblant le reste de la harde, le meneur l'entraîna dans une nouvelle direction.

Ayla les regarda s'éloigner, le cœur brisé. Il était inutile de continuer à les poursuivre. Ils étaient tellement plus rapides qu'elle! Elle ne pouvait prendre le risque de se perdre en rentrant après la nuit. Elle l'appela une dernière fois, mais elle savait que c'était trop tard. Elle rebroussa chemin, découragée, et resserra sa tunique sur sa poitrine pour mieux se protéger du vent froid.

Son chagrin et sa déception étaient si grands qu'elle ne prêtait aucune attention à ce qui l'entourait. Un grondement furieux l'avertit du danger. Elle venait de trébucher contre la carcasse du cheval. Le loup en plein festin leva vers elle sa gueule ensanglantée et menaçante.

« Je ferais mieux de faire attention », pensa-t-elle, en reculant précautionneusement. En contournant la masse inerte, elle y jeta un rapide coup d'œil. « Comment un cheval aussi puissant a-t-il pu tomber sous les griffes du carnivore? » se demanda-t-elle.

L'angle anormal de l'antérieur gauche de l'animal lui fournit la réponse. Il avait dû buter contre une pierre ou une racine et s'était cassé la jambe. Comme elle s'apprêtait à continuer son chemin, elle vit enfin la menace qui pesait sur elle.

A son insu, une masse de nuages obscurs et tourbillonnants s'étaient amoncelés dans le ciel qui, le matin même, était encore si serein. Retenue par un automne particulièrement clément qui s'était prolongé plus que de coutume, une vague de froid venant du nord s'abattait sur les steppes avec une incroyable virulence, comme si elle cherchait à rattraper le temps perdu. L'air apportait déjà l'odeur de la neige. Et elle était si loin de la caverne! Elle étudia les environs pour se situer et partit en courant. Elle tenait à tout prix à rentrer avant que la tempête se déchaîne.

Elle n'avait aucune chance d'y arriver. Elle était à plus d'une demi-journée de marche de la vallée. Déjà, de gros flocons de neige humides commençaient à tomber. La température chuta brusquement quand le vent se leva. La neige se transforma en grêle, lui obstruant la vue de multiples rayures pâles, et lui piquant le visage de ses innombrables aiguilles. En lutte contre les dernières poches d'air chaud de l'automne, de violentes bourrasques la ballottaient de-ci, de-là.

Elle n'était plus sûre d'aller dans la bonne direction. Mais il fallait continuer. Aveuglée par la tourmente, elle n'arrivait plus à se repérer. La panique montait sournoisement en elle. Elle s'arrêta enfin, reprenant haleine. Comment avait-elle pu avoir la bêtise de partir sans une fourrure? Les pieds engourdis par le froid, elle piétinait, essayant de se réchauffer. Le vent glacé sifflait dans ses oreilles.

Un autre bruit se mêlait au hululement de la tempête. Tous ses sens en éveil, elle attendit.

Un hennissement lointain lui parvenait de plus en plus distinctement. Elle plaça ses mains en coupe autour de sa bouche et cria aussi fort qu'elle le put. Puis elle tendit l'oreille. Se pouvait-il...? Lorsque la silhouette familière de la jument se profila dans le brouillard blanc, Ayla courut jusqu'à elle, des larmes de joie se figeant sur son visage.

– Crinière, Crinière, oh! Crinière!

Inlassablement, elle répétait son nom. Les bras serrés autour de son cou puissant, la tête enfouie dans son épaisse toison. Puis sans hésiter, elle se hissa sur son dos.

Suivant son instinct, la jument prit la direction de la caverne. C'était sa destination initiale.

La présence de la femme avait évoqué des souvenirs plaisants. Parce qu'elle n'avait pas été élevée dans la harde, elle avait conservé une certaine indépendance vis-à-vis du groupe. Le meneur avait moins d'influence sur elle que sur les autres. Quand le vent s'était levé, la caverne abritée lui était revenue à l'esprit ainsi que l'affection d'Ayla.

De retour à la caverne, Ayla eut toutes les peines du monde à allumer un feu, tant elle grelottait. Quand enfin elle y parvint, elle s'enveloppa dans ses couvertures contre le flanc tiède de Crinière.

Mais elle n'eut guère le loisir de profiter du retour de sa compagne, pendant les jours qui suivirent, car elle se réveilla le lendemain, toute fiévreuse, la poitrine en feu. Quand elle en avait la force, elle s'extirpait péniblement de ses couvertures pour se faire une tisane calmante. Crinière lui avait sauvé la vie, mais elle ne pouvait rien contre la pneumonie.

Un jour, elle fut tirée de son total abattement, entrecoupé d'accès de délire, par l'arrivée inattendue de Lionceau et la confrontation qui s'ensuivit entre lui et Crinière. D'un bond, le lion avait atterri sur la corniche où il s'était immobilisé, déconcerté par les hennissements retentissants de la jument. Ces cris aigus d'effroi et de défense percèrent le néant dans lequel Ayla flottait depuis le début de sa maladie. Oreilles couchées, naseaux dilatés, Crinière, piaffant, ruant nerveusement, attendait pour agir de voir la première réaction de l'ennemi. Prêt à bondir, grondant, les crocs découverts, menaçant, le lion des cavernes guettait sa proie. Soudain lucide, jaugeant la situation d'un seul coup d'œil, Ayla s'élança hors de sa couche et s'interposa entre les deux bêtes.

– Arrête, Lionceau! Tu fais peur à Crinière. Tu devrais te réjouir qu'elle soit de retour. (Puis se tournant vers la jument :) Ne crains rien, Crinière. C'est seulement Lionceau. Ça suffit maintenant vous deux! les réprimanda-t-elle.

Il ne lui vint pas à l'esprit que la situation pût être

dangereuse. Les deux animaux avaient été élevés ensemble dans la caverne; ils partageaient le même territoire.

L'un et l'autre étaient habitués aux odeurs de la caverne, à celle d'Ayla en particulier. Lionceau vint se frotter contre elle; Crinière s'approcha d'elle à son tour, réclamant sa part d'affection. Ils se reniflèrent l'un l'autre. Sans doute se reconnurent-ils, car ils ne bronchèrent plus. Prise d'une violente quinte de toux, Ayla voulut boire. Son outre était vide. S'enveloppant dans ses fourrures, elle sortit chercher un bol de neige. Elle tenta de contrôler les spasmes profonds qui lui déchiraient la gorge pendant qu'elle attendait que l'eau chauffe. Finalement, une décoction de racines d'élécampanes et d'écorce de merisier mit fin à ses quintes et elle retourna se coucher. Crinière et Lionceau ne l'avaient pas attendue pour s'endormir, chacun dans un coin de la caverne.

Après une longue période de convalescence, Ayla retrouva enfin sa vitalité et sa joie de vivre. Le retour de ses deux protégés facilita sans nul doute sa guérison. Pourtant les choses avaient changé. Crinière était pleine, et son séjour en compagnie de la harde sauvage avait éveillé en elle la méfiance. Elle semblait toujours sur ses gardes en présence du lion. Quant à Lionceau, il ne jouait plus comme avant et passait tous ses moments de veille loin de la caverne.

Comme la fièvre ne l'avait pas totalement quittée, Ayla se dorlota une bonne partie de l'hiver. Elle prenait soin de Crinière aussi, lui offrant chaque jour d'abondantes rations du grain qu'elle avait vanné pour elle-même. Quelquefois elles sortaient faire un petit tour.

Un jour, elle se réveilla de si bonne humeur qu'elle décida qu'un peu d'exercice leur ferait du bien à toutes les deux. Elles s'élancèrent dans la steppe. Bien à son aise sur le dos de Crinière, elle chevauchait en rêvant au printemps. Soudain, elle sentit les muscles de la jument se tendre. Il se passait quelque chose. Crinière était plus vulnérable maintenant qu'elle était sur le point de mettre bas. Ayla saisit sa lance et fouilla du regard les herbages environnants. Là-bas, au loin, un lion des cavernes se tapissait contre un buisson. Elle ne s'était jamais attaquée à un tel adversaire auparavant.

L'animal approchait lentement. Elle vit sa crinière massive, l'éraflure familière sur le nez. Elle sauta à terre et courut vers l'énorme prédateur.

– Lionceau! Où étais-tu passé? Sais-tu que je m'inquiète quand tu disparais si longtemps?

Il parut tout content de la voir. Elle lui passa les bras autour du cou. Alors elle entendit le rugissement d'un autre lion des cavernes tout proche. Lionceau se raidit et adopta une posture étrange. Crinière hennit nerveusement. Ayla jeta un coup d'œil par-dessus son épaule. Une lionne s'avançait vers eux, à pas feutrés.

– Tu as trouvé une compagne! Je savais bien. (Elle regarda alentour.) Une seule pour le moment. C'est sans doute une nomade. Vous devrez lutter pour vous trouver un territoire.

Lionceau lui donna un ultime coup de tête affectueux avant de s'éloigner, suivi de sa première conquête. Ayla tapota l'encolure de Crinière pour la rassurer et elles reprirent le chemin de la caverne.

« Il est parti vivre avec les siens, songea-t-elle. Il ne reviendra sans doute pas. Comme je suis contente que Crinière soit revenue! « La vue de Lionceau et de la lionne avait ravivé en elle une profonde inquiétude qu'elle avait volontairement écartée de son esprit. « Et moi, se dit-elle, trouverai-je un jour un compagnon? »

16

Une épaisse couche de neige était tombée pendant la nuit, recouvrant la colline d'un grand manteau éblouissant. Jondalar enfila deux peaux tannées l'une sur l'autre avant de sortir. Darvo l'attendait dans un coin un peu en retrait que Jondalar avait choisi pour travailler le silex afin que personne ne risque de se couper avec les éclats. Bouillant d'impatience, l'enfant lui fit de grands signes dès qu'il l'aperçut.

– Jondalar, attends!

– Thonolan, te voilà! s'exclama-t-il en s'arrêtant pour laisser à son frère le temps de le rattraper. (Ils firent quelques pas ensemble.) J'ai promis à Darvo de lui enseigner quelques procédés particuliers ce matin. Comment va Shamio?

– Mieux. Nous étions inquiets – sa toux empêchait Jetamio de dormir. Nous pensons agrandir l'abri avant la prochaine saison froide. (Il marqua une pause, puis il ajouta :) J'ai quelque chose à te dire, mon frère. A propos de Jetamio. Elle va avoir un enfant.

– C'est merveilleux. C'est son désir le plus cher.

– Elle sait depuis longtemps. Elle ne voulait pas me le dire de peur que je ne m'inquiète. Cette fois-ci, elle ne le perdra pas. Le Shamud dit qu'il viendra au monde au printemps. Jetamio pense que c'est un enfant de mon Esprit, conclut-il fièrement.

La joie de Thonolan était communicative. Un sourire rayonnant illuminait son visage.

– On dirait que c'est toi qui vas donner naissance à l'enfant! plaisanta Jondalar.

– Là, derrière le rocher! murmura Dolando en désignant un relief surplombant le flanc abrupt du versant qu'ils escaladaient.

Jondalar braqua son regard dans la direction indiquée mais il ne vit rien. La vision qu'il venait de découvrir du haut de la crête montagneuse qu'ils avaient gravie depuis le matin était si impressionnante qu'il avait grand-peine à concentrer son attention. Ils étaient arrivés à la lisière de la forêt. Chênes, hêtres et pins s'étaient succédé, dissimulant à leurs regards la grandeur des paysages qui allaient les surprendre plus haut avec d'autant plus de force. Les contours des cimes environnantes ne lui étaient pas inconnus, loin de là. Mais d'où il se tenait, la perspective était si différente qu'il n'arrivait pas à les reconnaître.

C'était la proximité de ces faîtes montagneux qui le bouleversait le plus, cette sensation bizarre de pouvoir les toucher en tendant le bras.

La majesté silencieuse des pics enneigés évoquait l'éclatement d'une croûte terrestre soulevée par d'invincibles forces; la roche nue, âpre, parlait des affres de cette émergence. Dans l'encaissement de son lit ourlé de berges douces, la rivière glissait placidement au cœur de la plaine, reflétant la limpidité de l'azur profond. Les rayons du soleil, aveuglants, se réfléchissaient en faisceaux sur les cristaux de glace accrochés aux arêtes dominant de vastes alpages.

– Je le vois! s'écria Thonolan.

Un peu en contrebas, sur le rocher, un petit chamois gracieux était comme suspendu dans un pan de ciel pur. Son pelage gris-beige se confondait avec la pierre bien que quelques touffes noires, vestiges de sa toison d'hiver, fissent tache çà et là sur ses flancs. Ses deux petites cornes recourbées se dressaient fièrement sur sa tête fine.

– Moi aussi, dit Jondalar. Ils ressemblent vraiment aux bouquetins de nos régions, ne trouves-tu pas, Thonolan? Ils sont plus petits, les cornes aussi. Mais de loin...

– Comment les Zelandoni chassent-ils le bouquetin, Jondalar? demanda la femme qui les accompagnait dans leur expédition, et dont les yeux brillaient de curiosité et de désir en se posant sur l'homme blond qui depuis si longtemps déjà occupait toutes ses pensées.

Elle était à peine plus âgée que Darvo. Bien que Ramudoi de naissance, elle était habituée aux montagnes comme c'était le cas de la plupart des enfants du Clan, mais elle n'avait jamais participé à une chasse aux chamois. Sachant combien Jondalar respectait les femmes qui chassaient, elle avait demandé à Dolando la permission de les accompagner, ce que celui-ci lui avait accordé bien volontiers car il avait deviné la raison de son souhait et cela l'amusait.

– Je ne sais pas très bien, Rakario, répondit Jondalar en lui souriant gentiment. (Il avait deviné l'attirance qu'elle avait pour lui, et quoiqu'il ne pût s'empêcher de réagir en conséquence, il s'efforçait de se montrer suffisamment détaché pour ne pas l'encourager.) Notre Caverne n'est pas dans les montagnes. Je ne suis allé qu'une seule fois à la chasse aux chamois, à l'occasion d'un Grand Rassemblement. Mais nous nous sommes contentés de suivre les instructions des chasseurs expérimentés. Je suis encore un novice pour ma part. C'est Dolando que tu dois interroger.

Le chamois agile venait de quitter son promontoire pour un autre. Calmement, il contemplait sa nouvelle perspective.

– Comment peut-on se lancer à la poursuite d'un animal qui fait de tels bonds? chuchota Rakario, éblouie par la grâce légère et infaillible du saut. Comment tient-il debout sur ce rocher pointu?

– Quand nous en aurons abattu un, tu examineras ses sabots, suggéra Dolando. Autour, ils sont rigides, au centre flexibles comme la paume de la main. C'est pour cela qu'ils ne glissent jamais. Ils prennent position fermement sur la roche et puis ils s'y agrippent. Pour les capturer, il est important de se souvenir qu'ils regardent toujours où ils vont mettre les pattes, devant eux. Leurs petits yeux écartés et mobiles surveillent aussi ce qui se passe de chaque côté, mais ils ne surveillent jamais derrière eux. C'est là notre chance. Si nous parvenons à encercler celui-ci, celui qui se trouvera derrière lui le vaincra. Si tu l'approches sans qu'il te voie, tu pourras même le toucher. Mais il faut être patient.

– Et s'il s'enfuit avant que nous arrivions jusqu'à lui? demanda-t-elle.

– Vois-tu ces touffes vert tendre clairsemées dans le pré jauni par le froid? Ces herbes printanières sont un régal après les rigueurs de l'hiver. Celui que tu vois là-haut est un guetteur. Les autres, femelles, mâles et petits, sont en contrebas, dissimulés par les rochers. Tant qu'ils paissent, ils ne s'éloigneront guère à moins de se sentir en danger.

– Assez parlé. Allons-y! lança Darvo.

Il était furieux que Rakario ait été autorisée à les suivre, et brûlait d'impatience. Il avait déjà accompagné les chasseurs mais cette fois-ci, Dolando avait consenti à ce qu'il abatte lui-même un animal. S'il réussissait, ce serait sa première prise et il mourait d'envie de leur prouver à tous qu'il en était capable. Rien ne l'obligeait à le faire, pourtant, si, au dernier moment, il ne s'en sentait pas le courage. Mais la perspective d'une petite cérémonie donnée en son honneur avait achevé de le convaincre que ce jour-là serait un grand jour.

En tête, Dolando entama l'escalade qui devait leur permettre de contourner l'alpage. Les autres lui emboîtèrent le pas. Jondalar fermerait la marche. Au moment où il s'apprêtait à se mettre en branle à son tour, il entendit au loin la voix de Serenio qui l'appelait. Etonné, il se retourna. Serenio n'était pas très férue de chasse; de fait, elle s'écartait rarement des abords de la corniche. Il n'arrivait pas à comprendre pourquoi elle était venue jusque-là, mais l'angoisse qu'il lut sur son visage dès qu'il l'eut rejointe le glaça d'effroi. Elle dut reprendre son souffle avant de parler.

– Jetamio... enfante... Thonolan... besoin de lui, réussit-elle à balbutier au bout d'un moment.

Il mit ses mains en porte-voix et cria :

– Thonolan! Thonolan!

Une des silhouettes qui poursuivaient l'ascension menée par le chef des Shamudoi se retourna brusquement et répondit à son appel. Jondalar lui fit signe de le rejoindre.

Ils attendirent sa venue en silence. Mal à l'aise, Jondalar voulait demander comment allait Jetamio, mais quelque chose l'en retenait.

– Quand a-t-elle commencé à enfanter? demanda-t-il finalement.

– Hier soir, elle a senti les premières douleurs, mais elle n'a rien dit à Thonolan. Il était si content à l'idée d'aller à la chasse; elle ne voulait pas qu'il reste à cause d'elle. Elle n'était pas sûre et puis elle avait peur qu'il ne s'inquiète.

Cela ressemblait bien à Jetamio, songea-t-il. Elle avait voulu l'épargner. Elle était si attachée à lui!

– Mais puisque Jetamio voulait le surprendre au retour, pourquoi être venue jusqu'ici? Que se passe-t-il, Serenio?

Serenio baissa la tête, ferma les yeux et respira profondément avant de répondre.

– L'enfant n'arrive pas à sortir. Elle est trop étroite, à cause de son accident. Le Shamud m'a dit de venir... Toi aussi, Jondalar... Pour lui.

– Oh! non! Par le Grand Doni... Oh! non!

– Ce n'est pas possible! Pourquoi? Pourquoi? Pourquoi notre Grande Terre Mère l'honore-t-elle d'un enfant, pour les emporter ensuite tous les deux dans le Monde des Esprits?

Thonolan arpentait rageusement le seuil de l'abri qu'il avait partagé avec Jetamio en se frappant la poitrine du poing. Désarmé devant ce grand malheur, incapable d'offrir plus que le réconfort de sa présence, Jondalar le suivait des yeux, épouvanté. Les autres n'avaient pas fait mieux. Fou de chagrin, Thonolan les avait chassés, en hurlant.

– Jondalar, pourquoi elle? Pourquoi notre Terre Mère l'a-t-elle choisie, elle? Elle avait déjà tant souffert. Etait-ce trop demander? Un enfant!

– Je ne sais, Thonolan. Un Zelandoni lui-même ne pourrait te répondre.

– Pourquoi ainsi? Tant de douleur! (Thonolan se planta devant son frère, fixant sur lui son regard suppliant.) Elle ne m'a même pas reconnu quand je suis arrivé. Oh! Jondalar, pourquoi a-t-il fallu qu'elle meure?

– Personne ne sait d'où vient la vie, ni d'où vient la mort!

– Notre Terre Mère. Ça lui est égal. Jetamio l'honorait. Moi, je l'honore. Et après elle a voulu Jetamio pour elle! Je la hais!

Il recommença à faire les cent pas.

– Jondalar..., appela Roshario d'une voix faible, hésitant à se montrer.

– Qu'y a-t-il? demanda-t-il en s'approchant d'elle.

– Le Shamud a sorti l'enfant après qu'elle... (Elle étouffa un sanglot.) Il a pensé qu'il pourrait peut-être le sauver – quelquefois c'est arrivé. C'était trop tard. Mais c'était un garçon. Je ne savais pas si tu voulais lui dire ou pas.

– Je te remercie, Roshario.

Il vit ses yeux rougis de larmes. C'était elle qui avait élevé Jetamio, elle qui l'avait soignée tout au long de sa maladie. Elle l'avait assistée jusqu'à la fin. Soudain Thonolan partit à toute allure en direction du sentier qui dégringolait le long de la paroi.

– Ce n'est guère le moment, murmura Jondalar. Je lui dirai plus tard.

Et il se lança à la poursuite de son frère.

– Où vas-tu? lui demanda-t-il, dès qu'il l'eut rattrapé.

– Je m'en vais. Je n'aurais jamais dû m'arrêter ici. Je n'avais pas fini mon Voyage d'Initiation.

– Tu ne peux pas partir ainsi, le raisonna-t-il en lui posant la main sur l'épaule.

Thonolan se dégagea d'un geste brusque.

– Et pourquoi pas? Plus rien ne me retient ici, sanglota-t-il.

Jondalar lui barra le chemin de sa masse imposante, le prit par les épaules et le força à lever vers lui son visage si brouillé par le chagrin qu'il était à peine reconnaissable. Sa douleur était si profonde qu'il en sentit la brûlure dans son propre cœur. Combien de fois il s'était pris à envier ce sentiment qui liait Jetamio et Thonolan, comme leurs mains l'avaient été un jour, se demandant quel défaut de caractère l'empêchait d'en connaître les secrets! Cela en valait-il la peine au fond? L'amour valait-il cette angoisse incommensurable, cette amère désolation?

– Tu ne peux partir sans avoir enterré ta compagne et son fils!

– Son fils? Comment sais-tu que c'était un fils?

– Le Shamud le sait.

– Je ne veux pas voir le fils qui lui a dérobé sa vie.

– Thonolan! Thonolan! Elle voulait avoir un enfant de ton Esprit. Elle a été si heureuse. Aurais-tu préféré qu'elle mène une longue vie de chagrin, sans enfant, ce qu'elle désirait le plus au monde après toi? Certes, ce fut court, mais...

– Jondalar, elle ne m'a même pas reconnu...

Sa voix se brisa.

– Le Shamud lui a donné quelque chose à la fin pour abréger ses souffrances. Il n'y avait plus d'espoir et elle souffrait trop.

– La Grande Terre Mère m'a tout pris, en la rappelant à elle. Je n'ai plus rien. Elle n'est plus là. Rends-toi compte. Elle ne sera plus jamais là.

Il vacilla. Jondalar le rattrapa de justesse et lui offrit l'appui et le réconfort de son épaule pour y pleurer son désespoir.

– Pourquoi ne pas rebrousser chemin, Thonolan?

Si nous partons tout de suite, nous aurons atteint le glacier à l'hiver et nous serons de retour à la caverne des Zelandoni à la saison de la renaissance! Pour quelle raison veux-tu continuer vers l'orient? demanda-t-il encore d'une voix lasse.

– Toi, rentre, Jondalar. Tu aurais dû repartir depuis longtemps déjà. Je vais vers l'est.

– Que feras-tu quand tu auras atteint la Grande Eau Beran?

– Comment le savoir? Peut-être continuerai-je vers le nord ou bien irai-je chasser le mammouth avec le Clan de Tholie. Les Mamutoi disent qu'il y a une autre chaîne de montagnes plus à l'est. Rien ne me retient ici, Jondalar. Il vaut mieux que j'aille de l'avant... Nos chemins se séparent ici, mon frère, comme je l'avais prédit. Chacun suivra sa destinée.

– Puisque tu ne désires pas rebrousser chemin, pourquoi ne pas rester ici?

– De fait, Thonolan, pourquoi ne pas rester parmi nous? renchérit Dolando, en se joignant à eux. Toi aussi, Jondalar. Nous nous affligerions de vous voir partir. Vous êtes ici chez vous.

– Dolando sait que j'étais prêt à finir mes jours ici. Maintenant, c'est impossible. Son Esprit est partout. A chaque instant, je crois l'apercevoir. Tout me parle d'elle. Mon cœur pleure car vous me manquerez tous beaucoup, mais je dois partir.

Dolando hocha la tête.

– Quand partirez-vous? dit-il enfin.

– Dans quelques jours au plus tard, répondit Thonolan. Je voudrais que nous fassions un échange, Dolando. Je laisse ici tous mes biens, hormis ma besace et quelques peaux. Me donneriez-vous un petit canoë en contrepartie?

– Ton souhait sera exaucé. Tu as donc l'intention

de descendre la rivière jusqu'à la mer Beran? Tu ne retournes pas à la Caverne des Zelandoni?

– Tu dis la vérité.

– Et toi, Jondalar?

– J'hésite encore. Il y a Serenio et Darvo...

Dolando hocha une nouvelle fois la tête. Bien que leur union n'ait pas été consacrée officiellement, la décision n'en serait pas plus facile à prendre pour autant. C'était à eux et à eux seuls qu'il appartenait de trancher.

– Roshario prépare depuis le lever des mets succulents qui embaument à vingt coudées. Je crois qu'elle s'occupe pour ne pas avoir le temps de penser. Elle serait ravie que vous partagiez notre nourriture. Convie aussi Serenio et Darvo, Jondalar. Son cœur se réjouirait plus encore si tu arrivais à avaler quelque chose, Thonolan. Elle se fait du souci pour toi.

Tout à coup, Jondalar se rendit compte combien Dolando avait dû souffrir lui aussi de la mort de Jetamio. Il s'était tellement préoccupé de Thonolan qu'il n'avait pas même songé au chagrin du Clan et de son chef. Jetamio était aussi chère à Dolando que si elle avait été l'enfant de son foyer.

– Je vais prévenir Serenio, dit-il. Une chose est sûre : vous pouvez compter sur Darvo. Il viendra. Peut-être serait-il préférable que je reste seul avec Serenio. Nous avons besoin de parler.

– Envoie-nous l'enfant, répondit Dolando.

Et il se promit de garder Darvo pour la nuit pour laisser à Serenio et Jondalar tout le loisir de réfléchir à l'importante décision qu'ils avaient à prendre.

Les trois hommes marchèrent ensemble jusqu'au feu qui brûlait en permanence au centre de la vaste corniche. Ils parlèrent peu, profitant de ces derniers moments qu'ils passaient ensemble. L'ombre de l'auvent naturel avait déjà jeté sur eux un voile de fraîcheur vespérale bien que la gorge ruisselât encore de l'éclat des ultimes rayons de soleil.

Si proches les uns des autres, ils avaient presque le sentiment qu'il ne s'était rien passé, que cette accablante tragédie pouvait s'effacer d'un geste. Longtemps, ils demeurèrent ainsi en silence dans les dernières lueurs du crépuscule, désireux de prolonger ce moment, chacun abîmé dans ses pensées personnelles et pourtant partagées, ô combien! Tous trois songeaient aux événements qui avaient présidé à l'établissement des Zelandoni dans la Caverne des Sharamudoi, aux chances qu'ils avaient de se revoir un jour.

– Quand viendrez-vous enfin? demanda Roshario, incapable d'attendre plus longtemps.

Elle avait senti ce besoin qu'ils avaient de communier une dernière fois en silence et n'avait pas voulu les importuner. Et puis le Shamud et Serenio avaient surgi ensemble d'un abri. Darvo commençait à s'agiter et d'autres hommes s'étaient joints à eux, près du grand brasier. La magie du moment était irrévocablement perdue. Roshario mena tout le monde à son foyer, y compris Jondalar et Serenio, qui s'échappèrent pourtant peu après.

Ils marchèrent en silence jusqu'au bord de la corniche, longèrent la paroi un moment puis s'assirent sur un tronc d'arbre pour regarder le soleil se coucher en amont de la rivière. La Nature conspirait à prolonger ce silence. Les nuances du couchant incitaient à la méditation. L'astre en fusion ourlait les épais nuages gris d'un halo argenté et diffusait ses rayons d'or sur la rivière étincelante. Bientôt mêlé de rouge, l'or prit un ton cuivré avant d'imiter le bronze. Quand le soleil eut disparu à l'horizon, tout s'argenta.

Alors, Jondalar prit une décision. Il se tourna vers Serenio. « Elle est si belle, pensa-t-il, si douce, si agréable à vivre. » Il ouvrit la bouche pour parler.

– Rentrons, Jondalar, dit-elle avant lui.

– Serenio... je... nous avons vécu..., commença-t-il.

Elle posa un doigt sur ses lèvres pour l'empêcher d'exposer plus avant sa pensée.

– Pas maintenant, rentrons, répéta-t-elle.

Il perçut le besoin pressant qui faisait vibrer sa voix, l'ardeur de son désir. Il prit sa main dans la sienne, lui baisa les doigts, la paume, le poignet. Il repoussa la peau de chamois et sa bouche remonta le long de son bras jusqu'à l'aisselle.

Elle soupira, ferma les yeux et pencha la tête en arrière, en un geste d'invite. Il glissa la main sous sa nuque, soutenant sa tête et ses lèvres sentirent les pulsations de son cœur contre sa gorge. Puis il trouva son oreille et chercha sa bouche. Elle attendait, s'offrant à lui. Il l'embrassa alors, lentement, passionnément, goûtant aux délices de ses lèvres ouvertes. Lorsque, enfin, il s'écarta d'elle, sa poitrine haletait. Déjà Jondalar percevait en son corps la réponse à son appel.

– Retournons à l'abri, murmura-t-elle d'une voix rauque.

– Pourquoi ne pas rester ici? demanda-t-il.

– Parce que je veux que nos caresses se prolongent la nuit entière.

Il faisait très sombre à l'intérieur du refuge. Jondalar attisa le feu et y jeta quelques branches. Pendant ce temps, Serenio leur servit deux bols de jus d'airelle fermenté. La marche avait tiédi leur ardeur et lui avait donné le temps de réfléchir.

« C'est la femme la plus désirable et la plus tendre que j'aie jamais connue, songeait-il, en buvant à petites gorgées. Peut-être acceptera-t-elle de venir vivre avec Darvo dans la Caverne des Zelandoni. Qu'elle souhaite rester ici ou non, je la veux pour compagne. » Soulagé d'avoir enfin pris une décision, il se sentit tout à coup envahi par un grand bonheur qu'il voulut partager avec elle sans attendre.

– Serenio, je ne sais pas si je t'ai jamais dit combien tu comptais pour moi...

– Pas maintenant, dit-elle en posant son bol.

Elle passa les bras autour de son cou et pressa ses lèvres contre les siennes. « Elle a raison, songea-t-il, sentant renaître en lui cette flamme brûlante. Nous parlerons plus tard. »

Le feu oublié se consuma lentement tandis qu'il explorait une fois encore les courbes de son corps. Serenio se donna à lui comme jamais auparavant. Insatiable, elle ranimait son désir qu'il croyait éteint. Subtilement, elle l'emmena ainsi maintes fois jusqu'au paroxysme du plaisir. Puis, rompus de caresses, ils s'endormirent à l'aube, étroitement enlacés. La fraîcheur de l'aurore les tira brusquement du sommeil.

Tandis qu'elle ranimait les braises mourantes, il sortit remplir l'outre à la cascade. Il en profita pour se tremper rapidement dans l'eau de la petite mare. Il fut content de trouver la chaleur des fourrures à son retour. Le bain l'avait revigoré. Quand elle eut mis l'eau à chauffer, elle s'éclipsa à son tour et revint bientôt aussi ruisselante que lui.

– Tu grelottes, lui dit-il en l'enveloppant dans une fourrure.

– Tu avais l'air tout ragaillardi. J'ai voulu t'imiter. L'eau est glacée.

Elle éclata de rire.

– Je m'occupe de l'infusion. Couvre-toi, lui conseilla-t-il en l'emmitouflant dans les couvertures, d'où n'émergeait plus que son visage.

« Passer ma vie en compagnie d'une femme comme elle, quel délice! songea-t-il. Je me demande si elle se laissera convaincre de m'accompagner? » Une ombre passa dans son esprit. Si seulement il pouvait persuader Thonolan de rentrer lui aussi! « Je ne comprends vraiment pas pourquoi il tient à poursuivre son voyage. » Il servit deux bols d'infusion et s'assit au bord de la couche.

– Serenio, as-tu déjà songé à faire un Voyage?

– Non, Jondalar, je n'en ai jamais eu envie. Pourquoi cette question?

Il sourit.

– Je voudrais que tu viennes vivre avec moi dans mon Clan, après la Cérémonie de l'Union. Tu aimeras les Zelandoni...

– La Cérémonie de l'Union? Que veux-tu dire?

Il était consterné. Certes, il aurait dû lui demander son avis avant toute chose. Quelle maladresse! Les femmes aiment à être prises en considération et il n'était pas seul en cause. L'air penaud, il lui adressa un sourire embarrassé.

– Je souhaite que tu deviennes ma compagne aux yeux de tous et que Darvo soit le fils de mon foyer car je serai fier de lui. Mais j'espérais que tu consentirais à me suivre... Certes, si tu t'opposes...

– Jondalar! Je ne serai jamais ta compagne. J'en ai pris mon parti depuis longtemps déjà.

Il pâlit et la dévisagea, incrédule. Une telle éventualité ne lui était jamais venue à l'esprit. Il n'avait pensé qu'à lui, qu'à ses propres désirs et il n'avait même pas songé qu'elle pourrait le considérer comme indigne d'elle.

– Que... Serenio me pardonne... Je croyais que tu tenais à moi autant que je... Tu aurais dû me dire de partir... j'aurais trouvé un autre foyer...

Il se leva d'un bond et commença à rassembler ses biens dispersés un peu partout.

– Jondalar, que fais-tu?

– Je m'en vais... Je prends mes...

– Pourquoi un tel empressement?

– Puisque ma présence t'importune, il vaut mieux...

– Comment peux-tu dire cela après cette nuit... Quel rapport avec le fait de ne pas vouloir devenir ta compagne?

Il revint auprès d'elle et plongea son regard dans la profondeur énigmatique du sien.

– Jondalar, commença-t-elle, tu m'as donné plus que n'importe quel autre homme. Les autres femmes seraient envieuses si elles savaient. Tu es généreux, attentif. Une seule de tes caresses suffit à transformer la nuit en jour. Jondalar, tu es tout ce qu'une femme peut désirer.

– Alors, pourquoi refuses-tu de...

– Parce que tu ne m'aimes pas.

– Serenio, que dis-tu là?

– D'une certaine manière, non. Tu es incapable de me faire du mal. Mais j'ai toujours su. Longtemps je me suis demandé ce qui, en moi, pouvait t'en empêcher.

Jondalar baissa les yeux.

– Serenio, il arrive que l'on s'unisse sans éprouver de véritables sentiments d'amour. Si deux humains tiennent l'un à l'autre, même sans passion, ils peuvent être heureux ensemble.

– Peut-être prendrai-je un jour un autre compagnon, reprit-elle, poursuivant le cours de sa pensée. Mais avec toi, c'est impossible.

– Pourquoi? supplia-t-il, et la douleur qu'elle lut dans ses yeux faillit la faire revenir sur sa décision.

– Parce que moi je ne pourrais m'empêcher de t'aimer et que je mourrais un peu plus chaque jour, sachant que tu ne pourrais jamais me vénérer autant que je te vénérerais. Après un temps, mon cœur se dessécherait comme une coquille vide et je trouverais le moyen de rendre ta vie aussi misérable que la mienne. Toi, tu ne changerais jamais. Même dans ces conditions, tu resterais merveilleusement doux, tendre, attentionné, ce que tu finirais par te reprocher à toi-même et tout le monde se demanderait comment tu peux supporter une vieille compagne aussi amère et grincheuse. Je ne peux te faire ça, Jondalar, et je ne le supporterais pas moi-même.

Il se leva, marcha jusqu'au seuil de l'abri et revint sur ses pas.

– Serenio, pourquoi suis-je incapable d'aimer? Tous les autres hommes connaissent ce sentiment que je n'ai jamais éprouvé. Pourquoi pas moi?

Il paraissait si angoissé qu'elle eut mal pour lui, l'aima plus encore. Elle eût donné sa vie à cet instant pour qu'il partage la passion qui l'animait.

– Je ne sais pas, Jondalar. Tu n'as sans doute pas encore trouvé la femme qu'il te fallait. Peut-être notre Grande Terre Mère te réserve-t-elle une surprise, ajouta-t-elle avec un pâle sourire. Tu n'es pas un homme comme les autres. Il te faut une compagne dont la force et les dons équivalent aux tiens. Si tu aimais une femme autant que tu aimes ton frère, il faudrait qu'elle soit solide.

– Insinues-tu que si j'aimais un jour une femme, elle ne pourrait le supporter? (Il eut un rire amer.)

Les dons de notre Terre Mère sont parfois empoisonnés.

– Thonolan est plus près de ton cœur que toutes les femmes que tu as connues. C'est pour cela que je te voulais si fort cette nuit, car quand il partira, tu t'en iras aussi, et je ne te reverrai jamais.

Il savait qu'elle avait raison. Quand le moment serait venu, il serait parti avec Thonolan, quoi qu'il fût arrivé.

– Comment savais-tu, Serenio? Je t'ai demandé sincèrement de devenir ma compagne aux yeux de tous. Et je me croyais prêt à m'établir ici si tu refusais de m'accompagner.

– Tout le monde savait que tu suivrais Thonolan. Le Shamud dit que c'est ta destinée.

Dans le silence qui suivit, il la contempla longuement, désireux de se souvenir d'elle, telle qu'elle lui apparaissait à cet instant, les cheveux tout mouillés, en désordre.

– Et toi, Serenio, que deviendras-tu?

– Je t'aime, Jondalar. Ce ne sera pas facile. Mais tu m'as fait un don inestimable. J'avais peur d'aimer. J'ai toujours étouffé mon instinct. Or j'ai su dès le début que je te perdrais et je t'ai aimé malgré tout. Je sais que je pourrai aimer à nouveau, un jour. Et puis – un sourire mystérieux illumina son visage faiblement éclairé par les lueurs du feu – quelque chose viendra bientôt transformer ma vie, que je pourrai vénérer à ta place. C'est un peu tôt pour en être sûre mais je crois que notre Terre Mère m'a honorée d'un enfant de ton Esprit. Je le saurai, s'il a tes yeux.

– Alors, je dois rester. Comment feras-tu s'il n'y a pas d'homme en ton foyer pour veiller sur toi et sur l'enfant à venir?

– Le Clan s'occupera de moi. Mudo dit que tous

ceux qu'Elle honore doivent être secourus. Tu dois suivre ta destinée et je suivrai la mienne.

Il la prit dans ses bras et l'étreignit passionnément. Ses yeux ne dissimulaient plus rien, ni l'amour qu'elle éprouvait, ni la tristesse, ni la joie que lui procurait ce trésor qu'elle portait en elle. A l'horizon, le jour pointait lorsqu'il sortit, après l'avoir longuement serrée dans ses bras.

Il revint une dernière fois pour lui dire qu'elle était la femme à laquelle il tenait le plus au monde.

Mais ce n'était pas suffisant. Il partirait, même si elle le suppliait de rester. Mais elle ne le demanderait pas.

17

– Serenio dit que tu veux me voir.

Les épaules crispées, le regard prudent et vif, il attendait. Jondalar avait remarqué que l'enfant l'évitait soigneusement depuis quelque temps et il en soupçonnait la raison. Il lui sourit, essayant de paraître naturel, mais sa froideur involontaire ne fit qu'ajouter à l'inquiétude de Darvo. Il craignait de voir son appréhension confirmée. Jondalar lui aussi avait redouté ce moment. Il prit une tunique pliée avec soin sur la couche et la lui tendit.

– Je crois que tu seras bientôt assez grand pour porter ceci, Darvo. Je t'en fais don.

L'espace d'un instant, les yeux du petit s'illuminèrent de joie à la vue du vêtement zelandoni, puis il se renfrogna.

– Alors, Jondalar part? l'accusa-t-il.

– Thonolan est mon frère, Darvo...
– Et moi...
– Tu sais combien je tiens à toi. Mais Thonolan a le cœur si lourd. Je ne peux le laisser partir seul. Qui d'autre que moi peut prendre soin de lui à présent ? Essaie de comprendre. Je n'ai pas la moindre envie de continuer ce voyage.
– Reviendras-tu ?
Jondalar marqua une pause.
– Je ne peux te le promettre. J'ignore où nous allons. C'est pour cela que je voulais te donner ceci, pour que tu te souviennes de l'homme zelandoni. Darvo, écoute-moi. Tu seras toujours le premier enfant de mon foyer.
L'enfant regarda le cadeau fixement. Petit à petit, ses yeux se remplirent de larmes. Il s'efforçait d'en retenir le flot.
– Je ne suis pas l'enfant de ton foyer ! cria-t-il avant de partir en courant.
Jondalar eût voulu courir après lui. Mais il replia la tunique, il la posa sur la couche de Darvo et sortit à pas lents.

Carlono fronça les sourcils; le ciel se couvrait dangereusement.
– Le temps devrait se maintenir, mais si le vent se lève, arrêtez-vous en route. Vous aurez sûrement des difficultés à trouver un endroit où débarquer avant de pénétrer dans la plaine. Là, la Grande Rivière se scinde en plusieurs bras d'eau. Souvenez-vous ! Vous devez toujours tourner du côté où votre cœur bat. Ensuite, elle va vers le nord avant d'atteindre la Grande Eau, et puis vers l'orient. Peu après elle est rejointe par une de ses filles, la plus grande. Alors commence la bouche de la Grande Rivière qui s'ouvre dans la Grande Eau. L'endroit

est vaste et périlleux : des marécages, des fondrières et des bancs de sable. Elle se divise encore en des bras innombrables. Toujours du côté du cœur, près de l'embouchure vous rencontrerez une Caverne de Mamutoi.

En homme de la rivière éprouvé, Carlono se souvenait des moindres détails. Il avait même dessiné une carte dans la terre pour les guider jusqu'au bout de la Grande Rivière. Il estimait que mieux valait se répéter afin que le parcours s'inscrive dans leurs esprits, surtout s'ils avaient des décisions rapides à prendre. Il trouvait leur projet un peu risqué, mais ils avaient insisté tant et tant – ou plutôt Thonolan que Jondalar se refusait à laisser partir seul... Ce dernier tout au moins avait acquis une certaine connaissance en ce domaine.

Le départ d'un canoë vers la Grande Eau donnait généralement lieu à des festivités. Cette fois-ci, il en était tout autrement. Thonolan s'en allait parce qu'il ne supportait plus d'être là. Jondalar eût préféré prendre la direction opposée.

Thonolan avait beaucoup changé. Sa bonne humeur naturelle avait disparu, de même que son entrain et sa gentillesse. Il était devenu maussade, changeant, irritable. Il était indifférent à tout. Il avait accusé son frère de le traiter comme un enfant, lui reprochant de vouloir le suivre partout. Il l'avait blâmé d'abandonner une femme qui allait avoir un enfant de son Esprit pour l'accompagner vers une destination inconnue. Il avait insisté pour qu'il reste auprès de Serenio.

En dépit du refus que cette dernière lui avait opposé, Jondalar ne pouvait s'empêcher de penser que son frère avait raison.

Mais Thonolan voulait partir, et, craignant qu'il ne fasse quelque chose d'irrationnel ou de dangereux, Jondalar s'obstinait à le suivre, de sorte qu'une vive tension régnait entre eux.

Jondalar ne savait comment prendre congé de Serenio; il avait presque peur de la regarder. Mais elle souriait lorsqu'il se pencha pour l'embrasser, et bien que ses yeux fussent rouges et gonflés, elle ne montra aucune émotion. Il chercha Darvo du regard et fut déçu de ne pas le voir parmi ceux qui étaient venus leur dire au revoir à l'embarcadère. Presque tout le monde était là. Thonolan était déjà installé à l'avant de la petite embarcation lorsqu'il y grimpa. Il prit la rame tandis que Carlono déliait la haussière. Une dernière fois, il leva les yeux vers la haute corniche : un enfant s'y trouvait, qui les regardait partir.

Jondalar sourit et lui fit un signe d'adieu en agitant la rame. Darvo lui répondit.

Sous le dais de ciel gris, la Grande Rivière paraissait menaçante. Surgis des profondeurs, des rochers nus et austères la flanquaient jusqu'au bout de la gorge. Immenses. Chaotiques. Ils s'élevaient, majestueux, sur une rive, jusqu'aux pics enneigés. De l'autre côté, les cimes arrondies, érodées, s'apparentaient à de simples collines en comparaison, bien que, depuis le bateau, elles fussent impressionnantes. D'énormes bancs de pierres interrompaient l'uniformité des flots, rompant le courant en des tourbillons d'écume.

Comme les bois et les îles flottantes courant au fil de l'eau, comme des limons charriés dans les profondeurs silencieuses de la rivière, ils se laissaient porter par les flots, inaptes à maîtriser leur direction ou leur vitesse, se contentant d'esquiver les obstacles. Quand les rives s'écartaient, les eaux agitées de vagues soulevaient la petite embarcation, la ballottant au rythme de leurs vagues. Dans les passes étroites, le courant se précipitait, les entraînant dans son tourbillon.

Ils avaient déjà parcouru une bonne distance lorsque la bourrasque de pluie qui menaçait depuis leur départ se déclencha, fouettant les vagues avec fureur. Pas une plage en vue. De hautes murailles à pic bordaient le lit de la rivière de part et d'autre.

– Je ne peux pas manœuvrer tout seul, dit Jondalar.

Ils n'avaient guère été bavards, mais la tension qui régnait entre eux s'était en partie dissipée tandis qu'ils ramaient en silence.

Thonolan vidait l'eau de pluie qui s'accumulait dangereusement au fond de l'embarcation, à l'aide d'un récipient de cuir.

– L'eau ne baisse pas! s'exclama-t-il par-dessus son épaule.

– C'est un grain. Continue et je crois que nous nous en sortirons.

Ils parvinrent ainsi jusqu'à la grande passe débouchant sur la plaine, sans autre incident. Là, la Grande Rivière enfin libérée éclatait en une multitude de cours d'eau serpentant parmi des îlots envahis de lianes et de saules, où grues, hérons, oies sauvages et canards de passage faisaient halte.

La première nuit, ils campèrent dans une grande prairie, au pied des pics alpins.

Les deux frères se réaccoutumèrent si vite au rythme du Voyage qu'on aurait pu croire qu'ils ne s'étaient jamais arrêtés chez les Sharamudoi. Pourtant, les choses avaient changé. L'insouciance, le plaisir de la découverte et de l'aventure s'en étaient allés. Thonolan poursuivait sa route avec l'obstination du désespoir et Jondalar suivait, presque aussi découragé.

Il avait tenté une nouvelle fois de convaincre son frère de rebrousser chemin. Ils s'étaient querellés et Jondalar s'était promis de ne plus soulever la question. Depuis lors, ils n'échangeaient plus que les informations nécessaires. Jondalar ne pouvait qu'espérer que le chagrin de son frère s'apaiserait avec le temps, et qu'un jour, il déciderait de retourner avec lui à la Caverne des Zelandoni et de reprendre sa vie en main. D'ici là, il était déterminé à ne pas le laisser seul. Comme Carlono l'avait prédit, la Grande Rivière, détournée par une barrière montagneuse érodée par le temps, changeait brusquement d'orientation et filait vers le nord, bientôt rejointe par son plus grand affluent venu de l'est, mêlant ses eaux turbulentes et ses limons boueux au flot intrépide qui finissait par s'ouvrir en un éventail de bras, le delta.

Iles flottantes limoneuses, rivages incertains, végétations saisonnières, courants inconstants, sables mouvants, le delta était l'instabilité même. Sans raison apparente, la rivière quittait son lit, déchirant la terre et laissant un bassin de sable humide et instable.

La Grande Rivière – près de trois mille kilomètres de long – était sur le point d'atteindre sa destination.

Mais nos voyageurs venaient d'entamer la section la plus périlleuse de son long parcours. Le courant avait emporté la petite embarcation sans encombre jusqu'à la boucle septentrionale, mais ils ne s'étaient pas attendus à ce que la rivière se subdivise si vite. Avant qu'ils aient eu le temps de s'en rendre compte, ils furent entraînés dans une des voies centrales qui les éloignait de leur destination, le camp des Mamutoi.

Ils tentèrent de faire virer le canot pour remonter

le courant et reprendre la direction voulue. En vain. Ils étaient à présent en travers du bras, Jondalar criant des ordres à Thonolan qui s'impatientait. Un énorme tronc d'arbre se dirigeait droit sur eux, propulsé à toute allure par la force du courant. Ils le virent simultanément, mais trop tard.

Avec un craquement sinistre, l'extrémité pointue et noircie par le feu qui l'avait consumé avant qu'il s'effondre dans l'eau, frappé par un éclair, s'enfonça dans le flanc du fragile canot. Déjà la petite embarcation était à demi remplie d'eau. Comme Jondalar s'agrippait désespérément au bord du bateau, une branche effilée le frappa en pleine poitrine, lui coupant le souffle. Une autre faillit atteindre Thonolan à l'œil, laissant une longue entaille sur sa joue.

Brusquement jetés dans l'eau glacée par un caprice du courant, Jondalar et Thonolan se rattrapèrent de justesse au tronc visqueux et assistèrent, impuissants, au naufrage du canot contenant tous leurs biens qu'ils avaient pris soin d'attacher solidement au fond. Quelques bulles remontèrent à la surface. C'était fini. Thonolan avait entendu le cri de douleur de Jondalar.

– Ça va, Jondalar?

– Une branche... J'ai mal... mais ce n'est pas grave.

Suivi de Jondalar qui peinait, Thonolan entreprit de contourner le tronc pour se rapprocher de la rive, mais la force du courant était telle qu'ils étaient constamment repoussés contre son épais branchage. Soudain, un banc de sable interrompit la course de l'énorme bois flottant et un monceau de débris remontèrent à la surface. Une monstrueuse carcasse de renne gonflée d'eau apparut brusquement sous les yeux de Jondalar, qui l'esquiva de justesse.

Enfin libérés de l'emprise de ce tronc qui les poussait devant lui depuis le naufrage, ils nagèrent jusqu'à une petite île étroite au milieu du bras d'eau. Quelques rares arbustes avaient réussi à s'y cramponner çà et là mais la terre était spongieuse.

– Nous devons essayer de trouver un endroit sec, haleta Jondalar. Nous ne pouvons rester ici.

Ils traversèrent le petit banc de terre et plongèrent à nouveau dans l'eau glacée. Plus vif encore dans cet autre bras, le courant les emporta loin avant qu'ils atteignent la terre ferme. Ou ce qu'ils croyaient être la terre ferme car ils n'étaient pas encore arrivés au bout de leurs peines. Exténués, transis, ils firent quelques pas hésitants sur ce nouvel îlot pour s'apercevoir bien vite qu'il leur faudrait continuer, ne serait-ce que pour trouver un endroit où allumer un feu. Anéanti par la douleur, Jondalar se laissa guider dans la boue qui gargouillait sous leurs pieds jusqu'à l'extrémité nord de l'étroite bande de terre.

Un soleil tardif perça l'écran gris des nuages de ses rayons brillants mais sans chaleur. Une soudaine rafale d'un vent du nord vint encore rafraîchir l'air de cette fin d'après-midi. Ils avaient fini par atteindre l'ultime bras septentrional et s'étaient hissés à grand-peine sur sa rive bordée d'aulnes.

– Campons ici, suggéra Jondalar.

– Il fait encore jour. Je préfère continuer. Nous trouverons le camp mamutoi avant la nuit.

– Thonolan, je ne peux plus.

Il souleva sa tunique. La plaie était profonde.

– J'ai besoin de repos, ajouta-t-il.

Sauf les tuniques qu'ils portaient sur eux, ils

avaient tout perdu dans le naufrage. Depuis sa rencontre avec les Têtes-Plates, Jondalar avait pris l'habitude de porter une poche contenant quelques outils accrochée à une lanière de cuir autour de la taille. Ils allèrent chercher du bois et des brindilles sèches et firent du feu. Ils arrachèrent quelques racines de joncs des marais qui apaisèrent leur faim. Avec un jeune plant d'aulne effilé, Thonolan parvint à abattre un canard sauvage qu'ils firent griller sur le feu. Ils se confectionnèrent des nattes de feuilles de roseaux entrelacées pour se protéger du vent pendant que séchaient leurs tuniques. Puis ils s'étendirent sur ces nattes, auprès du feu, pour dormir. Jondalar souffrit toute la nuit et fut incapable de fermer l'œil. Au matin, ils fabriquèrent des paniers pour pêcher. Ils attrapèrent deux poissons qu'ils dégustèrent avant de partir. Ils roulèrent épieux, paniers et brindilles dans leurs nattes et partirent, en emportant cet outillage sommaire indispensable à leur survie.

Pourtant l'opinion des deux frères différait quant à la direction à prendre. Thonolan voulait aller à l'est vers la mer. Persuadé qu'ils avaient encore un bras de la rivière à traverser, Jondalar suggérait d'aller vers le nord. Ils firent un compromis et commencèrent leur marche vers le nord-est. Jondalar avait eu raison bien qu'il eût préféré le contraire. Quand le soleil fut à son zénith, ils atteignirent ce qui était véritablement l'ultime bras septentrional de la Grande Rivière.

– Encore un petit plongeon, dit Thonolan. T'en sens-tu la force?

– Ai-je le choix?

Thonolan entra dans l'eau le premier. Puis il se retourna.

– Pourquoi ne pas attacher nos tuniques à un

tronc d'arbre, comme nous l'avons toujours fait? Ainsi, elles ne seront pas mouillées.

– Je ne sais pas, répondit Jondalar.

Il n'en voyait pas l'utilité, mais Thonolan essayait de se montrer raisonnable, bien que sa voix trahît son exaspération. Refusant de le contredire, il haussa les épaules pour marquer son approbation.

Sur sa peau nue, l'eau était encore plus froide qu'il n'en avait souvenance. Il dut serrer les dents pour ne pas crier quand il plongea. Pourtant, l'eau glacée finit par atténuer sa douleur. Il se traîna derrière Thonolan, qui tirait la charge du tronc, l'un et l'autre ne progressant qu'avec un seul bras.

Lorsqu'ils émergèrent enfin de l'autre côté, ils découvrirent la perspective sur ce qui était leur objectif depuis des années : l'embouchure de la Grande Rivière. L'immense mer intérieure gisait là, sous leurs yeux. Et pourtant, cette vision n'avait rien d'exaltant. Leur Voyage n'avait plus de sens. Leurs aspirations n'étaient plus les mêmes. Leur enthousiasme était mort. Ils n'avaient pas même atteint la terre ferme puisqu'il leur fallait encore traverser un des lits asséchés de la rivière.

De l'autre côté, la rive boisée dont la base avait été grignotée au fil des ans par le passage du courant découvrant un enchevêtrement de racines solides, paraissait accueillante après les étendues de terres nues et marécageuses qu'ils venaient de parcourir. La rivière ne s'était pas retirée depuis longtemps. De petites mares occupaient encore le centre de l'ancien lit et la végétation avait à peine eu le temps de prendre racine. Mais déjà les insectes avaient fait leur royaume de ces eaux stagnantes et un nuage de moustiques commençait à tournoyer autour des deux hommes.

Thonolan détacha leurs tuniques du tronc d'arbre.

– Nous avons encore ces petites mares à traverser. Attendons d'avoir atteint l'autre rive avant de nous vêtir.

Jondalar hocha la tête. Il souffrait trop pour discuter. Il arrivait à peine à se tenir debout.

Thonolan dévala le versant du banc de sable, qui avait constitué la berge de la rivière, avant qu'elle soit détournée.

On le leur avait pourtant répété assez souvent. Ne jamais tourner le dos à la Grande Rivière. Ne jamais la sous-estimer. Bien qu'elle l'ait passagèrement abandonné, ce lit lui appartenait encore et même en son absence, elle savait se rappeler à la mémoire de l'homme imprudent. Des millions de tonnes d'alluvions limoneuses qu'elle apportait chaque année dans son delta à la saison des crues s'accumulaient là, tout près de la mer intérieure. Sujet aux inondations, ce lit à sec était en réalité un marais d'eau salée. Joncs et herbes tendres avaient pris racine dans des bancs d'argile limoneuse.

Les deux hommes glissaient sur la pente de boue gluante qui leur montait déjà jusqu'aux chevilles. Thonolan courait devant, négligeant le fait que Jondalar n'était plus en mesure de le suivre aussi aisément. Il marchait à grand-peine et la descente brusquée avait encore ajouté à sa douleur. Il faisait attention où il mettait les pieds, se sentant un peu bête de traverser ainsi un terrain marécageux infesté de moustiques en offrant toute sa peau aux assauts de ces insectes affamés.

Thonolan l'avait à tel point devancé qu'il voulut l'appeler pour lui demander de l'attendre. Comme il levait les yeux, il entendit son cri et le vit qui commençait à s'enfoncer. Oubliant sa douleur, Jondalar courut vers lui. La peur le saisit à la gorge lorsqu'il comprit que Thonolan s'était déjà enlisé à mi-corps dans les sables mouvants.

– Thonolan! Par le Grand Doni! hurla-t-il en se ruant sur lui.

– N'approche pas! Tu vas te faire prendre toi aussi!

Il luttait pour tenter de se dégager de cette terrible boue, s'enfonçant d'autant plus.

Frénétiquement, Jondalar chercha quelque chose à quoi son frère pût s'agripper. Une tunique! Impossible, c'était Thonolan qui les portait. Jetant des regards désespérés autour de lui, il aperçut une souche d'arbre à demi ensevelie dans la tourbe. En vain, il tenta de lui arracher une de ses racines. Toutes celles qui se fussent détachées aisément avaient déjà été emportées par les flots tumultueux.

– Thonolan, où sont les tuniques? Il me faut quelque chose pour te tirer de là.

Le ton désespéré de Jondalar eut un effet étrange sur son frère. A travers le brouillard de panique qui l'envahissait, surgit le souvenir vivace de son chagrin. Une calme acceptation s'installa en lui.

– Jondalar, si notre Terre Mère veut me prendre, pourquoi l'en empêcher?

– Non, Thonolan, non! Tu ne peux pas abandonner ainsi. Tu ne dois pas mourir. Ô Terre Mère, Ô Doni, ne le laissez pas mourir! supplia-t-il en tombant à genoux, la main tendue. Prends ma main, Thonolan, je t'en supplie, prends ma main!

Thonolan fut déconcerté par la douleur et la peine qu'il lut sur le visage de son frère. A cet instant, il comprit. Il comprit que son frère l'aimait, lui, comme il avait aimé Jetamio. Ce n'était pas le même sentiment, mais il était d'une force égale.

Instinctivement, intuitivement, il sut que même s'il n'en réchappait pas, il devait tendre la main à son frère.

Ce qu'il ne savait pas, c'est qu'en cessant de se débattre, il s'enliserait moins vite. Lorsqu'il plaça sa main dans celle de Jondalar, il s'étendit plus horizontalement, déplaçant ainsi le poids de son corps plus près de la surface. Et doucement, Jondalar commença à le tirer.

– Tire! Tire! On est là! dit une voix dans le langage des Mamutoi.

Brusquement, Jondalar sentit sa tension se relâcher. Il s'aperçut qu'il tremblait mais il tenait toujours fermement la main de Thonolan. Bientôt, on lui tendit une corde tressée qu'il attacha autour des poignets de son frère.

Une femme marchait en tête de la colonne. Du bout de son bâton, elle tâtait le sol devant elle pour éviter les fondrières. Une fois que la petite troupe eut enfin atteint la terre ferme, ses membres s'aperçurent que les deux hommes qu'ils venaient de sauver d'une mort certaine étaient totalement nus.

– D'où venez-vous? demanda la femme qui avait mené le sauvetage.

Comme ils ne comprenaient pas, elle répéta sa question par gestes.

– Nous venons de la Caverne des Sharamudoi. Voici Thonolan de la Caverne des Sharamudoi et l'homme qui est devant vous est Jondalar, du clan des Zelandoni.

Sans y prendre garde, Jondalar avait répondu dans le langage des Sharamudoi. En l'entendant prononcer le nom des Sharamudoi, la femme sourit.

– La fille de mon foyer, Tholie, vit avec les Sharamudoi.

Le visage de Thonolan s'éclaira à son tour.
– Tholie! Elle est du même foyer que moi.
Puis une ombre passa dans ses yeux.
– Soyez les bienvenus, reprit la femme dans un sharamudoi approximatif. (Elle se désigna d'un geste :) Brécie, du Clan des Mamutoi, chef de la Tribu des Saules. Toi, homme zelandona.
– Zelandoni, corrigea Jondalar.
– Le Mamut doit te voir pour soigner plaie... Aidez-le, dit-elle en s'adressant aux siens. Je ne suis pas sûre qu'il puisse marcher.

– Jondalar, je serais parti depuis longtemps si tu ne m'avais pas fait promettre d'attendre que tu sois assez remis pour voyager. A présent je m'en vais. Je pense que tu devrais rebrousser chemin comme tu le souhaites depuis si longtemps.
– Pourquoi continuer encore et encore, Thonolan?
– Brécie dit qu'ils partiront bientôt vers le nord chasser le mammouth. Jondalar, je vais voyager jusqu'à ce que notre Mère Terre m'emporte avec elle.
– Ne parle pas ainsi! On dirait que tu veux mourir! s'écria Jondalar.
– Et pourquoi pas? Je n'ai plus aucune raison de vivre... sans Jetamio.
Il étouffa un sanglot.
– Tu es jeune, Thonolan. Ta vie sera longue encore. Peut-être rencontreras-tu une autre femme qui te fera oublier Jetamio.
– Oublier Jetamio! hurla-t-il. Tu ne comprends rien. Tu n'as jamais aimé. Il n'y aura jamais d'autre femme.
– Alors, tu la suivras dans le monde des Esprits et tu m'entraîneras avec toi!

Il n'aimait pas parler ainsi mais si c'était sa seule chance de préserver la vie de son frère, il fallait qu'il le fasse.

– Personne ne t'a demandé de me suivre. Retourne vivre avec les tiens et laisse-moi tranquille. Un jour, tu aimeras une femme si fort que tu préféreras l'accompagner dans le monde des Esprits plutôt que de vivre sans elle.

– Et si c'était moi qui étais dans cette situation à présent, me laisserais-tu partir seul? M'abandonnerais-tu, mon frère? Dis-le moi. Dis-moi que tu t'en retournerais si j'étais malade de chagrin au point de vouloir en mourir. Dis-le-moi, allons, dis-le-moi.

– Tu dis la vérité, Jondalar. Je resterais sans nul doute avec toi. Mais tu ne vas pas me suivre jusqu'à la fin de mes jours. Après tout, l'un d'entre nous doit rentrer à la Caverne pour leur dire à tous que nous sommes arrivés jusqu'à la bouche de la Grande Rivière. Je ne serai plus là pour le faire. Toi, tu le feras.

– Mais pourquoi ne serais-tu plus là?

– Jondalar, je crois que notre Grande Terre Mère m'aurait pris avec elle dans le lit de la rivière si tu ne l'avais pas suppliée qu'il en soit autrement. Tu ne peux pas comprendre. Mais je sais qu'Elle viendra bientôt et je veux partir avec Elle.

– Tu vas tenter de trouver la mort?

– Mon frère, je n'aurai rien à faire. Je sais qu'elle viendra bientôt. Je veux que tu saches que je suis prêt.

Jondalar sentit sa gorge se serrer. Depuis l'épisode des sables mouvants, Thonolan avait la certitude de son destin funeste. Il sourit, mais Jondalar ne reconnut pas ce sourire. Il eût préféré la colère à cette résignation sereine. Son frère ne luttait plus, la volonté de vivre l'avait quitté.

– Il faut que je te livre un secret, Jondalar, un secret que je tiens de Jetamio, ajouta-t-il d'une voix sourde. Si tu veux aimer un jour, tu dois apprendre à t'ouvrir, à risquer ton cœur. Tu souffriras quelquefois, mais sinon, tu ne seras jamais heureux.

– Vous êtes là! (Brécie se joignit à eux.) Si vous partez vraiment, je viens vous dire adieu.

– Je me sens votre obligé, Brécie. Vous tous avez pris soin de moi. Je n'ai pas le droit de partir avant de vous avoir donné quelque chose en retour.

– Ton frère a fait plus qu'il ne faut. Chaque jour il a chassé pendant que tu... guérissais. C'est un chasseur intrépide mais chanceux. Tu ne dois rien à mon Clan.

Jondalar considéra son frère qui lui souriait.

18

L'hiver avait été particulièrement rigoureux. Jamais Ayla n'avait vu autant de neige. Les premières inondations printanières envahirent la petite vallée avec une violence redoublée.

Soulevés par l'étroite passe en amont, les flots torrentiels vinrent s'abattre contre la falaise avec une telle puissance que la caverne en trembla. L'eau atteignit presque le niveau de la corniche. En aval, presque toute la vallée était submergée.

Au plus fort de l'inondation, Ayla fut tirée de son sommeil en pleine nuit par un fracas assourdissant pareil à un coup de tonnerre, qui semblait venir d'au-dessous d'elle. Elle était pétrifiée. Elle ignora la cause de ce bruit étrange jusqu'au jour où les eaux se retirèrent. Cette nuit-là, un énorme rocher était entré en collision avec la paroi, qui de ce fait s'était en partie écroulée, ses débris jonchant la rivière dans toute sa largeur. Détournée de force, cette dernière avait modifié son cours. La brèche ainsi pratiquée dans la barrière rocheuse constituait un raccourci commode mais la plage s'en trouvait réduite. La végétation luxuriante de la vallée eut tôt fait de recouvrir les traces de ces changements, recréant l'illusion d'une permanence.

Pourtant, l'événement avait marqué Ayla. Sa caverne et la vallée désormais n'étaient plus des abris aussi sûrs à ses yeux. Peut-être devrait-elle chercher un autre refuge. Ce printemps-là, la décision – partir ou rester – était plus difficile encore à prendre que les autres années. Sa longue maladie l'avait contrainte à prendre conscience de sa vulnérabilité et des risques de la vie solitaire. Elle n'avait personne à qui confier ses peurs et ses chagrins. Mais elle ne savait rien des Autres. Sa seule certitude était qu'elle n'était guère disposée à troquer son indépendance et sa liberté contre la sécurité et l'agrément d'une compagnie. S'il fallait abandonner la chasse, Crinière... elle avait eu trop de joie à la retrouver. Et si elle devait vivre seule sa vie entière...

Une nouvelle fois, elle repoussa la décision. Crinière n'allait pas tarder à mettre bas. Ensuite, elle aviserait.

– Je crois que nous avons dépassé la Caverne des Mamutoi. Nous sommes allés trop à l'est, Thonolan.

Ils s'étaient lancés sur la piste d'un daim géant car les provisions commençaient à manquer.

– Tu... Regardes!

Un cerf arborant un majestueux andouiller de six

coudées venait de surgir à quelques pas d'eux, trottant sur ses pattes gracieuses. Sentant le danger sans doute, l'animal allait bramer pour avertir sa harde. Avant même qu'il en ait eu le temps, une biche affolée apparut brusquement de derrière les fourrés. Elle fonçait droit sur eux. Avec la rapidité du chasseur éprouvé, Thonolan lança sur elle sa sagaie à bout de silex, comme les Mamutoi lui avaient appris à le faire de manière que la pointe pénètre entre les côtes. Il avait visé juste; la fragile biche s'effondra presque à leurs pieds.

Bientôt, ils découvrirent ce qui avait terrorisé la bête au point qu'elle avait couru à sa perte. Raides d'effroi, ils regardèrent la lionne s'approcher d'eux en rampant, troublée par cette proie morte avant d'être attaquée. Mais elle n'hésita pas longtemps. Saisissant la biche par la gorge dans sa gueule puissante, elle l'entraîna avec elle.

– Cette lionne me dérobe ma proie! s'exclama Thonolan, indigné.

– Puisqu'elle croit que c'est la sienne, mieux vaut la lui laisser.

– Par le Grand Doni... je ne vais pas me laisser faire.

– Nous trouverons un autre cerf, cria Jondalar en suivant son frère qui s'était lancé à la poursuite de la fautive.

– Elle est seule. C'est une nomade. Je veux voir où elle va cacher son butin. Quand elle s'en éloignera, tôt ou tard, nous reprendrons notre bien.

Jondalar savait qu'il était inutile de discuter. Ils suivirent la lionne dans un étroit ravin jonché de pierres. Ils attendirent, la guettèrent et comme Thonolan l'avait prédit, la lionne s'éclipsa peu de temps après. Alors, ils descendirent à leur tour dans la gorge.

Après tant de jours de pluie et de ciel bas, Ayla n'avait pu résister à l'envie de chevaucher ce matin-là. Un soleil brûlant avait dissipé les nuages et la végétation encore humide étincelait gaiement.

Plutôt que de parcourir la steppe, elle décida d'explorer l'étroite vallée en aval pour voir si les inondations printanières en avaient modifié le paysage. Elle descendit le sentier escarpé, puis longea quelque temps la rivière, vers le sud. Elle préféra ne pas emprunter la pente caillouteuse qu'elle avait déjà grimpée auparavant pour atteindre plus vite les steppes.

Alourdie, Crinière avait le pas moins sûr. Inutile de tenter le sort. Elle poursuivit sa route jusqu'à l'endroit où la rivière devenait moins profonde et là, elle traversa. Sur l'autre rive, la falaise s'abaissait bientôt en une pente douce. Elle s'y lança, en se demandant pourquoi elle n'avait jamais songé à découvrir les steppes de l'autre côté de la petite vallée.

Grisée par la découverte de ces terres nouvelles, elle galopa longtemps. Au fur et à mesure qu'elle s'éloignait de la vallée, le paysage devenait de plus en plus accidenté, se creusant de ravins, se soulevant en tertres dentelés. Jugeant qu'elle s'était aventurée suffisamment loin, elle songeait à rebrousser chemin lorsqu'elle entendit un son qui lui glaça le sang – un cri humain –, et son cœur se mit à battre la chamade.

Ayla s'arrêta net –, ahurie, bouleversée. Cela faisait si longtemps qu'elle n'avait pas entendu un son humain, et pourtant, elle n'avait pas le moindre doute. Incapable de penser, elle suivit son instinct.

C'était un appel à l'aide. Quelqu'un était en danger.

Elle s'approcha du ravin, lentement, sauta à terre. A ce moment un rugissement retentit. Elle se pencha et reconnut Lionceau, non loin de là. Elle comprit alors pourquoi Crinière n'avait pas renâclé. Elle dévala la pente du ravin, oubliant que d'autres lions risquaient de se trouver à proximité, que Lionceau était à présent un gigantesque lion adulte doté d'une fantastique puissance. Elle escalada un tas de pierres. Lionceau se retourna et feula agressivement à son adresse.

– Arrête, Lionceau! lui ordonna-t-elle.

Il s'interrompit un instant, mais déjà, elle le poussait pour voir sa proie : il ne résista pas. Il s'écarta, comme il l'avait toujours fait quand elle venait réclamer sa part du butin. Et puis sa faim était assouvie. Il avait dévoré le cerf géant que la lionne lui avait apporté. Il n'avait attaqué que pour défendre son territoire, non sans hésiter. Il n'aimait guère s'attaquer aux humains. Leur odeur était trop proche de celle de la femme qui avait été sa compagne de chasse.

Ils étaient deux. Elle s'agenouilla pour les examiner. Deux hommes, deux Autres, elle n'en doutait pas, bien que ce fût la première fois qu'elle en rencontrât. Ils ressemblaient trop à la description qu'Oda lui avait faite d'eux. Elle sut tout de suite que pour celui qui avait les cheveux plus sombres, il n'y avait plus d'espoir. Il avait le cou brisé. Les marques de crocs sur sa gorge proclamaient la cause de sa mort. Bien qu'elle ne l'eût jamais vu auparavant, sa mort la désola. Ses yeux s'emplirent de larmes. C'était le premier de ses semblables qu'elle voyait, et il était mort. Elle eut le sentiment d'avoir perdu quelqu'un d'irremplaçable avant même de l'avoir connu.

Elle voulut l'honorer en lui offrant un enterrement digne de son humanité, mais un coup d'œil à l'autre homme lui suffit pour savoir que c'était impossible. Il respirait encore, mais sa vie s'échappait à flots de la profonde blessure qui lui entaillait la cuisse du genou à l'aine. La seule chance qu'elle avait de le sauver était de le ramener au plus vite à la caverne pour prendre soin de lui.

Lionceau renifla l'homme mort tandis que, pour arrêter le sang, elle serrait une lanière autour de la cuisse du blessé.

Elle repoussa l'animal.

– Je sais qu'il est mort, Lionceau, mais il n'est pas pour toi.

Déjà rassasié, il n'insista pas et s'éloigna d'un pas tranquille.

Quand le sang ne coula plus qu'en un mince filet, elle appela Crinière. Elle paraissait nerveuse et Ayla se souvint que Lionceau avait une compagne. Elle tapota l'encolure de la jument pour la rassurer et la plaça de façon à pouvoir aisément hisser l'homme sur le « traîneau ». Quand elle le prit par les aisselles, il geignit et battit des paupières, avant de retomber dans l'inconscience. Elle ne pouvait que s'en réjouir. Il était lourd; elle allait avoir du mal à le porter. S'il avait été éveillé, la douleur aurait sans doute été insupportable. La jument protesta un peu quand elle la guida en haut du talus. Une dernière fois, elle considéra l'homme mort qu'elle était forcée de laisser à la merci des carnassiers et son cœur se serra. Alors, une idée lui vint. A la vue d'un énorme rocher qui tenait en équilibre à une coudée à peine du bord du ravin, elle se souvint de l'enterrement d'Iza. La vieille guérisseuse avait été couchée dans un trou creusé dans la terre de la caverne et des pierres et autres débris avaient été empilés sur elle. Abandonnant Crinière et son fardeau, elle courut vers l'homme mort qu'elle tira jusqu'au fond du ravin. Lionceau avait resurgi et reniflait à nouveau l'odeur du sang. Elle le repoussa impatiemment.

Puis elle remonta précipitamment et, se servant d'une de ses sagaies comme d'un levier, elle fit basculer la pierre. Celle-ci roula paresseusement le long du talus et acheva sa descente à l'endroit prévu. Alors, Ayla s'adressa au monde des Esprits en exécutant avec ferveur les gestes rituels que Creb avait accomplis devant le sépulcre d'Iza. Des souvenirs oppressants affluèrent à son esprit et un flot de larmes inonda son visage. Elle ignorait la signification de ces gestes, mais elle en connaissait l'importance. Ainsi, elle avait ouvert à l'étranger la voie du monde des Esprits.

Elle rejoignit Crinière et l'homme blessé, vérifia que le garrot tenait bon et entama la longue marche du retour vers la caverne. Elle s'arrêta plusieurs fois pour s'assurer que l'homme était toujours en vie et pour ramasser des racines et des plantes soignantes. Quand enfin l'ombre de l'entrée de la caverne apparut dans le flanc de la paroi baignée de soleil, elle se sentit soulagée. Lorsqu'elle atteignit la corniche, elle sut que l'homme était sauvé.

Elle mena Crinière jusque dans la caverne, et disposa plusieurs fourrures sur sa couche avant d'y étendre l'homme. Puis elle alluma un feu pour faire chauffer de l'eau et passa en revue sa réserve de plantes soignantes, sélectionnant celles dont elle aurait besoin. Avant d'entamer ses préparations, elle inspira profondément et serra son amulette dans sa main.

Ses pensées étaient trop embrouillées pour

qu'elle parvienne à adresser à son Totem une prière particulière – d'inexplicables angoisses et des espoirs confus l'envahissaient tour à tour –, mais elle voulait que le Lion des Cavernes l'aide à sauver cet homme qu'il avait mis sur son chemin. Il le fallait.

Elle jeta une poignée de pétales de souci dans l'eau qui commençait à frémir puis se tourna finalement vers l'homme inconscient. Les déchirures de sa tunique de chamois témoignaient de la présence d'autres plaies que la profonde entaille à la cuisse. Elle allait devoir le dévêtir mais il ne portait pas qu'une simple peau d'animal attachée à la taille avec une lanière. Ses bras, ses jambes, son torse étaient couverts de pièces de peaux individuelles reliées les unes aux autres par de fins lacets passés dans un trou d'un côté puis de l'autre. Elle examina attentivement cet étrange assemblage, puis décida que la meilleure solution pour elle serait de tout couper sur toute la longueur du corps. Elle fut plus surprise encore de découvrir que sous sa tunique, il en portait une autre, comme jamais elle n'en avait vu auparavant, ornée de multiples objets : dents d'animaux, coquillages, plumes d'oiseaux colorées... Etait-ce une manière d'amulette? Elle répugnait à découper cette magnifique parure, mais il n'y avait pas moyen de faire autrement. Elle découvrit que les autres blessures étaient assez superficielles. Mieux valait commencer par s'occuper de l'entaille la plus grave. Plusieurs fois en cours de route, elle avait desserré le garrot pour permettre au sang de circuler. Iza lui avait transmis son savoir en ce domaine et elle savait combien il pouvait être dangereux de bloquer trop longtemps le voyage du sang. La plaie s'était remise à suinter modérément. Quand elle décolla délicatement le morceau de peau de bête qui y adhérait, le sang recommença à couler à flots. Il fallait agir vite.

Elle trempa une peau de lièvre soigneusement apprêtée dans l'infusion de pétales de soucis et entreprit de nettoyer la plaie. Puis elle la saupoudra généreusement de poudre de racines de largonium broyées. L'effet coagulant fut immédiat.

Elle plongea plusieurs racines de consoude dans l'eau encore chaude pour les rincer et les mâchonna longuement. De la pulpe ainsi obtenue, trempée dans l'infusion de soucis, elle ferait un emplâtre dont elle recouvrirait la plaie. Elle en rapprocha les deux lèvres mais elles se séparèrent dès qu'elle les lâcha. Elle essaya à nouveau. En vain. « Si seulement je pouvais rester ainsi à les tenir jusqu'à ce qu'il guérisse... » Un muscle déchiré faisait saillie, laissant la blessure béante. Il lui parut inutile d'envelopper la cuisse dans une peau serrée par une courroie, car la plaie ne se refermerait pas pour autant. Elle fouilla dans sa mémoire, tâchant de se souvenir des instructions qu'Iza lui avait transmises. « Tu n'es pas de ma lignée, Ayla, lui avait-elle dit, mais tu as un don qui t'éclairera l'esprit quand il le faudra. »

– A présent, il le faut, marmonna Ayla.

Son regard erra sur le tas de peaux découpées que l'homme avait portées. Alors, il lui vint une idée. Elle examina à nouveau les assemblages et vit qu'ils avaient été réalisés à l'aide d'une fine lanière faite de tendon. Elle utilisait quelque chose d'approchant pour confectionner certains récipients d'écorce, mais avec des nœuds. Pourquoi ne pas tenter de faire de même avec la peau de l'homme pour la maintenir fermée jusqu'à ce qu'il guérisse?

Sans plus réfléchir, elle se leva précipitamment et

revint, tenant une sorte de longue tige brune, qui était en réalité une section d'un tendon de cerf desséché et durci. Avec un petit galet, elle le brisa en plusieurs brins allongés de fibres blanches, qu'elle trempa dans l'infusion de soucis. Comme le cuir, le tendon était plus souple une fois mouillé. Puis avec une épine de pin effilée, elle se mit en devoir de percer des trous assez espacés dans la peau, de chaque côté de la plaie. Elle fit glisser l'extrémité d'une des sections de tendon dans les trous, de part et d'autre de la plaie, serra et fit un nœud. Elle répéta l'opération jusqu'à ce que la plaie soit fermée.

Le résultat était assez surprenant. Elle contempla son œuvre en souriant. Si la plaie guérissait sans suppurer, il remarcherait sans doute un jour. Elle acheva la préparation de l'emplâtre, en couvrit la blessure et enveloppa la cuisse de l'homme dans une peau douce. Puis elle badigeonna les autres entailles d'infusion de souci. Elle remarqua alors l'énorme bosse dissimulée par son épaisse chevelure. Son volume l'inquiéta. Elle refit bouillir de l'eau pure, dans laquelle elle fit macérer des fleurs d'arnica. Sur l'enflure, elle posa une petite peau de lièvre imbibée de cette décoction, qu'elle maintint en place avec une cordelette. Alors, enfin, elle s'assit sur ses talons. Il n'y avait plus rien à faire pour l'instant. Lorsqu'il s'éveillerait, elle lui ferait absorber quelques potions. Et pour la première fois depuis qu'elle l'avait découvert, elle l'examina, non plus avec les yeux d'une guérisseuse, mais avec ceux d'une femme.

Il n'était pas aussi robuste que les hommes du Clan, mais plus musclé et ses jambes étaient incroyablement longues. Ses cheveux jaunes, plus pâles encore que les siens, remarqua-t-elle, lui tombaient sur les épaules. Sa poitrine était recouverte d'un duvet de poils plus foncés. Il avait la peau plutôt pâle. Il était plus élancé que les humains qu'elle avait connus, mais pas si différent. Son membre reposait sur un tapis de boucles douces. Elle tendit la main pour en sentir la texture puis elle se ravisa. Elle remarqua la présence d'une cicatrice récente sur sa poitrine. Qui avait pris soin de lui? D'où venait-il? Elle se rapprocha de son visage. Il était plat comparé à celui des hommes du Clan. La bouche était pleine, le menton puissant, comme celui de son fils, pensa-t-elle, le nez plus droit et plus petit. Son front plat surtout l'intriguait. Ses arcades sourcilières n'étaient presque pas marquées. Elle passa la main sur le front de l'homme puis sur le sien. Ils étaient identiques. Comme elle avait dû paraître étrange aux yeux des membres du Clan!

Elle glissa ses doigts dans ses cheveux blonds comme le miel, et brusquement, elle se souvint. Son rêve! Son rêve à propos de l'Autre! Elle n'avait pas pu voir son visage, mais ses cheveux étaient jaunes.

Elle le couvrit et sortit sur la corniche, surprise de s'apercevoir qu'il faisait encore jour. Il s'était passé tant de choses! Elle tenta de réfléchir, d'organiser ses pensées mais tout s'embrouillait dans son esprit.

Pourquoi s'était-elle trouvée là au moment précis où il avait crié? De tous les lions des cavernes qui erraient dans la steppe, pourquoi Lionceau? Sans doute était-ce son Totem qui l'avait menée là? Et cet homme? Son rêve! Elle ignorait l'impact qu'il aurait sur sa vie, mais elle avait la conviction que d'une manière ou d'une autre, elle s'en trouverait transformée.

Elle sentit les naseaux humides de Crinière contre son cou et se retourna brusquement. La jument frotta sa tête contre elle. Ayla la serra affectueusement et resta pendue ainsi au cou de la bête.

« Je ferais mieux de rentrer m'assurer qu'il va bien », songea-t-elle, craignant que quelque chose ne lui arrive si elle le laissait seul trop longtemps. Il n'avait pas bougé, mais elle resta auprès de lui, le regardant respirer, incapable de détacher ses yeux de sa poitrine. Il semblait si jeune!

Il tourna la tête, geignit et murmura quelque chose d'incompréhensible. La sueur perlait sur son front. « Il faudrait qu'il puisse absorber une infusion d'écorce de saule », songea-t-elle.

Elle alla vérifier une nouvelle fois ses provisions de plantes soignantes. Elle parvint à lui faire avaler quelques gouttes d'infusion; ses yeux s'entrouvrirent. Il marmonna encore. Sa jambe était enflée. Elle remplaça l'emplâtre.

Comme le soir tombait, elle commença à craindre qu'il ne se réveille pas. Elle eût souhaité que Creb fût là pour implorer les esprits de l'aider, comme il le faisait avec Iza.

Bientôt, l'homme se mit à s'agiter, à se débattre en criant des mots, un en particulier qu'il répétait encore et encore. Sans doute un nom, pensa-t-elle, peut-être celui de l'autre homme. Avec une côte de cerf creusée, elle lui fit avaler un peu d'infusion de saule, à petites gorgées. Il entrouvrit les yeux, mais les referma aussitôt. Il fut plus aisé ensuite de lui faire boire du thé de datura, pour le faire dormir.

Elle le veilla toute la nuit, espérant que la fièvre baisserait. Plusieurs fois, elle épongea son corps baigné de sueur et changea les fourrures. Epuisée, elle finit par s'endormir auprès de lui.

Elle fut brusquement tirée de son sommeil par les rayons du soleil filtrant par l'entrée de la caverne. Elle roula sur le côté, vit l'homme et tous les événements de la veille resurgirent en un éclair dans son esprit. Il semblait plus calme, dormant normalement. Au fond de la caverne, Crinière respirait profondément. Ayla se leva précipitamment et s'approcha d'elle.

– Crinière, dit-elle, le moment est venu?

Quand le poulain surgit du ventre de sa mère, Ayla l'aida à sortir. La vue de Crinière léchant son petit l'emplit d'une joie profonde.

– C'est bien la première fois que je vois quelqu'un assister une jument qui met bas!

Ayla se retourna brusquement et fixa son regard sur l'homme soulevé sur son coude, qui venait de prononcer une série de sons incompréhensibles à son adresse.

19

Ayla ne pouvait détacher son regard de l'homme blond. Elle ne pouvait pas s'en empêcher bien qu'elle sût combien c'était inconvenant. Il avait les yeux de la couleur d'un ciel d'été. Elle savait que les siens aussi étaient bleus : elle avait vu leur reflet dans la mare. Mais tous les membres du Clan avaient les yeux noirs. Ceux de l'homme étaient si clairs qu'elle pouvait à peine y croire.

Subjuguée, elle resta immobile pendant un moment qui lui parut une éternité, jusqu'à ce qu'elle s'aperçoive qu'elle tremblait. Alors, elle se rendit compte qu'elle l'avait dévisagé et une bouffée de chaleur lui monta au visage. La bienséance voulait qu'une femme ne regarde jamais un homme en face, surtout un étranger.

Les yeux baissés, elle luttait pour reprendre contenance. « Que doit-il penser de moi! » Mais elle n'avait vu personne depuis si longtemps et c'était la première fois qu'elle se trouvait en présence d'un Autre. Elle était fascinée. Mais il importait qu'il ne la trouvât pas insolente dès l'abord.

– Je regrette de t'avoir embarrassée, reprit Jondalar, ne sachant si elle était véritablement offensée ou simplement humble.

Il se rendit compte qu'il avait parlé dans le langage des Zelandoni. Elle ne réagit pas. Il répéta sa phrase en sharamudoi. Sans résultat.

Elle lui jetait des coups d'œil furtifs, comme devait le faire une femme pour qu'un homme lui fasse signe d'approcher. Mais il ne fit aucun geste. Il continuait à émettre des sons comme elle n'en avait jamais entendu. Ni gutturaux, ni séparés, ils coulaient comme les chants des oiseaux.

Elle attendait toujours qu'il lui fasse signe. Finalement, elle comprit qu'elle devrait trouver un autre moyen de communiquer avec lui, ne serait-ce que pour lui faire prendre son remède.

Jondalar était désemparé. Il avait tout tenté. Sans succès! Il pensa que peut-être elle n'entendait pas bien; puis il se souvint de la rapidité avec laquelle elle s'était retournée vers lui la première fois qu'il avait parlé. « Quelle étrange femme! » pensa-t-il, troublé, un peu mal à l'aise. Il regarda autour de lui. Que faisait la jument dans cette caverne? Pourquoi la laissait-elle approcher ainsi? Cette femme jouissait-elle de certains pouvoirs? Il avait l'impression de rêver. Et pourtant, il ne dormait pas. Peut-être était-ce pire! Peut-être était-elle une doni venue le chercher pour l'emmener dans le monde des Esprits. Il frissonna. Il fut soulagé de la voir bouger, même de façon hésitante, et s'approcher du feu.

Un peu gauche, elle marchait la tête penchée, comme si elle ne voulait pas qu'il voie son visage. Elle était étrangement vêtue d'une simple peau de cuir enroulée autour de son corps et resserrée autour de la taille par une lanière. Où avait-il déjà vu pareille tunique? Il n'arrivait pas à s'en souvenir.

Elle semblait assez jeune. Autant qu'il pût le deviner sous cet étrange accoutrement, elle avait un corps de femme mûre. Elle continuait à éviter son regard inquisiteur.

Un peu plus tard, elle lui apporta une bouillie épaisse. Il voulut se soulever, mais la douleur l'en empêcha. Alors, pour la première fois, il se demanda où il était et comment il était arrivé jusque-là. Soudain, il se souvint de Thonolan dévalant la pente du ravin... Le rugissement... et le lion des cavernes le plus terrifiant qu'il avait jamais vu.

– Thonolan! s'écria-t-il en jetant autour de lui des regards affolés, Thonolan!

Il n'y avait personne d'autre que la femme dans la caverne. Son cœur se serra. Il savait, mais il ne voulait pas le croire. Peut-être était-il dans une autre caverne non loin de là.

– Où est mon frère? Où est Thonolan?

Ayla se souvenait de ce son. Il l'avait répété si souvent pendant la nuit, dans la profondeur de ses cauchemars... Elle devina qu'il s'agissait de son compagnon et elle baissa la tête, démontrant ainsi respect et tristesse pour l'homme mort.

– Où est mon frère? hurla-t-il en lui prenant

le bras et en l'agitant brutalement. Où est Thonolan?

Ayla fut choquée par son accès de colère, par la puissance de sa voix. Ce déchaînement incontrôlé d'émotion la bouleversa. Les hommes du Clan ne se laissaient jamais aller à de tels emportements. Car la maîtrise de soi n'était autre que la mesure de la virilité. Elle lut le chagrin dans ses yeux, sa détermination à ne pas accepter la vérité dans la dureté de ses traits.

Elle secoua la tête et baissa les yeux. Il ne pouvait plus s'illusionner. Alors il la lâcha et ses épaules s'affaissèrent.

– Thonolan... Thonolan... pourquoi? Oh! Doni... Pourquoi avoir pris mon frère? implora-t-il d'une voix rauque. (Il tenta de résister à l'anéantissement de la désolation, mais il n'avait jamais connu pareil désespoir.) Grande Terre Mère, vous saviez pourtant que c'était le seul être que j'aimais... Thonolan...

Ayla comprenait la détresse, car elle n'en ignorait pas les ravages. Sans qu'elle sût comment c'était arrivé, elle le tenait dans ses bras, le berçant doucement tandis qu'il répétait inlassablement le nom de celui qu'il avait perdu. Comme il s'agrippait à elle, une force surpuissante monta en lui, et se répandit en sanglots, comme la lave du volcan. Longtemps son corps fut secoué de tremblements convulsifs. De profonds cris d'angoisse s'arrachaient de sa gorge et chaque respiration lui coûtait une agonie d'effort. Depuis son enfance, il ne s'était pas laissé aller ainsi. Un tel déploiement d'émotion n'était pas dans sa nature. Ses sentiments étaient si violents que très tôt, il avait appris à rester maître de lui en toutes circonstances. Mais la mort de Thonolan était plus qu'il ne pouvait supporter.

Serenio avait eu raison. Son amour, sa colère étaient d'une véhémence sans pareil. Sa mère, les garçons de son âge avaient été obligés de mettre une distance entre lui et eux parce qu'il aimait *trop fort*, qu'il exigeait trop d'eux. Seul son jeune frère avait su composer avec la puissance de ses sentiments, qui avait toujours fasciné les femmes. Jamais il ne s'était livré tout à fait à elles; chaque lien était superficiel et insatisfaisant pour lui. La seule qui eût pu être son égale – Zolena – avait choisi une autre voie.

Celle qui le tenait dans ses bras avait connu pareille angoisse. Plus d'une fois, elle avait tout perdu. Plus d'une fois, elle avait senti l'haleine glaciale du monde des Esprits sur son visage. Et pourtant, elle persévérait. Elle mesurait la profondeur de son chagrin.

Finalement, épuisé, il relâcha son étreinte et se coucha de côté, le regard perdu dans le lointain. Bientôt, il s'endormit.

Elle alla voir Crinière et son poulain avant de sortir sur la corniche. Brisée de fatigue, elle était pourtant soulagée. Elle avait eu si peur qu'il ne meure! Cette seule pensée fit renaître ses craintes. Elle se précipita dans la caverne pour s'assurer qu'il respirait encore. Elle remit la bouillie à chauffer sur le feu et prépara d'autres remèdes qu'elle lui administrerait quand il se réveillerait. Puis elle s'assit calmement sur la fourrure auprès de lui. Elle le considéra longuement. Elle voulait le toucher, passer ses doigts le long de sa mâchoire, sentir la douceur de ses sourcils. Brusquement, elle réalisa : ses joues étaient encore humides de larmes. Elle n'était donc pas la seule à qui cela arrivait. Elle se souvint du désarroi de Creb la première fois qu'il l'avait vue pleurer. Il avait cru qu'elle avait une poussière dans l'œil, car les membres du Clan ne pleuraient jamais. « Tous les yeux des Autres doivent couler », se dit-elle.

Sa longue nuit de veille et les émotions de la journée finirent par avoir raison d'elle. Elle s'endormit auprès de lui, au beau milieu de l'après-midi. Jondalar s'éveilla au crépuscule. Il avait soif et chercha quelque chose à boire, ne voulant pas la réveiller.

Alors, à son tour, il l'observa. Elle était couchée sur le dos, le visage tourné de l'autre côté. Il ne voyait que la courbe du cou, de la mâchoire, la forme du nez. Il se souvint de son accès de colère, de ses larmes. Il pensa à Thonolan et une douleur profonde l'envahit à nouveau. Il ferma les yeux très fort pour ne pas pleurer. Il ne fallait plus y penser. Il chercha à faire le vide dans son esprit. Il sombra dans un sommeil sans rêve. Lorsqu'il s'éveilla au milieu de la nuit, ses gémissements tirèrent Ayla de sa torpeur.

Le feu s'était éteint. A tâtons, elle rassembla des brindilles et du petit bois, trouva la pierre à feu et le silex.

Médusé, Jondalar regarda grandir les petites flammes rougeoyantes. Il n'arrivait pas à croire qu'elle ait pu faire un feu aussi vite, car à son réveil, il avait remarqué que plus aucune braise ne brillait dans l'obscurité.

Elle lui apporta la décoction d'écorce de saule qu'elle avait préparée plus tôt. Il se souleva sur un coude pour atteindre le bol, et bien que le mélange fût amer, il le but d'un trait pour apaiser sa soif. Il en reconnut le goût – tout le monde semblait connaître l'usage de l'écorce de saule –, mais il avait encore soif. Il retourna le bol pour indiquer qu'il était vide et le porta à ses lèvres. Elle comprit immédiatement, et lui tendit l'outre. Il but longuement, pendant qu'elle coulait dans une lampe de pierre de la graisse contenue dans une vessie. Elle y plaça une mèche de mousse et l'alluma avec une braise.

A la lumière, il examina ses blessures en soulevant la tête. Etait-elle vraiment une guérisseuse habile? Cette pensée l'inquiéta.

Lorsqu'elle retira l'emplâtre rougi de sang, son anxiété s'accrut. La lampe ne jetait qu'une pâle lumière sur sa jambe enflée, ne laissant pourtant aucun doute sur la gravité de la plaie. En y regardant de plus près, il vit les petits nœuds qui rapprochaient les deux lèvres de la plaie. Il ne s'y connaissait guère dans ce domaine mais il ne se souvenait pas d'avoir vu quiconque assembler ainsi une peau déchirée.

Tandis qu'elle préparait un nouvel emplâtre fait de feuilles, il l'observa. Il eût voulu lui demander de quelles feuilles il s'agissait, lui parler, comprendre ce qu'elle était en train de faire. Mais elle ne parlait aucun des langages qu'il connaissait. En réalité, maintenant qu'il y pensait, il ne l'avait pas entendue prononcer une seule parole. Comment pouvait-elle être guérisseuse si elle ne parlait pas? Cependant, elle avait l'air de savoir ce qu'elle faisait et les soins qu'elle lui prodigua atténuèrent la douleur.

Alors, il se détendit et la laissa éponger son corps trempé de sueur. Que pouvait-il faire d'autre?

– Ça sent bon! dit-il quand elle lui apporta la bouillie dans laquelle elle avait ajouté quelques morceaux de viande.

Le son de sa propre voix le fit tressaillir. Elle ne réagit même pas. Quand il avait rencontré les Sharamudoi pour la première fois, ils ne s'étaient pas compris mais des efforts avaient été faits, de part et d'autre, pour tenter de communiquer. La femme quant à elle se contentait de lui jeter des coups d'œil gênés et perplexes. Il lui semblait qu'en réalité, elle n'avait aucun désir d'échanger quoi que ce soit avec lui, en dehors des soins.

Il se ravisa; ce n'était pas tout à fait le cas. Ils avaient communiqué. Elle lui avait donné de l'eau quand il le lui avait demandé. Elle avait partagé sa peine, s'était montrée compatissante.

– Je sais que tu ne me comprends pas, reprit-il sur un ton hésitant. Qui es-tu? Où sont les tiens? Pourquoi refuses-tu de parler?

Elle le regarda, muette.

Une pensée étrange s'insinua alors dans son esprit. Il se souvint du soir où, assis auprès du feu en compagnie du Shamud, il l'avait écouté parler de certaines épreuves que devaient subir ceux qui se voulaient Grands Serviteurs de Doni. Des périodes de silence! D'abstinence! De jeûne!

– Tu vis seule ici? dit-il encore.

Ayla lui jeta un bref coup d'œil et baissa les yeux. Il regardait autour de lui tout en continuant à proférer ces sons étranges. Elle remplit un bol d'infusion de datura et revint s'asseoir devant lui, la tête baissée, afin qu'il lui donne une tape sur l'épaule l'autorisant à communiquer avec lui. Mais il n'en fit rien. Finalement elle leva les yeux et découvrit qu'il la regardait curieusement. « Il ne sait pas! Il ne comprend pas ce que j'attends de lui! Il ne connaît pas ce signal. Mais alors, songea-t-elle, comment allons-nous communiquer s'il ignore le sens de mes gestes, puisque moi je ne connais pas les sons qu'il prononce? »

Elle avait parlé le langage elliptique du Clan car elle avait totalement oublié les paroles qu'elle avait apprises toute petite.

« Mais ceux du Clan m'ont maudite, se dit-elle.

Plus jamais je ne retournerai vivre avec eux. C'est avec les Autres que je dois vivre à présent. Il me faut apprendre leur langage. Est-ce pour cette raison que mon Totem m'a incitée à rester ici si longtemps? Pour qu'un homme vienne m'apprendre leur langage? » Elle frissonna.

Jondalar poursuivait son monologue, posant des questions auxquelles il n'attendait aucune réponse, juste pour entendre le son de sa propre voix. Il croyait avoir deviné la raison de son silence. La jeune femme était sans nul doute au service de la Grande Terre Mère. Cela expliquait tant de choses : ses talents de guérisseuse, son pouvoir sur la jument, sa vie solitaire, peut-être même la façon dont elle l'avait trouvé et ramené jusqu'ici.

Il se rendit compte à présent que s'il avait prêté plus d'attention aux paroles du vieux guérisseur, il aurait su que Thonolan allait mourir – ne lui avait-il pas dit aussi que son frère le conduirait où il devait aller?

Ayla avait réfléchi à un moyen de lui faire comprendre qu'elle souhaitait apprendre son langage. Elle s'était alors souvenue de la façon dont Creb lui avait enseigné ses premiers mots en lui désignant des objets. Elle se redressa bravement, le fixa droit dans les yeux et, se frappant la poitrine de la main, elle dit :

– Ayla.

Jondalar écarquilla les yeux.

– Tu te décides enfin à parler. Est-ce ton nom? Ayla.

– Ayla, répéta-t-elle.

Elle avait une voix étrange, prononçant les mots comme si elle les avalait. Il avait mal répété son nom. Elle le reconnut à peine. Anxieuse de connaître le sien, elle le désigna du doigt à son tour.

– Jondalar, dit-il. Jondalar du Clan des Zelandoni.

C'était trop long. Elle n'avait pas tout perçu.

– Jondalar, répéta-t-il plus lentement.

Elle s'efforça de placer sa bouche dans la même position que la sienne, sans y parvenir tout à fait.

– Gdala.

Il sourit. Il avait souri! Personne dans le Clan ne souriait ainsi sauf Durc. Ravie, elle l'imita.

– Oh! femme, s'exclama-t-il. Tu ne parles pas mais tu es si séduisante quand tu souris!

Pour la première fois, il la vit comme une femme, une femme qu'il désirait, et son regard le trahit.

Ayla remarqua la changement dans ses yeux qui se teintèrent de violet. Elle ne comprit pas de quoi il s'agissait, mais son corps le sentit. Le cœur palpitant, elle détourna les yeux à contrecœur.

– Je crois que tu es timide, remarqua Jondalar en adoucissant l'intensité de son regard.

Elle lui faisait penser à une femme avant ses Premiers Rites. Il sentit le désir naître en lui, puis la douleur lancinante qui lui déchirait la cuisse reprit le dessus. Il s'allongea, désireux d'oublier cette douleur, ce chagrin qui l'oppressait.

Ayla attisa le feu et sortit sur la corniche. Après tout ce temps – combien de phases de lune étaient passées! – elle n'était plus seule. Un homme des Autres. Du revers de la main, elle essuya les larmes qui coulaient sur ses joues. « Les Autres sont bien mes semblables, comme Creb me l'avait dit. Iza m'avait dit de trouver les miens, un compagnon. Est-il ce compagnon? Mon Totem l'a-t-il amené à moi? Mon Totem! Le Lion des Cavernes. » N'était-ce pas Lionceau qui l'avait découvert? L'homme ne portait-il pas maintenant sur sa cuisse... Il avait été éprouvé et marqué par l'Esprit du Lion des Cavernes, tout comme elle. Cela signifiait qu'il pouvait être son compagnon. Un homme dont le totem était le Lion des Cavernes était assez fort... pour vaincre le sien et lui permettre d'avoir un autre enfant. Elle fronça les sourcils. « Et s'il ne voulait pas de moi? Broud ne m'aimait pas du tout. Et pourtant... Mais je suis si grande et si laide. Pourquoi me choisirait-il comme compagne? Il en a peut-être déjà une. Et s'il souhaitait partir? Il ne peut pas partir. Il doit m'apprendre ses mots. Accepterait-il de rester si je pouvais communiquer avec lui?

« Je les apprendrai. J'apprendrai tous ses mots. Il ne peut pas partir. Je suis restée seule assez longtemps. »

Prise de panique, elle voulut retourner auprès de lui mais elle se ravisa. La nuit se teintait de bleu. Le jour n'allait pas tarder à se lever. Elle décida d'aller chasser et se demanda où elle avait laissé sa fronde. Un homme accepterait-il qu'elle se serve d'une telle arme? Elle descendit sur la plage et plongea dans la rivière pour s'éclaircir les idées.

Ayla pénétra dans la caverne, portant un panier dans lequel était disposée une truite grillée. Elle lui sourit, surprise de le trouver éveillé. Pendant qu'il mangeait, elle refit de la tisane d'écorce de saule pour soulager sa douleur. Quand il fut rassasié, elle lui tendit un bol contenant les premières fraises des bois qu'elle avait pu trouver. Ayla fut enchantée de voir qu'il prenait du plaisir à manger.

Puis elle le découvrit pour examiner ses blessures. Les plaies de la poitrine et des bras étaient presque guéries. En revanche, la jambe l'inquiétait.

Elle retira l'emplâtre et fut soulagée de voir que les feuilles de chou sauvage avaient quelque peu réduit l'enflure, comme elle l'avait espéré. En dépit de la gravité de la plaie, la jambe avait presque récupéré sa forme normale, mais il lui resterait sans doute une marque importante et un certain degré de déformation. Elle était assez contente d'elle.

C'était la première fois que Jondalar voyait sa jambe à la lumière du jour et il n'était pas content du tout. Il pâlit d'angoisse à l'idée de ne jamais pouvoir remarcher. Ces petits nœuds qui couraient tout le long de la plaie n'étaient pas faits pour le rassurer. Il lui parla, lui demandant comment elle avait acquis son savoir de guérisseuse. Elle reconnut son nom, et rien d'autre.

Il pensait à la nourriture qu'elle avait préparée. De toute évidence, elle savait prendre soin d'elle-même. Dans le fond de la caverne, du grain avait été emmagasiné. Elle vivait donc là depuis longtemps, comme en témoignaient aussi le noir de fumée au-dessus du feu et le sol bien battu. En examinant de plus près ce qui l'entourait, il vit que si elle disposait de nombreux outils et ustensiles : bols, paniers, ils étaient en revanche très simples et sans décoration, quoique bien façonnés. Il étudia le bol dans lequel il avait bu l'infusion. Il semblait avoir été conçu de façon à suivre la forme suggérée par le grain. Les nœuds du bois et les courbes du récipient composaient le visage d'un petit animal. Etait-ce volontaire? Il préférait cela à certaines formes sculptées plus compliquées. Le bol en lui-même était profond, symétrique, agréablement poli, même à l'intérieur. Le bois noueux était difficile à travailler. Cela avait dû lui prendre des jours entiers.

Il leva les yeux quand elle entra, chargée de bois, et secoua la tête à la vue de son enveloppe de peau si primitive, sans le moindre assemblage. Pourtant cette femme avait eu l'idée de mettre bord à bord les deux côtés de la blessure.

Sans vraiment y prêter attention, il la regarda préparer le feu. Il s'était demandé pourquoi elle n'avait pas apporté une braise du feu qu'elle avait fait dehors pour cuire le poisson. Sans doute l'avait-elle laissé s'éteindre par mégarde. Le feu crépitait déjà joyeusement avant qu'il ait eu le temps de comprendre comment elle s'y était prise.

– Par le Grand Doni! Comment as-tu fait du feu aussi vite?

Elle se retourna et le considéra d'un air étonné. Il répéta sa question. C'était inutile. Elle ne comprenait pas.

– Viens ici, Ayla, dit-il en lui faisant signe d'approcher.

Elle s'exécuta de suite. C'était la première fois qu'il lui adressait un geste. Elle fronça les sourcils, attentive, dans l'espoir de saisir ce qu'il disait.

– Ce feu? Comment l'as-tu fait?

– Ff...? souffla-t-elle en désignant le feu.

Puis elle se leva et, s'approchant des flammes, elle répéta :

– Ff...

Il poussa un profond soupir et se rallongea, déçu, épuisé. Ayla, elle, était ravie. Elle savait déjà un mot. Un seul. Mais c'était un début.

– Gdala?

Il ouvrit les yeux.

– Ffe?

– Feu, c'est un feu, répondit-il un peu exaspéré en hochant la tête.

« Que me veut-elle à présent? » Elle était allée chercher une brindille de bois et la lui tendit, l'air interrogateur.

Il la considéra quelques instants, perplexe. Puis il

comprit. Elle essayait de parler. Etait-ce la raison pour laquelle elle avait été si silencieuse? Parce qu'elle ne savait pas parler?

Il toucha la brindille du bout des doigts.

– Bois, dit-il.

Elle retint son souffle. Avait-elle compris? Ses yeux se posèrent sur le bol. Elle le ramassa et le brandit à son tour.

– Bois, répéta-t-il.

– Oua, dit-elle, le cœur battant.

– Tu veux donc apprendre à parler maintenant? Qui es-tu, Ayla? Comment peux-tu faire tant de choses et ne pas savoir parler?

Elle s'était assise sur la fourrure devant lui, les yeux fermés, se répétant à elle-même les deux mots qu'elle avait appris de peur de les oublier.

– Si je veux te comprendre un jour, il faut d'abord que je t'apprenne à communiquer.

Il prit l'outre et fit couler un mince filet d'eau.

– Eau, dit-il.

– Eu!

– Eau.

– Eu?

20

Ils avaient passé une journée entière à répéter des mots qu'elle lui avait redits le lendemain sans aucune hésitation. En revanche, la prononciation lui était difficile. Il aimait pourtant sa voix basse, teintée d'un accent étrange et s'était décidé à ne pas essayer de lui faire prononcer les mots correctement pour l'instant. Les choses abstraites aussi étaient compliquées – ainsi elle voulait un mot différent pour chaque nuance de vert, ne comprenant pas comment on pouvait utiliser le même mot pour les épines de pin et les pâles feuilles des saules. Quand finalement elle saisissait une abstraction, il avait l'impression qu'elle se souvenait d'un passé très lointain.

En réalité, Ayla était douée d'une mémoire prodigieuse, et d'une volonté telle que ses progrès étaient considérables. Mais à mesure que la communication s'améliorait entre eux, le mystère grandissait : plus il la découvrait, plus il brûlait de lui poser des questions. Elle était extraordinairement habile et éclairée d'un côté, totalement naïve et ignorante de l'autre. Certaines de ses méthodes, la façon dont elle faisait du feu par exemple, étaient plus avancées que ce qu'il avait pu voir jusque-là; d'autres étaient incroyablement primitives.

Une chose était sûre pourtant : que son Clan se trouve ou non à proximité, elle était parfaitement capable de subvenir à ses propres besoins, et aux siens, ajouta-t-il mentalement, comme elle tirait la couverture de fourrure pour examiner sa plaie.

Toute la nuit, elle s'était inquiétée à l'idée de retirer les nœuds. Elle était presque certaine que la plaie ne se rouvrirait pas, mais elle ignorait ce qui pouvait se passer. Depuis plusieurs jours déjà, elle avait songé à enlever les fils de tendon, mais c'était l'inquiétude de Jondalar qui l'avait finalement décidée.

Elle se pencha sur la jambe, regardant les nœuds attentivement. Avec infiniment de soin, elle en tira un. La peau avait repoussé autour et elle se demanda si elle n'avait pas attendu trop longtemps.

D'un coup sec, elle coupa l'attache aussi près du nœud que possible. Après quelques petites secousses hésitantes, elle comprit que l'entreprise n'allait pas être facile. Finalement, elle saisit le nœud entre ses dents et tira d'un mouvement brusque.

Jondalar grimaça de douleur. Elle était désolée de lui faire mal. Mais la cicatrice avait tenu bon. Une petite goutte de sang avait perlé à l'endroit où la peau s'était déchirée légèrement, mais le système avait fonctionné. La souffrance n'était qu'un faible tribut! Elle retira rapidement les autres fils : à chaque fois, Jondalar serrait les dents et les poings pour ne pas hurler.

Ayla était déterminée à l'autoriser à poser la jambe par terre et à sortir de la caverne dès le lendemain s'il n'y avait aucune détérioration de la plaie d'ici là. Elle ramassa la lame, prête à se relever.

Jondalar la retint.

– Montre-moi cette lame! lui dit-il en la lui désignant.

Elle la lui tendit et regarda par-dessus son épaule tandis qu'il l'examinait.

– Ce n'est même pas une lame. Cet objet a été confectionné avec un éclat de silex. Habilement, mais la technique est primitive. Il n'y a même pas de manche. Elle a simplement été retouchée sur l'autre face pour ne pas couper la main. D'où sors-tu cela, Ayla? Qui l'a façonnée?

– Ayla fait.

Elle savait qu'il faisait des observations sur la qualité et la façon de l'objet et elle eût voulu lui expliquer qu'elle n'était pas aussi habile que Droog, mais que c'était de lui, le meilleur tailleur de silex du Clan, qu'elle tenait son savoir.

Jondalar étudiait la lame avec attention, visiblement surpris. Elle voulait parler des mérites de l'outil, de la qualité de la pierre, mais c'était impossible. Elle ne connaissait pas les mots qu'il fallait pour les concepts qu'elle désirait exprimer, et cela lui était insupportable. Elle brûlait d'envie de lui parler de tant de choses...

Jondalar se réveilla tôt. Il faisait encore sombre dans la caverne mais le ciel bleuâtre annonçait l'aube. Songeur, il regarda le jour se lever, dévoilant un à un les aspérités et les creux de la paroi en face de lui. Les yeux fermés, il les voyait tout aussi clairement, car ils s'étaient gravés dans sa mémoire. Il était déterminé à sortir ce jour-là, ne serait-ce que pour voir autre chose. Sur le point de secouer la femme qui dormait auprès de lui, il se ravisa.

Elle dormait sur le côté, pelotonnée dans ses fourrures. Elle se couchait toujours tout habillée, prête à se lever si besoin était. Elle roula sur le dos et il l'étudia soigneusement, essayant de trouver certaines caractéristiques particulières susceptibles de l'informer sur ses origines.

Son ossature, la forme de son visage et de ses pommettes avaient quelque chose d'étranger par rapport aux femmes zelandoni, mais en dehors du fait qu'elle était extraordinairement belle, il n'y avait rien de spécial dans son apparence. Elle tressait ses cheveux bizarrement, mais il avait déjà vu des femmes coiffer leurs cheveux de façon comparable. Quelques mèches s'étaient détachées de la masse entourée d'une lanière et elle se les était glissées derrière les oreilles. Il remarqua une petite tache de charbon sur sa joue. Soudain, il se rendit compte que depuis qu'il avait repris connaissance, elle ne l'avait pour ainsi dire pas quitté. Jamais personne n'avait aussi bien pris soin de lui.

Ses pensées furent interrompues lorsque Ayla ouvrit les yeux et poussa un petit cri de surprise en le voyant si près.

Elle n'avait pas l'habitude de découvrir un visage humain à son réveil, surtout avec des yeux bleus si brillants et une barbe blonde et broussailleuse. Elle se redressa si rapidement qu'elle en fut tout étourdie. Très vite, elle reprit contenance et se leva pour attiser le feu. Mais il était éteint. Une fois encore, elle avait oublié de le recharger. Elle rassembla du bois et des brindilles pour le rallumer.

– Veux-tu me montrer comment tu fais du feu, Ayla ? lui demanda Jondalar, comme elle cherchait ses pierres.

Cette fois-ci, elle le comprit.

– Pas difficile, dit-elle, en rapprochant tout son petit équipement de la couche. Ayla montre.

Elle lui fit voir la façon dont elle frottait les deux pierres l'une contre l'autre, puis elle empila quelques morceaux d'écorce fibreuse et des herbes sèches avant de lui tendre le silex et l'autre caillou.

Il reconnut le silex immédiatement et il se souvint d'avoir vu des pierres semblables à l'autre, mais jamais il n'aurait pensé à les utiliser pour quoi que ce soit, et surtout pas pour faire du feu. Il les heurta l'une contre l'autre, imitant son geste. Il crut voir une étincelle. Incrédule, il répéta l'action. Bien qu'il eût assisté plusieurs fois à cet étrange rituel, il se refusait à croire que l'on puisse allumer un feu avec de simples pierres. Il frappa à nouveau les deux cailloux et un long éclair surgit entre les deux surfaces polies. Il tressauta, puis, intrigué, il recommença. Au bout de maintes tentatives et avec l'assistance d'Ayla, il parvint à allumer un petit feu près de sa couche.

– Qui t'a appris à faire du feu ainsi?

Elle comprenait sa question, mais elle ne savait comment lui répondre.

– Ayla fait, balbutia-t-elle.

– Oui, Jondalar sait. Mais qui t'a montré?

– Ayla... montre.

Comment lui expliquer ce qui s'était passé ce jour-là sur la plage quand le feu s'était éteint, sa hache, brisée, et qu'elle avait découvert ce qu'elle appelait la pierre à feu? Elle se prit la tête dans les mains et réfléchit un moment, puis leva vers lui un regard désolé.

– Ayla parle pas bon.

Il sentit combien elle était déçue.

– Bientôt, tu parleras, Ayla. Alors, tu me diras. Quelle extraordinaire femme tu es! Aujourd'hui je sors de la caverne, non? ajouta-t-il en souriant.

– Ayla voit...

Elle tira les couvertures et examina sa jambe attentivement. De petites croûtes s'étaient formées à l'endroit où elle avait retiré les fils. La plaie était presque cicatrisée. Il était temps de lui faire faire quelques pas pour évaluer l'impact de la blessure.

– Don-da-lah dehors.

Jamais elle n'avait vu un pareil sourire. Il se sentait comme un jeune garçon en route pour le Grand Rassemblement de l'Eté après un interminable hiver. Sa joie la gagna à son tour. Elle lui rendit son sourire.

Avant de sortir, elle prépara rapidement une bouillie de grain pour eux et pour les chevaux. Jondalar la suivit des yeux. Il l'avait déjà observée auparavant quand elle s'occupait de ses compagnons, mais pour la première fois, il remarqua qu'elle émettait d'étranges sons assez comparables aux hennissements des chevaux, saccadés, guturaux, et qu'elle accompagnait cet étrange monologue de gestes et de signes qui n'avaient aucun sens pour lui. Jusque-là, il n'y avait même pas prêté attention. Il ne savait pas que ces mouvements faisaient en réalité partie du langage dont elle se servait pour communiquer avec la jument. Bizarrement pourtant, il sentit qu'elle parlait à l'animal et il eut l'impression tout aussi nette que l'animal la comprenait.

Il se demanda par quelle magie elle avait réussi à capturer ces bêtes. Il avait la sensation d'être lui-même captivé. Il fut ravi de la voir s'approcher de lui en compagnie des deux animaux. Il n'avait jamais touché un cheval vivant auparavant. Comment pouvaient-ils être aussi confiants en présence d'humains? Le poulain surtout semblait si à son aise, si joueur...

Jondalar avait entendu parler de certains Zelandoni capables d'attirer les animaux vers les chasseurs, parfois même en imitant leurs sons. Mais il n'avait jamais vu qui que ce soit parler à un animal, ou vivre en sa compagnie. Grâce à Ayla, une jument avait mis bas sous ses yeux; elle l'avait même laissé toucher le petit.

Soudain, émerveillé quoiqu'un peu apeuré, il prit conscience de l'extraordinaire pouvoir de cette femme. Qui était-elle? Tandis qu'elle s'approchait de lui, le sourire aux lèvres, elle ressemblait à une femme ordinaire. Une femme ordinaire qui parlait aux chevaux mais pas aux humains.

– Don-da-lah dehors?

Il avait presque oublié. Son visage s'illumina de joie et avant même qu'elle ait eu le temps de le rejoindre, il tenta de se mettre sur pied. Son enthousiasme fut de courte durée. Il était encore très faible et le moindre mouvement lui était infiniment douloureux. En proie au vertige, il sentit une vague de nausée monter en lui, puis elle passa. Ayla regarda son sourire se transformer en grimace de douleur à mesure qu'il pâlissait.

– Je vais avoir besoin d'un peu d'aide, dit-il, en se forçant à sourire.

– Ayla aide, dit-elle en lui présentant l'épaule pour qu'il y prenne appui et la main pour l'aider à se mettre debout.

Au début, il n'osa pas s'appuyer trop fort sur elle, mais comme elle ne bronchait pas et qu'elle semblait très bien résister, il accrut la pression peu à peu.

Lorsque finalement il fut debout, appuyé contre la paroi, tout son poids sur sa bonne jambe, Ayla le regarda, médusée, les yeux écarquillés. Elle lui arrivait à peine au menton. Jamais elle n'avait vu un homme aussi grand. Elle le dévisagea ouvertement. A première vue, il lui avait paru très jeune. Mais sous cet angle, il lui apparut soudain tel qu'il était – puissant, mûr.

– Maintenant, allons dehors, dit-il.

Consciente de leur proximité et de sa nudité, Ayla balbutia :

– Don-da-lah besoin... tunique... protection, ajouta-t-elle en désignant son sexe.

Ce mot-là non plus, il ne lui avait pas appris. Alors, pour une raison qu'elle ne put s'expliquer, ses joues s'enflammèrent.

Elle avait déjà vu beaucoup d'hommes et de femmes nus. Le problème n'était pas là. Elle pensait qu'il avait besoin de se protéger non pas des éléments, mais des mauvais esprits. Elle savait que les hommes du Clan n'aimaient pas sortir de la caverne sans couvrir leur sexe. Elle ne comprenait pas pourquoi elle avait si chaud, brusquement, pourquoi elle sentait ses jambes flageoler sous elle.

Jondalar considéra sa nudité d'un air perplexe. Lui aussi avait certaines superstitions concernant son sexe mais il n'avait jamais été question de se couvrir pour se protéger des mauvais esprits. Si un ennemi méchant incitait un Zelandoni à lui faire du mal ou si une femme lui jetait un mauvais sort, à ses yeux, ce n'était pas une simple tunique qui allait le préserver de leurs forces néfastes.

Mais il avait appris qu'il est sage lorsqu'on voyage de prêter attention aux subtiles suggestions qui vous sont faites, de manière à ne pas offenser ses hôtes. Il avait vu son geste et sa réaction. Il comprit qu'elle s'opposait pour une raison ou pour une autre à ce qu'il sorte ainsi. Tout à coup, il se rendit compte de l'image qu'il devait lui renvoyer, debout sur une jambe, nu, si pressé de remettre le nez dehors qu'il n'avait pas même songé à se vêtir. Il éclata d'un grand rire.

Comment Jondalar aurait-il pu s'imaginer l'effet que sa bonne humeur eut sur Ayla? Pour lui, rire était aussi naturel que respirer. Mais Ayla avait grandi au milieu d'êtres qui ne riaient jamais et qui l'avaient considérée avec tant de méfiance les premières fois qu'elle avait ainsi manifesté sa joie qu'elle avait finalement appris à se retenir, afin de mieux s'adapter à ce milieu qui allait être le sien pendant si longtemps. C'était une des rançons de sa survie. Lorsque son fils était venu au monde, elle avait retrouvé ce bonheur, puisqu'il avait hérité de ce trait de sa personnalité. Elle savait qu'il risquait d'en souffrir, mais lorsqu'ils étaient seuls, elle ne pouvait résister à l'envie de le chatouiller pour l'entendre s'esclaffer.

Mais jamais elle n'avait pensé que quelqu'un

d'autre pût rire. La spontanéité, la liberté, le bonheur qui émanaient de Jondalar l'incitèrent à l'imiter. Il semblait éprouver une telle joie à rire ainsi que, dès cet instant, elle fut fascinée. Il était impossible d'y résister.

Elle ne résista pas. Il n'y avait rien de très drôle. Elle riait parce que Jondalar riait.

– Don-da-lah, demanda-t-elle quand elle se fut un peu calmée, quel est le mot pour ha-ha-ha?

– Rire, répondit-il, ayant encore du mal à retrouver son sérieux.

– Ayla rire. Ayla aime rire, prononça-t-elle avec application.

– Jondalar aime sortir, renchérit-il, bouillant d'impatience. Où sont mes tuniques?

Du fond de la caverne, Ayla extirpa la pile de vêtements qu'il portait le jour où elle l'avait découvert. Ils étaient découpés, déchirés par les griffes du lion et tachés de sang. Des coquillages et des plumes s'étaient décrochés de la chemise richement brodée. En les voyant, Jondalar frissonna.

– Mes blessures étaient graves, dit-il en tendant devant lui une des tuniques raidies par son propre sang. Je ne peux pas mettre ça.

Ayla pensait la même chose. Elle retourna dans la pénombre, au fond de la caverne, et en revint, brandissant fièrement une peau jamais utilisée et frangée dont elle entreprit d'entourer sa taille, à la manière des hommes du Clan.

– Je peux faire, Ayla, lui dit-il en passant un pan du matériau entre ses jambes avant de le glisser sous une lanière à la taille.

Puis il s'appuya sur son épaule et précautionneusement il posa son pied par terre. Il eut si mal qu'il commença à douter de pouvoir y arriver. Mais elle lui fit signe de poursuivre son effort en prenant appui plus fortement sur elle. Il boitilla ainsi laborieusement jusqu'à l'entrée de la caverne, puis jusqu'au rebord de la corniche.

Elle le laissa là et retourna chercher une natte de paille tressée et une fourrure, qu'elle installa à une petite distance de lui, à l'endroit où la perspective sur la vallée était la plus belle. Puis elle revint vers lui. Il était fatigué, hébété de douleur et il fut soulagé de pouvoir enfin se rasseoir.

Alors, il examina les environs. Crinière et son petit broutaient dans une prairie en contrebas. La vallée était un havre de végétation luxuriante tapi au milieu d'une gigantesque étendue de steppes arides. Jamais il n'aurait pensé qu'un pareil endroit pût exister. Il se tourna vers l'étroite gorge en amont et la plage de galets. Mais rapidement son attention fut à nouveau attirée par la verte vallée qui s'étendait en aval jusqu'au coude de la rivière.

Sa première conclusion fut qu'Ayla vivait seule. Il n'y avait pas une seule autre habitation en vue.

Elle resta assise quelque temps auprès de lui, puis elle disparut et revint les mains pleines de grain. Elle émit un son puissant, mélodieux, en arrondissant les lèvres tout en jetant autour d'elle son butin. Subjugué, Jondalar vit plusieurs oiseaux approcher pour picorer le grain qui jonchait la petite corniche. Bientôt, la jeune femme fut entourée de dizaines d'oiseaux, de tailles et de couleurs variées, qui tournoyaient, en piaillant et en agitant leurs ailes joyeusement, tout en picorant leur nourriture avec de petits mouvements saccadés.

Leurs chants – trilles, gazouillements, pépiements – remplissaient l'air comme ils se disputaient leur part en déployant leurs ailes duvetées. Incrédule, Jondalar s'aperçut bientôt que la femme dialoguait avec chacun des oiseaux en imitant son cri. Parfois, l'un d'entre eux se perchait sur sa main et restait ainsi suffisamment près de Jondalar pour qu'il puisse presque le toucher.

Quand toutes les graines eurent disparu, la plupart des oiseaux s'en furent. Un merle pourtant s'attarda pour chanter avec Ayla. Elle imitait à la perfection la riche mélodie de son cri. Jondalar prit une profonde inspiration quand il s'envola. Il avait retenu son souffle aussi longtemps pour ne pas interrompre la scène.

– Où as-tu appris cela, Ayla? Je n'ai jamais vu des oiseaux d'aussi près auparavant.

Elle lui sourit, énigmatique, ne comprenant pas vraiment sa question. Elle siffla un autre chant dans l'espoir qu'il lui indique le nom de l'oiseau. Mais une pensée étrange venait de traverser l'esprit de Jondalar, qui la considérait à présent les sourcils froncés. Elle imitait mieux le chant des oiseaux que le Shamud avec sa flûte! Etait-il possible qu'elle communique ainsi avec les esprits de la Grande Terre Mère, par l'intermédiaire des oiseaux? Un nouveau venu s'était posé à ses pieds. Il l'examina avec prudence.

Mais le plaisir de revoir le soleil, de sentir la brise sur son visage et de laisser errer son regard sur la vallée fit que ses appréhensions se dissipèrent rapidement. Ayla aussi était joyeuse parce qu'elle était heureuse d'être en sa compagnie. Il était si difficile de croire qu'il était bel et bien là, assis au bord de la corniche, qu'elle osait à peine cligner des yeux, de peur qu'il ne soit parti quand elle les rouvrirait.

Comme le soleil approchait de son zénith, Ayla décida d'aller nager pour se rafraîchir. Elle avait abandonné l'habitude de prendre un bain chaque matin pour ne pas le laisser seul trop longtemps. Mais il avait l'air d'aller tellement mieux à présent!

Et s'il avait besoin de quelque chose, il pouvait toujours l'appeler.

– Ayla nager, dit-elle simplement avant de s'éloigner.

Jondalar regretta amèrement de ne pas pouvoir l'accompagner. Bientôt, elle disparut de sa vue. Il la vit nager et admira l'aisance de ses brasses longues et puissantes. Ensuite, elle alla s'étendre, hors de sa vue, sur un rocher chauffé par le soleil et y rêvassa jusqu'à ce que ses cheveux soient secs.

Jondalar regardait dans la direction opposée lorsque Ayla commença à remonter le petit chemin escarpé qui menait à la caverne. Il l'entendit et se retourna, content de la voir revenir et de pouvoir bientôt se soustraire à la chaleur du soleil qui l'oppressait un peu. Lorsqu'il l'aperçut, il en eut le souffle coupé. Elle était nue.

Les rayons dorés du soleil illuminaient sa peau cuivrée, accentuant encore la perfection de ses muscles allongés et puissants. Ses jambes étaient remarquablement modelées. Quatre petites cicatrices parallèles striaient l'une de ses cuisses. D'où il se tenait, il vit aussi la rondeur de ses petites fesses fermes et au-dessus de la toison dorée de son pubis, son ventre plat, ne portant que quelques marques légères d'une grossesse. Une grossesse? Ses seins lourds mais joliment formés et aussi hauts que ceux d'une adolescente montraient des aréoles roses, petites mais saillantes. Elle avait de longs bras gracieux bien qu'incroyablement puissants.

Ayla avait grandi parmi des humains qui étaient forts parce qu'il ne pouvait en être autrement. Pour accomplir les tâches qui leur revenaient – porter des poids, apprêter des peaux, couper du bois –, les femmes du Clan devaient acquérir une grande force musculaire. La chasse n'avait fait qu'ajouter à son développement physique. Pour survivre seule, elle avait dû consentir des efforts plus importants encore.

Ayla était sans doute la femme la plus robuste que Jondalar ait jamais vue. Il comprenait à présent comment elle arrivait à le soulever et à le soutenir aussi aisément. C'était aussi le plus beau corps qu'il lui avait été donné d'admirer de sa vie. Mais plus que par cette remarquable sculpture qu'était son corps, il fut bouleversé par la beauté de son visage, car il ne l'avait jamais vu en plein jour.

Elle avait un long cou, avec une petite cicatrice fine près de la gorge, un menton gracieux, une bouche aux lèvres pleines, un nez droit et étroit, des pommettes plutôt saillantes et des yeux gris-bleu grands et expressifs. Ses traits finement ciselés et très harmonieux étaient encore adoucis par les longs cils et les sourcils nettement dessinés, légèrement plus sombres que les vagues de cheveux blonds tombant en cascade dans son dos et étincelant au soleil.

– Par notre Mère des Plénitudes! s'exclama-t-il.

Elle était d'une beauté éblouissante. Pourquoi cachait-elle des formes aussi spectaculaires sous cette peau de bête informe? Pourquoi dissimuler une masse de cheveux aussi brillants? Et lui qui pensait qu'elle était simplement jolie! Comment avait-il pu être aussi aveugle?

Son excitation devint clairement visible quand elle fut auprès de lui. Il avait envie d'elle comme il n'avait jamais désiré une femme auparavant. Lorsqu'elle se pencha pour examiner sa plaie, craignant qu'elle ne soit restée trop longtemps exposée au soleil, et qu'il sentit l'odeur de sa peau chaude, il fut sur le point de la prendre. Si sa jambe ne l'avait pas gêné, il l'aurait fait.

– Don-da-lah rentrer, dit-elle.

Puis elle hésita, médusée par le magnétisme animal de son regard. Son cœur se mit à battre la chamade et elle eut l'impression que le sol se dérobait sous elle. Elle tremblait et, confuse, elle serra les jambes, sentant une vague de chaleur envahir simultanément son visage et son ventre.

Elle n'arrivait pas à comprendre ce qui lui arrivait. Finalement, elle put détacher son regard du sien et ses yeux se posèrent alors sur la peau que Jondalar avait revêtue avant de sortir de la caverne et qui ne dissimulait plus son sexe en érection. Elle ressentit un désir impérieux de tendre la main, de le toucher. Elle ferma les yeux, inspira profondément, pour tenter de mettre fin à ce tremblement qui l'agitait. Lorsqu'elle les rouvrit, elle évita son regard.

– Don-da-lah rentrer, répéta-t-elle.

Comme elle le soutenait pour retourner à l'ombre de la caverne, son corps était si proche du sien qu'il sentit son désir s'accroître encore. Elle l'installa sur sa couche, rapidement, et ressortit précipitamment. Quand elle revint, elle ranima le feu et prépara une infusion qu'elle lui apporta. Elle s'agenouilla à côté de lui, les yeux baissés, lui tendant le bol. La marche avait ravivé la douleur, pourtant il ne put s'empêcher de poser la main sur sa cuisse. Elle faillit lâcher le bol. Avec une lenteur infinie, il lui caressa la cuisse, du genou jusqu'à la hanche.

Immobile, rigide et pourtant offerte, Ayla le laissa faire, transportée dans un autre monde par le contact de sa main sur sa peau. Lorsqu'il tendit la main vers la pointe de son sein, elle ne put retenir un faible gémissement.

L'expression outrée de son regard surprit Jondalar. N'était-il pas parfaitement naturel qu'un homme désire toucher une femme aussi belle? Il retira sa main, ne sachant que penser. Elle se comportait comme si personne ne l'avait jamais caressée ainsi. Pourtant elle était femme... et ces marques sur son ventre démontraient qu'elle avait porté la vie bien qu'elle n'eût pas d'enfant avec elle. Certes, elle ne serait pas la première femme à avoir perdu un enfant, mais elle avait dû connaître les Premiers Rites pour pouvoir honorer Doni.

Ayla ressentait encore les effets de sa caresse. Elle ne comprenait pas pourquoi il s'était interrompu. Troublée, elle se leva pour s'éloigner de lui.

« Peut-être ne me désire-t-elle pas? » se dit Jondalar. Mais alors pourquoi s'approcher autant de lui, surtout quand son désir était si évident? Pourtant, elle n'avait rien fait pour l'encourager. De fait, elle avait tout juste eu l'air de se rendre compte de l'effet qu'elle avait sur lui. Etait-elle à ce point blasée de l'impact qu'avait sa beauté sur les hommes? Elle n'avait pas cette désinvolture assurée de la femme expérimentée.

Les paroles du Shamud lui revinrent alors en mémoire. « Celles qui se Consacrent au Service de la Grande Terre Mère renoncent au Plaisir! C'est son cas et c'est pour cette raison qu'elle porte une tunique aussi peu seyante. Elle ne s'est approchée aussi près que pour me soigner. Et moi qui la caresse comme un adolescent! »

Sa jambe lui faisait mal. Il se laissa glisser, s'allongea sur le côté, et ferma les yeux. Il était furieux contre lui-même, indescriptiblement malheureux, non seulement à cause de sa douleur physique mais parce qu'il avait honte de lui. Honte de n'avoir pas compris l'attitude de la jeune femme. Et honte aussi d'avoir été repoussé, quelle qu'en ait été la raison.

Il avait été trop loin avec elle. Il devinait ce qui

allait se passer maintenant. Elle ferait comme si de rien n'était, mais autant que possible, elle l'éviterait. Elle se montrerait froide à son égard. Sa bouche lui sourirait encore, mais ses yeux lui révéleraient ses véritables sentiments.

Ayla avait revêtu une tunique propre et s'était tressé les cheveux. Pourtant, elle sentait encore le contact de sa main sur sa cuisse, comme s'il l'avait brûlée. Pourquoi avait-il saisi le bout de son sein? Elle avait vu son désir et elle savait ce que cela signifiait. Combien de fois avait-elle vu des hommes faire le signe convenu à l'adresse de femmes avec lesquelles ils souhaitaient assouvir leurs désirs! Broud l'avait fait – elle frémit. Comme elle avait détesté la vue de son membre en érection! Mais Jondalar, c'était différent. Elle aurait voulu qu'il lui fasse le signe... Avec sa jambe, bien sûr, impossible... Mais ses yeux. Elle tressaillit au souvenir de son regard plein de désir.

En proie à une multitude de sentiments confus, elle chercha à repousser cette image de son esprit. En vain. Il l'avait touchée et puis il s'était arrêté. Lui avait-il fait le signe sans qu'elle s'en aperçoive? Une femme devait toujours se donner si un homme le souhaitait. On le lui avait appris le jour où son Totem s'était battu pour la première fois et qu'elle avait saigné. Tout comme on lui avait expliqué les positions et les gestes qu'il convenait de se rappeler. Elle n'avait jamais compris auparavant l'usage qu'une femme pouvait faire de ces enseignements. A présent, tout était clair.

Elle voulait que cet homme assouvisse ses désirs avec elle, mais il ignorait le signe. « Si je ne lui signifie pas mon accord, il ne me demandera jamais plus. Mais me veut-il vraiment? Je suis si grande et si laide. »

Finalement résolue, elle s'approcha de lui et s'assit en tailleur auprès de sa couche, la tête baissée, attendant le signal qu'il ne manquerait pas de lui faire, elle en était sûre, s'il la désirait vraiment. Il semblait dormir mais en l'étudiant mieux, elle sut qu'il n'en était rien car sa respiration n'était pas assez régulière et ses traits étaient trop crispés.

Jondalar l'avait entendue venir, et il luttait contre l'envie d'ouvrir les yeux pour s'assurer qu'elle était toujours là. Pourquoi était-elle si silencieuse ? Pourquoi ne parlait-elle pas ? Le bras sur lequel reposait sa tête commençait à s'engourdir. Il voulait bouger mais n'osait pas. Il entrouvrit un œil et vit un pied. Elle était bien là. Comme il avait soif ! Finalement, de lassitude, il bougea et ouvrit les yeux. Elle s'était habillée et avait tressé ses cheveux. Elle paraissait si pure ! presque une enfant. C'était bien cela. Il ne s'était pas trompé. Il la dévisagea longtemps. Elle ne broncha pas. Il avait oublié sa douleur et sa honte. Pourquoi gardait-elle les yeux baissés ? Soudain, elle lui jeta un bref coup d'œil. Il fut surpris de lire une sorte de gêne dans son regard. Ni condamnation, ni rejet, ni pitié. Elle lui pardonnait. C'était elle qui semblait avoir honte. Pour quelle raison ?

– Ayla, il y a tant de choses à ton propos que j'ignore, et que je voudrais tant connaître ! Où as-tu appris ton art de guérisseuse ? Comment es-tu venue ici ? Tout ce que je sais, c'est que je te suis infiniment reconnaissant. Tu m'as sauvé la vie et tu as guéri ma jambe.

« Je te demande de me pardonner mon impudence. Mais tu es si belle, Ayla. Je ne savais pas. Tu te caches si bien. Je ne sais pas pourquoi tu le fais, mais tu dois avoir tes raisons. Tu apprends vite. Quand tu parleras mieux, tu m'expliqueras, si tu en as le droit. Sinon, je me plierai à ta volonté. Je sais que tu ne comprends pas tout ce que je te dis. Mais je te promets, Ayla, je n'essayerai plus jamais de te prendre. Ayla, je te le promets. »

21

– Que signifie Zelandoni? demanda-t-elle.

– Ce sont les miens. Les enfants de notre Terre Mère qui vivent vers le sud-ouest. Doni veut dire Grande Terre Mère. Zelan? on pourrait dire Enfants.

Ils étaient appuyés contre des troncs d'arbres, l'un en face de l'autre. Bien qu'il fût encore obligé d'utiliser un bâton pour se soutenir, Jondalar était heureux d'avoir pu marcher jusqu'au petit bosquet près de la rivière. Depuis ses premiers pas hésitants, il s'était exercé chaque jour. La descente du petit sentier escarpé avait été pour lui une véritable épreuve, mais aussi un triomphe. La remontée s'était avérée plus aisée.

Il ne savait toujours pas comment elle l'avait transporté jusqu'à la caverne toute seule. Car si d'autres l'avaient aidée, où étaient-ils? C'était là une question qu'il voulait lui poser depuis longtemps, mais il avait jugé préférable d'attendre le moment propice. « Pourquoi pas maintenant? » se dit-il.

– Qui sont les tiens, Ayla? Où sont-ils?

En un instant, son sourire s'effaça. Immédiatement, il regretta d'avoir posé la question. Comme elle se taisait, il crut qu'elle n'avait pas compris.

– Ayla personne. Ayla seule, répondit-elle finalement, en se relevant.

En s'aidant de son bâton, Jondalar se remit debout à son tour et la suivit en boitillant.

– Mais ce n'est pas possible. Tu as bien une mère. Qui a pris soin de toi? Qui t'a transmis ton savoir? Pourquoi es-tu seule?

Elle continua à marcher en silence, la tête baissée. Elle devait lui répondre. Elle ne cherchait pas à l'éviter. Une question posée par un homme devait recevoir une réponse. Mais il était si rare qu'un homme demande quelque chose d'aussi personnel... Un flot de souvenirs venaient d'affluer dans son esprit. Certains événements de son passé étaient trop flous pour qu'elle puisse les lui expliquer.

– Si tu ne veux pas me dire...

– Non. (Elle leva les yeux vers lui et secoua la tête.) Ayla dit.

Son regard était troublé.

– Connaît pas mots.

Ils étaient arrivés au pied de la falaise. Comme elle ralentissait l'allure, Jondalar s'assit sur une pierre. Elle l'imita, presque à contrecœur.

– Quel est le nom de ton Clan? demanda-t-il.

Elle réfléchit un moment.

– Clan... homme... femme... enfant?

Elle secoua la tête à nouveau, ne sachant qu'ajouter. Par habitude, elle avait joint le geste à la parole, bien qu'elle sût qu'il ne comprenait pas ce langage.

– Clans petits. Plusieurs. Dans une grande Caverne, Clan, répéta-t-elle.

Alors elle prononça le mot dans la langue du Clan, comme pour comparer les deux sons. Surpris, il tenta de l'imiter. En vain.

– Ayla dit mal langage Jondalar. Jondalar dit mal langage Ayla.

Elle sourit.

– Je ne savais pas que tu connaissais des mots, Ayla. Je ne t'ai jamais entendue parler dans ton langage.

– Connais pas beaucoup mots. Clan parle... mains, expliqua-t-elle, bien que ce ne fût pas tout à fait exact.

Elle s'aperçut alors que dans son désir de se faire comprendre, elle avait fait des gestes en parlant. Lorsqu'elle vit l'expression étonnée de Jondalar, elle lui prit les mains et répéta ce qu'elle venait de dire en lui faisant faire les mouvements correspondants.

– Es-tu en train de me dire que les gens de ton Clan parlent avec leurs mains? Montre-moi. Dis-moi quelque chose dans ta langue.

Elle réfléchit un instant avant de commencer.

– Je désire te dire tant de choses... Mais je dois apprendre ton langage. Ton chemin est l'ultime voie qu'il me reste à présent. Comment te dire qui sont les miens? Je n'appartiens plus au Clan. Ils m'ont maudite. A leurs yeux, j'ai pénétré dans l'autre monde, comme ton frère. Je voudrais te dire que sa mort m'a profondément peinée, que je l'ai enterré du mieux que j'ai pu pour apaiser ton chagrin. Et puis aussi que je ne sais pas qui est ma mère, ni où est mon clan. Iza est la seule mère que j'aie connue. Elle est morte et Creb aussi.

« Jondalar, je meurs d'envie de te parler d'eux et de Durc. Je ne le reverrai plus jamais et pourtant il vit encore. Et maintenant le Lion des Cavernes, mon Totem, t'a conduit à moi et je voudrais que tu sois mon compagnon. Tu es le premier des Autres que je vois. Toi tu n'es pas seul. Ton Clan ne doit pas être loin. Là, il doit y avoir d'autres hommes et pourtant, je sens que tu es celui qui m'est destiné. Pourquoi serais-tu venu jusqu'ici autrement? Mon sentiment pour toi grandit de jour en jour... »

Elle s'interrompit, trop émue pour continuer, incapable de le faire puisqu'elle tentait d'exprimer des émotions qu'elle n'avait jamais ressenties auparavant.

L'homme qui était devant elle n'avait pu rester totalement indifférent à ses propos, même s'il n'en comprenait pas un traître mot. Car Ayla avait parlé non seulement avec sa bouche, mais aussi avec ses mains, son visage, ses yeux, tout son corps. Lui aussi était profondément ému. Pareille à une danseuse silencieuse, elle lui avait transmis ses émotions; et pourtant, il n'arrivait pas à comprendre comment elle lui avait communiqué ce qu'il ressentait à présent si profondément. Il s'était trompé sur la raison d'être de tous ces gestes. En réalité, les sons n'étaient là que pour souligner l'importance de certains gestes et non pas l'inverse, comme il l'avait cru au premier abord.

Quand elle eut fini, elle resta immobile quelques instants, pensive, avant de se laisser tomber gracieusement à terre, la tête baissée. Il attendit. Comme elle ne bronchait pas, il commença à se sentir mal à l'aise. Elle semblait attendre. Il eut soudain l'impression étrange qu'elle lui rendait hommage. Or, dans son esprit, une telle déférence était réservée exclusivement à Doni, qui était très jalouse et le prenait en général assez mal quand un de ses enfants était vénéré comme Elle seule devait l'être. Finalement, il se pencha et lui toucha le bras.

– Lève-toi, Ayla. Que fais-tu?

Il ne lui avait pas vraiment tapé sur l'épaule mais son geste était suffisamment proche de celui qu'un homme devait faire à l'adresse d'une femme pour lui donner la parole. Elle leva les yeux vers lui.

– Femme Clan assise, veut parler. Ayla parle Jondalar.

– Tu n'as pas à t'asseoir pour me parler. Tu peux m'adresser la parole quand bon te semble.

– Ayla veut dire... (Ses yeux le suppliaient de la comprendre. Des larmes d'impuissance brouillaient sa vue.) Ayla veut... Jondalar donner Ayla parole...

– Essaies-tu de me signifier ta gratitude?

– Veut dire gratitude?

Il réfléchit un instant.

– Tu m'as sauvé la vie. Pour cela, j'éprouve de la gratitude envers toi.

Ayla fronça les sourcils.

– Pas pareil. Homme blessé. Ayla soigne. Toujours. Jondalar donne Ayla parole. Plus. Beaucoup plus. Elle désirait tant se faire comprendre.

– Tu ne parles peut-être pas très bien, Ayla, mais tu communiques merveilleusement. Je sais que tu es guérisseuse et qu'à tes yeux, soigner quelqu'un est une chose normale. Pour ce que tu as fait pour moi, la moindre des choses que je peux te donner, c'est le don de la parole. Car je comprends que pour toi, c'est très important.

Qui était cette femme aux talents surnaturels, qui charmait les animaux et qui n'arrivait pas à parler? Une doni? se demanda-t-il en frissonnant. Un esprit de la Grande Terre Mère ne saurait avoir des difficultés à communiquer! Qui étaient ces gens qui s'exprimaient non par mots mais par gestes? Et puis elle était trop jeune pour être une Zelandoni, puisqu'il fallait des années pour acquérir tout le savoir...

Appartenait-elle à ces groupes insolites dont il avait entendu parler, qui consacraient leur vie entière à servir la Grande Terre Mère pour approfondir certains Grands Mystères? Zelandoni y faisait quelquefois référence avec tant d'estime et de respect! Vivait-elle seule à présent pour parfaire ses capacités?

Ayla se réveilla en sursaut. Il faisait encore nuit. Couchée sur le dos, le regard perdu dans l'opacité dense et impénétrable, elle essaya en vain de se rendormir. Finalement, elle se glissa hors de sa couche et sortit sur la corniche.

« J'ai encore laissé le feu s'éteindre, se dit-elle. Jondalar n'est pas habitué aux lieux comme je le suis. S'il veut se lever la nuit, il aura besoin de lumière. »

Un croissant de lune, à l'ouest, chevauchait le haut de la paroi. Il ne tarderait pas à disparaître derrière le roc. Les étoiles reflétaient leur splendeur dans la rivière silencieuse. Le ciel de la nuit pâlissait imperceptiblement, déjà presque azuré. Sans savoir pourquoi, Ayla décida de ne pas retourner se coucher. Elle regarda le halo de la lune s'intensifier avant que la paroi ne l'avale. Au moment où elle disparut, une sorte d'appréhension la fit frémir.

Déjà, l'horizon se teintait de pourpre. Elle admira l'arc clairement défini du soleil rouge qui, sans grossir au bord de la terre, jetait un rai de lumière fauve dans la vallée.

– Il doit y avoir un feu de prairie à l'est, dit Jondalar.

Elle sursauta. Dans la lumière naissante, ses yeux avaient une teinte lavande.

– Grand feu, acquiesça-t-elle. Fumée. Petit feu ici éteint, ajouta-t-elle. Je vais allumer.

Elle retourna dans la caverne et ralluma le feu tandis qu'il l'observait, pensif.

– Tu dis que tu as trouvé cette pierre à feu sur la plage? Y en a-t-il d'autres?

– Pas beaucoup. L'eau vient et emporte.

– Une inondation? Nous devrions aller en ramasser autant que nous pouvons en trouver.

L'air absent, Ayla hocha la tête. Elle avait conçu d'autres projets pour la journée, et souhaitait que Jondalar l'aide, sans savoir comment le lui demander. Il n'y avait presque plus de viande en réserve et elle se demandait s'il s'opposerait à ce qu'elle chasse. Plusieurs fois depuis qu'il était là, elle avait rapporté quelque menu gibier et il ne lui avait jamais posé de questions. Mais les hommes du Clan eux-mêmes l'avaient autorisée à chasser de petits animaux. Cette fois-ci, pourtant, il s'agissait de traquer un grand carnassier, ce qui signifiait creuser un piège et emmener Crinière avec elle, puisque Lionceau avait disparu depuis le jour où elle avait trouvé Jondalar. Certes, c'était sa caverne et il était un étranger. Même s'il n'était pas d'accord, il ne pouvait l'empêcher de chasser. Mais elle souhaitait plus que son assentiment. Elle avait besoin de son aide. Elle voulait qu'il retienne le poulain pour qu'il ne soit pas tenté de suivre sa mère. Car il risquait gros en participant à la chasse. Mais comment demander à un homme de garder un poulain pendant qu'elle allait chasser, même s'il n'était pas encore en mesure de le faire lui-même? Elle décida de lui montrer d'abord ce dont elle était capable avec sa fronde pour voir quelle serait sa réaction. Ils avaient pris l'habitude de marcher ensemble chaque matin le long de la rivière. C'était un bon exercice pour lui et elle y prenait beaucoup de plaisir.

Dès qu'elle aperçut un couple de grouses tournoyant au-dessus de la prairie, elle extirpa prestement sa fronde d'un des replis de sa tunique, ainsi que quelques pierres. Comme le premier oiseau tombait lourdement à terre, frappé à mort par son geste infaillible, l'autre prit son envol. La deuxième pierre l'atteignit pourtant. Avant d'aller chercher sa proie, elle jeta un bref coup d'œil à Jondalar. Il avait l'air surpris, mais il souriait.

– C'est extraordinaire, femme! C'est donc ainsi que tu attrapes toutes ces petites proies? Moi qui croyais que tu dressais des pièges! Montre-moi cette arme.

Elle lui tendit l'objet et partit récolter son butin.

– Je crois que l'on dit une fronde, lui annonça-t-il quand elle revint. Willomar m'a parlé d'une telle arme. Je pense que c'est le mot juste. Quelle adresse, Ayla! Tu as dû t'exercer longtemps.

– Tu aimes la chasse?

– Si tu ne chasses pas, qui le fera?

– Hommes Clan aiment pas femme chasse.

Jondalar la considéra avec curiosité. Elle semblait anxieuse, inquiète. Peut-être les hommes de son Clan n'aimaient-ils pas les femmes chasseresses, mais cela ne l'avait pas empêchée d'apprendre.

Pourquoi avait-elle choisi ce jour pour faire sa petite démonstration? Pourquoi semblait-elle quémander son approbation?

– La plupart des femmes zelandoni chassent, tout au moins quand elles sont jeunes. Ma mère était un des meilleurs traqueurs de notre Clan. J'aime les femmes chasseresses, Ayla.

Son soulagement était évident. Il avait dit ce qu'elle souhaitait entendre et c'était la vérité.

– Je dois chasser. Tu dois aider, lança-t-elle.

– Je voudrais bien, mais je doute d'en être capable pour le moment.

– Pas aide chasser. Garder poulain.

– Alors, c'était ça. L'homme reste au foyer et la femme va chasser. Par le grand Doni! Qui aurait pensé... C'est entendu, Ayla. Je prendrai soin du petit poulain.

Le visage d'Ayla s'éclaira d'un grand sourire. Il avait l'air d'accord. Il avait vraiment l'air d'accord.

– Tu devrais aller vers l'est. Le grand feu a sans doute laissé des victimes qui faciliteront ta chasse.

– Le feu chasse? demanda-t-elle.

– Sous l'effet de la fumée, des hardes entières de carnassiers peuvent mourir. Quelquefois, la viande est déjà cuite.

Elle comprenait. Peut-être n'aurait-elle même pas besoin de creuser une fosse, après tout.

Intrigué, il la regarda harnacher Crinière et attacher les hampes de bois au traîneau. Il n'arrivait pas à comprendre l'utilité de cet équipement compliqué.

– Crinière rapporte viande à la Caverne, lui expliqua-t-elle en sanglant l'animal. Crinière rapporte toi, ajouta-t-elle.

– C'est donc ainsi que tu m'as amené jusqu'ici! Je me demandais depuis longtemps. J'ai pensé qu'il y avait peut-être d'autres humains avec toi.

– Pas d'autre humain. Ayla seule.

Elle acheva de charger les paniers accrochés sur le dos de Crinière et alla chercher les sagaies. Tout en la regardant faire, Jondalar songea que la jument n'était pas simplement une étrange compagne pour la jeune femme. Jamais il n'aurait pensé qu'un cheval pût être utile à ce point. Une nouvelle contradiction le laissa pantois : elle se servait du cheval pour l'aider à chasser mais ses seules armes, en dehors de sa fronde, étaient des lances à peine ébauchées.

Comment parvenait-elle à tuer ses proies avec une sagaie pareille? Il avait chassé avec beaucoup de Clans différents et tous utilisaient des lances, mais aucune n'était aussi grossière. La lance d'Ayla était plus épaisse que celles dont il se servait lui-même pour aller à la chasse au rhinocéros!

Avant qu'Ayla s'en aille, il conduisit le poulain à l'intérieur de la caverne. Il lui parla longtemps jusqu'à ce que Crinière et Ayla soient loin. C'était étrange de se retrouver seul dans la Caverne, sans la jeune femme, sachant qu'elle ne rentrerait sans doute pas avant la nuit.

Succombant à la curiosité, il alluma la lampe qu'il trouva à tâtons et explora la caverne dans ses moindres détails. Il commença par suivre les parois humides pour en évaluer la profondeur et voir où elles menaient. Cet aspect de sa visite ne lui réservait aucune surprise. Les dimensions de l'abri étaient telles qu'ils les avait imaginées. Mais arrivé au fond, il découvrit certains indices qui l'intriguèrent beaucoup. Un lion des cavernes avait laissé des preuves indubitables de son passage récent.

Pourtant, quand il eut exploré le reste des lieux, il fut convaincu qu'Ayla vivait là depuis des années. Il avait dû se tromper pour le lion. Il retourna examiner de plus près ce qui lui avait paru être la couche d'un grand fauve. Pas de doute! Un lion avait séjourné dans ce coin. Encore un autre mystère! Trouverait-il un jour la réponse à toutes ces questions?

Il décida d'aller ramasser des pierres à feu sur la plage pour se changer les idées. Autant se rendre utile. Le poulain sur ses talons, il descendit précautionneusement l'étroit sentier, en s'aidant de son bâton.

Il trouva plusieurs pierres à feu, mais son attention fut bientôt détournée par la présence sur la plage de silex de bonne qualité.

« C'est ici qu'elle collecte le silex dont elle se sert pour faire des outils... Moi aussi, je pourrais confectionner des outils. Des lames tranchantes... des burins... (Il se redressa pour examiner la pile d'ossements et autres débris que l'inondation avait jetés au pied de la falaise.) Je pourrais même façonner une bonne lance. Au lieu de rester assis tout le jour à ne rien faire. »

Il fouilla dans le tas d'ossements et de bois mort, en extirpa un magnifique andouiller et un os de mammouth pouvant lui servir de support. Il ramassa plusieurs poignées de pierres à feu et autant de silex.

Quand, enfin, il s'assit pour commencer à travailler, il sourit d'aise. Il ne s'était pas rendu compte à quel point cette activité lui avait manqué. Il songea à tout ce qu'il pouvait fabriquer, maintenant qu'il avait du silex à sa disposition. Il voulait une bonne lame, une hache avec un manche, et puis des lances, et un perçoir pour raccommoder ses vêtements. Ayla serait peut-être contente d'avoir de nouveaux outils.

Contrairement à ce qu'il avait craint, la journée passa très vite. Quand la nuit tomba, il remonta à la caverne. Le poulain l'avait précédé et dormait à l'entrée de l'abri. Ayla avait laissé un peu de bouillie pour nourrir le petit, et il avait déjà tout mangé.

Il attendit un long moment. Peu à peu, l'inquiétude l'envahissait. Le poulain avait besoin de sa mère et Ayla aurait dû être rentrée. Que s'était-il passé? Il décida finalement d'allumer un feu pour qu'elle puisse repérer son chemin au cas où elle se serait perdue.

La nuit était déjà bien avancée lorsque finalement, elle revint. Il entendit les hennissements de Crinière et se précipita à sa rencontre. Le poulain les avait déjà rejoints, en bas du sentier. Ayla mit pied à terre, sortit une des carcasses du traîneau, et mena la jument jusqu'à la corniche. Puis elle alluma une torche et redescendit avec Crinière chercher le cadavre du daim. Jondalar la suivit, mais elle ne lui laissa même pas le temps de proposer son aide. Déjà, Crinière remontait l'autre proie. En regardant Ayla tirer la masse volumineuse du cerf pour la coucher à même la terre, devant la caverne, il prit conscience de sa force. La nécessité de survivre seule avait fait d'elle une femme extraordinairement puissante. Le poulain cherchait la mamelle de sa mère, mais Ayla le repoussa d'un geste impatient. Il s'en étonna autant que le petit.

– Tu disais la vérité, Jondalar. Grand, grand feu. Jamais vu si grand. Loin, loin.

Quelque chose dans sa voix l'incita à scruter son visage dans la pénombre. Elle était épuisée. Le carnage dont elle avait été témoin l'avait profondément troublée. Elle avait les mains noires. Son visage et sa tunique étaient souillés de sang et de suie. Elle libéra la jument de tout son attirail et se pendit à son cou, éreintée. L'animal avait l'air aussi fatigué qu'elle.

– Le feu devait être loin. Il est tard. As-tu chevauché tout le jour? demanda Jondalar.

Elle sursauta et se tourna vers lui lentement. Elle avait oublié sa présence.

– Tout le jour, répondit-elle d'une voix lasse.

Elle ne pouvait pas encore se laisser aller. Elle

devait préparer la viande pour la soustraire à la rapacité des carnassiers qui rôdaient alentour.

– Beaucoup animaux morts. Hyènes. Lions. Autre jamais vu. Grandes dents.

Elle ouvrit la bouche et avec ses doigts, elle imita la forme de deux longues canines.

– Tu as vu un tigre! Je ne savais même pas qu'ils existaient vraiment.

Il regretta amèrement de ne pas avoir pu l'accompagner. Elle hocha la tête et frissonna, en fermant les yeux.

– Crinière peur. Fronde fait partir Crinière, je, courent.

Ce récit elliptique le laissa sans voix.

– Tu as mis un tigre en fuite avec ta fronde! s'exclama-t-il enfin.

Elle aurait voulu pouvoir lui raconter sa peur, la partager avec lui, mais elle n'en avait pas les moyens. Elle était trop fatiguée pour visualiser les événements et chercher les mots qui leur correspondaient.

Elle reprit la torche et descendit se laver à la rivière. Quand elle revint, Jondalar lui tendit l'infusion qu'il lui avait préparée pendant son absence. Elle lui en fut reconnaissante. Sans attendre, elle se mit en devoir de découper la peau d'une de ses proies. Mais les lames qui lui restaient avaient perdu leur tranchant. Depuis que Jondalar était arrivé, elle n'avait pas pris le temps d'en fabriquer de nouvelles. Dans l'état d'épuisement où elle se trouvait, c'était plus qu'elle n'en pouvait supporter. Des larmes de fatigue et de déception brouillèrent sa vue et elle se mit à frapper l'animal de ses poings.

– Ayla, qu'est-ce qui ne va pas? lui demanda Jondalar.

Elle redoubla de violence, utilisant le peu d'énergie qu'elle avait encore. Elle ne pouvait même pas lui expliquer. Il ramassa la lame et alla la poser un peu plus loin. Puis il la prit par les poignets pour la forcer à se relever.

– Tu es fatiguée. Va dormir, Ayla.

Elle secoua la tête.

– Peau daim, viande sèche. Pas attendre. Hyènes.

Il ne prit même pas la peine de lui suggérer de rentrer les carcasses dans la caverne. Elle était trop à bout pour penser clairement.

– Je resterai éveillé et je les surveillerai, Ayla. Va dormir.

Le cœur d'Ayla fut envahi d'un immense sentiment de gratitude. Il allait les surveiller ! Elle n'avait même pas pensé à le lui demander car elle n'avait pas l'habitude d'avoir quelqu'un à ses côtés. Chancelante de fatigue et de soulagement, elle rentra dans la caverne et s'effondra sur sa couche. Elle aurait voulu lui témoigner sa reconnaissance, et des larmes emplirent ses yeux à nouveau. Elle ne pouvait pas parler.

Dans la nuit, Jondalar se rendit plusieurs fois au chevet d'Ayla pour s'assurer que tout allait bien. De dehors, il l'entendait crier dans son sommeil. Elle s'agita jusqu'au matin, remuant les bras dans tous les sens et marmonnant des paroles incompréhensibles. Très soucieux, il avait fini par transporter les deux carcasses à l'intérieur et s'était assis à côté d'elle.

Ayla marchait dans le brouillard. Elle criait pour appeler à l'aide. Une femme grande et mince, dont le visage et la silhouette étaient à demi dissimulés par la brume, lui tendait les bras.

– Je t'ai dit que je serais prudente, mais où es-tu, mère? murmura Ayla. Pourquoi ne viens-tu pas quand je t'appelle? Ne pars pas! Reste ici! Attends-moi! Ne me quitte pas!

La vision s'évanouit et le voile de brume s'écarta. Alors, une autre femme, petite et trapue, apparut. Ayla vit son front bas et ses sourcils protubérants, et ses yeux remplis d'amour et de chagrin. Elle lui fit signe.

– Iza! cria-t-elle. Aide-moi. Je t'en prie, aide-moi. (La femme ne broncha pas.) Iza, ne m'entends-tu pas? Pourquoi ne me comprends-tu pas?

– Personne ne te comprendra si tu ne parles pas convenablement, dit une autre voix.

Elle se retourna prestement et vit un homme appuyé sur un bâton. Son visage était affreux, mais elle n'avait pas peur. Creb avait la voix de Jondalar, mais il parlait en faisant des gestes de sa main unique.

– Tu dois apprendre à parler, Ayla.

– Je ne peux pas. Je ne me souviens pas. Creb, aide-moi.

– Ton Totem est le Lion des Cavernes, reprit le vieux Mog-ur.

L'énorme fauve se rua sur le troupeau d'aurochs et terrassa une des bêtes. Terrorisée, Ayla le regarda faire. Un tigre aux crocs puissants s'avançait vers elle furtivement. Plus il approchait, plus ses dents s'allongeaient. Elle était prisonnière, au fond d'une minuscule caverne, tapie contre le mur. Le Lion des Cavernes rugit. Elle hurla. Une patte gigantesque s'abattit sur sa jambe.

– Je ne peux pas, je ne peux pas. Je ne me souviens de rien.

La grande femme lui tendit les bras.

– Je t'aiderai, dit-elle.

Le brouillard se dissipa et Ayla entr'aperçut un visage qui ressemblait étonnamment au sien.

Prise de nausée, elle assista impuissante à la disparition de la femme dans une énorme bouche sentant la pourriture qui s'ouvrait dans la terre.

– Mère! Mèèère!

– Ayla, que se passe-t-il?

Jondalar la secoua. Elle se redressa et il la prit dans ses bras.

– Oh! Jondalar! Ce rêve! Cet horrible cauchemar! C'était affreux, sanglota-t-elle.

– Calme-toi, Ayla. Calme-toi. Tout va bien à présent.

– Il y avait un tremblement de terre. C'est ça. Elle est morte dans le tremblement de terre.

– De qui parles-tu?

– Ma mère. Et puis Creb, aussi, plus tard. Oh! Jondalar, je déteste les tremblements de terre.

Elle frissonnait dans ses bras. Jondalar la prit par les épaules et l'écarta un peu de lui pour voir son visage.

– Parle-moi de ton rêve, Ayla.

– J'ai toujours eu ce cauchemar, depuis que je suis toute petite. Je suis dans une caverne étroite et un lion me griffe. Je crois que c'est comme ça que j'ai été marquée par mon Totem. Et puis après, je n'arrivais jamais à me souvenir, mais à chaque fois, je me réveillais, tremblante et en larmes. Mais cette fois-ci, c'est différent. Je l'ai vue, Jondalar, j'ai vu ma mère.

– Ayla, tu t'entends?

– Que veux-tu dire?

– Tu parles, Ayla. Tu parles.

Ayla avait parlé autrefois, avant d'être recueillie par le Clan. Elle avait tout oublié parce que sa survie dépendait d'un autre mode de communication, et parce qu'elle ne voulait pas se souvenir de la tragédie qui avait fait d'elle une orpheline. Jondalar lui avait appris des mots, son rêve lui avait remis en mémoire le fonctionnement du langage.

– Je parle. Je peux! Jondalar, je pense en mots!

Tous deux remarquèrent alors qu'il la tenait dans ses bras. Gênés, ils s'écartèrent l'un de l'autre.

– C'est le matin? demanda-t-elle. Par Doni! je ne pensais pas dormir aussi longtemps. Il est grand temps que j'apprête la viande.

Il sourit de l'entendre prononcer le nom de Doni. C'était troublant de l'entendre parler ainsi, drôle aussi.

Sur le seuil de la caverne, elle s'immobilisa. Incrédule, elle se frotta les yeux pour s'assurer qu'elle ne rêvait plus. De fines lamelles de viande soigneusement rangées étaient pendues sur de longues lanières accrochées à des bâtonnets et plusieurs petits feux avaient été allumés. Etait-il possible que toutes les femmes du Clan fussent venues lui prêter main-forte pendant la nuit?

– Il y a de la viande qui cuit sur le feu si tu as faim, lui dit Jondalar avec une indifférence feinte, un large sourire aux lèvres.

– C'est toi, c'est toi qui...

– C'est moi.

Il eut un petit rire. La réaction d'Ayla était encore plus vive qu'il ne l'avait espéré. Avec les nouvelles lames qu'il avait confectionnées la veille, sa tâche avait été aisée.

– Mais tu es un homme! s'écria-t-elle, bouleversée.

Aucun homme du Clan n'aurait accepté ou même réussi à accomplir ce travail strictement réservé aux femmes.

– Un homme n'a-t-il pas le droit de couper un peu de viande? demanda Jondalar.

Jamais il n'aurait pensé qu'elle pût s'en offenser.

– Dans le Clan... les femmes ne chassent pas et les hommes... ne touchent pas à la nourriture, balbutia-t-elle.

– Mais toi tu chasses.

– Je ne suis pas... une femme du Clan, dit-elle, déconcertée. Je... (Elle ne savait pas comment lui expliquer.) Je suis comme toi, Jondalar. Une des Autres.

22

Agitées par une brise légère, les herbes dorées semblaient les saluer au passage. Depuis les premières heures de la journée, ils cueillaient des graines de millet et de seigle sauvage. L'avoine et le froment n'étaient pas encore mûrs. Ils glissaient la main le long de la tige richement chargée et déversaient la cueillette dans le panier qu'ils s'étaient accroché autour du cou pour plus de commodité. Ils travaillaient côte à côte en silence, chacun abîmé dans ses pensées.

– Quel sentiment éprouves-tu quand tu chevauches Crinière? demanda Jondalar, rompant brusquement le silence.

– C'est difficile à expliquer, dit-elle en s'arrêtant pour réfléchir. Tu devrais essayer.

Il la considéra attentivement, cherchant à déterminer si elle était sérieuse. Depuis longtemps déjà, il en avait envie. Mais elle semblait avoir des liens tellement privilégiés avec la jument qu'il n'avait jamais osé lui demander.

– Penses-tu qu'elle me laisserait?

– Je ne sais pas.

Elle jeta un coup d'œil vers le soleil pour voir s'il était tard et balança son panier par-dessus son épaule.

– Allons nous en assurer.

– Maintenant? Je croyais que tu voulais que nous poursuivions la collecte jusqu'au coucher du soleil.

– J'avais oublié à quel point le travail va plus vite quand on est deux.

Ils rebroussèrent chemin au milieu des hautes herbes, jouissant de la caresse du soleil brûlant sur leurs épaules nues. Jondalar éprouvait une certaine appréhension, se demandant comment Crinière allait se comporter. Il pourrait fuir si nécessaire. Sa jambe ne lui faisait plus mal et il boitait à peine. Il avait commencé à songer à son départ – il n'avait plus guère de raison de rester – mais Ayla n'avait pas l'air de trouver sa présence encombrante. Il avait finalement décidé de l'aider à se préparer pour l'hiver. Il lui devait au moins cela.

– Les chevaux te donnent beaucoup de travail, dit-il. Il leur faut tant de grain pour l'hiver! (Elle hocha la tête.) Tu sais, je pensais... Pourquoi ne pas couper les longues tiges et les rapporter ainsi à la Caverne? Au lieu de glaner le grain sur place. De toute façon, il te faut le vanner. Tu pourrais profiter du grain d'une part et des tiges d'autre part, pour ta couche et celle des chevaux.

Elle s'arrêta, fronça les sourcils, songeuse.

– Peut-être as-tu raison. Quand les tiges sèchent, les graines se détachent plus facilement. Il y a encore de l'orge et du froment. Cela vaut la peine d'essayer. (Son visage s'illumina d'un grand sourire.) Jondalar, je crois que tu dis la vérité.

Encouragé par son sourire joyeux, il lui prit la taille et ils continuèrent leur chemin. Elle s'était raidie. Très vite, il retira son bras. Il le lui avait promis, même si à l'époque elle n'avait pas compris. Puisqu'elle avait fait vœu de renoncer au plaisir, il devait s'abstenir de la toucher. Mais il avait senti le parfum de sa peau chauffée par le soleil, la rondeur de son sein contre son bras. Il se souvint tout à coup qu'il n'avait pas assouvi ses désirs depuis des lunes. La fine tunique qu'il portait ne suffit pas à dissimuler la conséquence de ses pensées. Il se retourna pour qu'elle ne s'en aperçoive pas. Il accéléra le pas, courant presque.

– Doni! Comme j'ai envie de cette femme! marmonna-t-il.

Des larmes coulèrent sur les joues d'Ayla. « Qu'ai-je fait de mal? Pourquoi s'est-il écarté de moi si brutalement? Pourquoi ne me fait-il pas le signe convenu? Je vois son désir. Suis-je si laide? » Elle frissonna au souvenir de son bras autour de sa taille, les narines encore vibrantes de son odeur d'homme.

Jondalar avait atteint l'ombre fraîche du bosquet en bordure de la rivière. Son excitation était si grande qu'il ne put résister à l'envie de se soulager lui-même. Quelques instants plus tard, le flot blanc de sa semence jaillit, maculant l'herbe près de lui. Encore tremblant, il appuya sa tête contre un tronc d'arbre. Il était soulagé, rien de plus, mais au moins, il pouvait affronter la jeune femme sans plus avoir envie de se jeter sur elle et de la forcer à accepter ce qu'elle ne voulait en aucun cas.

Il recouvrit l'essence de son plaisir d'une poignée de terre. Zelandoni lui avait dit que c'était gaspiller le don de Doni et qu'il fallait rendre à la terre ce qu'elle avait donné. Il marcha un moment le long de la rivière, honteux de se présenter devant elle. Il la vit qui l'attendait, assise sur une grosse pierre, la tête enfouie dans la crinière de sa jument.

Elle semblait si vulnérable. C'était contre lui et non pas contre l'animal qu'elle aurait dû trouver du réconfort. Il était certain de l'avoir offensée, d'avoir commis un acte irréparable.

A contrecœur, il sortit de l'ombre.

Elle savait qu'il s'était soulagé lui-même. Elle en était mortifiée. Dans le Clan, seuls les adolescents avaient recours à ce stratagème, avant les Premiers Rites, parce qu'ils n'avaient pas le droit de toucher aux femmes avant d'avoir rapporté leur premier gibier. Jondalar avait préféré ne pas lui faire le signe convenu. Quelle humiliation!

– Si tu veux monter Crinière, je la tiens pendant que tu t'installes sur son dos. (Elle évitait son regard.) Je vais lui dire que tu veux chevaucher avec elle.

Il se rappela alors que c'était la raison pour laquelle ils avaient arrêté de glaner des graines. Où était passé son bel enthousiasme? En tâchant d'être naturel, il grimpa sur la grosse pierre, tandis qu'Ayla poussait la jument près de lui.

Il évita lui aussi son regard.

– Comment fais-tu pour la diriger? demanda-t-il.

Ayla n'y avait jamais pensé.

– Je ne sais pas. Elle va où je veux aller.

– Comment sait-elle où tu veux aller?

Elle regardait au loin, perplexe. Jondalar décida que cela lui était égal. Il irait où Crinière voulait l'emmener, si elle voulait bien l'emmener. Il l'enjamba maladroitement.

Crinière redressa les oreilles. Ce n'était pas Ayla. La charge était plus lourde et les longues jambes pendaient mollement au lieu de lui serrer les flancs fermement.

Ayla flatta le cou de l'animal pour la rassurer, tout en lui parlant dans cette langue que Jondalar ne comprenait pas. Crinière fit un pas en avant.

– Qu'est-ce que je fais maintenant? demanda Jondalar, d'une voix incertaine.

– Mets tes bras autour de son cou, lui conseilla Ayla.

Sans directives, Crinière était hésitante. Jondalar se pencha pour lui tapoter le cou. Ce mouvement s'apparentant à celui qu'Ayla faisait inconsciemment pour accélérer l'allure, la jument pressa le pas. La secousse brusque incita Jondalar à suivre le conseil d'Ayla. Pour la jument, cela signifiait qu'elle devait aller encore plus vite.

Le cheval partit au galop, Jondalar pendu lamentablement à son cou. Le vent lui giflait le visage. Quand enfin il osa ouvrir les yeux, il vit le paysage qui défilait à une vitesse alarmante. C'était terrifiant – excitant au possible. Il comprit pourquoi Ayla n'arrivait pas à lui décrire ce qu'elle ressentait. Il se souvint du jour où l'esturgeon géant l'avait entraîné à sa suite. Son regard fut attiré par une ombre à sa gauche. Le jeune poulain courait à côté de sa mère, au même rythme qu'elle.

Il entendit un sifflement distant et perçant. Soudainement, la jument décrivit un cercle étroit et fit demi-tour.

– Relève-toi! cria Ayla comme l'animal au galop arrivait droit sur elle.

Dès qu'il eut ralenti, Jondalar se redressa et Crinière s'immobilisa presque immédiatement.

Un peu tremblant, Jondalar mit pied à terre, les

yeux brillants d'excitation. Ayla flatta les flancs couverts de sueur de la jument, puis elle la suivit en direction de la plage. Jondalar lui emboîta le pas. Ils marchaient en silence, un silence de plus en plus pesant.

– Pourquoi m'as-tu dit de me redresser? demanda-t-il enfin. Je croyais que tu ne savais pas ce qu'il fallait faire pour la diriger?

– Je ne le savais pas avant. Quand je t'ai vu approcher, tout à coup, j'ai pensé : il faut qu'il se redresse!

– Je me demande si le poulain pourrait lui aussi apprendre les signes que tu as enseignés à Crinière, même sans le savoir, dit-il, rêveur.

En arrivant sur la plage, ils tombèrent sur le spectacle réjouissant de Crinière et de son petit se roulant dans la boue pour se rafraîchir. Amusé, Jondalar s'arrêta pour observer leur manège.

Ayla continua son chemin. Il la rattrapa au moment où elle enfilait l'étroit passage qui menait à la caverne.

– Ayla... (Elle se retourna et alors, il ne sut que dire...) Je veux t'exprimer ma gratitude.

C'était un concept qu'elle comprenait mal. Les membres du Clan étaient si dépendants les uns des autres pour leur survie que toute aide était considérée comme normale. Les dons obligeaient à rendre la pareille et n'étaient pas toujours bien reçus. Il lui sembla pourtant que Jondalar voulait la remercier de lui avoir laissé monter Crinière.

– Jondalar, c'est Crinière qu'il faut remercier.

– Mais je te dois tant. Tu m'as sauvé la vie et...

Elle aurait voulu lui expliquer que lorsque quelqu'un sauvait la vie d'un autre homme, une portion de l'esprit de ce dernier lui était acquise, de sorte que les deux humains devenaient presque des frères. Comme elle était guérisseuse, une fraction de l'esprit de chacun de ceux qu'elle avait soignés lui avait déjà été donnée sous la forme d'une pierre noire et brillante qu'elle portait dans sa poche à amulettes, et par conséquent, il ne lui devait rien.

– Personne ne me doit rien, dit-elle simplement.

Ils grimpèrent le sentier escarpé, l'un derrière l'autre. Elle n'ajouta rien. Il n'osa rien dire. Pourquoi souhaitait-il lui exprimer sa gratitude alors qu'il venait de lui faire honte? Si un homme du Clan l'avait traitée ainsi, elle aurait cessé d'exister pour lui. Il allait lui falloir beaucoup de temps pour comprendre ce qui se passait dans l'esprit de Jondalar. Cette pensée était loin de la rasséréner. Une nouvelle fois, Jondalar tenta de faire tomber la barrière qui s'était élevée entre eux. En vain. Elle ne voulait rien savoir.

– Ayla, je n'ai pas voulu t'offenser.

– Offenser? Je ne comprends pas ce mot.

Elle pénétra dans la caverne et commença à s'affairer autour du feu pour préparer la nourriture. Il la suivit à l'intérieur, posa son panier à côté du sien et tira une natte auprès du feu pour l'observer confortablement.

Elle utilisait les outils qu'il lui avait donnés après l'épisode de la viande séchée et les aimait bien, mais pour certaines tâches, elle préférait se servir de sa lame. Il la regardait la manier, plein d'admiration pour son habileté. Elle trouvait très désagréable de se sentir épiée. Finalement, elle se leva pour faire une infusion de camomille dans l'espoir de se calmer et de détourner son attention. Cela ne fit que lui rappeler qu'il évitait le problème qui le préoccupait. Il prit son courage à deux mains, bien décidé à aborder la question de front.

– Ayla, je ne sais ce que j'ai fait qui t'a blessée. Je te prie, dis-le-moi.

« Il ne dit pas la vérité, songea-t-elle. Comment peut-il l'ignorer? Pourtant, ses yeux sont sérieux. » Elle baissa les yeux, regrettant qu'il lui ait posé la question. C'était déjà assez insupportable d'être ainsi humiliée. Elle n'avait aucune envie d'en parler. Mais il avait demandé.

– Mon cœur pleure parce que je ne suis pas acceptable, dit-elle rapidement, en regardant le bol posé sur ses genoux avec une attention feinte.

– Que veux-tu dire, pas acceptable? Je ne comprends pas.

Pourquoi insistait-il? Voulait-il lui faire encore plus mal? Elle lui jeta un bref coup d'œil. Il était penché vers elle, sincérité et anxiété émanant de son regard et de la position de son corps.

– Aucun homme du Clan ne se soulagerait quand il y a une femme à proximité.

Elle sentit une vague de chaleur lui monter au visage.

– Tu étais plein de désir et tu m'as fuie. Comment ne me sentirais-je pas mal d'être aussi peu acceptable?

– Es-tu offensée parce que je n'ai pas... (Il se redressa et leva les yeux au ciel.) Oh! Doni! Comment as-tu pu être aussi bête, Jondalar? demanda-t-il, s'adressant au monde entier.

Elle le regarda, déconcertée.

– Je croyais que tu ne voulais pas que je t'ennuie, Ayla. Je m'efforçais, à grand-peine, de respecter tes vœux. Je te désirais tant. Mais à chaque fois que je te touchais par hasard, tu te raidissais. Comment peux-tu t'imaginer qu'un homme ne te désire pas?

A mesure que la réalité des choses s'imposait à elle, Ayla sentait se dissiper cette douleur qui lui meurtrissait le cœur depuis si longtemps. Il avait dit qu'il la désirait! Il croyait que c'était elle qui ne voulait pas de lui.

– Jondalar, il suffisait que tu me fasses le signe. Que je veuille ou non me soumettre à ton désir, quelle importance?

– Comment quelle importance! Ne me... (A son tour, il sentit une vague de chaleur lui monter aux joues.) Ne me désires-tu pas, Ayla?

Il avait hésité, craignant d'être rejeté. Elle connaissait ce sentiment, mais jamais elle n'en avait lu l'expression dans les yeux d'un homme. Alors, tous les doutes qu'elle avait encore à son sujet s'envolèrent. Sans s'en rendre compte, elle se rapprocha de lui.

– Je te veux, Jondalar, je te veux, depuis la première fois que je t'ai vu. Tu étais si grièvement blessé! Je n'étais pas sûre que tu vivrais. Je te regardais et en moi venait ce sentiment. Mais tu ne m'as jamais donné le signal...

Elle baissa les yeux à nouveau. Elle en avait déjà trop dit. Les femmes du Clan étaient plus subtiles dans leur invite.

– Et tout ce temps, moi qui croyais... Quel est ce signal dont tu parles, Ayla?

– Dans le Clan, quand un homme désire prendre une femme, il lui fait un signal.

– Montre-moi.

Elle lui obéit en rougissant. C'était un geste qu'une femme ne faisait jamais.

– C'est tout? Je fais juste ça? Et toi que fais-tu alors?

Etonné, il la vit se lever, s'agenouiller, dans l'attente.

– L'homme fait ce signal. La femme se met dans cette posture. Et c'est tout? Ils sont prêts?

Elle hocha la tête, en se redressant, un peu honteuse.

– Et si la femme ne veut pas de l'homme? Si elle n'est pas prête à le recevoir?

– Si l'homme demande, la femme doit se préparer.

Elle pensa à Broud et son visage s'assombrit au souvenir de la douleur et de l'humiliation qu'il lui avait imposées alors.

– A n'importe quel moment, Ayla? (Il lut la tristesse dans ses yeux et s'interrogea.) Même la première fois, Ayla? ajouta-t-il. (Elle acquiesça brièvement.) C'est ainsi que cela s'est passé pour toi?

Elle ferma les yeux et hocha la tête en avalant sa salive. Consterné et indigné à la fois, Jondalar demanda encore :

– Alors personne n'assiste aux Premiers Rites pour s'assurer que l'homme ne fait pas trop mal à la femme? Mais qui sont ces gens?

Il se leva d'un bond et se mit à arpenter l'entrée de la caverne.

– C'est cruel! Inhumain! Comment peut-on être aussi insensible? N'ont-ils aucune compassion? Aucune compréhension?

Cette réaction était si inattendue pour Ayla qu'elle se contenta de le suivre des yeux, bouche bée. Il était dans une colère noire. Comme ses vitupérations devenaient de plus en plus violentes, elle se mit à secouer la tête, niant ses affirmations.

– Ce n'est pas vrai, dit-elle, laissant enfin libre cours à son dissentiment. Tu ne dis pas la vérité, Jondalar. Ils sont sensibles. Iza m'a trouvée! Elle a pris soin de moi! Ils m'ont adoptée, m'ont acceptée dans leur Clan, bien que je sois née chez les Autres. Rien ne les y obligeait. Creb ne savait pas que

Broud me faisait du mal. Il n'a jamais eu de compagne. Quand j'attendais l'enfant, Iza m'a aidée. Sans elle, j'aurais perdu l'enfant. Et quand Durc est né, Brun l'a accepté bien qu'il fût difforme. Mais maintenant il est fort et sain...

Elle s'arrêta, hypnotisée par l'intensité du regard que Jondalar avait posé sur elle.

– Tu as un fils? Où est-il?

Ayla ne lui avait jamais parlé de son fils. Même après tant de temps, cela lui était pénible.

– J'ai un fils. Il vit avec le Clan. Je l'ai donné à Uba quand Broud m'a fait partir.

– Il t'a chassée?

Il se rassit en face d'elle. Alors, elle avait un fils. Il ne s'était pas trompé. Il ne savait plus par où commencer. Tant de questions se bousculaient à présent dans son esprit.

– Qui est Broud?

Elle ferma les yeux, cherchant comment lui expliquer la réalité.

– C'est le chef. Brun était le chef quand ils m'ont trouvée...

– Broud, c'est lui qui t'a... fait du mal.

– Iza m'a parlé du signal la première fois que mon Totem s'est battu, mais elle m'avait dit que les hommes assouvissaient leurs désirs avec les femmes qu'ils aimaient bien. Broud, c'était différent. Il l'a fait parce qu'il me haïssait. Et puis je crois que mon Totem l'a incité à le faire. L'esprit du Lion des Cavernes savait combien je voulais un enfant.

– Pourquoi Broud aurait-il quelque chose à voir avec l'enfant? La Grande Terre Mère honore celles qu'Elle choisit. Ton enfant est-il de son Esprit?

– Creb disait que les Esprits faisaient les enfants. Il disait que la femme avale l'Esprit du totem de l'homme. S'il est assez fort, il vainc l'esprit de son totem à elle, prend des forces de vie et grandit en elle.

– Quelle étrange conception des choses! C'est la Grande Terre Mère qui choisit l'Esprit de l'Homme qui doit se mêler à celui de la Femme quand Elle a décidé d'honorer une femme.

– Moi je ne crois pas. Je pense que c'est l'organe de l'homme qui dépose l'enfant dans la femme. Je pense que c'est la raison pour laquelle les hommes ont des besoins si grands et les femmes les désirent tant.

– Ce n'est pas possible, Ayla. Sais-tu combien de fois un homme peut prendre une femme sans qu'un enfant grandisse en elle? L'homme se contente d'ouvrir la femme pour que l'Esprit puisse entrer, grâce au Don du Plaisir. Le Don sacré de la Mère, différent du Don du Plaisir, est accordé aux femmes seulement. Ainsi, elles créent la vie, et deviennent mères comme Elle. Si un homme l'honore, apprécie ses Dons, s'engage à prendre soin de la femme et de ses enfants, alors Doni peut choisir son esprit pour les enfants de son Foyer.

– Qu'est-ce que le Don du Plaisir?

– Bien sûr, tu ne sais pas. Ce n'est pas étonnant que tu n'aies pas compris lorsque je... Tu as été honorée par Doni sans jamais avoir connu les Premiers Rites. Ton Clan me paraît bien étrange. Tous les gens que j'ai rencontrés au cours de mon Voyage connaissaient la Mère et ses Dons. Le Don du Plaisir, c'est lorsqu'un homme et une femme sentent qu'ils se désirent mutuellement et se donnent l'un à l'autre.

– Tout le monde disait que je n'aurais jamais d'enfant parce que mon Totem était trop fort. Ils ont été surpris. Il n'était pas vraiment déformé. Seulement, il ressemblait un peu à eux et un peu à moi. Personne ne voulait de moi, sauf Broud. Parce que j'étais trop grande et trop laide. Même au Grand Rassemblement des Clans, il n'y avait pas un homme qui voulait de moi.

Quelque chose commençait à préoccuper Jondalar, quelque chose à quoi sans savoir pourquoi il ne voulait pas vraiment penser.

– Tu dis que la guérisseuse t'a trouvée – comment s'appelait-elle? Iza? Où t'a-t-elle trouvée? D'où viens-tu, Ayla?

– Je ne sais pas. Iza dit que je suis née chez les Autres, d'autres gens comme moi. Comme toi, Jondalar. Je ne me souviens de rien avant que le Clan m'ait recueillie. Tu es le premier homme que je voie qui me ressemble.

Très mal à l'aise, l'angoisse au ventre, Jondalar l'écoutait.

– J'ai entendu parler des Autres la première fois par une femme, au Grand Rassemblement. Ils me faisaient peur, jusqu'à ce que je te rencontre. Elle avait un enfant un enfant qui ressemblait tellement à Durc qu'il aurait pu être à moi. Je crois que c'est un homme des Autres qui avait commencé cet enfant en elle, quand il l'avait forcée, pour assouvir ses désirs avec elle.

– Il l'avait forcée?

– Et il a tué son premier enfant aussi. Oda était avec d'autres femmes. Plusieurs Autres sont venus et ils les ont prises sans demander.

Soudain, Jondalar repensa à un groupe de jeunes hommes qu'il avait rencontré plus à l'ouest. Il voulait rejeter les conclusions auxquelles il était arrivé inéluctablement. Si une bande d'hommes se livraient à des activités aussi abjectes, pourquoi pas d'autres?

– Ayla, tu dis toujours que tu ne ressembles pas aux membres du Clan. Comment sont-ils?

– Ils sont plus petits – c'est pour cela que j'étais surprise la première fois que je t'ai vu. Ils ont les yeux bruns. Iza croyait que je ne voyais pas parce qu'elle n'avait jamais vu des yeux de la couleur du ciel. Durc a leurs yeux, et leur... je ne sais pas comment dire, ils ont de gros sourcils. Et puis leur tête est plus plate...

– Des Têtes-Plates! s'exclama-t-il, écœuré. Par Doni, Ayla! Tu as vécu avec ces animaux? Tu as laissé un mâle te... (Il frissonna.) Tu as donné naissance à une de ces abominations d'esprits mélangés mi-humaines mi-animales.

Dégoûté, il recula et se leva précipitamment. Au début, Ayla ne comprit pas. Elle le considéra, troublée. Mais ses yeux étaient empreints d'autant de répugnance qu'elle en avait vu chez d'autres en présence d'hyènes. Elle repensa alors à ses paroles.

Des animaux! Il avait qualifié d'animaux ces gens qu'elle aimait. Creb! Iza! des animaux! Et Durc, son fils, une hyène puante!

– Que veux-tu dire? hurla-t-elle en se relevant, folle de rage.

Elle n'avait jamais haussé le ton auparavant et il en fut d'autant plus surpris. Elle-même était étonnée de sa véhémence.

– Creb? Iza? des animaux? Mon fils, à demi humain? Des animaux recueilleraient-ils une petite fille blessée? L'accepteraient-ils parmi eux? Prendraient-ils soin d'elle? Où crois-tu que j'ai appris à trouver de la nourriture? A la préparer? A guérir? S'ils étaient des animaux, tu ne serais pas en vie aujourd'hui, Jondalar. Tu dis que les membres du Clan sont des animaux et que les Autres sont des humains. Eh bien, souviens-toi de ceci : le Clan a sauvé un enfant, les Autres en ont tué un. Si je pouvais choisir, je retournerais avec ces hyènes puantes!

Sur ce, elle sortit de la caverne comme une furie et il l'entendit siffler Crinière.

23

Jondalar était frappé de stupeur. Il la suivit jusqu'à la corniche et la regarda s'éloigner au galop vers la vallée. Ayla avait toujours été si douce, elle n'avait jamais eu la moindre réaction de mauvaise humeur. Son accès de colère en avait été d'autant plus renversant.

Il s'était toujours estimé juste et ouvert en ce qui concernait les Têtes-Plates. Il considérait qu'il fallait les laisser tranquilles et il n'en aurait jamais tué un volontairement. L'idée qu'un homme ait envie de recourir à une de leurs femelles pour assouvir ses désirs l'avait profondément choqué. Qu'un de leurs mâles en ait fait de même avec une femme le consternait. La femme était à jamais souillée.

Une femme qu'il désirait tant! Il frémit, comme s'il avait déjà été contaminé. Mais par la grâce de la Grande Terre Mère, il avait été épargné. Pis encore, elle avait donné naissance à une de ces abominations, un rejeton des mauvais esprits, mi-humain, mi-animal. Beaucoup niaient l'existence de tels individus; pourtant dans toutes les Cavernes où il avait séjourné, cela avait toujours été un sujet brûlant. Etait-il possible qu'Ayla eût été élevée par un groupe de Têtes-Plates?

Il en avait rencontré à diverses reprises au cours de son voyage. Qu'ils fussent des animaux et non pas des humains, il n'en avait jamais douté. Il se souvint de l'incident avec le jeune mâle et la femelle. Le jeune n'avait-il pas utilisé un couteau identique à celui d'Ayla pour couper le poisson? Et la fourrure qu'ils avaient jetée sur ses épaules... les manières d'Ayla même, au début surtout? Cette façon de s'asseoir en tailleur, les yeux baissés. Et cette lance primitive, ne ressemblait-elle pas étrangement à celles que portaient ces Têtes-Plates auxquels Thonolan et lui avaient été confrontés au pied du glacier? Il n'y avait pas de doute. Il aurait pu s'en apercevoir depuis longtemps déjà, s'il l'avait voulu. Pourquoi avait-il bâti cette histoire absurde sur les Serviteurs de la Grande Terre Mère dont il s'était imaginé qu'Ayla faisait partie? Pourtant, elle était aussi bonne guérisseuse que les autres, peut-être meilleure encore. Tenait-elle vraiment son savoir d'une bande de Têtes-Plates?

Soudain, comme un jet d'eau glacée, la réalité de ce qu'il avait fait s'imposa à lui. Il se sentit pâlir. Elle lui avait sauvé la vie et il s'était comporté avec elle comme si elle lui répugnait. Elle lui avait dispensé tous ses soins pendant une lune entière et il l'avait remerciée en traitant son fils d'abomination! Il était mortifié par son manque de sensibilité. Il rentra dans la caverne en courant et se jeta sur la couche.

– Oh! Doni, comment as-tu pu me laisser agir ainsi? Pourquoi ne m'as-tu pas aidé? balbutia-t-il, en enfouissant son visage dans les fourrures.

Il ne s'était pas senti aussi malheureux depuis son enfance. Comment avait-il pu être aussi dur? Pourquoi n'avait-il pas réfléchi avant d'agir? Il partirait bientôt; sa jambe était guérie. Pourquoi n'avait-il pas pu tenir sa langue jusqu'à son départ?

D'ailleurs, pourquoi n'était-il pas encore parti? « Parce que tu n'as pas envie de quitter cette magnifique et mystérieuse femme, Jondalar, et tu le sais très bien!

« Pourquoi en faire une telle histoire? Qu'est-ce que cela peut faire qu'elle... ait vécu avec des Têtes-Plates? Parce que tu la désires. Et puis tu as pensé qu'elle n'était pas assez bien pour toi parce qu'elle avait... elle... laissé un...

« Animal toi-même! Elle ne l'a pas laissé. Il l'a forcée. Elle n'a même pas connu les Premiers Rites. Et tu la blâmes! Elle s'ouvre à toi, te livre ses chagrins et ses douleurs, et que fais-tu? Mais tu es pire que lui! Elle avait confiance en toi. Si tu avais fait un peu attention, au lieu de ne t'occuper que de toi, tu aurais vu qu'elle se comportait comme une femme inexpérimentée. Mais elle n'est pas une petite fille. C'est la plus belle femme que tu aies jamais vue et tu avais peur qu'elle te rejette. Toi, le grand Jondalar! L'homme que toutes les femmes convoitent. Une chose est sûre au moins : elle ne veut plus de toi. Elle ne savait même pas qu'elle était belle. Elle a grandi en compagnie de Têtes-Plates, souviens-toi. Qui aurait pensé qu'ils recueilleraient une enfant? Qu'ils la soigneraient! C'est indirectement à ces animaux que tu dois d'être encore en vie! Est-elle moins belle parce qu'elle a donné naissance à une abomination? Pourquoi cet enfant serait-il une abomination? Tu la désires toujours, Jondalar! Il est trop tard. Elle n'aura plus jamais confiance en toi. Il te faut partir. Mais tu ne peux pas. Tu dois lui faire face. Tu as besoin de peaux, d'armes, de nourriture. Tu ne peux voyager sans rien.

« Où vas-tu trouver ce qu'il te faut? Tu es sur son territoire. Tu dois lui demander de rester encore un peu pour te préparer. Et repartir seul, sans Thonolan. »

Des larmes inondèrent son visage. « Pourquoi ce lion ne m'a-t-il pas tué aussi? Thonolan n'aurait pas agi aussi bêtement. J'aimerais savoir où est cette gorge où tu gis, petit frère. Si seulement un Zelandoni avait pu t'aider à trouver ton chemin pour le monde des Esprits! »

Il entendit un martèlement de sabots sur les pierres du sentier. Il pensa que c'était Ayla qui revenait avec Crinière, mais c'était le poulain. Il fouilla les environs du regard. En vain.

– Que se passe-t-il, petit? Elles t'ont abandonné en route? C'est ma faute. Mais elles reviendront... pour toi au moins. Ayla vit... seule. Je me demande depuis combien de temps elle est là? Seule! Je ne sais pas si j'aurais eu le courage.

« Te voilà à pleurnicher sur tes folies. Pense à ce qu'elle a vécu! Tu crois qu'elle pleure, elle? Elle est remarquable! Magnifique. Et tu as tout perdu, Jondalar. »

Jondalar se trompait. Ayla pleurait, elle pleurait comme jamais elle n'avait pleuré auparavant. Elle avait poussé la jument loin de la vallée et s'était arrêtée près d'un des affluents de la rivière qui passait près de sa caverne, à l'endroit où elle venait souvent chasser les grouses. C'était une sorte de bras mort, les rives étaient souvent inondées. Elle avait commencé par laver son visage bouffi par les larmes dans le ruisseau. Elle avait l'impression de sortir d'un cauchemar. La journée qui avait pourtant si bien commencé n'avait été qu'une succession de rebondissements de plus en plus violents. Elle avait l'impression qu'elle ne pourrait plus supporter le moindre revirement de situation.

Jamais elle n'oublierait le regard haineux et dégoûté qu'il avait posé sur elle, comme si elle avait été un morceau de viande pourrie. Il avait même frissonné.

Iza et Creb n'étaient pas des animaux! Ils étaient des humains. Ils l'avaient aimée et avaient pris soin d'elle. « Pourquoi les déteste-t-il autant? Ce territoire leur appartenait en premier lieu. Son espèce n'est venue que plus tard... mon espèce. Sont-ils tous comme lui?

« Je me réjouis d'avoir laissé Durc avec le Clan! Doni seul sait ce qu'ils auraient fait de lui. Une abomination! C'est ainsi qu'il l'a appelé! Ce n'était même pas la peine qu'il m'explique le sens de ce mot. »

Les larmes l'aveuglèrent à nouveau. « Mon fils, mon enfant... Il n'est pas déformé – il est sain et fort. Ce n'est pas un animal... une abomination.

« Comment a-t-il pu se métamorphoser si vite? Il me regardait. Ses yeux bleus étaient posés sur moi. Et puis il a détourné le regard, comme si j'avais pu le brûler, comme si j'étais un esprit mauvais dont le nom n'est connu que des Mog-urs. C'était pire que la malédiction. Eux, ils ne me voyaient plus. J'étais morte à leurs yeux et j'appartenais déjà à l'autre monde. Ils ne m'ont pas regardée comme si j'étais une abomination. »

Le soleil s'était couché. L'air avait fraîchi. Même pendant la saison la plus chaude, il faisait froid la nuit dans les steppes. Elle frissonna sous sa tunique mince. « Si j'avais pensé à apporter une peau et une tente... Mais il faut rentrer pour le poulain. »

Quand Ayla se leva, un couple de lagopèdes prit son envol. Presque instinctivement, elle tira sa fronde de son vêtement tout en se penchant pour ramasser quelques galets. Elle les terrassa l'un et l'autre. Elle allait les recueillir avant de chercher le nid.

« Pourquoi prendre les œufs? Je ne vais tout de même pas préparer pour Jondalar le plat favori de Creb! » Elle continua malgré tout ses recherches. Lorsqu'elle repéra le nid – à peine plus qu'un trou gratté dans la terre durcie, contenant plusieurs œufs –, elle haussa les épaules et les saisit un à un avec précaution.

Elle les posa près de la rivière à côté des oiseaux et assembla de longs roseaux pour fabriquer un petit panier de fortune lui permettant de transporter sans danger les œufs fragiles. Elle utilisa les lianes restantes pour réunir les pattes des lagopèdes. Elle remarqua que les épaisses plumes qui les protégeaient en hiver avaient déjà commencé à pousser.

L'hiver! Elle frissonna. Jondalar allait partir. Elle le savait. Pour quelle raison resterait-il avec elle dans la vallée? A sa place, si elle avait eu un Clan, elle serait repartie. Ce serait encore pire après son départ.

– Pourquoi est-il venu?

Sa voix la fit sursauter. Elle n'avait pas encore l'habitude de s'entendre parler quand elle était seule. « Au moins, je peux parler. Il a fait cela pour moi. Si je rencontre d'autres gens un jour, je pourrai leur parler. Comment ai-je pu penser que Jondalar était le compagnon que m'envoyait mon Totem? Ce regard qu'il m'a jeté! Oh! Lion des Cavernes, je ne veux plus être seule. Je partirai au printemps. Je peux leur dire à présent que Crinière n'est pas une jument qu'il faut tuer.

« Jondalar ne partira pas tout de suite. Il a besoin de peaux, d'armes. Sans nul doute, mon Totem me l'a envoyé pour m'apprendre à parler. Avant qu'il parte, je vais lui poser des tas de questions, l'observer. Broud m'a haïe pendant des années, je connais ce sentiment. Je supporterai aussi la haine de Jondalar. » Elle ferma les yeux pour retenir un nouveau flot de larmes. Elle porta la main à son amulette : « Oh! Lion des Cavernes, j'ai été si seule si longtemps. Mets de la chance dans ma poche à amulettes. »

Jondalar la vit revenir et il courut jusqu'à la plage. Elle avait lancé Crinière au galop, et ils faillirent se heurter au détour du chemin. Apeurée, la jument se cabra, manquant de désarçonner sa cavalière. Jondalar retint Ayla d'une main ferme, mais au contact de sa peau nue, il la lâcha prestement, accablé par le mépris qu'elle devait éprouver à son égard.

« Il me hait, pensa-t-elle. Il ne peut même pas supporter de me toucher. » Elle étouffa un sanglot en poussant la jument à reprendre sa route. Elle mit pied à terre devant la Caverne et pénétra précipitamment à l'intérieur. Elle voulait se cacher, dissimuler son chagrin. Si seulement elle avait un autre endroit où aller! Elle déposa le panier d'œufs près du feu, s'empara de ses couvertures et disparut au fond de la caverne. Elle écarta du pied le ramassis d'objets divers qui jonchaient le sol, jeta les fourrures à terre et s'en emmitoufla, y compris la tête.

Un peu plus tard, elle entendit les sabots de Crinière, puis ceux du poulain. Elle tremblait violemment, luttant contre les larmes, par trop consciente des mouvements de l'homme dans la Caverne. Elle aurait voulu qu'il s'en aille pour qu'elle puisse au moins pleurer. Elle n'entendit pas ses pieds nus sur la terre battue lorsqu'il s'approcha d'elle, mais elle sut qu'il était là et fit des efforts désespérés pour arrêter de trembler.

– Ayla? (Elle ne répondit pas.) Ayla, je t'ai apporté une infusion. Il ne faut pas rester là. J'irai dormir dehors.

« Il me déteste. Il ne peut même pas supporter ma présence. Je voudrais qu'il s'en aille, qu'il s'en aille à tout jamais. »

– Ayla, je sais que tu ne méritais pas ce que je t'ai fait. Tu n'as pas besoin de me répondre, mais il faut que je te parle. Je ne sais pas vraiment pourquoi je me suis comporté ainsi, mais je veux t'expliquer. Tu es si mystérieuse! Depuis que tu m'as sauvé, je me pose des tas de questions à ton sujet. Je ne comprenais pas pourquoi tu vivais seule. Je me suis imaginé toute une histoire, que tu étais une Zelandoni, une femme sacrée, un Serviteur de la Grande Terre Mère. Comme tu ne répondais pas à l'expression de mon désir pour toi, j'ai pensé que renoncer au Don du Plaisir était une des épreuves que tu t'imposais. J'étais sûr que le Clan était un étrange groupe de Zelandoni auquel tu appartenais.

Ayla ne tremblait plus, elle écoutait, immobile.

– Je n'ai pensé qu'à moi. (Il marqua une pause.) Je ne sais pas si tu me croiras, Ayla, mais je... on me considère comme un homme désirable. La plupart des femmes veulent... mon attention. Et j'ai cru que tu me rejetais. Je n'ai pas l'habitude. J'étais blessé dans ma fierté, et je ne voulais pas l'admettre. Je crois que c'est la raison pour laquelle j'ai inventé toute cette histoire. Si j'avais fait plus attention, j'aurais vu que tu étais une femme inexpérimentée, comme avant les Premiers Rites. Si quelqu'un pouvait s'en rendre compte, c'était bien moi. J'ai toujours été... bref...

Ayla avait baissé les couvertures et le regardait, l'écoutant si attentivement qu'elle entendait battre son cœur.

– Ayla, tu n'es pas grande et laide. Tu es la plus belle femme que j'aie jamais vue. Les Têt... gens qui t'ont élevée étaient si différents! Ils ne pouvaient pas savoir.

Elle s'était mise sur son séant.

– Belle? Moi?

Incrédule, pensant qu'il se moquait d'elle, elle replongea sous ses couvertures.

Il tendit la main pour la toucher, puis se ravisa.

– Je comprends que tu ne me croies pas. Après ce qui s'est passé... C'est difficile d'imaginer ce que tu as vécu. Elevée par ces gens si différents. Forcée d'abandonner ton enfant et de fuir. Quelle épreuve! Ayla, tu n'es pas seulement belle. Tu es forte. Forte à l'intérieur. Mais tu devras peut-être te durcir encore. Il faut que tu saches ce que les humains pensent des gens du Clan. A leurs yeux, ce ne sont que des animaux...

– Ce ne sont pas des animaux.

– Mais je ne savais pas, Ayla. Certains humains les haïssent. Je ne sais pas pourquoi. Les animaux, les vrais animaux que l'on chasse, on ne les hait pas. Peut-être que dans leur cœur, les humains savent que les Têtes-Plates – c'est ainsi qu'on les appelle, Ayla – sont des humains. Pourquoi auraient-ils l'idée d'assouvir leurs désirs avec eux, sinon? (Son front s'assombrit.) Ayla, si leurs esprits peuvent se conjuguer aux nôtres et des enfants naître ainsi... Quoi qu'il en soit, Ayla, tu n'es pas la seule à avoir donné naissance à un enfant à demi humain et à demi tête-plate...

– Les membres du Clan sont des humains, l'interrompit-elle.

– Tu vas entendre ce mot souvent, Ayla. Il faut que tu saches aussi que pour une femme, partager les Plaisirs avec un Tête-Plate est impardonnable aux yeux de tous.

– C'est une abomination?

Jondalar pâlit, mais il ne fléchit pas.

– Oui, Ayla, une abomination.

– Je ne suis pas une abomination! cria-t-elle. Et Durc non plus. Je n'ai pas aimé ce que Broud m'a forcée à faire, mais ce n'était pas une abomination. S'il ne l'avait pas fait, poussé par la haine, je l'aurais accepté, comme toute autre femme du Clan. Je serais restée avec eux, même en étant la deuxième compagne de Broud, s'il m'y avait autorisée. Simplement pour être auprès de mon fils. Ce que pensent les autres humains là-dessus, ça m'est égal.

Il l'admirait, mais cela n'allait pas être facile pour elle.

– Ayla, je ne dis pas que tu devrais avoir honte. Je te préviens, c'est tout. Peut-être pourrais-tu dire que tu viens d'une autre tribu.

– Jondalar, pourquoi veux-tu que je forme des mots qui ne sont pas justes? Au Clan, personne ne faisait jamais ça. C'est trop évident. Quand tu ne dis pas la vérité, je le vois sur ton visage, tes épaules, tes mains le disent.

Il rougit. L'honnêteté de cette femme faisait vraiment partie de sa force intérieure.

– Ayla, c'est mieux de dire toujours la vérité. Mais il fallait que je te mette au courant de tout cela avant de partir.

Elle sentit un nœud se serrer dans son ventre, et un autre dans sa gorge.

– J'ai bien pensé que tu partirais. Mais tu n'as rien pour voyager. De quoi as-tu besoin?

– Si tu voulais bien me donner un peu de silex, je pourrais faire des outils, et quelques lances. Et je dois réparer mes tuniques. Je voudrais aussi me confectionner une besace comme les Mamutoi en portent. Elles m'ont paru plus commodes.

Ayla secoua la tête.

– Que veut dire ce mot, Mamutoi?

– Les Mamutoi sont une autre tribu qui vit près de la mer. Leurs coutumes sont différentes des miennes. Leur langage aussi.

– Leur langage? Quel langage m'as-tu appris?

Jondalar sentit son cœur se serrer.

– Je t'ai enseigné mon langage – celui des Zelandoni. Je ne pensais pas que...

– Les Zelandoni – tu m'as dit qu'ils vivaient à l'ouest? (Ayla frémissait d'appréhension.)

– Eh bien, je t'ai dit la vérité... Euh, ils vivent loin vers l'occident. Les Mamutoi sont tout près.

– Jondalar, tu m'as enseigné le langage d'une tribu qui vit très loin d'ici et je ne pourrai même pas parler à celles qui sont toutes proches. Pourquoi?

– Je n'y ai pas pensé... Je...

Il se tut, incapable de trouver une raison valable. Il n'avait rien fait correctement.

– Et tu es le seul qui parle cette langue?

Il hocha la tête. Un poids immense venait de tomber sur les épaules d'Ayla.

– Jondalar, pourquoi ne pas m'enseigner le langage que parlent tous les humains?

– Parce que cela n'existe pas, Ayla.

– Eh bien, celui dont vous vous servez pour vous adresser à vos Esprits, à la Grande Terre Mère?

– Que veux-tu dire? Nous n'avons pas de langage particulier pour Elle.

– Alors, comment faites-vous quand vous rencontrez un Clan dont vous ne parlez pas la langue?

– On l'apprend. Je parle deux langues et quelques mots dans plusieurs autres.

Ayla s'était remise à trembler. Elle qui avait pensé pouvoir quitter la vallée et parler aux humains qu'elle rencontrerait! Qu'allait-elle faire à présent? Elle se leva d'un bond. L'instant d'après, il était debout près d'elle.

– Je veux connaître tous les mots que tu connais. Jondalar, tu dois m'apprendre. Il le faut.

– Ayla, il faut beaucoup de temps. Je connais mal cette autre langue. Il ne s'agit pas seulement de mots.

– Nous pouvons commencer avec des mots. Quel est le mot feu en mamutoi?

Il le lui dit puis il tenta de la raisonner, mais elle s'acharnait, lui demandant un mot après l'autre dans le même ordre qu'elle les avait appris en zelandoni. Au bout d'un long moment, il put enfin l'interrompre.

– Ayla, à quoi ça sert? Tu ne peux pas te souvenir de tout comme ça.

– Je sais que ma mémoire pourrait être meilleure. Dis-moi quand je dis faux.

Elle reprit depuis le début et répéta sans faute tous les mots qu'il venait de lui indiquer. Il la regarda, abasourdi.

– Comment as-tu fait cela?

– Me suis-je trompée?

– Pas une seule fois!

Elle sourit, soulagée.

– Quand j'étais petite, ce n'était pas comme cela. Il fallait toujours me répéter les choses tant de fois! Je ne sais pas comment Iza et Creb ont pu être si patients avec moi. Ils pensaient que je n'étais pas intelligente. J'ai fait des progrès, mais les membres du Clan sont tellement plus doués que moi!

– Tu veux dire que les membres du Clan ont encore plus de mémoire que toi?

– Il n'oublient jamais rien. Ils sont nés avec le savoir indispensable à leur survie, alors ils n'ont presque rien à apprendre. Ils ont suffisamment de... souvenirs, je ne sais pas comment vous appelez cela. Quand l'enfant grandit, on les lui rappelle. Une fois suffit. Les adultes savent ce dont ils se souviennent. Moi je n'avais pas la mémoire du Clan. C'est pourquoi Iza devait répéter les choses jusqu'à ce que je m'en souvienne sans faute.

Eberlué, Jondalar l'écoutait, sans vraiment comprendre.

– Certains croyaient que je ne pourrais jamais devenir guérisseuse sans la mémoire d'Iza. Mais Iza, elle, pensait que je serais bonne même sans me souvenir. Elle disait que j'avais des dons qu'elle ne comprenait pas très bien, une façon de différencier le bien du mal. Elle m'a appris à expérimenter de nouvelles plantes soignantes, pour que je sache les utiliser sans la mémoire. Et puis, ils avaient un Langage Ancien, pas de sons, juste des gestes. Tout le monde connaissait ce Langage Ancien auquel ils avaient recours dans les cérémonies et pour s'adresser aux Esprits. Je l'ai appris moi aussi.

– Ayla, si je comprends bien, ces... gens du Clan ont un langage et disposent aussi d'une autre langue ancienne. Ils communiquent donc ensemble?

– Tous les membres du Clan communiquaient ensemble.

– Nous parlons bien des mêmes gens? Les Têtes-Plates?

– Si c'est comme cela que tu veux les appeler. Je t'ai expliqué à quoi ils ressemblaient. Et c'est à ce moment-là que tu m'as dit que j'étais une abomination.

Il semblait avoir du mal à accepter ce qu'elle venait de dire. Soudain, elle se sentit mal à l'aise. Elle avait parlé trop ouvertement. Rapidement, elle marcha jusqu'au feu et se mit en devoir de plumer un des lagopèdes avec une application feinte.

Jondalar songeait qu'il l'avait trop blessée pour regagner sa confiance. C'était lui-même et non plus elle qu'il méprisait à présent. Il rapporta les couvertures d'Ayla sur sa couche, s'empara des siennes et alla s'étendre près de l'entrée de la caverne, à même la terre.

Ayla reposa l'oiseau – elle n'avait aucune envie de le plumer – et se rua vers sa couche dès que Jondalar fut hors de sa vue. Elle ne voulait pas qu'il voie ses larmes.

Jondalar essaya d'arranger ses couvertures autour de lui confortablement. Une mémoire, avait-elle dit. Et un langage! Tout cela était difficile à croire. Mais une chose était certaine : Ayla disait toujours la vérité.

Ayla n'arrivait pas à dormir. Des multitudes de questions s'agitaient dans son esprit. Pourquoi lui avait-il appris son langage puisqu'il était déterminé à s'en aller? Où irait-elle quand elle quitterait la vallée? Rencontrerait-elle un jour un compagnon? Mais ce n'était pas un autre compagnon qu'elle voulait! C'était Jondalar.

Elle ignorait ce qui en lui était unique et ce qui n'était que la réalité de son espèce. Mais elle savait qu'elle ne pouvait vivre sans la chaleur de son corps auprès d'elle, sans le bruit de sa respiration.

Jondalar non plus n'arrivait pas à dormir. Il pensait au Grand Voyage qu'il avait fait avec son frère. Tout cela semblait tellement inutile! Depuis combien de temps étaient-ils partis? Trois ans? Trois ans pour rien. Son frère était mort. Jetamio était morte, ainsi que l'enfant de l'Esprit de Thonolan. Que restait-il de tout cela?

Pour la première fois depuis longtemps, il pleura à chaudes larmes. Il pleurait pour son frère et pour lui, pour ce bonheur qu'il avait tué avant même de le saisir.

24

Jondalar ouvrit les yeux. Son rêve avait été si intense qu'il reconnut à peine les parois de la caverne, comme si le retour dans son Clan était la réalité et l'abri d'Ayla un effet de son imagination.

Ayla était partie. Les deux oiseaux avaient été plumés. Elle était levée depuis longtemps. Le bol qu'il utilisait toujours pour son infusion matinale était posé sur une natte près du feu. L'infusion était encore chaude. Elle ne devait pas être loin. Il se plaisait à deviner les herbes qu'elle choisissait pour l'infusion. De la menthe! C'était ce qu'il préférait.

Puis, comme à son habitude, il sortit sur la corniche. Il n'était pas encore bien éveillé. L'air frais lui éclaircit les idées. Soudain, il se souvint des événements de la veille.

Il s'était trop facilement habitué à ce qu'elle s'occupe de lui. Elle le faisait avec tant de douceur et de subtilité! Il n'avait jamais besoin de demander. Elle prévenait ses souhaits. Quel que fût le moment où il se levait, il y avait une infusion chaude, prête pour lui. A chaque fois qu'il proposait de l'aide elle paraissait surprise, reconnaissante même, comme si elle n'attendait réellement rien en retour.

– Qu'ai-je fait pour elle? dit-il à voix haute. Et hier...

Il remarqua la présence de Crinière et de son poulain dans la prairie en contrebas. Ils folâtraient gaiement et l'espace d'un instant, Jondalar s'égaya.

– Ce jeune poulain est si rapide! Bientôt, il courra plus vite que Crinière!

– Pour une course courte, les étalons sont souvent plus rapides. Mais pas sur une longue distance, répondit Ayla au moment où elle apparut en haut du sentier.

Jondalar fit volte-face, les yeux brillants d'excitation. Son enthousiasme était contagieux. Elle sourit bien qu'elle eût le cœur gros. Elle avait espéré que l'homme s'attacherait au poulain – mais à présent, cela n'avait plus d'importance.

– Je me demandais où tu étais passée, dit-il.

Il se sentait mal à l'aise en sa présence, et son sourire s'évanouit.

– Je suis allée préparer un feu sur la plage pour faire rôtir les lagopèdes.

« Il n'a pas l'air très content de me voir », pensa-t-elle et elle se retourna pour entrer dans la caverne. Son sourire aussi avait disparu.

– Ayla! appela-t-il en courant derrière elle.

Quand elle se retourna, il ne sut quoi dire.

– Je... je me demandais... je voudrais faire des outils. Si cela ne t'ennuie pas. Je ne veux pas diminuer tes réserves de la plage.

– Fais comme il te plaît. Chaque année, l'inondation en emporte mais elle en rapporte aussi.

– Il doit y avoir un dépôt de craie en amont. Si j'étais sûr qu'il n'était pas trop loin, je remonterais à la source. La pierre est supérieure quand elle est prise directement à la source.

Une lueur d'enthousiasme revint dans ses yeux, comme toujours quand il parlait de son art. Droog était ainsi, se souvint-elle.

Jondalar remarqua son air songeur et le petit sourire qui flottait sur ses lèvres.

– A quoi penses-tu, Ayla? demanda-t-il.

– A Droog; c'était le tailleur de pierre du Clan. Il me laissait l'observer si je me tenais bien tranquille et que je ne le dérangeais pas dans son travail.

– Tu peux me regarder faire, si tu veux, dit Jondalar. J'espérais que tu me montrerais la technique que tu utilises.

– Je ne suis pas très experte. Je sais confectionner les outils dont j'ai besoin, mais Droog était beaucoup plus habile que moi.

– Je voudrais que tu me laisses te regarder, répéta-t-il.

Elle hocha la tête et pénétra dans la caverne. Jondalar attendit. Elle ressortit bientôt et, sans même lui jeter un coup d'œil, elle s'engagea dans l'étroit sentier, portant les oiseaux, le panier contenant les œufs et un gros ballot attaché par une lanière.

– Laisse-moi t'aider à porter quelque chose, dit-il en courant derrière elle.

Elle s'arrêta le temps de lui tendre le panier à œufs et poursuivit son chemin.

– Il faut d'abord faire cuire les lagopèdes, dit-elle simplement, mais il eut l'impression qu'elle attendait son assentiment.

En dépit de ses années de solitude, les coutumes du Clan régissaient toujours ses actions. Elle était habituée à obéir aux commandements des hommes.

– Je dois aller chercher mes outils, avant de commencer à travailler.

Jondalar avait disposé devant lui une batterie d'outils : andouillers, os, silex, certains qu'Ayla reconnut. D'autres en revanche ne lui étaient pas du tout familiers. Elle défit son ballot en face de lui, puis elle s'assit et étala une peau sur ses genoux pour se protéger des éclats. Elle jeta un bref coup d'œil à Jondalar. Il observait avec attention les fragments d'os et de pierre qu'elle venait de présenter.

Il déplaça plusieurs nodules de silex dans sa direction. Elle pensa à Droog qui lui avait dit un jour que le talent du bon tailleur de pierre consistait avant tout à sélectionner correctement. Elle les étudia de près et opta pour l'un d'entre eux.

Jondalar hocha la tête sans s'en rendre compte.

– As-tu toujours pensé que tu serais un tailleur de pierre? demanda-t-elle, intriguée.

– Au début, je croyais être ciseleur, peut-être même pour les Serviteurs de Doni. (Une ombre passa sur son visage.) Et puis on m'a envoyé à la Caverne de Dalanar qui m'a appris l'art de la taille. Maintenant, je sais que je n'aurais jamais été un bon ciseleur.

– Qu'est-ce qu'un ciseleur, Jondalar?

– Mais c'est ça! C'est ça qui manque! (Ayla sursauta.) Il n'y a ni ciselures, ni peintures, ni perles, ni décorations. Pas de couleurs.

– Je ne comprends pas...

– Donne-moi ton pardon, Ayla. Comment peux-tu savoir de quoi je parle? Un ciseleur est un humain qui fait des animaux en pierre.

Ayla fronça les sourcils.

– Comment est-ce possible? Un animal est fait de sang et de viande. Il vit et respire.

– Pas un vrai animal. Une image, une représentation. Certains ciseleurs reproduisent même des images de Doni, quand ils reçoivent une vision d'elle. Pas seulement en pierre, en os, en bois aussi, en défense de mammouth. Certains même en boue ou en neige.

Ayla secouait la tête, cherchant à comprendre. L'allusion à la neige lui fit lever les yeux. Elle se souvint de ce jour d'hiver où elle avait emmagasiné de la neige à l'entrée de la caverne. Ne s'était-elle pas imaginé, un instant, que cette masse, pourtant informe en apparence, ressemblait étonnamment à Brun?

– Je comprends.

Il n'en était pas sûr, mais il ne savait comment s'expliquer mieux, sans exemple à l'appui. Comme sa vie avait dû être terne avec les Têtes-Plates! Leur existence était-elle réduite à chasser, manger et dormir? Ils n'étaient même pas capables d'apprécier les Dons de la Grande Terre Mère. Ni beauté, ni mystère, ni imagination. « Je me demande si elle peut comprendre ce qu'elle a raté. »

Elle choisit un angle de la pierre et la heurta d'un petit coup sec. Elle étudia l'entaille ainsi que l'éclat. La couleur était satisfaisante de même que la texture. Elle continua à tailler.

Jondalar remarqua qu'elle cherchait déjà à donner une certaine forme à la pierre, un peu comme un œuf aplati. Elle échanga son marteau de pierre contre un os long. A un moment, elle s'arrêta et saisit son amulette dans ses deux mains serrées, ferma les yeux et envoya une pensée silencieuse à l'Esprit du Lion des Cavernes. La présence de Jondalar la rendait nerveuse. Cette démonstration était importante. Il ne s'agissait pas seulement de réussir l'outil. Elle défendait là le talent de Droog et le Clan tout entier.

Jondalar s'interrogea sur l'importance de cette poche qu'elle portait autour du cou, qu'elle manipulait presque comme s'il se fût agi d'une doni.

Changeant l'angle de la pièce, elle frappa à nouveau, avec plus de force. Elle avait achevé sa tâche. Une des faces était plate, l'autre arrondie, lisse, épaisse d'un côté et aussi fine qu'une feuille de l'autre. Troublé, Jondalar s'en saisit.

– C'est un procédé très difficile à maîtriser, qui demande à la fois de la force et de la précision. Quel tranchant!

Ayla poussa un profond soupir de soulagement. Elle avait réussi. Elle avait fait honneur au Clan.

Il n'avait rien dit sur ses outils, mais elle remarqua qu'il les observait méticuleusement.

– Je voudrais utiliser la peau de bête avec laquelle tu te protèges, Ayla.

Elle la lui donna, impatiente de le voir à l'œuvre. A son tour, il ferma les yeux pour penser au silex qu'il avait choisi, à ce qu'il allait en faire. Ensuite, il l'inspecta avec attention. Ayla le regardait, fascinée. Aucune fissure. La pierre semblait de bonne qualité. Il la heurta contre une autre pour s'assurer qu'il n'y avait ni défaut ni inclusion. Il s'empara du marteau de pierre et le fit sauter dans sa main droite jusqu'à ce que sa prise lui paraisse équilibrée, puisque c'était un outil nouveau qu'il n'était pas encore habitué à manipuler. Tenant le nodule de silex d'une main ferme, il frappa un coup puissant. La pierre était d'un gris pâle légèrement bleuté, d'un grain très fin.

Il frappa encore et encore. Ayla était suffisamment accoutumée à ce procédé pour prendre la mesure du talent et de l'habileté extrême de Jondalar. Mais la forme qu'il donnait à la pierre lui était inconnue. Elle se pencha pour mieux voir.

Il avait constitué une sorte de cylindre, comportant une arête sur toute la longueur. L'arête était encore sinueuse et mal ébauchée quand il eut éliminé toute l'enveloppe calcaire. Il échangea le marteau contre un solide tronçon d'andouiller avec lequel il rectifia l'arête par une série de coups précis. Lorsqu'il fut satisfait du résultat, il prit un autre outil, un de ceux qui l'avaient intriguée. Plus long que le précédent mais également confectionné à partir d'un andouiller, il comportait deux branches de part et d'autre de la portion centrale, dont l'extrémité avait été taillée en forme de pointe.

Jondalar se leva, plaçant la pierre en partie sous son pied pour la maintenir en position. Ensuite, il plaça la pointe de l'andouiller juste au-dessus de l'arête qu'il avait si soigneusement formée. Il tint la branche la plus longue de façon que l'autre soit en avant, et en saillie. Puis, avec un os long, il assena un coup puissant.

Une lame se détacha. Elle était aussi longue que le cylindre de pierre, mais très fine. Il la fit miroiter au soleil et montra à Ayla qu'elle était presque transparente. Une arête courait sur l'une de ses faces et ses bords étaient incroyablement tranchants.

Sur le morceau de pierre restant, l'arête ainsi éliminée avait été remplacée par un long sillon bordé de deux arêtes moins saillantes que la précédente. Il répéta l'opération, en plaçant l'andouiller sur l'une des nouvelles arêtes ainsi formées. Une autre lame se détacha.

Il obtint ainsi plus d'une douzaine de lames presque identiques en épaisseur. Il les retravaillerait par la suite, les liant à d'autres matériaux, pour confectionner divers outils. Il prit une des lames et la tendit à Ayla. Elle en vérifia le tranchant, exerça une pression pour en éprouver la solidité, et l'examina de plus près. De par la nature même de la pierre, les lames ainsi façonnées étaient légèrement recourbées aux extrémités. Elle étendit la paume de sa main et fit basculer la lame d'avant en arrière.

– Jondalar... c'est... je ne sais pas le mot. Merveilleux... important. Tu en as fait tant...

Elle imaginait déjà toutes les implications d'un tel procédé. Comme s'il avait deviné sa pensée, il commença à lui dévoiler ses intentions.

– En émoussant l'un des côtés, on peut y appliquer une pression avec le doigt pour couper sans risquer de se faire mal. Si j'élimine quelques éclats sur une des faces, il est même possible de rectifier l'objet. Par ailleurs, en pratiquant une fente à mi-chemin de la lame, je peux y insérer un fragment d'os, de bois ou d'andouiller, j'aurai un manche. Il suffit pour cela de faire bouillir la matière que l'on souhaite insérer. Une fois amollie par la chaleur, elle entre facilement et se maintient en place, quand elle est sèche.

Subjuguée par ses explications et les nouvelles perspectives qui s'offraient à elle, Ayla voulut essayer elle-même sur-le-champ, comme elle le faisait toujours quand elle avait observé Droog, mais elle s'inquiétait de savoir si cela ne violait pas les principes et coutumes de Jondalar. Plus elle découvrait les rites et habitudes de son peuple, moins elle les comprenait.

– Je voudrais essayer... M'autorises-tu... bien que je sois une femme?

Sa question lui plut. Elle était habile; il en avait

eu la preuve. Il eût compris qu'elle tentât de justifier sa propre méthode. Mais au contraire, elle semblait reconnaître la supériorité de son procédé à lui et voulait s'y essayer. Il se demanda comment il aurait réagi si quelqu'un lui avait démontré ainsi que son art était fondé sur des principes désuets.

– Je connais des femmes qui sont d'excellents tailleurs de pierre. Joplaya est un des meilleurs à mon avis. Mais elle est taquine – je ne le lui ai jamais dit. Elle en aurait profité.

Il sourit au souvenir de la jeune femme.

– Dans le Clan, les femmes ont le droit de faire des outils, mais pas des armes.

– Les femmes font des armes. Quand elles ont eu des enfants, les femmes zelandoni chassent rarement, mais comme elles ont appris quand elles étaient jeunes, elles savent comment les armes sont utilisées. Lors d'une chasse, beaucoup d'armes se perdent ou sont endommagées. Un homme dont la compagne connaît l'art de confectionner des armes est sûr d'en avoir toujours en réserve. Et puis, les femmes sont plus près de Doni. Certains pensent que les armes faites de main de femme portent chance.

– Puis-je apprendre? demanda Ayla, suivant son idée.

– Etant donné la démonstration que tu viens de me faire, je doute que tu aies des difficultés à apprendre.

– Je... je ne crois pas.

– Bien sûr que tu peux apprendre.

– Je sais que je peux, Jondalar, mais ceux qui ont appris à travailler la pierre comme le font les membres du Clan ne peuvent apprendre un autre procédé, tel que le tien. Droog peut-être aurait pu. Mais ils ont beaucoup de difficulté à enregistrer de nouvelles informations. Ils apprennent tout par leur mémoire.

De prime abord, il crut qu'elle plaisantait, mais elle était sérieuse. Se pouvait-il qu'elle ait raison? Etait-il possible que les Têt... tailleurs de pierre du Clan soient vraiment incapables d'apprendre?

Alors, il se souvint qu'il n'y avait pas si longtemps, il ne les aurait même pas crus aptes à fabriquer des outils, à communiquer.

En pensant aux Têtes-Plates, il se remémora les événements de la veille. Sa gorge se serra. L'activité de la matinée avait été si prenante et si pleine d'enseignements qu'il avait tout oublié. Il avait regardé Ayla, sans voir ses cheveux d'or, sa peau si mate, ses yeux bleu-gris pareils aux nuances azurées des plus beaux silex.

« Oh! Doni, comme elle est belle! » Il devint intensément conscient de sa présence si proche; son corps déjà réagissait, tandis que son regard reflétait la puissance de son désir.

Instinctivement, Ayla sentit son changement d'humeur, bien qu'elle se fût à nouveau plongée dans la contemplation des lames. Elle lui jeta un bref coup d'œil. Sa peau se hérissa; une sorte de moiteur lui couvrit le dos. Comment pouvait-on avoir les yeux aussi bleus? Plus bleus que le ciel, plus bleus que les gentianes qui illuminaient les prairies aux abords de la Caverne du Clan. Elle sentit cette étrange sensation renaître en elle, au creux de ses reins. Imperceptiblement, elle se penchait vers lui, plus près, comme attirée par une force invisible. Dans un effort suprême, elle réussit à fermer les yeux et à se redresser brusquement, au dernier moment.

« Pourquoi me regarde-t-il ainsi puisque je suis une... abomination? Alors qu'il ne peut me toucher sans s'écarter aussitôt comme si je l'avais brûlé? » Son cœur battait à toute allure. Elle haletait comme si elle venait de courir. En vain, elle tenta de ralentir sa respiration.

Elle l'entendit se lever, avant d'ouvrir les yeux. Il avait négligemment jeté la peau de bête dans sa précipitation, et ses lames si soigneusement confectionnées étaient éparpillées un peu partout. Elle le regarda s'éloigner, raide, les épaules voûtées, jusqu'à ce qu'il disparaisse de sa vue. Il avait l'air misérable, autant qu'elle l'était elle-même.

Dès qu'il eut contourné la paroi, Jondalar se mit à courir à toutes jambes, à travers la prairie, jusqu'à ce qu'il n'en puisse plus. Il s'arrêta, haletant, secoué de sanglots étranglés.

« Que faut-il donc pour te convaincre? Ce n'est pas parce qu'elle accepte de travailler en ta compagnie qu'elle t'a pardonné! D'ailleurs pourquoi te pardonnerait-elle? Elle a vu le dégoût, le rejet, dans tes yeux. Songes-y! Elle a vécu avec des Têtes-Plates pendant des années et l'un de leurs mâles...

« Qu'en penseraient les autres? Que dirait Zelandoni si elle lui racontait qu'elle avait été élevée par des Têtes-Plates? Et Marthona? Si elle lui parlait de son fils? Pour sûr, elle le leur dirait et elle leur ferait front quoi qu'ils en pensent. Elle pourrait presque être Zelandoni elle-même!

« Mais si Ayla n'est pas un esprit mauvais, tout ce que l'on raconte sur les Têtes-Plates est faux. Qui le croirait? »

Absorbé par ses pensées, il n'avait pas prêté attention à la direction qu'il avait prise. Soudain, il sentit la chaleur humide des naseaux du poulain se glisser dans sa main. Il sursauta et leva les yeux. Ayla se tenait devant lui entre les deux chevaux. Inquiète de son étrange réaction, elle l'avait suivi comme il s'était inconsciemment rapproché de la caverne. Il ne se sentait pas encore prêt à l'affronter.

– Ayla, tu dois me pardonner. Je n'aurais pas dû m'enfuir ainsi.

– Quelquefois j'ai besoin de courir aussi. Hier, Crinière a couru pour moi. Elle va plus loin plus vite.

– Pour hier aussi, tu dois me pardonner.

En silence, elle pencha la tête et enfouit son visage dans la crinière de la jument qui posa la tête sur son épaule. Jondalar les avait déjà vues dans cette posture. Cela signifiait qu'Ayla était troublée. Elle trouvait ainsi un certain réconfort. Lui-même se consolait souvent de ses chagrins en flattant le jeune poulain. Il comprenait.

– Tu devrais donner un nom au poulain, dit-elle en le voyant caresser le front de l'animal.

– Je ne sais comment le nommer. C'est la première fois que...

– Je ne savais pas non plus, avant Crinière.

– Et ton fils... ne lui as-tu pas donné de nom?

– Creb a choisi son nom. Durc est le nom du héros d'une légende, celle que je préférais, parmi tous les récits et légendes. Creb le savait et c'est pour cela qu'il l'a choisi, pour me faire plaisir.

– Je ne savais pas que le Clan avait des légendes. Comment peuvent-ils raconter des histoires sans parler?

– En décrivant les événements et les gens par gestes. C'est beaucoup plus vivant, tu sais.

– Tu dois avoir raison.

Il était perplexe, une fois de plus. Jamais il n'aurait pensé que les Têtes-Plates imaginaient des histoires.

Les chevaux étaient repartis batifoler dans la

prairie. Tous deux suivaient d'un regard amusé les gambades du petit qui tournoyait autour de sa mère en essayant de lui mordiller les jarrets. Celle-ci, impatientée, lui décocha une ruade et le poulain apeuré s'enfuit à toute allure vers les bosquets.

– Rapide! lança Jondalar. (Elle sursauta.) Nous l'appellerons Rapide.

Il avait utilisé le mot si souvent en référence au poulain! Quel mot aurait pu mieux convenir?

– C'est bien, dit Ayla. Mais il faut le nommer vraiment.

– Que veux-tu dire? Comment nomme-t-on vraiment?

– Je ne suis pas sûre que cela convienne pour un cheval, mais j'ai nommé Crinière comme on le fait pour les enfants du Clan. Suis-moi.

Les chevaux sur leurs talons, ils longèrent la rivière jusqu'à l'endroit où elle faisait un coude, et où elle avait quelque peu modifié son cours depuis les dernières inondations. Au grand étonnement de Jondalar, Ayla gratta à l'aide d'un bâton la couche superficielle de boue et fit apparaître la strate sous-jacente : de l'ocre rouge. Elle en prit une pleine poignée qu'elle versa dans le creux d'un rocher. Elle alla chercher de l'eau à la rivière et mélangea l'ensemble avec application.

– Creb ajoute de l'huile d'ours des cavernes à l'ocre, mais je n'en ai pas. Je pense que ce n'est pas grave pour un cheval. Il va falloir que tu lui tiennes la tête.

Le poulain avait cessé ses cabrioles et s'était immobilisé sagement comme s'il comprenait ce qui se passait. Ayla fit quelques gestes du Langage Ancien pour attirer l'attention des Esprits. Puis elle versa la boue rougeâtre sur le front de l'animal.

– Le nom de ce cheval mâle est Rapide! dit-elle.

Tout se passa vite, avant que le poulain ait le temps de réagir.

Quand Jondalar le lâcha, il secoua la tête pour se débarrasser de cette étrange matière humide et se heurta à Jondalar avant de s'enfuir, laissant une marque rouge sur la poitrine nue de l'homme.

Celui-ci le regarda galoper vers la plage comme s'il voulait leur montrer qu'ils avaient bien choisi son nom.

– Pourquoi as-tu choisi la terre rouge?

– C'est particulier à cet usage... pour les Esprits, dit-elle.

– Sacré? Nous disons sacré. C'est le sang de Doni.

– Le sang. Creb... le Mog-ur a frotté cette terre rouge sur le corps d'Iza après que son Esprit l'eut quittée. Il a parlé de sang de la naissance. Afin qu'Iza renaisse dans l'autre monde.

Jondalar n'en croyait pas ses oreilles.

– Tu veux dire... les Têtes-Plates... les membres du Clan utilisent la terre rouge pour conduire leurs morts dans l'autre monde? Tu en es sûre?

– Personne n'est enterré sans cette cérémonie.

– Ayla, nous aussi nous utilisons la terre rouge. Nous en couvrons le corps et le sépulcre pour que Doni reprenne l'Esprit mort en son sein. (Son visage s'assombrit.) Thonolan n'a pas eu de terre rouge.

– Je n'en avais pas, et il était impossible de prendre le temps d'aller en chercher. J'aurais alors enterré deux hommes au lieu d'un. Mais j'ai demandé à mon Totem et à l'esprit d'Ursus, le Grand Ours des Cavernes, de l'aider à trouver le chemin.

– Tu l'as enterré? Son corps n'a pas été dévoré par les rapaces?

– J'ai provoqué un éboulement et son corps a été recouvert de pierres. Mais je n'avais pas de terre rouge sous la main.

Ainsi les Têtes-Plates enterraient leurs morts. Ce ne pouvait être des animaux. Seuls les humains pensaient à ce qui leur arrivait après la mort. Les Esprits de son Clan pouvaient-ils avoir conduit Thonolan dans l'autre monde?

– C'est plus qu'il n'aurait eu si tu n'avais pas été là, Ayla. Et tu m'as donné bien autre chose encore. Sans toi, je ne serais plus en vie.

25

– Ayla, c'est absolument délicieux! Où as-tu appris à apprêter ainsi la nourriture? s'exclama Jondalar en s'emparant d'un autre morceau du lagopède si délicatement parfumé.

– Iza m'a tout enseigné. Qui d'autre aurait pu m'apprendre? C'était le plat favori de Creb.

Sans qu'elle puisse se l'expliquer, elle se rendit compte que sa question l'avait irritée. Pourquoi ne saurait-elle pas préparer les aliments?

– Une guérisseuse connaît les herbes, Jondalar, celles qui donnent du goût autant que celles qui guérissent.

Il s'était aperçu de son agacement et se demandait ce qui avait pu le provoquer. Il avait simplement voulu la complimenter.

– Ayla... Je... je voulais te dire... mais je ne veux pas te blesser.

– Pourquoi te préoccuper de la sorte? Si tu veux me dire quelque chose, dis-le-moi.

Elle paraissait vraiment énervée par ses hésitations et la tristesse faillit le retenir.

– Tu dis la vérité. C'est un peu tard, mais... comment fais-tu pour chasser avec de pareilles lances?

Sa question l'étonna.

– Je creuse un trou et je cours pour jeter la panique parmi le troupeau. Mais l'hiver dernier...

– Un piège! Bien sûr, ainsi tu peux t'approcher suffisamment de ta proie. Ayla, tu as tant fait pour moi! Je veux te donner quelque chose en retour avant de partir. Mais je ne veux pas t'offenser. Si tu n'aimes pas mon idée, oublie-la. Tu me promets?

Elle hocha la tête, un peu sur ses gardes, mais curieuse.

– Tu es bonne chasseresse, surtout avec de telles armes. Je crois connaître un moyen de te faciliter les choses. Si tu m'y autorises, je te confectionnerai une arme plus efficace.

Un sourire radieux illumina le visage de la jeune femme.

– Mais il faudra que tu t'exerces, Ayla. Le maniement sera différent.

Elle secoua la tête.

– Les femmes du Clan ne chassent pas. Aucun homme ne voulait que je chasse, pas même avec ma fronde. Brun et Creb ont fini par céder pour apaiser mon Totem. Le Lion des Cavernes est un Totem mâle puissant et ils n'ont pas osé le défier.

Le souvenir de la Cérémonie qui avait fait d'elle la Femme qui Chasse lui revint à l'esprit. Elle porta la main à la petite cicatrice au creux de son cou.

– Creb a pris un peu de mon sang pour l'offrir en

sacrifice aux Anciens. Ainsi le droit de chasser me fut octroyé.

« Quand je suis arrivée dans la vallée, je n'avais que ma fronde. Comme personne ne pouvait me voir, j'ai confectionné des lances semblables à celles qu'utilisaient les hommes du Clan, et j'ai appris à m'en servir. Je n'aurais jamais pensé qu'un homme accepterait de me montrer une manière plus efficace d'atteindre la proie. Jondalar, je te serai reconnaissante. Je ne peux te dire à quel point. »

– J'aurais besoin d'outils spéciaux. Et d'os qu'il me faudra faire tremper. Disposes-tu de récipients assez grands pour cela?

– J'ai beaucoup de récipients. Quelle taille te faut-il?

Elle était déjà debout.

– Tu peux attendre d'avoir fini de manger, Ayla.

– Manger!

Elle était bien trop excitée pour finir ce qu'il y avait dans son bol.

– Veux-tu que nous allions voir tout de suite? demanda-t-il.

D'un bond, elle se releva et courut d'une traite jusqu'au fond de la caverne. Il faisait très sombre au fond de l'abri. Elle tendit la torche à Jondalar tandis qu'elle fouillait dans l'amas de paniers, bols et récipients d'écorces diverses qui s'étaient empilés là au fil du temps.

Les yeux écarquillés, Jondalar suivit son manège. Il y avait tant et tant d'objets! Plus qu'elle ne pourrait en utiliser sa vie entière.

– C'est toi qui as confectionné tout cela, Ayla?

– C'est moi.

– Cela a dû te prendre des jours, des lunes... des saisons. Combien de temps?

Ayla essaya de trouver un moyen de le lui expliquer.

– Des saisons, beaucoup de saisons. J'y ai surtout travaillé pendant l'hiver. Je n'avais rien d'autre à faire. En vois-tu un qui te convienne?

Il en choisit plusieurs et les emporta avec lui, plus pour en examiner la fabrication que pour s'en servir. C'était incroyable. Ces paniers finement tressés et ces bols au fini impeccable avaient dû lui prendre des années. Depuis combien de temps était-elle là? Seule!

– Celui-ci ira très bien, dit-il en désignant un grand bol en bois, profond et allongé.

« Elle devait être à peine une femme quand elle est arrivée ici. Elle n'est pas très âgée – ou bien est-ce que je me trompe? C'est difficile à dire. » D'une certaine manière, elle était sans âge. Cette ingénuité contrastant si fort avec ce corps de femme épanoui, un corps qui avait porté un enfant.

Ils descendirent l'étroit sentier. Jondalar emplit le bol d'eau et inspecta les os qu'il avait trouvés dans les réserves d'Ayla. L'âge de la jeune femme continuait à le préoccuper.

– Ayla, depuis combien de temps es-tu ici? demanda-t-il, incapable de contenir sa curiosité plus longtemps, comme ils retournaient à la caverne.

Elle s'arrêta, ne sachant que répondre. Comment lui faire comprendre? Les marques qu'elle avait faites sur des brindilles, jour après jour, lui vinrent à l'esprit. Creb lui avait appris à compter ainsi parce qu'elle avait tant insisté, mais elle n'était pas censée le savoir. Jondalar risquait de désapprouver. Quoi qu'il en soit, il partirait. Alors quelle importance!

Résignée, elle alla chercher un des fagots de

brindilles, le détacha et étala les branchettes devant elle, sur la corniche.

– Qu'est-ce que c'est que cela? demanda-t-il.

– Tu veux savoir depuis combien de temps je suis ici. Je ne sais pas comment t'expliquer, mais depuis que je suis dans la vallée, j'ai fait chaque soir une entaille dans une de ces brindilles. J'ai passé ici autant de nuits qu'il y a d'entailles.

– Sais-tu combien d'entailles il y a?

Elle se souvint de sa frustration quand elle avait essayé de trouver un moyen de les compter.

– Autant qu'il y en a, répondit-elle avec une pointe d'impatience.

Intrigué, Jondalar se saisit d'une des brindilles. Elle ignorait les mots pour compter mais elle avait l'intuition de leur existence. Rares étaient ceux qui parvenaient à en saisir le sens et l'usage. Le pouvoir magique de ces termes n'était pas donné à tout le monde. Zelandoni le lui avait expliqué. Où Ayla avait-elle appris à marquer le passage du temps sur des brindilles? Comment quelqu'un qui avait été élevé par des Têtes-Plates pouvait-il en comprendre la notion?

– Qui t'a donné cette idée?

– C'est Creb qui m'a montré, il y a longtemps.

– Creb – l'homme au foyer de qui tu vivais? Il savait ce que cela voulait dire? Il en comprenait le sens?

– Creb était le... Mog-ur... un homme sacré. C'est lui qui indiquait le moment choisi pour les Cérémonies, les Rassemblements de Clans. Je crois qu'il pensait que je ne comprendrais pas – c'est difficile, même pour les Mog-urs. Mais il en avait assez de mes questions. Il m'avait fait promettre de n'en parler à personne. Il m'a surprise un jour beaucoup plus tard, à compter les jours du cycle de la Lune et il était furieux.

– Ce Mog-ur, (Jondalar avait du mal à prononcer le mot.) c'était un Zelandoni en quelque sorte?

– Je ne sais pas. Tu dis qu'un Zelandoni est un guérisseur. Le Mog-ur n'était pas un guérisseur. Iza connaissait les plantes et les herbes. Le Mog-ur était en communication avec les Esprits.

– Un Zelandoni peut être un guérisseur, mais il peut aussi avoir d'autres Dons. C'est un humain qui a répondu à l'appel de notre Grande Terre Mère. Certains jouissent de Dons particuliers dans le but de servir Doni. D'autres n'ont aucun don spécial. Ils désirent simplement servir. Ils peuvent parler à Doni.

– Creb avait d'autres Dons. Il était très puissant. Il pouvait... je ne sais pas comment expliquer.

Jondalar hocha la tête. Ce n'était pas aisé non plus de parler des Zelandoni. Ils étaient aussi détenteurs d'un savoir particulier. Il reporta son attention sur les bâtonnets, et commença à compter les marques. Quand il les eut relevées toutes, les unes après les autres, il demanda :

– Cela fait autant de nuits qui sont indiquées ici que tu es dans la vallée?

Elle secoua la tête et se leva précipitamment pour aller chercher les autres fagots. Quand elle revint, chargée d'une grande brassée de branchettes, Jondalar pâlit. Elle défit le tout et les lui présenta. Il sentit son cœur bondir dans sa poitrine. Des années! Toutes ces marques représentaient des années! Il aligna les brindilles de manière à voir toutes les entailles et les étudia soigneusement en silence. Zelandoni lui avait appris à compter de grandes quantités, mais il fallait malgré tout qu'il réfléchisse. Il décida finalement que le plus simple était d'additionner les cycles de la lune. Il fit un trait dans la terre à mesure qu'il les éliminait. Au bout de treize, il recommença un autre rang, en sautant le premier, comme Zelandoni le lui avait expliqué, et marqua donc douze bâtons. Les cycles de la lune ne correspondaient pas exactement aux saisons. Il parvint à la fin de ses entailles au bout du troisième rang et leva alors vers elle des yeux catastrophés.

– Trois ans! Cela fait trois ans que tu es ici! Tu es arrivée à l'époque où j'ai entamé mon voyage. Et tu es seule depuis tout ce temps?

– J'avais Crinière, et jusqu'à l'...

– Mais tu n'as pas vu d'humains?

– Pas depuis que j'ai quitté le Clan.

– Sais-tu quel âge tu as, Ayla? Combien d'années tu as vécu? demanda-t-il soudain.

– Laisse-moi réfléchir, répondit-elle. (Elle tendit une main, les doigts écartés.) Creb disait qu'Iza pensait que j'avais... ça... quand ils m'ont recueillie. (Jondalar fit cinq traces sur le sol.) Durc est né au printemps de l'année où je suis allée au Grand Rassemblement. Creb disait qu'il y avait... ça d'années entre les Rassemblements.

Elle ajouta deux doigts aux cinq de la main tendue.

– C'est sept, expliqua Jondalar.

– Il y avait eu un Rassemblement l'été avant mon arrivée au Clan.

– Moins un; laisse-moi réfléchir, dit-il en marquant d'autres bâtons. (Il secoua la tête.) Es-tu sûre? Cela voudrait dire que ton fils est né quand tu avais onze ans!

– Je suis sûre, Jondalar.

– Il est rare que des femmes donnent naissance à un enfant si tôt. Tu étais encore une enfant toi-même.

– Je n'étais pas une enfant. J'étais déjà plus grande que tous les membres du Clan, y compris les hommes, depuis des années. Certains pensaient que je ne pourrais jamais devenir une femme parce que mon Totem mâle était trop fort. Iza était si contente quand... quand la période de la lune a commencé pour moi. La plupart des femmes de mon âge étaient femmes avant moi. C'était... l'année de Broud. L'année d'après fut celle de Durc.

– L'année avant la naissance de ton fils – dix ans. Tu avais dix ans quand il t'a forcée! Comment a-t-il pu faire une chose pareille?

– J'étais une femme, plus grande que les autres. Plus grande que lui.

– Mais pas plus forte! J'ai vu plusieurs de ces Têtes-Plates! Ils ne sont peut-être pas très grands, mais ils sont puissants. Je ne voudrais pas avoir à me battre avec l'un d'entre eux.

– Ce sont des humains, Jondalar, corrigea-t-elle gentiment. Ce ne sont pas des Têtes-Plates.

Il se tut. Elle était douce, mais têtue!

– Après ce qui s'est passé, tu insistes encore pour dire que ce ne sont pas des animaux?

– Tu dis que Broud est un animal parce qu'il m'a forcée. Mais alors comment appelles-tu les humains qui forcent les femmes du Clan?

Il n'avait pas envisagé la question exactement sous cet angle.

– Tous les hommes n'étaient pas comme Broud, Jondalar. La plupart d'entre eux étaient différents. Ainsi Creb était gentil, doux, bien qu'il fût un Mog-ur puissant. Brun aussi, même s'il était le chef. Il était volontaire, mais il était juste. Il m'a acceptée au sein du Clan. Il a dû faire certaines choses contre moi, parce que c'était la loi du Clan, mais il m'a honorée de sa gratitude. Les hommes du Clan font rarement montre de gratitude envers des femmes, surtout au vu et au su de tous. Il m'a laissée chasser. Il a accepté Durc. Quand je suis partie, il m'a promis de le protéger.

– Quand es-tu partie?

Elle réfléchit. Année de naissance, année des premiers pas, année du sevrage.

– Durc avait trois ans quand je l'ai quitté, dit-elle.

Jondalar ajouta trois bâtonnets supplémentaires.

– Tu avais quatorze ans? Quatorze ans seulement? Et tu vis seule depuis. (Il compta les lignes.) Tu as dix-sept ans, Ayla. Tu as vécu toute une vie en dix-sept ans.

Ayla resta silencieuse, un long moment. Songeuse. Puis elle murmura :

– Durc a six ans maintenant. Les hommes doivent lui apprendre à chasser. Grod lui fera une lance à sa taille et Brun lui apprendra à s'en servir...

Sans qu'elle s'en rende compte, les larmes coulaient le long de ses joues. Elle prit une profonde inspiration qui se termina en un sanglot. Soudain, elle se retrouva dans les bras de Jondalar, la tête sur son épaule.

– Tout va bien, Ayla, dit-il en lui caressant les cheveux doucement.

Ayla se sentait épuisée quand elle releva finalement la tête, comme si toutes les larmes de son corps étaient taries. Mais elle se sentait soulagée aussi, son chagrin pesait moins lourdement sur ses épaules. C'était la première fois depuis qu'elle avait quitté le Clan qu'elle partageait sa peine avec un autre.

Elle lui sourit de gratitude.

Il lui rendit son sourire, plein de tendresse et de compassion, et de quelque chose d'autre qu'il enfouit au plus profond de son être mais qui transparaissait dans le bleu de ses yeux. Ils échangèrent un long regard, intime comme un baiser, se déclarant en silence ce qu'ils n'osaient se dire à haute voix.

L'intensité de cet échange était trop forte pour Ayla, qui n'était toujours pas habituée au contact visuel direct. Elle détourna les yeux et commença à rassembler ses brindilles. Jondalar mit plus de temps à se remettre, mais il l'aida finalement à les regrouper.

Ils se rendirent compte l'un et l'autre qu'ils avaient pu se toucher sans en être offensés, mais ils évitaient soigneusement de se regarder ou de s'effleurer, de peur que cela ne vienne effacer cet instant de tendresse involontaire.

Ayla se tourna brusquement vers Jondalar.

– Quel âge as-tu?

– J'avais dix-huit ans quand j'ai commencé mon Voyage. Thonolan... quinze. Il est mort à dix-huit ans, ajouta-t-il tristement. Maintenant, j'ai vingt et un ans. Je suis âgé pour quelqu'un qui n'a pas encore fondé de foyer. Même Thonolan. Il avait seize ans à l'époque de l'Union.

– Je n'ai trouvé que deux hommes. Où est sa compagne?

– Elle est retournée dans le monde des Esprits. En donnant naissance à un fils. Il est mort aussi.

Les yeux d'Ayla s'emplirent de compassion.

– C'est pour cela que nous avons recommencé à voyager. Il ne voulait pas rester où nous étions. C'était son Voyage plus que le mien. Après la mort de Jetamio, j'ai essayé de le convaincre de rentrer au foyer de son père, mais il ne voulait pas. Il était si peiné qu'il souhaitait suivre Jetamio dans l'autre monde.

– Peut-être est-il plus heureux ainsi, puisque c'est ce qu'il souhaitait. C'est difficile de continuer à vivre quand on a perdu quelqu'un que l'on aimait profondément, dit-elle d'une voix douce.

Jondalar pensa au chagrin inconsolable de son frère. Il comprenait mieux à présent. Peut-être Ayla avait-elle raison. Elle devait bien savoir. Elle en avait tant enduré. Mais elle avait choisi de vivre. Thonolan avait le courage de l'impétuosité, Ayla celui de survivre.

Ayla dormit mal cette nuit-là; d'après les bruits qui lui parvenaient, Jondalar avait lui aussi du mal à trouver le sommeil.

Dans la lueur rouge du feu, elle discernait la forme de son corps enveloppé dans les couvertures. Elle le voyait mieux encore lorsqu'elle fermait les yeux. Ses longs cheveux blonds, sa barbe frisée, ses yeux extraordinaires qui en disaient plus encore que ses mots sur la profondeur de ses sentiments, et ses mains larges, sensibles, aux doigts longs, ses mains toujours aussi belles et puissantes, que ce soit quand il travaillait la pierre ou lorsqu'il caressait le poulain.

Comment pouvait-on à la fois être si grand, si fort et si doux? Elle avait senti la dureté de ses muscles quand il l'avait consolée. Il n'avait pas eu honte de montrer son affection, son chagrin. Les hommes du Clan étaient beaucoup plus réservés, plus distants. Même Creb, qui l'aimait pourtant profondément, ne lui avait jamais dévoilé ses sentiments aussi ouvertement, pas même à l'intérieur du foyer.

Comment ferait-elle quand il serait parti? Elle ne voulait pas y penser. Pourquoi son Totem le lui avait-il envoyé? Etait-ce simplement pour qu'il lui enseigne la parole? Il allait lui montrer une nouvelle manière de chasser. En cela aussi Jondalar était différent des hommes du Clan. Qui aurait pensé qu'un homme l'accepterait telle qu'elle était ?

Elle s'assoupit en rêvant qu'il la prenait à nouveau dans ses bras, qu'elle sentait la chaleur de sa peau contre la sienne. Juste avant de se réveiller, à l'aube, elle eut un songe dans lequel elle le voyait cheminant dans les steppes neigeuses de l'hiver. Elle sut alors ce qu'elle voulait faire pour lui avant qu'il parte.

Elle se leva sans bruit et alla chercher les vêtements qu'elle avait dû découper sur lui au soir de l'accident. Elle les apporta près du feu pour les examiner plus à son aise. Ils étaient encore raides de sang mais en se penchant au-dessus des braises ardentes, elle étudia les coutures. De petits trous avaient été pratiqués dans la peau de part et d'autre, puis rapprochés avec du tendon ou de fines lanières de cuir. Elle n'était pas sûre d'être capable d'imiter ce procédé, mais elle s'y efforcerait. Jondalar s'agita dans son sommeil et elle retint son souffle. Elle ne voulait pas qu'il sache, jusqu'à ce que tout soit prêt. Elle roula l'ensemble des vêtements et les glissa sous sa couche. Plus tard, elle irait inspecter ses réserves de peaux et de fourrures pour trouver celles qui conviendraient le mieux. Comme une pâle lumière commençait à filtrer par l'entrée de la caverne, une légère altération de la respiration de Jondalar lui indiqua qu'il n'allait pas tarder à se réveiller. Elle ajouta du bois dans le feu et prépara l'infusion.

– Cette infusion est délicieuse, Ayla. Camomille et je ne sais quoi d'autre.

– Je ne sais pas comment vous appelez cette plante. Je te la montrerai.

Elle remarqua qu'il avait déjà préparé ses outils sur la corniche, ainsi que quelques-unes des lames qu'il avait confectionnées la fois précédente.

– J'ai pensé commencer tôt aujourd'hui, expliqua-t-il, ayant suivi son regard. Il y a un certain nombre d'outils dont je vais avoir besoin rapidement.

– Il est temps pour moi d'aller chasser, répondit Ayla. Les animaux doivent être gras en cette fin de saison. Leur viande sera très bonne à manger.

Il sourit.

– Rien que la façon dont tu en parles donne l'eau à la bouche. Tu apprêtes si bien la nourriture.

Elle parut se renfrogner et baissa la tête.

– Je ne voulais pas t'offenser.

– Iza dit que les compliments rendent les Esprits jaloux.

– Je crois que Marthona aurait aimé ton Iza. Elle aussi répugne à recevoir des compliments. Elle disait toujours : « Le meilleur compliment est un travail bien fait. » Toutes les mères doivent en dire autant.

– Marthona est ta mère?

– Ne te l'ai-je jamais dit?

– Je l'ai pensé mais je n'étais pas sûre. Qui y a-t-il d'autre au foyer de Marthona?

– J'ai un frère plus âgé, Joharran. Il est maintenant le chef de la Neuvième Caverne. Il est né au foyer de Joconan. Après la mort de celui-ci, ma mère a pris Dalanar comme compagnon. Je suis un enfant de son Esprit. Par la suite, Marthona et Dalanar ont rompu le lien, et Willomar est devenu son compagnon. Thonolan est né à son foyer ainsi que ma jeune sœur, Folara.

– Tu as vécu au foyer de Dalanar, n'est-ce pas la vérité?

– Pendant trois ans. C'est lui qui m'a enseigné

l'art de la taille – il est le meilleur. J'avais douze ans quand j'y suis allé. J'étais précoce et j'ai toujours été grand pour mon âge. (Une étrange expression impénétrable figea ses traits.) Il était préférable que je parte, dit-il, énigmatique.

Quand il eut fini son infusion, il alla s'installer sur la corniche pour travailler. Ayla le suivit et s'assit auprès de lui. Il étala les différentes lames pour les comparer. D'infimes différences faisaient qu'elles étaient plus ou moins appropriées à tel ou tel usage. Il finit par en choisir une. Il tira sur un poil de sa barbe pour en tester le tranchant.

Il mit la lame de côté et en choisit une autre. Celle-ci était plus effilée à une extrémité. Il prit un galet bien rond, d'à peu près deux fois la taille de son poing, et posa le bout étroit de la lame dessus. Puis avec l'extrémité émoussée d'un andouiller, il heurta la lame d'un coup sec, à deux reprises, lui conférant ainsi une forme triangulaire. En pressant les côtés du triangle contre l'enclume de pierre, il détacha de minces éclats qui allongèrent encore la pointe de l'outil.

Avec ce nouvel instrument, il perça un petit trou dans la peau de sa tunique.

– C'est une alène, dit-il en la montrant à Ayla. Cela permet de faire de petits trous pour passer le tendon. On peut ainsi assembler des morceaux de cuir pour confectionner des vêtements.

L'avait-il vue examiner ses tuniques? Il semblait avoir deviné ce qu'elle avait derrière la tête.

– Je vais façonner un perçoir aussi. C'est un outil similaire, mais plus grand et plus solide, pour faire des trous dans le bois ou dans l'os.

Soulagée, elle comprit qu'il ne parlait qu'en termes d'outils.

– Je me suis déjà servi d'une... alène pour faire des trous mais jamais d'une aussi fine que celle-ci.

– Veux-tu que je te la donne? Je peux en faire une autre pour moi, dit-il en souriant.

Elle la prit et baissa la tête en signe de gratitude. Tout en le regardant confectionner d'autres outils, Ayla songeait à quel point l'attitude de Jondalar avait changé.

Elle se souvint de ce qu'il avait dit au sujet de Marthona : « Elle aurait aimé ton Iza », et quelque chose concernant le fait que les mères étaient toutes pareilles. Sa mère aurait aimé une Tête-Plate? Elles se ressemblaient? Et puis il parlait des membres du Clan en disant hommes et non plus animaux!

Son attention fut de nouveau attirée par les gestes de Jondalar. A l'aide d'une sorte de burin qu'il avait confectionné, il avait affilé un os long, en s'acharnant surtout sur la pointe, si tranchante qu'il devait la manipuler avec précaution.

– Jondalar, est-ce... une lance?

Il sourit d'aise.

– Comme le bois, dit-il, l'os peut être appointé. Il est plus solide et plus léger.

– Mais elle est très courte? dit-elle, soudain inquiète.

Il éclata de rire.

– Je n'ai pas fini. Ce n'est que la pointe. Certains préfèrent les pointes en silex, les Mamutoi par exemple, pour chasser le mammouth. Le silex est friable et casse, mais si les tranchants sont bien aiguisés, une lance à pointe de silex pénètre l'épaisse peau de ces animaux redoutables. Mais pour toi, une pointe en os convient mieux. Tu ne chasses pas le mammouth, dit-il en souriant, en tout cas pas encore.

– Comment fais-tu pour les assembler?

– Regarde, dit-il en tournant le morceau d'os appointé pour qu'elle puisse en voir la base. Je peux fendre cette extrémité avec un burin et une lame et donner au manche de bois la forme qu'il faut pour qu'il s'insère dans cette fente. Et puis j'entourerai l'ensemble avec du tendon ou une lanière de cuir humide. En séchant, cela rétrécit et le tout est ainsi maintenu en place sans difficulté.

– Cette pointe est trop petite. Le manche ne sera qu'une brindille.

– Plus qu'une brindille, mais moins épaisse que tes sagaies. Sinon, tu n'arriveras pas à la lancer.

– La lancer?

– Tu lances bien des pierres avec ta fronde! Tu peux faire la même chose avec une lance. Plus besoin de creuser des pièges. Tu apprendras vite, étant donné la manière dont tu manies ta fronde.

– Jondalar! Si tu savais combien je désirais chasser le cerf ou le bison avec ma fronde! Je n'ai jamais pensé à utiliser une lance. (Elle fronça les sourcils.) Peut-on la lancer avec suffisamment de force? Ma fronde est beaucoup plus puissante que ma main.

– Tu n'auras pas autant de force, mais la distance est un avantage. Tu dis la vérité, en tout cas. Il est dommage que nous ne puissions pas lancer une sagaie avec une fronde, mais... (Il marqua une pause.) Je me demande... (Il fronça les sourcils. Une idée curieuse venait de lui traverser l'esprit.) Ce n'est pas impossible. Où trouve-t-on du bois pour le manche?

– Près de la rivière. Jondalar, est-ce que je peux t'aider à les confectionner? J'apprendrai plus vite tant que tu seras encore là pour me dire ce que je fais mal.

– Bien sûr, Ayla.

Il eut le sentiment qu'un poids énorme lui tombait sur les épaules. Il avait oublié qu'il partait et il regrettait amèrement qu'elle le lui ait rappelé.

26

Tapie derrière un écran de hautes herbes dorées penchant sous le poids des graines mûres, Ayla concentrait toute son attention sur les contours de l'animal, une sagaie dans une main, prête à être lancée, une autre plantée près d'elle. Une longue mèche blonde échappée de la masse retenue sur sa nuque lui cinglait le visage dans le vent. Elle changea légèrement l'équilibre de la longue hampe sur son épaule, plissa les yeux et visa. En faisant un bond en avant, elle lança son arme.

– Oh! Jondalar, je n'y arriverai jamais! s'exclama-t-elle, exaspérée.

Elle marcha d'un pas décidé vers l'arbre contre lequel avait été fixée une peau de bête bourrée d'herbe, et arracha d'un coup sec la sagaie encore tremblante fichée dans le jarret du bison que Jondalar avait dessiné sur la peau avec un morceau de charbon.

– Prends patience, Ayla, lui répondit Jondalar. Tu es bien meilleure que tu ne le penses. Tu fais de rapides progrès. Tu t'exerces sans arrêt. C'est peut-être le problème, d'ailleurs. Tu es trop tendue. Il faut que tu te détendes.

– J'ai appris à me servir de ma fronde en m'exerçant, répondit-elle, les sourcils froncés.

– Mais il t'a fallu beaucoup de temps, j'en suis sûr.

– Plusieurs années. Mais je ne peux pas attendre des années avant de pouvoir utiliser cette lance pour chasser.

– Tu sauras bientôt, Ayla. Si tu tentais ta chance dès à présent, il ne fait aucun doute que tu rapporterais quelque chose. Tu n'as ni la poussée, ni la rapidité auxquelles tu es habituée, Ayla, mais ce ne sera jamais le cas. Si tu tiens à continuer à t'exercer, pourquoi ne reprends-tu pas ta fronde un moment?

– Je n'ai pas besoin de m'exercer à la fronde.

– Mais il faut que tu te détendes. Essaie, veux-tu.

Effectivement, elle sentit sa tension s'amoindrir dès qu'elle eut l'objet en main. Elle apprécia l'aisance de ses gestes. L'évidente admiration de Jondalar l'incita à poursuivre sa petite démonstration.

Elle ramassa quelques poignées de cailloux au bord du ruisseau et se dirigea vers l'autre bout de la prairie pour lui montrer l'ampleur de son talent. Elle projeta successivement deux pierres, puis trois, puis quatre.

Fasciné, Jondalar l'encourageait en lui proposant des cibles de plus en plus difficiles. Il posa quatre morceaux de bois sur un gros rocher; elle les balaya en quatre jets rapides. Il jeta deux cailloux en l'air l'un après l'autre. Elle les toucha sans conteste en plein vol. Debout au milieu du champ, il mit une pierre en équilibre sur chacune de ses épaules, tandis qu'il arborait un sourire confiant. Elle le considéra quelques instants, incrédule. Il savait que la puissance du tir pouvait lui être fatale, si le projectile atteignait un point particulièrement vulnérable de son corps. Dans son esprit, cette épreuve était destinée à lui montrer à quel point il avait confiance en elle.

Il perçut un sifflement aigu, immédiatement suivi du choc sourd de deux pierres frappées l'une contre l'autre. L'instant d'après, le bruit se répéta. Elle avait réussi. Sans dégâts, sauf un minuscule éclat de pierre propulsé par la violence du choc venu se loger à la naissance de son cou. Il n'avait même pas tressailli, mais Ayla remarqua le petit filet de sang qui s'écoulait de l'infime blessure lorsqu'il en eut retiré un menu débris.

– Jondalar! Tu es blessé! s'exclama-t-elle.

– Juste un éclat! Ce n'est rien. Quelle démonstration, Ayla! Je n'ai jamais vu quelqu'un se servir d'une arme avec une telle précision.

Ayla, pour sa part, n'avait jamais vu personne la regarder comme il le faisait en ce moment. Ses yeux étincelaient du respect et de l'admiration qu'elle lui inspirait. Sa voix était rauque d'émotion. Elle rougit, si troublée qu'un flot de larmes envahit ses yeux, à défaut d'un autre moyen d'exprimer ce qu'elle ressentait au plus profond d'elle-même.

– Si tu pouvais lancer la sagaie ainsi...

Il s'interrompit, fermant les yeux pour tenter de voir l'image plus précise qui venait de se dessiner dans son esprit.

– Ayla, donne-moi ta fronde.

– Veux-tu que je t'apprenne à t'en servir? lui demanda-t-elle gentiment en la lui tendant.

– Pas exactement.

Il s'empara d'une des sagaies qui traînaient à terre et tenta d'en insérer l'extrémité dans la poche de la fronde, détendue par l'usage. Mais il n'était pas suffisamment familiarisé avec le maniement de cette arme qu'il ne connaissait pas avant d'avoir rencontré Ayla et, après quelques tentatives maladroites, il abandonna la partie.

– Crois-tu que tu puisses lancer cette sagaie à l'aide de ta fronde? demanda-t-il à Ayla en lui tendant l'un et l'autre.

Elle avait observé son manège. Elle essaya à son tour. Avec la dextérité de l'habitude, elle parvint à tendre plus encore la poche de la fronde pour y loger l'extrémité de la hampe tout en tenant les deux lanières de cuir et la hampe. L'ensemble n'était pas très équilibré et difficilement contrôlable, mais elle réussit malgré tout à propulser la lance à une petite distance.

– Il faut que la fronde soit plus longue et la lance plus courte, commenta Jondalar en tentant d'imaginer quelque chose qu'il n'avait jamais vu. Et la fronde est trop flexible. La hampe doit être soutenue. Par quelque chose de résistant... du bois ou de l'os... avec un cran pour ne pas glisser. Ayla! Je n'en suis pas sûr, mais je crois que ça peut marcher. Je crois que je peux faire un lance-sagaies.

Tout le temps que Jondalar passa à tâtonner, à essayer, à fabriquer, Ayla ne perdit pas de vue un seul de ses gestes, aussi fascinée par la conception d'un objet à partir d'une idée que par les étapes de la réalisation en elle-même. Innover ne faisait pas partie de la vie quotidienne du Clan avec lequel elle avait passé toute son enfance, et elle ne s'était pas rendu compte qu'elle-même avait inventé plusieurs méthodes de chasse et certains procédés de transport.

Il utilisait des matériaux qui correspondaient à ses besoins et adaptait ses outils à ses nouvelles exigences. Il lui demandait son avis, profitant de l'acquis que lui avaient assuré ses années d'isolement. Mais il apparut bientôt que la nouvelle arme qu'il était en train de concevoir était unique en son genre, même si la fronde d'Ayla avait été à la base de son inspiration.

Lorsqu'il eut éliminé les principales difficultés initiales, il passa le plus clair de son temps à modifier le système pour en accroître l'efficacité. Les yeux brillants d'excitation, il lui annonça un jour qu'une fois l'objet construit, il faudrait qu'ils s'exercent l'un et l'autre.

Ayla n'avait pas eu l'occasion de travailler beaucoup sur son projet personnel : la confection de nouvelles tuniques pour Jondalar. Elle ne pouvait y consacrer que quelques instants le matin avant qu'il se réveille et parfois la nuit.

Tandis qu'il finissait de polir le futur lance-sagaies, elle sortit les anciens vêtements pour les examiner à la lumière du jour, pour voir comment les pièces étaient assemblées. Elle trouva le procédé si intéressant qu'elle décida d'en faire une adaptation pour elle-même par la suite. Elle n'essaya pas d'imiter le travail élaboré des perles et autres incrustations, mais elle l'étudia attentivement, en songeant que ce serait sans doute un défi attrayant pour l'hiver à venir.

D'où elle se tenait, elle pouvait épier Jondalar et ranger le tas de vêtements avant qu'il revienne à la caverne. Mais il escalada si vite le sentier escarpé, brandissant son œuvre, qu'elle eut à peine le temps de dissimuler le tout derrière un rocher. Jondalar était si ému d'avoir enfin terminé qu'il ne remarqua rien.

– Qu'en penses-tu, Ayla?

Elle lui prit des mains l'un des lance-sagaies qu'il lui tendait puisque c'était celui qu'il lui destinait.

C'était une arme fort simple, mais ingénieuse : un

étroit tronçon de bois plat, d'une longueur égale à la moitié de celle de la lance, creusé d'un sillon en son centre à l'endroit où reposait l'extrémité de la sagaie, et muni d'un crochet sculpté dans la masse. Deux boucles en cuir pour les doigts étaient fixées de chaque côté à l'avant.

Au moment de la projection, l'immobilisation de l'avant de la sagaie par les deux boucles provoquait un renversement de la partie arrière, ce qui avait pour effet d'allonger artificiellement le bras.

– Je crois qu'il est temps de commencer à nous exercer, Jondalar.

De fait, ils s'exercèrent pendant des jours et des jours. La cible d'herbe, recouverte d'une peau de bête dut être remplacée. Cette fois-ci, Jondalar dessina un cerf au lieu d'un bison. Peu à peu, ils adoptèrent l'un et l'autre leur nouvelle arme, tirant parti des méthodes auxquelles ils étaient déjà habitués.

Une concurrence amicale s'installa entre eux, Ayla tentant en vain d'imiter les puissants tirs de Jondalar qui permettaient à son arme d'avoir une plus grande portée, Jondalar s'efforçant de même de copier Ayla dans la précision des gestes. Les pouvoirs inespérés et inestimables que leur conférait ce lance-sagaies les stupéfiaient chaque jour davantage.

Ces journées qui s'écoulaient ainsi dans la bonne humeur et la gaieté étaient remplies de bien d'autres surprises pour Ayla. Elle qui s'était toujours exercée seule, qui avait toujours chassé en compagnie d'hommes qui désapprouvaient sa présence! Personne ne l'avait jamais encouragée à persévérer lorsqu'elle n'obtenait pas le résultat escompté. Elle n'avait jamais eu quelqu'un avec qui partager la joie de son triomphe, échanger des idées sur la meilleure manière d'utiliser une arme, lui donner des conseils, lui faire des suggestions ou écouter les siennes avec intérêt et déférence. Personne avec qui rire, plaisanter.

Pourtant, bien que toute trace de tension eût disparu, ils continuaient à maintenir entre eux une certaine distance. Leurs propos ne portaient que sur des sujets peu équivoques, tels que la chasse, les armes, même si leurs conversations étaient animées. Lorsqu'une question personnelle était abordée par inadvertance, cela provoquait immédiatement des silences gênés et des diversions évasives. Lorsque, accidentellement, ils se touchaient, ils s'écartaient immédiatement, comme piqués au vif. S'ensuivaient d'interminables excuses et des regrets parfois désespérés.

Comme le crépuscule jetait son voile sur la vallée, Jondalar sortit sur la corniche pour attendre Ayla. Quand la plage en contrebas ne fut plus qu'un grand trou noir et sans fond, il fit un feu pour qu'elle se repère plus facilement. Sans cesse il croyait entendre le martèlement des pas de Crinière sur la corniche.

La veille, ils avaient décidé qu'ils s'étaient suffisamment exercés, qu'il était temps de se lancer à l'assaut des steppes et de leur faune. Aussi Ayla était-elle partie très tôt ce matin-là pour explorer la région à l'est de la vallée qui lui paraissait la plus prometteuse.

– Ayla! Pourquoi rentres-tu si tard? demanda-t-il aussitôt qu'elle surgit au sommet du chemin.

Son ton péremptoire la prit au dépourvu.

– J'ai été repérer le terrain. Ne le savais-tu pas?

– Mais il fait nuit depuis longtemps déjà!

– Je sais. Il faisait nuit avant même que je rebrousse chemin. Mais je crois que j'ai trouvé ce qu'il nous faut. Il y a un troupeau de bisons au sud-est...

– Il faisait déjà nuit et tu poursuivais encore un troupeau de bisons? Tu ne peux pas voir la nuit!

Ayla n'arrivait vraiment pas à comprendre son attitude. Cette nervosité. Cette impatience évidente.

A peine à l'intérieur, Ayla s'empara d'une épaisse fourrure et s'en enveloppa, puis elle se laissa tomber près du feu, tremblante de froid et de fatigue. Bien qu'elle eût les yeux fermés, elle sentit qu'il se tenait devant elle, et retint sa respiration.

– Ayla? J'ai pensé qu'il serait sans doute tard quand tu reviendrais. Alors, j'ai préparé un peu de nourriture. En veux-tu un peu? Ou bien es-tu trop fatiguée?

Avait-elle bien entendu? Elle rouvrit les yeux lentement. Il tenait un bol fumant, qu'il posa devant elle. Un morceau de lièvre rôti, des racines bouillies et quelques cassis.

– Tu as fait cuire cela pour moi? dit-elle, incrédule.

Les hommes du Clan ne préparaient pas la nourriture. Ils ne pouvaient pas. Ils n'avaient pas de mémoire pour cela.

– Jondalar, c'est la première fois qu'un homme prépare la nourriture pour moi. (Elle eut un petit sourire timide et ajouta :) Tous les autres hommes sont-ils semblables à toi, Jondalar? J'ai souvent essayé de me les imaginer depuis que tu es ici. Quoi qu'il arrive, je ne t'oublierai jamais.

Ayla s'interrompit, sentant qu'elle en avait trop dit, et se leva.

– Si nous allons chasser au matin, je crois que nous devrions dormir à présent.

Jondalar était troublé par ses propos. Il y avait quelque chose de déroutant dans le fait qu'il représentait à ses yeux tous les Autres. Il alla s'étendre sur sa couche, l'esprit agité de sentiments contradictoires. Le regard perdu dans le jeu des flammes, il réfléchissait. Soudain, il eut une étrange vision accompagnée d'une sorte de vertige. Il vit le reflet d'une femme dans une mare aux eaux troublées par le jet d'une pierre. Une image ondulante à partir de laquelle des cercles de plus en plus grands s'épanouissaient avant de mourir. Il ne voulait pas que la femme l'oublie – il était au contraire essentiel qu'elle se souvienne de lui.

Deux chemins s'ouvraient devant lui et il n'y avait personne pour le guider. Un courant d'air chaud souffla dans son cou. Il sut qu'Elle le quittait. Il n'avait jamais consciemment senti sa présence, mais il sut quand Elle fut partie et le vide qu'elle laissa était douloureux. C'était le commencement d'une fin : la fin de la glace, la fin d'un âge, d'un temps qui avait été le Sien. La Grande Terre Mère laissait Ses enfants choisir leur propre chemin, sculpter leurs propres vies, supporter les conséquences de leurs actions – c'était le moment. Pas pour la vie, pas pour les nombreuses vies à venir, mais la première étape inexorable venait d'être franchie. Elle lui avait fait don du Savoir.

Jondalar entendit une étrange plainte et il sut que c'était Doni qui pleurait.

Comme une lanière étirée puis relâchée, la réalité s'imposa de nouveau à lui. Mais elle avait été trop étirée et ne pouvait recouvrer ses dimensions initiales. Il se souleva sur un coude et jeta un coup d'œil à Ayla par-dessus le feu. Elle aussi regardait les flammes danser langoureusement. Son visage était inondé de larmes.

– Qu'est-ce qui ne va pas, Ayla?

– Je ne sais pas.

– Es-tu sûre qu'elle peut nous porter tous les deux?

– Je ne suis pas sûre, répondit Ayla, qui menait Crinière, une Crinière déjà lourdement chargée.

Suivait Rapide, tiré par une corde attachée à un licou confectionné de plusieurs lanières de cuir, lui laissant la liberté de paître et de bouger la tête. Au début, cet attirail l'avait beaucoup gêné, puis il s'y était habitué.

– Si nous pouvons monter tous les deux, la distance sera parcourue plus vite. Si Crinière ne le supporte pas, elle nous le fera savoir. Alors nous monterons l'un après l'autre ou nous marcherons tous les deux.

Lorsqu'ils atteignirent le gros rocher dans la prairie, Ayla grimpa sur le dos de la jument, s'avança un peu et flatta le cou de l'animal pour la calmer tandis que Jondalar montait à son tour. Après quelques hésitations, la jument partit au petit trot comme Ayla l'avait encouragée à le faire. D'abord très tendu, parce qu'en dehors du jour où ils avaient récolté du froment et de l'orge, il n'était jamais remonté à cheval, Jondalar finit par se détendre. Ce qu'il ne tarda pas à regretter. Car de ce fait, il devint intensément conscient de la présence d'Ayla si près de lui. Ayla elle aussi était troublée et Crinière dut se demander plus d'une fois où il lui fallait aller. Ayla tenta de s'écarter pour échapper à ce contact, à cette pression chaude et dure, mais chaque pas de la jument semblait les rapprocher.

Jondalar commençait à ressentir une douleur qu'il n'avait jamais connue auparavant, car c'était la première fois que tant de temps se passait sans qu'il assouvisse ses désirs. Depuis qu'il était devenu un homme, il y avait toujours eu plusieurs femmes dans son entourage qui ne demandaient qu'à partager les Plaisirs avec lui. Mais dans la vallée, il n'y avait qu'Ayla et... Bientôt il n'y tint plus.

– Ayla, dit-il d'une voix étranglée, je crois qu'il est temps de se reposer. Crinière doit être fatiguée, balbutia-t-il encore.

Elle arrêta la jument et mit pied à terre aussi vite qu'elle le put.

– Nous sommes presque arrivés, dit-elle. Marchons le reste du chemin.

– Crinière doit être fatiguée, répéta-t-il.

Ayla ne protesta pas bien qu'elle sût que ce n'était pas la raison pour laquelle elle marchait. Ils poursuivirent leur route à pied, Crinière entre eux.

Troublée, Ayla avait du mal à concentrer son attention sur les points de repère et la direction à prendre. Jondalar pour sa part eut toutes les peines du monde à se remettre. Il était content de la présence de la jument faisant écran entre eux.

Le troupeau de bisons s'était arrêté au bord d'un petit ruisseau pour s'y abreuver. Ils étaient plus nombreux qu'Ayla n'en avait eu l'impression la veille. Plusieurs groupes avaient dû se joindre au gros du troupeau. D'autres suivraient. Finalement, des dizaines de milliers de ces bêtes à l'épais pelage brun-noir déferleraient à travers les plaines comme un gigantesque tapis se déroulant dans un fracas de tonnerre. Face à une telle masse d'énergie, la vie d'un homme ne pesait pas lourd. La survie des bisons dépendait toujours de leur nombre.

Ayla guida Crinière au bord du ruisseau, derrière

un rideau de pins. Dans le langage du Clan, elle lui fit comprendre qu'elle ne devait pas s'éloigner. Instinctivement, la jument se rapprocha de son petit et tous deux se couchèrent au pied des arbres.

Ils prirent leurs lance-sagaies et plusieurs sagaies de rechange et s'approchèrent du troupeau. Les durs sabots des bisons rompaient la croûte sèche de la terre des steppes, soulevant ainsi un nuage de poussière qui se déposait sur leur fourrure broussailleuse et qui indiquait leurs déplacements aussi sûrement que la fumée d'un feu de prairie signalait la direction du brasier. La dévastation qui résultait de leur passage était aussi à l'image du feu.

Jondalar et Ayla contournèrent le troupeau pour ne pas avoir le vent contre eux. La harde progressait très lentement le long du ruisseau. L'air chargé de l'odeur forte des bêtes et de particules de poussière leur taquinait les narines, les yeux, la peau. La tactique consistait à essayer de repérer quelques têtes isolées. Plusieurs petits batifolaient autour de leurs mères, tandis que de jeunes mâles poussaient à bout la patience de leurs aînés.

Un vieux mâle, qui s'était roulé dans la boue, faisait des efforts puissants pour se relever. Sa tête massive pendait entre ses épaules comme s'il avait du mal à supporter le poids de ses deux énormes cornes noires. Les presque deux mètres de Jondalar dépassaient à peine la gigantesque stature de l'animal aux épaules voûtées. L'énorme bête n'était pas la cible qu'il leur fallait. Sa viande était trop dure et trop filandreuse. Soudain il s'immobilisa, les fixant de son œil soupçonneux. Ils s'arrêtèrent à leur tour et attendirent qu'il se redresse et continue sa route.

Comme ils s'approchaient encore, le grondement

de la harde en mouvement s'intensifia tout en se désintégrant en une multitude de bruits divers. Jondalar fit un signe en direction d'une jeune femelle, presque adulte, grasse des pâtures de l'été. Ayla hocha la tête en signe d'assentiment. Ils introduisirent leur première sagaie dans le lance-sagaies, et Jondalar s'éloigna de la jeune femme pour contourner la bête.

Par quelque instinct inconnu, ou peut-être parce qu'elle avait vu bouger sa silhouette, la bête sentit qu'elle avait été choisie comme proie. Nerveusement, elle se rapprocha du gros du troupeau. Plusieurs autres bisons l'entourèrent et l'attention de Jondalar fut ainsi distraite. Ayla était certaine qu'ils allaient perdre la bête. Jondalar lui tournait le dos; elle ne pouvait pas lui faire signe, ni crier. Elle prit une décision et visa. Il jeta un bref coup d'œil vers elle alors qu'elle s'apprêtait à lâcher le projectile, et il se prépara à son tour.

Jondalar se précipita vers la jeune femelle et lança son arme. Celle d'Ayla suivit un instant plus tard. La première atterrit dans le ventre de la bête, la seconde en plein cou. Le bison fit quelques pas puis s'immobilisa. Quelques autres la reniflèrent. Elle tomba à genoux, puis sur le côté, brisant la sagaie de Jondalar. L'air vibrait de tension. Le troupeau avait senti l'odeur du sang. Ce fut la débandade. Trop excités pour attendre, Ayla et Jondalar se ruèrent sur leur proie, venant de deux directions opposées. Soudain, Jondalar se mit à crier en agitant les bras.

Un jeune mâle qui s'amusait depuis quelque temps à mordiller le vieux mâle, encore plus poussiéreux que les autres, avait finalement réussi à provoquer une réaction. Prêt à s'esquiver, il s'était heurté de plein fouet à une femelle nerveuse. Indécis, agité, un peu groggy, il poursuivit sa retraite hésitante, mais le vieux mâle revint à la charge. Il ne sut que faire jusqu'au moment où son attention fut attirée par une silhouette à deux pattes qui courait non loin de là. Il baissa la tête et fonça droit sur elle.

– Ayla! Attention! cria Jondalar, en se ruant vers elle.

Il lui restait une lance dans la main et il visa.

Ayla se retourna et comprit ce qui se passait. Sa réaction instinctive fut de prendre sa fronde. C'était toujours sa première réaction de défense. Mais elle changea d'avis au dernier moment et glissa une sagaie dans son lance-sagaies.

Jondalar lança son arme un court instant avant elle, mais le lance-sagaies conférait à celle d'Ayla une plus grande rapidité. L'arme de Jondalar se planta dans le flanc du bison, qui perdit l'équilibre. Celle d'Ayla s'était logée dans l'œil de l'animal, mort avant de s'effondrer.

Tous ces cris, ce mouvement et l'odeur du sang finirent par convaincre le troupeau de bisons qu'il était temps de déguerpir. Instinctivement, ils se regroupèrent en une masse cohérente qui s'ébranla bientôt. Quand le nuage de poussière eut disparu, le grondement des bêtes détalant à vive allure continua à résonner dans leurs oreilles.

Abasourdis, l'homme et la femme contemplèrent, muets, les deux énormes carcasses gisant dans la grande plaine déserte.

– C'est fini! Juste comme ça! murmura Ayla, éberluée.

– Pourquoi n'as-tu pas couru? hurla Jondalar, donnant libre cours à sa peur maintenant que le danger était passé.

Il marcha vers elle.

– Tu aurais pu te faire tuer.

– Je ne pouvais tourner le dos à un bison en train de me charger. Il m'aurait atteinte, c'est sûr. (Elle regarda l'animal une nouvelle fois.) Réflexion faite, je crois que ta lance l'aurait arrêté... Mais je ne savais pas. Je n'ai jamais chassé avec quelqu'un d'autre auparavant. J'ai toujours dû me débrouiller toute seule.

– Ayla, tu es si belle, si merveilleuse, si... et quelle chasseresse! (Il sourit.) Regarde! Deux bisons. Comment allons-nous les rapporter?

Elle sourit elle aussi, de satisfaction, de joie, de son triomphe. Elle était déjà extraordinairement belle, mais quand elle souriait ainsi, elle était resplendissante, comme si un feu brillait en elle. Jondalar éclata d'un immense éclat de rire de bonheur. Incapable de résister, elle l'imita. C'était leur cri de victoire, à l'image de leur succès.

– Quel chasseur tu es, toi-même, Jondalar! Grâce à nos lance-sagaies, nous avons réussi un exploit. Nous arrivons au milieu du troupeau... et avant que l'un d'entre eux ait le temps de comprendre ce qui se passe... deux bêtes. Te rends-tu compte de ce que cela signifie?

Elle savait ce que cela signifiait pour elle. Dorénavant, elle n'aurait plus jamais de problèmes pour subvenir à ses besoins, en hiver comme en été. Plus besoin de creuser des pièges. Elle pourrait migrer et chasser en même temps.

– Je ne sais comment te dire... Je suis si...

Elle ne connaissait qu'une seule manière de lui démontrer sa gratitude. Elle s'assit à ses pieds et pencha la tête.

– Que fais-tu? dit-il, en la prenant par les aisselles pour la relever.

– Il est important pour moi de te montrer à quel

point je te suis reconnaissante, dit-elle, en levant les yeux vers lui. Pour l'arme, pour les mots que tu m'as appris, pour... tout.

– Ce n'est pas moi qui t'ai donné cette arme. C'est toi qui m'en as fait don. Si je ne t'avais pas vue te servir de ta fronde...

Il la tenait dans ses bras, sentant la chaleur de son corps plaqué contre le sien. Elle avait plongé son regard dans le sien. Il se pencha vers elle et posa ses lèvres sur les siennes.

Elle écarquilla les yeux de surprise. C'était tellement inattendu. Pas seulement son geste, mais aussi sa réaction à elle. Cette sensation de picotement qui naissait au creux de ses reins. Elle resta plantée là, les bras ballants. Et finalement, il comprit. Il n'irait pas plus loin – pas pour le moment.

– Qu'est-ce que c'est que ce... bouche sur bouche?

– C'est un baiser, Ayla. C'est ton premier baiser, n'est-ce pas? J'oublie toujours, mais c'est difficile de te regarder sans... Ayla, comment ai-je pu être aussi bête?

– Tu n'es pas bête, dit-elle en fronçant les sourcils.

– Mais si, je suis bête, tu ne t'imagines pas à quel point. (Il relâcha son étreinte.) A présent, il est temps de ramener nos proies à la caverne, parce que si je reste collé à toi ainsi, je ne serai pas fidèle à ma réputation. Et ce n'est ni l'endroit, ni le moment.

– Quelle réputation? dit-elle, désireuse de sentir son corps se presser contre le sien. A quoi fais-tu allusion?

– Aux Premiers Rites, Ayla. Si tu m'y autorises.

27

– Je ne pense pas que Crinière aurait pu les traîner jusqu'ici si nous n'avions pas laissé les têtes sur place, dit-elle. C'était une bonne idée.

Avec l'aide de Jondalar, elle tira l'une des carcasses jusqu'à l'entrée de la caverne.

– Il y a tant de viande! Il va nous falloir beaucoup de temps. Nous ferions mieux de commencer tout de suite.

– Elle va bien se garder quelque temps, Ayla, répondit-il en lui adressant un sourire chaleureux, les yeux rieurs. Je crois que les Premiers Rites sont une affaire beaucoup plus importante. Je vais t'aider à débarrasser Crinière de son harnachement et puis j'irai nager.

– Jondalar... (Elle hésita, timide et tout excitée à la fois.) Ces Premiers Rites, c'est une cérémonie?

– C'est une cérémonie.

– Iza m'a appris à me préparer pour les cérémonies. Y a-t-il une préparation spéciale?

– En général, ce sont les femmes âgées du Clan qui préparent la jeune femme. Mais je ne sais pas ce qu'elles font. Fais comme bon te semble.

– Alors, je trouverai de la saponaire et je me purifierai. J'attendrai que tu sois revenu de la rivière. Je dois être seule pour me préparer.

Elle sentit une vague de chaleur lui monter au visage et baissa les yeux. Il lui releva le menton délicatement et l'embrassa furtivement. Puis il s'écarta d'elle.

– Moi aussi, je voudrais un peu de saponaire.

– Je vais t'en chercher.

Son visage était éclairé d'un large sourire comme

il suivait Ayla le long de la rivière. Quand elle eut trouvé la saponaire et qu'elle s'en fut retournée à la caverne, il se plongea dans l'eau avec délice. Cela faisait longtemps qu'il ne s'était pas senti aussi bien. Il frotta les racines savonneuses sur tout son corps. Avant de ressortir de l'eau, il nagea presque jusqu'à la chute. De retour sur la plage, il courut d'une traite jusqu'à la caverne. Elle avait mis de la viande à griller sur le feu. Un délicieux fumet s'en dégageait. Il était tellement détendu, tellement heureux qu'il arrivait à peine à le croire.

– A mon tour, lui dit-elle dès qu'elle le vit arriver.

Elle prit une peau récemment apprêtée pour se changer en sortant de l'eau et se dirigea vers l'étroit sentier.

– Prends tout le temps qu'il te faudra, lui cria-t-il.

Elle commença à descendre, puis se ravisa, remonta le sentier, s'approcha de Jondalar.

– J'aime ce bouche contre bouche, Jondalar.

Radieux, il la prit dans ses bras et posa à nouveau ses lèvres sur les siennes.

Il pénétra dans la caverne, regardant tout ce qui l'entourait d'un œil neuf. Il retourna le bout de viande, remarquant qu'elle avait aussi enrobé quelques racines dans des feuilles vertes et qu'elle les avait posées directement dans le feu. Il trouva l'infusion chaude qu'elle lui avait préparée. « Elle a dû déterrer ces racines pendant que je nageais. »

Transporté de joie, il ramena ses couvertures près de celles de la jeune femme. Puis il prépara une seule couche. L'impatience commençait à le ronger; il fouilla dans sa besace en quête d'une occupation temporaire. Il y trouva une petite pièce d'ivoire ovale dont la forme lui fit songer à une doni. Il examina les contours de l'objet grossièrement taillé dans une défense de mammouth. Il n'était certes pas un très bon sculpteur mais pourquoi ne pas en faire une doni? Les Premiers Rites étaient l'une des plus importantes cérémonies célébrées en l'honneur de la Grande Terre Mère. La présence d'une figurine, même ébauchée, lui paraissait indispensable.

Il alla s'installer sur la corniche pour y travailler en attendant le retour d'Ayla, taillant, ponçant, sculptant. L'objet prenait forme. Mais pas la forme escomptée. En dépit des efforts sincères qu'il faisait pour lui donner l'apparence de Doni telle qu'elle était toujours représentée, la statuette prenait une tournure tout à fait inattendue. Ni ample ni maternelle, elle ressemblait à... une jeune femme dont les cheveux étaient tressés. Pas de visage. Les représentations de Doni n'avaient jamais de visage. Car personne n'avait le droit de la regarder en face et elle n'était pas une femme mais toutes les femmes.

Il marqua une pause et regarda la rivière qui brillait au soleil dans l'espoir d'apercevoir Ayla. Pouvait-il lui donner du plaisir? se demanda-t-il. Il n'avait jamais eu de doute sur ses capacités à chaque fois que l'on avait fait appel à lui au cours des Rassemblements d'Eté pour la cérémonie des Premiers Rites, mais les jeunes femmes à qui il avait eu affaire connaissaient les coutumes et savaient à quoi s'attendre. Les femmes plus âgées étaient là pour leur expliquer.

« Devrais-je essayer de lui expliquer? Pourquoi serait-ce différent avec elle? Parce qu'elle n'est pas comme les autres. Elle a déjà été pénétrée horriblement, douloureusement. Et si elle n'arrivait pas à surmonter cette terrible initiation? Et si elle ne rencontrait pas le Plaisir? Il faut que je trouve un moyen de lui faire oublier. Si je pouvais l'attirer à moi, surmonter sa résistance, capturer son esprit. »

Capturer son esprit?

Il porta à nouveau son attention sur la figurine qu'il tenait à la main. Une multitude d'idées confuses se bousculèrent dans son esprit. Pourquoi gravait-on l'image d'un animal sur une arme, ou sur les Murs Sacrés? Pour se rapprocher de l'esprit de la Mère, pour surmonter sa résistance et capturer son esprit.

« Ne sois pas ridicule, Jondalar, tu ne peux pas capturer ainsi l'esprit d'Ayla! Ce n'est pas juste. Personne ne dessine les traits de Doni, encore moins ceux d'une autre femme sur une figurine représentant Doni. » On ne traçait jamais les traits d'un humain, précisément de peur de capturer son esprit.

« Mais si je lui donne la doni ensuite... son esprit reviendra en elle! Si je la garde juste un moment...

« Mais si je grave ses traits dans l'ivoire, ne risque-t-elle pas de devenir une doni? Alors, elle serait susceptible de capturer mon esprit? Serait-ce si désagréable au fond?

« Ô! Grande Terre Mère, viens-moi en aide! Serait-ce si mal? M'en voudrais-tu de donner à cette figurine son visage? »

Il regarda la statuette fixement puis tout à coup, il se décida. Il prit son burin et commença à graver un visage, un visage familier. Quand il eut fini, il l'éleva dans la lumière et l'examina avec attention. Un vrai sculpteur aurait sans doute fait mieux, mais la ressemblance était frappante, malgré tout, plus dans la douceur et la subtilité que dans les traits eux-mêmes. Il était satisfait, en paix avec lui-même.

Il retourna dans la caverne et chercha un endroit où la cacher. Pour finir, il la glissa dans une besace près de la couche d'Ayla. Puis il ressortit et examina les environs. Où était-elle passée? « Pourquoi lui faut-il tant de temps? » Il jeta un coup d'œil aux deux bisons étêtés qui gisaient près de l'entrée. Les lances et les lance-sagaies étaient appuyés contre le mur à côté des proies. Il les prit pour les rentrer à l'intérieur. Il entendit des bruits de pas près du sentier et se retourna.

Ayla ajusta la lanière de sa tunique, rattacha son amulette autour de son cou, repoussa la masse de ses cheveux humides, ramassa sa tunique sale et remonta le sentier. Elle était aussi excitée qu'énervée.

Elle avait une idée de ce en quoi pouvaient consister ces Premiers Rites. Elle était touchée par le fait qu'il voulait les partager avec elle. Elle n'avait pas peur. Au fond, Broud ne lui faisait plus mal après les premières fois.

Comme elle approchait de la corniche, quelque chose la tira brutalement de ses réflexions : une gigantesque forme de fauve en plein mouvement.

– Reste où tu es! hurla Jondalar. Reste où tu es, Ayla. C'est un lion des cavernes.

Il se tenait à l'entrée de la caverne, une lance à la main, prêt à se précipiter sur l'énorme animal feulant une menace à son adresse.

– Arrête, Jondalar, arrête! cria-t-elle en se précipitant vers lui.

– Ayla, recule, Ô! Doni, arrête-la.

A ce moment, elle sauta devant lui, s'interposant entre lui et le lion des cavernes prêt à charger.

Elle fit un bref geste impérieux accompagné d'un cri guttural dans la langue du Clan.

Le monstrueux félin secoua sa crinière de contentement et se laissa tomber comme une masse aux pieds de la jeune femme, docile. Puis il frotta sa tête massive contre sa jambe. Jondalar crut qu'il allait s'évanouir.

– Lionceau, oh! Lionceau, tu es revenu! s'écria-t-elle, folle de joie, en passant ses bras autour de l'énorme crinière.

Lionceau la renversa aussi doucement qu'il le pouvait. Bouche bée, Jondalar regarda le plus grand lion qu'il avait jamais vu prendre la jeune femme entre ses pattes, dans un geste qui ressemblait à une embrassade. Puis le félin lécha les larmes de bonheur qui coulaient sur les joues d'Ayla.

– Cela suffit, Lionceau, sinon je n'aurai plus de visage.

Elle le cajola encore, retrouvant derrière ses oreilles, sur sa tête, les endroits qu'il préférait que l'on chatouillât. Il se roula sur le dos pour lui laisser le loisir de prolonger ses caresses en ronronnant de contentement.

Il avait des cicatrices qu'elle ne connaissait pas et il était encore plus grand que dans son souvenir. Soudain, Lionceau remarqua à nouveau la présence de Jondalar et recommença à gronder.

– Ne grogne pas ainsi, Lionceau. C'est l'homme que tu m'as apporté... Tu as une compagne... Plusieurs même, je suis sûre...

Le lion se leva, tourna le dos à l'homme et se dirigea droit sur les deux bisons.

– Nous pouvons lui en donner un, qu'en penses-tu, Jondalar? Nous avons tant de viande!

Tapi contre la paroi, il tenait toujours la sagaie à la main. Il tenta de répondre, mais seul un petit cri sortit de sa gorge. Quand il eut enfin retrouvé sa voix, il balbutia :

– Nous pouvons? tu me demandes si nous pouvons? Donne-lui les deux si tu veux. Donne-lui tout ce qu'il désire!

– Il n'a pas besoin des deux, répondit-elle calmement.

Puis, s'adressant à l'animal dans le langage qui lui était familier :

– Lionceau, ne prends pas la femelle.

Elle le poussa vers l'autre carcasse, sans douceur. Il saisit sa proie par le cou et la tira jusqu'à mi-chemin vers le sentier. Puis il la lâcha un instant pour raffermir sa prise et entama la descente.

– Je reviens tout de suite, Jondalar, dit-elle sur le ton le plus naturel du monde. Les chevaux sont sans doute sur la plage et je ne veux pas qu'il effraie le poulain.

Quand il eut recouvré ses esprits, Jondalar se précipita au bord de la corniche, certain qu'il allait voir le corps d'Ayla gisant inanimé quelque part. Elle réapparut bientôt en contrebas, marchant tranquillement au côté de l'animal tirant l'énorme bison entre ses dents.

Elle le conduisit jusqu'à la rivière en prenant soin de contourner la prairie où les chevaux paissaient paisiblement. Avant de partir, le gigantesque lion poussa un rugissement retentissant. Jondalar sentit son sang se glacer dans ses veines. Ses jambes tremblaient sous lui, convulsivement. « Cette femme est incroyable! Quelle magicienne! D'abord des oiseaux. Ensuite, des chevaux! Maintenant, un lion des cavernes, le plus grand que j'aie jamais vu! »

Etait-elle une doni? Qui d'autre que la Grande Terre Mère pouvait soumettre ainsi les animaux à sa volonté? Et ses dons de guérisseuse? ce talent invraisemblable pour les langues? Se pouvait-il qu'elle fût une des personnifications de Doni?

En l'entendant remonter le sentier, il fut pris de peur, il s'attendait presque à ce qu'elle lui annonce tout de go qu'elle était une des incarnations de la Grande Terre Mère. Elle arriva auprès de lui, en larmes.

La tendresse supplanta la peur.

– Que se passe-t-il, Ayla?

– Pourquoi dois-je toujours perdre mes enfants? sanglota-t-elle.

Il blêmit. Ses enfants? Pris de panique, il se remémora la vision qu'il avait eue la veille de Doni en larmes.

– Tes enfants?

– D'abord Durc, ensuite Lionceau.

– Lionceau! Mais c'est le plus grand lion des cavernes que j'aie jamais vu!

– Je sais! répondit-elle toute fière. Mais quand je l'ai trouvé, il était tout petit.

– Tu l'as trouvé? demanda Jondalar, encore hésitant.

Elle lui expliqua les circonstances de sa découverte, sa décision de ne pas le ramener, la menace des hyènes, la croissance du petit lion, ses premières escapades, leurs chasses.

– ... Je ne l'avais pas vu depuis... Oh! Jondalar, je suis désolée. C'est Lionceau qui a tué ton frère. Mais si ce n'avait pas été lui, je n'aurais jamais pu t'extirper de ses griffes.

– Tu es Doni! s'exclama-t-il soudain. Je l'ai vue dans mon rêve. J'ai cru qu'elle était venue me chercher pour m'emmener dans l'autre monde, mais en réalité, elle a fait fuir le lion.

– Tu as dû revivre le moment, Jondalar.

Il secoua la tête, émerveillé, incrédule encore.

– As-tu vraiment chassé en compagnie de ce lion?

– C'était la seule façon de le nourrir, dit-elle, candide.

Puis elle se pencha, ramassa sa tunique sale et entra dans la caverne. Jondalar remarqua alors qu'il tenait toujours la lance à la main. Il la posa contre le mur et entra à la suite de la jeune femme. Ayla était pensive. Le retour de Lionceau avait évoqué tant de souvenirs. Elle examina la viande qui cuisait, la retourna et remua les braises.

Jondalar se contentait de la regarder, encore sous l'effet de cette incroyable visite. Quelque chose avait changé dans son visage. Il vit qu'elle avait défait ses cheveux. Il se souvint de la première fois où il l'avait vue ainsi, les cheveux flottant au vent, son corps doré par le soleil resplendissant dans la douce lumière du soir tombant.

– ... C'était bon de revoir Lionceau. Il devait être sur la piste de ce troupeau de bisons. Il a dû sentir notre présence, repérer nos traces et nous suivre. Je me demande s'il t'a reconnu.

Mais Jondalar ne l'écoutait plus. Il pensait aux courbes généreuses de son corps, au velouté de sa peau.

– Tu es si désirable, Ayla, dit-il.

Son regard était suffisamment convaincant.

– Désirable?

Elle rougit.

– Si belle!

– Jondalar plaisante. Une fleur est belle, le ciel est beau, lorsque le soleil disparaît derrière la terre.

– Une femme ne peut pas être belle?

– Je ne sais pas. (Elle se détourna pour éviter son regard violet.) Mais je ne suis pas belle. Je suis grande et laide.

Jondalar se leva, lui prit la main et l'attira à lui.

– Lequel de nous deux est le plus grand? demanda-t-il.

De fait, elle se sentait minuscule à côté de lui. Son regard la transperçait.

– Toi, dit-elle d'une voix douce.

– Alors tu n'es pas si grande! Et tu n'es pas laide, Ayla. (Il sourit, mais elle le sut seulement parce que ses yeux souriaient aussi.) C'est drôle. La femme la plus belle que j'aie jamais vue qui se croit laide.

Elle l'entendit, mais elle ne comprit pas vraiment ce qu'il disait, trop troublée au plus profond de son corps. Il se pencha sur elle, posa ses lèvres sur les siennes et l'attira contre lui. Ses bras puissants se refermèrent sur elle.

– Jondalar, murmura-t-elle. J'aime ces... baisers.

Il ne répondit pas, lui prit la main et l'entraîna jusqu'à la couche.

– Il est temps, dit-il.

– Temps?

– Pour les Premiers Rites.

Ils s'assirent dans les couvertures.

– Quel genre de cérémonie est-ce?

– C'est la cérémonie qui va faire de toi une femme. On choisit des hommes doux. Certains aiment à être élus pour ce rituel; d'autres ont peur.

– Pourquoi ont-ils peur?

– Ils ont peur de faire mal à la femme, peur d'être maladroits, de ne pas être capables...

– Aimes-tu être choisi?

– J'aime être choisi.

– L'es-tu souvent?

– Très souvent.

– Pourquoi?

Jondalar sourit. Etait-ce la curiosité ou l'appréhension qui l'incitait à poser tant de questions?

– Parce que c'est un... plaisir pour moi. Pour moi, la première fois pour une femme est une chose très importante.

– Jondalar, comment peut-il y avoir une cérémonie des Premiers Rites pour moi? Ce n'est pas la première fois et je suis déjà ouverte.

– Je sais, mais les Premiers Rites signifient beaucoup plus.

– Je ne comprends pas.

Il sourit à nouveau, puis se pencha et prit sa bouche. Elle se laissa aller contre lui, confiante. Quand il entrouvrit ses lèvres de sa langue, elle recula, surprise.

– Que fais-tu? demanda-t-elle.

– Tu n'aimes pas?

Consterné, il fronça les sourcils.

– Je ne sais pas.

– Tu veux essayer encore pour voir?

« Ralentis, se dit-il. Pas trop vite, pas trop vite. »

Il la poussa doucement pour qu'elle s'allonge, et s'étendit à côté d'elle, la tête soutenue par son coude. Il attendit qu'elle se détende, puis suivit le contour de ses lèvres du bout de la langue. Elle souriait, les yeux mi-clos, le cou tendu. Lorsqu'elle rouvrit les yeux, il l'embrassa. Elle passa le bras autour de son cou. Il explorait sa bouche; elle lui répondit. Lentement, il abandonna ses lèvres pour descendre le long de son cou. Sa bouche suivit la courbe délicieuse. Il enfouit quelques instants son visage dans la cascade de ses cheveux étalés dans la fourrure avant de remonter jusqu'au creux de l'épaule. Elle sentit la chaleur de son souffle dans son cou. Il lui mordilla le lobe de l'oreille. Elle tressaillit. Il couvrit sa gorge de baisers ardents, sa langue glana la fraîcheur de sa peau. Déjà leurs bouches s'étaient retrouvées, familières, dans un baiser passionné.

– Pourquoi est-ce que je tremble? J'ài l'impression d'avoir la fièvre, murmura-t-elle.

– Ne t'inquiète pas, tu n'es pas malade, petite guérisseuse. Mais si tu as chaud, pourquoi ne retires-tu pas ta tunique? ajouta-t-il au bout d'un moment, l'air taquin.

– Je n'ai pas si chaud que cela.

– Veux-tu que je te l'enlève moi-même?

– Pourquoi?

– Parce que je le désire.

Il l'embrassa à nouveau tout en défaisant le nœud de lanières qui maintenaient la tunique fermée. Quand il y fut parvenu, il quitta ses lèvres pour la contempler. Il en eut le souffle coupé.

– Oh! femme! geignit-il d'une voix rauque. Ayla! Oh! Doni, quelle femme tu es!

Il prit ses lèvres avec fougue, tout en promenant les mains sur ses épaules. Il enfouit le visage dans son cou et suça sa peau sucrée. Il respirait bruyamment.

– Qu'est-ce qui ne va pas? demanda Ayla, avec la plus parfaite innocence.

– J'ai tellement envie de toi! Je veux que tout soit merveilleux pour toi, Ayla, mais je ne sais pas si je résisterai longtemps à ta beauté. Tu es tellement belle, tellement... sensuelle.

– Tout ce que tu feras sera merveilleux, Jondalar.

Il l'embrassa une nouvelle fois plus doucement, plus que jamais désireux de lui faire connaître l'extase du plaisir. Il caressa les contours suaves de son corps, sentant la rondeur de ses seins, les courbes douces de ses hanches, les muscles de ses cuisses. Elle frissonnait. Sa main effleura son pubis, son ventre puis palpa son sein charnu. Il sentit le durcissement du mamelon sous sa paume. Sa bouche descendit le long de la courbe de l'autre sein, jusqu'à la pointe dont elle se saisit voluptueusement. Tandis qu'il caressait un de ses mamelons, il suçait l'autre avec avidité.

Ayla avait oublié où elle se trouvait. Soudain, Jondalar recula pour finir de la dévêtir et se déshabiller à son tour. Incapable de penser, elle attendait, immobile. A genoux, il retira sa tunique. Son sexe fièrement dressé lui apparut, témoin suprême de son désir. Les yeux d'Ayla ne reflétaient que confiance et désir, pas le moindre soupçon de peur.

Il se recoucha près d'elle et la contempla longuement. Les yeux mi-clos, les lèvres entrouvertes, elle s'offrait à lui, son épaisse chevelure, douce, brillante, lumineuse, son corps resplendissant, attendant ses caresses, désireux de s'éveiller aux délices de l'amour. Jamais il n'avait désiré une femme à ce point. Ayla ne savait pas ce qui l'attendait. Personne ne le lui avait décrit. Elle n'avait connu que... le viol. Elle ne bougeait pas. Pourtant elle tremblait. Elle avait la sensation d'avoir attendu depuis toujours ce qu'il allait lui donner et qu'elle ne connaissait pas. Son regard suffisait à la faire vibrer au plus profond de son être.

Elle était consciente que tout cela n'était qu'ébauche, commencement. Avant qu'il lui fasse goûter à cette ivresse, elle n'avait pas connu cette soif. Mais à présent, elle ne vivait plus que pour la satisfaction de son désir.

Il ferma les yeux et s'empara de sa bouche. Elle lui rendit son baiser avec passion. Ses lèvres effleurèrent ses yeux, son front, ses joues, avides de la connaître tout entière. Il tenait son visage entre ses deux mains. Il se perdit dans son cou, trouva à nouveau son oreille qu'il explora du bout de la langue avant de promener celle-ci sur son épaule. Ses grandes mains sensibles caressèrent son cou, ses épaules, ses seins, ses bras jusqu'aux poignets. Il prit une de ses mains et la porta à sa bouche, enfouissant son visage dans la tiédeur de sa paume qu'il embrassa avec effusion avant de remonter le long du bras jusqu'à l'aisselle. Elle avait les yeux fermés. Déjà, son corps s'agitait de petits mouvements rythmiques, à l'image des vagues de désir qui montaient en elle. Il glissa son visage entre ses seins, humant le parfum de sa peau, sentant contre ses joues l'extrême douceur de sa poitrine opulente. Sa langue suivit le contour d'un de ses seins, décrivant ensuite des cercles de plus en plus petits jusqu'à ce que la texture de la peau se modifie, autour du mamelon. Haletante, elle geignit et s'arc-bouta. Il prit la pointe de son sein dans sa bouche et la suça fébrilement. Craignant de ne pouvoir se retenir, il s'immobilisa un moment; il fallait qu'il pense à elle, rien qu'à elle. Leurs respirations, leurs cœurs étaient à l'unisson. Elle gémissait doucement.

Ses lèvres entrouvertes explorèrent une nouvelle fois ses seins, puis son ventre si doux, son nombril. Instinctivement déjà, elle écartait les jambes. Lorsque sa bouche atteignit son pubis, il leva les yeux vers elle. Elle haletait, arc-boutée, tendue vers le plaisir. Elle était prête. Il descendit vers les profondeurs de son corps, lentement, sensuellement.

Soudain elle le saisit convulsivement par les épaules, l'attirant à elle avec une force égale à celle des mouvements spasmodiques de son bassin.

– Jondalar, cria-t-elle, oh! Jondalar... Je veux... veux toi... je veux quelque chose...

Les dents serrées, désireux ô! combien, de se

retenir le plus longtemps possible, il la pénétra avec une infinie précaution.

– J'essaie de ne pas... te faire... mal, dit-il sur un ton presque douloureux.

– Je n'aurai pas mal, Jondalar.

C'était vrai! Ce n'était pas la première fois. Comme elle s'arquait encore pour mieux le recevoir, il pénétra en elle plus profondément. Rien ne l'arrêta. Avec un abandon total, il descendit dans ce temple du plaisir qui pour la première fois de sa vie l'accueillait tout entier.

– Ayla... Ayla... Ayla! cria-t-il.

Ils jouirent à l'unisson, Ayla criant son nom.

Pendant un moment qui leur parut une éternité, ses gémissements graves se poursuivirent en harmonie avec les sanglots étouffés d'Ayla répétant son nom, comme se prolongea le plaisir inexprimable, agitant leurs deux corps en harmonie. Puis, avec un soulagement exquis, Jondalar se laissa tomber doucement sur elle.

Longtemps, ils ne perçurent que le bruit de leurs respirations saccadées. Ni l'un ni l'autre ne pouvait bouger. Ils s'étaient tout donné. Chaque fibre de leur corps avait participé à l'extase partagée.

Ayla n'avait jamais connu un tel plaisir. Elle ignorait tous ces secrets que son corps recelait. Jondalar connaissait le plaisir; il savait que cette fois-ci, son plaisir serait de la rendre heureuse. Mais elle lui avait donné beaucoup plus qu'il n'avait jamais eu. Ayla l'avait satisfait au-delà de toutes ses espérances. Pour la première fois, il avait eu la sensation de n'être qu'un avec une femme.

– Je dois te sembler lourd, dit-il en se dressant sur ses coudes.

– Pas du tout, je ne veux pas que tu t'en ailles.

Il se pencha pour l'embrasser dans le cou, tendrement.

– Je n'en ai pas très envie non plus, mais il vaut mieux, je crois.

Il se dégagea lentement, à contrecœur, et s'étendit le long de son corps, en l'entourant de son bras pour qu'elle puisse poser la tête sur son épaule.

Complètement détendue, heureuse comme jamais elle ne l'avait été auparavant, Ayla gisait là, ne pensant à rien, intensément consciente de la présence de Jondalar. Elle perçut les battements agités de son cœur, ou peut-être était-ce celui de son compagnon. Elle humait l'odeur musquée de sa peau et de leurs Plaisirs.

– Jondalar, comment sais-tu faire naître en moi ces sensations dont moi-même j'ignorais l'existence ?

– Quelqu'un m'a montré un jour, m'a appris, m'a aidé à comprendre ce dont une femme avait besoin.

– Qui ?

Elle sentit ses muscles se tendre et la légère dureté de sa voix.

– Une femme plus âgée que moi, plus expérimentée, comme le veut la coutume.

– Tes Premiers Rites ?

– Pas tout à fait. Ce n'est pas aussi formel. Quand les jeunes hommes deviennent mûrs, les femmes le savent toujours. Alors, elles comprennent qu'ils sont nerveux et timides, elles les aident. Mais il n'y a pas de cérémonie.

– Dans le Clan, quand un garçon tue sa première proie, au cours d'une chasse, alors il devient un homme. La maturité du corps n'a rien à voir. Dès lors, il doit assumer son rôle d'homme.

– La chasse est importante, mais certains hommes ne chassent jamais. Ils ont d'autres dons. Je suppose que rien ne m'obligerait à chasser si je n'y trouvais pas certaines satisfactions. Je pourrais faire des outils et les échanger contre de la viande, des peaux...

– Il n'y a donc pas de cérémonie pour marquer qu'un garçon devient un homme?

– Pas vraiment. A chaque fois qu'un homme ouvre une femme et laisse couler en elle la force de la vie, il réaffirme sa puissance.

– Et si son acte commence un enfant?

– Ayla, la Grande Terre Mère honore une femme en lui donnant un enfant. Elle l'apporte sur la terre, dans le foyer d'un homme. Doni a créé l'homme pour aider la femme, pour lui permettre de survivre lorsqu'elle porte l'enfant, qu'elle le nourrit, qu'elle prend soin de lui. Je ne peux pas te l'expliquer mieux. Zelandoni peut-être le pourrait.

« Il a sans doute raison, se dit-elle en enfouissant le visage au creux de son épaule. Mais si c'est moi qui dis la vérité, alors un enfant pourrait grandir en moi, maintenant. Un enfant comme Durc, que je pourrais câliner, cajoler, un enfant qui serait en partie Jondalar. » Elle sourit.

« Mais qui m'aidera à prendre soin de lui quand Jondalar sera parti? pensa-t-elle avec une angoisse soudaine. Et si j'avais un enfant seule, comment chasser? Et si je suis blessée? tuée? Qui prendra soin de lui? Je ne peux pas avoir un autre enfant à présent. »

Elle se redressa d'un bond. « La plante magique d'Iza... De la tanaisie ou du gui... Pas de gui. Il n'y a pas de chênes par ici. Mais il y a plusieurs autres plantes dont l'effet est identique. Cela pourrait être dangereux... mais il vaut mieux perdre l'enfant maintenant, plutôt qu'il soit dévoré par une hyène une fois né. »

– Que se passe-t-il, Ayla? demanda Jondalar d'une voix nonchalante.

Elle se pencha vers lui.

– Rien, murmura-t-elle.

Il sourit, se souvenant de leurs ébats, déjà animé d'un désir nouveau.

« Bientôt », se dit-il.

Elle vit la passion et le désir dans ses yeux. « Peut-être voudra-t-il que nous partagions les Plaisirs une nouvelle fois », pensa Ayla en lui rendant son sourire. Puis elle se rembrunit. « Je devrais prendre le remède secret d'Iza, celui qu'elle m'a fait promettre de ne révéler à personne. Je voudrais ne pas avoir à le faire. »

Son sourire était si tendre et si avenant qu'il l'attira à lui. L'amulette qui pendait à son cou lui heurta l'arête du nez.

– Oh! Jondalar, je t'ai fait mal?

– Mais qu'est-ce qu'il y a dans cette poche? Des cailloux, par Doni!

– C'est l'Esprit de mon Totem, pour qu'il puisse me trouver. Il détient la partie de mon Esprit qu'il reconnaît. Lorsqu'il me donne des signes, me présente des indices, je les mets là-dedans. Tout le monde dans le Clan en a un. Creb disait que si je le perdais, je mourrais.

– Comme tu me le dis, ton Clan connaît et comprend les mystères du monde des Esprits. Plus tu m'en parles, et moins je les trouve différents de nous. (Une lueur de tristesse passa dans ses yeux.) Ayla, c'est mon ignorance qui m'a poussé à agir comme je l'ai fait quand nous avons évoqué ton Clan la première fois. Je te demande ton pardon.

– Oublie cela, Jondalar. Tu as tant fait pour moi.

Pour maintenant, pour les Premiers Rites, je veux te dire ma gratitude.

– Tu ne sais pas le bonheur que tu m'as donné, Ayla. Pour moi aussi... Je n'ai pas connu de tels Plaisirs, depuis...

Il s'interrompit, le visage soudain décomposé par la douleur.

– Depuis Zolena.

– Qui est Zolena?

– Zolena n'est plus. C'était la femme que je connaissais quand j'étais jeune.

Il s'allongea à nouveau, et demeura silencieux pendant si longtemps qu'elle pensa qu'il n'ajouterait rien. Puis, tout à coup, il se mit à parler, moins pour Ayla que pour lui-même.

– Elle était si belle alors! Tous les hommes parlaient d'elle, tous les jeunes garçons pensaient à elle, mais pas un seul autant que moi, même avant que la doni vienne à moi dans mon rêve. Cette nuit où la doni m'est apparue, mes fourrures étaient tachées de mon essence et ma tête emplie de Zolena.

« J'ai supplié la Mère de me la donner. Mais quand elle est venue à moi, je n'arrivais pas à le croire. Au début, je me suis contenté de prendre mon plaisir avec elle. J'étais déjà grand pour mon âge, dans tous les sens du terme. Et puis, petit à petit, elle m'a appris à me contrôler, à préparer la femme au Partage des Plaisirs. Au bout de quelque temps, Zolena ne voulait plus que moi, alors que j'étais encore très jeune.

« Il y avait un homme qui la harcelait tout le temps. Pourtant, il savait qu'elle ne le voulait pas. J'en étais fou de rage. Lorsqu'il nous voyait ensemble, il lui disait qu'elle ferait bien de changer d'homme de temps en temps. Il n'était pas aussi vieux que Zolena mais il l'était plus que moi. Plus fort aussi. (Jondalar ferma les yeux mais il poursuivit son récit.) J'étais si bête! Je n'aurais jamais dû. Cela n'a fait qu'attirer l'attention sur nous. Mais il ne voulait pas la laisser tranquille. Furieux, un jour, je l'ai frappé, et je ne pouvais plus m'arrêter.

« On dit que ce n'est pas bon pour un jeune homme de rester trop longtemps avec une même femme. Avec plusieurs, il y a moins de risques d'attachement. Un homme jeune est censé tirer un enseignement de femmes plus âgées, mais il ne doit prendre pour compagne qu'une femme plus jeune. S'il s'attache trop à la femme plus âgée, c'est à elle qu'on le reproche. Ils n'auraient pas dû la blâmer. C'est moi qui ne voulais personne d'autre. Je ne désirais que Zolena...

« L'homme que j'ai frappé a perdu plusieurs dents. C'est pénible pour un homme si jeune de perdre des dents. Il ne peut plus mâcher la viande et les femmes ne veulent plus de lui. J'ai eu tellement honte! C'était si bête! Depuis, il est allé vivre dans une autre Caverne, mais tous les étés, je le rencontre au Grand Rassemblement et à chaque fois que je le vois, je tressaille.

« Zolena parlait souvent de servir la Grande Terre Mère. Je pensais devenir sculpteur et la servir ainsi à ma manière. C'est à ce moment-là que Marthona, ma mère, a décidé que j'avais des aptitudes de tailleur de pierre et elle m'a envoyé faire un séjour à la caverne de Dalanar. Peu de temps après, Zolena est partie elle aussi dans une autre Caverne pour y recevoir un enseignement spécial... (Il marqua une pause.) Marthona avait raison. C'était mieux ainsi. Quand je suis revenu trois ans plus tard, Zolena n'était plus.

– Que lui était-il arrivé? demanda Ayla, sur un ton hésitant.

– Les Grands Serviteurs de Doni renoncent à leur identité au profit de celle des gens pour lesquels ils intercèdent. En retour, la Mère leur fait des Dons ignorés de Ses enfants ordinaires : dons de magie, savoir, habileté, puissance. Juste avant que je parte pour mon Grand Voyage d'Initiation, Zolena fut élevée au rang de Grande Prêtresse zelandoni, Première de tous les Grands Serviteurs de la Grande Terre Mère...

Brusquement, Jondalar se leva.

– Il fait encore jour! s'exclama-t-il. J'ai envie d'aller nager.

Et sans ajouter une parole, il sortit de la caverne d'un pas décidé. Ayla ramassa sa tunique et le suivit. Quand elle arriva sur la plage, il était déjà dans l'eau. Elle retira son amulette et plongea à son tour. Il était assez loin en amont. Elle le rattrapa en quelques brasses car déjà, il revenait vers elle.

– Ayla, dit-il dès que sa tête eut émergé, je n'en ai jamais parlé à personne. De Zolena.

– Tu la vois encore?

Jondalar éclata d'un grand rire amer.

– Elle ne s'appelle plus Zolena, mais Zelandoni. Nous sommes bons amis. Nous avons même partagé les Plaisirs ensemble une fois ou deux, dit-il. Mais elle choisit d'autres hommes aussi maintenant.

Il recommença à nager avec acharnement. Ayla fronça les sourcils, secoua la tête puis regagna la berge. Elle remit son amulette, enfila sa tunique, tout en marchant vers le sentier. Il était debout, immobile, devant le feu, le regard lointain. Elle rajouta du bois. Il était encore trempé et elle vit qu'il frissonnait. Elle lui jeta une couverture sur les épaules.

– La saison est avancée. Il fait déjà frais le soir.

Elle retourna vers la couche et prit une besace appuyée contre le mur.

– Jondalar, qu'est-ce que c'est que cela?

Il secoua la tête pour ramener son esprit à la réalité présente et lui sourit. Mais ses yeux étaient distants, ses pensées encore ailleurs.

Elle avait soulevé le rabat de sa besace et quelque chose était tombé. Elle l'avait ramassé.

– Réponds-moi, Jondalar. D'où cela sort-il? demanda-t-elle, aussi émerveillée qu'inquiète.

– C'est une doni, répondit Jondalar.

– Une doni?

– Je l'ai faite pour toi, pour tes Premiers Rites. Une doni doit toujours être présente pour les Premiers Rites.

Ayla baissa la tête pour dissimuler les larmes qui coulaient le long de ses joues.

– Je ne sais que dire. Je n'ai jamais rien vu de pareil, d'aussi... On dirait quelqu'un de vivant, presque... presque... moi.

Il s'approcha d'elle et lui prit le menton pour la forcer à le regarder.

– Je voulais qu'elle te ressemble, Ayla. Je ne suis pas un très bon sculpteur. Une doni n'a généralement pas de visage – le visage de la Mère ne doit pas être connu. Le fait d'avoir gravé tes traits sur cette figurine risquait de capturer ton esprit. C'est pour cela que je te la donne, pour qu'elle t'appartienne. C'est un don que je te fais.

– Je me demande pourquoi tu l'as dissimulée dans cette besace, dit-elle en soulevant le rabat de sa besace. Ce qui est là-dedans est pour toi.

Et elle la lui tendit. Il secoua la besace pour en vider le contenu. En voyant les vêtements, son visage s'illumina.

– Ayla, je ne savais pas que tu pouvais coudre ou poser des perles...

– Les perles, ce n'est pas moi. J'ai découpé la tunique que tu portais quand tu es arrivé et j'ai... recousu les pièces ensemble, en utilisant l'alène que tu m'as donnée. J'ai imité les points. Je ne sais pas si j'ai procédé comme il fallait, mais ça tient.

– C'est parfait! s'exclama-t-il, en tendant la tunique devant lui.

Puis il essaya tous les vêtements en les superposant les uns aux autres.

– Je pensais m'en fabriquer moi-même. Ces vêtements sont plus commodes pour voyager. Ce que je porte ici convient très bien tant que je reste dans la vallée, mais...

Il l'avait dit. Tout comme les mauvais esprits dont Creb lui avait parlé, dont le pouvoir s'exerçait lorsqu'on prononçait leur nom, le départ de Jondalar était redevenu une réalité. Ce n'était plus une vague pensée qui venait la hanter de temps à autre et qu'elle réussissait à chasser de son esprit, c'était une menace imminente. Plus ils y pensaient, et plus elle avait du poids, de la présence, comme si quelque ennemi invincible et oppresseur avait fait son entrée dans la caverne. Rapidement Jondalar se déshabilla et fit un tas maladroit de ses vêtements.

– Je te suis très reconnaissant, Ayla. Je ne peux te dire ce que cela signifie pour moi. Quand il fera plus froid, ce sera parfait.

Il renfila la tunique grossière. Ayla hocha la tête, incapable de parler. La figurine devint floue. Elle n'en discernait plus les contours. Elle la porta à sa poitrine. Elle l'aimait tant. Il l'avait faite de ses mains.

– Ne la perds jamais, lui recommanda-t-il. Puisque ton visage y est gravé et que ton esprit vit peut-être dans l'ivoire, ce ne serait pas bon si quelqu'un d'autre la trouvait.

– Mon amulette détient une partie de mon Esprit et de l'Esprit de mon Totem. Maintenant, cette doni détient une autre partie de mon Esprit et l'Esprit de la Grande Terre Mère. C'est aussi une amulette, alors?

Il n'y avait pas songé. Faisait-elle partie de la Mère, maintenant? Etait-elle un des Enfants de la Terre? Peut-être n'aurait-il pas dû jouer avec des forces au-delà de ses connaissances? Ou avait-il été l'agent de ces forces?

– Je ne sais pas, Ayla. Mais ne la perds pas.

– Jondalar, si tu crains que ce ne soit dangereux, pourquoi avoir tracé mes traits sur cette doni?

Il lui prit les mains et les serra dans les siennes.

– Parce que je voulais capturer ton esprit, Ayla. Pas pour le garder, mais pour te donner le Plaisir. Je ne savais pas si c'était possible. Je ne savais pas si tu comprendrais. Tu n'as connu l'existence de la Grande Terre Mère que très tard dans ta vie.

– Tu n'avais pas besoin de dessiner mes traits sur cette doni. J'aurais été heureuse de toute façon, parce que tu souhaitais assouvir tes désirs avec moi. Avant que je sache ce que signifiait le mot Plaisir.

Il la prit dans ses bras; elle tenait toujours la doni contre son cœur. Son regard se perdit dans le sien. Il resserra son étreinte et elle s'abandonna contre lui. Leurs bouches affamées se trouvèrent, leurs souffles se mêlèrent. Vertige. Désir. Elle ne se rendit même pas compte qu'il l'avait soulevée dans ses bras jusqu'à ce qu'elle sente la fourrure sous elle. Elle frémit au contact de ses mains lui retirant la tunique. Elle s'ouvrit, folle de désir. Son sexe rigide, dur, puissant lui effleura la main. Elle le guida en elle.

Sauvagement, presque désespérément, il la pénétra, comme pour se convaincre qu'elle était là pour lui, qu'il n'avait pas à résister, à se retenir, à étouffer sa passion, ses sentiments, son désir.

Il se retira d'elle pour mieux plonger encore. Poussé par l'excitation des moindres fibres de sa peau et par le bonheur bouleversant de se donner entièrement à la force de sa passion, il sentit la vague de plaisir monter en lui. Joie délirante. Excitation suprême.

Sa semence montait en vagues successives, crescendo insoutenable, volcan d'écume blanche en elle, jusqu'à l'ultime poussée, tandis qu'elle se dressait à demi, en criant la volupté, le soulagement, le plaisir ineffable de son orgasme.

28

Ayla roula sur elle-même, encore tout endormie. Quelque chose la gênait dans le dos. Cette bosse sous elle ne voulait pas s'en aller. Finalement, elle tendit la main pour tâter la fourrure. Dans la pâle lueur de l'aube, elle reconnut la silhouette de la doni. En un instant, tous les événements de la veille lui revinrent à l'esprit, et elle sut que la masse tiède allongée contre elle était Jondalar.

« Nous avons dû sombrer dans le sommeil après avoir partagé les Plaisirs », se dit-elle. Elle s'étendit à nouveau et se serra contre lui, les yeux fermés. Elle ne put se rendormir. Des parcelles des scènes de la veille surgissaient sans cesse dans son esprit.

La chasse, Lionceau, les Premiers Rites, et toujours Jondalar. Ses sentiments pour lui étaient inexprimables et la remplissaient d'une joie délicieuse. Elle resta blottie contre lui jusqu'à ce qu'elle ait tellement envie de le toucher qu'elle préféra se lever, pour ne pas le réveiller.

Crinière et son poulain jouaient sur la plage.

« J'aimerais tant avoir un enfant de l'Esprit de Jondalar. Je suis sûre que son Totem est plus fort que le mien, et il doit l'être puisqu'il est si grand, si puissant. » Elle blêmit, tout à coup envahie d'un sentiment proche de la terreur. « Mais je ne peux pas avoir un enfant. Que ferais-je quand il sera parti? Parti? Il va s'en aller. Me quitter. »

Elle se précipita dans le sentier et courut jusqu'à la plage, la vue brouillée par les larmes. Elle longea la rivière à toute allure, sans rien voir, secouée de violents sanglots, et s'effondra dans la prairie en gémissant. « Jondalar part. Que vais-je faire? Comment vais-je pouvoir vivre sans lui? Que faire pour le convaincre de rester? »

Elle allait être seule à nouveau. Mais ce serait bien pire qu'avant. « Je devrais sans doute partir moi aussi, trouver les Autres et rester avec eux. Ce n'est même pas possible. Ils vont me demander d'où je viens et ils haïssent les gens du Clan. A leurs yeux, je ne serai qu'une abomination, à moins que je ne leur dise des mots qui ne sont pas la vérité.

« Je ne peux pas. Je ne peux pas renier Creb et Iza. Ils m'aimaient de tout leur cœur. Uba est ma sœur et elle prend soin de mon fils. Le Clan est mon foyer. Je n'en ai pas d'autre. Les Autres ne voudront pas de moi. Je devrai donc vivre ici seule toute ma vie. Autant mourir tout de suite. Broud m'a maudite. Il a gagné après tout. Comment puis-je vivre sans Jondalar? »

Ayla pleura jusqu'à ce qu'elle n'ait plus de larmes, jusqu'à ce qu'il n'y ait plus en elle qu'un immense vide douloureux. Elle s'essuya les yeux du revers de la main, remarquant qu'elle tenait toujours la doni. Elle la fit tourner entre ses doigts, admirant autant le concept d'une figurine à forme humaine que sa beauté. Dans la lumière grise diffusée par l'aube naissante, elle lui ressemblait encore plus. Elle se souvint du reflet de son visage dans la mare.

Pourquoi Jondalar avait-il gravé ses traits sur ce symbole de la Grande Terre Mère que les Autres vénéraient? Son esprit était-il capturé comme il le disait, lié à jamais à celle qu'il appelait Doni? Creb avait dit que son esprit appartenait au Lion des Cavernes et à Ursus, le Grand Ours des Cavernes, Totem du Clan.

Le Clan, les Autres, Totems, Doni, tous réclamaient cette partie invisible de son être qui s'appelait l'esprit. « Je crois que mon esprit doit être en proie à la confusion. C'est pour cela que je le suis aussi. »

Un vent froid l'incita à retourner se mettre à l'abri dans la Caverne. Elle ralluma le feu après avoir écarté la viande trop cuite et refroidie qu'ils avaient oubliée la veille au soir dans leur précipitation, tout cela sans faire de bruit pour ne pas réveiller Jondalar. Puis elle fit une infusion pour tenter de se calmer. Elle fixa les petites flammes naissantes en attendant que l'eau chauffe, songeant au nombre de fois où elle avait accompli tous ces gestes. Les langues brûlantes de lumière dansaient autour du bois, bondissant pour goûter un terrain non conquis, disparaissant pour rebondir un peu à l'écart, insatiables, prêtes à tout dévorer.

– Doni! C'est toi! C'est toi! cria Jondalar dans son sommeil.

Ayla se leva d'un bond et s'approcha de lui. Il s'agitait, le visage renfrogné, secoué de petites convulsions. Ayla se demanda si elle devait le réveiller. Soudain, ses yeux s'ouvrirent et se posèrent sur son visage, hagards.

– Ça va, Jondalar? demanda-t-elle.

– Ayla! Ayla! C'est toi?

– Oui, c'est moi.

Ses yeux se refermèrent et il marmonna quelque chose d'incohérent. Elle se rendit compte alors qu'il ne s'était pas réveillé. Il l'avait vue en rêve. A présent, il était plus calme. Quand elle eut bu l'infusion calmante à petites gorgées, elle eut sommeil à nouveau. Elle se glissa précautionneusement à côté de Jondalar et tira les couvertures sur elle. La chaleur de son corps lui fit songer à la froideur des nuits d'hiver qu'elle passerait sans lui. De la source qu'elle croyait tarie de son chagrin surgit un nouveau flot de larmes. Elle s'endormit, le visage inondé.

Jondalar courait, haletant, essayant de reprendre son souffle. Il voulait atteindre l'entrée de la longue caverne avant... Il jeta un coup d'œil devant lui et vit l'immense lion des cavernes. Thonolan! Thonolan! L'énorme félin se tapit puis bondit. Soudain, la Mère apparut et d'un geste, elle fit fuir le Lion. Doni, Doni, c'est toi! La Mère se retourna et il vit Son visage. C'était celui qu'il avait gravé dans l'ivoire.

« Ayla! Ayla! C'est toi! » La silhouette devint floue, se transforma peu à peu, devenant l'ancienne doni qu'il avait donnée, celle qui avait appartenu à son foyer depuis tant de générations. Plus ample, plus maternelle, elle grandissait, grandissait jusqu'à prendre l'apparence d'une montagne. Alors, elle commença à donner naissance. Toutes les créatures de la Mer se précipitèrent hors de sa caverne profonde, puis les insectes et les oiseaux du ciel, puis les animaux de la terre, et de loin, il vit aussi une foule de formes humaines dans un brouillard épais. Elles se rapprochèrent. La brume se dispersa et il put les observer. C'étaient des Têtes-Plates! Ils le virent et prirent la fuite. Il les appela, et une seule femme se retourna. Elle avait le visage d'Ayla. Il courut à elle, écarta le brouillard, mais elle lui échappa.

Il avançait au hasard dans la brume rouge et entendait un grondement lointain. Il s'était fait prendre au milieu d'un torrent de gens qui déferlaient du ventre énorme de la Grande Terre Mère, colossale montagne au visage d'Ayla.

Il repoussait les gens, tentant de se frayer un chemin parmi eux pour retrouver Ayla et atteignit finalement la grande Caverne, à l'étroit passage. Il entra en Elle et son sexe fut englouti par ses replis suaves et tièdes. Il lui faisait l'amour avec passion, fou de bonheur. Puis il vit son visage, inondé de larmes. Son corps était agité de tremblements convulsifs. Il voulait la réconforter, la supplier de ne pas pleurer, mais il ne pouvait pas parler. Elle le repoussa.

Il n'était qu'un point au milieu d'une immense foule qui déferlait hors de son ventre. Tous portaient des chemises perlées. Il tenta en vain de rebrousser chemin. Le flot d'hommes l'emportait avec lui comme du bois mort pris dans l'inondation des eaux de la naissance. Du bois mort porté par la Grande Mère Rivière, une branche à laquelle était attachée une tunique tachée de sang.

Il regarda par-dessus son épaule et il vit Ayla debout devant l'entrée de la Caverne. Ses sanglots résonnaient dans ses oreilles. Soudain, dans un fracas retentissant, la caverne s'effondra en une pluie de rocs. Il était seul, debout là, en larmes.

Jondalar ouvrit les yeux. Il faisait à peine jour. Le feu qu'Ayla avait allumé avant de se rendormir était déjà mort. Il n'était pas sûr d'être vraiment réveillé. Il avait encore l'impression d'être suspendu dans le vide. Seul. En larmes. Il se souvint de son rêve. Petit à petit, il en recolla les morceaux dans sa pensée de manière cohérente. Il en cherchait le sens. Le rêve avait été si puissant, si vivant, si tangible que ce ne pouvait être qu'un message envoyé par Doni. Qu'essayait-elle de lui faire comprendre? Si seulement il y avait un zelandoni sur place pour l'aider à l'interpréter!

Comme le jour se levait, il discerna la couronne de cheveux blonds posée sur la fourrure à côté de lui et il sentit la chaleur du corps d'Ayla. Il la regarda dormir en silence, sans bouger. Il eut envie de l'embrasser, mais se retint. Il se saisit d'une boucle d'or et la porta à ses lèvres. Puis doucement, il se leva. Il trouva l'infusion tiède, s'en servit un bol et alla s'asseoir sur la corniche.

Il considéra le ciel d'orient qui se teintait de couleurs chaudes, tout en essayant de démêler l'enchevêtrement des images de son rêve pour en percer le mystère.

Pourquoi Doni avait-elle voulu lui montrer que toute vie venait d'elle? Il le savait. Pourquoi lui était-elle apparue, donnant naissance à des oiseaux, des poissons et des...

Têtes-Plates. Bien sûr! Elle avait voulu lui signifier que les gens du Clan étaient Ses créatures, Ses Enfants. Pourquoi n'y avait-il pas pensé plus tôt? Personne ne doutait qu'elle était Créatrice de toute vie. Comment pouvait-on considérer ces créatures-là avec autant de dégoût? On les traitait d'animaux, comme si les animaux étaient des esprits mauvais. Pourquoi les Têtes-Plates étaient-ils calomniés ainsi? Parce qu'ils étaient humains. Une espèce différente, certes, mais humain. C'est ce qu'Ayla lui disait depuis le début.

Etait-ce la raison pour laquelle, dans son rêve, l'un d'entre eux avait son visage?

Pourquoi son visage était-il partout?

Pourquoi la Grande Terre Mère lui ressemblait-elle? Il savait qu'il ne pourrait pas interpréter tous les éléments de son rêve, mais il sentait qu'il y avait encore quelque chose d'essentiel qu'il avait oublié. Il repassa tout dans son esprit depuis le début et quand il arriva au moment où la Caverne s'effondrait, engloutissant Ayla, il dut se mettre la main devant la bouche pour ne pas crier.

Comme à la fin de son rêve, il contemplait l'horizon, seul, en proie au même désarroi. Des larmes coulaient sur ses joues. Pourquoi ce désespoir?

Il vit ses semblables portant les tuniques perlées. Cela lui rappela les parures qu'Ayla avait confectionnées pour lui et dont elle lui avait fait don la nuit passée. Des vêtements qu'il ne mettrait que lorsqu'il partirait.

Partir? Quitter Ayla? La splendeur orangée du soleil perça la ligne de l'horizon. Il ferma les yeux et vit une lueur dorée, vibrante.

« Oh! Doni! Quel imbécile je suis! Quitter Ayla? Comment serait-ce possible? Je l'aime. Comment ai-je pu être aussi aveugle? Pourquoi m'a-t-il fallu ce rêve pour m'ouvrir les yeux? »

Un immense poids venait de quitter ses épaules.

Il se sentait léger, ineffablement heureux. « Je l'aime. Finalement moi aussi, j'aime. Moi qui croyais que je n'y arriverais jamais. J'aime. J'aime Ayla. »

Il voulut le crier au monde entier, se précipiter dans la Caverne pour le lui annoncer. Ce qu'il fit, mais elle dormait encore. « Je n'ai jamais dit à une femme que je l'aimais. »

Il alluma un feu, comme elle lui avait appris à le faire. Pour une fois, il s'était réveillé avant elle. Il prépara une infusion de menthe, et la lui apporta. Mais elle dormait encore.

Il descendit sur la plage et nagea quelque temps. Puis il remonta à la Caverne, affamé et bouillonnant d'énergie. Ils n'avaient rien mangé la veille au soir. Il fit un pas vers Ayla, puis se ravisa, et alla s'asseoir au coin du feu pour attendre.

Soudain, elle se dressa sur son séant, en criant :

– Jondalar! Jondalar! Où es-tu?

– Je suis là, répondit-il en se précipitant vers elle.

Elle se cramponnait à lui.

– Oh! Jondalar, j'ai cru que tu étais parti.

– Je suis là, je suis là, dit-il en la berçant tendrement dans ses bras. Je vais t'apporter un peu d'infusion. Attends.

Il s'en alla, revint tout de suite.

– Ayla! Il faut que je te dise. Je n'ai jamais dit cela à une femme. Je t'aime.

– Aime? demanda-t-elle. Aime? Qu'est-ce que cela veut dire?

« Qu'est-ce que... Jondalar! Quel imbécile tu es! »

Il se leva et prit une posture solennelle.

– Moi, le grand Jondalar, l'homme que toutes les femmes désirent, aime la femme qui est devant lui et aucune autre. Et la désire de tout son cœur et de tout son corps.

L'avait-elle bien entendu? Avait-elle bien compris?

– Jondalar, dit-elle, je ne connaissais pas ce mot, mais j'en perçois le sens. Je l'ai compris depuis que tu es ici avec moi. Si j'avais su exprimer ce sentiment, je te l'aurais peut-être dit avant. Tant de fois, je l'ai souhaité. (Elle ferma les yeux pour retenir des larmes de joie et de soulagement qui inondèrent malgré tout son visage.) Jondalar... moi aussi... t'aime.

Il l'attira à lui et l'embrassa avec tendresse, la tenant comme un précieux trésor qu'il ne voulait ni briser ni perdre. Il n'arrivait pas à parler. Il ne pouvait que la tenir serrée contre lui, ébloui par la splendeur de l'amour, et par le hasard qui les avait menés inexorablement l'un vers l'autre. Il avait voyagé jusqu'au bout de la terre pour trouver la femme qu'il aimait. Rien ne les séparerait désormais.

– Pourquoi ne pas rester ici? Cette vallée est si riche! A nous deux ce sera tellement plus facile! Nous avons les chevaux.

Ils marchaient dans la prairie, sans but précis. Ils avaient récolté les graines qu'elle avait voulu cueillir. Il leur faudrait chasser et rapporter suffisamment de viande pour l'hiver, collecter les fruits, racines et autres plantes et accumuler suffisamment de bois et autres matériaux pour s'occuper toute la saison froide. Ayla avait l'intention de décorer des vêtements, et Jondalar pensait graver quelques pièces d'un jeu et lui apprendre à jouer. Ayla était transportée de bonheur : Jondalar l'aimait et elle ne serait plus jamais seule.

– Cette vallée est magnifique, dit Jondalar.

Pourquoi ne pas rester ici avec elle? Thonolan

n'avait-il pas interrompu son voyage pour Jetamio? Combien de temps pourrait-il supporter de ne voir personne d'autre? Il pensa à Dalanar. Il avait commencé une nouvelle Caverne. Au début, il n'avait que Jerika et la mère de sa compagne, Hochaman. Puis d'autres gens étaient venus, et des enfants étaient nés. Avant son départ, il était déjà question d'établir une deuxième caverne Lanzadoni.

– Tu as besoin de voir d'autres gens, Ayla, et je veux t'emmener chez les miens. Je sais que le voyage sera long mais je crois qu'en un an, nous y serons. Je veux que ma mère te connaisse, et les autres aussi.

Ayla baissa la tête, puis elle plongea son regard dans le sien.

– Crois-tu vraiment qu'ils auront envie de me connaître quand ils sauront que j'ai été élevée par le Clan? que j'ai un enfant...

– Tu ne peux pas rester cachée jusqu'à la fin de ta vie. Cette femme... Iza... ne t'a-t-elle pas dit de trouver tes semblables? Ce ne sera pas facile. Tu ne pourras pas leur dissimuler la réalité. La plupart des gens ne savent pas que les Têtes-Plates sont des humains. Tu me l'as fait comprendre, et je n'étais pas le seul à me poser des questions à leur sujet. Ils t'aimeront, Ayla, et je serai avec toi.

– Je ne sais pas. Laisse-moi le temps de réfléchir.

– De toute façon, nous ne partirons pas avant le printemps. Nous pourrions atteindre la caverne des Sharamudoi avant les grands froids si nous partions tout de suite. Mais nous pouvons aussi bien passer l'hiver ici.

Visiblement soulagée, Ayla avait retrouvé son sourire. Elle savait que les siens lui manquaient, et que s'il décidait de repartir, elle s'en irait avec lui, quoi qu'il arrive. Mais elle espérait malgré tout qu'après l'hiver, il aurait envie lui aussi de s'installer pour de bon dans la vallée.

Soudain, son regard fut attiré par une forme familière à quelques pas devant elle. Intriguée, elle s'en approcha et en se penchant elle la reconnut.

– C'est ma corne d'aurochs! s'exclama-t-elle, tout heureuse de l'avoir retrouvée. (Un flot de souvenirs affluèrent dans son esprit.) Il s'est passé tant de choses depuis! murmura-t-elle. (Puis elle ajouta :) Je m'en servais pour transporter le feu.

– Tu n'en as plus besoin maintenant, grâce aux pierres à feu.

Il fronça les sourcils. Ayla savait ce qu'il pensait.

– Nous avons tout ce dont nous avons besoin à la Caverne, n'est-ce pas? Il n'y a plus rien à faire.

– Tu dis la vérité, dit-il tristement.

– Mais la Nature est si belle en cette saison!

Son regard s'illumina.

– Alors pourquoi ne pas faire un voyage? Un petit voyage! ajouta-t-il, la voyant se renfrogner. Tu n'as pas encore exploré les steppes à l'ouest. Prenons une tente et des fourrures et partons. Nous n'irons pas très loin.

– Et les chevaux?

– Nous les emmènerons avec nous. Crinière peut même nous porter une partie du chemin.

Elle n'avait jamais voyagé pour le plaisir. Cette idée nouvelle lui semblait étrange, mais elle ne voyait pas pourquoi elle y ferait objection.

– Pourquoi pas? dit-elle au bout d'un moment. Ce n'est pas une mauvaise idée d'explorer les environs.

– Jondalar, que cherches-tu? cria Ayla depuis la corniche.
– Je voulais voir si je trouvais des pierres à feu.
– J'ai à peine usé celle que tu as rapportée l'autre jour. Elle durera longtemps. Nous n'avons pas besoin d'une autre.
– Je sais. Mais j'en ai aperçu une et je voulais m'assurer qu'il y en avait beaucoup d'autres.
– Es-tu prêt?
– Je le suis, et toi?
– Allons-y. Nous ne devons pas trop nous attarder. Le temps change si vite en cette période de l'année! Il peut faire très chaud le matin et le soir, il y a une tempête, dit-elle en descendant le sentier pour le rejoindre.
Jondalar glissa quelques pierres dans le repli de son vêtement, puis il leva les yeux vers elle. Il fut stupéfait.
– Ayla! Que portes-tu?
– Tu n'aimes pas?
– C'est magnifique. Mais où l'as-tu trouvée?
– J'ai copié sur ta propre tunique en l'adaptant à ma taille. Mais je n'étais pas sûre de pouvoir la porter. Je craignais que ce ne soit une tenue réservée aux hommes. Et je ne savais pas attacher les perles. Qu'en penses-tu?
– Splendide. C'est tout à fait les formes que portent les femmes de la tribu des Mamutoi. Un peu plus long et les décorations sont un peu différentes. Tu verras comme c'est chaud en hiver.
– Je veux me vêtir... comme toi.
– Comme moi! Je ne sais plus ce que je suis. Regarde-nous. Un homme, une femme et deux chevaux chargés de peaux et de tentes. C'est si étrange de partir en voyage sans rien emporter, sauf une

lance, avec des pierres à feu dans une poche! Je crois que si nous faisons des rencontres, les gens n'en reviendront pas.

– Par où allons-nous? demanda-t-elle, en souriant, impatiente de partir.

Pourtant, elle se sentait étrangement perdue comme ils parcouraient la vallée, les chevaux à leur suite.

Lorsqu'ils atteignirent les steppes, elle se retourna une dernière fois vers sa vallée.

– Jondalar! Regarde! Les chevaux! ils sont revenus. Je suis si heureuse! J'ai toujours pensé que cette vallée était leur territoire.

– Est-ce la même harde?

– Je ne sais pas. L'étalon était brun foncé. Je ne le vois pas. Mais cela fait si longtemps!

Crinière aussi avait vu les chevaux. Elle hennit puissamment.

Ils répondirent à son salut et Rapide scruta l'horizon, intrigué, comique.

Puis la jument reprit son chemin derrière les deux compagnons, suivie de près par son poulain.

Ayla longea la rivière vers le sud. Un peu plus tard, ils la traversèrent à l'endroit où elle savait pouvoir passer à gué. Elle retrouva ses points de repère. Ils marchaient à présent vers le sud-est. Le terrain devenait de plus en plus accidenté. Gorges étroites. Replis austères de la terre. Pentes abruptes. Lorsqu'ils approchèrent de la gorge entre les parois rocheuses, Ayla examina le sol et scruta les environs pour s'assurer qu'elle ne s'était pas trompée. Elle ouvrait la marche.

Soudain, elle grimpa sur un énorme rocher. Jondalar l'avait suivie en silence. Elle lui fit signe de grimper à ses côtés.

– C'est ici, Jondalar, dit-elle en extirpant de sa tunique perlée une pochette qu'elle lui tendit.

Il avait reconnu l'endroit.

– Qu'est-ce que c'est? demanda-t-il.

– De l'ocre rouge, Jondalar. Pour son sépulcre.

Il hocha la tête, muet. Il pleurait. Il versa la poudre rouge dans sa main et la jeta sur les roches environnantes en une pluie fine. Ayla s'était un peu éloignée et attendait. Lorsqu'il se retourna pour partir, il vit qu'elle exécutait une série de gestes dont il devina la portée.

Ils marchèrent un bon moment en silence.

– C'était un des favoris de la Mère. Elle le voulait auprès d'elle.

Puis un peu plus loin :

– Quelle était exactement la signification de tes gestes?

– J'ai demandé au Grand Ours des Cavernes de le protéger pendant son voyage.

– Ayla, je ne t'ai pas suffisamment montré ma gratitude pour ce que tu as fait : avoir enterré Thonolan et avoir demandé aux Totems de ton Clan de le protéger. Je suis sûr qu'il trouvera son chemin.

– Tu dis qu'il est brave et téméraire. Je ne pense pas qu'il aura du mal à trouver le chemin. Ce doit être une merveilleuse aventure pour ceux qui sont courageux.

– Ayla, te rends-tu compte que je n'aurais pas fait ce voyage sans lui? (Il la prit dans ses bras et la serra contre lui éperdument.) Et je ne t'aurais jamais trouvée. C'est ce que le Shamud a voulu me dire en parlant de ma destinée. « Il te conduit où tu ne serais pas allé autrement. » Thonolan m'a conduit... et puis il a suivi son amour dans l'autre monde. Je ne voulais pas qu'il parte, mais je comprends maintenant.

Plus à l'ouest, les terres s'adoucissaient à nouveau et la steppe s'étendit bientôt devant eux à perte de vue, entrecoupée de rivières et de ruisseaux venus du grand glacier septentrional. Les arbres étaient rares et ils se réjouirent d'avoir emporté du bois avec eux.

Ici ou là, l'immense plaine était brutalement creusée de gorges profondes, où ils s'abritaient la nuit. La faune abondait. Ils interrompaient souvent leur marche pour chasser, plus souvent encore pour faire l'amour.

Ils s'arrêtèrent un jour où il faisait particulièrement chaud assez tôt dans l'après-midi. Ayla mit pied à terre et commença à décharger les chevaux. Une petite rivière coulait joyeusement à proximité et ils allèrent nager tandis que les chevaux se désaltéraient. Quand ils sortirent de l'eau, il essaya de la prendre dans ses bras, mais elle s'enfuit en riant. Il se lança à sa poursuite, ravi du jeu.

Badine, elle replongea dans l'eau glacée. Il enleva à toute allure la tunique qu'il avait pris le temps d'enfiler; mais dès qu'il fut dans l'eau à son tour, elle en sortit en le narguant. Il se dégagea à grand-peine, ses pieds s'enfonçant sur la rive boueuse, et reprit sa course à sa suite. Il finit par la rattraper et la saisit par la taille.

– Tu ne vas pas m'échapper comme ça! s'écria-t-il en arborant un large sourire tout en l'attirant contre lui. Si je me fatigue ainsi à te poursuivre, je n'aurai plus la force de te donner du Plaisir.

– Je ne veux pas que tu me donnes du Plaisir, dit-elle avec sérieux.

Bouche bée, il la considéra avec inquiétude en fronçant les sourcils...

– Tu ne veux pas...

Il s'écarta d'elle.

– C'est moi qui vais te donner du Plaisir.

Son cœur se remit à battre.

– Mais tu me rends heureux à chaque fois, Ayla, dit-il en la reprenant dans ses bras.

– Je sais que tu aimes me donner du Plaisir – ce n'est pas cela que je veux dire. Je veux apprendre à te satisfaire pleinement.

Il ne pouvait lui résister. Elle sentit la dureté de son sexe contre son ventre. Et il l'embrassa comme s'il ne voulait plus jamais détacher ses lèvres des siennes. Elle lui rendit son étreinte et son baiser.

– Je te montrerai comment me satisfaire, Ayla.

Et en la prenant par la main, il l'entraîna jusqu'au tapis d'herbe tendre qui bordait la rivière.

Là, il prit sa bouche à nouveau, sa main palpant la rondeur de son sein. Mais bientôt, elle se dégagea et s'assit dans l'herbe.

– Je veux te satisfaire toi, Jondalar.

– Ayla, je suis si heureux de te donner du Plaisir! Je ne vois pas comment tu pourrais me rendre plus heureux que je ne le suis.

– Serais-tu moins heureux? demanda-t-elle.

Jondalar éclata de rire, en rejetant la tête en arrière, et la prit dans ses bras. Elle sourit, mais elle n'était pas sûre de ne pas avoir touché une corde sensible.

– Je ne crois pas que tu pourrais me rendre moins heureux, dit-il, bien que je ne comprenne pas du tout de quoi tu parles.

Puis, plongeant son regard vibrant dans le sien, il murmura :

– Je t'aime, Ayla.

– Moi aussi je t'aime, Jondalar. Je sens l'amour plus fort encore quand tu me souris ainsi avec tes yeux, quand tu ris. Personne ne riait jamais dans le Clan. Je ne veux plus jamais vivre avec des gens qui ne rient pas.

– Ayla, oh! Ayla, murmura-t-il en enfouissant son visage dans ses cheveux, tandis que ses mains exploraient son corps.

– Jondalar, j'aime quand tu me touches, quand tu m'embrasses, mais je veux savoir ce qui te rendrait encore plus heureux.

– Je ne peux pas te résister. Tu « m'encourages » tout le temps. Fais-moi ce qui te fais du bien à toi.

– Aimerais-tu?

– Essaie.

Elle le repoussa gentiment jusqu'à ce que ses boucles se mélangent aux brins d'herbe et se pencha pour l'embrasser comme il l'embrassait toujours. Puis ses lèvres descendirent le long de son cou, faisant vibrer chaque fibre de son corps. Elle leva les yeux vers lui, comme si elle attendait de lui une confirmation. Ainsi soumis à la merci de cette femme attentive à satisfaire ses désirs, il découvrit de nouvelles sensations inattendues. Ses baisers légers brûlaient sa peau. Elle était hésitante, presque timide. Ce qui la rendait encore plus désirable. Ces attouchements tendres avaient plus d'emprise sur lui que les caresses habiles, ardentes et sensuelles des femmes expérimentées. Ses lèvres effleuraient sa peau tiède, en de petits cercles humides et excitants, tandis qu'elle sentait en elle des vagues de désir de plus en plus intenses. C'était presque une torture pour lui, une torture délicieuse.

Lorsqu'elle atteignit son nombril, il ne put s'empêcher de prendre sa tête entre ses mains pour l'inciter à descendre un peu plus bas, jusqu'à ce qu'elle sente la douce rondeur de sa verge contre sa joue. Elle respirait bruyamment, faisant naître en lui des sensations d'une profondeur insensée. Fou de désir, il guida sa tête vers son sexe brandi. Elle leva la tête vers lui.

– Jondalar, veux-tu que...

– Seulement si tu veux, Ayla, murmura-t-il d'une voix rauque.

– Je veux.

Il sentit une chaleur humide envelopper l'extrémité de son sexe. Il gémit. Sa langue en explorait les contours, devenant de plus en plus audacieuse. Il cria son nom, en s'arc-boutant.

Alors, elle passa sa jambe au-dessus de son corps et s'assit sur lui à califourchon, son membre en elle. Elle se pencha en arrière, faisant surgir en elle et en lui des plaisirs nouveaux.

Jondalar ouvrit les yeux pour la regarder. Le soleil derrière elle transformait sa chevelure massive en un nuage d'or. Elle avait les yeux fermés, la bouche entrouverte, son visage rayonnait d'extase. Comme elle se penchait en arrière, ses seins fermes firent saillie, les mamelons légèrement plus sombres pointés en avant. Son corps sinueux étincelait dans le soleil. Cette vision ne fit qu'ajouter à ses délices.

Elle se souleva légèrement et son sexe pénétra plus profondément encore en elle. Il ne put résister plus longtemps. Elle se tapit contre lui, sentant jaillir en elle l'écume blanche de sa semence, au moment où, tremblante, elle atteignait le paroxysme de son plaisir.

Bientôt, Ayla roula sur le côté. Jondalar enfouit son visage entre ses seins, puis sa bouche s'empara d'un de ses mamelons. Il serra sa tête contre elle. Et ils restèrent ainsi un long moment immobiles.

– J'aime te donner du Plaisir, Jondalar.

– Personne ne m'a jamais rendu aussi heureux, Ayla.

– Mais tu aimes mieux quand c'est toi qui... diriges, dit-elle avec un sourire taquin qu'il ne vit pas.

– Pas vraiment, mais... pourquoi dis-tu cela?

– Parce que c'est ce que tu as appris à faire. C'est ton art, comme la taille de la pierre. (Elle eut un petit rire.) Jondalar a deux talents. Il est tailleur de pierre et... faiseur de femmes.

Il sourit.

C'était un peu trop près de la vérité.

– Tu ne te trompes pas, Ayla. J'aime te donner du Plaisir. J'aime ton corps, tout ton être.

– J'aime quand tu me donnes du Plaisir. Tu peux le faire aussi souvent que tu le désires. Seulement quelquefois, c'est moi qui dirigerai.

– C'est entendu, dit-il en riant encore.

– J'aime te faire rire. C'est presque aussi agréable que le Plaisir. Je veux que nous riions souvent. Ainsi je suis sûre que tu ne cesseras jamais de m'aimer.

– Cesser de t'aimer? dit-il, en se soulevant à demi. Ayla, je t'ai cherchée toute ma vie, sans le savoir. Tu es tout ce que je désire, tout ce dont j'avais rêvé, plus encore. Tu es une énigme, un paradoxe impénétrable. Tu es totalement honnête, ouverte. Tu ne caches jamais rien. Et pourtant, tu es le plus grand mystère qu'il m'a été donné de connaître.

« Tu es puissante, indépendante, totalement capable de prendre soin de toi et de moi et pourtant tu es prête à t'asseoir à mes pieds, si je t'y autorise, sans honte, sans rancune, aussi aisément que si tu étais en train d'honorer Doni. Tu es téméraire, courageuse. Tu m'as sauvé la vie, tu m'as soigné, tu as chassé pour moi. Tu n'as pas besoin de moi mais malgré tout, tu désires ma protection.

« Je pourrais vivre avec toi toute ma vie, sans te connaître vraiment. Tu as des profondeurs insondables. Tu es sage et ancienne comme la Grande Terre Mère, fraîche et jeune comme une femme lors de ses Premiers Rites et tu es la plus belle femme que j'aie jamais vue. Je n'arrive toujours pas à croire que j'ai eu la chance de te trouver. Je croyais que je ne pourrais jamais aimer. Maintenant je sais que c'est toi que j'attendais, et je t'aime plus que la vie. »

Lorsqu'ils se réveillèrent le lendemain matin, le sol était recouvert d'une fine couche de neige. Ils refermèrent le rabat de la tente et se recouchèrent dans les couvertures, un peu tristes.

– Il est temps de retourner à la Caverne, Jondalar.

– Tu dis la vérité, dit-il, remarquant la buée qui sortait de sa bouche comme il parlait. La saison débute seulement. Nous ne devrions pas avoir de tempête en route.

– On ne sait jamais. Le temps peut nous réserver des surprises.

Finalement, ils se levèrent et commencèrent à replier la tente. Ayla tua une grande gerboise avec sa fronde. Elle la saisit par la queue – presque deux fois plus longue que son corps – et la jeta par-dessus son épaule. Rapidement, elle retourna auprès de Jondalar et dépiauta le rongeur tandis qu'il achevait de ranger leurs biens.

– Je suis triste de rentrer, dit-elle. Voyager sans but est une vraie joie. Je suis contente que tu y aies pensé.

– Moi aussi je suis triste.

Il alla chercher du bois pour le feu, le long de la

rivière. Ayla décida de le suivre pour l'aider. Ils contournèrent une masse de taillis et découvrirent une pile de bois mort.

Soudain, Ayla entendit un bruit. Elle leva les yeux et se jeta dans les bras de Jondalar.

– Bonjour! cria une voix.

Un petit groupe d'hommes marchaient vers eux en faisant des gestes de salutation. Ayla se cramponna à Jondalar; il passa son bras autour d'elle, protecteur, rassurant.

– Tout va bien, Ayla. Ce sont des Mamutoi. Ne t'ai-je jamais dit qu'ils étaient des chasseurs de mammouths? Ils pensent que nous aussi nous sommes des Mamutoi.

Comme les hommes approchaient, Ayla se tourna vers Jondalar, le visage rayonnant de surprise et d'émerveillement.

– Ces gens, Jondalar, ils sourient. Ils me sourient.

Littérature générale

Presque des classiques, des auteurs consacrés mais encore et tellement proches de nous.

Demandez à votre libraire le catalogue semestriel gratuit.

APOLLINAIRE Guillaume

Les onze mille verges (704*)

Une œuvre scandaleuse et libertine écrite par un grand poète.

CARRIÈRE Jean-Claude

Humour 1900 (1066****)

Un feu d'artifice des plus brillants humoristes du début du siècle.

Lettres d'amour (1138****)

Les plus belles pages inspirées par l'amour.

CESBRON Gilbert

Chiens perdus sans collier (6**)

Le drame de l'enfance abandonnée.

Vous verrez le ciel ouvert (65***)

L'injustice, le miracle et la foi.

Il est plus tard que tu ne penses (131***)

L'euthanasie par amour.

C'est Mozart qu'on assassine (379***)

Le divorce de ses parents plonge Martin dans l'univers sordide des adultes. En sortira-t-il intact ?

Je suis mal dans ta peau (634***)

Après des études à Paris, deux jeunes Africains cherchent à reprendre racine dans leur terre natale.

La ville couronnée d'épines (979**)

Amoureux de la banlieue, l'auteur recrée sa beauté passée.

Mais moi je vous aimais (1261****)

Assoiffé d'amour, le petit Yann se heurte à l'égoïsme des adultes, car son esprit ne grandit pas aussi vite que son corps.

Huit paroles pour l'éternité (1377****)

Comment appliquer aujourd'hui les paroles du Christ.

Un vivier sans eau (1416**)

« Il disait qu'un monde sans amour est un vivier sans eau. »

CLANCIER Georges-Emmanuel

Le pain noir :

1 - Le pain noir (651***)

2 - La fabrique du roi (652***)

3 - Les drapeaux de la ville (653****)

4 - La dernière saison (654***)

De 1875 à la Seconde Guerre mondiale, la chronique d'une famille pauvre qui tente de survivre, à l'heure des premiers grands conflits du travail.

L'éternité plus un jour (2 t. 810**** et 811****)

Henri pensait qu'il lui faudrait « l'éternité plus un jour » pour vivre son amour avec Elisabeth.

La halte dans l'été (1149**)

Un grand-père fait découvrir l'amour à son petit-fils.

CLAVEL Bernard

Le tonnerre de Dieu (290*)

Une fille perdue redécouvre la nature et la chaleur humaine.

Le voyage du père (300*)

Le chemin de croix d'un père à la recherche de sa fille.

L'Espagnol (309****)

Brisé par la guerre, il renaît au contact de la terre.

Malataverne (324★)
Ce ne sont pas des voyous, seulement des gosses incompris.
L'hercule sur la place (333★★★)
L'aventure d'un adolescent parmi les gens du voyage.
L'espion aux yeux verts (499★★★)
Des nouvelles qui sont aussi les souvenirs les plus chers de Bernard Clavel.
La grande patience :
1 - La maison des autres (522★★★★)
2 - Celui qui voulait voir la mer (523★★★★)
3 - Le cœur des vivants (524★★★★)
4 - Les fruits de l'hiver (525★★★★)
Julien ou la difficile traversée d'une adolescence sous l'Occupation.
Le seigneur du fleuve (590★★★)
Le combat, sur le Rhône, de la batellerie à chevaux contre la machine à vapeur.
Pirates du Rhône (658 ★★)
Le Rhône d'autrefois, avec ses passeurs, ses braconniers, ses pirates.
Le silence des armes (742★★★)
Après la guerre, il regagne son Jura natal. Mais peut-on se défaire de la guerre ?
Ecrit sur la neige (916★★★)
Un grand écrivain se livre à ses lecteurs.
Tiennot (1099★★)
Tiennot vit seul sur son île lorsqu'une femme vient tout bouleverser.
La bourrelle — l'Iroquoise (1164★★)
Au Québec, une femme a le choix entre la pendaison et le mariage.
Les colonnes du ciel :
1 - La saison des loups (1235★★★)
« Un hiver terrible où le vent du nord portait la peur, la mort et le hurlement des loups. »
2 - La lumière du lac (1306★★★★)
L'histoire de ce « fou merveilleux » qui bouleverse les consciences, réveille les tièdes, entraîne les ardents.
3 - La femme de guerre (1356★★★)
Pour poursuivre l'œuvre du « fou merveilleux », Hortense découvre « l'effroyable devoir de tuer ».
4 - Marie Bon Pain (1422★★★)
Marqué par la guerre, Bisontin ne supporte plus la vie au foyer.

COLETTE
Le blé en herbe (2★)
Phil partagé entre l'expérience de Léa et l'innocence de Vinca.

CURTIS Jean-Louis
Un jeune couple (321★★★)
La désagrégation d'un amour par la société de consommation.
L'horizon dérobé :
1 - L'horizon dérobé (1217★★★★)
2 - La moitié du chemin (1253★★★★)
3 - Le battement de mon cœur (1299★★★)
Seule l'amitié résiste à l'usure des ans.

DAUDET Alphonse
Tartarin de Tarascon (34★)
Sa vantardise en a fait un héros immortel.
Lettres de mon moulin (844★)
Le curé de Cucugnan, la chèvre de M. Seguin... Des amis de toujours.

FLAUBERT Gustave
Madame Bovary (103★★)
De cet adultère provincial Flaubert a fait un chef-d'œuvre.

PEREC Georges
Les choses (259★)
Le bonheur est-il lié aux choses qui peuvent s'acheter ?

PERRAULT Gilles
Casanova (1279★★★★)
Le plus célèbre séducteur de son temps, un grand écrivain.

RENARD Jules
Poil de carotte (11★)
Sous son ironie facilement amère, que de tendresse pour son père !

TROYAT Henri

La neige en deuil (10★)
Une tragédie dans le cadre grandiose des Alpes.

La lumière des justes :
1 - Les compagnons du coquelicot (272★★★)
2 - La barynia (274★★★)
3 - La gloire des vaincus (276★★★)
4 - Les dames de Sibérie (278★★★)
5 - Sophie ou la fin des combats (280★★★)
Entre 1814 et 1870, les amours d'une jeune Parisienne et d'un lieutenant du tsar.

Le geste d'Eve (323★)
Les histoires les plus invraisemblables ne sont pas forcément les moins vraies.

Les Eygletière :
1 - Les Eygletière (344 ★★★★)
2 - La faim des lionceaux (345 ★★★★)
3 - La malandre (346 ★★★★)
Dans une famille bourgeoise, l'égoïsme, les appétits et les vices se déchaînent.

Anne Prédaille (619★★)
L'amour étouffant d'Anne dévore aussi bien son père que le jeune Laurent.

Le Moscovite :
1 - Le Moscovite (762★★)
2 - Les désordres secrets (763★★)
3 - Les feux du matin (764★★)
Emigré français en Russie sous la Révolution, il se retrouve exilé à Paris, pris entre deux amours.

Le front dans les nuages (950★★)
Deux femmes mûres découvrent la vie.

Le prisonnier n° 1 (1117★★)
Nul ne saura qui il est, ainsi en a décidé Catherine II.

Viou (1318★★)
Cette petite fille transforme en lumière la grisaille de la vie.

ZOLA Emile

L'assommoir (900★★★)
Gervaise, courageuse ouvrière, affronte le drame de l'alcool et de la misère.

Germinal (901★★★)
Le mineur Etienne Lantier appelle ses camarades à la révolte.

La terre (902★★★)
Le monde des paysans dans sa réalité terrible et grandiose.

Nana (954★★★)
Une courtisane sensuelle et subversive.

La bête humaine (955★★★)
Elle fonce et tue, telle la locomotive folle...

La fortune des Rougon (1008★★)
« C'était une famille de bandits à l'affut, prêts à détrousser les événements. »

Thérèse Raquin (1018★★)
La déchéance d'une femme soumise à ses sens.

Séries romanesques

Aventures, amour, rebondissements...
les plus célèbres fresques par des auteurs renommés.
Demandez à votre libraire le catalogue semestriel gratuit.

ANDREWS Virginia C.
Fleurs captives (1165★★★★)
Quatre enfants sont séquestrés dans un grenier par leur mère. Inédit.
Pétales au vent (1237★★★★)
Libres enfin, ils doivent apprendre le monde des adultes. Inédit.
Bouquet d'épines (1350★★★★)
Mais les fantômes du passé les menacent encore. Inédit.

ARLEN Leslie
Les Borodine (inédits)
1 - Amour et honneur (1226★★★★)
Au siège de Port-Arthur, un journaliste américain tombe amoureux d'Ilona, jeune princesse russe.
2 - Guerre et passion (1314★★★★)
Dans ce monde en flammes, les héros s'aiment et se déchirent.
3 - Rêves et destin (1364★★★★)
La vengeance des nouveaux maîtres de la Russie va poursuivre les Borodine au delà des frontières de leur pays natal.
4 - Espoir et gloire (1425★★★★)
Dans l'Allemagne nazie, la guerre surprend certains des Borodine.

DESMAREST Marie-Anne
Le cycle de Torrents :
— **Jan Yvarsen** (1024★★)
Sigrid, la meurtrière, revient, prête à tout pour reprendre Jan. Mais sa victime est-elle réellement morte ?
— **Jan et Thérèse** (1122★★)
L'ultime combat de Sigrid pour la conquête de Jan.
— **Le fils de Jan** (1148★★)
Héritière de Sigrid, Flavie fera-t-elle le malheur du fils de Jan ?
— **Le destin des Yvarsen** (1230★★)
Hugo, le pianiste virtuose, fera-t-il oublier à Flavie ses devoirs d'épouse ?
— **L'ennemi de Jan** (1389★★)
Qui s'acharne à dresser les uns contre les autres les membres de la famille Yvarsen ?
— **La maison de tante Brita** (1470★★)
Les Yvarsen vont-ils enfin trouver le bonheur ?

GOLON Anne et Serge
Angélique, marquise des Anges
(667★★★ et suivants)
Son mari condamné au bûcher, Angélique devient la marquise des Anges à la Cour des Miracles. Puis elle retrouve grâce auprès de Louis XIV et dispute son amour à Mme de Montespan. Bien d'autres aventures l'attendent encore...
Angélique à Québec
(3 t. 1410★★★★, 1411★★★★ et 1412★★★★)
Angélique et son mari tentent de refaire leur vie dans le Nouveau Monde.

URIS Leon
Trinité (3 t. 863★★★★, 864★★★★ et 865★★★★)
Dans une Irlande en flammes, le jeu de l'amour et de la mort.

VAUTRIN Denyse
Le tourbillon des jours
(3 t. 1009★★★★, 1010★★★★ et 1011★★★★)
De la comtesse de Vallas à Charlotte, le château est témoin de bien des amours et d'autant de drames.

Achevé d'imprimer sur les presses de l'imprimerie Brodard et Taupin
58, rue Jean Bleuzen, Vanves. Usine de La Flèche,
le 5 juin 1984
6501-5 Dépôt Légal juin 1984. ISBN : 2 - 277 - 21655 - 0
Imprimé en France

1655
★★★★★

Editions J'ai Lu
27, rue Cassette, 75006 Paris
diffusion France et étranger : Flammarion